閱讀經典，成為更好的自己。

愛經典

Le Rouge et le NOIR

Stendhal

獻 給 少 數 幸 運 的 人

斯湯達爾——著　胥戈——譯

紅與黑

緣起

卡爾維諾說：「『經典』即是具影響力的作品，在我們的想像中留下痕跡，並藏在潛意識中。正因『經典』有這種影響力，我們更要撥時間閱讀，接受『經典』為我們帶來的改變。」因為經典作品具有這樣無窮的魅力，時報出版公司特別引進大星文化公司的「作家榜經典文庫」，期能為臺灣的經典閱讀提供另一選擇。

作家榜經典文庫從二〇一七年起至今，已出版超過一百本，迅速累積良好口碑，不斷榮登各大暢銷榜，總銷量突破一千萬冊，本書系的作者都經過時代淬鍊，其作品雋永，意義深遠；所選擇的譯者，多為優秀的詩人、作家，因此譯文流暢，讀來如同原創作品般通順，沒有隔閡；而且時報在臺推出時，每部作品皆以精裝裝幀，質感更佳，是讀者想要閱讀與收藏經典時的首選。

現在開始讀經典，成為更好的自己。

目次 CONTENTS

第二部

出版說明

本書即將出版之際，正值七月的重大事件[1]，將世人的頭腦引入無法發揮想像力的方向。我們有理由相信，以下的書稿寫於一八二七年。

1 指一八三〇年法國的「七月革命」。即拿破崙在滑鐵盧慘敗之後，一八三〇年七月法國民眾起義，推翻復辟的波旁王朝，擁戴路易・菲利普登上王位的革命。

一八三〇年紀事

導讀

斯湯達爾的「紅與黑」

米蘭人阿里戈．貝爾，長眠於此，
他寫作，戀愛，活過。

——斯湯達爾的墓誌銘

法國作家斯湯達爾的代表作《紅與黑》，自一八三〇年問世以來，不僅成為文學評論家長久以來百談不厭的話題，也是一代又一代年輕讀者愛不釋手的文學經典之一。關於作者斯湯達爾的背景和小說評介的文章，真可以說是篇目繁多，至今仍然層出不窮。

這部小說問世大約一百年後，一位來自中國溫州的青年趙瑞蕻，彼時徜徉在故鄉的甌江邊上，透過其中學老師的推薦，在這位青年學子的心中，燃起了對這部域外佳作的嚮往。而他與這本書的初次邂逅，要推遲到一九三六年秋。在青島海濱的山東大學校園裡，他開始被這部小說的奇特魅力所感召，並且萌生了有朝一日將其譯成中文的渴望。之後，這位青年「遙遠的紅黑色的幻夢」，在戰爭陰雲中忽隱忽現，直到一九四四年，他才在重慶嘉陵江畔的一座小村鎮上，最終得以圓夢。

如今，《紅與黑》已經問世將近兩個世紀。它的中文譯本仍然屢有翻新，圍繞小說的各種評論以及它在中國譯介的諸多爭鳴，依然在文壇持續延燒著。時下，若想對這部傳奇作品再度尋根溯源，恐怕還要回到法國作家斯湯達爾以及他所身處的那個時代。

小說緣起

眾所周知，這部被作者定性為「十九世紀紀事」的小說，實際上所描寫的是十九世紀前三十年的法國社會風尚，確切地說，是一八一四至一八三〇年波旁王朝復辟時期社會風貌的真實寫照。作者通過對主人公朱利安生活環境的刻畫——外省的小城維利葉、省會貝桑松的神學院以及位於巴黎的拉莫爾府邸，再現了波旁王朝復辟時期複雜的社會矛盾和政治鬥爭。

對於這一時期法國的道德習慣和社會風俗，斯湯達爾本人有過詳細的介紹。根據他的敘述，法國大革命之前，原本豐富多彩的娛樂生活，在拿破崙掌權之後，為了實行專制獨裁，整個國家籠罩在一種虛假偽善的氛圍下。當時，耶穌會主導下的社會，到處充滿了告密與監控，這一現象在波旁王朝復辟時期變得尤為突出。

因此，在社會氛圍日漸冷清與壓抑的外省小城，閱讀小說成為當時外省人主要的消遣方式。而小說的讀者又大致劃分為兩個層次：供女僕閱讀的低俗的言情小說和巴黎沙龍讀者所熱衷的史考特式的歷史小說。斯湯達爾當然不屑於去迎合這兩類讀者的趣味，在一八一四至一八三〇年波旁王朝統治下的嚴肅刻板的社會，他若想寫一本揭示當時社會真實風貌的小說，需要有冒天下之大不韙的勇氣，它有可能會激怒那些陰暗醜陋的權貴，令自己身陷牢獄之災。

備受爭議

最終，一部作者自詡為「以前所未有的方式描寫巴黎人愛情的小說」誕生了，它所崇尚的真實自然，在這部深刻描繪十九世紀前三十年法國社會風尚的作品中得到完美體現。也許這部驚世駭俗之作，對當時的文壇和讀者來說，顯得過於超前了。它問世之後，便陷入一種幾乎無人問津的尷尬境地。這本書剛一出版，就備受質疑。作家雨果和聖勃夫等人根本不承認斯湯達爾是作家，只有巴爾札克和梅里美能夠理解作者的創作意圖。小說初版僅銷售了七五〇冊，很快便被人遺忘。作家朱爾·加南寫道：「不可戰勝的欲望，想醜化一切，壓低聲音製造恐怖效果……」雨果還對友人羅什福爾說：「我試讀了一下，但只讀了四頁，你們怎麼能讀得下去呢？」

由於斯湯達爾本人有特立獨行的性格，他對此並不太在意。他認為此書是為將來的讀者所寫的，他說：「我將在一八八〇年被人理解。」又說：「我設想在五十年後，某位文學拾遺者會出版我書中的某些片段，也許其中的真情實感和真知灼見會獲得大家的喜愛。」斯湯達爾似乎對自己很有信心，他在寫給巴爾札克的信中說：「死亡可以轉變我們與這類人的角色關係：活著的時候，他們騎在我們身上作威作福，然而一旦咽氣，歷史馬上就會將他們遺忘……」他相信，「總有一天，這部小說會穿越過去的時代……」

可以說，整整一個世紀之後，作家斯湯達爾才真正被世人所理解。

故事來源

有評論家認為，《紅與黑》是一部具有鮮明政治色彩的小說。這一點，從小說內文的「一八三〇年紀事」便可見一斑。我們現在知道，它是在稍早的時間完成的。誠如我們已知的當時小說創作的風氣，斯湯達爾獨樹一幟，他從外省寫到巴黎，從教會的生活寫到貴族的生活，又從主人公的愛情糾葛，寫到政壇高層的祕密會議，對波旁王朝復辟後期的社會生態，有深入細緻的描繪。

小說的緣起，始於一八二七年作者在《法院公報》上讀到的一則案件，一個神學院學生貝爾特身上發生的悲劇故事。這起案件涉及謀殺、兩個情人，以及不同階層的社會矛盾，這個故事激發了斯湯達爾的創作靈感。他把人物的命運和靈魂融入當時的歷史背景中，將個人的情感和敏銳的觀察力賦予到小說的主人公朱利安身上。

此外，透過眾多的研究成果顯示，作者對七月革命前夕的政治背景做過一番研究，關於「祕密紀錄」的內容（第二部第二十一章）是有歷史依據的，當時的報刊和當事人的回憶都發表過。當然，有考據癖的人把這幾章作為全書的核心部分，這顯然是過於誇大，有點誤入歧途。這部分內容中的人物是有原型的，這讓我們導入另一個話題：非虛構的寫作。斯湯達爾的很多著作，都融入了個人的真實體驗。他主張尊重事實，喜歡用事實來證明一切，透過觀察揭示出事物最本質的東西。可以說，這種「求真意志」支撐著斯湯達爾的人生及創作。

在此，我們不再沿襲傳統的文學史觀，將斯湯達爾判定為「批判現實主義作家」，與作家巴爾札克等同視之。眾所周知，後者曾以一部鴻篇巨制《人間喜劇》描繪出十九世紀法國社會的全景畫。而這一效果，斯湯達爾則在《紅與黑》中僅用幾百頁就已完成，他更醉心於去洞察法國大革命背景下世人行為的隱祕動機和靈魂的內在特質，試圖去探尋一種性格是如何形成的。在無形之中，他開創了「現代小說」的先河。

追求真實

正如斯湯達爾本人所自詡的，他是一位「人類心靈的觀察者」。法國批評家泰納稱讚他是「古往今來最偉大的心理學家」。關於法國的心理分析小說，這一傳統可以追溯到拉法葉夫人的開山之作《克萊芙王妃》。到《紅與黑》問世時，已經有一百五十多年的歷史。其他需要提及的作品，還有作家普萊沃的《瑪儂情史》以及拉克洛的《危險關係》等等。斯湯達爾的這部小說起到了承前啟後的作用，對二十世紀初歐美盛行的「意識流」小說不無影響。

斯湯達爾不願像那些已經被人遺忘或者仍然名聲大噪的作家——「昏昏欲睡」的雨果或是「天真幼稚」的拉馬丁那樣，他不會為了讚美而去奉承他人、不會為了取悅別人而去說謊。無論如何，他都要「追求真實」、「回歸真實」、「去瞭解人類，就像瞭解自己一樣」。因為，他只相信那些被證實的東西。

書名解讀

在《紅與黑》中，作者用英文標注：「給少數幸運的人」，這行字是耐人尋味的。這句話還出現在《羅馬漫步》和《帕爾馬修道院》的結尾，它的出處也許來自莎士比亞的一部劇作《亨利五世》。作者似乎在此暗示，掩卷沉思，真正能夠理解書中意旨的人，在當時只是少數幸運的人。顯然，作者預計能夠理解這本書的讀者，在當時肯定不多。所以，它是為少數精英所寫的。

關於這本書的書名，據作家的權威傳記作者證實，是在小說脫稿後，斯湯達爾一時突發奇想所得。一八三〇年五月的一天，斯湯達爾突然對其表弟羅曼．科倫布說：「我們將其命名為《紅與黑》，如何？……是的，應該把它叫做《紅與黑》。」至於為何要取這個名字，其中的含義是什麼，自小說問世後便有各種猜測，眾說紛紜。其實，作者自己早有答案。按照他的說法，小說主人公朱利安，如果生在拿破崙統治時代，他應該去從軍。而王朝復辟之後，他只能選擇去當教士。去從軍，意味著穿上紅色的戎裝；當教士，則身著一襲黑袍。以拿破崙為代表的資產階級革命派，與波旁王朝的復辟勢力，表面上是水火不相容的。但這兩股勢力，並非永遠是對立的，這種矛盾在朱利安身上，顯得尤為突出。

作者身世

斯湯達爾一生都是拿破崙的崇拜者，他是堅定的波拿巴主義者。他曾在遺囑中寫道，他一生只景仰一人：拿破崙。作家左拉在評價《紅與黑》時，首先闡明了拿破崙的命運在斯湯達爾作品裡所發揮的巨大作用。正是這種對斯湯達爾的觀察視角，啟發了我們對其心靈進行更深入的探尋。

斯湯達爾，本名馬里—亨利．貝爾，一七八三年生於法國東南部格勒諾布爾一個律師家庭。那是一個毗鄰義大利的城市，父親是信奉天主教、思想保守的中產階級，對他十分嚴厲。母親性情溫和，出身於義大利的名門望族，能熟讀但丁的作品，在他七歲時不幸病故，這給他的童年乃至一生留下難以抹去的陰影。生性冷漠的父親，後來娶了母親的妹妹，他對此十分反感，更加懷念已經故去的母親。後來，父親將他託付給一位面目可憎、性格陰險的神父教導。讓他唯一感到親近的是外祖父，一位崇尚啟蒙運動的老軍醫。這種特定的家庭背景，令作家年幼時，即已形成桀驁不馴的性格。他一生都反對教會，受到十八世紀百科全書派的影響，嚮往自由平等的思想。他的義大利血統，讓他身上帶有濃厚的異國情調，它來自文藝復興運動的發源地，充滿英雄主義的豪情。漸漸地，義大利成為他心靈的聖地，也是他人生遭遇挫折時的避風港，與他結下不解之緣。

軍旅生涯

斯湯達爾的少年時代，正值拿破崙建功立業的輝煌時期。這位「凱撒大帝和亞歷山大大帝的繼承人」，成為他心目中的偶像。十六歲時，斯湯達爾赴巴黎讀書，準備投考大學工科，寄宿在表兄達呂家中。一八〇〇年，當時達呂在拿破崙手下當官，在達呂的介紹下，他進入陸軍部任職。後隨拿破崙的軍隊遠征義大利，翻越阿爾卑斯山，戰勝過死亡和恐懼，以「征服者」的身分踏上義大利的聖土。他深深地愛上了米蘭，並與一位當地女子產生一段浪漫而離奇的戀情。不久，他厭倦了軍旅生涯，一度辭職返回巴黎。這段時間，他開始寫作，並且經常出入社交圈。一八〇六年，應表兄之邀，他又重返軍隊，擔任拿破崙的軍需官，後因戰功卓著，獲得拿破崙的表彰。一八一二年，他隨拿破崙大軍遠征俄國，目睹了莫斯科的驚天大火和法軍的一敗塗地，開始懷疑自己對拿破崙的狂熱。

敗退歸來，他卻倍受重用。直到一八一四年帝國崩潰，他在政治上的野心才徹底破滅。為此他說：「一八一四年四月，我和拿破崙一起下臺了。」由此可以看出，當拿破崙以自由的形象出現時，成為斯湯達爾崇拜和追隨的偶像。但是，當拿破崙加冕稱帝，實行獨裁統治時，斯湯達爾開始產生鄙視和反感。而復辟政權的昏庸無道，又令他重新捧起《聖赫勒拿島回憶錄》，對拿破崙也恨不起來了。這種內心的複雜矛盾，在《紅與黑》中有生動的描寫。

投身寫作

出於對復辟政權深感厭惡，他滿懷抑鬱地來到義大利，希望在這片心靈的聖土重新找到希望。一八一四年至一八二一年期間，他身處義大利，主要住在米蘭。作為一個音樂迷，一個歌劇、繪畫、美文的愛好者，他充分享受著當地文化的滋養，他開始通過各種類型的作品為人所知，這其中包括《海頓、莫札特、梅達斯太斯的生平》、《義大利繪畫史》、《羅馬、那不勒斯和佛羅倫斯》、《論愛情》等。

一八二一年，他僑居義大利時，因被懷疑是燒炭黨激進分子，遭到當地政府驅逐，被迫返回巴黎。此後的九年中，他沒有工作，只能靠寫作維持生計。他沒有過高的文學抱負，雖然他能準確地評估它，並且知道如何驚人地預見其死後的榮耀。他並不指望憑藉自己的天賦在金錢上獲得巨大成功，關於這一點，他是明智的。他原本想要成為劇作家，但後來發現，小說的興起，已經使這種題材越來越被大眾所吸引。

斯湯達爾在他的寫作後期開始寫小說，在代表作《紅與黑》問世之前，他的第一部小說《愛爾芒絲》（一八二七年）很不成功，被認為不可理解。《呂西安·勒萬》和《拉米埃爾》均屬未完成作品。《帕爾馬修道院》(一八三九年)是他的另一部成功之作，並且獲得作家巴爾札克的好評。除此之外，他還有一些短篇小說，取材於義大利的逸聞及傳說。

一八三〇年，法國作家斯湯達爾四十七歲。近十年來，他幾乎一直住在巴黎。他經常出入一些重要的文學沙龍。據考證，斯湯達爾是在一八二九年十月二十五日或二十六日前後，開始構思小說《紅與黑》的。他想寫一本可以賣得出去的書。據他本人說，他想用一種大眾所無法理解的神聖語言來表達，他希望五十或八十年後，這本書能被人理解。《紅與黑》是在六個月(一八二九年十月至一八三〇年四月)當中寫成的。之後，作者的生活發生了轉變。他先是被任命為法國駐義大利的里雅斯特的領事，後又改任駐教皇管轄的奇維塔韋基亞領事。直到一八四二年，他在返回巴黎時，突然因中風發作去世。

波拿巴主義者

這部被譽為呈現出「一個運動的世紀」的小說，究竟講述了怎樣的故事？作者認為，小說應該透過講故事來娛樂讀者。他認為，這種媒介和它的目的一樣重要。他說過，「好的小說是一面走在路上的鏡子，人人都會從中發現自己的影子。」要釐清這部小說的主旨，恐怕要從拿破崙的命運以及他的皇帝夢說起。如前所述，作者是不折不扣的波拿巴主義者，即使他自認為是懷疑論者、不執偏見的道德家，也不能改變他的這種身分。他對拿破崙奉若神明，以至於聞其名便為之戰慄、肅然起敬。

作者在主人公朱利安身上傾注了太多情感，包括那個時代的野心與夢想。可以想見，在拿破崙時代，朱利安可以從一個普通士兵變成統領千軍的元帥，但法蘭西帝國崩潰後，波旁王朝捲土重來，他唯一的出路，就是身披教士的袍子，去施展個人卑劣的野心。於是，一個本性善良、敏感細膩的人，當他的野心不能得到滿足時，便一心投入到虛偽和卑鄙的陰謀詭計中。

人物刻畫

朱利安是時代的產物，他有超凡脫俗的智慧，但他生不逢時，不能去建功立業。他的複雜而矛盾的性格，在斯湯達爾筆下表現得淋漓盡致。在朱利安身上，承載了過於沉重的英雄情結，顯得有些誇張。與此形成鮮明對比的，正是瑞納夫人。這個人物的成功塑造，得益於她的平凡自然，因為作者在她身上賦予了某種自由。也許，作者將朱利安刻意描寫為天才的決心過於明顯，以至於這種天才令人害怕。小說中，對朱利安與瑞納夫人的心理描寫，絲毫不遜於盧梭的《懺悔錄》。朱利安對瑞納夫人的感受，其中愉悅超出了激情，這可以體現在他對那本《聖赫勒拿島回憶錄》的過度癡迷上。

斯湯達爾對說謊藝術的天才刻畫，讓《紅與黑》成為一本偽君子的手冊。朱利安天性善良，卻最終走上斷頭臺。他身上的詩人氣質太重，他被強大的野心摧毀了。當小說的場景轉移到貝桑松的神學院時，這種虛偽似乎變得不太突出了。作者對神學院的描寫生動而精彩，再度佐證了他一生厭惡宗教的觀念，但他卻具有非凡的宗教感悟力，這在他的其他作品中也有體現。實際上，斯湯達爾並不排斥宗教，他反對的是被封建專制綁架和利用的宗教。

兩種愛情

與對瑞納夫人的刻畫相比，關於拉莫爾小姐的描寫超過一半篇幅，但顯得過於機械化和古怪。這是另一個頭腦怪異的人，同樣複雜、同樣喜歡冒險。這種「頭腦之愛」，經過一番算計，才最終決定付諸行動。在征服與被征服的角逐中，他們的愛情向前推進。這種愛過於算計和複雜，幾乎令人無法忍受。有時，作者本人也忍不住從幕後跑出來，以旁白的形式評論一番。故事的結尾處，年輕的神父為了兩個情人中的一個，試圖殺死另一個時，這齣悲劇終於被完美地畫上了句號。

斯湯達爾在《論愛情》一書中，曾經闡述過幾種愛情模式，而本書中，瑞納夫人與拉莫爾小姐的愛，可以稱為「心靈之愛」與「頭腦之愛」。很顯然，作者更加推崇前者，因為它更加自然。於是，小說的主人公朱利安在其生命的終點時，重新回歸了他與瑞納夫人之間的「心靈之愛」，而朱利安死後，拉莫爾小姐懷抱著一顆人頭的驚人場面，也與兩人之間的「頭腦之愛」不謀而合。至此，小說已經超越了小說人物原型貝爾特的真實故事。這個浪漫而奇特的故事，完全歸功於作者的精彩演繹。

結語

斯湯達爾不是言語的修辭家，而是思想的邏輯學家。他既是人類心靈的觀察家，也是人類思想的煉金術師。他常常喜歡躲在一扇緊閉的大門背後，以一個外交家的神祕姿態，為我們帶來美妙絕倫的分析。斯湯達爾一生中，似乎很喜歡預言，詭異的是，他的預言往往會得到應驗。其中最出名的，當然是他對自己文學事業的預言。他的小說《紅與黑》，為法國文學傳統提供了嶄新的風格，它既是現代小說的起點，也是長期演變的結果。

二〇二〇年九月

第一部

事實，嚴酷的事實。

——丹東[1]

1 喬治・雅克・丹東（Georges-Jacques Danton，一七五九－一七九四），十八世紀法國大革命時期政治家，雅各賓派的主要領導人之一。

第一章 一座小城

成千上萬地彙集一處，還不算糟，
但籠子裡就沒那麼快樂了。

——霍布斯[1]

小城維利葉[2]堪稱法蘭琪－康堤[3]地區最美的地方之一。白色的房子以及紅色的尖頂，散布於一片山崗的斜坡上。一簇簇茂盛的栗樹凸顯出山巒的蜿蜒曲折。幾百步之外，杜河在從前西班牙人修築的城牆下流淌著，城牆已成廢墟。

維利葉的北部被一座高山遮蔽著，這是汝拉山脈的餘脈。維拉山斷裂的山頂，為十月初寒帶來的白雪所覆蓋。山間奔瀉的激流，流經維利葉，最後注入杜河，為許多鋸木場提供了動力。這是一種簡單的作坊，大多數市民，或者不如說是村民，因此獲得了某些福利。然而，這座小城的致富之道，並非鋸木業，而是依靠一種叫作「牟羅茲」的印花布，使家家富裕起來：自從拿破崙垮臺以後，幾乎城裡所有的房屋都整修一新。

一走進這座城市，便被刺耳的喧囂聲所震撼，那是一種形狀可怖、轟轟作響的機器發出的噪音。二十來支笨重的鐵錘，隨著激流衝擊的輪盤，起起落落，伴隨著轟鳴震顫著路面。每支錘子，一天不知道造出多少個釘子[4]。一些妙齡女子把鐵砣送到鐵錘下，瞬間就被砸成鐵釘。這些看似粗重的工作，是那些初次走進瑞士與法國邊境山區的遊客所驚異的。如果走進維利葉的遊客，詢問這些壯觀而讓人震耳欲聾的工廠是誰家的產業，當地人會緩緩地回答說：「呃，這是市長先生的。」一

這條維利葉的大街，從杜河河邊一直通向山頂。遊客只要稍稍駐足，就有可能看到一個高大的大人物行色匆匆地經過。

一見到他，所有的人都會立刻脫帽致敬。他頭髮花白，身穿灰色衣服，得過很多勳章。他額頭很寬，鷹鉤鼻，整體來說還算是相貌端正：初見印象，他不僅有市長的威嚴，還有中年男子的和藹可親。但來自巴黎的遊客，很快便會對他的洋洋自得和某種夾雜著狹隘與狡黠的自負感到不快。最終，大家發現此人的才能，不過是讓人按時償還他的錢，而他卻盡可能拖延別人的。

這就是維利葉的市長瑞納先生。他步履穩健地穿過街道，走進市政廳，隨即消失在遊客的眼中。假如遊客繼續前行，再走上一百多步，便會看到一座外觀十分漂亮的房子。穿過房子前面的鐵柵欄，是一片美麗的花園。再遠處，是由勃根地山脈組成的讓人心曠神怡的地平線。這種美景讓遊客慢慢忘卻那種令人窒息的追求金錢的銅臭氣。

當地人告訴他，這是瑞納先生的宅邸。這座用石頭砌成的漂亮豪宅剛剛完工，是用鐵釘廠賺來

---

1 霍布斯（Hobbes，一五八八—一六七九），英國哲學家。

2 維利葉（Verrières），係作者虛構的一座城市，很難找到確切的位置。不過，在瑞士邊境蓬塔利耶以東七公里的杜省，有一個名為「維利葉—德—朱（Verrières-de-Joux）」的村莊，位於汝拉山兩座山峰之間的一條小溪上。

3 法蘭琪—康堤（La Franche-Comté），法國東部的大區，其首府是貝桑松（Besançon）。

4 這一場景，斯湯達爾曾在一八一一年九月經過莫雷（Morez）時見過。（斯湯達爾，《義大利日記》第十章）

的錢建造的。他的祖先，據說是西班牙的古老世家，人家說早在路易十四征服之前，就在這裡定居了。

一八一五年以後，由於他已是維利葉的市長，便對實業家[5]的身分感到羞愧。支撐著這座美麗花園各部分的圍牆，一層一層向下延伸到杜河岸邊，是靠他經營製鐵行業建起來的。

想要在法國找到這麼別致地環繞著德國工業城市萊比錫、法蘭克福、紐倫堡的花園，幾乎是不可能的。在法蘭琪－康堤地區，誰家的庭院建造得越高、石頭壘得越多，就越會受到鄰居的尊重。瑞納先生的花園院牆很深，因為其中有幾塊地是花重金買來的，所以更加令人羨慕。譬如，當你進入維利葉，由於鋸木廠在杜河河畔的顯著位置，就會引起你的注意。你還會留意到屋頂一塊木板上寫著「索萊爾」幾個大字。而六年前它所占據的那塊土地上，此刻正在為瑞納先生修建第四層平臺的圍牆。

雖然市長先生傲慢，但不得不去求那個冷漠固執的農家老人索萊爾，付給他很多金幣，以便讓他同意把工廠遷走。至於為鋸木廠提供動力的公用的溪流，瑞納先生利用他在巴黎的影響力，也設法讓它改道了。這一恩惠，是他在一八二幾年選舉之後得到的。

他在杜河下游相距五百步的地方，給索萊爾比原先多出三倍的土地。雖然這一帶對鋸木廠更加便利，但索萊爾老頭——自從他發跡之後，大家就這麼稱呼他——還是利用他鄰居的急性子和占有欲，從他那裡討到六千法郎。

這筆交易後來深受當地精明人士的批評。有一次，四年後的一個星期天，瑞納先生穿著市長的禮服從教堂出來，遠遠看見索萊爾被三個兒子圍繞著，向他微笑。這微笑給市長留下了難以磨滅的印象，此後，他便認為他本可以用更便宜的價格完成那筆交易。

在維利葉，為了贏得公眾的認可，最重要的就是修建很多圍牆的時候，千萬不要採用那些穿越汝拉山脈去巴黎的泥瓦匠帶回的義大利圖紙。這種革新會給冒失的建造者帶來永遠無法抹去的壞名聲，並且在那些明智而穩健的人眼中顏面掃地——正是他們主導著法蘭琪－康堤的輿論。

事實上，這些明智的人在那裡實施著令人厭惡的專制。正是因為這個邪惡的字眼，對那些在被稱為巴黎的偉大共和國生活的人來說，客居這些小城才變得無法忍受。輿論的專制（怎樣的輿論啊！）在法國小城裡，如同在美利堅合眾國一樣愚蠢。

5 一八二三至一八二四年，聖西門出版了《實業家問答》四本小冊子，旨在恢復材料和技術活動的地位。

第二章 市長

聲望！先生，這難道無足輕重麼？
愚者的恭敬，孩子的驚訝，富人的羨慕，聖賢的蔑視！
——巴爾納夫1

杜河上游百公尺遠的地方，沿著山坡有一條給公眾散步的道路。路邊需要修建一條長長的圍牆，對於想揚名的行政長官瑞納先生來說，真是幸運的事。這裡地勢絕佳，成為法國最美的景觀之一。而一到春天，雨水會把路面沖出一道道溝壑，泥濘不堪，難以通行。雖然人人感到不便，卻成全了瑞納先生：修建一座六七公尺高、六七十公尺長的防護牆，他的政績可以永載史冊。

為了這座防護牆，瑞納先生親自出馬，到巴黎去了三次。因為前任內政部長曾經堅決反對在維利葉修建這條散步的道路。如今，圍牆已經修到一公尺多高了。而且，好像故意與前任和現任部長作對似的，此刻正用大理石板裝飾牆面。

多少次，我胸抵著這青灰色的巨石，心裡想著昨天晚上在巴黎告別的舞會，俯瞰著杜河的美景！在河的左岸，有五、六條迂迴的溝壑，可以看得見無數細小的溪流。它們形成層層瀑布，匯入杜河。山裡的太陽灼人，頭頂烈日，遊客可以在梧桐的蔭蔽下展開遐想。這些樹長勢迅猛，帶著青色的綠蔭，全仰賴於市長在防護牆後增添的土壤。他不顧市議會的反對，硬是把散步的道路拓寬了兩米（雖然他是保皇派、我是自由派，但我還是要稱讚他）。在他看來，這片平臺可與巴黎郊區的聖日爾曼昂萊的平臺相媲美。關於這一點，維利葉乞丐收容所[2]所長、吉星高照的瓦勒諾先生，也有相同的看法。

至於我，對這條效忠路有點不滿。雖然這個名字在沿途十幾塊石牌上都可以見到，而且它又為瑞納先生贏得過一枚勛章。我所不滿的是，當局對這些梧桐的修剪方式過於野蠻。它們要是剪得像在英國見到的那樣高大挺拔就好了，而不是現在這樣低矮、扁平，如同菜園裡的蔬菜一般。但是，市長先生的意志是不可違背的。凡是市區的樹木每年都要經過兩次蠻橫的修剪。也許有些誇大，但當地的自由黨人宣稱，馬斯隆神父養成習慣，將剪下的樹枝據為己有，於是，公家園丁的蠻橫就變本加厲了。

這個年輕的神父是幾年前從省城貝桑松派來的，負責監視謝朗神父[3]和附近的幾位本堂神父。有一位參加過征討義大利的老軍醫，退休後隱居在維利葉，根據市長的說法，此人既是雅各賓派，又是拿破崙派，有一天竟然在市長面前譴責說，不應該定期地毀壞這些美麗的樹木。

1 巴爾納夫（Antoine Barnave，一七六一－一七九三），法國大革命時期的政治家。

2 根據一八〇八年七月五日的法令，法國在每個省都成立了「乞丐收容所」，以保障貧民同時有住處、生計和工作，後隨著王朝復辟被逐步撤銷。一八〇九年，作者在維也納認識的皇家衛隊長米歇爾（福爾），是瓦勒諾這個人物的原型。

3 斯湯達爾認識一位和藹可親的謝朗神父，是克萊附近里斯特的本堂神父。他身材瘦小，充滿活力和熱情，神采奕奕（斯湯達爾自傳《亨利・布拉德的一生》第一章第六十二頁）。作者對他一直滿懷敬佩。

「我喜歡樹蔭，」瑞納先生傲慢而有分寸地答道，畢竟對方是一位獲得過榮譽軍團騎士勳章的外科大夫。「我喜歡樹蔭，我只有這樣修剪樹，才能讓它們枝繁葉茂。如果不能像胡桃樹那樣獲取利益，我想不出一棵樹還有什麼用途。」

這就是在維利葉主宰一切的偉大箴言：「獲取利益」，這句話說明了超過四分之三居民的習慣思維。

在這座風景絕佳的小城，獲取利益是決定一切的理由。外地遊客來到這裡，進入涼爽宜人的山谷，陶醉於溝壑美景，起初會以為當地居民對美的感受非同一般。實際上，他們確實能不停地說起家鄉的美麗，不可否認他們很重視，但這是因為它可以吸引遊客，遊客可以使旅店老闆的腰包鼓起來，再藉由稅收，使小城獲得收益。

一個晴朗的秋日，瑞納先生挽著夫人的手，沿著效忠路漫步。瑞納夫人一邊聽著丈夫嚴肅的談話，一邊緊盯著三個孩子的活動。大孩子約有十一歲，不時靠近防護牆，好像要爬上去似的。隨後傳來一聲溫柔的呼喚「阿道爾夫」，孩子這才放棄了大膽的念頭。瑞納夫人看起來三十歲左右，仍然美麗動人。

「這位從巴黎來的儀表不凡的先生，他也許會後悔的，」瑞納先生面帶怒色說道，看起來臉色比平時蒼白。「我在城裡也不是沒有朋友……」

我雖然打算用兩百頁篇幅談談外省的生活，但絕不會蠻橫到強迫你們去聽外省人囉唆而世故的談話。

這位讓維利葉市長感到厭惡的從巴黎來的人，正是阿貝爾先生。兩天前，他想方設法進入了維利葉的監獄和乞丐收容所，還進入市長和當地企業家辦的慈善醫院。

「不過，」瑞納夫人戰戰兢兢地說，「既然你們奉公守法、興辦慈善事業，那位巴黎來的先生又能怎樣呢？」

「他就是來吹毛求疵的，然後寫成文章，發表在自由黨的報紙上。」

「那些報紙，你不是從來都不看嗎？」

「但別人總是會提到這些雅各賓派的文章；這會干擾我們，影響我們去做好事。至於我，我是絕不會原諒這個神父的。」

第三章 窮人的福利

有一位品行高尚、不搞陰謀的神父，是鄉村的福氣。

——弗勒里[1]

要知道，維利葉的神父是八十歲的老人，但是山區的空氣好，他身體非常結實，意志也如鋼鐵般堅強。他可以隨時去監獄、醫院，甚至是乞丐收容所。那位由巴黎介紹來的阿貝爾先生，人很聰明，選擇清晨六點鐘抵達這座奇特的小城。他剛一到，就直奔神父家。

謝朗神父看了拉莫爾侯爵寫給他的信，沉思了片刻。這位侯爵是法國貴族院的議員，也是本省最富有的財主。

「我老了，在這裡深受愛戴，」最後，他低聲說道，「他們不敢對我怎樣。」他轉過身來，望著巴黎來的人，眼睛裡閃爍著神聖的光芒，表示即使擔點風險，也願意做高尚的事。

「先生，請跟我來吧，不過在監獄看守面前，尤其是收容所主管面前，無論看到什麼，都不要發表任何意見。」阿貝爾先生知道，他遇到了熱心人。於是，他跟著這位可敬的神父參觀了監獄、醫院和收容所，提出了很多問題，雖然回答千奇百怪，但他絲毫沒有流露出責備的態度。

這次參觀持續了幾個小時。神父想邀請客人一起吃飯，但客人推脫說，有幾封信要寫，實際上，他是不想拖累這位熱心的朋友。下午三點鐘，兩人參觀完乞丐收容所，又回到監獄，在門口遇到一個看守。這是一個身高六尺，長著羅圈腿的大漢，醜陋的面孔因為恐懼而變得更加令人厭惡。

「啊，先生！」他一看到神父就問，「與你在一起的這位客人，是阿貝爾先生嗎？」

「是又怎樣呢？」神父說。

「我昨天接到省長派人騎馬送來的命令，不許阿貝爾先生參觀監獄。」

「我告訴你，奴瓦魯先生，」神父說，「和我一起來的，正是阿貝爾先生。難道不行麼？不論什麼時候，不管白天黑夜，我都有權進入監獄，並且帶什麼人來都可以。」

「是的，神父先生。」看守低聲說，像一條怕挨打而不得不服從的狗，低下了頭。「不過，神父先生，我有老婆孩子，如果被告發，我就會被撤職，飯碗就沒了。」

「要是我丟了飯碗，也會難過的。」善良的神父回答，聲音十分感人。

「那可是不一樣！」監獄看守立刻說，「大家都知道，你每年有八百法郎的收入，還有房產……」

事情的經過就是這樣，兩天以來引得大家議論紛紛，並以各種形式被加以放大，在維利葉引發了不滿的情緒。此刻，瑞納先生和夫人也在討論這件事。那天早上，市長在乞丐收容所所長瓦勒諾的陪同下，來到神父家，對他表示強烈的不滿。謝朗神父沒有任何後臺，他明確感受到了他們話的分量。

「好吧，兩位先生，我已經八十歲了，將成為這一帶第三位被免職的神父。我在這裡五十六年了。剛來的時候，這裡還是個小鎮。我幾乎為所有的居民施洗。我每天為年輕人主持婚禮，過去是

---

1 弗勒里（Claude Fleury，一六四〇—一七二三），法國神父，著有《教會史》。

為他們的祖父、祖母。維利葉就是我的家，我一見到這個異鄉人，心裡就想：這個巴黎來的人可能是自由派，這種人很多，他能對我們的窮人和囚犯有什麼害處呢？」

這時，瑞納先生的指責，尤其是乞丐收容所所長瓦勒諾的指責，變得越來越強烈了。

「好吧，你們撤我的職吧，」老神父聲音顫抖地叫道，「但我還會住在這裡。大家知道，四十八年前，我在這裡繼承了一筆地產，每年有八百法郎的收入，我可以賴以為生。我任職期間，沒什麼積蓄，所以，我不怕丟掉職位。」

瑞納先生與妻子的關係一直很和睦。這時，瑞納夫人戰戰兢兢地問道：「這位巴黎來的先生，能給犯人帶來什麼危害呢？」瑞納先生一時語塞，正要發作，忽然聽到妻子發出一聲尖叫。原來，他們的二兒子爬到了平臺的防護牆上，還在上面跑，儘管這堵牆比葡萄園高出五、六公尺。瑞納夫人害怕嚇到兒子，一不小心摔下去，所以不敢說話。最後，這個自以為是的孩子，見到母親面如土色，就笑著跳下來。他被嚴厲地訓斥了一番。

這一小插曲改變了他們的話題。

「我必須把鋸木廠老闆的兒子索萊爾找來，」瑞納先生說，「讓他來管管這幾個孩子，他們太淘氣了。索萊爾可以說是個年輕的教士，他的拉丁文很出色，會讓孩子有所長進。據神父說，他性格堅強，我準備給他三百法郎，並提供食宿。過去我對他的品行有所懷疑，因為他是外科醫生的寵兒。那醫生獲得過榮譽軍團勛章，因藉口是親戚，就寄宿在索萊爾家裡。實際上，他可能是自由黨人的密探。他說山裡的空氣有益於他的哮喘病，這一點並未得到證實。他參加過拿破崙遠征義大利的戰爭，據說還反對拿破崙稱帝。這個自由黨人教索萊爾拉丁文，並把大批圖書留給他。所以，我本來不想讓木匠的兒子來教我們的孩子，但就在我跟神父鬧翻的前一天，他告訴我，索萊爾已經研習神學三年，並準備進入神學院。因此，他不是自由黨人，而是個懂拉丁文的人。」

「這樣安排，還有別的好處。」瑞納先生驕傲地看著妻子，繼續說道，「瓦勒諾剛為他的四輪馬車配了兩匹漂亮的諾曼第馬，非常得意，但他的孩子還沒有家庭教師呢。」

「他會不會把我們的這位搶去呢？」

「這麼說，你贊成我的計畫？」瑞納先生對妻子的考慮周全報以微笑，「好，這件事就這麼定了。」

「噢，天吶，你這麼快就拿定主意了！」

「這是因為我意志堅強，神父早領教過了。不必隱瞞，我們周圍都是自由黨人。所有的布商都嫉妒我，我十分清楚。有兩三個已經發財了。我要讓他們看看，瑞納先生的孩子在他們家庭教師的帶領下散步，這有多神氣！我的祖父經常告訴我，他小時候也有家庭教師。這會花去我們一百個埃居[2]，不過，要維持我們的身分，這是必要的開支。」

這個突然的決定引發了瑞納夫人的沉思。她身材高䠷，相貌端莊，是山裡人公認的美人。她單純的表情裡，有一種青春的活力。這是巴黎人所心馳神往的。如果瑞納夫人知道自己嫵媚動人，一定會羞愧難當的。她的心裡，從未想過賣弄風情，或者裝模作樣。富有的乞丐收容所所長瓦勒諾追求過她，但一無所獲。這為她的貞潔增添了光彩。因為這位瓦勒諾先生，高大年輕、體格強壯、滿面紅光、鬍鬚濃黑，是那種粗魯、放肆、喧嚷的外省美男子。

瑞納夫人性格靦腆，情緒比較敏感，她特別討厭瓦勒諾的躁動不安、大聲喧嘩。她不像維利葉

---

2 埃居，法國古代金幣，一埃居約合三法郎。

人那樣喜歡熱鬧，這讓人覺得她非常清高。對此，她並不在意，她很高興城裡的人很少登門造訪。無須諱言，在他們夫人的眼中，她就是個傻瓜。因為她不會對丈夫耍心眼，原本可以讓他從巴黎或貝桑松買些漂亮的帽子來。對她來說，只要能在自己美麗的花園裡散散步，就別無所求了。

她頭腦簡單，從未想過去評價自己的丈夫，也不敢承認他令人厭煩。她雖然嘴上不說，但心裡認為：夫妻之間的關係不過如此，並沒有那麼親密。她特別喜歡瑞納先生與她談到孩子教育的事。他要老大從軍，老二當法官，老三做教士。總之，她認為瑞納先生並不是她所認識的男人當中最討厭的。

妻子對丈夫的這種評價不無道理。維利葉市長身上的機智、風趣的美譽，得益於從他的叔叔那裡繼承的五、六個幽默故事。叔叔瑞納上尉，大革命前在奧爾良公爵的步兵團裡服役，他去巴黎時，涉足過奧爾良公爵的沙龍。在那裡，他見到過蒙特松夫人、聲名顯赫的讓利斯夫人，以及王宮的改造者杜克雷先生[3]。因此，這些人物不斷出現在瑞納先生講述的故事裡。但是，講述這些妙不可言的逸聞，慢慢地成為一種負擔。現在，每逢重大場合，他才會重溫這些奧爾良家族的奇聞。此外，只要不涉及金錢，他還是會彬彬有禮的。因此，他當然被認為是維利葉最有貴族風範的人物。

3 蒙特松夫人（Mme de Montesson，一七三五－一八〇六），奧爾良公爵的祕密夫人。讓利斯夫人（Mme de Genlis，一七四六－一八三〇），蒙特松夫人的侄女，透過姑姑介紹進入大皇宮，一七七〇年，成為沙特爾公爵夫人的女官和奧爾良公爵的「總管」。杜克雷（Ducrest，一七四七－一八二一），讓利斯夫人的哥哥，負責政治經濟和海岸防禦。

第四章
父與子

即便如此，難道是我的錯麼？
——馬基維利[1]

「我的妻子確實很有想法！」維利葉市長心裡想道，第二天早上六點，他動身到索萊爾老頭的鋸木廠去。「雖然這件事是我向她提出來的，為了顯示我比她強。但我並沒有想到，如果我不雇用這個精通拉丁文的小神父，那個一刻也閒不住的乞丐收容所所長，會把他搶走。那時，他會以怎樣得意的語氣談起他孩子的家庭教師呢！……那個家庭教師到我家來，還會做神父麼？」

瑞納先生正在考慮這個問題，遠遠看見一個農民，身高六尺左右。好像天一亮，他就忙著丈量杜河邊纖道上堆放的木材。村民見到市長走過來，似乎並不高興。因為木材阻塞了道路，堆在那裡是違法的。

這個農民就是索萊爾老頭。關於他的兒子朱利安，瑞納先生提出的建議，令他感到驚訝和高興。不過，他聽的時候，裝出一副滿不在乎的樣子。這裡的山民很善於裝傻，以掩飾他們的狡猾。他們在西班牙統治時期是奴隸，如今還保留著埃及農民的特徵。

1 馬基維利（Machiavelli，一四六九—一五二七），義大利政治家、歷史學家。

索萊爾先生的回答，剛開始是他牢記在心的一連串的套話。當他重複這些空話時，臉上虛假的微笑更顯示出他長相中虛偽做作的醜態。其實，這個頭腦機靈的老頭在揣想，為什麼這麼重要的人物要把他的無賴兒子請到家裡去。他最不喜歡的朱利安，瑞納先生竟然願意一年出三百法郎高薪雇用，並且還管吃穿。最後這個條件是索萊爾老頭靈機一動，突然提出來的，瑞納先生竟然立刻答應了。

這個要求，引起了市長的警覺。「索萊爾對我的建議理應感到很滿意，但並非如此。」他心裡說，「顯然有人向他提起過，如果不是瓦勒諾，還會是誰呢？」瑞納先生催促索萊爾老頭馬上把事情定下來，但沒有成功。這個狡猾的鄉巴佬堅決不答應，他假託要跟兒子商量一下，就好像外省有錢的父親，要去徵求一文不名的兒子意見似的。

這個水力鋸木廠，就是建在河邊的一座木棚。棚頂由四個粗木柱的屋架撐起。在棚子中央，大約三、四公尺高的地方，可以看到一個鋸子上下起落，由一個很簡單的機械裝置將木材推到鋸子底下。流水推動一個輪子，帶動一個有雙重作用的機器：使鋸子上下起落，把木材推到鋸子底下，鋸成板材。

索萊爾老頭走向鋸木廠，扯著嗓子叫朱利安，但無人回應。他只看到兩個高大的兒子，正舉起沉重的斧子，砍去松樹的枝杈，然後送到鋸子底下。他們全神貫注，對準木頭上的墨線劈下去，砍掉大塊的木屑。他們沒有聽見父親的叫喊聲。老頭朝木棚走去，走進棚裡，在鋸子旁邊沒有發現朱利安。在距離地面兩三公尺高的地方，只見朱利安騎在一根橫梁上，坐在那裡看書。這是索萊爾老頭最憎惡的了。朱利安身體單薄，不能像兩個哥哥那樣做粗活。他對這種看書的癖好厭惡至極，因為他自己一字不識。

他叫了朱利安兩三聲，但沒有回應。年輕人的注意力集中在書本上，連鋸子的噪音都聽不見，更聽不到父親的叫喊聲。最後，父親不顧自己年邁，一下跳到正鋸開的樹幹上，再一躍跳上支撐頂棚的橫梁。他一拳打過去，將朱利安手裡的書打落到水裡。再一巴掌打在他的頭上，打得他失去平衡，險些從三、四公尺高的地方掉下來，落到正在運轉的機器中，被碾成碎片。幸虧老頭眼明手快，用左手將他抓住。

「好啊，懶鬼！叫你看鋸子，你卻看這些該死的書？要看，晚上去神父家再看也不遲。」

朱利安雖然被打得暈頭轉向，嘴裡出血，但他還是趕緊回到鋸子旁邊的崗位上。他眼裡含著淚水，並不是因為身體的疼痛，而是因為失去了他心愛的書。

「下來，畜生，我有話對你說。」

因為機器的噪音，他沒聽到這個命令。他的父親已經下來，懶得再爬到機器上，於是用打胡桃的杆子，敲一下他的肩膀。朱利安腳一落地，老索萊爾就用手推他，趕他回家。「天曉得，他要把我怎樣！」年輕人心裡說。他一邊走，一邊望著河水，水裡有他最心愛的書：《聖赫勒拿島回憶錄》[2]。

他低著頭，臉頰緋紅。這是個十八、九歲的年輕人，身體比較瘦弱。五官不算端正，但很清秀，有一個鷹鉤鼻。一雙眼睛又黑又大，平靜的時候放射出沉思和熱情的光芒，此刻卻露出幽憤的表情。深褐色的頭髮長得很低，因此額頭顯得不夠寬大，生氣的時候，露出一副凶相。人的相貌雖

2《聖赫勒拿島回憶錄》，係拿破崙流放時期與身邊人員的談話紀錄。一八二三年由拉斯・凱斯（Las Cases）出版。像斯湯達爾一樣，朱利安也崇拜拿破崙和涉及皇帝的一切。

各有差別，但他卻與眾不同，特別引人注目。修長而勻稱的身材，說明他力量不大，但很靈巧。他自幼就經常冥思苦想，父親以為他活不久，即使不死，也是家裡的負擔。家裡人都看不起他，他也由此對哥哥和父親心懷恨意。星期天在廣場上玩耍，他總是挨揍的那個。

他那英俊的面容得到眾多女孩的讚許，只是不到一年前的事。被大家視為弱者的朱利安，他崇拜的竟然是某日敢對市長砍樹妄言的老軍醫。

這位醫生有時願意付錢給索萊爾老頭，以換取朱利安的時間，教他拉丁文和歷史。所謂歷史，就是他說瞭解的一七九六年的義大利戰爭。他臨死前，將自己的榮譽勛章、養老金的餘額，還有三、四十本書都送給了朱利安。其中最珍貴的一本，剛才掉進了市長用權力使其改道的「公共河流」中了。

朱利安剛一進門，就感覺肩膀被父親那雙粗大的手抓住了。他渾身戰慄，等著再次挨打。

「老實回答我。」老頭粗聲粗氣地對著朱利安的耳朵吼道，同時像小孩子玩鉛人一樣，用手把他的身子扭過來。朱利安含著淚水的又黑又大的眼睛，正對著老木匠凶狠的灰色小眼睛，好像父親要看穿兒子的心底似的。

第五章
談判

以拖延挽回局面。

——恩尼烏斯[1]

「老實回答，不要說謊。你這個只會啃書本的狗東西，你是在哪裡認識瑞納夫人的？跟她說過什麼？」

「我從沒跟她說過話，」朱利安答道，「除了在教堂，從未在別處見過她。」

「那你沒看過她麼，下流的東西？」

「絕對沒有！你知道，在教堂裡，我眼裡只有天主。」朱利安說道，露出一本正經的表情，他覺得這樣可以避免再挨打。

「不管怎樣，這裡面肯定有事。」狡猾的老頭說道，又沉默片刻，「我從你這裡什麼都問不出來，你這該死的偽君子。總之，我可以甩掉你，沒有你，我的輪鋸會運轉得更好。你得到神父或其他什麼人的賞識，為你找到一個美差。去收拾好你的東西，我送你到瑞納先生家裡去，你去給他的孩子當家庭教師。」

1 恩尼烏斯（Ennius，西元前二四〇－西元前一六九），古羅馬詩人、劇作家。

「我能得到什麼？」

「包吃，包穿，每年還有三百法郎。」

「我可不去當傭人。」

「畜生，誰說去當傭人的？難道我願意讓我的兒子去做傭人麼？」

「那麼，我跟誰一起吃飯呢？」

這個問題把老索萊爾難住了，他覺得不能再說了，免得說錯。於是他發怒了，訓斥朱利安，說他太貪婪，然後拋下他，去找另外兩個兒子商量。

過了一會兒，朱利安看見他們分別靠著一把斧子，正在商議什麼。朱利安看了很久，也猜不出他們說了什麼，又怕被人發現，就走到鋸子的另一邊。面對這個突如其來的改變他命運的消息，他想好好思考一下。但是他感到此刻不能靜下心來，他的腦子都在描繪他在瑞納先生的豪宅裡將要看到的東西。

他心裡對自己說：「寧可放棄這一切，也不能讓自己淪落到跟傭人一起吃飯[2]的地步。我的父親要強迫我，我就去死。我有十五個法郎八個蘇[3]的積蓄，今晚我就逃走。走小路不必擔心碰上憲兵，走兩天就能到貝桑松，可以在那裡當兵，需要的話，我就去瑞士。不過，這樣就不會有前途了，遠大志向也完了，教士這種仕途也沒了。」

朱利安並非從一開始就討厭跟傭人一起吃飯，為了有遠大前程，他可以做更艱苦的事。他的這種厭惡情緒來自盧梭的《懺悔錄》。他憑藉這本書去想像世界的樣子。拿破崙《軍事公報》彙編和《聖赫勒拿島回憶錄》都是他膜拜的「經典」。為了這三部書，他可以搭上性命。他從不相信其他書。他相信老軍醫的話，認為其他書都是謊話連篇，是一些騙子為了求取功名而編出來的。

朱利安除了有一顆赤誠的心，還有一種常常與傻子密切相關的驚人記憶力。他看出他的前途取決於年邁的謝朗神父，為了贏得他的賞識，竟然把拉丁文的《新約全書》都背下來。他還熟讀邁斯特爾[4]先生的《論教皇》，儘管這兩本書他都不信。

似乎雙方有種默契，索萊爾和他的兒子這天都避免跟對方說話。傍晚，他到神父那裡去聽神學課，他覺得，別人向他父親提出的奇特建議，最好不要告訴神父。「也許這就是陷阱，」他心想，「應該裝出已經忘記的樣子。」

第二天，瑞納先生一早便派人來找老索萊爾，而老索萊爾卻讓他等了一兩個鐘頭，一進門就再三道歉，又百般致意。他提出了各種異議，最終弄明白他的兒子將跟男主人及女主人同桌吃飯，如果有客人來，就單獨在另一個房間跟孩子一起吃。看到市長十分著急，便又提出越來越挑剔的附加條件。另外，他心裡還充滿了懷疑和驚訝，便要求去看看他兒子睡覺的房間。這是一個布置得十分整潔的大房間，有人正忙著把孩子的床搬進去。

這種情景讓這位老頭深受啟發，他隨即要求看看他兒子將要穿的衣服。瑞納先生打開抽屜，從中取出一百法郎。

「你的兒子可以用這筆錢到杜朗先生的呢絨店裡，做一身黑色的禮服。」

---

2 朱利安表現出與斯湯達爾相同的品位和厭惡：「我過去有，現在仍有，最高貴的品位。我願意為人民的幸福做任何事情，但我寧願每月在監獄待上兩週，也不願意和商店裡的人住在一起。」（斯湯達爾，《亨利・布拉德的一生》）

3 蘇，法國輔幣，二十個蘇為一法郎。

4 約瑟夫・德・邁斯特爾（Joseph de Maistre，一七五三－一八二一），十八世紀法國哲學家、政治家。

「那麼，即使我把他從這裡領回去，」鄉巴佬說，他一下子把他那些客套都忘乾淨了，「這身黑衣服他還留著嗎？」

「當然。」

「那好！」索萊爾拖著長腔說，「我們就剩一件事要達成一致，你給他多少錢。」

「什麼！」瑞納先生生氣地叫起來，「我們昨天已經說好了：我給三百法郎。我覺得這夠多了，也許太多了。」

「這是你出的價，我不否認。」老索萊爾說，話說得更慢了。他緊緊地盯著瑞納先生，用只有不瞭解法蘭琪－康堤地區農民的人才感到驚訝的那種機智，補充了一句：「我們能找到更好的地方。」

聽了這話，市長驚呆了。不過，他還是恢復了平靜。他們談了兩個鐘頭，字斟句酌，沒有一句憑空胡說，農民的狡猾最終戰勝了富人的精明，富人不必靠精明活著。很多安排朱利安的新生活的條件逐一商定。他的薪水不僅定為每年四百法郎，而且要每月一號提前付清。

「好吧！我每月會給他三十五法郎。」瑞納先生說。

「湊個整數吧，」鄉巴佬用奉承的口氣說，「像我們市長先生這樣有錢又大方的人，一定會給三十六法郎[5]。」

「可以，」瑞納先生說，「但是，別再多說了。」

這次，憤怒使他的語氣變得十分強硬，鄉巴佬也看出應當到此為止。這下輪到瑞納先生占上風了。他堅持不肯把第一個月的三十六法郎交給急於為兒子領錢的老索萊爾。瑞納先生突然想到，他必須把談判中自己所發揮的作用告訴妻子。

「把我剛才給你的那一百法郎還給我，」他生氣地說，「杜朗先生還欠我錢呢。我跟你的兒子一起去選黑呢料子。」

見到這一強硬舉動，索萊爾又老老實實說起他那些恭維的客套話，足足嘮叨了一刻鐘。最後，他發現實在撈不到什麼了，便告辭走了。他最後行了個禮，用下面這句話結束：

「我馬上把我的兒子送到公館來。」

當市長先生的公民想討好他的時候，就這樣稱呼他的房子。

索萊爾回到鋸木廠，到處找不到他的兒子。朱利安對可能發生的事充滿疑惑，半夜就出去了。他想給他的書和榮譽勛章找個安全的地方存起來。他把這些都送到一個年輕的木器商那裡，這個人是他的朋友，名叫富凱，住在俯瞰維利葉的山上。

等他回來時，他的父親立刻說：「該死的懶骨頭，天知道你是不是會注重信譽，把這麼多年的飯錢還給我。帶著你的東西，到市長先生家去吧。」

朱利安感到驚訝，竟然沒有挨打，趕緊離開了。但是，一旦他那可怕的父親看不見他，他就放慢了腳步。他認為到教堂去轉一下，會對他的虛偽有好處。

「虛偽」這個詞讓你感到驚訝嗎？在悟出這個可怕的詞之前，這個年輕農民的心裡曾經思量過很長一段時間。

朱利安童年的時候，看到過第六團的龍騎兵，他們身披長長的白披風，戴著飾有黑鬃毛的頭盔，剛從義大利回來。他們把馬拴在他父親的房子的窗欄上，從這一刻起，他就瘋狂地愛上了軍人

---

5 當時法國流通的貨幣有五法郎和六法郎的，按六法郎計算，三十六法郎是個整數，這裡是討價還價的意思。

的職業。後來，他又聽老軍醫講述洛迪橋、阿爾科和里沃利等戰役，聽得熱血澎湃。他注意到，老人凝視他的十字勛章時，眼中閃爍著的灼人光芒。

但是，朱利安十四歲的時候，維利葉開始建造一座教堂，對於這個小城來說，這座教堂可以算是華麗了。尤其是那四根大理石的柱子，讓朱利安印象深刻。這四根柱子曾引起治安法官和年輕的神父之間的刻骨仇恨，並因此出名。年輕的神父是從貝桑松來的，據說是聖公會[6]的密探，治安法官險些丟了差事，至少公眾是這麼認為的。他怎麼敢與教士對抗呢？據說這人每隔半個月去一次貝桑松，去拜見主教大人。

這段時間，子孫滿堂的治安法官似乎有幾件案子判得不太公允，而且都是針對那些看《立憲報》[7]的人。正義的一方[8]，最終勝訴。其實，糾紛不過是三、五法郎的事。這些微小的罰款，其中一筆落到了一個製釘匠身上。這個人是朱利安的教父。這人怒火中燒，大聲喊道：「世道變了！二十多年來治安法官一直被視為正派的人，真沒想到！」朱利安的朋友老軍醫，這時去世了。

朱利安從此不再談論拿破崙，並且宣布要當教士，大家常見他在父親的鋸木廠裡，專心致志地背誦那位神父借給他的拉丁文版《聖經》。這位善良的老人，對朱利安的進步讚歎不已，常常整個晚上教他學習神學。朱利安在他面前顯露出虔誠的態度。有誰能料到，他臉色白皙，如此溫柔，像個女孩子一樣，心中卻深藏著即使九死一生也要出人頭地的不可撼動的決心！

對朱利安來說，要出人頭地，首先就得離開維利葉，於是他憎惡他的家鄉，他在這裡看到的一切使他的想像力完全喪失。

從幼年開始，他就經常有興奮的時刻。他最愉悅的夢想，是有朝一日被介紹給巴黎的美女，他用輝煌的成就贏得她們的矚目。怎麼他就不會被其中一位看上呢？拿破崙窮困潦倒的時候，不就被光彩奪目的博阿爾內夫人[9]愛上了嗎？多年來，朱利安幾乎無時無刻不對自己說，拿破崙曾經是默默無聞又身無分文的下級軍官，憑藉他的利劍成為世界的主人。這個想法給深感自己不幸的他帶來安慰，又使他在快樂的時候倍感歡欣。

教堂的建造和治安法官的判決，使他猛然省悟過來。他有了一個想法，幾個星期當中他就像瘋了一樣，最後，這種壓倒一切的力量完全征服了他。充滿熱情的人認為他所創造的新點子，才具有壓倒一切的力量。

「拿破崙名揚天下的時候，法國正受到侵略的威脅。戰爭的勝利不僅是必要的，而且是時髦的。如今，四十歲的教士就有十萬法郎的年俸，相當於拿破崙的那些名將收入的三倍。需要有人支持他們。這位治安法官，頭腦如此聰明，過往是如此正派，又到了這種年紀，因害怕得罪一個三十歲的年輕神父，就玷汙了自己的名聲。應該去當教士。」

有一次，他學習神學已有兩年，正滿懷新的虔誠之際，不料那燃燒著他的靈魂之火突然迸發了，露出了他的真面目。那是在謝朗先生的一次晚宴上，有許多教士參加，好心的神父把他當作神

---

6 成立於一八〇一年，與教皇和解協約簽訂後，為了恢復虔誠，聖公會也從事慈善活動。在維萊爾總理的保護下，它被指控有政治陰謀和企圖，並受到公開譴責。

7 宣揚自由的報紙，創辦於一八一五年。透過反對查理十世的運動，為一八三〇年革命做準備。這是自由黨人的機關報。

8 指維萊爾總理和查理十世保護的「神父一方」。

9 德・博阿爾內夫人（Mme de Beauharnais，一七六三－一八一四），名為約瑟芬，後成為拿破崙的皇后。

童介紹給大家，他卻突然讚頌起拿破崙來。事後他把右臂綁在胸前，說是搬動樹幹時脫臼了，這種彆扭的姿勢他保持了兩個月。經過這次懲罰，他才原諒自己。這個十九歲的年輕人，外表文弱，看起來不過十七歲，眼下正夾著一個小包袱，走進維利葉華麗的教堂。

他發現教堂陰暗而幽靜，每到節日，教堂的窗戶都用深紅的帷幔遮住，陽光照射下，產生出一種最具莊嚴和宗教性的令人炫目的效果。朱利安渾身戰慄。他獨自在教堂裡，在一張漂亮的椅子上坐下，椅子上飾有瑞納先生家的徽章。

朱利安注意到，跪凳上放著一張有字的紙片，像是為了讓人看到似的。他定睛一看，只見上面寫著：

路易．讓萊爾在貝桑松被處以死刑，處決經過及臨終細節……

這張紙殘缺不全，背面還有一行字，頭幾個字是：第一步。

「這是誰放在這裡的？」朱利安想，「可憐的倒楣人，」他歎了口氣，「他姓的末尾和我的一樣……」他把紙揉成一團。

朱利安走出教堂，看見聖水缸旁有血，其實那是灑出來的聖水，窗戶紅帳的反光照在上面，看起來像血一樣。

最後，朱利安對自己的恐懼感到羞愧。

「難道我是懦夫？」他心裡說道，「拿起武器！」[10]

在老軍醫的戰爭故事中，這句話經常出現，對朱利安來說，它充滿了英雄氣概。於是，他站起身來，快步向瑞納先生的房子走去。

雖然他信心十足，但當他看見那幢房子，距離還有二十步時，他還是被一種難以抗拒的膽怯攔住了。他覺得屋子很奢華，鐵柵欄門開著，他也只好進去了。

跟朱利安一樣心中感到慌亂的，還有一個人。瑞納夫人膽子很小，一想到這個陌生人，因為職務的需要將會經常處在她和孩子之間，就感到驚慌失措。她習慣孩子睡在她的房間裡。早晨，當她看見他們的小床被搬進家庭教師的房間時，她眼淚直流。她請求丈夫把小兒子斯坦尼斯拉斯－格拉維埃的床再搬回她的房間，但徒勞無功。

在瑞納夫人身上，女性的敏感發揮到了極致。她的想像中，家庭教師是令人厭惡的傢伙，性情粗魯、蓬首垢面，因為他懂拉丁文，就被請來管教她的孩子，為了這種野蠻的語言，她的孩子還可能會挨打呢。

10　這是《馬賽曲》中的一句歌詞，後成為法國國歌。

第六章 鬱悶

我已不知道自己是誰、在做什麼。

——莫札特，《費加洛的婚禮》

當瑞納夫人遠離男人的目光時，其活潑與優雅的天性就流露出來。她從朝向花園的客廳的玻璃門出來，瞧見門口有一個鄉村青年，看起來還是個孩子，臉色蒼白，帶著淚痕。他穿著雪白的襯衫，腋下夾著一件乾淨的紫色外套。

這個鄉村青年，面色白皙，目光如此溫柔，讓充滿幻想的瑞納夫人起初認為，他有可能是一個扮成男孩的女孩，來向市長先生乞求恩典的。這個可憐的傢伙站在門口，顯然不敢去按門鈴，令她心生憐憫。她走過去，頓時忘卻了家庭教師的到來所引起的煩惱。朱利安面對著大門，沒看到她走過來。他忽然聽到一個溫柔的聲音，不禁打了個寒戰：

「你來這裡幹什麼，我的孩子？」

朱利安趕緊轉過身來，瑞納夫人動人的眼神吸引了他，使他忘掉了膽怯。隨即，他因為她的美麗而驚訝，忘記了一切，甚至把來這裡幹什麼都忘了。瑞納夫人又問了一次。

「我是來做家庭教師的，夫人。」他最終回答說。並為自己的眼淚感到難為情，盡可能擦乾淨。

瑞納夫人呆住了，兩人四目相望，距離很近。朱利安從沒見過穿戴如此講究的人，特別是一個如此容貌秀麗的女人，還用如此的柔聲細語跟他講話。瑞納夫人望著鄉村青年臉上的碩大淚珠，他的臉剛剛還是那麼蒼白，現在已變得緋紅。這時，她禁不住笑起來，像小女生一樣歡快地傻笑。她笑自己，根本想不到自己如此快樂。怎麼，他就是家庭教師！這就是她想像中的那個來訓斥和打罵她的孩子的衣著寒酸的教士！

「怎麼，先生，」她最後問道，「你懂拉丁文？」

「先生」這個詞，使朱利安感到意外，他想了一下。

「是的，夫人。」他害羞地回答。

瑞納夫人看起來很開心，貿然對朱利安說：

「你不會訓斥這些可憐的孩子吧？」

「我訓斥他們？」朱利安覺得奇怪，「為什麼？」

「你會善待他們，對嗎，先生？」她停了片刻又說，語氣越來越激動，「你能答應我嗎？」

再次聽見被人鄭重地稱呼「先生」，而且是出自一位穿戴如此講究的夫人之口，這是朱利安完全沒有想到的。少年時的幻想中，他在心裡對自己說，他只有穿上漂亮的軍裝，那些上流社會的夫人才會跟他說話。至於瑞納夫人，她完全被朱利安好看的皮膚、又黑又大的眼睛給迷惑了。他漂亮的頭髮比平時更加鬈曲，因為他貪圖涼快，剛剛在公共水池中沖過。令她高興的是，這個終究會來的家庭教師性情如年輕女孩一樣羞怯，而她曾經為孩子擔驚受怕，以為他會是冷酷無情、凶神惡煞一般。瑞納夫人內心一向很平靜，這種擔心與現實之間的反差對她來說可是非比尋常。她感到奇怪，她竟然站在自家的門口，與這個只穿著襯衫的年輕人靠得那麼近。

「我們進去吧，先生。」她感到有些難為情，對他說。

瑞納夫人有生以來，從未有過一種純粹愉悅的感覺如此深刻地打動過她的心，也從未遇見如此親切的面孔，打消她不安的恐懼。這樣一來，她細心照顧的可愛孩子，不會落到一個齷齪冷漠的教士手中。一進客廳，她扭過頭看看後面的朱利安。見到如此華麗的房子，朱利安的驚訝表情，在瑞納夫人的眼裡又增添了可愛之處。她簡直無法相信自己的眼睛，因為她覺得家庭教師應該穿著黑色的衣服。

「但是，這是真的嗎，先生，」她停下來又問他，「你懂拉丁文？」如果這是真的，會讓她多麼開心啊，她生怕自己弄錯了。

這句話傷害了朱利安的自尊心，讓一刻鐘以來的迷醉頓時消散。

「是的，夫人，」他竭力做出冷漠的姿態，「我的拉丁文跟神父一樣好，甚至有時他還誇我比他好呢。」

瑞納夫人發現朱利安的表情很凶，他在距她兩步遠的地方站住了。她走過去低聲說：

「開頭幾天，你不會打孩子吧，如果他們功課學得不好？」

來自一位美麗夫人的如此溫柔、近乎哀求的話語，立刻使朱利安忘記了自己拉丁文專家的身分。瑞納夫人的臉靠近他，他可以聞到女人夏裝的芳香，對一個貧窮的鄉下人來說，這絕非平常的事。朱利安的臉脹得通紅，他歎了口氣，語氣微弱地說：

「別擔心，夫人，一切都聽你的吩咐。」

瑞納夫人對孩子的擔心都沒了，直到這時，她才發現朱利安不尋常的容顏。他那近乎女性的容貌和困頓的神態，對一個自己十分靦腆的女人來說，並不顯得可笑。通常認為男性所具有的那種陽剛之美，反而令她恐懼。

「你多少歲了，先生？」她問朱利安。

「馬上十九歲了。」

「我大兒子十一歲，」瑞納夫人接著說。這時她的心情完全平靜下來，「他差不多可以做你的朋友了，你可以跟他講道理。有一次，他的父親要打他，他就病了一個星期，其實，只是輕輕碰了一下。」

「這跟我差別太大了，」朱利安心裡想，「昨天，我父親還要打我呢。這些有錢人真幸福啊！」

家庭教師心中發生的細微變化，瑞納夫人已經看出，她把這突如其來的傷感視為羞怯，想給他一點鼓勵。

「你叫什麼名字，先生？」她問話的聲調和口吻，讓朱利安感到了魅力，但他一臉茫然。

「我名叫朱利安．索萊爾，夫人。我這輩子第一次到陌生人家，心裡很恐慌，需要你的關照。剛到幾天，許多事情你得多擔待。我從沒進過學校，我很窮。除了我的表親、得到過榮譽軍團勛章的老軍醫，還有謝朗神父之外，我沒跟別人說過話。謝朗神父可以向你證明我的人品。我的哥哥經常打我，如果他們說我的壞話，請你不要相信。如果我做錯了什麼，請你原諒，夫人，我絕不會有不良企圖。」

這段話很長，朱利安說的時候心裡就安定了，他仔細端詳起瑞納夫人。當女人的風度源於天性，尤其是有風度而渾然不覺的時候，就會出現這種完美的效果。朱利安很會欣賞女性的美，這時他可以發誓她只有二十歲。他突然產生一個大膽的念頭，要去吻她的手。但他馬上就膽怯了，過了一會兒，他心裡對自己說，「這個舉動可能對我有幫助，可以減少這位美麗的夫人對一個剛剛離開鋸木廠的可憐工人的蔑視，我如果不去做，就是懦夫。」也許「漂亮小夥子」這個稱呼給朱利安增添了勇氣，近半年來，每個禮拜日，他都聽見一些女孩子這樣叫他。他的內心糾結不已，瑞納夫人跟他說了幾句話，告訴他剛開始如何對待孩子。朱利安竭力克制自己，臉色變得蒼白，表情很不自然地說：

「夫人，我絕不會打你的孩子，我可以在天主面前發誓。」

他一邊說著，一邊大膽地抓住瑞納夫人的手，舉到自己唇邊。這一貿然的舉動，讓她吃了一驚，她想了一下，又感覺到不舒服。天很熱，她的手臂裸露著，只有披肩遮蓋，朱利安的動作讓她的手臂完全露出來。片刻之後，她就責備自己，因為覺得自己沒有立刻發怒。

瑞納先生聽到說話聲，從書房裡出來。用他在市政廳主持婚禮時的那種威嚴而慈祥的語氣對朱利安說：

「在孩子見到你之前，我必須跟你談談。」

他讓朱利安進到書房裡，妻子本想讓他們單獨談話，但被他叫住了。瑞納先生把門關上，很嚴肅地坐下。

「神父先生對我說，你是個有為的青年。這裡的人都會尊重你，如果我滿意，我會幫你籌畫前程的。你不要再和親戚及朋友見面，他們的舉止談吐，對我的孩子不太合適。這是第一個月的薪水三十六法郎，但你要保證不給你的父親一分錢。」

瑞納先生對那老頭子很不滿，因為在這筆交易中，老頭子比他更精明。

「現在，先生，我已經命令這裡的人都叫你先生，你會感到進入一個上流家庭的好處。現在，先生，你穿著短上衣，孩子看見是不體面的。傭人都見到他了嗎？」瑞納先生問夫人。

「還沒有，親愛的。」她答道，帶著思索的神情。

「那太好了。穿上這個，」他對驚訝的年輕人說，將自己的一件禮服遞給他，「我們現在到杜朗先生的店裡去。」

一小時以後，瑞納先生帶著身穿黑衣的新家庭教師回來，他看見妻子還坐在那裡。朱利安的出現，讓瑞納夫人心裡感到平靜，她看著他，忘了害怕。朱利安根本沒想到她，儘管他對命運和人世不信任，但此刻的心情跟孩子一樣。三個小時之前，他還在教堂裡發抖，他感覺已經過了好幾年。他注意到瑞納夫人神情冷漠，知道她還在生氣。但是，穿上一套與過去截然不同的衣服，使他忘乎所以，他想掩飾自己的快樂，然而一舉一動都顯得生硬和魯莽。瑞納夫人睜大眼睛望著他。

「穩重點，先生。」瑞納先生說，「如果你想得到我的孩子和傭人的尊敬。」

「先生，」朱利安答道，「穿著這身新衣服，我很不自在。我是個貧窮的鄉下人，我平時只穿短上衣。如果你允許，我就回到自己房間去。」

「你覺得這個新來的人怎麼樣？」瑞納先生問他的妻子。

瑞納夫人幾乎出於一種連她自己也沒意識到的本能，向丈夫隱瞞了實情。

「我對這個鄉村青年，可不像你那麼高興，你的熱情只會使他變得傲慢，不出一個月，你就得打發他走。」

「好吧，就算打發他走，也不過破費一百法郎，而維利葉人也習慣於看到瑞納先生的孩子有家庭教師。如果我讓朱利安仍然穿著工人的衣服，這個目的就無法實現。我打發他走的時候，當然要留下我剛剛在裁縫店定做的那套黑衣服。我剛在裁縫店買的成衣，就是我讓他穿的那一套，可以給他。」

朱利安在他房間裡待了一段時間，瑞納夫人覺得只有片刻工夫。孩子聽說新的家庭教師來了，圍著母親問了不少問題。最後，朱利安出現了。他簡直像換了一個人。說他穩重還不夠，他就是穩重的化身。他被介紹給孩子之後，就開始跟他們說話，那神情連瑞納先生都感到吃驚。

「孩子，我來這裡，是為了教你們拉丁文。你們知道背書是怎麼回事。這是一本《聖經》，」他講完話時，拿出一本三十二開黑皮精裝的小書，「尤其是主耶穌的故事，就是大家稱為《新約》的部分。我會經常讓你們背誦，你們可以先考我一下。」

最大的孩子阿道爾夫，拿起書來。

「請隨便翻一頁，」朱利安接著說，「請找一段，只要說出第一個字。我就可以把這本聖書、我們的行為準則，一直背下去，直到你叫我停下來。」

阿道爾夫打開書，念出一個字，朱利安就背出一整頁，像說法語一樣流利。瑞納先生得意地望著妻子。孩子看到父母的驚訝表情，也都睜大了眼睛。一個傭人走到客廳門口。朱利安繼續說拉丁文。傭人開始站著不動，後來消失了。很快，夫人的女傭和女廚子來到門邊，這時，阿道爾夫已經把書翻了八個地方，朱利安總是背誦得那麼流利。

「啊，天哪！多漂亮的修士。」廚娘高聲說道，她是虔誠的教徒。

瑞納先生的面子掛不住了，他不再去想如何考家庭教師了，而是挖空心思地尋覓，想找出幾句拉丁文來。最終，他艱難地吐出一句賀拉斯[1]的詩。朱利安的拉丁文僅限於《聖經》，他皺著眉頭說：

「我要獻身的聖職，不允許我讀這類世俗詩人的作品。」

瑞納先生又引用了幾首所謂賀拉斯的詩。他向孩子說明賀拉斯是誰，但是孩子已對朱利安無比崇拜，對父親的話沒有理會。他們的眼睛盯著朱利安。

傭人還站在門口，朱利安認為考試應該延續下去。

「斯坦尼斯拉斯也可以在聖書中指一段讓我背。」他對最小的孩子說。

小斯坦尼斯拉斯很高興，好不容易念出了某段的第一個字，朱利安緊接著就背了一篇。最令瑞納先生感到得意的是，當朱利安流暢地背誦之際，擁有諾曼第駿馬的瓦勒諾先生和專區區長莫吉隆先生來了。這個場面讓朱利安贏得了先生的尊稱，傭人也不敢怠慢他了。

當晚，維利葉市民都到市長先生家裡一睹風采，人群蜂擁而來。朱利安沉著地一一應對，保持一定距離。他的聲名在城中不脛而走，幾天以後，瑞納先生怕他被人搶走，向他提出簽訂兩年的合約。

「不，先生，」朱利安冷靜地回答，「如果你要辭了我，我就不得不離開。合約約束了我，對你卻沒任何限制，這不公平，我不會接受。」

朱利安應付自如，不到一個月，連市長先生本人都敬重他了。神父已與瑞納先生和瓦勒諾先生鬧翻了，沒人能洩露朱利安過去對拿破崙的狂熱，他以後每次提到此人，都會露出厭惡之情。

---

1 賀拉斯（Horace，西元前六五－西元前八），古羅馬詩人，代表作《詩藝》。

第七章
情投意合

要想打動她，就必須先折磨她。

——一位現代人

孩子崇拜他，他卻不愛他們，他的心在別處。不管這些孩子做什麼，他都可以忍耐。冷靜、公正、不露聲色，但是深受愛戴，因為他的到來，可以說打破了這個家的沉悶。他是稱職的家庭教師。然而他對於上流社會，只有仇恨和厭惡，這個社會只讓他坐在餐桌的盡頭，這也許就是他憎恨的原因。幾次盛大的宴會中，他竭力克制住自己的情緒，才沒有發洩出來。聖路易節那天，瓦勒諾在瑞納先生家裡高談闊論，朱利安差點發作出來，他藉口去照看孩子，溜進了花園。他大聲嚷道：「公正廉潔，說得多好聽啊！好像這是唯一的美德，但對於一個管理窮人的財產之後、自己的財富翻了兩三倍的人，又那麼恭敬、那麼奉承！我敢打賭說，他連接濟孤兒的錢都要貪，而這些可憐孤兒的苦比別人更加深重！啊！魔鬼！魔鬼！就連我也算是孤兒，我的父親、哥哥，全家都嫌棄我。」

聖路易節的前幾天，朱利安獨自在小樹林裡散步，念著《日課經》。這片小樹林俯瞰著效忠路，被稱為「觀景臺」。他遠遠地看見兩個哥哥從一條偏僻的小路上走來，想躲也躲不開了。這兩個粗魯的工人看見他漂亮的黑衣服、整潔的面貌，以及他對他們不加掩飾的輕蔑，不禁怒火中燒，衝上去把他揍了一頓，打得他滿身是血，昏了過去。瑞納夫人和瓦勒諾先生、專區區長正一起散步，碰巧來到小樹林；她看見朱利安躺在地上，以為他死了。她如此驚慌失措，讓瓦勒諾先生心生妒意。

瓦勒諾先生擔心得太早了。朱利安覺得瑞納夫人很美麗，正是因為這一點，他才恨她；這是人生前程的第一個暗礁，他險些翻船。他盡量少跟她說話，這樣才能讓她忘記他第一天見面吻她手的狂熱。

瑞納夫人的女傭埃麗莎，也愛上了年輕的家庭教師，常常在女主人面前談起他。埃麗莎的戀情，為朱利安招來一個男傭人的嫉恨。一天，朱利安聽見這人對埃麗莎說：「自從這個骯髒的家庭教師到來，你就不想再理我了。」朱利安覺得有些冤枉，但是，出於英俊少年的本能，他更加注意儀表了。瓦勒諾先生的嫉恨也在滋長。他公開說，年輕的教士不應該過度打扮。其實，朱利安所穿的衣服，與教士的袍子差不多。

瑞納夫人發現，朱利安和埃麗莎小姐比以前更常說話了，她瞭解到這是因為朱利安的衣服不夠多。朱利安的襯衫很少，經常送出去洗，這些小事，埃麗莎小姐對他很幫忙。這種極端的貧困，是瑞納夫人沒想到的，她深有感觸。她想送些禮物，但又不敢，這種內心的掙扎是朱利安給她帶來的第一種痛苦。之前，朱利安的名字對她來說，純屬精神上的快樂。她一想到朱利安的貧困，就深感不安，她對丈夫說要送朱利安一些內衣。

「真蠢！」他回答說，「什麼！送給一個我們滿意、為我們認真做事的人？只有當他不好好做的時候，才需要激發他的熱情。」

瑞納夫人對這種處理方式感到羞愧，在朱利安到來之前，她根本不會注意到。她每次看見年輕神父非常簡樸、卻很整潔的穿戴，就會在心裡對自己說：「這可憐的孩子，真不知他怎麼過的！」

漸漸地，她對朱利安的各種匱乏產生同情，不再大驚小怪。

有些外省女人，你在初始的頭半個月裡可能會把她們當成傻子，瑞納夫人就是這種人。她毫無人生經驗，不喜歡多說話。雖然命運將她投入粗俗的人當中，但她天生具有敏感而高傲的心，與生俱來的追求幸福的本能，使她大部分時間對世俗的行為渾然不覺。

如果她受過一點教育，她淳樸的天性和靈活的頭腦就會引人注目。而她作為女繼承人，是由狂熱的「耶穌聖心會」成員、對反對耶穌會的法國人恨之入骨的修女養大的。瑞納夫人有足夠的見識，把她在修道院裡學到的一切看作荒謬的東西，很快忘得一乾二淨；但是她沒有用任何東西來代替這種空白，結果變得一無所知。她作為巨大財富的繼承人，過早地受到阿諛奉承，加上她堅定的宗教傾向，使她擁有一種內向的生活方式。她表面上非常隨和，能夠克制自己的欲望，被維利葉的丈夫作為他們妻子學習的榜樣，也讓瑞納先生引以為傲。其實她平常的精神狀態，不過是最高傲的性格造成的。任何一位以驕傲聞名的公主，她對那些圍繞著她的侍從行為給予的注意，也比這個看起來非常溫柔、十分謙遜的女人對她丈夫的舉止給予的關注多很多。在朱利安到來之前，她實際上只關注她的三個孩子。他們的疾病、他們的痛苦、他們的小小快樂，完全占據了這顆心。她只在貝桑松的聖心修道院時，敬仰過天主。

如果孩子發燒，她並不願告訴別人，而會急得就像這個孩子要死一樣。結婚頭幾年，為了滿足傾訴的需要，她把這種煩惱告訴丈夫，換來的卻是一陣取笑、聳聳肩以及關於女人迂腐的幾句陳詞濫調。這種訕笑，如果和孩子的疾病有關，就會像匕首一樣刺進她的心。這與她度過少女時代的耶穌會修道院裡那種殷勤而甜蜜的奉承截然不同。她的教育是由痛苦完成的。由於她太驕傲，這些煩惱她即使對女密友德爾維爾夫人[1]也閉口不談。在她看來，所有的男人都跟她的丈夫、瓦勒諾、莫吉隆一樣。他們粗魯，對所有與金錢、地位和勛章無關的事情都異常麻木，對一切令他們不快的想法懷有盲目的仇恨。在她看來，這些東西對男人的本性來說都是自然的，就像穿靴子和戴氈帽一樣。

多年之後，瑞納夫人還是對這些利益之徒看不慣，儘管她還要生活在他們當中。

朱利安這個鄉村青年的成功之道，也在於此。瑞納夫人對這顆高尚而驕傲的心深表同情，從中得到美妙而充滿新事物魅力的快樂。瑞納夫人很快就原諒了朱利安的極端無知，而這又是他的可愛之處；還有朱利安的粗魯舉動，這是她能夠加以糾正的。她發現他的談話也值得一聽，即便是尋常小事，比如一條狗橫穿馬路時，被鄉下疾駛的大車壓死。這種悲慘的場景，引起她的丈夫捧腹大笑。這時，她看見朱利安皺起了彎曲的濃眉。她慢慢地，感受到寬容、高尚、仁慈，僅存於這個年輕的神父身上。這些美德在高貴心靈中喚起的同情、甚至是欽佩，她全都給了他一個人。

假如是在巴黎，朱利安對瑞納夫人的態度會變得很簡單，因為在那裡，愛情是小說的產物。年輕的家庭教師和他靦腆的女主人，可以從三、四本小說，甚至吉姆納斯劇院的臺詞中，找到他們處境的解答。小說會安排他們所扮演的角色，指出他們要模仿的榜樣，而這榜樣，虛榮心遲早會驅使朱利安去實踐，儘管沒有任何樂趣，甚至還會厭惡。

在亞維儂或庇里牛斯省的小城裡，由於天氣炎熱，最微不足道的小事也會變得重要。在我們陰沉的天空下，一個貧寒的青年之所以野心勃勃，是因為他細膩的心靈使他需要金錢才能滿足享受。

1　斯湯達爾給瑞納夫人的女性友人取的名字，與一八一四年他認識的妹妹波琳娜的女性友人同名。

他每天都見到一個三十歲的女人，這個女人內心沒有雜念，全部心思都在孩子身上，絕不會去模仿小說裡的榜樣。在外省，一切都進展緩慢，一切都會水到渠成，這樣更加自然。

一想到年輕家庭教師的貧困，瑞納夫人就會難過得流淚。有一次，朱利安看到她正傷心落淚。

「唉，夫人，你遇到什麼麻煩嗎？」

「沒有，我的朋友，」她回答，「去叫上孩子，我們散步去吧。」

她挽著朱利安的手，倚靠著他，這讓朱利安感到奇怪。她第一次稱呼他「我的朋友」。

散步快結束時，朱利安注意到她臉頰緋紅。她放慢了腳步。

「也許有人跟你說過，」她說，眼睛不看他，「我的姑姑很富有，我是她唯一的繼承人，她住在貝桑松，經常送我許多禮物……我的兒子進步很快……如此驚人……為表示感激，請你接受一個小禮物。不過是幾個路易，你可以買些襯衫。不過……」她的臉更紅了，停下不說了。

「不過什麼，夫人？」朱利安問。

「這件事不要跟我丈夫說。」她低著頭說。

「我出身卑微，但是並不低賤，」朱利安停下腳步，挺直身子說，「你考慮不周。如果我對瑞納先生隱瞞錢的事情，那我還不如一個傭人。」

瑞納夫人愣住了。

「自從我來到這個家，」朱利安繼續說，「市長先生已付款給我五次，每次三十六法郎，我隨時可以把帳本給瑞納先生看，甚至給恨我的瓦勒諾先生看。」

這一席話說出口，瑞納夫人臉色蒼白，渾身發抖，直到散步結束，兩人再也找不到別的話題。在朱利安高傲的心中，對瑞納夫人的愛，已變得越來越不可能；至於她，她敬重朱利安，佩服他；

她以前曾因此受到過斥責。她無意中使他蒙受侮辱，為了彌補，就允許自己給他更細微的體貼。這種新的態度，使她幸福地過了一個星期。最終，朱利安的怒氣消散了一些，但是他根本沒看到這其中與個人的感情有什麼瓜葛。

「瞧，」他心裡對自己說，「有錢人就是這樣。他們羞辱了別人，然後以為偽裝一下就能夠補救！」

瑞納夫人心潮湧動，而且她太天真，儘管打定主意，最後還是把她給朱利安錢，並遭到拒絕的事告訴丈夫。

「什麼，」瑞納先生勃然大怒，「你竟然被一個傭人拒絕！」

瑞納夫人聽到「傭人」這個詞，驚叫起來。

她丈夫說：「夫人，我這麼說，跟已故的孔代親王一樣，當他向新夫人介紹侍從時說：『這些都是我們的傭人。』我給你讀過貝桑瓦爾[2]《回憶錄》中的一段，這對我們的地位至關重要。任何人住在你家裡，如果不是紳士，只要他有拿工資，就是你的傭人。我去找朱利安談談，給他一百法郎。」

「啊！親愛的，」瑞納夫人渾身戰慄地說，「千萬別當著傭人的面！」

「對，他們會嫉妒，而且完全有理由。」她的丈夫走了，心裡盤算著這筆錢的數目。

瑞納夫人癱倒在椅子上，難過得快暈過去了。「他去羞辱朱利安，這是我的錯！」她對丈夫感

---

2 貝桑瓦爾（Besenval，一七二二－一七九一），為法國效力的瑞士軍人。一七八九年路易十六任命他去阻止人民運動，領導在巴黎周圍集結的部隊。他的回憶錄出版於一八〇八年。

到厭惡，用手捂住臉。她發誓再也不說心裡話了。

再見到朱利安時，她渾身發抖，胸口發緊，連一句話都說不出來。在窘迫中，抓住他的手，緊緊握住。

「嗯？我的朋友，」她最終說道，「你對我的丈夫滿意嗎？」

「我怎能不滿意呢？」朱利安苦笑一下，「他給了我一百法郎。」

瑞納夫人望著他，心中疑惑。

「讓我挽著你的手。」她最後說，有種朱利安從未見過的堅定。

她就這樣一直走進維利葉的書店，根本不在乎書店老闆有自由主義[3]的罵名。她為兒子選了十個路易的書。不過，她知道這都是朱利安想看的。她要求孩子，在書店裡把各自的名字寫在書上。

瑞納夫人大膽地用這種方式向朱利安賠禮，她因此感到幸福，朱利安卻對書店裡有那麼多書而感到驚訝。他從不敢涉足如此世俗的地方，心裡怦怦直跳。他顧不得去想瑞納夫人的心思，只專心思索，像他這樣學神學的年輕人，能用什麼辦法去得到幾本。最後，他想到一個主意，有可能說服瑞納先生，把本省出生的著名貴族的傳記，拿來給他的兒子作法文譯拉丁文的材料。經過一個月的策畫，這個主意成功了。甚至不久之後，他在和瑞納先生談話時，居然提出一個對高貴的市長來說難以完成的事：在書店借閱書籍。這等於幫助一個自由黨人賺錢。瑞納先生認為，他的長子將來進軍校會聽人提及某些著作，讓他先流覽一下這些書，是明智之舉。然而朱利安也看到市長先生不肯再進一步。他猜想其中一定有隱祕的原因，但是猜不出來。

「我認為，先生，」一天，朱利安對他說，「一位令人仰慕的貴族、瑞納家族的人，名字出現在書店骯髒的登記簿上，是不合適的。」

瑞納先生的額頭舒展了。

「對於一個學神學的年輕人來說，」朱利安繼續謙卑地說，「如果有朝一日，大家發現他的名字出現在租書店的登記簿上，這也是一個汙點。那些自由黨人會指責我借過下流的書，誰知道他們會不會在我的名字下面，寫上些邪惡的書名呢？」

但朱利安說過頭了。他看見市長的臉又露出困惑的表情。朱利安不吭聲了，心裡想：「我說服了他。」

幾天後，最大的孩子當著瑞納先生的面，向朱利安提起一本《每日新聞》預告的書。

「為了讓雅各賓黨找不到藉口，」年輕的教師說，「又使我能夠解答少爺的問題，可以讓你府上的傭人到書店去借書。」

「這個主意不錯。」瑞納先生說，看起來很高興。

「不過應該規定，」朱利安說，裝出嚴肅而苦惱的樣子，對於一個眼看期望已久的事情就要實現的人很恰當，「應該規定這傭人不得借小說。這些危險的書一旦進入家中，會引誘夫人的女傭和這個傭人自己。」

「別忘了政治小冊子。」瑞納先生驕傲地補充說。他的家庭教師想出這個絕妙辦法，贏得了他的讚賞，不過他竭力掩飾。

---

3 王朝復辟後，組建了一個右派反對黨：「激進黨」；一個左派反對黨：「獨立黨」。在這兩黨之間，是立憲黨或者自由黨，以及他們的報紙《辯論日報》和《立憲報》，後者認為《憲章》的實施，可以讓舊制度的法國和革命者的法國達成和解。

朱利安的生活就這樣由一連串瑣碎的談判組成，他很在乎它們的成功，遠超過關注瑞納夫人對他的私情，這種感情，只要他肯留意，就能從她的心裡看出。

他過去生活的那種精神狀態，在維利葉市長家裡又開始了。在這裡，跟在他父親的鋸木廠裡一樣，他非常鄙視周圍的人，同時也為他們所憎恨。專區區長、瓦勒諾先生，以及市長家的其他朋友，每天都對眼前發生的事評論一番。朱利安看得出，他們的想法多麼背離事實。他認為值得稱讚的事，卻受到周圍那些人的責難。他心裡總是這樣譴責：「一群惡人！」或者「一幫蠢貨！」有趣的是，他雖然如此驕傲，卻常常不懂他們說什麼。

這麼多年，跟他推心置腹地談話的只有老軍醫一人；他僅有的那一點知識，不是與拿破崙的義大利戰役有關，就是與外科手術有關。他年紀輕，膽子大，喜歡聽那些最痛苦的手術經過。他在心裡對自己說：「我連眉頭都不會皺。」

瑞納夫人第一次想跟他談教育孩子之外的事，他卻大談起外科手術。她臉色慘白，求他別再說下去。

除此之外，朱利安便一無所知。這樣，跟瑞納夫人一起生活，兩人獨處的時候，會出現某種奇怪的沉默。在客廳裡，無論他舉止多麼謙卑，她卻能在他的眼中發現一種精神上的優越感，對所有來她家的客人都不屑一顧。如果她和他獨處，哪怕時間短暫，她也會看出他的窘迫。這讓她感到不安，因為女性的本能告訴她，這種窘迫毫無溫柔可言。

從老軍醫對於上流社會的描述中，他得出一種莫名其妙的看法。根據這種想法，在跟女人獨處的時候，只要雙方都沉默，他就覺得丟臉，似乎這沉默都是他一個人的錯。在兩人單獨談話的時候，這種感覺更加令人痛苦。一個男人跟一個女人獨處時，應該說什麼，他腦子裡充滿了最誇張的、最西班牙式[4]的想像。在慌亂中，想像只能為他提供一些讓人無法接受的主意。他的心靈在雲霧中，無法擺脫令人尷尬的沉寂。所以，他在和瑞納夫人及孩子長時間的散步中，由於這種痛苦的折磨，表情變得更加嚴肅。他看不起自己。如果他沒話找話，就會做出十分可笑的事情。更糟糕的是，他看出自己荒唐，並且將其誇大，但他看不到的，是他的眼神；他的眼睛那麼美麗，顯示出熾熱的靈魂，猶如那些優秀的演員，有時賦予事物本來沒有的含義。瑞納夫人發現，他跟她獨處時，永遠說不出一句好話，除非有突發事件分散他的注意力，他從不去想如何把一句話說得更好聽。由於家裡來的客人，沒什麼新穎又出色的想法，所以她懷著極大的興趣，去欣賞朱利安智慧的閃光。

拿破崙倒臺之後，向女人獻殷勤已經從外省的習俗中清除，不留一絲痕跡。人人都害怕失去自己的職位。勢利小人在聖會中尋求靠山。虛偽之徒，甚至在自由黨的圈子裡也得到長足的發展。鬱悶更加滋長。除了讀書和耕地之外，別無其他消遣。

瑞納夫人是其虔誠姑姑的富有繼承人，十六歲嫁給一位貴族的紳士。這些年來，連與愛情多少近似的感情都未體驗過，也沒見識過。只有善良的謝朗神父曾經針對瓦勒諾先生的追求，跟她談到過愛情，並且向她描繪出一種可怕的景象，所以愛情這個字眼在她的心目中就是下流的淫蕩。偶爾有幾本小說落到她的手裡，其中發現的愛情被當作例外，甚至被看作是虛幻的。多虧了無知，瑞納夫人心中才感到幸福，她時刻關心著朱利安，沒有想到過應對自己加以譴責。

---

4 斯湯達爾承認（參見《亨利．布拉德的一生》第一章第七十七頁），他年輕時深受他祖父的妹妹伊莉莎白．加農的影響。這是一個又乾又瘦的高個子女人，她的性格非常高貴，但這種高貴帶有西班牙的優雅和道德焦慮。他說，他所受到的西班牙式的高貴欺騙，歸咎於他的姑婆。

第八章 小事件

於是有了歎息，因壓抑而深沉，
有偷偷的覬覦，所以更加甜蜜，
還有火辣臉頰，雖非源於犯罪。
——《唐璜》第一章第七十四節

瑞納夫人憑藉天性，還有當下的幸福，獲得天使般的溫柔。只有偶然想到女傭埃麗莎時，才稍稍感覺不悅。這女孩最近繼承了一筆遺產，去向謝朗神父懺悔，說她希望跟朱利安結婚。神父為朋友的幸福感到高興，但沒想到朱利安斷然拒絕，神父為此感到十分驚訝。

「我的孩子，你應該對自己的想法小心謹慎，」神父皺著眉頭說。「如果你是為了宗教志向，而忽視這麼大一筆財富，我向你表示祝賀。我在維利葉做神父，已經五十六年了。根據某些跡象，我將會被撤職，這令我很傷心，不過我還有八百法郎的年金。我告訴你這一細節，是為了讓你不要對神職抱有幻想。如果你想攀附權貴，那終將下地獄。你可能會發跡，那就會危害窮人，奉承區長、市長、權貴，為他們效勞。這種行為在世間被稱為處世之道，對世俗的人來說，這種處世之道與靈魂的救贖並非格格不入。但是，我們神職人員要有所選擇。要麼追求人間的財富，要麼去天國享福，沒有中間道路可走。去吧，親愛的朋友，仔細想一下，三天以後給我最後答覆。我很難過，我在你的靈魂深處，隱約地看見蘊含著一股熱情，它沒有顯示出一個教士應具有的克制和對世俗的捨棄。我看出來你的前程遠大。但是，請允許我對你說，」善良的神父又補充道，眼裡含著淚，「如果你成為教士，我擔心你的靈魂是否能得救。」

朱利安深為感動，心裡感到愧疚；他此生第一次看到被人所愛；他感動得哭了，為了不讓人看見，他跑到維利葉山上的樹林裡大哭一場。

「我怎麼會這樣？」最後，他心裡對自己說，「我可以為謝朗神父死一百次，然而他剛剛向我證明，我只是一個傻瓜。重要的是能騙過他，而他卻看透了我的心思。他說的我沉積的熱情，正是我追求富貴的渴望。他認為我不配當教士，恰恰是我放棄五十路易的年金，使他對我的虔誠和宗教志向給予讚許的時候。」

「以後，」朱利安又想到，「我只能依靠我的性格中堅強的部分了。誰會想到，我會在眼淚中找到快樂！我要愛這個證明我是傻瓜的人！」

三天以後，朱利安已經找到藉口，這本該是第一天就準備好的。這個藉口，是一個誹謗，不過這有什麼？他閃爍其詞地向神父坦白，有個不便說明的理由，使他一開始就不能答應這樁婚事，因為會損害第三者。這是指責埃麗莎品行不端。謝朗神父發現朱利安言語中有一種世俗的表情，與那種年輕教士的虔誠完全不同。

「我的朋友，」神父對他說，「與其做沒有志向的教士，不如做一位受人尊敬、又有學識的鄉村紳士。」

朱利安對這些告誡，回答得很圓滿，至少在言語上。他找到一個熱情的年輕神學院學生慣用的那些字眼。但是他的語氣和眼睛裡無法掩飾的熱情，使謝朗神父深感不安。

對朱利安的前途不必悲觀。他能編造出一套偽善的說辭，既圓滑又謹慎，在他這個年紀，已很不簡單。至於腔調和做派，是因為他過去一直和鄉下人混，沒見過大世面。今後，只要他有機會接近那些上流人物，他的舉止和言語，都會令人刮目相看的。

瑞納夫人很納悶，女傭最近獲得一筆財產，卻不是很開心。只看到她不時去見神父，回來卻總是淚眼汪汪的。後來，埃麗莎跟女主人談起自己的婚事。

瑞納夫人以為自己病了，渾身發熱，夜裡失眠。只有女傭或朱利安在眼前時，才感覺自己活著。她腦子裡想像著他們，想像著他們婚後生活的幸福。這個小家庭窮得只能靠五十路易的年金過活，但在她心中顯現出迷人的色彩。朱利安可以去距維利葉兩法里遠的專區首府布雷當律師，這樣，她還可以偶爾和他見面。

瑞納夫人真以為自己要瘋了，她告訴了丈夫，最後病倒了。當天晚上，女傭伺候她，她發現這女孩哭了。她很厭惡埃麗莎，剛才還對她發火，但又請她原諒。埃麗莎哭得更厲害了，她說如果可以，她願意把她的苦水都倒出來。

「說吧。」瑞納夫人說道。

「唉，夫人，他拒絕了我。肯定有人說我的壞話，他信了。」

「誰拒絕了你？」瑞納夫人喘不過氣來。

「夫人，除了朱利安先生，還有誰呢？」女傭說著抽泣起來，「神父先生也沒能說服他，神父先生認為他不該因為對方是個女傭，而拒絕一個好女孩。其實，朱利安的父親不過是個木匠，他來夫人家之前的生活又如何呢？」

瑞納夫人不再聽女傭說什麼，她過於興奮，幾乎失去了理智。她讓女傭不斷重複朱利安拒絕的話，說明他不可能再扭轉到更為明智的決定上去。

「我想最後再試試，」她對女傭說，「讓我跟朱利安先生談談……」

第二天午飯後，瑞納夫人花了一個小時，為她的情敵說好話，並且看到她的婚事和財產不斷地被拒絕。

漸漸地，朱利安脫離了那些刻板的回答，對瑞納夫人的善意勸告，巧妙地應對。經歷了多少絕望的日子，再也擋不住幸福的狂流，她的靈魂被吞噬了。等她清醒過來，回到臥室裡，讓左右的人離開。她感到驚訝。

「難道我愛上朱利安了？」最後，她在心裡對自己說。

換個時間，這一發現定會使她懊悔不已，而此刻卻似乎與己無關。剛剛經歷的一切使她筋疲力竭，再也無力去體會激情了。

瑞納夫人想幹點什麼，卻昏睡過去；睡醒之後，她並沒有覺得害怕。她太幸福了，凡事再也不往壞處想。這個善良的外省女人，天真單純，從來不會為了感受新的感情或痛苦，而折磨自己的靈魂。朱利安到來之前，瑞納夫人的心被一堆家務所占據，對一個遠離巴黎的家庭主婦來說，這就是她的命運。因此，對她來說，激情就像我們眼中的彩票一樣，注定是個騙局，是瘋子追逐的幸福。

晚飯的鐘聲響了，朱利安帶著孩子回來，瑞納夫人聽見他的聲音，臉立刻紅了。自從她戀愛後，人變機靈了，為了解釋臉紅的原因，她推說頭痛得厲害。

「女人都是這樣，」瑞納先生笑了，「女人這架機器，總是需要修理！」

這種俏皮話，瑞納夫人已經習慣了，但是那腔調，仍使她感到不悅。為了消遣，她打量起朱利安的相貌；這時，即便是世界上最醜的男人，也會博得她的歡心。

瑞納先生刻意模仿宮廷裡的習慣，一到春天的晴朗日子，就帶著全家搬到維爾吉[1]。這個村子因加布里埃爾[2]的悲劇而出名。村裡曾有一座古代的哥德式教堂遺址，大約百步之外，瑞納先生買下一座古堡，它有一個花園，其格局模仿杜樂麗宮的花園，四周有黃楊樹環繞，小徑兩側種著栗樹，每年修剪兩次。附近的一塊地上種著蘋果樹，是散步的場所。果園的盡頭，有八、九棵胡桃樹，枝葉繁茂，大概有十幾公尺高。

「這些該死的胡桃樹，」當妻子讚美胡桃樹的時候，瑞納先生總是說，「每棵都損失了阿爾邦的收成，樹蔭下麥子長不好。」

對瑞納夫人來說，這裡的鄉村景色格外新奇，她連連讚歎，甚至陶醉。她的胸中湧動的感情，賦予她智慧和果斷。到維爾吉的第三天，瑞納先生回去處理公務，瑞納夫人出錢雇了一些工人。這是朱利安給她出的主意，在果園和胡桃樹下修一條小路，鋪上沙子，這樣，孩子清晨散步，鞋子就不會被露水浸溼。這個主意的實施，不到二十四小時就完成。瑞納夫人和朱利安一起指揮工人做事，十分快樂。

維利葉市長從城裡回來，看到路修好了，十分驚訝。瑞納夫人也感到驚訝，她早就把他忘了。一連兩個月，他都生氣地談到她的大膽妄為，竟然不跟他商量就進行如此重大的改造工程。不過，瑞納夫人花的是自己的錢，這使他稍感安慰。

瑞納夫人白天和孩子在果園裡玩耍，捉蝴蝶。他們用薄紗做了幾個網罩，捕捉可憐的「鱗翅目昆蟲」。這個專有名詞是朱利安教給她的。因為瑞納夫人讓人從貝桑松買來戈達爾的生物學著作，朱利安向她講述這些可憐昆蟲的習性。

這些昆蟲被無情地用大頭針釘在硬紙板上，這也是朱利安製作的。

瑞納夫人和朱利安之間，總算有了話題，他可以不必再忍受沉默的時刻所帶來的可怕痛苦。他們說個沒完，而且興趣很濃，雖然談的都是些瑣事。這種活潑、忙碌而愉快的生活，受到大家的喜歡，除了埃麗莎小姐，她總有做不完的工作。她說：「即使在過狂歡節時，在維利葉的舞會上，夫人也從沒這麼精心打扮，她每天要換兩三次衣服。」

我們無意奉承什麼人，但不得不承認，瑞納夫人的皮膚很好，她讓人做的連衣裙，都是袒胸露背的。她有一副好身材，這種打扮對她再合適不過了。

「你從來沒有這麼年輕過，夫人。」維利葉的朋友來維爾吉吃飯，都這麼說。（這是當地的一種說法。）

有一件奇怪的事情，我們都不會相信，瑞納夫人這麼用心打扮，並不是刻意的。她只是喜歡，並無別的想法，她除了跟孩子和朱利安一起捉蝴蝶，剩下的時間就跟埃麗莎一起做衣服。她只去過維利葉一次，是想買剛從米盧斯運來的夏裝。

返回維爾吉的時候，她帶來一位少婦，是她的親戚。結婚以後，瑞納夫人不知不覺地與德爾維爾夫人的關係密切起來，她們是聖心修道院的同窗。

德爾維爾夫人聽到表妹的瘋狂念頭，覺得很可笑，她說：「我自己不會這樣想。」這些出人意料的想法，在巴黎會被稱為經典的段子，如果跟丈夫在一起，瑞納夫人會為自己說了蠢話而感到羞

1　虛構的地方。維爾吉城堡位於科爾多省的熱夫雷－尚貝爾坦附近。但有一首十三世紀的詩，名為〈維爾吉的女主人〉。一七七七年，貝洛瓦從中受到啟發，寫出一部悲劇《加布里埃爾．德．維爾吉》。

2　加布里埃爾（Cabrielle），中世紀故事的女主角，因丈夫逼迫而吃下情人的心。

恥，但德爾維爾夫人的出現給了她勇氣。她先是小心地說出她的想法，後來兩個女人相處久了，瑞納夫人就興奮起來，一個漫長寂寞的上午轉眼就過去了，兩個人感到很快樂。這次旅行中，德爾維爾夫人發現，表妹不如從前快樂，但比過去幸福。

一到鄉下，朱利安就變得像個孩子，跟他的學生一樣興高采烈地追逐蝴蝶。從前他要時時克制自己，凡事要玩些手段，如今他獨自一人，遠離男人的視線，又本能地不畏懼瑞納夫人，因此能沉浸於生活的快樂中，特別在他那個年紀，又身處世界最美麗的山脈[3]之中，幸福感更加強烈。

德爾維爾夫人剛來，朱利安就覺得她是朋友。他急著帶她去胡桃樹下那條新修小路的盡頭看風景。那風景雖比不上瑞士和義大利湖泊的美景，也可說是毫不遜色。如果沿著陡坡再爬幾步，便可登上橡樹林環繞的懸崖，這懸崖幾乎突兀於河上。朱利安快樂、自在，宛如一家之主，帶著兩位女友登高望遠，她們對風光的讚歎使他沉醉其中。

「對我來說，這就像是莫札特的音樂。」德爾維爾夫人說。

在朱利安看來，哥哥的嫉妒、脾氣霸道而暴躁的父親，破壞了維利葉周圍鄉村的風光。在維爾吉，他看不到任何能勾起這些痛苦記憶的東西，他有生以來第一次沒有遇到敵人。瑞納先生經常不在這裡，朱利安可以大膽讀書，也能安心睡覺了。從前，讀書得在夜裡，還要把燈藏在倒置的花瓶裡。現在，白天在孩子做功課的時候，他帶本書來到懸崖上，這書可是他唯一的行為準則和心儀的對象。他從中同時找到了幸福、沉醉和失意時的慰藉。

拿破崙談及女人的一些話、他對其統治時代流行小說價值的諸多評論，使朱利安開始有了一些想法，而這些想法，對同齡的年輕人來說，已經不稀奇了。

盛夏來臨。晚上，大家坐在房子不遠處一棵高大的椴樹下乘涼。那裡光線幽暗。一天晚上，朱利安興致勃勃地與年輕女性聊天，心中很暢快。他說得高興時，揚起手臂碰到了瑞納夫人的手，這隻手正擱在花園中一把油漆過的椅子背上。

這隻手很快縮回去了，但是朱利安心想，必須讓這隻手在被他碰到時不縮回去，這是他的職責。想到有一種責任要履行、做不到會被取笑，甚至引起自卑，他心中的快樂頓時消隱了。

---

3 斯湯達爾在《亨利．布拉德的一生》中寫道，「我記得，週日極度無聊時，我到處閒逛……沒有山和樹林，我心裡就難受。樹林與我對溫柔與忠誠的愛的幻想緊密相連……一八〇〇年，如果能看到楓丹白露的森林，該有多麼高興啊。」

第九章
鄉村一夜

蓋蘭[1]所畫的狄多女王，動人的素描！
——斯特隆姆貝克[2]

第二天，朱利安再見到瑞納夫人時，他的目光十分異樣。他望著她，好像面對敵人，他要與之決鬥。這目光與昨天晚上的截然不同，瑞納夫人十分迷惑：她一直善待他，但他好像生氣了。她也不得不看著他。

幸好德爾維爾夫人在場，朱利安可以少說話，多想自己的事。一整天，他唯一的事就是閱讀那本充滿啟示的書，使自己的心志經受磨礪，更加振奮。

他提前讓孩子下課，接著，瑞納夫人來了，這促使他必須想辦法維護自己的榮譽，他下定決心，當晚不管怎樣也要抓住她的手，逼她就範。

太陽西下，關鍵的時刻迫近了，朱利安的心跳加劇了。夜晚，他看到這是個漆黑的夜，心中暗喜，壓在心頭的巨石被搬開了。天空烏雲密布，熱浪翻滾，一場暴風雨即將來臨。兩個女人結伴散步，直到很晚。這天晚上，她們的種種舉動，都讓朱利安感到奇怪。她們喜歡這種天氣，對於心靈細膩的人，這似乎增加了快樂。

大家最後坐下來，瑞納夫人在朱利安旁邊，德爾維爾夫人緊鄰著她。朱利安想著自己的事，竟然無話可說。談話陷入沉悶。

朱利安在心裡對自己說：「我如果是第一次去決鬥，也會這樣發抖和可憐嗎？」他看不透自己的精神狀態，對自己和別人都心存疑慮。

這種痛苦是致命的，無論什麼危險都比它好受。他多少次盼望瑞納夫人遇到什麼事，讓她不能不離開花園，回到房間！朱利安竭力克制自己，說話的聲音都變了；不久，瑞納夫人的聲音也發顫了，朱利安竟然沒有察覺。責任與怯懦的角逐太慘烈了，除了自己，他什麼都無暇顧及了。古堡的鐘聲已經響過九點四十五分，但他還是不敢行動。朱利安對自己的怯懦感到氣憤，他對自己說：「十點的鐘聲一響[3]，我就要把整個白天發誓晚上要做的事付諸行動，否則我就回到自己的房間開槍打碎腦殼。」

等待和焦慮的最後時刻過去了，過度的興奮，讓朱利安幾乎無法自制。終於，頭頂上的鐘敲響了十點。這致命的鐘聲，每一下都在他的心中迴響著，讓他心驚肉跳。

最後的鐘聲餘音未了，他伸手去抓瑞納夫人的手，但她立刻抽回。這時，朱利安不知如何是好，又把那隻手抓住。雖然他很激動，但仍吃了一驚，他抓住的手像冰一樣冷；他抖抖顫顫，使勁

---

1 蓋蘭（Guérin，一七七四－一八三三），法國古典畫派的畫家。

2 斯特隆姆貝克，是本書作者斯湯達爾在德國任職時的朋友。

3 梅里美轉述過斯湯達爾發誓有用的一些愛情祕訣：「如果你和一個女人單獨在一起，我給你五分鐘，讓你準備用神奇的力量對她說，『我愛你。』你對自己說，『如果我在五分鐘內沒有說出來，我就是膽小鬼。』無論你的外表如何、關係怎樣，你都會得到讚美。只要冰可以打破，假如你缺乏勇氣，你一定要鄙視自己。」

抓住；瑞納夫人最後嘗試把手抽回，但還是被握住了。

他的心被幸福吞噬了，不是因為他愛瑞納夫人，而是可怕的折磨終於過去。他想他該說點什麼，免得德爾維爾夫人有所察覺。這時，他的聲音變得洪亮強勁。相反，瑞納夫人的聲音卻極富感情。她的女友以為她病了，讓她回屋去。朱利安感覺不對：「如果瑞納夫人回到客廳，我就又回到白天的惶恐不安了。這隻手我抓的時間太短，還不能算是勝利。」

當德爾維爾夫人又提出要回客廳時，朱利安用力抓了一下那隻手。

瑞納夫人站起來，又坐下了，語氣無力地說：

「確實，我覺得有些不舒服，不過，外面的空氣對我有好處。」

這句話確認了朱利安的幸福，此時，他的幸福已達到極致。他滔滔不絕，忘了偽裝，兩個女友聽著，似乎覺得他是天下最可愛的男人。但是，這突然到來的口齒伶俐，仍缺乏根基。狂風乍起，暴風雨將要到來，朱利安怕德爾維爾夫人挺不住，想自己先回客廳。這樣，他就要和瑞納夫人獨處了。剛才，他的魯莽舉動只是偶然出現的，此刻哪怕一句最簡單的話，他也無力說出。即使她的責備輕微，他也會敗下陣來，剛才的勝利也會失去。

幸運的是，當晚他動人而又誇張的談論，得到德爾維爾夫人的讚許，她過去認為他蠢得像個孩子，不討人喜歡。至於瑞納夫人，她的手被朱利安抓著，什麼都不想，順其自然。在當地傳說大膽查理[4]手植的這株大椴樹下度過的這幾個鐘頭，對她來說，是一段幸福的時光。椴樹枝葉茂密，風吹得沙沙響，雨點稀稀落落掉在下面的葉子上，她聽得心曠神怡。朱利安忽略了可以讓他放心的情況：瑞納夫人和德爾維爾夫人腳邊的花盆被風刮倒，瑞納夫人起身去幫忙扶起花盆，但她一坐下，就很自然地把手伸過去，似乎這是他們的默契。

午夜的鐘聲響過了，他們離開花園，各自返回。瑞納夫人沉浸在幸福之中，懵懂無知，沒有一點自責。她興奮得失眠了。朱利安卻睡得很沉，在他心中，膽怯和驕傲抗爭了整整一天，搞得他筋疲力盡。

第二天早晨五點，他被叫醒了。他幾乎把瑞納夫人忘了，如果她知道，那真是太殘酷了。他盡到了他的責任，一個英雄的責任。這種想法使他很滿意，他將自己反鎖在屋子裡，帶著難以描述的幸福，重溫拿破崙的豐功偉績。

午餐鈴聲響了，他在流覽拿破崙軍隊的公報，把昨晚的勝利全拋在腦後。他下樓走到餐廳，輕浮地對自己說：「應該告訴這個女人，我愛她。」

他本以為會遇到一雙柔情似水的眼睛，不料卻看見瑞納先生死板的面孔。瑞納先生兩小時前從維利葉回來，他沒有掩飾對朱利安的不滿，竟然一個上午丟下孩子不管。當這個地位顯赫的人生氣，並且要讓別人領略時，他的臉就不能再難看了。

丈夫的每一句尖酸刻薄的話，瑞納夫人聽到，都像被針刺了一樣。而朱利安還沉浸在歡樂中，還在回味他眼前發生的持續數小時的大事，因此起初他沒有留意去聽瑞納先生嚴厲的話。最後，他才生硬地說：

「我不太舒服。」

即使是一個不愛生氣的人，也會被這回答所激怒，更不用說市長先生了。他聽了朱利安的回答，本想立即讓他滾出去。不過他強忍住了，想起自己的一條原則：凡事莫著急。

---

4 大膽查理（Charles le Téméraire，一四三三－一四七七），法蘭西最後一代勃根地公爵，後來戰死疆場。

「這個蠢貨，」他轉而想道，「他在我家裡贏得了名聲，瓦勒諾可以把他請去，或者埃麗莎要嫁給他，無論怎樣，他都會從心裡取笑我。」

瑞納先生的想法雖然聰明，但他的不滿仍然暴露出來，粗言惡語漸漸激怒了朱利安。瑞納夫人差點哭出聲來。午飯後，她請朱利安挽著她去散步。她親熱地偎依著他。不管瑞納夫人說什麼，朱利安都只是低聲回應：

「有錢人都是這樣！」

瑞納先生就在他們旁邊，朱利安一見到他就有氣。他突然感覺到瑞納夫人靠在他的手臂上，這使他感到厭惡，他猛然推開她，把手抽回來。

這一無禮的舉動，幸虧瑞納先生沒有看見，但是德爾維爾夫人看見了。她的女友的眼淚流下來了。這時，瑞納先生用石塊驅趕一個農家女孩，那女孩為了抄近路，正穿過果園的一角。

「朱利安先生，求求你，忍一下吧；你想，人人都有發脾氣的時候。」德爾維爾夫人急切地說。

朱利安冷冷地看了她一眼，目光中流露出極端的鄙視。

德爾維爾夫人大吃一驚，假如她猜出這目光的真正含義，還會更吃驚；她應該看出這目光中有一種隱隱想要展開報復的願望。就是這種屈辱的遭遇，造就了那些羅伯斯庇爾[5]。

「你的朱利安很凶，我很害怕。」德爾維爾夫人對她的女友低聲說。

「他有理由生氣，」瑞納夫人回答，「他讓孩子進步了，即使一個早上不上課，又有什麼關係？男人都很冷酷無情。」

瑞納夫人此生第一次感到有種欲望，想要報復她的丈夫。朱利安對有錢人的仇恨，也要爆發了。幸好，這時瑞納先生叫來了園丁，一起用一捆捆荊棘堵住穿過果園的小路。之後，朱利安受到細緻入微的關心，但他就是不說話。瑞納先生剛一走，兩個女人就說累了，一人挽著他一條手臂。

他夾在兩個女人當中，她們因為慌亂，臉上泛起紅暈，露出難色，而朱利安卻面色蒼白，神情陰鬱，兩者形成鮮明對比。他鄙視這兩個女人，也鄙視一切溫情。

「怎麼！」他心想，「我連要完成學業的五百法郎都沒有！啊！滾吧！」

他關注這些正事，她們的殷勤話，只是偶爾聽幾句，覺得空洞、愚蠢、軟弱，簡單地說，很女人氣十足。

瑞納夫人沒話找話，還想讓談話風趣一些，提到她丈夫從維利葉回來，是因為從佃戶那裡買了玉米皮(當地人用玉米皮填充床墊)。

「我丈夫不會到這裡來，」她說，「他要和園丁、男傭一起把全家的床墊都換了。今天上午，他把二樓的床墊都換成玉米皮，此刻正在三樓。」

朱利安的臉色突變，神情異樣地看了一眼瑞納夫人，馬上拉著她要走，德爾維爾夫人讓他們離開了。

「救救我，」朱利安對瑞納夫人說，「只有你能救我，你知道，那個男傭恨死我了。我該向你坦白，夫人，我有一幅畫像，藏在我的床墊裡。」

聽了這番話，瑞納夫人的臉色慘白。

「夫人，只有你能進去我的房間，別讓人看到，在床墊靠近窗戶的角落摸一下，有一個紙盒，

---

5 羅伯斯庇爾(Maximilien Robespierre，一七五八—一七九四)，法國大革命時期政治家，雅各賓派的領導人。

黑色的，很光滑。」

「裡面有一幅畫像！」瑞納夫人說，幾乎站不穩了。

她的沮喪被朱利安察覺到，他順勢說道：

「我還有個請求，夫人，請你別看這畫像，這是個祕密。」

「這是個祕密。」瑞納夫人重複說，聲音很微弱。

儘管她在炫耀財富、追逐利益的人群中長大，愛已使她的心靈變得博大。瑞納夫人受傷很深，卻還顯露出最單純的忠誠，她向朱利安問了幾個必要的問題，以便完成使命。

「這麼說，」她臨走時對他說，「一個小圓盒，黑色的，很光滑。」

「是的，夫人。」朱利安答道，帶著男人面臨危險時所有的冷酷表情。

她爬到城堡的三樓，臉色慘白，好像赴死一樣。更壞的是，她覺得自己要暈倒了；但是她必須幫助朱利安，這給了她力量。

「我要拿到盒子。」她從心裡對自己說，加快了腳步。

她聽見丈夫在朱利安的房間裡，跟男傭說話。幸運的是，他們又轉到孩子的房間去了。她掀開床墊，把手伸進去，由於用力過猛，刺破了手指。本來她對任何疼痛都很敏感，現在卻毫無感覺，因為幾乎同時，她摸到一個光滑的盒子。她抓在手裡，一轉眼就跑走了。

她慶幸沒被丈夫發現，但馬上對盒子感到恐懼，她真要昏過去了。

「這麼說，朱利安愛上別人了，我拿的是他愛的女人的畫像！」

瑞納夫人坐在前廳的椅子上，妒火中燒。她的無知反倒幫了忙，驚訝減輕了傷痛。朱利安進來了，沒有道謝，他一言不發，直接奔回房間，點火焚燒。他臉色蒼白，精神疲憊，過分誇大了剛才遇到的危險。

「拿破崙的畫像，」他搖著頭，心裡對自己說，「藏在一個對篡位者深惡痛絕的人的房子裡！而且還是被瑞納先生發現的，他是極端的保皇黨人，又被我激怒過！最不小心的是，我在畫像後的白紙板上寫了幾行字！我的過分欽佩，無須懷疑！而這種仰慕之情的每次暴露都標注了時間！前天還有一次！」

「我將名聲掃地，毀於一旦！」朱利安看著盒子燃燒，對自己說，「我的全部財富就是榮譽，我靠它活著……而且，這是怎樣的生活啊，天哪！」

一個小時之後，疲倦和自憐，都讓他心軟了。他見到瑞納夫人，握住她的手，懷著從未有過的真誠親吻著。她快樂得臉紅了，與此同時，帶著嫉妒的怒火推開了朱利安。朱利安的自傲受到的打擊，使他此刻成為傻瓜。在他眼裡，瑞納夫人不過是一個富家女，於是他輕蔑地放下她的手，揚長而去。他去花園裡散步、沉思，他的嘴角露出一絲苦笑。

「我在這裡散步，優閒得很，像一個自由支配自己時間的人！我若丟下孩子不管，又要聽到瑞納先生那些羞辱的話，而他是有理的。」於是，他朝孩子的房間跑去。

他很喜歡最小的孩子，孩子的親近，平復了他心中的痛苦。

「這孩子還沒看不起我，」朱利安想。但是，他很快又自責起來，將痛苦的緩解視為一次新的軟弱，「這些孩子跟我親，就好像他們親近昨天買來的小狗一樣。」

第十章

雄心與薄命

熱情最容易偽裝，
越深藏越會暴露；
正如最陰暗的天空，
預示最大的暴風雨。
——《唐璜》第一章第七十三節

瑞納先生把古堡所有的臥房走了一遍，隨著搬運床墊的僕人又回到孩子的房間。他的突然闖入，對朱利安來說，就像盛滿水的罐子又加入一滴，立刻向外溢出來。朱利安朝他衝過去，臉色更加蒼白、陰鬱。瑞納先生站住了，看了看傭人。

「先生，」朱利安說，「你認為你的孩子跟其他家庭教師學習，會獲得同樣的進步嗎？如果你不認為，」朱利安接著說，沒等瑞納先生回答，「你怎麼能責備我對他們放任自流呢？」

瑞納先生吃了一驚，緩過神來，從這個鄉村青年的奇怪語氣中得出結論，他肯定有什麼更好的打算，要離開這裡了。朱利安越說越氣憤。

「我離開你，照樣能活，先生。」他補充說。

「看你這麼激動，我確實很遺憾。」瑞納先生有點結巴。傭人在十步以外，忙著鋪床。

「這不是我要的，先生，」朱利安怒火中燒，「你想想，你對我說的那些話多麼無恥，還當著兩位女士的面！」

瑞納先生很清楚朱利安要什麼，他的心中十分掙扎。朱利安真是氣瘋了，喊道：

「離開你這裡，先生，我知道該去哪裡。」

聽到這裡，瑞納先生似乎看到朱利安在瓦勒諾先生家裡住下來。

「好吧，先生，」他歎了口氣，最後說道。那表情就像請醫生給他做一個令人痛苦的手術，「我同意你的要求。後天是月初，從後天開始，我每月給你五十法郎。」

朱利安很想笑，但他一下呆住了，他的怒氣消了。

「看來我對這畜生還鄙視得不夠，」他心裡說，「這大概是卑劣的人所表示的最大歉意了。」

孩子目睹了這場爭吵，嚇得瞠目結舌。他們跑去花園，告訴媽媽朱利安先生發火了，不過他每月會有五十法郎。

朱利安習慣性地跟著孩子出去，根本沒看瑞納先生一眼，留下他在那裡生悶氣。

「瓦勒諾先生讓我多花了一百六十八法郎。」市長心想，「他要管孤兒的飲食，我一定要給他來兩句狠話。」

過了一會兒，朱利安又跟瑞納先生碰面。

「我有些心事要跟謝朗先生說，我有幸通知你，我要離開幾個小時。」

「啊，親愛的朱利安，」瑞納先生說，一邊虛偽地笑笑，「如果你願意的話，去一天都行，明天一整天，我的好朋友。騎上園丁的馬到維利葉去吧。」

瑞納先生心想：「看，他給瓦勒諾先生回話去了，他並沒有答應我，應該讓這小子冷靜下來。」

朱利安很快走了，爬到山上的大森林，那裡是去維利葉的必經之路。他不想立刻去見謝朗神父。他不想勉強自己去演戲，他需要看清自己，傾聽讓他激動不已的情緒。

「我打了個勝仗，」他一進樹林，遠離眾人的目光，就對自己說，「我打了一個勝仗！」

這句話給他的處境蒙上了美麗的光彩，使他的心平靜下來。

「我現在每月有五十法郎，瑞納先生肯定是怕了。但他怕什麼呢？」

這個有權有勢的人，一小時之前，朱利安還對他怒氣沖沖，有什麼能讓他害怕的呢？朱利安思索著，心裡完全平靜下來。他在林中走過，竟然對迷人的美景感到陶醉。光禿禿的岩石，從前從山上滾下來，落到林中，挺拔的山毛櫸長得幾乎跟岩石一樣高。岩石的陰影下，涼爽宜人。幾步之外，烈日灼人，令人無法駐足。

朱利安在陰影下，喘了口氣，又開始攀登。他沿一條曲折的小路行進，很快登上一塊巨大的岩石，感覺到與世隔絕的狀態。身臨絕境讓他露出了微笑，勾繪出他渴望達到的精神境界。高山上的純淨空氣，為他的心靈帶來平靜、快樂。在他看來，維利葉市長當然是所有有錢和蠻橫之人的代表，但是他覺得這種仇恨雖然十分強烈，卻並非個人的恩怨。假如他不再見到瑞納先生，只要一個禮拜，他就會忘記他，還有他的城堡、他的狗、他的孩子和全家。「我不知是什麼使他做出最大的犧牲。怎麼！每年多給五十個埃居！而且我剛逃離險境。一天打了兩個勝仗；第二個並不重要，但是應該搞清楚原因。不過，還是明天再去想這種難題吧。」

朱利安站在巨大的岩石上，仰望天空。八月的驕陽似火。岩石下面的田野上，蟬在鼓噪著，叫聲一停，四周一片寂靜。方圓二十里的地方，全都在他的腳下，一目了然。他看見一隻雄鷹從頭頂的岩壁中飛出，靜靜地盤旋著，畫出一個個圓圈。朱利安的眼睛禁不住隨著這隻猛禽轉動。牠的動作安詳、有力，深深地震撼著他，他渴望這種力量，他渴望這種孤獨。

這便是拿破崙的命運，將來，也會是他的命運嗎？

第十一章 一個夜晚

朱麗亞的冷漠也飽含溫情，
顫抖的手從他的手裡縮回，
離開前還留下輕輕的一握，
令人心醉，那麼溫柔纖弱，
如此輕盈，讓人捉摸不定。

——《唐璜》第一章第七十一節

還是要在維利葉走走。幸好，朱利安走出神父的住宅，就遇到了瓦勒諾先生，趕緊把加薪的事告訴他。

回到維爾吉，等到天黑，朱利安才下樓到花園去。這一整天，他經歷這麼多感情的衝擊，筋疲力竭。「對她們說什麼呢？」他一想到兩位夫人，心裡就忐忑不安。但他自己看不出來，他的憂慮就和女人在意的瑣事一樣細微。德爾維爾夫人，甚至她的女友瑞納夫人，常常不懂朱利安說什麼，而朱利安對她倆的話也是一知半解。這是魅力的產物，而且我敢說，那是撼動著這個年輕野心家心靈的激情。在這個怪人的心中，幾乎天天有暴風雨。

這天晚上，朱利安走進花園，想聽聽這對表姊妹的看法。她們正迫不及待地等著他。他靠著瑞納夫人，在老地方坐下。夜色漸深，他很早就看到那隻搭在椅背上的白皙的手，很想抓住它。她有些猶豫，最後把手抽回去，好像不高興了。朱利安本來想算了，繼續愉快地聊天，這時，他聽見瑞納先生的腳步聲臨近了。

朱利安的耳邊，還迴盪著上午那些難聽的話。他心裡想，「這傢伙享盡了財富帶來的各種好處。如果當著他的面抓住他妻子的手，不是嘲笑他的辦法嗎？好，就這麼做，他曾經對我那麼輕蔑！」

這時，朱利安性情中的急躁，抑制不住了。他什麼都不顧了，只期盼瑞納夫人肯讓他抓住她的手。

瑞納先生牢騷滿腹地談起了政治：維利葉有兩三位企業家，如今變得比他有錢，想在選舉中跟他競爭。德爾維爾夫人傾聽著。朱利安聽得不耐煩了，把椅子向瑞納夫人挪近。夜色遮蔽了所有的動作。他大著膽子，把手放在靠近那隻美麗手臂的地方。他心神不定，忍不住把臉湊近那隻美麗的手臂，他的嘴唇貼了上去。

瑞納夫人渾身戰慄。她的丈夫僅有四步之遙。她趕快把手伸向朱利安，同時把他推開了一點。當瑞納先生辱罵那些有錢的無能之輩和雅各賓黨人時，朱利安卻對那隻他抓住的手狂吻，至少瑞納夫人覺得是瘋狂的。但是，這可憐的女人在昨天那個要命的日子拿到了證據，這個她喜歡但並未承認的男人，在愛著別人！在朱利安離家的這段時間裡，她一直在極度悲傷中備受煎熬，她開始胡思亂想了。

「怎麼！我在戀愛嗎？」她心裡對自己說，「我戀愛了？我、一個有家庭的女人，在戀愛！但是我對我的丈夫從未有過這種瘋狂的感情，這讓我總是想著朱利安。其實，他不過是個孩子，對我充滿敬意。這種瘋狂很快就消失了。我對這個年輕人的感情，關我丈夫什麼事！我跟朱利安聊的都是胡思亂想的事，我丈夫可能會感到厭煩。他，想的是他的公事。我沒有把他的東西送給朱利安。」

她那天真純潔的心靈，並未受任何虛偽的汙染，被從未體驗過的激情沖昏了頭。她想錯了，但自己並不明白，不過，道德的本能已被喚醒。朱利安出現在花園，她正心神不定，腦子裡思緒翻滾著。她聽見他說話的聲音，幾乎同時，她看見他坐在了身邊。半個月來，美妙的幸福吸引著她，使她感到驚喜。對她來說，一切都無法預料。但是，過了一會兒，她又想：「難道朱利安一出現，所有的過錯就能抹去嗎？」她害怕了[1]，這時她把手抽回來。

這些狂熱的吻，她從來沒有感受過，它們使她立刻忘了他也許愛著別的女人。很快，朱利安在她眼中，不再是一個有罪的人。懷疑的痛苦中止了，一個她做夢也想不到的男人就在眼前，給她帶來愛情的激奮和瘋狂的歡樂。這個夜晚，人人都心情愉快，只有維利葉市長例外。他忘不了那幾個發財的實業家。朱利安不再想他的野心，也不再想他那些難以實現的目標。他生來第一次感受到美的力量。他沉浸在與他性格不符的、迷離而甜美的夢幻中，輕輕地撫摸著那隻美得使他憐愛的手，恍惚中聽見椴樹的葉子在夜風中沙沙作響，遠處傳來杜河磨坊的狗吠。

但是，這種感覺只是暫時的愉悅，不是激情。回到房間，唯一的幸福，就是捧起他心愛的那本書；一個人在二十歲時，對世界的看法以及對他將在世界產生影響的想法，才是最重要的。

很快，他把書放下了，他想著拿破崙的戰功，在自己的勝利中看出新的東西。「對，我打了個勝仗，」他從心裡對自己說，「應該乘勝追擊，在這個驕傲的富人退卻的時候打掉他的傲氣。這才真的是拿破崙的作風。我要請三天假去看望我的朋友富凱。如果他拒絕，我就說不幹了，他會讓步的。」

瑞納夫人睡不著覺了。她覺得迄今為止，她沒有真正活過。朱利安印在她手上的那些狂熱的吻，帶來的這種幸福令她無法忘懷。她突然想到了「通姦」。最下流的放蕩以及感官之愛，這些令人噁心的東西湧入她的想像之中。這些想法玷汙了她心目中的朱利安溫柔神聖的形象。未來被染上了可怕的色彩。她看見自己淪為被人唾棄的女人。

這個時刻很可怕，她的靈魂進入陌生的領域。剛才她還體驗到一種從未有過的幸福，現在一下子陷入難以忍受的痛苦中。她從沒想過會有這樣的痛苦，她的意識混亂了。她甚至曾想向丈夫坦白，她恐怕愛上了朱利安。這就可以談談他了。幸虧，她想起了結婚前姑姑給她的忠告，告訴她向丈夫坦白的危險，因為丈夫畢竟是一家之主。她在極度痛苦中，絞著自己的手。

她翻來覆去，被痛苦的矛盾任意擺布。她有時擔心自己並未被愛，有時犯罪感又折磨著她，彷彿她第二天就要被帶到維利葉的廣場上示眾，還被掛上一塊牌子，上面向公眾顯示她犯的通姦罪。

瑞納夫人對人生毫無經驗，即使在完全清醒的時候，她也看不出，在天主眼中有罪和當眾對她辱罵的區別。

她想到了通姦，以及這種罪行必將帶來的各種羞辱。當這可怕的想法暫時被她丟在一邊的時候，她想到像過去一樣天真地跟朱利安在一起的愜意，又被扯進朱利安愛上別的女人的可怕想像裡。朱利安害怕丟失畫像或者害怕連累別人時的那種慘白的臉色，至今仍然歷歷在目。這是她第一次在朱利安平靜而高貴的臉上看到恐懼。他從未為了她或她的孩子表現出如此衝動。這一痛苦已經

1 與克萊芙夫人（拉法葉夫人《克萊芙王妃》的女主角）的反應相同。

這是埃麗莎。

達到人所能承受的最大極限。瑞納夫人忍不住驚叫起來，驚醒了女傭。她看見床邊出現了一盞燈，

「他愛的是你嗎？」她在慌亂中喊道。

女傭發現女主人陷入這可怕的慌亂中，吃了一驚，幸好她沒注意這句怪異的問話。瑞納夫人知道失言了，便對她說：「我發燒了，可能說胡話，你陪著我吧。」她要克制自己，也就清醒了，不那麼難受了；半昏睡狀態使她失去理智，現在理智又恢復了。為了不讓女傭盯著自己，她讓女傭讀報。女傭用單調的聲音讀《每日新聞》上的一篇文章，瑞納夫人下定決心堅守婦道，再見到朱利安時，一定要冷漠對待。

第十二章
一次旅行

巴黎都是優雅的人，外省卻有剛毅之人。

——西埃耶斯[1]

第二天早晨五點，瑞納夫人還沒出現，朱利安已向她的丈夫請了三天假。朱利安沒有料到，自己渴望見到她，惦記著她那隻那麼動人的手。他下樓來到花園，瑞納夫人沒有露面。不過，如果朱利安真有心，就會發現她站在二樓半開的百葉窗後面，頭抵著窗玻璃。她正望著他。最後，她顧不上誓言，還是決定到花園去。平時蒼白的面容，變成鮮亮的紅光。這個天真的女人內心並不平靜，一種克制、甚至憤怒的感情使她的表情扭曲，正是這種沉靜的表情，超凡脫俗，給她天使般的容顏增色不少。

朱利安急忙走過去，望著她匆忙披上披肩，露出的那雙美麗的手臂。一夜的煩惱，使她更容易受到外界的影響，清晨的涼爽似乎使她更加迷人。這種端莊、動人卻有下層階級不具備的沉思之

1 西埃耶斯（Emmanuel-Joseph Sieyès，一七四八－一八三六），法國十八世紀的神父、政治家、國會議員，起草了《網球場宣言》，成立雅各賓俱樂部，投票支持處死國王，並且在恐怖中離開。他是拿破崙的執政官，復辟後被放逐，七月革命後沒有再回到法國。

美，似乎揭示出她具有一種他從未感受到的能力。朱利安貪婪的目光意外地發現了這種魅力，他目不轉睛，忘記了原來期待的問候。她故意向他展示的冷淡，使他感到驚訝，甚至還以為這是要他安分守己的意圖。

愉快的微笑從他的嘴上消失了，他想到自己在上流社會，尤其是在一個貴婦人眼中的地位。轉眼之間，他臉上只剩下高傲和自責。他感到強烈的懊惱，自己將出發延遲一小時，卻得到如此屈辱的對待。

他心想：「只有傻瓜才生別人的氣，石頭會落下就是因為它有重量。難道我永遠是個孩子嗎？我什麼時候能養成這個好習慣，只為了錢向這些人出賣靈魂？如果我想獲得他們的尊重，自己看得起自己，就該向他們表明，和他們的財富打交道是因為我貧窮，而我的心靈和他們的蠻橫相距遙遠，它的境界之高，他們的輕蔑或小恩小惠都無法企及。」

這些感觸紛紛湧入年輕家庭教師的心裡，他多變的臉上顯出自尊心受傷和冷酷的表情。瑞納夫人慌了手腳。她原本想在見面時表現出的那種冷淡，此刻變成了關切。正是她看到朱利安神色突變，使她變得關切。早晨見面時的問候，以及談論天氣的客套話，他們都說不出來了。朱利安沒有被熱情衝昏頭，馬上找出一個辦法，讓瑞納夫人明白，他們之間的關係多麼淡薄；他對這次旅行根本沒提，行個禮，轉身走了。

她眼看著他走了，前一天晚上還是那麼可愛的目光中，現在卻是一種陰鬱的傲慢，把她驚呆了。這時，她的大兒子從花園深處跑出來，擁抱著她說：

「我們放假了，朱利安先生旅行去了。」

聽到這句話，瑞納夫人感到渾身發涼，就像死了一樣。她因道德焦慮而不幸，又因軟弱而加劇不幸。

這種新的事態，占據了她的全部心靈。她經過一個可怕的夜晚做出的明智決定，都已拋到腦後。現在的問題，不是如何拒絕這個可愛的情人，而是要永遠地失去他了。

早餐她是必須到場的。更頭疼的是，瑞納先生和德爾維爾夫人的話題只停留在朱利安的出走。維利葉市長注意到，朱利安請假時的口氣強硬，其中必有蹊蹺。

「這鄉下小子的口袋裡，肯定有什麼人的合約。如今，不管是誰，即便是瓦勒諾先生，也不得不對六百法郎的年薪有所忌憚。昨天，維利葉大概有人要求寬限三天來考慮；今天早晨，為了避免給我答覆，這位年輕的先生就到山裡去了。對一個傲慢的工人以禮相待，我們今天淪落到這種地步！」

瑞納夫人心中暗想：「我丈夫不知把朱利安傷得多深，既然連他都認為朱利安要離開了，那我還懷疑什麼呢？唉，一切都無法挽回了！」

為了能哭個痛快，又不必回答德爾維爾夫人的追問，她說頭痛得厲害，回去躺下休息了。

「女人就是女人，」瑞納先生又老調重彈，「這些複雜的機器，總是會出些毛病。」他語氣帶著嘲諷離開了。

意外的變故讓瑞納夫人陷入可怕的痛苦中，當她經受感情的殘酷折磨時，朱利安正在山區最美的景致中行進。他必須穿越維爾吉北部的大山。他走的山間小路穿過大片的山毛櫸林，在山坡上迂迴曲折，蜿蜒而上。很快，旅人的目光瞥見山腳下的丘陵，將杜河引向南方，直抵勃根地和薄酒萊的原野。年輕野心家的心靈無論對山河之美多麼遲鈍，也禁不住時而停下腳步，瞭望如此廣闊而壯麗的風景。

最終，他到達山頂，旁邊有一條近路，通向一條偏僻的山谷。他的朋友、年輕的木材商富凱就住在那裡。朱利安並不急於見到他，也不想見其他什麼人。他像一隻猛禽潛伏在山頂光禿的岩石之間，老遠就能看見朝他走近的人。他在幾乎垂直的峭壁上發現有一個小洞。他飛快跑了幾步，鑽進洞中。「在這裡，」他說，眼裡閃著快樂的光芒，「誰也不能傷害我。」他忽然想到，為何不在此把自己的想法寫下來，既然別處對他都那麼危險。他找來一塊方石當桌子，然後奮筆疾書，四周的一切都視而不見。最後，他注意到，太陽已經在遠離薄酒萊的山巒後面落下了。

「我為何不在這裡過夜呢？」他在心裡對自己說，「我有麵包，我是自由的！」想到這個偉大的字眼，他的心激動起來。他的虛偽讓他即使在富凱家裡，也感到不開心。他用雙手托著頭，沉醉在幻想和自由的快樂中，他有生以來，從沒有像在這個山洞裡這麼快樂過。他恍恍惚惚地，看著夕陽一縷縷地消退。四周是無邊的黑暗，他的心迷茫地想像有朝一日會在巴黎遇到什麼。首先遇見一位美女，她比他在外省見過的任何女人都美麗、更有才情。他狂熱地愛她，也為她所愛。如果他暫時離開，便是為了獲得榮譽，為了更值得她去愛。

巴黎上流社會的殘酷現實中教育出來的青年，假設有朱利安這樣的想像力，當他的幻想到這種程度時，也會受到冷嘲熱諷；雄心壯志，隨著無法實現的希望一同消失，取代它的是世人熟悉的格言：「只要一離開情婦，唉！一天就會有兩三次受騙的危險。」鄉村青年在他與英雄壯舉之間，只看到缺乏機會，其他什麼都沒有看見。

黑夜驅散了白晝，要到富凱住的村莊，還要走幾里路。朱利安離開山洞之前，生了一堆火，他小心地把自己寫的東西都燒毀了。

凌晨一點，朱利安敲門，朋友嚇了一跳。朱利安發現富凱在記帳。這是個高大的年輕人，樣子很醜，線條粗獷，鼻子很大，但是醜陋的外表之下，有一顆善良的心。

「你突然跑來找我，八成是跟瑞納先生鬧翻了？」

朱利安把昨天發生的事講給他聽，但很有分寸。

「留在這裡，跟我一起做吧，」富凱說，「我知道你認識瑞納先生、瓦勒諾先生、莫吉隆區長和謝朗神父，你對這些人瞭若指掌，你可以從事拍賣。你的數學比我強，你來記帳，我的買賣賺很多錢。我一個人忙不過來，要找個合夥人，又怕遇到騙子，所以每天都很多生意做不了。不到一個月之前，我讓聖－阿芒賺了六千法郎，我有六年沒見過他了，是在蓬塔里埃的拍賣會上偶然遇到的。為什麼你不能賺這筆錢呢？至少賺三千，如果那天有你在，我會出高價包下採伐那片樹林，所有的人都會讓給我。跟我合夥吧。」

這個建議，有違朱利安的志向，讓他感到不快。富凱一直單身，於是兩個朋友像荷馬筆下的英雄一樣一起做飯。吃飯的時候，富凱把帳本給他看，向他證明做木材生意多麼賺錢。富凱對朱利安的才能和性格很看重。

當朱利安獨自待在他的小木屋裡的時候，他對自己說：「沒錯，我可以在這裡賺幾千法郎，然後，再找機會去當兵或當教士。有了這筆錢，一切困難就都解決了。孤獨地住在山裡，我那可怕的無知就會解決了，沙龍裡那些人關心的事我都一無所知。富凱不想結婚，他總是對我說他孤獨難耐。顯然，如果他找個沒有投資的人合夥，是想有一個永遠在一起的夥伴。

「我怎麼能欺騙我的朋友呢？」朱利安生氣地叫道。這個把虛偽和薄情作為獲得安全感的人，這次卻不能容忍自己對一個愛他的人有任何不道德的念頭。

突然，朱利安高興起來，他找到拒絕的理由了。「什麼！我將膽怯地荒廢七、八年的時間！

那樣，我就二十八歲了；而這個年紀，拿破崙已經幹出一番宏偉的事業了，當我為了販賣木頭而四處奔走，還要討幾個下流騙子的歡心，無聲無息地賺了點錢，誰能保證我還有成就一番大業的雄心呢？」

第二天早晨，朱利安冷靜地答覆了富凱，說獻身神職的志向使他無法接受邀請，富凱很驚訝，他還以為合夥做生意的事情敲定了呢。

「但是你想過嗎，」富凱再次勸他說，「我要你合夥，如果你願意，我每年給你四千法郎，如何？你想回到瑞納先生家裡去，而他把你看成他鞋上的泥！你若有兩百個路易，有誰能阻止你去神學院呢？還有，我可以給你弄到本地最好的聖職。因為，」富凱壓低了嗓音，「某某先生、某某先生燒的木柴，都是我提供的。我給他們上等的橡木，他們只付白木的價錢，這是最好的投資。」

朱利安的志向不可撼動。富凱認為他快瘋了。第三天一早，朱利安告別他的朋友，想在大山上待一整天。他又找到他的小山洞，但他的心靈不再平靜，朋友的建議把平靜驅散了。他像海克力斯一樣，但不是在罪惡與道德之間做出選擇，而是在衣食無憂的平庸和少年的英雄夢之間。「看來，我沒有真正堅強的意志，」他對自己說，這種懷疑使他感到痛苦。「我不是做大人物的材料，因為我害怕用八年時間賺麵包，怕因此奪走了我幹一番驚天事業的力量。」

第十三章 網眼長襪

小說，是一面走在路上的鏡子。

——聖雷阿爾[1]

朱利安看到維爾吉古教堂的美麗遺跡時，這才意識到，從前天開始，他竟然一次都沒想到瑞納夫人。「那天我臨走時，這個女人提醒我，我們之間的隔閡是不可逾越的，她像對待一個工人的兒子那樣對我。顯然，她是要向我表明，她後悔前一天晚上讓我握住她的手……但這隻手那麼美！這個女人的目光中有何等的魅力，何等的高貴呀！」

朱利安和富凱聯手發財的可能性，使他的頭腦更加清晰。以前他常常因為貧寒的地位而憤怒，或者有自卑感。現在他彷彿佇立在一塊高高的岬角上，能夠居高臨下，做出正確判斷，或者可以說，俯視極度的貧窮和他稱為富裕的小康。他還不能以哲學家的角度審視他的處境，但他有足夠的洞察力，這次山間旅行之後，他感到自己與從前截然不同了。

應瑞納夫人的要求，他大致講了這次旅行的經過。瑞納夫人聽著，似乎焦躁不安，這使他感到很驚訝。

1 聖雷阿爾（César Vichard de Saint-Réal，一六四三－一六九二），法國神父、歷史學家。

富凱有過結婚的打算，有過失意的愛情；兩個朋友深談了許久。富凱很早就找到了幸福，他發現自己不是唯一被愛的人。這些話讓朱利安吃驚，他學到了許多新東西。他孤獨的生活，完全由想像和懷疑構成，這使他遠離一切可以使他明辨是非的東西。

他離開的這段時間裡，對於瑞納夫人來說，生活只是各種不同的折磨，但都不堪忍受；她真的病了。

德爾維爾夫人看到朱利安回來了，對她說：「你不舒服，今晚就別去花園了，潮溼的空氣會使你的病情加重。」

瑞納夫人剛穿上一雙網眼長襪，還有巴黎帶來的小巧的鞋子，德爾維爾夫人見到，吃了一驚，她的朋友一向穿戴樸素，常常為此受到瑞納先生的責備。三天以來，瑞納夫人唯一的樂趣，就是用很時髦的薄料子裁了一條裙子，並讓埃麗莎趕快做好。朱利安剛到，裙子就做好了，瑞納夫人立刻穿上。她的朋友不再懷疑了。「她戀愛了，可憐的女人！」德爾維爾夫人心裡說。她終於明白了瑞納夫人所有怪異的舉動。

她看著瑞納夫人跟朱利安說話。瑞納夫人的臉色由緋紅變成蒼白。她的眼睛盯著年輕家庭教師的眼睛，露出了憂傷。瑞納夫人時刻等待著朱利安做出解釋，宣布他的去留。朱利安並沒有想到這些，根本沒有提及。經過一番內心掙扎，瑞納夫人終於問道，顫抖的聲音中飽含深情：

「你要離開你的學生到別處去嗎？」

瑞納夫人疑惑的聲音和眼神讓朱利安吃驚。「這個女人愛上我了，」他心想，「但她的自尊會責備這短暫的軟弱，一旦她不再擔心我走，她的高傲會立刻恢復。」朱利安迅速地想到了彼此的地位，猶豫不決地答道：

「離開這些如此可愛、出身如此高貴的孩子，我感到非常難過，但也許必須這樣。一個人對自己也有責任。」

說到出身如此高貴(這是朱利安最近學的貴族用語)時，他的心裡產生了一種厭惡。

「在這個女人眼裡，」他心想，「我的出身並不高貴。」

瑞納夫人聽他說話，欣賞著他的才貌，他流露出有可能離去，這刺痛了她的心。朱利安外出的時間裡，瑞納夫人的朋友來維爾吉吃飯，都爭先恐後地祝賀她，說她丈夫很幸運，挖掘出這樣一個奇才。實際上，他們對孩子的進步並不瞭解。一個人能背誦《聖經》，而且是用拉丁文，這件事就足以讓維利葉的居民豔羨一百年了。

朱利安不跟任何人來往，對這些一無所知。如果瑞納夫人稍微聰明些，就會對他所取得的名聲表示祝賀，而朱利安的自尊心得到滿足，也就會對她更溫柔，更何況那件連衣裙他覺得很好看。瑞納夫人對這件連衣裙很得意，對朱利安說的讚美也很高興，想去花園裡轉一圈，很快她就說走不動了。她挽著朱利安的手臂，但是，碰到他的手臂，非但沒有給她帶來力量，反而讓她一點力氣都沒有了。

天黑了。兩人剛坐下，朱利安就立刻行使早已取得的特權，大膽地把嘴唇靠近鄰座美麗的手臂，並且抓住她的手。他想到的是富凱大膽地吻他的眾情婦，而不是瑞納夫人。他的心裡還念念不忘「出身高貴」這幾個字。她握緊他的手，他卻沒有感到一絲快樂。對於這個晚上，瑞納夫人明顯流露出的感情，他沒有任何自豪感，甚至連一點感激都沒有。面對美貌、優雅和嬌豔，他幾乎不為所動。心靈純潔，沒有任何怨恨，無疑會永保青春。對於漂亮的女人，最先衰老的是容顏。

朱利安整個晚上都不開心，過去他還只是對社會不滿，自從富凱向他提供了一條致富之道以後，他就對自己生氣了。朱利安雖然不時地跟兩位夫人說話，但只想著他的心事，不知不覺地鬆開了瑞納夫人的手。這個舉動讓可憐的女人心煩意亂，她似乎從中看到了命運的預兆。

她如果確認朱利安的感情，她的貞操觀可能有力量抗拒他。但她害怕永遠失去他，於是就昏了頭，竟然抓住了朱利安搭在椅背上的手。這喚醒了野心勃勃的年輕人：他真希望所有傲慢的貴族老爺都看到。吃飯時，他們微笑著看著他和孩子坐在桌子末尾，有種居高臨下的感覺。「這個女人再不會輕視我了，在這種情況下，」他心想，「我應該對她的美麗有所表示，我必須成為她的情人。」這種想法，在他與朋友富凱的長談之前，是不會有的。

他剛才突然下的決心，使他感到快樂。他在心裡對自己說：「這兩個女人當中，我要得到一個。」他覺得追求德爾維爾夫人更好，不是因為她更可愛，而是因為在她眼裡，他始終是一個有學問且受人尊敬的家庭教師，而不是出現在瑞納夫人面前的那個腋下夾著粗呢外衣的木工。

正是這個木工，害羞得臉都紅了，站在門口卻不敢按鈴，瑞納夫人覺得這更有魅力。

朱利安繼續審視自己的處境，他覺得不應該去征服德爾維爾夫人，後者也許覺察到瑞納夫人對他有意。於是，他只好回到瑞納夫人身上。「對於這女人的性格，我知道多少呢？」朱利安心想，「不過如此：我外出之前，抓住她的手，她抽回去了；如今，我把手抽回來，她卻抓住了，並且抓住不放。這是個好機會，讓我把她對我的輕蔑都還給她。天知道，她有多少個情人！她看上我，也許只是因為見面容易。」

唉！這就是文明過度的不幸！一個二十歲的年輕人，只要受過教育，心靈便與自然相距千里，而沒有順其自然，愛情不過是最令人厭煩的責任。

朱利安小小的虛榮心繼續擴散：「我應該在這個女人身上取勝，萬一我發跡，若有人指責我當過家庭教師，我可以說是愛情讓我接受這個位置。」

朱利安把自己的手從瑞納夫人的手中掙脫出來，然後又抓住她的手，緊緊握住。將近午夜，回到客廳的時候，瑞納夫人低聲對他說：

「你要離開我們，你要走，是嗎？」

朱利安歎了口氣，說：

「我實在該走，因為我熱烈地愛著你，這是一個錯誤……對年輕教士來說，這是多麼嚴重的錯誤啊！」

瑞納夫人倚靠在朱利安的手臂上，那麼放縱，臉上都能感覺到朱利安面部的熱度。

兩個人的後半夜，完全不同。瑞納夫人過於興奮，因高尚的精神而激動不已。一個風流少女過早地戀愛，會漸漸習慣愛的煩惱。瑞納夫人沒讀過多少小說，幸福的各種細節，對她來說都是新鮮的。沒有什麼愁事，甚至沒有未來的危險，令她掃興。她期望十年後仍然跟現在一樣幸福。對瑞納先生忠貞的觀念，幾天前還讓她不安，現在卻蕩然無存，像不速之客一樣被打發走了。「我永遠不會對朱利安許諾什麼，」她對自己說，「我們未來會像一個月以來這樣生活下去。他永遠是個朋友。」

第十四章 英國剪刀

一個十六歲的女孩，嬌豔如玫瑰，卻還要粉飾。

——波利多里 1

對朱利安來說，富凱的提議確實奪走了他全部的幸福，他什麼主見都沒了。「唉，也許我性格中缺乏堅強，如果在拿破崙手下，我肯定是糟糕的士兵，至少，」他轉念想道，「我與女主人之間的私情，會給我帶來小小的樂趣。」

幸運的是，就在這種不起眼的小變故中，他的內心也和他放縱的言語大不相同。他對瑞納夫人有點膽怯，因為她那連衣裙太漂亮了。在朱利安眼中，這條裙子在巴黎也屬於引領潮流的。他高傲自負，不想憑藉偶然和一時的靈感行動。根據富凱的經驗之談和他在《聖經》中讀到的些許關於愛情的文字，他制訂了一份周密的作戰計畫。雖然他不肯承認，但他確實心亂如麻，於是寫下了這個計畫。

第二天早晨，瑞納夫人和他單獨在客廳裡待了一會兒，她問：

「你除了叫朱利安之外，有沒有別的名字？」

對於這種討好的話，朱利安竟不知如何回答。這種情況是他始料未及的。如果沒有訂計畫這種笨辦法，朱利安機靈的頭腦本可以應付，意外只會使他變得更加機智。

他突然變得很笨，而他自己又放大了這種笨拙。瑞納夫人很快原諒了他。她認為這是一種天真，有迷人之處。在她看來，這個大家都認為有才氣的人，缺少的就是這個。

德爾維爾夫人有幾次對她說，「你那位年輕的家庭教師，我不信任他。我發現他總是在算計，一舉一動都有心機。這傢伙十分陰險。」

瑞納夫人的問話，朱利安答不上來，他很苦惱，深感羞恥。

「一個像我這樣的人，失敗了必須贏回來！」他抓住進入另一房間的時機，去給瑞納夫人一個吻，他認為這是他的責任。

無論對他還是對她，沒有比這更意外、更令人不快、更冒失的了。他們差點被人撞見。瑞納夫人以為他瘋了。她嚇壞了，尤其是感到有失尊嚴。這樁蠢事讓她想到了瓦勒諾先生。

她想：「我要是單獨和他在一起，會發生什麼呢？」她的貞操觀又回來了，因為愛情已經消失。

於是，她總是讓一個孩子陪在身邊。

這天，朱利安很鬱悶。他絞盡腦汁實施他的引誘計畫，但很笨拙。他每次看到瑞納夫人，目光中都帶著疑問；不過，他還沒有笨到看不出自己討人嫌，更不必說做到萬人迷了。

瑞納夫人見他如此笨拙而又魯莽，驚訝了半天。「這人很有才，愛得靦腆！」她終於對自己說，心中暢快得無法形容，「原來他從未被我的情敵愛過！」

午飯後，瑞納夫人回客廳去，她在一個高高的小繡架上做針線，迎接布雷專區區長莫吉隆先生

---

1 波利多里（John William Polidori，一七九五—一八二一），英國詩人拜倫的醫生和祕書。

的來訪。德爾維爾夫人坐在她旁邊。在這樣醒目的位置，大白天，我們的英雄認為可以趁機把靴子伸過去，想去踩瑞納夫人的秀腳，那網眼長襪和巴黎來的漂亮鞋子，顯然吸引了風流區長的目光。

瑞納夫人驚恐萬狀，她故意把剪刀、絨線和針掉在地上，這樣朱利安的動作就被看成是輕舉妄動，他看見剪刀掉下來，想用腳去擋住它。幸好英國小剪刀摔斷了，瑞納夫人表示惋惜，責怪朱利安坐得不夠近。

「你比我先看見剪刀掉了，本該擋住，但你的熱心白費了，卻踩了我狠狠一腳。」

這話騙得了區長，卻騙不了德爾維爾夫人。「這小子真笨！」她想，外省省城的規矩是絕不能原諒的。

瑞納夫人找機會對朱利安說：

「小心點，我命令你。」

朱利安發現了自己的笨拙，心裡很懊惱。他糾結了半天，想知道是否應對「我命令你」這句話發怒，他蠢透了，竟然去想：「如果牽涉到孩子的教育，她可以說『我命令你』；但要回應我的愛情，她該平等對待。沒有平等，就不可能有愛……」他翻來覆去，思考那些平等的格言。他憤怒地背誦德爾維爾夫人幾天前教給他的高乃依[2]的詩：

……愛情
造就了平等，卻不追求它。

朱利安這輩子還沒有過情人，卻刻意去扮演唐璜的角色。他這一天的表演真是蠢極了。他只有一個念頭是對的，他對自己、對瑞納夫人都感到厭倦，心懷恐懼地看著傍晚臨近，到那時他又得坐在花園裡，在黑暗中坐在她旁邊。他對瑞納先生說，他要去維利葉看望神父，吃過晚飯就走，半夜回來。

在維利葉，朱利安看到謝朗神父正忙著搬家，他終於被撤職了，馬斯隆神父來接替他。朱利安幫善良的神父搬家，他想寫封信給富凱，說他無法抗拒的從事神職的志向，曾經阻止他接受其好心的提議，但他剛剛看見一件不公平的事，也許不接受神職對他的靈魂救贖更有利。

朱利安為自己的精明感到慶幸，能夠利用維利葉本堂神父的去職為自己留條後路，如果在他的心中，可憐的謹慎終於戰勝了英雄主義的話，他可以再回去經商。

2 高乃依（Pierre Corneille，一六〇六－一六八四），十七世紀法國古典主義悲劇的代表作家，法國古典主義戲劇的奠基人。

第十五章

雄雞報曉

愛情一詞，拉丁文叫 Amor。始於愛情，終於死亡。

在此之前，是無盡的惆悵、憂傷、欺詐、罪惡、沮喪。

——《愛情讚歌》

朱利安常常以為自己很聰明，他若真的聰明，第二天就會對維利葉之行的成果感到慶幸。他的離去，讓人忘了他的笨拙。這天，他還是感到很不快。臨近黃昏時，他突然有了個荒唐的想法，並且以少見的魯莽告訴了瑞納夫人。

大家剛在花園坐下，朱利安不等天黑，就湊近瑞納夫人的耳朵，冒著損害她的名譽的危險，對她說：

「夫人，今天夜裡兩點，我要到你的房間，有事跟你說。」

朱利安十分緊張，怕他的請求被接受；這誘惑者的角色給他很大壓力，若順著自己的性情，他會躲進房間幾天不出門，不再見兩位夫人。他知道，他昨天高明的舉動已將前一天的美好形象破壞殆盡，他不知現在該求助哪位神仙了。

瑞納夫人對朱利安的無禮請求非常憤怒，這並不誇張。在她簡短的回答中，朱利安捕捉到了輕蔑。在她聲音低微的回答中，他確信聽到了「呸」這個字。朱利安藉口有話對孩子說，到他們的房間去了。回來時，坐在德爾維爾夫人旁邊，離瑞納夫人遠遠的。這樣，他就能避免去握她的手。談話很嚴肅，朱利安應對自如。有過短暫的沉默，那是他正在苦思冥想。「我怎麼就想不出好辦法，」他心裡說，「能讓瑞納夫人做出溫柔的表示！三天前，正是這些表示讓我堅信，她是屬於我的。」

朱利安把事情弄到不可救藥的地步，心亂如麻。不過，如果成功，他可能更不知如何是好。

半夜分手時，他的悲觀使他相信，德爾維爾夫人在蔑視他，瑞納夫人對他也差不多。

朱利安心情很糟，睡不著覺，感覺受了屈辱。他根本不想放棄一切偽裝、一切計畫，跟瑞納夫人得過且過，像孩子一樣滿足於每天的幸福。

他費盡心機，想出各種巧妙的手段，突然又覺得荒唐透頂；總之，他很痛苦，這時，城堡的鐘敲了兩下。

鐘聲驚醒了他，就像雞叫驚醒了聖彼得。他看見自己到了危急時刻。自從他提出那個無禮的請求之後，他就沒去想過，它遭到了慘敗！

「我對她說過，兩點鐘到她那裡，」他一邊起來，一邊對自己說，「我可以淺薄、粗魯，農民的兒子本該如此，德爾維爾夫人已經讓我明白了，但至少我不服輸。」

朱利安可以為他的勇敢而驕傲，他還從未這麼勉強自己。他打開門，渾身發抖，兩腿發軟；他不得不靠在牆上。

他沒穿鞋，走到瑞納先生的門前，聽了一下，鼾聲清晰可辨。他大失所望。他沒有藉口不到她的房間去了。可是，老天爺，他去幹什麼？他什麼想法都沒有，他的心情如此慌亂，即使有也無法實行。

最終，他忍著比赴死還要難受的痛苦，進入一條可以通往瑞納夫人房間的小道。他用顫抖的手推開房門，發出可怕的響聲。

屋裡有亮光，壁爐下有一盞守夜燈；他沒料到這個新的不幸。瑞納夫人看見他進來，急忙跳下床。「你瘋了！」她喊道。一陣慌亂。朱利安忘了那些虛無的計畫，恢復了其本性。得不到一個美人的芳心，對他來說，是一生中最大的不幸。對她的指責，他只是跪在她腳下，抱著她的雙膝。她的話很嚴厲，他哭了。

幾個小時以後，朱利安走出瑞納夫人的房間，用小說家的話來說，他已經別無所求了。事實上，他那套笨拙的辦法沒有贏得的勝利，卻靠他激發的愛情和迷人的魅力所引起的意想不到的反應而得到了。

但是，在那最溫柔的時刻，他成為一種驕傲的犧牲品，還想扮演一個情場老手的角色。他損毀了自己的可愛之處，這種力量不可思議。他不去關注他激起的狂熱，也不去關注使狂熱變得更強的悔意，責任的觀念始終出現在眼前。他怕一旦偏離他的理想模式，就會留下可怕的悔恨和永遠的笑柄。總之，使朱利安超越他人的東西，恰恰使他無法享受當下的幸福。如同一位十六歲的少女，天生麗質，為了參加舞會，卻愚蠢地塗脂抹粉。

朱利安一出現，瑞納夫人就嚇壞了，隨之痛苦的不安折磨著她。朱利安的淚水和絕望使她不能自已。

即使在她無法拒絕朱利安的時候，她仍然真的出於憤怒，把他推得遠遠的。隨後，又投入他的懷抱。這中間並無任何心機。她確信自己已經罪不可赦，該下地獄，為了逃避地獄的景象，就不斷地用溫柔去撫慰朱利安。總之，就幸福來說，我們的英雄應有盡有，假如他懂得如何享受的話。甚至他征服的女人身上的那種灼熱的感覺，也不缺乏。朱利安走了，但那股使她興奮得無法自制的狂熱並未停止，令她深受折磨的悔恨，還在攪動著她的心。

「天哪！幸福、愛情，就是這樣？」這是朱利安回到房間後的最初想法。終於得到渴望已久的東西，朱利安陷入一種驚恐不安的狀態。他一直處於渴望中，現在卻無所追求，不過他目前還沒有回憶。朱利安像一個受到檢閱歸來的士兵，認真地把他的行為檢查一遍。

「我的責任，已經完成了嗎？我的角色，是否成功？」何種角色？一個習慣吸引女人注意的角色。

第十六章
第二天

他用嘴去親她的嘴，還用手梳她的頭髮。

——《唐璜》第一章第一七〇節

多虧瑞納夫人過於激動和驚慌，沒有發現朱利安的笨拙，讓他保住了顏面。轉眼之間，這個男人就成為她在這個世界上的一切。

她看到天光大亮，就催促他離開：

「啊！天哪，」她說，「要是我丈夫聽見動靜，那我就完了。」

朱利安還有時間斟酌詞句，他記得這麼一句：

「你對人生感到後悔嗎？」

「噢！有很多事後悔！但我不後悔認識你。」

朱利安故意在天亮時不慌不忙地回去，他覺得這才有尊嚴。

朱利安的想法很荒唐，他表現出一副情場老手的樣子，一直在研究自己細小的動作。這種小心也有一個好處：吃早飯時再見瑞納夫人，他的舉止堪稱一件謹慎的傑作。

而瑞納夫人，她一見他就臉紅，不看他又活不下去；她意識到自己的慌亂，盡量掩飾卻適得其反，朱利安只抬眼看過她一次。剛開始，瑞納夫人還讚許他的謹慎，很快，見他只看她一次就不再看了，不覺心慌意亂：「他不再愛我了？」她心裡說，「唉！我對他來說太老了，我比他大十歲。」

從餐廳到花園的路上，她抓住了朱利安的手。這不尋常的動作，使他驚訝，他望著她，目光中滿懷深情，因為早飯時，他覺得她很漂亮，他把時間都用來細細地品味她的魅力。這目光給瑞納夫人帶來了慰藉，雖然沒有消除她的不安，她的不安幾乎抵消了她對丈夫的內疚。

吃早飯時，這位丈夫什麼都沒發現，德爾維爾夫人就不同了：她確信瑞納夫人要墮落了。一整天，她出於友情，勇敢而果斷地用隱晦的語言，把瑞納夫人的險境描繪得十分醜陋。

瑞納夫人很著急，想和朱利安單獨待一會兒；她想問他愛不愛她。儘管她的性格很溫柔，她還是差點讓她的朋友明白，她多麼惹人煩。

晚上，德爾維爾夫人在花園裡做了精心布置，自己坐在瑞納夫人和朱利安中間。瑞納夫人原本自己勾繪出一幅美麗的場景：她抓著朱利安的手，湊近自己嘴邊，現在卻連句話也不能說了。

這種意外使她更加焦躁不安。她悔恨不已。她曾經責怪朱利安魯莽，昨天夜裡到她房間來，現在卻擔心他今夜不來了。她早早地離開花園，回到自己房間。但是，她迫不及待，跑到朱利安的門外，把耳朵貼在門上偷聽。疑竇和狂熱吞噬著她，她不敢進去。這種舉動在她看來太下賤了，外省一則諺語說的就是這種事。

僕人還沒有都睡下。謹慎迫使她回到自己的房間。兩小時的等待，簡直就是兩個世紀的煎熬。

不過，朱利安太執著於他所謂的責任了，他不得不逐一地去完成他的事情。

一點的鐘聲剛響過，他悄悄溜出房門，確信主人已經睡下，才進入瑞納夫人的房間。這天晚上，他在情人的身邊感到更多的幸福，因為他不再隨時想著他要扮演的角色。他的眼睛需要看，耳朵需要聽。瑞納夫人說到她的年齡，讓他的心安定下來。

「唉！我比你大十歲！你怎麼會愛我呢？」她反覆地說，沒有明確的意圖，只是因為這種想法壓抑著她。

朱利安沒有想到這種痛苦，不過他看出這確實存在，他幾乎把怕被人笑話的事忘了。他以為出身卑微，會被看作是低等的情人，現在這種荒謬的想法也沒了。朱利安的狂熱使他膽怯的情人放下心來，她又感到了快樂，並且又有了判斷力。幸好他這次幾乎沒有做作的表情，而昨夜的幽會卻變成一場戰鬥，而不是一次情事。如果她覺察到他在扮演角色，這可悲的發現，將會把她的快樂全部奪走。除了年齡的不匹配，她還看不出有別的東西可以造成可悲的後果。

瑞納夫人從未想過什麼愛情觀，但在外省，一談到愛情，年齡的差別是在貧富差距之外的大家議論和取笑的話題。

幾天之中，朱利安恢復了他的年輕活力，愛得如癡如醉。

「應該承認，」他想，「她的心靈像天使一樣善良，而且漂亮得無與倫比。」

他幾乎完全忘了演戲的想法。在縱情時刻，他甚至向她坦白了他的全部憂慮。這種傾吐，把他激發的熱情推向了極致。「這麼說，我的情敵還沒有受寵過！」瑞納夫人心想，滿心歡喜。她大膽地問他，他在意的那幅肖像是誰的，朱利安發誓說，那是一個男人的。

當瑞納夫人冷靜下來思考問題時，她簡直驚訝得不知所措，世上竟然還有這樣的快樂。

「啊！」她心想，「要是早認識十年該多好！那時候我還算是個美人。」

朱利安根本不去想這些。他的愛情仍然是一種野心，一種占有的樂趣。他這個如此讓人看不起的窮小子，竟然得到如此高貴、美麗的女人的芳心。他的愛慕舉動、他看見女友的美貌所流露出的喜悅，終於使她對年齡差距的問題稍微放鬆了。在更加開放的地區，一個三十歲的女人已有一些處世經驗，假如瑞納夫人稍有見識，她就會擔心，一場只是依靠新奇和自尊心的滿足的愛情能否維持下去。

朱利安把野心拋到腦後，他甚至對瑞納夫人的帽子、衣裙都讚賞不已。它們散發的香氣，他總是聞不夠。他打開她的衣櫥門，久久地站在那裡，欣賞著裡面所有東西的精美和整潔。她依偎在他身邊，望著他；而他，他凝視著這些像結婚禮物一樣的首飾和衣服。

「我本可以嫁給這樣的男人！」瑞納夫人有時會想，「這麼熾熱的心靈！跟他在一起，會是多麼快樂啊！」

對朱利安來說，他還從未這麼靠近過女人的可怕武器。「即使是在巴黎，」他心想，「也不會有更美麗的東西了！」他對眼前的幸福，不再有任何異議。瑞納夫人的由衷讚賞，她的癡迷，常常使朱利安忘了那些無用的理論，這種理論在這段私情開頭使他那麼死板，甚至可笑。儘管他養成虛偽的習慣，但有些時候，他覺得向這位愛慕他的貴夫人坦白他對很多細枝末節一無所知，是一種樂趣。情婦的地位，似乎使他超越了自己。瑞納夫人則覺得在一些方面，對這位才華橫溢、前程遠大的年輕人略加指點，是一種甜蜜的幸福。這位年輕人，甚至連區長和瓦勒諾先生也不能不讚許，因此，她覺得他們還不太愚蠢。至於德爾維爾夫人，她並沒有這樣的見識。她對已經猜到的事情，感到無能為力，與其給出明智的勸告而被一個徹底迷失的女人討厭，不如走開。她離開維爾吉，沒有說明原因，別人也不問。瑞納夫人流了幾滴眼淚，很快就覺得幸福倍增。德爾維爾夫人一走，她幾乎可以整天與情人廝守了。

朱利安很願意有情人相伴，因為他孤獨的時間太長，富凱的建議就會擾亂他的思緒。新生活的頭幾天，這個從未愛過、也從未被愛過的人，覺得做個真誠的人是那麼快樂，差點向瑞納夫人袒露他的野心，這野心一直是他生活的本質。富凱的建議一直對他有誘惑力，他想能否問問她的想法，但發生了一件小事，使任何坦白都不可能了。

第十七章
第一助理

唉，青春之戀猶如陰晴不定的四月天，
太陽剛剛普照大地，頃刻間即蒙上烏雲。
——莎士比亞，《維洛那二紳士》

一天黃昏，朱利安在果園深處，坐在女友身旁，遠離那些討厭的人，陷入沉思。「這麼甜蜜的時光，會永遠延續下去嗎？」他心裡想著謀取前程的困難，感歎這人生的不幸，它終結了一個窮人的童年，又讓青春歲月的開頭蒙上了陰影。

「啊！」他高聲說道，「拿破崙真是天主給法國青年派來的使者，誰能取代他？沒有他，那些不幸的人，即使比我富有，剛好有幾個錢受到良好教育，但不能在二十歲時買個人去替他服兵役，讓自己全身投入到事業中去！」他深深地歎口氣說，「這抹不掉的回憶，讓我們永遠快樂不起來！」

突然，他看見瑞納夫人皺起眉頭，神情變得冷漠和輕蔑；在她看來，只有傭人才會這麼想。她從小到大一直活在富人圈裡，她覺得朱利安也應如此。她愛他，勝過愛自己的生命一千倍，她根本沒想到過錢的問題。

朱利安想不到，她會有這些念頭。她一皺眉頭，一下把他又拉回到地上。他很機靈，話鋒一轉，告訴這位坐在身邊草坪上的貴夫人，他剛才的話，是他這次出門從木材商朋友那裡聽到的。這些都是異端邪說。

「好吧！別再跟那些人混了。」瑞納夫人說，語氣帶著冰冷的味道，取代了之前最親切的溫柔表情。

她的皺眉，或者可以說，朱利安對自己魯莽的懊悔，是他的幻想受到的第一次挫折。他心想：「她善良而溫柔，對我也很熱情，但她是在敵人陣營中長大的。他們特別害怕這個受過良好教育卻沒有足夠的錢幹一番事業的有抱負的階級。這些貴族，如果我們有同樣的武器與之競爭，他們會有什麼下場呢？比如，心懷坦蕩，像瑞納先生那樣正派，如果我當上維利葉的市長，非把副本堂神父、瓦勒諾先生和他們那些卑鄙勾當統統剷除！讓正義在維利葉得到伸張！他們的才幹不是我的障礙。他們一直在胡搞。」

這天，朱利安的幸福本來可以延續下去，但我們的英雄缺乏真誠。必須要有戰鬥的勇氣，而且要馬上行動。瑞納夫人對朱利安的話感到吃驚，因為她那個圈子裡的人常常說，羅伯斯庇爾可能會捲土重來，關鍵在於下層階級那些受過良好教育的年輕人。瑞納夫人的冷淡持續了很久，朱利安感覺到了。這是因為她對朱利安的話感到厭惡，接著又害怕婉轉地對他說的話令他不快。這種痛苦明顯地體現在她的臉上。當她感到幸福和遠離煩惱的時候，她的臉是多麼純潔、多麼天真啊。

朱利安不敢再胡思亂想了。冷靜下來，就不那麼癡情了，他發現去瑞納夫人房間看她並不妥當。她到他那裡去更好些，萬一傭人看見她在屋裡走動，可以用各種不同的理由去解釋。

但這種安排，也有不便之處。朱利安從富凱那裡得到一些禁書，作為一個學神學的學生，這些書他是不敢向書店訂購的。他只能在晚上偷偷地看。他想安靜地讀書而不被打擾，果園裡的那次風波之前，他因為等她來而無心讀書。

多虧了瑞納夫人，他才能對那些書有了新的理解，他曾經大膽向她詢問很多瑣事。一個並非出生於上流社會的青年，如果不懂得這些事，理解力就會停滯不前，不管他多麼有天分。從一個極為無知的女人那裡，接受愛情的教育，真是一種幸福。於是，朱利安能夠直接看到今天社會的真面目。他的心裡沒有受到過去記述的蒙蔽，比如兩千年前，或者六十年前伏爾泰和路易十五時代的作品。他有說不出的快樂，遮蔽在他眼前的面紗落下，他終於明白了維利葉發生的一切。

首先出現在眼前的，是這兩年在貝桑松省長周圍的人策畫得很複雜的陰謀。這些陰謀獲得一些巴黎大人物的來信支持。目的是讓穆瓦羅先生、本地最虔誠的教徒，擔任維利葉市長的第一助理，而不是第二助理。

他的競爭者是一位很有錢的實業家，必須把他壓到第二助理的位置。

當地上層人士有時到瑞納家中赴宴，朱利安無意中聽到一些含沙射影的話，現在才明白是怎麼回事。這個特權階層對於市長第一助理的人選極為關注，而城裡其他人特別是自由黨人，根本不知道怎麼回事。這件事之所以重要，是因為路人皆知，維利葉大街的東邊要縮進九尺多，因為這條街成了王家大道。

穆瓦羅先生有三幢房子要往後縮，如果他當上市長第一助理，而瑞納先生當選為議員，他就可以繼任市長，那他便會閉上眼睛不聞不問，讓市民對侵占公共道路的房子做些小修補，這樣就可以百年不動了。儘管穆瓦羅先生是虔誠的教徒，為人正派，但大家相信他會通融的，因為他有很多孩子。在需要後縮的房子中，有九座是維利葉重要人物的房子。

在朱利安的眼裡，這個陰謀比豐特諾瓦戰役[1]更重要，這個典故，他是在富凱寄給他的一本書中看到的。五年來，朱利安去本堂神父家學習，有許多事情令他驚訝，然而謹慎和謙卑是研修神學的首要特質，所以，他一直不便多問。

一天，瑞納夫人吩咐她丈夫的傭人辦事，此人是朱利安的對頭。

「對不起，夫人，今天是本月最後一個星期五。」傭人回答，語氣古怪。

「你去吧，」瑞納夫人說。

「怎麼！」朱利安說，「他要去乾草倉庫，那裡本來是教堂，最近又在裡面舉行禮拜，他們要幹什麼？這件事我一直猜不透。」

「那是一個公益組織，但很古怪，」瑞納夫人答道，「女人不能進去，我只知道裡面大家都以你我相稱。比如說，這傭人會在那裡見到瓦勒諾先生，這個如此傲慢而愚蠢的人聽見聖尚跟自己說話時稱呼『你』，一點也不生氣，也用同樣的口吻回答他。如果你一定要知道他們在裡面幹什麼，我去仔細問問莫吉隆先生和瓦勒諾先生。我們為每個傭人付二十法郎，為了將來他們不會掐我們的脖子。」

時間過得很快。朱利安回味著情婦的魅力，忘卻了陰暗的野心。他們屬於對立的雙方，所以不能說令人不快的事，也不能講道理，這無形中增強了他的幸福感以及她對他的影響力。

孩子很聰明，他們在場的時候，他倆只能使用冷靜和理性的語言。這種時刻，朱利安非常溫柔地看著她，目光含情脈脈，聽她講述上流社會的情景。有時，她正說著某個巧妙的騙局，涉及道路或供貨的，會突然偏離主題，不知在說些什麼。朱利安不得不責怪她幾句，她竟然像對孩子一樣對他做出些親熱的舉動。一段日子裡，她有一種幻覺，感覺對他像對孩子一樣。她難道不是一直回答他的天真問題嗎？許多簡單的問題，家庭出身好的孩子十五歲就知道了。轉眼之間，她又對他佩服得五體投地。他的才華令她感到吃驚，她越來越堅信，這位年輕的教士，將來會是一位偉人。她彷彿見到他成為教皇，像黎希留[2]一樣成為首相。

「我能活到看見你享受富貴的日子嗎？」她對朱利安說，「偉人的位置已經準備好了，王國和教會需要人才。」

---

1 一七四五年五月十一日，法國薩克森元帥在比利時的豐特諾瓦村戰勝了英國、荷蘭、奧地利聯軍。

2 黎希留（Richelieu，一五八五－一六四二），法國紅衣主教，路易十三時期法國的首相。

第十八章 國王在維利葉

難道你們要像行屍走肉一樣被棄之街頭麼？

——聖克雷蒙教堂主教致辭

九月三日晚上十點，一個憲兵騎馬奔馳在維利葉的大街上，驚醒了全城的人。他帶來一條消息，國王陛下將於下週日駕臨維利葉，此刻已經是星期二。省長批示，也就是下令說，要組織一支儀仗隊，必須盡可能隆重。一個信使被派到維爾吉。瑞納先生連夜趕回來，看見全城都沸騰了。每個人都有所準備，一些閒人租用了陽臺，準備觀看國王駕臨。

誰來指揮儀仗隊呢？瑞納先生立刻發現，為了維護那些要拆遷房屋的屋主的利益，讓穆瓦羅先生指揮多麼有必要。這可以為他取得第一助理的職位創造條件。穆瓦羅先生的虔誠無庸置疑，而且無人能比，但他從來沒有騎過馬。他三十六歲，膽子很小，怕從馬上摔下來，又怕被人笑話。

早上五點鐘，市長就派人把他請來了。

「你看，先生，我來徵求你的意見，好像你已經擔任眾望所歸的職務。在這座可憐的城市裡，製造業很發達，自由黨人成了富翁，並且渴望得到權力，他們會把一切都當作武器。想想國王的利益、王朝的利益和神聖教會的利益。先生，你看我們把指揮儀仗隊的重任交給誰呢？」

儘管穆瓦羅先生對馬怕得要命，還是像殉道者一樣地接受了這個任務。「我會讓儀仗隊舉止得體的。」他對市長說。時間不多了，剛好來得及讓人把制服整理好，這些制服還是七年前一位親王路過時他們穿過的。

七點鐘，瑞納夫人和朱利安帶著孩子從維爾吉回來了。她發現客廳裡擠滿了自由黨人的太太，她們主張各黨派聯合行動，求她說情，把她們的丈夫編入儀仗隊。其中的一位還說，如果她的丈夫不能入選，會難過得破產的。瑞納夫人把這些人都打發走了。她看起來十分忙碌。

朱利安感到驚訝，並且氣憤。她很神祕，不告訴他為何她這麼激動。「我早就料到了，」他心想，十分痛苦，「碰上家裡接待國王這樣的大事，她的愛情就暫時消失了。這種喧囂搞得她十分狼狽。要等到這些階級觀念不再衝擊她的頭腦時，她才會再愛我。」

奇怪的是，他反而更愛她了。

宅子裡到處都是裝修的工人。他等了好久，也沒有機會跟她說話。終於，他看見她從他的房間裡出來，拿著他的一件衣服。周圍沒有人。他想跟她說句話。她沒有聽，匆匆離開了。「我真蠢，竟然愛上這樣的女人，她的野心跟她的丈夫一樣瘋狂。」

她確實更加瘋狂，她有一個強烈的願望，沒有跟朱利安說，怕他不高興。她想見到朱利安脫下那套陰沉的黑衣服，哪怕一天也好。一個如此天真的女人，使出這般手段真令人佩服，她先後說服了穆瓦羅先生和專區區長莫吉隆先生，同意朱利安加入儀仗隊，放棄了五、六個年輕人，他們都是富家子弟，其中兩個是虔誠的教徒。瓦勒諾先生原打算把馬車借給本城最漂亮的美女，借機炫耀一下他的諾曼第駿馬。現在同意也借給朱利安一匹，儘管朱利安是他最恨的人。所有的儀仗隊員，都有自己的或借來的天藍色制服，制服上有銀質的上校肩章，七年前曾經派上用場。瑞納夫人希望能有一套新制服，她只剩下四天時間，要派人去貝桑松買來包括制服、武器、帽子等儀仗隊員所需的全部裝備。有意思的是，她覺得在維利葉為朱利安定做制服不妥當。她想讓朱利安和全城的人都大吃一驚。

組織儀仗隊和鼓動人心的工作剛一結束，市長又忙於籌備盛大的宗教儀式，因為國王想在路過維利葉時，去拜謁一下聖克雷蒙的遺骨，它保存在離城不到一法里的博萊－勒奧的教堂。王室希望參加拜謁的教士盡量多些，這樣安排起來很難。新上任的本堂神父馬斯隆先生不想讓謝朗先生參加。瑞納先生向他指出這不妥當，但沒有用。拉莫爾侯爵的祖先有幾位曾擔任本省省長，這次他被指定隨同國王駕臨。他認識謝朗神父已有三十年，他到維利葉時必會打聽他的消息，如果發現他已去職，他就會帶著所有的隨從去他的小屋探望。那樣不是給我們一記耳光麼！

「如果他出現的話，那我就在這裡和貝桑松出醜了，」馬斯隆神父回答，「一個楊森派[1]教徒，天哪！」

「不管你說什麼，親愛的神父，」瑞納先生反駁道，「我絕不讓維利葉市政府冒險，讓拉莫爾先生提出質疑。你還不瞭解他，他在王宮裡規規矩矩，但在外省，卻是十分尖酸，喜歡挖苦別人。他為了一時之快，可以讓我們在自由黨人面前出盡洋相。」

經過三天的商談，到星期六夜裡，馬斯隆神父的傲慢才在市長的勇氣面前屈服，給謝朗神父寫了一封溫柔委婉的信，請他在高齡和身體允許的情況下，參加博萊－勒奧的遺骨拜謁儀式。謝朗先生為朱利安要了一份請柬，讓朱利安作為助祭陪著他。

星期天一早，成千上萬的農民從附近山裡趕來，湧到維利葉的街頭。天氣很好。將近三點鐘左右，人群沸騰起來，只見距維利葉兩法里的山崖上燃起一堆火。這一信號宣布國王已經駕臨本省地界。於是，鐘聲齊鳴，本城的一尊西班牙古炮連發數炮，以示慶祝。有一半人爬上屋頂，女人都站在陽臺上。儀仗隊出發了。光彩耀眼的制服，受到眾人的稱讚，人人都從中認出自己的親友。大家嘲笑穆瓦羅先生的膽小，他小心翼翼伸出手，隨時準備抓住馬鞍架。但是他們注意到一件事，其餘的都忘了：第九排頭一個騎士，是個英俊的年輕人，身材修長，剛開始大家沒有認出他是誰。緊接著，有人發出憤怒的叫喊聲，有人驚訝得說不出話來。他引起了很多人的憤慨。大家認出這個騎在瓦勒諾先生的諾曼第駿馬上的青年，就是木匠的兒子小索萊爾。於是，所有的抱怨都對準了市長，特別是自由黨人。怎麼，這個扮成神父的小工當了他的孩子的家庭教師，他就敢把他選為儀仗隊員，而把富商某某和某某先生排除在外！「這些先生，」一位銀行家夫人說，「應該把這個從糞堆裡出生、傲慢的小無賴當眾羞辱一下。」「他很陰險，還帶著一把刀，」旁邊一個男人說，「要小心，他會拿刀劃傷他們的臉。」

上流社會裡的議論更可怕。那些貴夫人猜測，這種處理不當，是不是市長自己決定的。一般來說，大家還是相信，他瞧不起出身卑微的人。

就在眾說紛紜時，朱利安卻覺得自己是世界上最幸福的人。他生來膽大，騎馬的姿態比這座山城大部分年輕人都好。他從女人的眼神裡看出，她們正在議論他。

他的肩章比別人的奪目，因為是嶄新的。他的馬不時昂首挺立，他感到特別得意。途經古城牆附近時，小炮的響聲驚嚇了馬，馬跳到隊伍之外，這時他的幸福滿溢。令人意外的是，他竟然沒有摔下來，他覺得自己是個英雄。他成了拿破崙的副官，正在向敵人的炮兵陣地進

---

1 楊森派（Jansenists），信奉楊森學說的天主教教派。該派追隨十七世紀荷蘭天主教神學家楊森的思想。

攻。

還有一個人，比他更幸福。她先是從市政廳的窗口看他經過，然後登上敞篷馬車，迅速地繞個大彎，當朱利安的馬躍出佇列時，她正好趕到，嚇得心驚肉跳。最後，她的馬車從另一座城門駛出，到國王要經過的大路上，相距二十步之遙，在一片高貴的塵土中，尾隨著儀仗隊。市長恭敬地向陛下致辭，成千上萬的農民高呼：「國王萬歲！」一小時後，國王聽完所有致辭，行將入城，小炮又連續發射。這時，意外出現了，問題不在那些於萊比錫和蒙米拉伊[2]經受過考驗的炮手身上，而是在未來的市長助理穆瓦羅先生身上。他的馬把他輕輕地拋到大路上唯一的泥坑裡，引起一片混亂，因為必須把他從泥坑裡拉出來，國王的馬車才能通過。

國王陛下在美麗的新教堂前下了車。這天，教堂把所有深紅色的帷幕都掛上了。國王要進晚餐，隨後乘車去拜謁聖克雷蒙的遺骨。國王剛到教堂，朱利安就騎馬奔回瑞納先生的府邸。他在那裡，一邊歎著氣，一邊換下美麗的天藍色制服，卸下刀和肩章，再穿上已經磨損的黑衣服。他又騎上馬，不一會兒就來到博萊－勒奧的教堂，它坐落在一座美麗的山崗上。「宗教狂熱使農民越聚越多，」朱利安想，「維利葉擠得水泄不通，這座古老的修道院周圍，也有上萬人。」革命時期對文物的破壞，把修道院毀了一半，王朝復辟後重新修復，顯得更加輝煌，而且大家已經開始談論宗教奇蹟了。朱利安找到謝朗神父，神父責備了他一番，給他一件黑袍子和一件白法衣。他急忙換上衣服，跟著謝朗神父去拜見年輕的阿格德主教。這位新任命的主教，是拉莫爾先生的侄子，由他引領國王拜謁遺骨，但是到處都找不到他。

教士等不下去了。他們站在古修道院陰暗的哥德式迴廊裡，等候儀式的主持者。這次共召集二十四位本堂神父，代表一七八九年以前由二十四位議事司鐸組成的博萊－勒奧的教會。主教過於年輕，這讓本堂神父感慨了三刻鐘，然後他們認為應該讓教會長老去找主教大人，提醒他國王即將駕臨，該到祭壇上去恭候了。謝朗神父的年紀最大，使他成為教會長老。雖然他對朱利安心懷不滿，但還是示意他隨行。朱利安的白色法衣，非常合適。不知道他用何種梳理方式，他那美麗的鬈髮竟然變得又平又直；但因為一時疏忽，他的袍子下面露出了儀仗隊員的馬刺，令謝朗神父更加憤怒。

來到主教的住處，幾個身材高大、衣著華麗的僕人不屑地說，主教大人不見客。謝朗神父解釋說，作為博萊－勒奧教會的教會長老，他有權隨時拜見負責主祭的主教，但他們根本不予理睬。

朱利安性情孤傲，僕人的無禮激起了他的憤怒。他沿著修道院的宿舍跑了一遍，見門就開。有一扇很窄的門，他用力一推，開了。他走進一個小房間，裡面有幾位穿著黑衣、脖子上掛著金鏈子的主教隨從，這些人見他急匆匆的，以為是主教召來的，就放他進去。他走了幾步，進入一間哥德式大廳，裡面很暗，牆上嵌著黑色的橡木板；拱形的窗戶，除了一扇留著，全都用磚堵死。磚堆得很粗，沒有一點裝飾，與古雅的壁板相比，十分淒慘。這間大廳在勃根地考古學界很有名，是大膽查理公爵於一四七〇年為了贖罪而修建的，大廳的兩側排列著雕刻精細的木質禱告席。上面可以看到多種顏色的嵌木圖畫，描繪出《啟示錄》中各種神祕的場景。

裸露的磚和依舊很白的石灰，破壞了大廳的華麗，令人頗感淒涼，朱利安被深深地打動了。

---

2 一八一三年十月，德國萊比錫成為拿破崙生涯中著名的萊比錫戰役的主戰場，拿破崙的軍隊被普魯士、奧地利和俄國的聯軍擊敗。一八一四年二月，在法國東部的蒙米拉伊（Montmirail），拿破崙的軍隊雖然以少勝多，擊敗了俄國薩肯軍和普魯士約克軍，但未能挽回大的敗局。三月底聯軍攻陷巴黎，拿破崙被迫退位，被放逐到義大利的厄爾巴島。

他默默地佇立。大廳的另一邊，唯一一扇透光的窗旁，有一架桃花心木框的活動鏡子。一個年輕人，身穿紫袍和鑲著花邊的白法衣，光著頭，站在距離鏡子三步遠的地方。這樣家具出現在這裡，很古怪，無疑是從城裡運過來的。朱利安發現這個年輕人面帶慍色，他的右手對著鏡子，莊重地做著降福的動作。

「這是什麼意思？」朱利安心想，「這是為儀式做準備嗎？也許是主教的祕書……他會像那些僕人一樣無禮……沒事，讓我試試看。」

他沿著大廳向前走去，走得很慢，眼睛盯著唯一的窗戶，望著那個年輕人。年輕人繼續降福。動作緩慢，但一刻不停。

他越靠近，越清楚地看到他不快的臉色。繡著花邊的法衣很奢華，朱利安禁不住在距離豪華鏡子幾步遠的地方停下了。

「我有責任，應該說話。」他對自己說。但大廳的華麗使人心動，他已經預先對別人將對他說的粗魯話感到氣憤。

年輕人在鏡中看到他，轉過頭來，不快的臉色馬上變了，以最溫和的口氣對他說：

「啊，先生，已經弄好了嗎？」

朱利安有些糊塗。年輕人轉過身來時，朱利安看到他胸前的十字架：原來這是阿格德主教。

「這麼年輕呀，」朱利安心想，「最多比我大六、七歲……」

他還帶著馬刺，他為此感到羞愧。

「主教大人，」他畏懼地答道，「我是教會長老謝朗神父派來的。」

「啊！謝朗神父，有人向我大力推薦過他，」主教說，客氣的口吻讓朱利安高興。「不過請你原諒，先生，我以為你是送主教禮帽來的。在巴黎沒有包裝好，上面的銀絲網損壞了。看起來很糟糕，」年輕的主教發愁地說，「他們讓我在這裡等著！」

「大人，如果你允許，我去找主教禮帽。」

朱利安的美麗眼睛產生了效果。

「去吧，先生，」主教禮貌地答道，「我馬上要用。讓教會的諸位先生等著，我很不安。」

當朱利安走到大廳中央時，回頭看見主教又開始降福。「這是幹什麼？」朱利安心想，「這大概是教士在舉行儀式前的必要準備。」他走進隨從的小房間，看見主教禮帽正在他們手中。這些人看見朱利安目光犀利，不由自主地把主教禮帽交給他。

朱利安拿著主教禮帽，非常得意，他穿過大廳時，放慢了腳步，必恭必敬地捧著禮帽。他看見主教坐在鏡子前，但右手還不時地做著降福的動作。朱利安幫他把帽子戴上。主教搖了搖腦袋。

「啊，戴得很合適，」他對朱利安說，似乎很滿意。「請你離開一點，好嗎？」

主教快步走到大廳中央，然後慢慢地走向鏡子，又面露不快，莊重地降福。

朱利安驚呆了，他想弄清楚，但又不敢。主教突然站住了，望著朱利安，臉色緩和了。

「你覺得我的禮帽如何，合適嗎？」

「非常合適，大人。」

「不靠後嗎？靠後會顯得傻；不過也不能太低，壓在眼睛，像軍官的圓筒帽。」

「我覺得非常合適。」

「國王習慣了德高望重，非常嚴肅的教士。我不想因為我的年齡，而顯得過於輕浮。」

主教又開始走動，做著降福的動作。

「現在清楚了，」朱利安終於明白，「他是在練習降福的動作。」

過了一會兒，主教說：

「我都準備好了。先生，快去通知教會長老及其他各位吧。」

不久，謝朗神父帶著兩位最年長的神父，從一扇雕刻精美的大門進來，這扇門朱利安並沒有看到。這次，朱利安的位置排在最後。教士都擠在門口，他只能從他們肩膀上看見主教。

主教緩步穿過大廳；走到門口時，神父正在排隊。一陣混亂之後，隊伍開始行進，唱著讚美詩。主教走在最後，夾在謝朗神父和一位年長的神父中間。朱利安作為謝朗神父的隨從，緊挨著主教大人。隊伍沿著博萊－勒奧修道院漫長的走廊行進，外面陽光刺眼，裡面卻陰暗潮溼。最後到了內院出口的廊柱底下。如此壯觀的場景，讓朱利安感到震撼。主教的年輕激發了他的雄心，而主教的敏感和儒雅，讓他心潮澎湃。這種禮貌與瑞納先生的完全不同，即使在他心情好的時候。「越是接近上層，」朱利安心裡說，「越能領略到這種優雅的風度。」

隊伍從旁門進入教堂，突然，一聲巨響震得古教堂的拱頂發出回響，朱利安以為房子要塌了。還是那門小炮，由八匹馬拉著，剛剛抵達，萊比錫的炮手立刻架好，一分鐘發出五響，好像前面是普魯士軍人。

不過，這令人震撼的炮聲對朱利安已沒有作用，他不再去想拿破崙和軍人的光榮。「這麼年輕，就當上阿格德的主教！」朱利安心想，「阿格德在哪裡？年薪有多少？也許有二三十萬法郎。」

主教的隨從舉著一頂富麗堂皇的華蓋來了，謝朗神父舉著其中的一根竿子，實際上是朱利安替他舉著的。主教站在華蓋下面。他確實讓自己顯得老成。我們的英雄佩服得難以言表。「只要有心，沒有做不成的事！」他心想。

國王駕到了。朱利安有幸能夠近距離看到他。主教滿懷熱情地向國王致辭，同時沒有忘記略帶稍許不安，以顯出對陛下的恭敬。

關於博萊－勒奧的儀式，我們在此不必多說了。總之，一連半個多月，省內各報的篇幅都被它占據了。朱利安從主教的致辭中獲悉，國王就是大膽查理的後代。

後來，朱利安負責審核這次儀式費用的帳目。拉莫爾先生為他的侄子謀到一個主教的職位，為了表示慷慨，承擔了全部費用。僅博萊－勒奧的儀式，就花費了三千八百法郎。

主教和國王致辭之後，國王便站到華蓋下，很虔誠地跪在祭壇旁的墊子上。祭臺周圍是神職人員禱告席，比地面高出兩個臺階。朱利安坐在第二級臺階上，在謝朗神父腳下，好像羅馬西斯汀小教堂中拉著紅衣主教長袍的隨從一樣。這時眾人齊唱讚美詩，香煙繚繞，槍炮齊鳴，農民沉醉於歡樂和虔誠之中。像這樣的一天，足以抵消一百期雅各賓派報紙的作用。

朱利安離國王僅有六步之遙，國王在專心致志地祈禱。他頭一次注意到一個人，他身材矮小，目光敏銳，穿著一件沒有繡花的衣服。但這件樸素的衣服上，有一條天藍色的綬帶。他距離國王比很多大人物都近，那些大人物的衣服都繡著金邊，用朱利安的說法，甚至連料子都看不見了。稍後，他知道這人就是拉莫爾先生。朱利安覺得他很傲慢，甚至無禮。

「這位侯爵，不會像英俊的主教那樣彬彬有禮，」他想，「啊，教士的身分使人變得溫和明智。國王是來拜謁遺骨的，我看不見遺骨的影子。聖克雷蒙在哪裡？」

旁邊一個小教士告訴他，尊貴的遺骨安放在這個房子頂部的靈堂裡。

「靈堂又是什麼？」朱利安想。

但他不想多問。他更加專注了。

在國王拜謁的時候，按照規定，議事司鐸不必跟隨主教。但阿格德主教在走向靈堂時，叫上了謝朗神父，朱利安大膽地跟著。

爬了很長一段樓梯，他們來到一扇小門前，哥德式門框上的鍍金亮閃閃的，似乎昨天才完工。門前跪著二十四位少女，都來自維利葉的富貴家庭。開門前，主教先跪在這些美麗的少女中間。他高聲祈禱，她們欣賞著他衣服的美麗花邊、他儒雅的風采、年輕又溫和的容貌，百看不厭。這個場面讓我們的英雄把最後的一點理智都丟棄了。這時，他為維護宗教裁判不惜一戰，而且是真誠的。門突然開了，小小的靈堂燈火輝煌。祭臺上點著上千支蠟燭，分成八排，中間用花束分開。最純粹的乳香散發出香氣，一陣陣從聖殿門口飄來。鍍金的靈堂很小，但是擺得很高。朱利安注意到，祭臺上的蠟燭超過十五尺高。少女都發出嘖嘖的讚歎聲。靈堂的小廳，只有二十四位少女、兩位神父和朱利安可以進去。

很快，國王駕到了，後面緊跟著拉莫爾先生和侍從長。侍衛都待在外面，跪在地上，舉劍致敬。

國王快步向前，幾乎撲倒在跪墊上。朱利安緊貼著鍍金的門，只在這時，他才從一位少女的胳膊下，窺見迷人的聖克雷蒙雕像。雕像藏在祭臺下，身穿羅馬年輕士兵的服裝。脖子上有一道很寬的傷口，似乎還在流血。臨死前，眼睛半閉著，但很動人。他有著初生的短髭，嘴巴半張著，看起來還在祈禱。藝術家發揮了全部的才能。朱利安身邊的少女不禁淚流滿面，一滴淚水落在朱利安手上。

祈禱時刻，莊嚴肅穆。方圓十法里內，只有遙遠的鐘聲從四周的村莊傳來。過了一會兒，阿格德主教請求國王准許他致辭。他的演講簡短動人，結尾簡單，但效果更好。

「年輕的女信徒，千萬不要忘記，你們見到世界上最偉大的國王之一，跪在萬能的天主的僕人面前。正像你們看到的，聖克雷蒙的傷口還在流血，主的僕人軟弱無力，在世間受到折磨和殺戮，但他們在天上獲得勝利。年輕的女信徒，你們將永遠記住這一天，你們要憎惡褻瀆宗教的人，是不是？你們要永遠忠於如此偉大、如此令人敬畏、如此仁慈的天主！」

說完，主教站起來，態度嚴肅。

「你們應許嗎？」他說著，伸出手臂，彷彿領受神啟似的。

「我們應許。」少女都流著淚說。

「我以令人敬畏的天主的名義，接受你們的應許。」主教的聲音洪亮。儀式到此結束。

國王也流淚了。過了很長時間，朱利安才冷靜下來，打聽羅馬送給勃根地公爵的好人菲利普的遺骨放在何處。有人告訴他，遺骨藏在動人的蠟像裡。

蒙國王恩准在靈堂裡陪伴的少女，可以帶一條紅緞帶，上面繡著「憎恨瀆神，永遠敬神」。

拉莫爾先生賞給農民一萬瓶葡萄酒。晚上，自由黨人想出一個理由，在維利葉張燈結綵，超過保皇黨人一百倍。國王臨行前，還看望了穆瓦羅先生。

第十九章

思想讓人痛苦

每天發生的荒唐事，往往掩蓋了激情造成的不幸。

——巴爾納夫

朱利安在拉莫爾先生住過的房間收拾家具時，發現一張折成四折的厚紙。在第一頁最後，他看到：

呈法蘭西貴族院議員、國王勛章受勛者等等，拉莫爾侯爵先生。

這是一份用廚娘的粗笨字體寫成的求職信。

侯爵先生：

我一生恪守宗教信條，令人難忘的九三年，我在里昂被圍困時，遭受炸彈襲擊。我領聖體，每個禮拜日去教堂望彌撒。即使在九三年，我也沒忘記過復活節。我的廚娘（革命前我有過傭人），每禮拜五吃齋。我在維利葉廣受尊重，而且當之無愧。我在宗教儀式中，走在華蓋之下，跟神父和市長一起。每逢重大場合，我都舉著自費購買的大蠟燭。這一切的證明，都保存在巴黎財政部。我請求侯爵先生准許我經營維利葉的彩票行[1]，該職位很快就會空缺，因為主管者病得很重，而且在選舉中投票失誤，等等。

德．肖蘭

在這份求職信的邊上，有穆瓦羅簽署的意見，開頭是：

我昨日有幸談到提出這項請求的好人，等等。

「這麼說，連肖蘭這種人都在指引我應該走什麼路。」朱利安對自己說。

國王經過維利葉後，國王、阿格德主教、拉莫爾侯爵、一萬瓶葡萄酒、可憐的穆瓦羅墜馬(他想得到一枚勛章，墜馬後一個月才出門)等，相繼引發了無數傳言、愚蠢的解釋、可笑的爭論，等等，等等。一週後，還有一件事被大家議論紛紛，那就是名不正言不順地把朱利安·索萊爾、這個木匠的兒子，突然塞進儀仗隊。關於這件事，該聽聽那些有錢的印花布製造商都說了些什麼，他們可是無論黑夜還是白天，都在咖啡館裡扯破嗓子鼓吹平等。這個高傲的女人、瑞納夫人，這件壞事就是她幹的。理由呢？索萊爾小神父那雙美麗的眼睛和漂亮的臉蛋就足以說明問題了。

回到維爾吉後不久，最小的孩子斯坦尼斯拉斯－格拉維埃發高燒了。瑞納夫人陷入可怕的悔恨

1 成立於一七七六年。根據一七九三年十一月十五日的法令，法國皇家彩票行被撤銷。但由於資金短缺，董事會恢復了彩票制度，一直持續到一八三六年五月二十一日。

中。她第一次無休止地責怪自己的愛。似乎奇蹟顯現，她明白自己被拖進一個巨大的過錯中。儘管她有篤信宗教的虔誠，但直到這時，她還從未想到過她的罪孽在天主眼中是多麼嚴重。

過去她在聖心修道院時，曾狂熱地信奉天主；此刻，她又深深地懼怕祂。在她的恐懼中毫無理性可言，這讓撕扯她靈魂的抗爭變得更加可怕。朱利安發現，若跟她講點道理，非但不能使她平靜，反而會令她生氣；她從中看到的是魔鬼的語言。然而，朱利安自己也很喜歡小斯坦尼斯拉斯，他跟她談談他的病，就受到歡迎，因為病情很快變得嚴重。這時，持續不斷的悔恨甚至使瑞納夫人無法入睡；她整天板著臉不說話，倘若她開口，那肯定是向天主和世人承認她的過錯。

「我懇求你，」當他倆單獨在一起時，朱利安對她說，「不要跟任何人說；把你的痛苦只講給我一個人聽。如果你還愛我，就別說。你的話不能讓斯坦尼斯拉斯退燒。」

但是，他的勸慰毫無效果；他不知道瑞納夫人的想法是，要平息嫉妒的天主的怒火，必須要麼恨朱利安，不然就只能眼看著兒子死去。因為她覺得無法去恨她的情人，所以她才這樣痛苦。

「離開我吧，」一天，她對朱利安說，「看在天主的分上，離開這座房子：你在這裡，我的兒子就得死。」

「天主懲罰我，」她又低聲說，「祂是公正的；我崇拜祂的公平；我的罪孽是可怕的，我未曾受過良心的譴責！這就是背棄天主的第一個表現，我應該加倍地受罰。」

朱利安深受感動，他從中既看不出虛偽，也看不出誇張。「她相信愛我就會要她兒子的命，而這可憐的女人愛我勝過愛她的兒子！我無法再懷疑了，她會因自責而死去。這才是高尚的感情。但是我這麼窮、這麼沒教養、這麼無知，有時舉止又這麼粗魯，如何能激發這樣一種愛呢？」

一天夜裡，孩子病得更重了。凌晨兩點鐘的時候，瑞納先生來探視。孩子發燒厲害，滿臉通紅，已經認不出父親了。突然，瑞納夫人跪倒在丈夫腳下，朱利安看出她就要把一切都說出來，要把自己徹底毀掉。

幸虧這個奇怪的舉動，讓瑞納先生感到厭煩。

「好了！好了！」他說著就離開了。

「不，你聽我說，」他的妻子跪在他面前，使勁抓住他。「我把全部真相告訴你。是我害了孩子。我生了他，又要了他的命。老天懲罰我，在天主的眼中，我是殺人凶手。我應該讓自己毀滅，讓自己蒙羞；也許這才能平息天主的怒火。」

如果瑞納先生有想像力，他就什麼都明白了。

「胡思亂想。」他說著，推開了想要抱住他膝蓋的妻子，「一派胡言亂語！朱利安，天一亮就派人去請醫生。」

說完，他就回去睡了。瑞納夫人跪在地上，要昏過去了，朱利安想去扶她，被她猛地推開了。

朱利安不知所措。

「這是通姦！」他心裡對自己說，「難道那些狡猾的神父……是對的嗎？他們犯了那麼多罪，倒有權瞭解真正的犯罪理論？真奇怪！……」

瑞納先生離開後二十分鐘，朱利安一直看著他所愛的女人，她的頭倚在孩子的小床邊，一動不動，幾乎失去知覺。「瞧！這個天資聰慧的女人，因為認識了我，就墜入苦海。」他對自己說。

「時間過得很快。我能為她做什麼？應該決定了。我個人已無足輕重。那些人和他們荒謬的裝腔作勢，與我何干？我能為她做什麼？……離開她？但這等於讓她一個人承受可怕的痛苦。這個木頭一樣的丈夫不僅幫不了她，還會傷害她。他會因為粗魯而對她說出難聽的話，她會發瘋，從窗戶跳下去。

「如果我拋下她、我不守護著她，她會向他坦白的。誰知道呢，也許他會不顧她帶來的大筆遺產，鬧得滿城風雨。天哪！她可能把一切……告訴馬斯隆神父，而他就會以一個六歲孩子生病為藉口，不再離開這座房子，不會沒有任何企圖。她在痛苦和對天主的敬畏中，忘記對男人的瞭解；她的眼中只有神父。」

「你快走吧。」瑞納夫人突然睜開眼睛，對他說。

「只要對你最有益，我寧願死一千次，」朱利安答道，「我從來沒有這麼愛過你，我親愛的天使，或者不如說，從此刻起，我才開始像你應得的那樣愛你。離開你，而且知道你因我而痛苦，我怎麼能離開呢？不過我的痛苦不重要。好吧，親愛的，我可以走。可是，如果我離開你，不再守著你，不再處於你和你的丈夫之間，你就會告訴他一切，你會毀了自己。想想看，他會卑鄙地把你趕出家門，整個維利葉、整個貝桑松都會談論這件醜聞。所有過錯都會落到你身上，你將永遠抬不起頭來……」

「這正是我要的，」她站起來，大聲說道，「我該受苦，這樣更好。」

「但是，這件可怕的醜聞，也會給他帶來不幸！」

「我自取其辱，自甘墮落；這樣也許可以救我的兒子。在眾人眼中，這種受辱也許是一種公開贖罪吧？以我的淺薄之見，這不是我對天主所能做出的最大犧牲嗎？也許祂肯接受我的自取其辱，而放過我的兒子！告訴我更痛苦的贖罪辦法，我立刻照辦。」

「不如讓我懲罰自己吧。我也有罪。你願意我進特拉伯苦修院嗎？那種嚴苛的生活，能夠平息天主之怒……啊！天哪！但願我能替斯坦尼斯拉斯生病……」

「啊！原來你愛他。」瑞納夫人說著站起來，投進他的懷抱。

隨後，她又驚恐地推開他。

「我相信你！我相信你！」她跪下繼續說道；「唉，我唯一的朋友！啊，為什麼你不是斯坦尼斯拉斯的父親？那樣的話，我愛你勝過愛你的兒子，就不算可怕的罪了。」

「你同意我留下嗎，今後，我像弟弟一樣愛你，好嗎？這是唯一合理的贖罪辦法，它可以平息天主之怒。」

「我呢，」她說著站了起來，雙手捧著朱利安的頭，讓它遠離自己的眼睛，「我呢，像愛弟弟一樣愛你？我能做到嗎？」

朱利安聽罷，眼淚流出來了。

「我聽你的，」他倒在她的腳下，「不管你命令我做什麼，我都聽你的，這是我唯一能做的。我頭腦發昏，想不出任何辦法。如果我離開你，你會把一切都告訴你的丈夫，你會毀了自己，你的兒子也就完了。出了這種醜聞，他永遠不會當議員了。如果我留下來，你會認為你兒子的死是我造成的，你會痛苦死去。你願意試試嗎，看我離開後會怎樣？如果你願意，我離開你一週，為了我們的過錯，懲罰我自己。你要我去哪裡，我就去那裡過一週。比如，去博萊－勒奧修道院，不過你得向我發誓，我不在時，你什麼都別對你丈夫說。想想，如果你說了，我就不能回來了。」

她答應了，他走了，但過了兩天又被叫回來。

「沒有你，我無法遵守我的諾言。如果你不在這裡，不時地用你的目光命令我沉默，我會對我丈夫說的。這種可怕的生活，每一個小時對我來說，都像是一整天。」

老天最終對這個不幸的母親發了善心。斯坦尼斯拉斯慢慢度過了危險期。但是，堅冰已經打破，她的理智已經認識到自己的罪孽之深，她再也不能恢復平靜。懊悔之心徘徊不去；在一顆如此真誠的心裡，本該如此。生活對她來說，是天堂也是地獄：她看不到朱利安時，就是地獄，當她跪在他腳邊時，就是天堂。

「我已不再心存幻想，」她對他說，即使是在她敢於全心全意投入愛情時，「我會下地獄的，無可挽回。你還年輕，你是受了我的誘惑。上天可以饒恕你；而我，我會下地獄。我已經從確定的跡象中看出來。我害怕：誰看到地獄能不怕呢？但是，我一點也不後悔。如果需要重新犯錯的話，我會重犯的。只求上天不在今生罰我，不罰到我的孩子身上。我就滿足了。而你、我的朱利安，」她又喊道，「你幸福嗎？你覺得我愛你愛得深嗎？」

朱利安生性多疑且驕傲自負，特別需要一種付出犧牲的愛，但面對一種如此巨大、如此無可置疑、時刻都在做出的犧牲，這種多疑和自負就維持不下去了。他喜歡瑞納夫人。「儘管她是貴族、我是木匠的兒子，可是她愛我……我在她身邊，不是一個情人兼僕人。」這種疑慮消除之後，朱利安又陷入愛的瘋狂中，也陷入愛的難以忍受的疑惑中。

「在我們在一起的有限日子裡，」瑞納夫人看到朱利安對她的愛還有疑慮，便說道，「至少，我要讓你感到很幸福！我們抓緊時間吧，也許明天我就不再是你的了。如果上天的懲罰落到我的孩子身上，即使我想為你活著，那我也做不到，是我的罪過害了他們。這次打擊之後，我不能苟活。即使我願意，也不能，我會發瘋的。

「唉！你曾提出要替斯坦尼斯拉斯生病，如果我能把你的過錯攬到我身上，那就好了！」

這次精神的嚴重危機，改變了朱利安和他的情人感情的性質。他的愛情，不再是對美貌的癡迷及對占有的驕傲了。

從此，他們的幸福更加崇高，他們的愛火也燃燒得更猛烈。他們愛得如癡如醉，充滿了瘋狂。在別人眼中，他們更幸福了。然而，他們再也找不到初戀時美妙的平靜和沒有陰雲的喜悅了，那時瑞納夫人唯一的心病，是害怕朱利安愛她愛得不夠。現在他們的幸福，有時有一種罪惡的面貌。

在最幸福、表面上最平靜的時刻，瑞納夫人會像痙攣一樣，突然抓住朱利安的手，喊道：「啊！偉大的主！我看到了地獄。多可怕的刑罰！我是罪有應得。」她緊緊抱住他，彷彿常春藤攀附在牆上。

朱利安努力讓這顆不安的心平靜下來，但無濟於事。她抓住他的手，在上面印滿吻痕。然後，她又陷入陰暗的幻覺，她說，「地獄，地獄對我也許是一種恩典；在這世上，我也許還有幾天可以和他一起過。可是，地獄在這世上，是我孩子的死……不過，付出這樣的代價，也許我的罪行可被赦免……啊！偉大的主！別用這種代價來寬恕我。這些可憐的孩子根本沒有冒犯祢；是我，只我一人有罪：我愛上一個男人，他不是我的丈夫。」

隨後，朱利安看到瑞納夫人表面上平靜下來。她努力自己擔當著，她不想破壞她所愛之人的生活。

在愛情、悔恨、歡樂的交替中，他們的日子過得像閃電般迅疾。朱利安也失去了思考的習慣。埃麗莎小姐去維利葉打一場小官司時，發現瓦勒諾先生很討厭朱利安。她也恨這位家庭教師，他們常常談到一起。

「如果我說實話，先生，你會砸了我的飯碗……」一天，她對瓦勒諾先生說，「主人在大事上都是一樣的……有些事，僕人要是說出去，絕不會被寬恕……」

瓦勒諾先生等得心急，他想讓她長話短說，結果卻知道了最傷他自尊的事。

這個當地最高貴的女人，六年來，瓦勒諾對她關懷備至，而且倒楣的是這些都有目共睹，路人皆知；這個高傲的女人，她的冷漠那麼多次讓他下不了臺，最近竟然找了個扮成家庭教師的小工當情人。最讓乞丐收容所所長氣憤的是，瑞納夫人深愛著這個情人。

「而且，」女僕歎了口氣，又說，「朱利安先生沒費任何力氣，就征服了她，即使對夫人他還是冷冰冰的。」

埃麗莎到了鄉下才確認這一點，但她相信，他們老早就開始交往了。

「確實就是為了這個原因，」她怨恨地說，「當時，他拒絕了我。我真傻，還去問瑞納夫人，求她去跟家庭教師說好話。」

當天晚上，瑞納先生接到城裡的報紙時，還接到一封很長的匿名信，把他家裡發生的事情全都告訴了他。朱利安看見他看這封寫在藍紙上的信時臉色慘白，還惡狠狠地看了他幾眼。整個晚上，市長心情沮喪，朱利安去討好他，請他對勃根地最尊貴家族的家譜做些介紹，但是徒勞無果。

第二十章

匿名信

不要縱情聲色，
血中的火一旦燃燒起來，
最堅貞的誓言也形同虛設。

——莎士比亞，《暴風雨》

將近半夜，朱利安離開客廳時，還有機會對他的情人說：「今晚我們不要見面了，你的丈夫開始懷疑了。我敢打賭，他邊歎氣邊看的那封長信，是封匿名信。」

幸虧朱利安把自己的門鎖上了。瑞納夫人有一個愚蠢的想法，她以為這不過是不見她的藉口。她真是昏了頭，像往常一樣來到他的門前。朱利安聽見走廊裡有動靜，立刻把燈熄了。有人用力推他的門：是瑞納夫人？還是她嫉妒的丈夫呢？

第二天一早，平時呵護朱利安的廚娘，給他送來一本書，封面上用義大利文寫著幾個字：請看一百三十頁。

這種魯莽的舉動，把朱利安嚇得半死。他找到一百三十頁，發現上面用別針別著一封信，信寫得很匆忙，沾滿了淚水，而且根本不注意拼寫。瑞納夫人平常的拼法都很準確，這一細節使朱利安深深感動，幾乎忘了這可怕的草率。

今晚，你不願意與我幽會嗎？有時候，我覺得從未洞察過你的靈魂深處。你的目光讓我畏懼。我怕你。主啊！難道你從沒有愛過我嗎？如果是這樣，就讓我的丈夫發現我們的愛，讓他把我關在鄉下，遠離我的孩子吧。也許這就是天意。我很快將會死去。而你，卻是一個十足的惡魔。

你不愛我了？你對我的瘋狂、我的悔恨心生厭倦了嗎？褻瀆神明的人！你要毀了我？我告訴你一個簡單的辦法。去把這封信給維利葉城的人看，或者最好，讓瓦勒諾先生一個人看。告訴他，我愛你。不，不要說褻瀆的話，告訴他，我仰慕你，我看見你的那一天，我的生活才真正開始；告訴他，就是在我年輕時最瘋狂的年代裡，你給我帶來的幸福，我甚至都沒有夢見過；告訴他，我已經為你犧牲了我的生命，還要為你犧牲我的靈魂。你知道，我為你犧牲的只會更多。

但這個人，他明白什麼叫犧牲嗎？告訴他，是為了氣氣他，告訴他，我不怕任何壞人，我在這世上只有一種不幸。那就是使我對人生有所眷戀的人變心了。為他犧牲獻出生命，不再為孩子擔驚受怕，這對我是多麼幸福啊！

無須懷疑，親愛的朋友，如果有一封匿名信，一定出自這個可惡的傢伙。六年來，他一直用他的粗魯嗓音，講他如何躍馬飛奔、自命不凡，無休止地講述他的優點來糾纏我。

有一封匿名信？狠心的人。這正是我想跟你商量的事；不過，你做得對。把你抱在懷裡，也許是最後一次，我怎麼也不能像一個人那樣冷靜地討論。從現在開始，我們的幸福就不容易獲得了。這會令你感到不快嗎？是的，當你不能從富凱先生那裡收到有趣的書時，是這樣。犧牲已經注定，明天，不管有或沒有匿名信，我都會跟我丈夫說，我收到一封匿名信，他必須重金酬謝你，找一個合理的藉口，立刻把你送回你父母家。

唉！親愛的朋友，我們要分開半個月，也許一個月！去吧，你會像我一樣感到痛苦。然而，這是消除這封匿名信後果的唯一辦法；這不是我丈夫收到的關於我的第一封信了。唉！我過去總是一笑置之！

這次行動的目的，是讓我丈夫知道，信出自瓦勒諾先生；我肯定信是他寫的。你離開這裡，一定要住在維利葉。我會讓我丈夫也去那裡住半個月，向那些蠢貨表明，他和我的關係並未冷淡。你一到維利葉，就廣交朋友，哪怕是自由黨人。我知道所有那些夫人都想和你結交。

別跟瓦勒諾先生鬧翻，也別像有一天你說的那樣，去割掉他的耳朵；相反，要盡量裝作討好他。主要是讓維利葉的人知道，你將去瓦勒諾家或別的人家裡教育孩子。

這是我丈夫最不能忍受的。即使他決心忍受，好吧！至少你住在維利葉，我們還可以見幾次。我的孩子都那麼愛你，他們會去看你的。偉大的主！我感覺我更愛我的孩子了，因為他們愛你。多麼懊悔啊，這一切該如何結束？……我離題了……總之，你明白你該怎麼做；對那些粗俗的人，要和氣些、禮貌些，別瞧不起他們，我跪下求你：他們將決定我們的命運。一刻都不要懷疑，我丈夫將根據公眾輿論來對待你。

你給我提供一封匿名信，你要有耐心，還要準備一把剪刀。把你將看到的這些字從書上剪下來，然後用膠水把這些字貼在我寄給你的一張藍色的紙上，紙是瓦勒諾先生給的。準備好有人要搜查你的房間；把你剪過的書燒掉。如果找不到現成的字，要有耐心把一個個字母拼起來。為了減輕你的疲勞，我把信寫得很短。唉！如果你像我擔心的那樣，不再愛我，我的信就太長了！

匿名信

夫人：

你的那些小把戲已人盡皆知；而那些想掩蓋的人已被告知。由於我對你尚存一點友情，我要求你與那個鄉下小夥子一刀兩斷。你如果聰明，你的丈夫就會相信他接到的匿名信是騙局，別人也不會追究。想清楚，你的祕密在我手裡；顫抖吧，不幸的女人！從現在開始，你必須在我面前走正道。

你貼好信上的字句後（你認出所長的語氣了嗎？），就走出房來，我會等著你。我將會到村裡去，歸來時神色驚慌，我確實很惶恐。主啊！我冒多大風險啊，而這些都是因為你猜到有封匿名信。總之，我將神色慌張地將一個陌生人交給我的這封信，交給我的丈夫。你呢，你帶孩子去樹林中的路上散步，吃晚飯的時候再回來。

你在懸崖上，可以望見鴿子樓。如果事情進行順利，我就掛一塊白手帕；否則什麼都沒有。

負心人，你出去散步之前，就想不出辦法對我說句你愛我嗎？不管發生什麼，有一件事可以肯定：在我們分別之後，我將不會多活一天。啊！壞母親！我剛剛寫下的是對我毫無意義的三個字，親愛的朱利安。我對這三個字沒感覺，此刻我能想到的只有你，我寫下這三個字，是為了不讓你譴責我。現在，我看見我正處於失去你的時刻，隱瞞有何用呢？是的，讓你覺得我的心是殘忍的，但不要讓我在我愛的人面前說謊！我這輩子謊言太多了。如果你不再愛我，我也會原諒你。這封信，我沒時間再讀一遍。我在你懷裡度過的幸福時光，即使拿生命去換，也不算什麼。你知道，我將付出更大的代價。

第二十一章
與主人的對話

唉！因我們生性懦弱，
不是我們自身的原因，
我們既是這樣造就的，
我們就是這樣的人。

——莎士比亞，《第十二夜》

朱利安快樂得像孩子似的，用了一個小時，把那些詞拼湊起來。他走出房間，正碰到他的學生和他們的母親。她坦然而勇敢地接過信，這平靜讓朱利安感到害怕。

「膠水乾了嗎？」她問。

「就是這個被悔恨搞得心神不定的女人嗎？她此刻有什麼想法？」他太驕傲了，不屑於問。不過，她也許從沒像現在這樣討他喜歡。

「如果這件事搞砸了，」她補充說，仍然很冷靜，「我就會失去一切。把這點東西埋在山上吧，說不定哪天這就是我唯一的資金來源。」

她把一個紅色羊皮首飾盒交給他，裡面裝滿了黃金和幾顆鑽石。

「現在走吧。」她說。

她親了親孩子，把最小的親了兩次。朱利安站在旁邊，一動不動。她快步離去，甚至沒看他一眼。

瑞納先生從打開匿名信那一刻起，日子就變得難過了。在一八一六年，他差點跟人決鬥，之後，他從沒這麼激動過，說句實話，就算是挨一槍也比現在好過。他反覆地看那封信：「這不是女人的筆跡嗎？如果是，會是哪個女人寫的？」他把在維利葉認識的女人數了一遍，也無法確定是哪一個。「也許是哪個男人口授寫成的？是誰呢？」同樣也無法確定；他認識的人大都嫉妒他，也都恨他。「應該去問問我的妻子。」這是他的習慣，他這樣想著，於是從深陷的椅子裡站起來。

他剛站起來，「天哪！」他拍著自己的腦袋說，「首先要提防的是她，她現在是我的敵人。」他一怒之下，眼淚湧上來了。

由於他的冷漠——這是外省人僅有的處世之道——，他得到了恰當的回報。此刻，瑞納先生最怕的兩個人，正是他的兩個最好的朋友。

「除了他們，我應該還有十個朋友，」他逐個計數了一遍，估計能從他們那裡得到多少安慰。「都一樣！都一樣！」他狂怒地喊道，「都會對我這可怕遭遇感到高興！」幸而他覺得自己被人嫉妒，這並非沒有理由。他在城裡的豪宅，最近因為國王駕臨而獲得無上榮耀。此外，他在維爾吉的別墅也修得很好。正面漆成白色，窗戶都裝上美麗的綠百葉窗。想到這種奢華，他感到片刻的安慰。確實，這座別墅在三、四法里之外就能看見，周圍那些鄉間別墅或者城堡，都歷經風吹日曬，一片灰暗陋相。

瑞納先生唯一能指望的朋友的眼淚和同情，來自本教區的財務管理委員，但這是個動不動就哭的傻瓜。然而，這是他唯一可以信賴的人。

「還有什麼不幸能與我的相比呢！」他憤怒地叫道，「多麼孤獨啊！」

「這可能麼！」這個可憐人自言自語道，「我倒楣的時候，竟然連一個可以商量的朋友都沒有？我頭腦發昏，感覺到了！啊！法爾科！啊！杜克洛！」他痛苦地喊道。這是兩個童年玩伴的名字，一八一四年，他因為驕傲，飛黃騰達後疏遠了他們。他們都不是貴族，他想改變自童年起在他們之間建立的平等氣氛。

兩人當中，法爾科既聰明又善良，原本在維利葉做紙張生意，從省城買來印刷機，辦了一份報紙。聖公會決心讓他破產，後來報社被查封，印刷執照被吊銷。在這種走投無路的情況下，他十年來頭一回給瑞納先生寫了封信。維利葉市長認為應該像古羅馬人那樣答覆他：「如果國王的大臣諮詢我的意見，我會對他說：『讓外省所有的印刷廠倒閉，絕不留情，讓國家壟斷印刷業，就像菸草專賣一樣。』」這封寫給密友的信，當時在維利葉廣受讚賞，瑞納先生還記得其中的詞句，真讓他心驚膽戰。「以我當時的地位、財產和榮譽，誰能料到我會後悔呢？」在這種時而責備自己時而怨恨別人的憤懣中，他度過一個可怕的夜晚，幸虧他沒有想到去監視妻子。

「我習慣了路易絲，」他心裡說，「我的事她全知道；假使我明天再婚，我還真找不到能取代她的人。」於是，他寧可相信自己的妻子是清白的。這種看法使他覺得不必魯莽行事，不如靈活處理；「有多少女人遭人誹謗啊！」

「怎麼！」他突然喊出聲來，踉蹌地走了幾步，「把我當成可憐蟲，我能忍受她和情夫像對廢物一樣取笑我嗎？難道應該讓維利葉全城人對我的怯懦嘲諷嗎？大家對夏米埃(這是當地路人皆知的戴了綠帽的丈夫)什麼話沒說過？一提到他的名字，誰不會取笑呢？他是個好律師，但有誰提及呢？啊！夏米埃！人家只叫他夏米埃·德·貝爾納，用一個蒙受恥辱的人的名字來稱呼他。」

「感謝上天，」瑞納先生有時又想，「幸虧我沒有女兒，我懲罰老婆的方式絲毫不會影響幾個兒子的前程；我可以捉住那個小鄉巴佬和我老婆，把他們統統殺死；這樣，悲劇也許會免去大家的嘲笑。」這個想法很好，於是他想到各種細節。「刑法是站在我這邊的，無論發生什麼，聖公會和陪審團的朋友總是會幫我的。」他檢查了獵刀，十分鋒利；但一想到血，他就怕了。

「我可以把這個無恥的教師痛打一頓，然後趕走他。但這會在維利葉，甚至在省裡引起多大的轟動啊！法爾科的報紙被查封後，當主編出獄時，我曾讓他失去每月六百法郎薪水的工作。據說這個文痞又在貝桑松露面了，他可以巧妙地攻擊我，並且使我無法將他送上法庭。把他送上法庭！……這個無恥之徒會想方設法，暗示他說的是真話。像我這樣出身高貴、地位顯赫的人，總是受到老百姓的忌恨。我的名字會出現在巴黎那些可怕的報紙上；天哪！多麼險惡啊！看到瑞納古老的姓氏，墜入嘲諷的泥潭……如果出門旅行，就得改名換姓。什麼！放棄這個讓我獲得榮譽和力量的姓氏！真是倒楣透頂啊！

「如果不殺死我的老婆，只把她趕出家門，蒙受羞辱，那她在貝桑松的姑姑會把全部財產直接交給她。我老婆會和朱利安一起去巴黎生活；維利葉的人早晚會知道，我還是會被當成戴綠帽的丈夫。」

燈光昏暗，這個不幸的人發現天開始亮了，他到院子裡吸點新鮮空氣。這時，他差不多已經拿定主意，不大肆聲張，免得事情張揚出去，讓他在維利葉的好朋友幸災樂禍。

在院子裡走走，他心情平靜下來。「不，」他叫道，「我不能沒有老婆，她對我太有用了。」他一想到家裡如果沒了老婆，就感到害怕；除了R侯爵夫人，他沒有別的親戚，她又老又蠢，而且很凶。

他萌生了一個意義重大的想法，然而若要實現，所需要的意志力，遠非這可憐的人所具備。「如果我留下老婆，」他心想，「但有一天她讓我無法忍受了，我就會指責她的過錯，我肯定會的。她很要面子，我們就會反目，而這時她還沒有繼承姑姑的遺產。這樣一來，大家會怎麼嘲笑我呢！我老婆愛孩子，最後財產都會到他們手上。而我，將成為維利葉的笑柄。他們會說：『怎麼，他不知道該如何對付他老婆！』我是不是該心存疑慮，而不去深究呢？但這樣我就捆住自己的手腳，什麼都不能指責她了。」

過了一會兒，瑞納先生受傷害的虛榮心發作了，他竭力回想在維利葉的娛樂場或「貴族」撞球廳裡，某個多嘴的傢伙在賭局的空檔，拿一個戴綠帽子的丈夫尋開心。現在，他覺得這些玩笑多麼殘忍啊！

「天哪！我的老婆為何不死掉呢！這樣，我就不會被人恥笑了。我怎麼不是個鰥夫呢！那樣我就會到巴黎，在上流圈子混上六個月。」鰥夫的想法給了他短暫的快樂，隨後他又想到如何去弄清真相。「是否夜深人靜的時候，在朱利安的房門前撒上一層麩皮？第二天早晨天亮時，就能看見足跡。」

「但這辦法不行！」他突然叫喊道，「埃麗莎這個壞心眼的女孩會看出來，這座房子裡的人就會知道我在嫉妒。」

在俱樂部，還流傳過一個故事：一個丈夫用一點蠟把一根頭髮像貼封條一樣黏在老婆的和情夫的門上，結果證實了霉運。

猶豫很久之後，他覺得這個證實霉運的辦法最好，他考慮這麼做，這時，在小路拐彎處，他碰到了他希望其死掉的女人。

她從村裡回來。她是到維爾吉的教堂裡去望彌撒了。有個傳說在冷靜的哲學家看來很不可靠，而她卻信以為真，今天大家去的這座教堂，就是當年維爾吉領主城堡的小教堂。瑞納夫人打算去這個教堂祈禱時，這個想法一直糾纏著她。她不斷地想像，她丈夫打獵時彷彿失手殺死朱利安，然後晚上讓她吃他的心。

「我的命運，」她對自己說，「取決於他聽了我的話以後有何打算。也許在這致命的一刻鐘後，我就沒有機會跟他說話了。他不是明智而通情達理的人。我可以憑藉我這點理性，預測他將做什麼或者說什麼。他將決定我們共同的命運，他有這個權力。不過這命運也還取決於我如何巧妙引導這個反覆無常的人的思想，憤怒已使他盲目，看不見事情的另一面。天哪！我需要才智、需要冷靜，但我該去哪裡找呢？」

她走進花園，老遠看見了丈夫，竟然神奇地平靜下來。他頭髮散亂，衣冠不整，一看就知道一夜未眠。

她把一封拆開又疊起的信遞給他。他並不看信，只是兩眼發直地盯著她。

「這封信真可惡，」她說，「我從公證人的花園後面經過，一個面目醜陋的人交給我的，他說他認識你，受過你的好處。我只求你一件事，立刻把這位朱利安先生打發回家。」瑞納夫人急忙說出這句話，也許說得快了些，但她非說不可，她要盡快擺脫。

她看見丈夫面露喜色，不禁欣悅。從他盯著她的目光中，她知道朱利安說對了。面對這種真實的不幸，她不僅不感到發愁，反而想道：「這是何等的天才啊，多麼具有洞察力啊！他還是個毫無經驗的年輕人啊！以後什麼事做不到呢？唉！到時候，他成功了就把我忘了。」

對仰慕之人的讚許，使她徹底擺脫了煩惱。

她對自己的行動很滿意，「我沒有辱沒朱利安。」她心中滿懷柔情和隱祕的快樂。

瑞納先生害怕說錯話，他一聲不吭，仔細流覽第二封匿名信，如果讀者還記得，這封信是用膠水將一些印刷的字黏在藍色信紙上的。「大家用各種辦法來羞辱我。」瑞納先生心想，他感到厭煩。

「又得審視一番，還是因為我的妻子！」他想用最粗魯的詞語罵幾句，但一想到貝桑松的遺產，又勉強忍住了。他必須找點事情發洩一下，把那封信揉成一團，大步離去，他要離他的妻子遠一點。過了一會兒，他又回到她身旁，心情平靜了。

「要下決心，把朱利安趕走，」她立刻對他說，「他不過是個工人的兒子。給他幾個金幣補償一下吧，而且他有學問，找工作不難，比如到瓦勒諾先生或莫吉隆區長家裡，他們都有孩子。這樣你也對得起他……」

「你的話太蠢了！」瑞納先生叫道，聲音很可怕。「能指望女人有什麼見識嗎？你從來不關注事情合不合理；你怎麼能通曉事理呢？你散漫、懶惰，光知道用心去捕蝴蝶，軟弱無能，我們家真是不幸啊！……」

瑞納夫人任由他說，他說了很久；按照當地的說法，他在「發洩」。

「先生，」她最後答道，「我的話，是以一個名譽受損的女人身分說的，而名譽是她最寶貴的東西。」

在這場艱辛的對話中，瑞納夫人始終非常冷靜，這場對話將決定朱利安能否繼續與她同住在一個屋簷下。為了排解她丈夫盲目的怒火，她想盡各種辦法。她丈夫的辱罵，她根本不予理會，她只想著朱利安：「他會對我的表現滿意嗎？」

「我們對這個小鄉巴佬很呵護，送他不少禮物，他也許是無辜的，」她終於說道，「但是因為他，我才第一次受到侮辱……先生！我看到這封可惡的信時，便發誓不是他，就是我，總得有人離開家。」

「你想鬧得滿城風雨，讓我們出醜嗎？這會讓維利葉的人看笑話的。」

「這倒也是，大家都羨慕你的才幹，讓你的個人、家庭、城市都生機勃勃……好吧，我讓朱利安向你請假，到山上木材商家裡住一個月，他們是好朋友。」

「別急，」瑞納先生很平靜地說，「我首先要求，你不要和他說話。你會惹惱他，讓我跟他翻臉，你知道這人心胸狹窄。」

「這年輕人並不聰明，」瑞納夫人說，「他也許有學問，你很清楚，但他只是個道道地地的鄉下人。自從他拒絕娶埃麗莎，我就對他沒有好印象了，那可是一筆財產啊，他的理由是她有時會偷偷去拜訪瓦勒諾先生。」

「噢！」瑞納先生說，眉毛一聳，「怎麼，這是朱利安跟你說的？」

「只是一說，他常跟我說起要獻身宗教事業；不過依我看，對這些平民來說，首先要有飯吃。他不明說，但他表示不是不知道這些私交。」

「但是，我卻不知道！」瑞納先生又發火了，擲地有聲地說。「我家裡的事，竟然我不知道……怎麼！埃麗莎和瓦勒諾之間有什麼瓜葛？」

「唉！這可是老生常談了，」瑞納夫人笑著說，「也許沒什麼見不得人的。那時候，你的好友瓦勒諾知道，維利葉的人認為他和我之間，有種柏拉圖式的愛情。」

「我也這樣想過，」瑞納先生叫道，拍拍腦袋，感到有所發現，「你怎麼沒跟我談起過？」

「為了我們所長的一點虛榮心，需要讓兩個好朋友傷和氣嗎？哪個上流社會的女人，沒接到過他幾封優雅且風流的信呢？」

「他也給你寫過？」

「寫過很多。」

「我命令你，馬上把這些信拿給我！」瑞納先生的個頭，似乎立刻變得高大起來。

「當然不行，」她回答他，那種溫柔語調簡直要變成撒嬌了，「哪天你比較理性了，我再給你看。」

「馬上就看，真見鬼！」瑞納先生憤怒地喊道，十二個小時以來，他從未這樣興奮過。

「你要向我發誓，」瑞納夫人嚴肅地說，「絕不為這些信和收容所所長吵架。」

「不管吵不吵，反正我可以不讓他管孤兒院；但是，」他生氣地繼續說，「我現在就要看那些信，在哪裡？」

「在我桌子的抽屜裡，但我不會給你鑰匙。」

「我會撬開的。」他叫嚷著朝他妻子的臥室奔去。

他果真用鑿子把那張有花紋的桃花心木寫字臺撬壞了，桌子是從巴黎運來的，平時他看到上面有什麼汙跡，常用衣角去擦拭。

瑞納夫人急忙爬上了有一百二十級階梯的鴿子樓，她把白手帕繫在小窗戶的鐵欄杆上。此刻，她是天下最幸福的女人。她朝山間的那片樹林望去，眼中含著淚水。「可以肯定，」她心想，「朱利安在一棵茂盛的山毛櫸下，正等著這幸運的暗號。」她側耳傾聽，抱怨枯燥的蟬的鳴叫和鳥的啁啾，沒有這些討厭的聲音，就會有快樂的呼喊聲從岩石那邊傳來。她癡情地望著那片深綠色的斜坡，這斜坡由樹冠組成，像草地般平坦。「他怎麼這麼笨，」她心潮澎湃地想道，「怎麼沒想到給我發個暗號，告訴我，他和我一樣高興呢？」因為擔心她丈夫會來找，她走下了鴿子樓。她看見他正怒不可遏。他正在看瓦勒諾先生平庸無奇的字句，這本來不適於情緒激動時看的。

瑞納夫人趁她丈夫驚呼的間隙，說道：

「我還是那個想法，最好讓朱利安出去旅行。不管他在拉丁文方面多麼有才，他畢竟是個鄉巴佬，常常很粗俗，缺乏禮節。他每天都對我說一些誇張又俗氣的恭維話，自以為很有禮貌，那都是從小說裡看來的……」

「他從來不看小說，」瑞納先生大聲說，「你以為我這個家長瞎了眼，不知道家裡發生什麼事嗎？」

「好吧！如果他不是在書上讀過這些可笑的恭維話，那就是他自己想的，那會更糟。說不定在維利葉，他就用這樣的語氣談論我；再說，不用走得更遠，」瑞納夫人說，似乎有了新發現，「他也許在埃麗莎面前這樣說過我，這差不多就等於在瓦勒諾先生面前說我。」

「啊！」瑞納先生叫道，一記重拳砸下來，桌子和房間都震動了。「那封鉛印的匿名信和瓦勒諾先生的信，用的都是同一種紙。」

「總算搞定了！……」瑞納夫人想，她裝作被這一發現驚呆了，不敢多說一句話，遠遠地退到客廳盡頭，在一張沙發上坐下。

這一仗，可以說已經打贏了，她還要阻止瑞納先生去找匿名信的假定作者算帳。

「你怎麼沒有想到，如果沒有充分的證據就去找瓦勒諾先生吵架，真是再愚蠢不過了？先生，你遭人嫉妒，這是誰的錯？只能怪你的才幹、你出色的管理、優雅的房產，還有我帶來的嫁妝，尤其是我們可能從我姑姑那裡繼承的大筆遺產，這筆遺產被過度誇大了，讓你成為維利葉的頭號人物。」

「你忘了出身。」瑞納先生說，臉上露出了笑容。

「你是本省最有名的貴族之一，」瑞納夫人連忙補充說，「如果國王是自由的[1]，能夠公正對待貴族，你一定會進貴族院。你有尊貴的地位，你願意給嫉妒者留下口實，搞得他們議論紛紛嗎？

「找瓦勒諾先生談這封匿名信，就等於在維利葉，怎麼說呢？等於在貝桑松、在全省宣布，這個小人，竟然被瑞納家的人視為摯友，自取其辱。如果你看到的這些信，證明我對瓦勒諾先生的追求有所回應，你可以殺死我，我死有餘辜，但不要對瓦勒諾發怒。想想看，你周圍的人正想找個藉口，來攻擊你的優越地位；你想想，一八一六年你曾介入某些逮捕。那個藏在屋頂上的人……」

「我想你對我既不尊重也無友情，」瑞納先生喊道，這些回憶使他感到心酸，「我沒當過貴族院議員！」

「我想，我的朋友，」瑞納夫人笑著說，「我將會比你有錢，我已經做了你十二年的伴侶，憑藉這種身分我有權說話，尤其是今天這件事。如果你覺得朱利安先生比我重要的話，」她裝作滿腹怨恨地說，「我就準備去姑姑那裡過冬天。」

這句話恰到好處，堅決而有禮貌，讓瑞納先生打定主意。不過，他依照外省的習慣，反覆講了半天，把所有的理由又說了一遍。他的妻子任由他說，他的語氣中還有火氣未消。兩個鐘頭的廢話消耗了整夜都在發怒的人的力氣。最後，他擬定了針對瓦勒諾先生、朱利安以及埃麗莎的行動計畫。

在這場重要的爭論中，有一兩次，瑞納夫人對這個男人真切的不幸產生幾分同情，畢竟十二年來，他們是朝夕相處的生活伴侶。但是，真正的愛情是自私的。另外，她一直等著她丈夫承認昨晚接到了匿名信，而他卻隻字未提。別人對這個決定她命運的人究竟說了些什麼，她一無所知。在外省，丈夫是社會輿論的中心。在法國，大家越來越不會嘲笑一個抱怨妻子的丈夫，但如果丈夫不給妻子錢，妻子就得去打工，而且一天只能賺十五個蘇，再者，即使有好心人要雇用她，還要考慮一下。

一個土耳其後宮裡的妃子，可以全心全意愛她的蘇丹。蘇丹是無所不能的，她想用小手段竊取他的權力，是絕無指望的。主人的報復可怕而血腥，卻具有軍人風範，痛痛快快，一刀就能了結。在十九世紀，丈夫用公眾的蔑視來殺死妻子，所有的大門都對她關閉。

瑞納夫人回到房間，意識到自己的危險；她發現房間裡一片混亂。她那些小箱子的鎖都被砸壞了，地板也被撬起了幾塊。「他對我真不留情！」她對自己說，「這些彩色細木地板，他原來那麼喜歡；孩子如果穿著溼鞋走進房間，他會氣得面紅耳赤。現在全都毀了！」看到這種粗暴的破壞，她剛才因勝利太快而產生的自責，一下就化為烏有了。

晚餐的鐘聲敲響之前，朱利安帶著孩子回來了。上飯後甜點時，傭人退去，瑞納夫人冷漠地對他說：

「你跟我說過想去維利葉住半個月，瑞納先生已經准假。你何時動身都可以。不過，為了不讓孩子荒廢學業，他們的作業每天都會送給你批閱。」

1 一八二八年一月三日，維萊爾總理在左派的反對下辭職。一月五日，由於當時的政治形勢，法國國王查理十世不得不忍受一種自由主義的政策，他的傲慢和宗教感情，令他對此感到氣憤。

「當然，」瑞納先生用刻薄的語氣補充說，「你的假不要超過一個星期。」

朱利安從他臉上看出他的不安，內心十分痛苦。

等到他們單獨在客廳裡時，朱利安對情人說，他還沒有完全拿定主意。

瑞納夫人將她早上以後所做的事，匆匆說了一遍。

「詳細情況，晚上再說吧。」她笑著補充道。

「女人真壞啊！」朱利安想，「什麼樣的快樂、什麼樣的本能，讓她們欺騙男人呢！」

「我覺得，愛情使你聰明，又讓你糊塗，」朱利安冷淡地對她說，「你今天的表現，令人欽佩，但我們今晚見面，這還算慎重嗎？這座房子裡到處是危險，埃麗莎可是對我恨之入骨啊。」

「這種怨恨，倒是很像你對我的強烈冷漠。」

「即使冷漠，我也應該把你從危險中救出來。如果瑞納先生問到埃麗莎，只需一句話，她就能全部抖出來。他怎麼不會帶著刀子，埋伏在我的房間附近呢？」

「怎麼！你竟然連這點勇氣都沒有了！」瑞納夫人說，顯出貴族小姐的高傲。

「我不會奢談什麼勇氣，」朱利安冷冷地說，「這是卑鄙的行為。讓世人根據事實來評判吧，但是，」他握著她的手，補充說，「你想不出我多麼愛你，我多麼高興在這種殘酷的離別之前，能來向你告別啊！」

第二十二章

一八三〇年的風尚

語言是用來掩蓋人的思想的。

——馬拉格里達神父[1]

朱利安一到維利葉，就責怪自己對瑞納夫人不夠公平。「假如她因為軟弱，而敗在瑞納先生手裡，我會把她當弱女子一樣加以鄙視！但她像個外交官，處理得當，我卻對那個失敗者報以同情，他原來是我的敵人。在我的言行中，有一種小市民的狹隘，我的虛榮心受到傷害，因為瑞納先生是個男子漢！我有幸和他躋身於這傑出而宏大的群體，其實我不過是個蠢貨。」

謝朗神父已被解職，被趕出本堂神父住宅。當地有名的自由黨人爭著為他提供住處，但是他拒絕了。他租了兩間房子，裡面堆滿了書。朱利安想讓維利葉人看看教士的本色，就去父親那裡取來十二塊松木板，親自背著，穿過整條大街。他從一個老朋友那裡借了工具，很快打了一個書櫥，把謝朗神父的書擺放在裡面。

「我還以為你被世俗的虛榮腐蝕了呢，」老人說著，高興得流下眼淚，「你穿著華麗的儀仗隊制服，為你四面樹敵，這樣足以挽回你的幼稚行為。」

---

1 馬拉格里達（Gabriel Malagrida，一六八九－一七六一），義大利神父、耶穌會士，被宗教裁判所判處火刑。

瑞納先生命令朱利安住在他家裡。沒有人懷疑發生了什麼事。朱利安到後第三天，他看見專區區長莫吉隆先生這位資歷不淺的人物上了樓，走進他的房間。聽他聊了兩個鐘頭，比如人心險惡、公款管理人員風氣不正、可憐的法蘭西危機四伏，等等，朱利安這才看出他來訪的目的。可憐的半失寵的家庭教師，禮貌地送這位未來省長走到樓梯口，突然，這位客人關心起朱利安的前程，讚揚他處事低調的態度，等等。最後，莫吉隆先生慈父般地擁抱他時，建議他離開瑞納先生，給另一位官員做家教，而這位官員將像菲利普國王那樣感謝上天，但不是感謝上天賜給他孩子，而是感謝他們有緣生活在朱利安身邊。給他們做家教，會有八百法郎的薪水，「不是按月支付，那不夠氣派，」莫吉隆先生又說，「是按季支付，而且是預付。」

現在輪到朱利安說了。他等了一個半鐘頭，已經不耐煩了。他的回答非常周全，但特別冗長，像主教的訓諭。聽起來面面俱到，又什麼都沒說。既有對瑞納先生的恭敬，又有對維利葉民眾的尊重，還有對著名的專區區長的感激。這位區長遇到一個比他還虛偽的傢伙，有些驚訝，他努力想得到明確的回應，卻白費力氣。朱利安非常得意，把握好時機，又把他的回答用另一套說辭講了一遍。一位能言善辯的大臣，想利用會議結束前的時間，使議會從沉睡中甦醒過來，便大放厥詞，但沒什麼內容。莫吉隆先生一出去，朱利安就高興得像瘋子一樣。朱利安趁著這股興奮勁兒，給瑞納先生寫了一封長達九頁的信，向他報告客人跟他談的一切，並謙卑地請求指教。「這混蛋沒有告訴我，請我教書的人是誰！肯定是瓦勒諾先生，他已經從我到維利葉的流放中，看出匿名信發揮作用了。」

快信發出後，朱利安開心得像個獵人，在秋天早上六點奔向布滿獵物的原野。他去見謝朗神父，想聽聽他的意見。在去神父家的路上，上天還想讓他快樂一下，又讓他遇到瓦勒諾先生。他並不隱瞞自己的心事，一個像他這樣的窮孩子，本應全心全意地服從上天的召喚，然而在這世上，志向並不能解決一切。為了能在救世主的葡萄園裡工作，和那幾個博學的同仁共事而不至於露怯，他必須學習，要進入貝桑松神學院讀兩年，因此他需要存錢，靠按季支付的八百法郎年薪，當然要比按月支付的六百法郎年薪更容易。不過，從另一方面來說，上天已把他安排在瑞納家的孩子身邊，尤其是上天已使他對他們產生特殊的感情，這不是向他表明，放棄這個工作而去接受另一份工作，是不適宜的嗎？……

這種帝國的快捷行動已被能言善辯所替代，在雄辯中，朱利安已達到完美的程度，最終，他連自己的聲音都感到厭煩了。

朱利安回家的時候，看見瓦勒諾先生的一個穿著制服的傭人，手裡拿著當日午宴的請帖，正在四處找他。

這傢伙的家，朱利安從沒去過。就在幾天前，他還想如何狠狠地揍他一頓，而不用上法庭呢。宴會定在午後一點，朱利安覺得提前半小時到收容所所長的辦公室，顯得更尊敬。朱利安見他神氣十足，坐在一大堆資料夾中間。他又黑又粗的絡腮鬍子、濃密的頭髮、斜蓋在頭頂的希臘式便帽、巨大的菸斗、繡花拖鞋、胸前縱橫交錯的金鏈子，以及外省金融家用來表示自己正春風得意的一套飾品，並沒有讓朱利安驚訝，反而讓他更想揍他一頓。

朱利安希望拜見瓦勒諾夫人，她正在梳妝打扮，不能待客。作為補償，他可以看看所長是如何打扮的。然後，他們一起去見瓦勒諾夫人。她淚眼汪汪的，把孩子一一介紹給朱利安。這位夫人是維利葉最尊貴的夫人之一，長著一張男人的大餅臉，為了這次隆重的午宴，她抹了些胭脂。她要把母愛盡可能展現在臉上。

朱利安不禁想到瑞納夫人。他的生性多疑使他只能藉由對比，才能喚起回憶，這時，他總是感動得流淚。看到乞丐收容所所長的房子之後，他的這種情緒更強烈了。主人帶他參觀房子，並且把家具的價格都告訴他，一切都很華麗而嶄新。但是，朱利安感覺出有某種醜惡的東西，來路不明的錢的味道。這座房子裡的人，包括傭人在內，都嚴陣以待，抵擋外人的輕蔑。

稅務官、警官和其他兩三位公職人員，連同妻子都來了。隨後，又來了幾位有錢的自由黨人。傭人通報，可以入席了。朱利安早已感到不快，這時，他想到餐廳隔壁就是那些可憐的貧民；這些向他炫耀的俗不可耐的奢華，說不定就是從分給他們的肉食上搜刮來的。

「現在他們可能正在挨餓，」朱利安心想；他嗓子發緊，咽不下東西，幾乎說不出話。一刻鐘以後，情況更糟了，傳來斷斷續續的民歌，應該承認，歌詞有點下流，是一個被收容的窮人唱的。瓦勒諾先生朝一個穿著制服的傭人使了個眼色，傭人走了，很快他們就聽不見歌聲了。這時，一個傭人遞給朱利安一杯萊茵葡萄酒，杯子是綠色的，瓦勒諾夫人特意提醒朱利安，這酒在產地就賣到九法郎一瓶。朱利安端著酒杯，對瓦勒諾先生說：

「他們不再唱下流歌曲了。」

「當然，我想他們不唱了，」所長得意地答道，「我已下命令讓這些要飯的閉嘴。」

這句話，朱利安聽起來太刺耳了。他的舉止能與身分相符，但是心卻不能。雖然他平時經常很虛偽，還是感覺到有一滴眼淚順著臉頰流下來。

他試圖用綠酒杯遮住，但他再也不能讚美萊茵葡萄酒了。「不許唱歌！」他對自己說，「天哪！你怎麼能容忍！」

幸虧沒有人留意他這不合時宜的感情。稅務官哼著一首歌頌國王的歌曲。大家唱疊句時，朱利安的良心發現了：「這就是你獲得的骯髒財富，而你只能在這種場合，跟這幫人一起享用！你可能有一個兩萬法郎的差事，但當你大吃大喝的時候，你不許可憐的窮人唱歌。你舉行宴會的錢，是從他可憐的口糧中偷來的，你舉行宴會，他就更悲慘！啊，拿破崙！在你那個時代，在戰場上出生入死贏得榮華富貴，那多美好，如今卻要卑鄙地加重窮人的痛苦！」

朱利安在這段獨白中表現出的弱點，使我對他不敢恭維。他可能成為那些戴黃手套的陰謀家的同黨，他們聲稱要改變一個國家的全部，卻不肯讓自己的顏面受一點損害。

突然，朱利安找回自己的角色。人家請他參加這樣貴賓滿座的午宴，不是讓他來胡思亂想，並且一言不發的。

一位退休的花布製造商，同時也是貝桑松和于澤斯學院的院士，從餐桌的另一端跟他說話，問外界傳言他對《新約》的研究成績驚人，是否屬實。

頃刻間，誰都不說話了。一本拉丁文的《新約》，戲劇性地出現在這位兩院院士的手中。根據朱利安的回答，他隨口念了半句。朱利安接著往下背，他的記憶準確，這件奇事令在座的人交口稱讚，這種鼓噪在宴會結束時才會有。朱利安看了下幾位夫人紅光滿面的臉，其中有幾個長得不差。他特別看重會唱歌的稅務官的妻子。

「在夫人面前說這麼多拉丁文，真是慚愧。」他看著稅務官的妻子說，「如果呂比尼奧先生（那位兩院院士）隨意說一句拉丁文，那我就不要背拉丁文，而可以當場譯成法文。」

這第二次表演，使他榮登寶座。

席間有幾個有錢的自由黨人，他們是幸運的父親，因為孩子有可能拿到獎學金，上次布道以後就突然改變了宗教信仰。儘管他們在政治上很精明，瑞納先生卻不願在家裡招待他們。這些老好人只是久聞大名，在國王駕臨時看見他騎馬，於是成了熱情的崇拜者。「這些傻瓜何時才會聽厭呢？這種《聖經》文體，他們根本不懂。」相反，這種怪異的風格讓他們好奇，他們笑聲不斷。然而，朱利安已經煩了。

鐘敲六點時，他一本正經地站起來，說到利高里奧新神學的一章，他還沒背熟，明天要背給謝朗神父聽。「因為我的職業，」他風趣地說，「是讓人背書給我聽，我也背書給別人聽。」

眾人大笑，欽佩不已。這就是維利葉人所說的才智。朱利安已經站起來，大家也顧不上禮節，跟隨著站起來，這就是天才的影響。瓦勒諾夫人挽留了他一刻鐘，請他聽聽孩子背誦教理問答。他們背得一塌糊塗，非常滑稽，只有朱利安自己聽得出。但他並不糾正。「對宗教的基本教義，一無所知啊！」他心想。最後，他行了個禮，以為可以走了。但是，他還得聽一篇拉封丹的寓言詩。

「這個作家很不道德，」朱利安對瓦勒諾夫人說，「他在一篇關於讓·舒阿的寓言中，竟然對最可敬的事物加以嘲弄。他受到一流批評家的嚴厲譴責。」

朱利安離開之前，收到四、五場宴會的邀請函。「這個年輕人為全省爭光了。」賓客都高興地說。他們甚至提議從公共基金中撥出一筆錢，送他去巴黎深造。

當這個草率的意見在餐廳裡引起熱議的時候，朱利安已經快步走出大門。「啊，混蛋！混蛋！」他低聲罵了三、四聲，痛快地呼吸著新鮮空氣。

此刻，他覺得自己是真正的貴族，長久以來，在瑞納先生家裡，大家對他的禮遇中有一種輕蔑的微笑和高貴的傲慢，這給他帶來很大傷害。這次，他感到兩者有天壤之別。「忘了吧，」他邊走邊想，「忘了他們從可憐的窮人身上摳錢，還不許他們唱歌！瑞納先生對他的客人說過他請的每瓶酒的價格麼？但這位瓦勒諾先生，不斷地列舉他的財產時，例如說他的房子、他的產業等等，如果他的夫人在場，總是說是她的房子、她的地產。」

這位夫人似乎對擁有財產的快樂很敏感，席間，她還跟傭人大吵起來，因為他打碎了一個高腳杯，她氣憤地說，一套杯子少了一個；那傭人回答時也不客氣。

「一夥什麼人啊！」朱利安心想，「即使他們把偷來的錢分給我一半，我也不願意跟他們在一起。總有一天，我會露出馬腳的；我無法壓抑他們讓我產生的輕蔑[2]。」

但是，按照瑞納夫人的囑咐，必須多參加這種宴會。朱利安一下成了紅人；大家原諒了他穿儀仗隊制服的事，或者說，這種冒失是他走紅的真正原因。很快，在維利葉，大家關注的是誰在這場爭奪家教的競爭中獲勝，是瑞納先生，還是收容所所長。這兩位先生和馬斯隆先生一起，形成一種三頭政治，多年來在這座城市雄霸一方。大家嫉妒市長，自由黨人也抱怨；但他畢竟是個貴族，生來就有優越感，而瓦勒諾先生的父親甚至沒給他留下六百法郎的年金。他年輕時穿著一身蹩腳的蘋果綠衣服，大家從憐憫他轉而羨慕他的諾曼第駿馬、金鏈子、巴黎的時裝以及如今的風光。

對於朱利安，這是一個嶄新的世界。他以為發現了一個正派的人，這是一位幾何學家，姓格羅，是雅各賓黨人。朱利安曾發誓只說假話，因此面對格羅先生，也難免心存疑慮。他收到從維爾吉送來的一大堆作業。有人勸他常去看望父親，他順從了這可怕的要求。總之，他很成功地恢復了名譽。一天早上，他覺得有兩隻手蒙住了他的眼睛，他被驚醒了。

這是瑞納夫人，她進城了。她讓孩子照看可愛的兔子，自己快步爬上樓梯，先來到朱利安的房

---

2 在《愛爾芒絲》（第十四章）中，斯湯達爾毫不掩飾他對暴發戶的輕蔑：「我在這個世界上，不是為了糾正粗魯的行為和錯誤的思想。」

間。這是甜蜜愉快的時刻，只不過太短暫。孩子抱著兔子上樓，給他們的朋友看看，這時瑞納夫人已經走了。朱利安開心地歡迎他們，還有那隻兔子。他們彷彿闔家團聚。他喜歡這些孩子，喜歡嘰嘰喳喳地跟他們交談。他們的柔聲細語，單純而高貴的動作，讓他感到驚奇；在維利葉，他在粗俗的舉止和齷齪的思想中呼吸，他需要把這一切從記憶中抹去。永遠是擔心貧乏，永遠是貧富之間的角逐。請他赴宴的人家，說到珍饈美味時，會吐出一些真話，讓說的人蒙羞、聽的人噁心。

「你們這些貴族，確實有理由驕傲。」他對瑞納夫人說。接著講起那些他不得不參加的宴會。

「你成紅人了！」她想到瓦勒諾夫人每次見朱利安時，都要塗脂抹粉，不禁哈哈大笑。「我認為她對你有意思。」她又說。

早餐很愉快。孩子在眼前，看起來有些不便，但實際上增添了幸福。這些可憐的孩子，見到朱利安，不知道怎樣表達他們的快樂。傭人曾經告訴他們，有人願意多出兩百法郎，請他去教瓦勒諾的孩子。

早餐時，病後還有些蒼白的斯坦尼斯拉斯－格拉維埃，突然問母親他的銀餐具和銀盃值多少錢。

「為什麼要問這個？」

「我想賣掉，把錢給朱利安先生，讓他跟我們在一起，不吃虧。」

朱利安抱起孩子，眼裡含著淚水。他的母親忍不住哭了，朱利安把斯坦尼斯拉斯放在腿上，解釋為什麼不能用「吃虧」這個詞，因為只有傭人才會這麼說。他看到瑞納夫人高興，就找些生動的例子，給孩子解釋什麼是吃虧。

「我明白了，」斯坦尼斯拉斯說，「就是烏鴉把乳酪掉在地上，給拍馬屁的狐狸叼走了。」

瑞納夫人樂壞了，不斷親吻著她的幾個孩子，她的身體只能倚靠在朱利安身上。

門突然開了，是瑞納先生進來了。他那嚴肅而不滿的臉，和被他驅散的快樂的氣氛形成鮮明的對比。瑞納夫人臉色蒼白，感到有口難辯。朱利安先抓住機會，大聲地向瑞納先生講述斯坦尼斯拉斯要賣掉銀盃的事。他肯定這故事不會受歡迎。按照瑞納先生的習慣，只要一聽見「銀」字就會皺眉頭。「提到這種金屬，」他常說，「接下來總是要從我的口袋裡掏錢。」

然而，這次不只是關於金錢利益，他的疑心加重了。他不在時，家裡一片和諧，這對一個虛榮心脆弱的人來說，不是好事。他的妻子誇朱利安如何巧妙地向學生傳授新東西，他聽了之後說：「是的！是的！我知道，他讓我的孩子討厭我；在孩子眼裡，他很容易做得比我好一百倍，但我是一家之主。這年頭，一切都在使合法的權威變得可惡。可憐的法蘭西！」

瑞納夫人沒心思觀察丈夫對待她的態度有何變化。她已看出，有可能會跟朱利安一起度過十二個小時。在城裡，她有一大堆東西要買，她一定要去飯店吃飯；無論她丈夫說什麼，她都會堅持己見。孩子聽到「飯店」兩字，都高興極了，即使是假正經的人，說出這兩個字時，不也津津樂道嗎？

等妻子進入第一家時裝店時，瑞納先生就離開了她，去拜訪幾個朋友。他回家時比早上還要悶悶不樂；他認為滿城都在談論他和朱利安。其實誰也不會向他提及公眾議論中最令人尷尬的部分。人家向市長先生反覆說起的，不過是朱利安要留在他家裡拿六百法郎呢，還是接受收容所所長的八百法郎。

這位所長在社交場合遇到了瑞納先生，故意表示冷淡。這個舉動，可以說很微妙。在外省，魯莽的舉動並不多見。異常衝動的事情少之又少，往往都是埋在心裡。

瓦勒諾先生是距巴黎百里之外，人家所說的那種「自大狂」的人。他屬於那種厚顏無恥而粗俗不堪之流。一八一五年以來，他的春風得意更增強了他的這些「良好」本質。可以說，他是在瑞納先生的領導下，統治著維利葉。但是他更活躍，不知羞恥，目空一切，到處走動，寫信、說話，從不在乎個人自尊，也沒有任何個人追求，在教會有權威的人眼中，他可以與市長平起平坐了。瓦勒諾對當地雜貨商說：把你們當中最蠢的兩個人交給我；他對法官說：告訴我誰是你們當中最無知的兩位；對醫生說：把你們當中兩個最會騙人的指給我。他把各行業最糟糕的人集合起來，對他們說：我們一起統治這座城市吧。

瑞納先生對這些人的作風很不滿。瓦勒諾粗俗無禮，即使馬斯隆神父當眾揭穿他的謊話，他也毫不在乎。

然而，在這種發跡當中，瓦勒諾先生還要不時地搞出點無禮的動作，來抵擋他感覺人人都有權向他提出的質疑。阿貝爾先生的來訪，使他有些恐慌。之後他的活動節奏加快了，他到貝桑松去了兩次，每班郵車都發幾封信，他還讓到他家做客的陌生人帶信。也許他不該參與免去謝朗神父的職務之事，這一報復行為使好幾位出身高貴的女信徒把他當作惡人。再說，這次代理主教福利萊幫了他，而且他也接受代理主教委派的一些事。正在他的政治生涯的這個階段，他寫了一封匿名信。更難辦的是，他的妻子說要把朱利安請到家裡，她的虛榮心使她對此耿耿於懷。

在這種情況下，瓦勒諾先生預料他和老盟友瑞納先生會有一場關鍵性的爭鬥。瑞納先生會對他說些嚴厲的話，這個他倒不在乎；但是瑞納先生可以往貝桑松，甚至巴黎寫信。某位大臣的親戚可能突然來到維利葉，把乞丐收容所奪走。瓦勒諾先生於是想到了自由黨人，因為有幾位自由黨人應邀出席朱利安背書的那次宴會。他可以得到強有力的支持，去反對市長。但選舉隨時可能舉行，收容所的職位和投反對票，兩者不可能都得逞，這顯而易見。這種政治鬥爭內幕，瑞納夫人預測得很準，她挽著朱利安的手，一家店接一家店閒逛，她把這件事講給他聽，不知不覺，他們走到了效忠路，他們在那裡度過了幾個小時，跟在維爾吉一樣安靜。

這時，瓦勒諾先生想避免跟他的老上級發生致命的衝突，同時對他拿出一副無所畏懼的派頭。當日，這套戰術果然奏效，但也加劇了市長的不快。

瑞納先生走進卡巴萊[3]時，虛榮心與斂財之心的抗爭，所產生的最貪婪、最猥瑣的東西，從來沒使他陷入如此難堪的地步。相反，他的孩子卻從來沒有這樣快樂過。這種反差終於激怒了他。

「看來，我在這個家裡是多餘的人！」他虛張聲勢地說。

作為回答，他老婆只把他拉到一邊，說必須讓朱利安離開。她剛剛度過的幸福時光使她得到了應有的自信和堅定，去執行考慮了半個月的行動計畫。讓可憐的維利葉市長陷入困惑的，是他知道全城都在公開嘲笑他貪財。瓦勒諾先生像賊一樣慷慨，而他在最近為聖約瑟兄弟會[4]、聖母會和聖體會等舉辦的五、六次募捐中，表現得過於謹慎，不夠豪爽。

在募捐的修士登記冊上，維利葉以及附近的鄉紳都按捐款數目被依次排列，大家不止一次看見瑞納先生名列最後。他說自己不會賺錢，但是沒有用。教士對這種事不開玩笑。

3 時尚優雅的餐廳。

4 一個為失業工人服務的慈善機構。

第二十三章

官員的煩惱

需要忍受十五分鐘的痛苦，方能換得整年的昂首挺胸。

——卡斯蒂[1]

還是讓這個小人物停留在他微不足道的煩惱中吧，其實他需要的是奴才，為何把一個有血性的人請到家裡來呢？只能怪他有眼無珠！十九世紀通常的做法，一個有權勢的人如果遇到一個英勇之士，要麼殺掉，要麼流放，要麼關起來，要麼羞辱他，讓他糊塗到自己尋死。幸好在這裡痛苦的不是有血性的人。法國的小城市和很多如紐約一樣的民選政府，最大的不幸是不能忘記世上還有瑞納先生這樣的人。一個有兩萬人的城市，是這些人在控制輿論，而在法治國家，輿論更可怕。一個品德高尚、寬厚大量的人，有可能是你的朋友，但他住在百里之外，要評價你的為人，只能根據你這座城市的輿論，而這碰巧是那些生來富有的貴族傻瓜控制的。有才華的人，只能倒楣了！

晚飯過後，全家立即回到維爾吉；但只過了一天，朱利安就看到他們又返回維利葉。

不到一個小時，朱利安就驚訝地發現，瑞納夫人有什麼事瞞著他。他一現身，她就中止了與丈夫的談話，似乎希望他走開。朱利安很知趣，用不著別人再示意。他變得冷淡而謹慎；瑞納夫人注意到了，但也不問。「難道她找了一個我的替身？」朱利安想，「可是前天，她還跟我那麼親！有人說這些貴婦人都變化莫測。她們就像國王一樣，大臣剛才還受寵信呢，一回家就收到告知失寵的來信。」

朱利安注意到，這些一走近便中止的談話，涉及一座維利葉的大房子，房子很老很大，面對教堂，在最熱鬧的商業區。「這座房子與一個新情人之間，有什麼關聯？」朱利安心想。他反覆默念著法蘭索瓦一世的著名詩句。這兩行詩很有新意，是瑞納夫人不到一個月前教給他的。曾經有多少誓言和愛撫啊，這兩句詩卻是莫大的諷刺！

女人反覆無常，
癡心就會迷失。

瑞納先生乘馬車去貝桑松了。這一行程，是兩個小時之內決定的，他看起來憂心忡忡。回來時，他把一個灰色的包裹扔到桌子上。

「就是這件蠢事。」他對妻子說。

一個小時以後，朱利安看見貼廣告的人拿走了那個包裹。他急忙追出去。「我到第一個街角，就能知道其中的祕密。」

朱利安迫不及待地等著貼廣告的人，用刷子在廣告背面刷上漿糊。廣告剛貼上，好奇的他就看到上面的一則啟事，內容很詳細，是用公開招標的方式出租瑞納夫婦談話中提到的大房子。招標時間在第二天下午兩點，在市政府大廳，到第三支蠟燭熄滅為止。朱利安很失望，他覺得時間太短：

---

1 卡斯蒂（Giovanni Batista Casti，一七二一－一八〇三），義大利詩人、修道院院長。

怎麼能有時間通知競標的人呢？另外，廣告還是半個月前簽署的，他分別到三處看過廣告，看不出什麼問題。

他去看要出租的房子。門房沒看見他，正神祕地對一個鄰居說：

「呸！呸！白費力氣！馬斯隆神父要用三百法郎租下來；市長還不肯，結果被代理主教福利萊叫去了。」

朱利安的出現，似乎妨礙了兩個朋友交談，他們不說話了。

朱利安沒有錯過出租競標。在陰暗的大廳裡，人頭攢動，他們以奇怪的眼神互相打量著。所有的目光都盯著一張桌子，桌上有個錫盤，盤裡點著三支蠟燭。招標者喊道：「各位先生，有人出三百法郎！」

「三百法郎，太誇張了。」一人低聲對身邊的人說。朱利安剛好在他們中間，「至少值八百法郎，我要出更高的價。」

「別自討苦吃。你跟馬斯隆、瓦勒諾、主教先生，以及可怕的代理主教福利萊他們這夥人作對，會有什麼好處？」

「三百二十法郎。」另一位喊道。

「傻瓜！」旁邊的人說，「剛好有個市長的探子。」他指著朱利安，補充說。

朱利安趕緊回頭，想跟說話的人理論，但這兩位法蘭琪－康堤的人根本不理會。他們的冷靜，也讓朱利安冷靜下來。這時，第三支蠟燭熄滅了，招標者用拉長的聲調宣布，房子租給某省科長聖·吉洛先生，租期為九年，租金三百三十法郎。

市長一離開大廳，大家就議論紛紛。

「格魯諾的魯莽，為市政府賺了三十法郎。」一個人說。

「但是聖．吉洛不會放過他，」別人答道，「格魯諾會吃苦頭的。」

「真卑鄙！」朱利安左邊一個胖子說，「我願意花八百法郎租下這座房子，給我的工廠，我還覺得便宜呢。」

「哼！」一個年輕的自由黨的老闆答道，「聖．吉洛先生不是聖公會的嗎？他的四個孩子不是領助學金嗎？可憐的人！維利葉市又要給他五百法郎的補貼了，就這麼回事。」

「聽說市長也無法阻擋，」第三個人接著說，「他是極端的保皇黨，沒錯，但他不偷不搶。」

「他不偷不搶？」另一個人說，「不，是不翼而飛。都裝進一個公共錢袋，到年底再分。小索萊爾在這裡，我們走吧。」

朱利安回來後，心情很糟，他發現瑞納夫人也愁眉苦臉的。

「你去看招標了？」她問。

「是的，夫人，我在那裡有幸被當成市長先生的探子。」

「他如果聽我的，就該出去旅行。」

這時，瑞納先生來了，心情十分沮喪。晚飯時，沒有人說話。瑞納先生吩咐朱利安跟孩子回去維爾吉，旅途乏味。瑞納夫人安慰丈夫說：

「你應該習慣這種生活了，我的朋友。」

晚上，大家圍在壁爐四周，落寞無語。唯一的消遣是聽柴火劈啪作響。即使最和睦的家庭也會遇到這種悲傷時刻。突然，一個孩子開心地叫起來：

「門鈴響了！門鈴響了！」

「見鬼！如果是聖．吉洛假借道謝，來糾纏我，」市長叫道，「我就對他不客氣，這太過分了。他該去感謝瓦勒諾，我是受害者。這件事要是被該死的雅各賓派報紙抓住，把我寫成『九五先生』[2]，我能說什麼呢？」

這時，一個留著一臉絡腮鬍的英俊男人，跟著傭人進來了。

「市長先生，我是西羅尼莫[3]。這裡有一封信，是那不勒斯使館隨員博維西先生在我動身之前，託我帶給你的，這是九天前的事。」西羅尼莫先生心情愉快，又望著瑞納夫人說：「夫人，你的表兄也就是我的好友博維西先生說，你會說義大利語。」

那不勒斯人的豪爽，讓這個沉悶的夜晚一下子變得快樂起來。瑞納夫人一定要請他吃宵夜。她讓全家人都活躍起來，她想盡量讓朱利安忘掉白天有人兩次叫他「探子」。西羅尼莫先生是著名的歌唱家，很有教養，又很樂觀，這兩種優點在法國已不能共存。吃完宵夜後，他和瑞納夫人唱了一小段二重唱。他講的故事也很迷人。凌晨一點，朱利安要孩子去睡覺，他們都叫起來。

「再講一個故事。」老大說。

「我講的是自己的故事，少爺，」西羅尼莫接著說。「八年前，我像你們一樣是那不勒斯音樂學院的年輕學生，我是說，我那時像你們一樣大；但是，我可沒有這個福氣，成為美麗的維利葉市市長的兒子。」

瑞納先生聽到這話，歎了口氣，他看了一眼妻子。

「曾加萊利先生[4]，」年輕歌唱家繼續說，稍微加重了口音，引得孩子哈哈大笑，「曾加萊利先生是非常嚴格的老師。學院裡的人都不喜歡他，可是他希望大家表現得似乎都喜歡他一樣。我一有機會就出學校，去聖卡利諾小劇院[5]，那裡可以聽天仙般的音樂。但是，天哪！怎麼才能湊八個蘇買張門票呢？這可是一筆不小的數目，」他看了看孩子，他們都笑了。「聖卡利諾小劇院經理喬凡尼先生，聽我唱過歌。那時我十六歲，他說：『這孩子是塊寶。』

「『你希望我雇你嗎，親愛的朋友？』他來對我說。

「『你給我多少錢？』

「『每月四十個杜卡托[6]。』諸位先生，這相當於一百六十法郎。我彷彿看見天堂大門向我打開了。

「『好是好，』我對喬凡尼說，『怎麼讓曾加萊利先生放我走呢？』

「『讓我去辦[7]！』

---

2 一八三〇年一月七日，馬賽法官梅蘭多爾判罰詩人巴泰雷米交罰金一千法郎，判決詞中使用當地方言「九五」(nonante-cinq，意思是「九十五」）一詞，被自由黨人嘲諷為「九五先生」。

3 這個人物與歌手拉布拉切（一七九四—一八五八）有關，他是那不勒斯音樂學院的學生，在巴勒莫、米蘭、都靈和維也納大受歡迎後，於一八三〇年在巴黎的義大利劇院演出。

4 曾加萊利（一七五二—一八三七），那不勒斯音樂學院院長和唱詩班指揮。他留下一些很重要的作品，其中包括三十四部歌劇、四部清唱劇、超過一百五十首彌撒曲。

5 那不勒斯的大劇院是聖卡洛劇院，建於一七三七年，一八一六年被大火燒毀，一八四四年修復。聖卡利諾是一家小劇院，是拉布拉切初出茅廬的地方。

6 杜卡托，威尼斯古金幣。

7 此處為義大利文：Lascia fare a me。

「讓我去辦！」老大叫道。

「沒錯，小少爺。喬凡尼先生對我說：『親愛的，先簽一份合約。』我簽了字，他給了我三個杜卡托。我從沒見過這麼多錢，然後他告訴我怎麼做。

「第二天，我去見可怕的曾加萊利先生。他的老傭人讓我進去。

「『你這壞小子，找我做什麼？』曾加萊利說。

「『老師！』我說，『我對我的錯誤感到後悔，我再也不翻牆出去了。我要加倍努力。』

「『要不是怕毀了我見過最美的男低音，我早就把你關半個月了，只給麵包和水，搗蛋鬼！』

「『老師，』我繼續說，『我要成為全院的典範，請相信我。但我求你一件事，如果有人請我到外面唱歌，請替我回絕。求求你，不要答應。』

「『活見鬼，誰會要你這個壞蛋？難道我會讓你離開音樂學院嗎？你想拿我開心嗎？滾！滾！』他說著要朝我的屁股踢過來，『小心被關起來啃麵包。』

「一小時後，喬凡尼先生來見院長：

「『我求你幫個忙，讓我賺點錢，』喬凡尼對他說，『把西羅尼莫讓給我吧。讓他到我的劇院裡唱歌，今年冬天，我就有錢嫁女兒了。』

「『你要這個壞蛋幹什麼？』曾加萊利對他說，『我不同意，你得不到他，再說，即使我願意，他也不會離開音樂學院，他剛才還對我發誓。』

「『如果問題只涉及他個人的意願，』喬凡尼鄭重地說，從口袋裡掏出我的合約，『這是合約！有他本人的簽字。』

「曾加萊利聽罷，勃然大怒，使勁搖鈴：『把西羅尼莫趕出音樂學院！』他大聲叫道，怒氣沖沖的。於是，我就被趕出來了，樂得我捧腹大笑。當天晚上，我唱了莫蒂普利科的詠歎調。歌曲中的小丑波利希內想結婚，掰著指頭計算成家所需的東西，但越算越不清楚。」

「啊！先生，請你唱唱這支曲子吧。」瑞納夫人說。

西羅尼莫唱了，大家笑得流出了眼淚。到凌晨兩點，西羅尼莫才去睡覺，他的優雅舉止、親切談吐和快樂情緒，迷住了一家人。

第二天，瑞納夫婦給了他幾封進入王宮所需的介紹信。

「看來，到處都有詐欺，」朱利安說，「西羅尼莫先生要去倫敦，應聘一個薪水六萬法郎的工作。如果沒有聖卡利諾劇院經理的機智，他那天才的聲音也許要晚十年才為人所知……說實話，我寧願做西羅尼莫，也不做維利葉市長。西羅尼莫在社會上沒那麼受尊重，但他不會有像今天招標這種煩惱，他過得很快樂。」

有一件事，讓朱利安感到驚奇：不久前回維利葉，獨自在瑞納先生的房子裡度過幾個星期，對他來說竟是一段幸福的時光。他只是在出席邀請他的宴會時才感到厭倦，才有煩惱。在這座安靜的房子裡，他不可以讀書、寫字、思索，而不受打擾嗎？他可以浮想聯翩，而無須時時探究卑鄙的心靈，並用虛偽的話語去應付。

「幸福難道就這麼近嗎？……這樣的生活花費不多；我自己決定，可以娶埃麗莎，或者與富凱合夥……一個旅者登上陡峭的山峰，坐下休息一下，其樂無窮。要是強迫他永遠休息，他還會幸福嗎？」

瑞納夫人近來產生了命中注定的想法。雖然她下過決心，但還是把招標的內情告訴了朱利安。「這樣，他會讓我忘記我的誓言！」她心想。

如果她看見她丈夫身處險境，會毫不猶豫地犧牲自己去挽救他。這是一顆高尚而浪漫的靈魂，對她來說，不義之舉與犯罪無異，會成為悔恨的根源。但是，也有一些倒楣的日子，她心中無法驅散一幅幸福的場景：她突然成了寡婦，可以嫁給朱利安。

朱利安比她的丈夫更愛她的孩子；雖然他管束嚴，但很公正，所以得到他們的愛戴。她清楚地意識到，如果和朱利安結婚，就得離開充滿綠蔭的維爾吉。她想像自己生活在巴黎，繼續讓孩子受到良好教育。孩子、她和朱利安，都會幸福圓滿。

婚姻的奇怪結果，是十九世紀造成的！如果婚前有愛情，那麼婚後的無聊注定會毀滅愛情。不過，一位哲學家說，在富裕得無須工作的家庭，婚姻很快使人對平靜快樂的生活厭倦。而在女人當中，只有那些枯竭的心靈，才不懂得嚮往愛情。

哲學家的思想，使我原諒了瑞納夫人，但維利葉人不會原諒她；她根本沒想到，全城的人都在議論她的感情醜聞，由於出了這件大事，今年的秋天不像去年那麼鬱悶了。

秋天轉眼即逝，冬天也過去了一段日子。該離開維爾吉的森林了。維利葉的上流社會開始發怒了，因為他們的批評對瑞納先生影響太小。不到一個星期，那些以此取樂來減少平時無聊的正人君子，讓他起了最強烈的質疑，不過他們的措辭很有分寸。

瓦勒諾先生運作周全，把埃麗莎安置在一個頗受尊敬的貴族之家，這戶人家有五個女人。埃麗莎因為擔心冬天失業，所以只要求拿到市長家工錢的三分之二。她還有一個絕妙的想法，同時去向謝朗神父和新來的神父做懺悔，這樣可以把朱利安的愛情故事告訴他們兩個人。

朱利安回來的第二天早上六點，謝朗神父派人叫他過去：

「我什麼都不問你，」神父對他說，「我只是請求你，必要的話，我命令你什麼都別對我說。

我要求你在三日之內，必須動身去貝桑松神學院，或者去你的朋友富凱那裡。他會為你安排美好的前程。我一切都預料到了，都安排好了，你必須走，一年之內不要回維利葉。」

朱利安沒有回答，他在捉摸謝朗神父對他的關心，是否有損他的名譽，神父畢竟不是他的父親。

最後他對神父說：「明天這個時候，我將有幸再來見你。」

謝朗神父想用強力說服這個年輕人，說了很多話。朱利安的態度和表情十分謙卑，一聲不吭。最後，他走了，馬上跑去告訴瑞納夫人，卻發現她正陷入絕望中。她丈夫剛剛跟她很坦率地談過話。他生性懦弱，又對來自貝桑松的遺產心懷渴望，這使他最終認為她是清白的。丈夫告訴她，他發現維利葉的輿論有些奇怪。公眾都錯了，被一些嫉妒者引入歧途，但這該怎麼辦呢？

瑞納夫人一瞬間曾經幻想，朱利安可以接受瓦勒諾先生的聘請，留在維利葉。然而這已不是去年那個單純又害羞的女人；致命的情欲、內心的自責，已使她徹底明白了。她聽著丈夫講話，馬上痛苦地說服自己，一次暫時的別離，已不可避免。「離開了我，朱利安會再度拾起他那野心勃勃的計畫，對一無所有的人，這些計畫是很自然的。而我，天哪！我這麼富有，但對我的幸福又這麼無力！他會忘記我的。他那麼可愛，肯定有人愛，他也會愛別人。啊！我是不幸的女人……我能抱怨什麼？上天是公正的，我未能阻止罪惡，上天剝奪了我的判斷力。我本來可以收買埃麗莎，這再容易不過了。我甚至不肯去想，愛情的瘋狂想像占用了我的全部時間。我完蛋了。」

讓朱利安感到震驚的是，他把要離開的可怕消息告訴瑞納夫人，竟然沒有遭到任何自私的反對。很明顯，她竭力克制自己不哭出來。

「我們應該堅強，我的朋友。」

她剪下了一縷頭髮。

「我不知道將來會怎樣，」她說，「但是，如果我死了，答應我永遠不要忘了我的孩子。無論怎樣，你都要設法把他們培養成人。如果再有新的革命，所有的貴族都會被殺死，他們的父親可能會因為殺死屋頂上的農民而流亡他鄉。請你照顧這個家……伸出你的手。永別了，我的朋友！這是最後的時刻。做出重大犧牲後，我希望我在公眾面前，有勇氣想到我的名譽。」

朱利安原以為她會有各種絕望的表示。這番告別如此簡單，深深地打動了他。

「不，我不能接受你的告別。我要走，他們要我走，你也要我走。但是三天之後，我會在夜裡回來看你。」

瑞納夫人的生活，頓時改變了。朱利安真的很愛她，因為他自己想回來看她。可怕的痛苦變成最強烈的快樂，她此生從未體驗過。對她來說，一切都變得容易了。肯定能再見她的情人，這最後時刻不再令人心碎了。從這一刻起，瑞納夫人的舉止和她的容貌一樣，高貴、堅定、完美無缺。

不久，瑞納先生回來了，他很生氣。最終，他向妻子說起兩個月前收到的那封匿名信。

「我要把信帶到娛樂場去，讓大家看看，這是瓦勒諾搞的鬼。是我把他從乞丐變成維利葉最富有的市民之一。我要讓他當眾出醜，然後跟他決鬥。這太欺負人了。」

「我會成為寡婦，天哪！」瑞納夫人想。但幾乎同時，她又對自己說：「我一定能阻止這場決鬥的，如果我不阻止，我將成為謀害我丈夫的凶手。」

她從未如此巧妙地去滿足他的虛榮心。不到兩個鐘頭，她就讓他意識到——而且還是藉由他自己找出的理由——他應該對瓦勒諾表示出更多的友情，甚至把埃麗莎請回家。瑞納夫人決定再見這位給她帶來不幸的女孩，是需要勇氣的。不過，這是朱利安出的主意。

經過三、四次引導，瑞納先生終於得出結論，心裡有一種破財的痛苦，在維利葉全城紛紛議論的時候，讓朱利安去當瓦勒諾家的家庭教師，最令他難堪。很明顯，接受乞丐收容所所長的聘請，對朱利安有利。相反，為了瑞納先生的名譽，朱利安最好離開維利葉，去貝桑松或第戎的神學院。但如何才能讓他下決心？他在那裡又如何生活呢？

瑞納先生看到馬上要做出金錢的犧牲，比他的妻子還要絕望。至於她，經過這次談話，似乎處於一個勇者的位置，厭倦了生活，服下一劑曼陀羅，今後一切順其自然，萬念俱灰。正是這種狀況下，路易十四臨終的時候才會說：「我曾經是國王……」這話多妙啊！

第二天一早，瑞納先生又接到一封匿名信。信的文筆很有侮辱性。與他的處境相應的最粗俗的字眼到處都是。這應該是某個嫉妒他的下屬寫的。這封信又讓他想起找瓦勒諾先生決鬥的念頭。他的勇氣頓時倍增，想馬上就付諸行動。他獨自出去，到槍械店買了兩把手槍，讓人裝上子彈。

「事實上，」他對自己說，「即使拿破崙皇帝復活，實行嚴格的管理制度，我也從沒詐騙過一個錢，無可指責。我最多是一時失察，但我抽屜裡有大批信件可以證明，這是有理由的。」

瑞納夫人看到丈夫憋著一肚子火，嚇壞了。她又想起了她好不容易才擺脫的當寡婦的不祥念頭。她和丈夫關在房間裡，談了好幾個鐘頭，但沒有用，新的匿名信使他打定了主意。最後，她終於成功了。說服他把給瓦勒諾一記耳光的勇氣，轉化成給朱利安在神學院一年六百法郎學費的勇氣。瑞納先生反覆詛咒著那一天，那天他竟然想出請個教師到家裡，於是他就將匿名信的事拋到腦後了。

他心生一計，稍稍感到寬慰，但還沒向妻子說起，他想利用年輕人喜歡幻想的心理，送上一筆小錢，希望朱利安拒絕瓦勒諾先生的提議。

瑞納夫人得向朱利安證明，為了她丈夫的面子，放棄收容所所長公開提出的八百法郎的工作，他可以毫無愧疚地接受一點補償。

「但是，」朱利安再三說，「我從未打算接受這提議，哪怕是一念之間呢。你讓我習慣於高雅的生活，那些人的粗俗我難以忍受。」

貧窮的現實問題，用它的鐵爪迫使朱利安屈尊就範。他的驕傲使他產生一種幻想，把維利葉市長的這筆錢當作借款接受下來，並且寫下借據，五年之內，連本帶息一併還清。

瑞納夫人有幾千法郎，一直藏在小山洞裡。她小心翼翼地提出把這些錢送給他，但心中估計會遭到他憤怒的拒絕。

「你想讓我們愛的回憶，變得醜陋可憎嗎？」朱利安對她說。

朱利安終於離開了維利葉。瑞納先生很高興。在接受錢的關鍵時刻，朱利安覺得這犧牲無法承受。他斷然拒絕了。瑞納先生流下眼淚，撲過去抱住他。朱利安要他開一張行為良好的證明，他很激動，一時竟然找不到足夠好的詞句來讚揚朱利安。我們的英雄，有五個路易的積蓄，打算再向富凱要同樣一筆錢。

他心情很激動。在維利葉他留下那麼多愛，但是他剛走出一里路遠，心裡就只想著另外的幸福，去一睹省府的風采，看看貝桑松這座軍事重鎮。

在短短三天的離別期間，瑞納夫人為愛情最殘酷的假象所欺騙。她的日子還過得去，在她和極端的不幸之間，還有與朱利安最後一次見面的希望。她每時每分地計算著時間。終於，在第三天夜裡，她聽見遠處有約定的信號。朱利安克服了千難萬險，終於出現在她面前。

從這一刻起，她腦子裡只有一個念頭：「這是我最後一次見他。」她沒有對情人的殷勤做出回應，反而像還剩一口氣的殭屍。她強迫自己對他說她愛他，但笨拙的神情似乎證明恰恰相反。什麼也不能使她擺脫永久分離的殘酷念頭。生性多疑的朱利安一瞬間以為他已被遺忘。他因此說出一些帶刺的話，回答他的，只是靜靜流淌的大滴淚珠和近乎痙攣的握手。

「但是，天哪！要我怎麼相信你呢？」對他情人冷淡的分辯，朱利安回答道，「你對德爾維爾夫人、對一個普通的朋友都表現出百倍的友情。」

瑞納夫人愣了，不知如何回答。

「不會有比我更不幸的人了……我希望趕快死去……我覺得我的心都涼了……」

這是他聽到的最長的回答。

天快亮了，他不得不走，瑞納夫人的眼淚止住了。她看見他把一根繩子繫在窗戶上，一言不發，也沒有吻他。朱利安這麼對她說，但沒有用：

「我們終於到達了你所渴望的狀態。從今以後，你可以毫無悔恨地生活。孩子有點不舒服，你也不會想到只能在墳墓裡見到他們。」

「你不能抱一下斯坦尼斯拉斯，我很遺憾。」她冷冷地說。

這具活屍毫無熱情的擁抱，讓朱利安深感震撼。他走了幾里路，都無法忘懷。他的心已碎，在翻越大山之前，只要能望見維利葉教堂的鐘樓，他總是頻頻回首。

第二十四章 省城

多麼喧鬧，多麼忙碌！
一個二十歲的青年對未來有多少憧憬！這對愛情是何等的干擾！
——巴爾納夫

終於，他看見遠山上的黑色圍牆，那就是貝桑松的城堡。他歎口氣說：「如果我到這座軍事要塞，在衛戍軍團裡當一名少尉，那就太不一樣了！」

貝桑松不僅是法國最美的城市之一，還有不少有聰明才智的人。但朱利安只是個農村青年，根本無法接近這些上流人物。

他從富凱那裡換了一套城裡人的衣服，穿著這身衣服走過吊橋。他腦子裡全是一六七四年圍城戰役[1]的歷史，他想在被關進神學院之前，去看看那些城牆和堡壘。他有兩三次險些被哨兵抓住，因為他闖入工兵部隊劃定的禁區，那裡的乾草每年能賣十二到十五法郎。

到處都是高牆、壍壕和可怕的大炮，他癡迷地逛了幾個小時。後來他走到林蔭大道上，在一家咖啡館前看呆了，讚歎不已。他清楚地看到兩扇大門上方，寫著「咖啡館」幾個大字，但還是不敢相信自己的眼睛。他克服了膽怯，壯著膽子走進去。到了一個大廳，有三、四十步長，天花板至少有二十尺高。這天，他所見到的一切，都令人神往。

在那邊，正舉行兩場撞球賽。侍者大聲報著分數，打球的人圍著球臺轉來轉去，四周擠滿了觀眾。他們嘴裡噴雲吐霧，把在場的人裹在藍色的霧裡。這些人身材高大，肩膀厚實，步履沉重，鬍鬚濃密，禮服修長，吸引了朱利安的注意。這些古代貝桑松人的高貴後裔，一張嘴就喊起來，顯示出武士的威風。朱利安看傻了，他滿腦子都是像貝桑松這個大省城的宏偉和壯麗，看到那些心高氣傲、大聲報著撞球分數的侍者，他根本沒膽量向他們要杯咖啡。

但是，櫃檯後面的小姐已注意到這位年輕鄉村紳士可愛的面容，他站在距離火爐三步遠的地方，腋下夾著一個小包，仔細端詳著用白石膏做的國王胸像。這位小姐是法蘭琪－康堤地區的人，她個子高䠷，身材勻稱，其穿戴足以使整間咖啡館增色。她用只有朱利安能聽得見的聲音喊了兩聲：「先生!先生!」朱利安轉過頭來，遇到一雙溫柔的藍眼睛，原來是在叫他。

他趕緊走向櫃檯，朝漂亮小姐走去，彷彿向敵人迎戰一樣。他的動作太急，包裹掉在地上。

這位外省人會引發巴黎中學生何等的憐憫啊，他們十五歲就會神氣地出入咖啡館了。但是，這些孩子十五歲就已成熟，到了十八歲就變得平庸。外省人雖然熱情卻膽怯，但這種個性有時是可以克服的，一旦克服，就會敢作敢為。朱利安向那位願意跟他說話的漂亮女孩走去。「我要跟她說實話。」他心想。朱利安戰勝了膽怯，變得勇敢起來。

「小姐，我這輩子第一次到貝桑松來。我想要一塊麵包和一杯咖啡，我付錢。」

小姐一笑，臉紅了。她害怕那些打撞球的人會嘲笑這個英俊的年輕人。如果嚇到他，他就不會來了。

---

1 一六七四年，法蘭西王國與哈布斯堡軍隊在貝桑松展開了激戰，並最終獲勝。

「坐在這裡，靠近我。」她指著一張大理石桌，這張桌子幾乎完全被伸向大廳的巨大桃花心木櫃檯遮住。

小姐向櫃檯外探出身子，顯露出美妙的身材。朱利安捕捉到這一瞬間，想法立刻改變了。漂亮小姐在他面前放下杯子、糖和一塊麵包。她遲疑了一下，是否要叫侍者端來咖啡，她知道侍者來了，就無法跟朱利安單獨交談了。

朱利安浮想聯翩，他把這位活潑的金髮美女和常常使他激動的某些往事相比較。一想到他曾經被人深深地迷戀過，他的膽怯頓時消散。漂亮小姐馬上從朱利安的目光中看出了他的心思。

「這裡的煙味嗆得你直咳嗽，明天早上八點以前來吃早餐吧，那時幾乎只有我一人。」

「你叫什麼？」朱利安問道，臉上露出羞怯的微笑。

「艾曼達．比娜。」

「一小時後，能允許我給你寄來一個這樣的包裹嗎？」

漂亮的艾曼達想了一下。

「這裡人多眼雜，你這樣可能會連累我；不過，我把我的地址寫下來，你貼在包裹上。放心寄給我吧。」

「我叫朱利安．索萊爾，」年輕人說，「我在貝桑松沒有親戚，也沒有朋友。」

「啊！我明白了，」她開心地說，「你是來法學院念書的？」

「噢！不是，」朱利安答道，「他們送我讀神學院。」

艾曼達臉色變了，似乎非常失望。她叫來一個侍者，現在她有勇氣了。侍者給朱利安倒咖啡時，都沒看他一眼。

艾曼達在櫃檯裡收款。朱利安對自己敢說話很得意。這時，一張球臺上發生了爭吵。打球人的爭吵聲和辯論聲在大廳裡迴盪，一片嘈雜，讓朱利安感到驚訝。艾曼達垂下眼睛，不知道在想什麼。

「如果你願意，小姐，」朱利安突然很有自信地說，「我就說我是你的親戚。」

這種專橫的口吻，正合艾曼達的心意。「這不是沒出息的年輕人。」她想。

「我是第戎那邊的讓利斯人；你就說你也是讓利斯的，是我母親家的親戚。」

「我記下了。」

「夏天，每星期四、五點鐘，神學院的學生會從咖啡館門前走過。如果你還想著我，我經過的時候，請你手裡拿一束紫羅蘭。」

艾曼達吃驚地望著他，她的眼神使朱利安的勇敢變成了魯莽。不過，他說話的時候脹紅了臉：

「我覺得我強烈地愛上你了。」

「你說話小聲一點。」她慌張地說。

朱利安想起在維爾吉看過一卷殘缺的盧梭的《新愛洛綺絲》，他想嘗試引用其中的幾段。他的記憶力很好，於是他為艾曼達背了十分鐘，正當他對自己的勇敢感到高興時，美麗的法蘭琪－康堤小姐的臉突然變得很冷淡。原來她的情人出現在咖啡館門口。

那人吹著口哨，晃著肩膀，走近櫃檯，他眼睛盯著朱利安。朱利安的想法總是很極端，此刻，他充滿了決鬥的念頭。他的臉色慘白，他把杯子推開，露出決然的表情，認真地看著他的情敵。他的情敵低下頭，在櫃檯上為自己倒了一杯酒。艾曼達趕緊使了個眼色，叫朱利安低頭，他聽從了。

他一動不動坐著，足足有兩分鐘，臉色蒼白，神情堅決，只想著將要發生的事。此時的朱利安表現很出色。那情敵看到朱利安的眼神，感到很驚訝，他一口喝了一杯，跟艾曼達說了句話，把手插進寬大外套的口袋裡，嘴裡吹著口哨，瞥了朱利安一眼，向球臺大步走去。朱利安站起來，很憤怒，但不知該怎麼做，才算是傲慢。他放下小包，盡可能大搖大擺地向球臺走去。

小心行事的勸告，對他是徒勞的：「剛到貝桑松，就跟別人決鬥，教士的前途就完了。」「那又怎樣，不能讓人說我膽小怕事。」

艾曼達見識了他的勇敢。這種勇敢和天真形成鮮明的對比。一瞬間，她覺得他比那個穿禮服的男子更可愛。她站起來，眼睛好像望著街上的路人，迅速走到他和球臺之間。

「不要斜眼看這位先生，他是我姊夫。」

「這跟我有什麼關係，他也瞄過我。」

「你想讓我不高興嗎？確實，他瞄過你，也許他還會跟你說話呢。我剛才跟他說，你是我母親家的親戚，是從讓利斯來的。他是法蘭琪－康堤人，從沒去過勃根地，他從沒去過比多爾更遠的地方。所以，隨便你怎麼說，不必擔心。」

朱利安還很猶豫，這個櫃臺小姐的想像力，使她滿嘴謊話，她又說：

「他是看過你，當時他向我打聽你是誰。他對誰都很粗魯，沒有存心侮辱你。」

朱利安的眼睛盯著那個假冒的姊夫，他買了一個籌碼，走到較遠的那張球臺。只聽他用粗嗓門惡狠狠地喊道：「讓我開球。」朱利安繞到艾曼達身後，朝球臺走去。艾曼達一把抓住他的手臂。

「先把錢付了。」她對他說。

「也對，」朱利安想，「怕我不付錢就走。」艾曼達跟他一樣激動，滿臉通紅；她慢慢地給他找錢，反覆叮囑說：

「快離開咖啡館，否則我就不愛你了。其實我很愛你。」

朱利安真的走了，但是走得很慢。「我也吹著口哨盯著這個傢伙，」他反覆對自己說，「難道我不應該這樣做嗎？」他猶豫不決，在咖啡館前的大街上徘徊了一個小時。他看那人是否出來。那人沒有露面，朱利安就走了。

他到貝桑松才幾個小時，就有了要後悔的事。以前老軍醫不顧自己的風溼病，教給他一些劍術，這是朱利安用來洩憤的全部本領。如果他知道打耳光之外還有別的辦法，劍術好壞就不重要了。萬一動起手來，他的情敵是個莽漢，肯定會把他打翻在地。

「像我這樣的可憐蟲，」朱利安心想，「沒有保護人，又沒有錢，進神學院和進監獄差不多。我要把我的便裝存在旅館，然後穿上黑袍子。萬一我能從神學院出來幾個小時，就可以換上便裝去見艾曼達小姐。」這個想法很妙，但是他經過所有的旅館，一家都不敢進。

最後，他又走到大使旅館，他不安的眼神撞上一個胖女人的眼睛。這個女人還很年輕，臉色紅潤，模樣幸福而快活。他走過去，說了他的事。

「當然可以，英俊的小神父，」大使旅館的老闆娘說，「我把你的便裝存起來，並且經常撣撣灰。這種天氣，毛料衣服光放著，不管可不行。」她拿了一把鑰匙，親自領他到一個房間，讓他把東西寫個清單。

「天哪，索萊爾神父，你可真帥啊，」胖女人見朱利安下樓走向廚房，對他說，「我去給你準備點好吃的，」她低聲說，「別人都要付五十個蘇，你只需付二十個蘇。因為你要管好你的小錢袋。」

「我有十個金路易。」朱利安得意地答道。

「啊！天哪！」好心的老闆娘慌張起來，「別大聲說話，貝桑松壞人很多。你的錢轉眼之間就會被人偷去。尤其不能進咖啡館，那裡都是壞人。」

「真的！」朱利安說，這話引起他的思考。

「除了我這裡，哪裡都別去，我給你煮咖啡。記住，你在這裡可以找到一個朋友和一頓二十個蘇的好飯菜。就這麼說定了。去坐下吧，我來伺候你。」

「我吃不下，」朱利安說，「我太激動了，出了你的門，就要進神學院了。」

好心的女人在他的口袋裡塞滿食物，才讓他走。最終，朱利安向可怕的地方走去，老闆娘在門口為他指路。

第二十五章 神學院

午餐八十三生丁，晚餐三十八生丁，
一共三百六十份，還有特別供應的巧克力。
承包出去，能賺多少錢？

——貝桑松的瓦勒諾

他遠遠望見門上鍍金的鐵十字架，慢慢走過去，兩條腿發軟了。「這便是進去出不來的人間地獄[1]！」最後，他拉了門鈴。鈴聲好像在一片荒地迴盪著。十分鐘後，一個臉色蒼白、身披黑袍的人來開門。朱利安看見他，隨即垂目低眉。這個看門人的長相很怪。綠眼珠凸出來，像貓眼一樣渾圓。眼皮紋絲不動，表明不會有任何同情心。半圓形的薄嘴唇，裹在前突的牙上。但是，這張臉呈現的不是罪惡，而是一種絕對的冷酷，它比罪惡更讓年輕人害怕。朱利安瞥了一眼，感覺這張虔誠的長臉上流露出一點：凡是與天國無關的事，都極度鄙視。

1 斯湯達爾描述神父時，常常不得不透過他的前任家庭教師雷蘭內神父來審視，他可能是世界上最討厭的人。這些童年的印象在某種程度上解釋了斯湯達爾病態的反教權主義。

朱利安鼓起勇氣，抬起眼睛，聲音顫抖地說，他想拜見神學院院長彼拉先生。黑衣人一聲不吭，用手示意跟他走。他們爬了兩層樓，樓梯很寬，裝有欄杆，樓梯彎曲變形，朝著牆壁之外的方向傾斜，好像隨時會塌陷。一扇小門，門上有一個墓地用的黑色木十字架。這扇門很難打開，看門人帶他走進一個又暗又矮的房間，白灰牆上掛著兩幅大畫，因年代久遠而發黑。朱利安獨自留下，他很害怕，心怦怦亂跳，他要是哭出來，會舒服一些。整座房子死一般沉寂。

過了一刻鐘，朱利安感覺像過了整整一天。長相可怕的看門人，又出現在房間另一頭門口，還是不肯說話，只是示意他往前走。朱利安走進一個房間，比剛才的還大，但光線很暗。牆也刷成白色，只是沒有任何家具。朱利安經過時發現，靠近門的角落有一張白木床，兩把草墊椅，還有一把沒有坐墊的扶手椅。房間另一端，一扇黃色玻璃窗下，窗臺上幾個髒兮兮的花瓶旁邊，他看到一個人穿著破舊的袍子，坐在桌前。他好像很生氣，面前有一大堆方塊紙，他一張張拿起來，寫上幾個字，再放在桌子上。他沒有察覺到朱利安來了，朱利安站在房間中央，看門人把他留下，自己走了，關上門。

十分鐘過去了，衣衫襤褸的人還在寫。朱利安緊張而恐懼，立足不穩，幾乎要倒下了。有個哲學家說過，也許他說錯了：「這是一個愛美的靈魂對醜陋的強烈印象。」

寫字的人終於抬起頭來，過了一會兒，朱利安才注意到。他看見之後，仍然待在那裡，彷彿被那可怕的目光嚇死了。朱利安的視線模糊，隱約看見一張長臉，上面布滿了紅斑，只是前額看起來死一般蒼白。紅色臉頰和白色額頭之間，閃著一對烏黑的小眼睛，令最勇敢的人膽怯。這額頭寬闊的輪廓，被一片濃密烏黑的頭髮勾勒出來。

「請走過來一點，好嗎？」那人終於說話了，很不耐煩。

朱利安蹣跚地往前走了一步，似乎要摔倒，臉色從未如此蒼白，終於在距堆滿方紙片的小桌三步遠的地方站住。

「再近一點。」那人說。

朱利安又往前，伸著手，好像要找什麼扶一下。

「你的名字？」

「朱利安·索萊爾。」

「你來得太晚了。」那人說，又用可怕的目光打量他。

朱利安無法抵擋這目光，伸手要扶，不由自主地跌倒在地板上。

那人搖了鈴。朱利安一時眼睛看不到，動彈不得，只聽得見有腳步聲走近。

有人把他扶起來，讓他坐在白木扶手椅上。他聽見那個可怕的人對看門人說：

「看起來是癲癇病，這下都齊了。」

朱利安睜開眼時，那紅臉人繼續寫字，看門人不見了。「我要拿出勇氣來，」我們的英雄心裡說，「特別是隱藏我的感受，」他感到一陣劇烈的心痛，「如果我出了意外，誰知道人家會怎麼看我。」最後，那人不寫了，斜眼看著朱利安：

「你此刻能回答我的問題嗎？」

「可以，先生。」朱利安回答的聲音微弱。

「啊！很好。」

黑衣人半起半坐，嘎吱一聲拉開松木桌的抽屜，不耐煩地找一封信。找到後，慢慢坐下，又看一下朱利安，似乎要把朱利安僅存的一口氣奪走似的。

「你是謝朗先生推薦來的，他是教區裡最好的神父，世上僅存的有德之人，我相識三十年的朋友。」

「啊！你就是彼拉先生？能跟你說話，深感榮幸。」朱利安氣息微弱地說。

「當然。」神學院院長生氣地看著他。

他的小眼睛突然一亮，嘴角的肌肉禁不住動了一下。彷彿老虎開始品嘗獵物的美味時的樣子。

「謝朗的信很短，」他似乎在自言自語，「智者無須多言，如今，大家都不會寫短信了。」他大聲讀起來：

我向你介紹朱利安·索萊爾。我為他施洗，差不多有二十年了。他是一個有錢木匠的兒子，但父親什麼都不給他。朱利安將是天主的葡萄園裡出色的園丁。記憶力、理解力都不錯，思考能力也行。他的志向能否持久？是真誠的嗎？

「真誠的！」彼拉神父重複道，感到驚訝。他看了看朱利安，不過目光不再不通人情了，「真誠的！」他又低聲重複道，繼續讀信：

我要求你給朱利安一筆獎學金，他會經過必要的考試得到。我教過他神學，即博須埃、阿爾諾、弗勒里等人的古老正統的神學。如果覺得此人不合適，請把他送回我處。你認識的那位乞丐收容所所長，願出八百法郎聘他為家庭教師。——感謝天主，我的內心很平靜。我已習慣於可怕的打擊。再見，感謝關愛。

彼拉神父念到末尾簽名時，語速放慢了，念到「謝朗」兩字時，歎了口氣。

「他很平靜，」他說，「沒錯，他的德行配得上這個酬報。如果我遇到這種情況，但願天主也能賜予我同樣的酬報。」

他仰望天空，在胸前畫了個十字。看到這個神聖的符號，朱利安覺得自他進入這座房子以後，使他魂飛魄散的極端恐懼減少了。

「在這裡，有三百二十一個志願從事聖職的人，」彼拉神父最後用嚴肅而不凶惡的語氣說，「只有七、八個是像謝朗神父這樣的人推薦的。因此，在這三百二十一人當中，你是第九位。不過，我的保護不是偏袒和姑息，而是加倍關心和嚴格要求，防止腐化墮落。去把門關上。」

朱利安艱難地向門口移動，總算沒有跌倒。他注意到門邊有一扇小窗，面向田野。他望著那些樹，彷彿老友重逢一樣，感覺好多了。

「你會說拉丁文嗎？」他轉回來時，彼拉神父問他。

「會說，尊敬的神父。」朱利安回答，漸漸清醒了。過去半小時當中，他覺得彼拉神父並不比世界上任何一個人更值得尊敬。

談話用拉丁文繼續進行。神父的眼睛裡，表情變得溫柔了，朱利安也平靜下來。「我真懦弱，」他心想，「竟被這虛偽的美德唬住了！這人不過是馬斯隆一類的騙子。」朱利安慶幸自己，把幾乎所有的錢都藏在靴子裡。

彼拉神父考了考朱利安的神學，對他的學識廣博感到驚訝。特別考到《聖經》時，更感到驚訝了。但是，他問到宗教學說時，發現朱利安一無所知，甚至連聖傑羅姆、聖奧古斯丁、聖波拉文都、聖巴西勒等人的名字都不知道。

「事實上，」彼拉神父心想，「謝朗神父極端的新教傾向，我是一向反對的。他對《聖經》研究得太深，過於深入。」

關於《創世紀》和《摩西五經》的真正寫作時間，朱利安剛才未經提問就談到這一主題。

「對《聖經》沒完沒了的論證，」彼拉神父想，「除了引向個人的自由詮釋，也就是最讓人頭痛的新教教義，還會有什麼呢？而且除了這種粗陋的學識之外，對於能夠糾正這種偏向的宗師卻一無所知。」

當問到教皇權威時，神學院院長的驚訝無法形容，他原以為朱利安會引述一些古代高盧教會的訓誡，沒想到這個年輕人卻把邁斯特爾[2]的整本書背出來了。

「謝朗真是怪人，」彼拉神父想，「讓他看這本書，是為了教他去嘲諷這本書嗎？」

彼拉神父繼續問朱利安，他想看朱利安是否真的相信邁斯特爾的學說，但毫無結果，因為年輕人只是憑藉記憶來回答。這時，朱利安的狀態很好，他覺得能夠自如應對了。經過漫長的考試，他覺得彼拉神父的嚴厲不過是裝腔作勢。其實，神學院院長如果不是十五年來給自己定下一套對待學生的原則，他早就以邏輯的名義[3]去擁抱朱利安了，因為朱利安的回答那麼清晰，又那麼準確。

「這是一個勇敢而健全的心靈，」他對自己說，「只是身體太弱。」

「你常這樣摔倒嗎？」他用法語問朱利安，指了指地板。

「這是第一次，看門人的模樣把我嚇壞了。」朱利安回答，臉紅得像個孩子。

彼拉神父幾乎要笑出聲來。

「這就是浮華世界所產生的影響。看來，你習慣看到笑臉，而這是虛偽的舞臺。真理是嚴肅的，先生。我們在世間的任務不也是嚴峻的嗎？你的良心得提防這個弱點，對外表的虛妄之美不要過於敏感。」

「如果推薦你來的，不是謝朗神父這樣的人，」彼拉神父面露愉快之色，又說起拉丁文，「我就用世間浮華的語言跟你說話，你已經習慣了。我可以告訴你，你所要求的全額獎學金是世界上最難得到的東西。不過，謝朗神父像使徒一樣工作，如果連他在神學院都弄不到一份獎學金，那他五十六年的辛苦就都白費了。」

彼拉神父說完這些之後，囑咐朱利安，未經他同意，不得參加任何團體或祕密組織。

「我可以用名譽保證。」朱利安說，像老實人一樣心情暢快。

神學院院長第一次露出微笑。

「這句話在這裡不合適，」他說，「它讓人想起世間的浮華虛榮，正是它誘導世人犯下各種錯誤，常常陷入罪惡。根據教皇庇護五世的諭旨第十七條，你有義務對我絕對服從。我在教會裡是你

---

2 此處暗指中世紀以來法國一直存在的關於教皇地位的爭論，雖然一五一六年的協約暫時平息了這些爭論，但很快又開始了。一六八二年，路易十四和博須埃要求法國教會在某種程度上獨立於教廷。一八一〇年和一八二一年，邁斯特爾出版了兩本關於教皇和加利西亞教會的書。一八二五年斯湯達爾寫道，邁斯特爾是耶穌會最喜歡的作家。因此，楊森派教徒謝朗神父的學生、年輕的索萊爾對他的作品的瞭解，讓彼拉神父感到吃驚。

3 梅里美對斯湯達爾頗為熟悉，他說，貝爾（斯湯達爾）的一生都被他的想像所支配，除了突發奇想和熱情之外，無所作為。但是，他害怕只按照理性行事：『凡事必須以邏輯為指導，』他說……但他非常痛苦，因為別人的邏輯不是他的。」（《歷史和文學肖像》）

的尊長。在這座神學院裡，我親愛的孩子，傾聽就是服從。你身上有多少錢？」

「是這樣！」朱利安心想，「原來叫『親愛的孩子』是因為這個。」

「三十五法郎，我的神父。」

「詳細記下錢是怎麼花的，你要向我報告。」

這一艱難的會談，持續了三個小時。最後，朱利安奉命把看門人叫來。

「帶朱利安·索萊爾去一〇三房。」彼拉神父對他說。

出於特別照顧，朱利安住一個單人房。

「把他的箱子搬過去。」神父又說。

朱利安垂眼一看，他的箱子就在面前。三個小時以來，他一直看著它，竟然沒有認出來。到了一〇三房，這是房子最上層的一個八尺平方的小屋。朱利安注意到，房間面向城牆，可以望見美麗的平原，杜河在它和城堡之間流過。

「景色真美啊！」朱利安叫出聲來。他這樣說，但是自己感覺不到這句話的含義。在到貝桑松的短暫時間裡，他的感觸之強烈，已經使他筋疲力盡了。他在靠近窗戶的小屋裡唯一一把木椅上坐下，立刻昏睡過去。晚餐的鐘聲、晚禱的鐘聲，都沒有聽見。大家把他忘了。

第二天早上，當第一縷陽光喚醒他時，他發現自己躺在地板上。

第二十六章
世界或富人的缺失

我孤獨地活著，無人牽掛。
那些發財的，要麼卑鄙，要麼心狠。因為我善良，他們嫉恨我。
啊！我要死了，不是死於飢餓，
便是看不得這些冷血的人，痛苦而死。

——楊格[1]

他趕緊洗刷衣服，下樓去，他遲到了。一位學監嚴厲地訓斥他。朱利安並未試圖為自己辯解，反而把雙臂叉在胸前。

「我的神父，我有罪，我認錯。」他用懺悔的語氣說。

這個開場，大獲成功。神學院的學生當中，那些聰明人一眼就看出，他們要對付的不是一個新手。休息的時候，朱利安發現自己成為眾人矚目的對象。但他們從他身上發現的，只是謹言慎行。根據他自己定下的原則，他把三百二十一個同學都視為敵人。在他眼裡，最危險的人就是彼拉神父。

1 楊格（Edward Young，一六八三－一七六五），英國詩人。

幾天以後，朱利安要選擇一位懺悔神父，別人給他一份名單。「嘿！天哪！他們把我當成什麼人了？」他對自己說，「他們以為我不明白，這意味著什麼嗎？」於是他選擇了彼拉神父。

他沒有想到，這一步非常關鍵。有一個年輕的修士，是維利葉人，從第一天起，就說自己是他的朋友，告訴他如果選神學院副院長卡斯塔奈德先生，也許更加穩妥。

「卡斯塔奈德神父是彼拉先生的敵人，」小修士俯在他耳邊說，「有人懷疑彼拉先生是楊森教派的。」

我們的英雄自以為很謹慎，可是他入院初期做的幾件事，比如選擇懺悔神父，都過於草率。一個善於想像的人往往自負，經常誤入歧途，把意願當成事實，以為自己是老到的偽君子。他甚至瘋狂到責備自己使用以弱勝強的手段，獲得了成功。

「唉！這是我唯一的武器！換了另一個時代，」他對自己說，「我會面對敵人，用有力的行動解決我的生存問題。」

朱利安對自己的行為感到滿意，他環顧左右，發現到處都有最純潔的道德假象。

有八、九個修士活在聖潔的氣氛中，他們像聖女小德蘭或在亞平寧山脈的維爾納山上[2]接受五傷時的聖方濟各一樣，都見過幻象。不過這是最大的祕密，他們的朋友守口如瓶。這些見過幻象的年輕人，幾乎都住在病房裡。其他一百多人把堅定的信仰和孜孜不倦的勤奮結合起來。他們勤奮到病倒的程度，然而收穫不多。有兩三位才華出眾的，其中有一個叫夏澤爾，不過，朱利安覺得他們不易接近，於是互相疏遠[3]。

三百二十一個修士中，剩下的都是些粗俗的人，他們整天背拉丁文，但未必懂得其中的含義。

他們幾乎都是農家子弟，與其辛辛苦苦掘土，不如來這裡背幾個拉丁文，賺些麵包吃。根據這一觀察，朱利安入院頭幾天就相信能迅速成功。「各行各業都需要聰明人，因為事情總要有人做，」他心想，「在拿破崙手下，我能當個軍官；在這些未來的神父中，我就要當主教。」

「這些可憐蟲，」他又想，「從小就做粗工，他們來這裡之前，吃的是黑麵包和凝乳，住在茅草屋裡，一年只能吃上五、六次肉。像把打仗當作休息的古羅馬士兵一樣，這些粗俗的農民一到神學院就高興極了。」

朱利安從他們灰暗的眼睛裡，只看到飯前迫不及待的生理需要，和飯後得到滿足的心理需要。他應該在這樣一些人中脫穎而出。但朱利安不知道，他們也不會告訴他，在神學院學的教理、教會史等課程，如果考試得第一，在他們看來不過是一種風光的罪惡。自從伏爾泰以來、自從實行兩院制以來（這種政體不過是在強調懷疑和個人考量，讓民眾心中養成互相懷疑的壞習慣），法國教會似乎明白，書籍才是它的真正敵人。在它眼中，心靈的服從就是一切。在研究、甚至神學的研究中做出成績，它都認為是可疑的，而且並非沒有道理。誰能阻止西埃耶斯或者格雷古瓦[4]這樣傑出的人走向另一方！心驚膽戰的教會，只好依附教皇，彷彿那是自己獲救的唯一機會。只有教皇才能麻痹

---

2 一二二四年，聖方濟各（一一八二—一二二六）在維爾納山上祈禱時，領受了五傷聖痕。

3 我們怎麼會不想到斯湯達爾對他在中央學校的生活的憂鬱回憶呢：「我跟同學一起幾乎沒有收穫。今天我發現那時我有一種非常荒謬的高尚和自我消遣的需要。我用我的西班牙貴族的思想對付他們最粗暴的自私。他們嘲笑我的時候，我很難過，他們把我扔到一邊……我擁有靈魂的高貴，一種在他們看來純粹是瘋狂的優雅。」（斯湯達爾，《亨利·布拉德的一生》第二十四章）

這種自我反省，用教廷裡那些虔誠盛大的儀式，去影響人世間憂鬱病態的精神。

朱利安對各種情況，已經看透了一半，而神學院裡說出來的話都力圖掩蓋真相，所以他陷入深切的憂鬱之中。他很勤奮，很快學到不少東西，這些對教士很有用，但在他看來很虛假，他不感興趣。他認為也無事可做了。

「難道我被全世界的人遺忘了？」他禁不住這樣想。但他不知道，彼拉神父收到過幾封蓋有第戎郵戳的信，看後都燒掉了。這些信的言語十分得體，卻流露出最強烈的熱情。巨大的悔恨似乎在與愛情抗爭。「這樣也好，」彼拉神父心想，「至少這個年輕人愛的不是一個不信教的女人。」

某日，彼拉神父拆開一封信，有一半已被淚水浸泡過，模糊不清，這是一封訣別信。信中對朱利安說，「上天終於讓我有恨，不是恨讓我犯錯的人，他永遠是我在世上最愛的人，而是恨我的罪過。犧牲已經付出，我的朋友。不過，眼淚也沒少流，你已經看到了。我應該為之犧牲、你也愛過的人，他們得救了。一個公正而令人敬畏的天主，不會因為他們的母親犯罪而對他們報復。永別了，朱利安，公正地對待他人吧。」

信的末尾，幾乎看不清楚。信中留了一個第戎的地址，但希望朱利安永遠不要回覆，至少不要說出讓一個徹底悔悟的女人臉紅的話。

朱利安的鬱悶，加上承包每餐八十三生丁午餐的人，提供的飯菜太差，已經影響他的健康。一天，富凱突然來到他的房間。

「我總算進來了。我來過貝桑松五次，想看看你。總是見不到，這不怪你。我派人守在神學院門口，真見鬼，你怎麼總不出來？」

「這是我給自己的一個考驗。」

「我發現你變化很大。不過，總算又見到你了。兩個五法郎的漂亮硬幣才讓我明白，我真是個傻瓜，沒有在第一次來時就拿出來。」

兩個朋友總是聊不完。朱利安的臉色突然變了，因為富凱說：

「順便問一句，你知道嗎？你學生的母親，成了虔誠的教徒。」

他說這話時很隨意，卻對充滿激情的心靈留下奇特的印象，因為無意中觸動了別人的痛處。

「是的，朋友，虔誠到狂熱的程度。據說，她去朝聖了。那個長期監視謝朗先生的馬斯隆神父丟臉了，瑞納夫人不願意向他懺悔。她要到第戎或貝桑松做懺悔。」

「她來貝桑松了？」朱利安說著，額頭都紅了。

「經常過來。」富凱疑惑地答道。

「你身上有《立憲報》嗎？」

「你說什麼？」富凱反問。

「我問你身上有沒有《立憲報》？」朱利安十分平靜地問，「這裡每份要賣三十個蘇。」

「怎麼！連神學院也有自由黨！」富凱叫道。「可憐的法蘭西！」他用馬斯隆神父虛假溫柔的語氣，又說。

朱利安到神學院的第二天，那位來自維利葉、像個孩子一樣的小修士跟他說了句話，沒有讓他察覺到什麼。這次富凱的來訪，給我們的英雄留下了深刻印象。進入神學院以來，朱利安的行為可

---

4 西埃耶斯，參見第十二章注。格雷古瓦（一七五〇－一八三一），一七八九年代表南錫教區的神職人員參加國會。他第一個向教士組織法宣誓。一七九二年，他要求建立共和國，並要求對路易十六做出判決。

以說是一錯再錯。他痛苦地嘲笑自己。

事實上，他生命中的重大行動都是經過深思熟慮的，但他不注意細節，而神學院裡那些聰明人卻只在乎細節。因此，他在同學中被認為是一個自由思想者。他在很多細節上暴露了自己。

在他們看來，他已經犯了大罪：他獨立地思考和判斷，不盲目地遵循權威和慣例。彼拉神父幫不了他任何事。在告解亭之外，神父沒跟他單獨說過話，即便在告解亭裡，也是聽得多，說得少。如果他當初選擇卡斯塔奈德神父，就會大不相同。

朱利安發現自己愚蠢後，就不再煩惱了。他想知道損害有多大。為此，他稍微解除了排斥同學的那種傲慢而偏執的沉默。這時，他們開始報復了。他的熱情遭到近乎嘲弄的蔑視。他這才明白，自他進入神學院以來，沒有一個小時，特別是休息時，不產生對他有利或不利的影響，不是為他樹敵，就是贏得幾個有德行或稍微文雅的修士的好感。需要彌補的地方很多，任務很艱巨。從此之後，朱利安時時處於警惕的狀態，他要為自己塑造一種全新的性格。

舉例說，眼神給他帶來不少麻煩。在這種地方，大家都垂目低眉，這不是沒有道理的。「我在維利葉時，多麼自負啊！」朱利安心想，「我以為那是在生活；其實那是為生活做準備，如今我進入了這個世界，周圍布滿了真正的敵人，直到我的角色演完為止。這太難了。」他又想，「每分鐘都要虛偽地活著，讓大力士海克力斯都相形見絀。現代的海克力斯就是西斯圖斯五世[5]，他假裝謙虛，矇騙了四十個紅衣主教，整整十五年啊，他們曾經見過他年輕時的暴躁和傲慢的性情。」

「這麼說來，學問在這裡一無是處，」他幽怨地想道，「在教理和教會史等課程中獲得進步只是虛的。他們所教的內容，只是讓像我這樣的傻瓜落入陷阱。唉，我唯一的長處，是進步快，能夠掌握那些無聊的東西。他們在內心深處，是否知道這些空話毫無價值？也許和我有一樣的看法？我真蠢，還以此為驕傲。我總是得第一！這只能為我增加更多的敵人。夏澤爾比我聰明，他總是在作文中說幾句蠢話，讓自己降到第五十名；如果他得了第一，完全是出於疏忽。彼拉先生的一句話，就一句，會對我多麼有用啊！」

朱利安看透了問題的實質以後，那些長時間的修行苦練，比如每週五次祈禱、在聖心教堂唱讚美詩，等等，過去認為是乏味無聊的事，如今都變成最有趣的行動了。朱利安嚴格地要求自己，特別是盡量不高估他的能力，他不想學那些模範修士，時時刻刻做出有意義的行動，以證明自己是完美的基督徒。在神學院，吃白煮蛋的方法，可以體現一個人在靈修生活中的進步[6]。

讀者可能會笑，那就不妨回想一下，路易十六宮廷的一位貴婦人，邀請德利爾神父到家裡吃午餐時鬧出的笑話和錯誤。

朱利安首先想做到「無罪」[7]。這是年輕修士的一種狀態，其舉手投足和眼神等等，已經沒有任何世俗氣，但還不是一個完全嚮往來世、看破今世絕對虛無的人。

---

5 教皇西斯圖斯五世（Sixtus V，一五二〇—一五九〇），義大利籍教士，出身於最底層的家庭。以嚴厲執法及對異教的不寬容和重建羅馬而著稱。

6 讀到這幾頁，回想起梅里美所寫的關於他朋友的話：他非常不虔誠，是一個褻瀆的唯物主義者，或者更確切地說，他是天主個人的敵人……他否認天主，儘管如此，他還是像對待主人一樣對待天主。他從不相信一個虔誠的人是真誠的。我認為，他在義大利待了那麼久，很大程度上促成了他在所有著作中表現出的不信神、咄咄逼人的態度……（《歷史和文學肖像》）

7 此處為拉丁文：non culpa。

朱利安在走廊的牆上，不斷發現一些用炭書寫的詞句，比如：「六十年的苦修，與天堂永恆的快樂或地獄裡滾沸的油鍋相比，又算什麼？」他不再蔑視這些，而明白了應該不時地將其放在眼前。「我這輩子要做什麼？」他心想，「我要把天堂裡的位子出售給信徒。如何能讓他們看見呢？透過我與世俗中人的不同外表。」

經過幾個月不斷的努力，朱利安仍然是一副思考的神情。他眼神和嘴唇的變化，仍表現不出那種隨時準備相信一切、支持一切，甚至以身殉道者的信念。朱利安看到在這方面，那些最粗俗的農民超過了他，他為此感到憤懣。他們沒有思考的神情，當然是有理由的。

那種準備相信一切、容忍一切的狂熱而盲目的信仰的面孔，我們在義大利的修道院裡經常可以看到，奎爾奇諾[8]在他的教堂壁畫中，為我們世俗人留下完美的典範，為此，什麼樣的努力，朱利安沒有嘗試過呢？

在重要的節日裡，修士可以吃到紅腸燉酸白菜。朱利安的鄰桌，注意到他對這種幸福無動於衷，這是他的主要罪行之一。他的同學把這視為最愚蠢、虛偽、醜惡的表現，沒有比這給他招來更多的敵人了。「看這個資產階級，這個傲慢的傢伙。」他們說，「他假裝鄙視最好的飯菜，紅腸燉酸白菜！呸，這個無賴！驕傲的傢伙！該下地獄的人！」

「唉！這些年輕的鄉下人，我的同學，對他們來說，無知是最大的優點，」朱利安在沮喪的時候叫道，「他們進入神學院，不像我有世俗的想法需要老師糾正，而我無論怎麼做，他們總能從我的臉上看出這些想法。」

朱利安以近乎嫉妒的心理，去探究那些進神學院的最粗俗的鄉下人。當他們脫去粗布短上衣，換上黑袍子時，他們的教育僅僅局限於崇拜金錢，像法蘭琪－康堤人所說的那樣，「硬邦邦的現金。」

這是對現金這個崇高觀念的神聖而英勇的表達方式。

這些修士和伏爾泰小說中的主人公一樣，對他們來說，幸福主要是吃好的。朱利安發現他們幾乎都對穿細呢布料衣服的人，有一種天生的敬畏感。有這種情感的人，對於法庭給我們做出的關於分配的公正判決，才能予以尊重，不管它是否公正。他們之間經常這麼說：「跟一個『肥佬』打官司，能有什麼好處呢？」

「肥佬」是汝拉山區的方言，指有錢的人。政府最有錢，他們究竟有多尊敬，想想就知道了！一提到省長大人的名字，必須報以含有敬意的微笑，否則，在法蘭琪－康堤地區農民的眼裡，是一種冒犯。而冒犯，對於窮人來說，很快就會受到懲罰：沒有麵包吃。

一開始，朱利安因為蔑視鄉下人，自己悶得很難受，後來他有了憐憫之心：大部分同學的父親，在冬日黃昏回到自己的茅草屋，經常找不到麵包，沒有栗子，也沒有馬鈴薯。「這有什麼奇怪呢？」朱利安想，「在他們眼裡，一個幸福的人，首先是吃得好的，其次是有好衣服穿的。我的同學有堅定的信仰，就是說，他們在教士的職業中看到一種永久的幸福保障：不僅吃好的，冬天還有暖和的衣服。」

有一次，朱利安聽到一個富有想像力的年輕同學跟同伴說：

「為什麼我不能像西斯圖斯五世那樣當教皇呢？當初他也養過豬啊。」

---

8 奎爾奇諾（一五九一－一六六六），義大利畫家，留下大量的作品。他的主要宗教作品有〈聖．吉洛姆〉、〈聖伯多祿〉、〈聖女小德蘭〉等等。

「只有義大利人才能當教皇。」那朋友說，「但是在我們當中是靠抽籤來決定，誰當代理主教、議事司鐸，也許還有主教。夏隆的主教皮先生，就是箍桶匠的兒子，跟我父親做的是同一行。」

某日，正在上教理課時，彼拉神父讓人叫朱利安過去。可憐的年輕人很高興，能暫時擺脫令他身心都感到沉重的環境。

在院長先生那裡，又遇到他進入神學院那天的可怕場面。

「給我解釋一下，紙片上寫的是什麼。」院長看著他說，看得他恨不得鑽到地底下。

朱利安念道：

艾曼達．比娜，長頸鹿咖啡館，八點前。說是從讓利斯來的，是我母親家的表親。

朱利安感到事情很嚴重，這是卡斯塔奈德神父的密探從他那裡偷走的。

「我到這裡的那天，」他答道，眼望著彼拉神父的額頭，因為他不敢看他那可怕的眼神，「害怕得厲害。謝朗神父說過，這是一個充滿告密和誹謗的地方。同學之間的窺探和揭發，受到鼓勵。上天甘願如此，以便讓年輕的教士看到生活就是這樣，引發他們對塵世及浮華的厭惡。」

「你竟敢在我面前說這些？小壞蛋！」彼拉神父很憤怒。

「在維利葉，」朱利安冷靜地繼續說，「我的哥哥一旦嫉妒我，就會打我……」

「請說正題，說正題！」彼拉神父叫道，幾乎要氣瘋了。

朱利安並沒被嚇住，繼續講下去。

「我到貝桑松的那天，接近中午，我餓壞了，就走進一家咖啡館。對這種世俗地方，我心裡充滿了厭惡，但是我想在那裡吃飯要比旅館便宜。一位太太，看樣子是商店的老闆，見我風塵僕僕的樣子，動了慈悲之心。她對我說：『先生，我為你擔心，貝桑松到處都是壞人。如果你遇到什麼麻煩，就來找我，八點前叫人到我這裡送個信來。如果神學院的看門人不肯幫忙，你就說你是我的表親，是從讓利斯來的……』」

「你這些說辭是要查證的，」彼拉神父說，他坐不住了，在屋裡來回走動。「回房間去吧！」

彼拉神父跟著朱利安，把他鎖在小屋裡。朱利安立刻檢查自己的箱子，那張要命的紙片是被小心地藏在箱底的。箱子裡什麼都沒少，只是有點亂。不過，他的鑰匙從未離身啊。「太幸運了，」朱利安心想，「在我還糊塗的那段時間，卡斯塔奈德神父多次准許我外出，這份好心，現在我明白了。要是我擋不住誘惑，換了衣服去見美麗的艾曼達，那我就完了。他們沒能用這種辦法從中得到好處，為了不浪費情報，就拿它作告發的材料。」

兩個小時以後，院長又派人叫他去。

「你沒有撒謊，」院長對朱利安說，目光沒那麼嚴厲了，「你保留這樣的地址並不妥當，你想像不出它的嚴重性。倒楣的孩子！也許十年以後，它會給你帶來災禍。」

第二十七章

人生的最初體驗

這個時代，天哪！這是主的約法。誰觸犯它，就要倒楣。

——狄德羅[1]

關於朱利安這段日子的生活，請允許我向讀者講幾件簡單而準確的事實。這不是因為事實匱乏，正好相反，但是他在神學院的見聞，對本書所保持的溫和色調來說，也許過於陰暗。現代人因為生活中某些經歷而感到痛苦，回憶只能產生厭惡，任何興致都沒了，甚至包括讀這個故事的興趣。

朱利安嘗試過一些虛偽做作的舉動，但極少成功。他自己感到厭惡，甚至絕望。他沒有成功，甚至還繼續這種卑劣的行徑。外界的一點點幫助，都會使他重新振作起來，要克服的困難不是很大，但他像被遺棄在大海中的一葉孤舟，孤立無援。「我如果成功了，」他心想，「也得和這夥卑劣的人度過一生！一群只想著餐桌上鹹肉煎蛋的饞鬼，或一群像卡斯塔奈德神父這樣的人。對於他們，任何罪行都不過分！他們將來是要掌權的，但為此會付出怎樣的代價，天哪！

「人的意志是很強大的，到處都看到這種情況，但靠意志就能克服這種厭惡嗎？偉人的工作十分輕而易舉，無論危險多麼可怕，他們總會覺得很美；但是除了我，有誰知道我周圍的一切多麼醜陋呢？」

這是他一生中最難的時刻。對他來說，到駐守在貝桑松的軍團中當兵，非常容易！他可以去做拉丁文教師，他的生活需求很少！不過，這樣就不會有什麼前程了，對他的想像力來說，這等於是死亡。這就是他的苦悶日子中一天的詳細情況。

一天早晨，他對自己說，「我多麼自負啊，常常慶幸自己和那些年輕的鄉下人不同！唉，我有了足夠的生活經驗，明白了不同必會產生仇恨。」這個偉大的真理，是他重重跌了一跤之後才得出的。他做了一個禮拜的工作，為了討好一個活在聖潔氣息中的修士。他們一起在院子裡散步，當他認真地聽那些讓人站著都能睡著的蠢話時，突然，雷雨交加，那位聖潔的修士用力推開他，失聲叫道：

「聽著，這個世界人人都為自己著想，我可不願意遭雷擊。天主可以把你劈死，像對一個異教徒或相信伏爾泰理論的人一樣。」

朱利安氣得咬緊牙關，仰望著雷電交加的天空，大聲說，「如果我在暴風雨中昏睡，就活該被大水淹死！」朱利安叫道，「讓我們去征服別的學究吧！」

鈴聲響了，卡斯塔奈德神父的教會史課開始了。

那天，卡斯塔奈德神父面對這些如此害怕艱苦工作和父輩貧窮的年輕農民，他說，「政府在他們眼中是十分可怕的東西，只有天主派到人世間的代理人——教皇，才具有真實合法的權力。」

「要用你們聖潔的生活和服從，使你們無愧於教皇的恩典，成為他手中的一根棍子，」他補充

---

1 狄德羅（Denis Diderot，一七一三—一七八四），法國啟蒙思想家、唯物主義哲學家、文學家、美學家和翻譯家，百科全書派的代表。

說，「這樣，你們將得到一個很好的職位，在那裡你們不受監督、能發號施令。一個終身的職位，薪水的三分之一由政府支付，其餘三分之二由受過你們布道的信徒支付。」

下課後，卡斯塔奈德神父站在院子裡，面對身邊的學生。

「對於一個神父，可以這麼說：有多少能力，就有多高職位，」他對圍在身邊的學生說，「據我所知，山裡某些教區，那裡的額外收入，超過了許多城裡的神父。即使錢一樣多，還有雞、雞蛋、新鮮黃油和許多其他的好東西。在那裡，神父無疑是頭號人物，沒有一次宴會，他不在邀請和歡迎之列。」

卡斯塔奈德神父剛上樓回房間，學生就分成幾群了。朱利安哪一群都進不去，他被丟棄在一旁，像一隻長了疥癬的羊。他看見每群人裡面，都有一個人朝空中拋一個銅幣，如果誰猜中是正面或反面，同學就斷定，他不久將得到一個收入豐厚的職位。

接著那些故事就來了。某個年輕的教士，接受神職不到一年，送給一位老神父的女傭一隻兔子，他就被提名當神父的副手。幾個月後，那位老神父突然死了，他就在這個教區接替了老神父的位子。另一個教士，每頓飯去服侍一位癱瘓的老神父，細心地為他切雞肉吃，後來被指定為一個很富有的大市鎮的教區繼承人。

神學院的學生跟其他行業的年輕人一樣，他們常常誇大這類能夠激發想像力的奇特小手段的力量。

「我必須習慣這些談話內容，」朱利安想。他們如果不談香腸和富有的教區，就談教義中的世俗方面，談論主教與省長、市長和神父之間的衝突。朱利安發現有一個第二天主的存在，這個第二天主遠比另一個更可怕、更強大，這就是教皇。他們壓低了嗓音，當確信彼拉神父聽不見時，就說教皇不願費心任命法國的所有省長和市長，因為他已冊封法國國王為教會的長子，委託國王去處理了。

這時，朱利安覺得他可以用對邁斯特爾先生的《論教皇》的研究，去贏得別人的尊敬。他的成果讓同學吃驚，但這又是他的不幸。他闡釋他們的意見比他們自己還清晰，這使他們不高興。謝朗先生對朱利安，跟對自己一樣，都有疏忽之處。他使朱利安養成了正確推理、不說空話的習慣，卻忘了告訴他，對一個不受待見的人，這種習慣是一種罪過，因為任何正確的推理都是要得罪人的。

朱利安善於辯論，這又成了他的新罪名。他的同學苦思冥想，終於找到一個綽號來表達對他的所有憎惡：馬丁．路德。他們說：「他變得如此狂妄，只是因為有惡魔般的邏輯。」

有幾個年輕修士，他們的面色更鮮嫩，可以說比朱利安還要漂亮。但是，朱利安有一雙白皙的手，以及某些無法掩飾的潔癖。命運將他投入這座沉悶的學校，這一優點也就不是優點了。他生活在那些骯髒的鄉下人之中，他們聲稱他舉止放蕩。我們擔心再講述我們的英雄的種種遭遇，會使讀者感到厭煩。比如，幾位身強力壯的同學，想要揍他一頓；他不得不帶上一支鐵圓規，做出手勢，並且宣布必要時他會使用。畢竟在一份密探的報告裡，手勢不如話語更有分量。

第二十八章

聖體遊行

人人都被感動了。彷彿天主已經降臨這條狹窄的哥德式街道上，到處懸掛著帷幔，信徒用細沙鋪路。

——楊格

朱利安假裝謙卑和愚蠢，也無法討人喜歡，他太與眾不同了。「不過，」他心想，「這些老師都是最精明的人，是千裡挑一選出來的，怎麼也不喜歡我的謙恭呢？」在他看來，他所表現出的相信一切和容易上當，似乎只能騙過一人。此人是大教堂的司儀長夏斯－貝爾納神父，十五年前，有人答應他將會得到議事司鐸的職位，於是他一邊等待，一邊在神學院傳授布道術。在朱利安的懵懂時期，這門課程他經常考第一的。因此，夏斯神父對他很有好感，每逢下課時，他總是樂於挽著他的手臂，在花園裡散步。

「他想幹什麼？」朱利安自問。他深感疑惑，夏斯神父跟他談及大教堂的裝飾品，一說就是幾個小時。大教堂除了葬禮用的裝飾品，還有十七件鑲有飾帶的祭披。大家對呂邦普萊院長夫人寄予很大希望，這位夫人已經九十歲了，她的結婚禮服保存了七十年，是採用名貴的里昂布料，用金線縫製的。「你想想看，我的朋友，」夏斯神父說道。他突然站住了，瞪著眼睛，「用了那麼多金線，布料都挺起來了。在貝桑松，大家都認為，院長夫人的遺囑一旦履行，大教堂庫房裡將增加十多件祭披，還不包括四、五件重大活動用的法衣。我估計還不止，」夏斯神父壓低了聲音，又說，「院長夫人還會贈給我們八個精美的鍍金銀燭臺，據說是勃根地公爵大膽查理從義大利買來的，她的祖先曾經是他的寵臣。」

「這人說了這麼多骨董舊衣服，他究竟想幹什麼？」朱利安心想。「這種機巧的運籌，持續了一百年，但結果什麼都沒露出來。他想必是不信任我！他比別人都聰明，那些人的隱晦目的我兩個星期就猜到了。我懂了，這個人的野心十五年來一直未能實現！」

一天晚上，在上劍術課時，朱利安被叫到彼拉神父的房間，神父對他說：

「明天是聖體節[1]。夏斯神父要你幫他裝飾大教堂，你去吧，服從命令。」

彼拉神父又把他叫住，帶著憐憫的神情又說：

「這是一個機會，可以進城走走，看你的意願了。」

「我有暗藏的敵人[2]。」朱利安答道。

第二天一早，朱利安垂目低眉，朝大教堂走去。看著街道和城裡已經出現的繁忙景象，他感覺很開心。為了聖體遊行，到處都在門前懸掛帷幔。他發現，他在神學院度過的時光，此刻只是一瞬間。他想到了維爾吉，想到那位美人艾曼達．比娜，他也許會遇見她，她的咖啡館距離並不遠。他老遠就看見，夏斯－貝爾納神父正站在大教堂門口，這是一個快樂而開朗的胖子。「我在等你，親愛的孩子，」他一見到朱利安就喊道，「歡迎，歡迎。今天的工作漫長艱苦，我們先吃早飯，存些

1 此處為拉丁文：Corpus Domini。

2 此處為拉丁文：Incedo per ignes。

力氣，下一頓等到大彌撒時，十點鐘再吃。」

「先生，我希望，」朱利安神情嚴肅地說，「每時每刻都不要讓我一個人待著，請你注意，」他指著頭頂上的鐘，又說，「我是五點差一分到這裡的。」

「啊！沒想到神學院的小壞蛋讓你如此害怕！你竟然想到了他們，很好，」夏斯神父說，「一條路因為旁邊的籬笆有刺就不美了嗎？大家照舊趕路，讓可惡的刺在原地枯死。總之，親愛的朋友，開工吧！」

夏斯神父說得對，工作很艱苦，大教堂前一天舉行了隆重的葬禮，什麼準備工作都沒做，一個上午就得把分成三個殿的哥德式廊柱，用三丈長的紅色錦緞套罩起來。主教大人從巴黎請了四個掛帷幔的匠人坐郵車過來，但這些人做不完所有的工作，而且那些笨手笨腳的貝桑松的同行，不僅得不到他們的鼓勵，反而會被嘲笑，這使得他們更加笨拙。

朱利安看這情形，要自己爬上梯子，他手腳靈活，為他提供了方便。他負責指揮本城的帷幔匠人。夏斯神父很高興，看著他從這架梯子跳到另一架梯子。所有的廊柱都披上了錦緞，接著要在主祭壇上方的大華蓋上，安放五個巨大的羽毛花球。一個華麗的木製花冠，由八根螺旋形的柱子支撐著，是義大利大理石雕成的。但是，要到達聖體龕上方的華蓋中心，必須走過一條經年已久的木頭飛簷，木頭已有蟲蛀，而且距離地面四丈多高。

面對這條險路，一度興致很高的巴黎帷幔匠人，都不知所措了。他們從下往上望，討論了半天，還是不敢上去。朱利安抓起羽毛球，躥上梯子。他把羽毛球穩妥地放在華蓋中心的冠狀飾物上。當他從梯子上下來時，夏斯－貝爾納神父把他摟在懷裡。

「太好了[3]，」善良的神父叫道，「我一定會向主教大人報告。」

十點鐘的飯，吃得很快樂。夏斯神父從未見過他的教堂這麼美麗。

「親愛的弟子，」他對朱利安說，「我母親從前在這座教堂裡出租椅子，所以我是在這裡長大的。羅伯斯庇爾的恐怖政治，把我們毀了。那時我只有八歲，在私人宅邸舉行的彌撒，我可以幫忙了，他們給我飯吃。說到折祭披的手藝，沒有人比我做得好，金線從沒斷過。自拿破崙恢復宗教信仰後，我有幸在這座可敬的大主教堂裡負責一切事務。一年有五次，我親眼看見它被這些裝飾起來，裝飾得如此美麗。但它從未像今天這麼輝煌，錦緞從未這麼平整過，緊緊貼著柱子。」

「終於，他要向我說出他的祕密了，」朱利安想，「他在講述自己，這是真情流露。」但是，這個明顯亢奮的人卻沒有任何不當言論。「不過，他做了不少工作，他很快樂，」朱利安心想，「好酒也沒少喝。這是怎樣的人！對我來說，是多麼好的榜樣！他真是超人。」（這是他跟老軍醫學的一句俗語。）

當大彌撒中「聖哉」[4]的鐘聲響起時，朱利安想穿上白色法衣，跟著主教參加隆重的聖體遊行。

「還有小偷呢，我的朋友，小偷呢！」夏斯神父喊道，「你沒有想到吧。遊行隊伍走了，教堂就沒人了。我們要留下來守著。如果圍著柱子的漂亮金線，只丟失一兩根，就算我們運氣好了。這也是呂邦普萊夫人贈送的，是從她的曾祖父、那位有名的伯爵那裡傳下來的。這是純金的，親愛的

3 此處為拉丁文：Optime。

4 此處為拉丁文：Sanctus。指彌撒儀式中的聖哉頌歌。

朋友，」神父很激動地貼著朱利安的耳朵，又說，「一點都沒摻假！你負責看著北側的殿堂，別走開。南側殿堂和大殿由我負責。特別留意那些懺悔室，在那裡，小偷的女探子窺伺著我們轉身的一瞬間。」

他剛說完，十一點四十五分的鐘聲就敲響了。接著，教堂大鐘也響了。鐘聲轟鳴，如此洪亮和肅穆，讓朱利安為之動容。他的思緒飛升，脫離了塵世。

扮成聖約翰的孩子，在聖體前撒下玫瑰花瓣。花香與神香，使朱利安的心情激動起來。

莊嚴的鐘聲，本該讓朱利安想到二十個打鐘人的勞動，他們的報酬只有五十個生丁，也許還有十五到二十個信徒幫忙。他該想到繩索的磨損，鐘架的損耗，大鐘自身的危險，據說大鐘每隔兩百年墜落一次。他應該想有什麼辦法可以壓低打鐘人的工錢，並用赦罪等不影響教會財富的其他恩寵，來支付他們。

朱利安沒有這些明智的想法，他的心靈被如此雄壯洪亮的鐘聲激勵著，迷失在想像的空間裡。他永遠成不了好教士，也成不了精明的管理者。這麼容易亢奮的心靈，最多能成為藝術家。這時候，朱利安的自負全都暴露出來了。他那些神學院的同學當中，大約有五十個人，因為民眾的仇恨和隱藏在籬笆後面的雅各賓主義，更關注現實生活，他們聽到大教堂的鐘聲，就想到打鐘人的工錢。他們會用數學家巴雷姆的天才，去衡量公眾的感動程度是否與付給打鐘人的工錢對等。如果讓朱利安來考慮大教堂的花費，他那超越目標的想像力，會考慮在教堂維修費裡省下四十法郎，放棄少支付二十五生丁工錢的想法。

這天，貝桑松的天空晴朗，聖體遊行的隊伍緩緩行進，不時地在社會名流競相搭建的輝煌祭壇前停留下來，教堂沉浸在一片寂靜中。光線若明若暗，清涼宜人，到處彌漫著神香和花香。

狹長的殿堂裡，幽靜、寂寞和清涼，使朱利安的夢想更加溫柔甜蜜。他無須擔心夏斯神父的打擾，他正在教堂另一頭忙碌著。朱利安的靈魂彷彿脫離了肉體，在他看守的那邊殿堂裡漫遊著。他認定懺悔室裡只有幾個虔誠的女人，心裡更加平靜，他的眼睛已經視而不見。

但是，他的漫不經心被眼前的一幕破壞了。他看見兩個穿著講究的女人，一個跪在懺悔室裡，另一個緊靠著她，跪在椅子上。他隨便掃了一眼，或許是隱隱約約的責任感，或許是讚賞這兩位夫人高貴而雅致的衣著，他發現懺悔室裡沒有神父。「奇怪，」他想，「她們如果是虔誠的教徒，為何不跪在祭壇前？如果是上流社會的人，就該坐在某個陽臺的第一排。這連衣裙做工真好！太優雅了！」他放慢腳步，想看個究竟。

在一片寂靜中，跪在懺悔室裡的女人，聽到朱利安的腳步聲，轉過頭來。突然，她發出輕微的叫喊聲，暈了過去。

這個跪著的女人沒了力氣，向後倒下去。緊靠在她身邊的朋友，跳過來扶起她。這時，朱利安看見了向後倒的女人的肩膀。一條用大顆珍珠串成的螺旋形項鍊讓他眼前一亮，他太熟悉了。當他認出瑞納夫人的髮型時，他太激動了！就是她。那個扶起她的頭，不讓她跌倒的，是德爾維爾夫人。朱利安不由自主地衝過去，如果他不去扶住她們，瑞納夫人也許會帶倒她的朋友。瑞納夫人面色慘白，失去知覺，頭靠在他的肩上。他幫著德爾維爾夫人，讓這迷人的腦袋靠在一把草墊椅上。他跪在地上。

德爾維爾夫人轉過頭來，認出了他。

「快走吧，先生，走吧！」她對他說，聲音充滿了憤怒。「總之，不要讓她再見到你。你的出現，會使她感到厭惡。遇到你之前，她是那麼幸福！你太殘忍了。快走吧，走得遠遠的，如果你還知道羞恥的話。」

這句話很強硬，這時朱利安顯得很脆弱，於是他走了。「她一直恨我。」他想到德爾維爾夫人，對自己說。

與此同時，走在聖體遊行隊伍前排的教士的歌聲，在教堂裡響起來，他們回來了。夏斯－貝爾納神父叫了朱利安好幾聲，他都沒聽見。神父走過去，抓住朱利安的手臂，把他從一根柱子後面拉出來。朱利安待在那裡，幾乎要死過去了。神父想把他引薦給主教大人。

「你不舒服，我的孩子，」神父見他臉色蒼白，幾乎走不動了。「你工作太累了。」神父抓住他的手，「來，坐在我身後灑聖水的凳子上，我擋著你。」此刻他們正在大門旁邊。「放心吧，主教大人二十分鐘後才到呢。等你緩過來，他經過時，我會扶你起來，我雖然年邁，但還有力氣。」

但是，主教經過的時候，朱利安還在發抖，夏斯神父只好放棄這個打算。

「別太難過，」神父對他說，「我會找到其他機會。」

當天晚上，神父讓人把十斤蠟燭送到神學院的小教堂，說是朱利安細心熄滅蠟燭時節省下來的。沒有比這更假的了。可憐的孩子自己像蠟燭一樣熄滅了。見到瑞納夫人之後，他腦子裡一片空白。

第二十九章

首次晉升

他瞭解他的時代、瞭解他的地區，於是就發財了。

——《先驅報》[1]

大教堂的不期而遇之後，朱利安一直沉浸在想像之中，無法自拔。一天早上，嚴格的彼拉神父派人叫他過去。

「夏斯－貝爾納神父寫信來，說了你的好話。總之，我對你的表現比較滿意。你很不小心，甚至很冒失，只是還沒表現出來。不過，直到目前，你很善良，甚至是慷慨的，才智過人。總之，我在你身上發現了一絲不可忽略的火花。

「我在這裡工作了十五年，就要離開這裡了。我的罪過是讓神學院的學生自由行事，你在懺悔室裡對我說的那個祕密組織，我既沒有保護，也沒有阻止。我離開之前，想為你做點什麼，要不是有你房間發現的艾曼達．比娜的地址，被人告發，我兩個月之前就會做了，這是你理應得到的。我任命你做新舊約課的輔導教師。」

朱利安感動到了極點，真想跪下來感謝天主，但他換了一種方式，更加真切感人。他走到彼拉

1《先驅報》(*Le Précurseur*)，一八三〇年至一八三四年，法國里昂出版的報紙。

神父身邊，拿起他的手，放到自己唇邊。

「你這是幹什麼？」彼拉神父生氣地叫起來，但是，朱利安的眼睛比他的行動表達了更多意思。

彼拉神父驚訝地看著他，似乎已經多年不習慣面對細膩的感情。這種眼神暴露了院長的心情，他的聲音都變了。

「好吧！是的，我的孩子，我關心你。上天知道這是違背我意願的。我應該公正待人，對人無愛也無恨。你的一生將會很難。我看到你身上有某種不合群的東西。嫉妒和誹謗將永遠伴隨著你。無論上天把你放在什麼地方，你的同伴都會嫉恨你。如果他們假裝愛你，那是為了更有把握地算計你。對此，你只有一個辦法，就是祈求天主。為了懲罰你的驕傲，必須讓你遭人嫉恨；你的行為要端正，這是你唯一的希望。如果你堅持真理，絕不動搖，你的敵人遲早會不戰自潰的。」

朱利安已經很久沒聽到過友愛的聲音了，他淚如雨下，我們應該原諒他的脆弱。彼拉神父向他張開雙臂，這種時刻對兩人來說都是溫暖的。

朱利安樂壞了，這是他的第一次晉升，好處太多了。為了這些好處，必須被迫好幾個月不能獨處，片刻不得安寧地，跟一些至少是煩人的、其中大部分是無法忍受的同學打成一片。僅僅是他們的吵嚷，就足以使敏感的人精神錯亂。這些吃飽穿暖的鄉下人，不知如何表達自己的快樂，只有發洩出肺部的全部力量，大聲吼出來才能感到痛快。

現在，朱利安獨自用餐，時間比其他學生晚了一個鐘頭。他有花園的鑰匙，園裡沒人的時候，可以進去散步。

朱利安發現大家不那麼恨他了，他感到很奇怪，他原以為仇恨會加倍增加。他不願意別人跟他說話，這種隱祕的願望太明顯了，為他樹敵很多，現在不再是一種可笑的自負了。在周圍那些俗人眼裡，這是他的職位的一種適當表現。仇恨明顯減少了，尤其在變成他的學生的那些年輕同學當中，他對他們也以禮相待。漸漸地，他也有了追隨者，叫他「馬丁．路德」已經不合時宜了。不過，說出他的敵人和朋友的名字，又有什麼意義？所有這一切都是醜惡的，描寫得越真切，就越顯得醜惡。然而，他們是民眾唯一的道德教師，如果沒有他們，民眾會怎麼樣呢？報紙能取代神父嗎？

朱利安就任新的職務以後，神學院院長當別人不在場時，就不跟他講話。這種做法對老師和弟子都是謹慎的，更是一種考驗。彼拉神父是嚴格的楊森派教徒，他不變的原則是：要知道一個人是否有才能，那就對他希望的、所做的一切設置障礙。如果他真有本事，他就會排除障礙或避開。

這是狩獵的季節。富凱以朱利安父母的名義，送給神學院一頭鹿和一頭野豬。兩頭死去的野獸擺放在廚房和飯堂之間的過道上。神學院學生去吃飯時，都能看見。這成了好奇心集中的目標。野豬雖然是死的，那些年輕的學生還是害怕，他們用手去摸長長的獠牙。整整一個星期，大家只談論此事。

這份禮物把朱利安的家庭地位提高到受人尊敬的階層，給了嫉妒者致命的打擊。財富確認了朱利安的優越性。夏澤爾和幾位最優秀的學生主動接近他，幾乎要埋怨他沒有把家庭的財富告訴他們，讓他們對金錢失敬。

當時正在徵召新兵，作為神學院學生，朱利安免除了兵役。這件事使他感慨萬千。「這個機會永遠錯過了，要是在二十年前，我會開始一段英雄的生活！」

他獨自在神學院的花園裡散步，聽見幾個修園牆的泥瓦匠在說話。

「喂，我們走吧，又開始徵兵了。」

「在另一個人2的時代，那真是好！泥瓦匠也能當軍官、當將軍，這種事有人見過。」

「現在你去看！乞丐才去當兵，有點錢的都留在家鄉了。」

「生在窮人家，一輩子都是窮，就是這樣。」

「啊，都說那個人死了，是真的嗎？」另一個泥瓦匠說。

「是那些有錢人說的，你瞧，那個人讓他們害怕了。」

「真是天壤之別，那個時代多麼好辦事啊！據說他被他的那些元帥出賣了，竟然有這種叛徒！」

這席話讓朱利安感到一點安慰。他離開時歎息道：

唯有這位國王讓人民惦記著！

考試的時候到了。朱利安答得很好，他看到夏澤爾也竭力想表現一下。第一天的考試，著名代理主教福利萊委派的主考官非常不滿，他們不得不在名單上將朱利安列為第一，或者是第二。因為有人向他們指出，朱利安．索萊爾是彼拉神父的寵兒。神學院裡有人打賭，朱利安會在考試總成績單上名列第一，這樣他就能有幸與主教大人一道進餐。但是，在一場涉及教父問題的考試臨近結束時，一位狡猾的考官問了朱利安關於聖傑羅姆以及他對西塞羅的癡迷等問題之後，又談到賀拉斯、維吉爾和其他世俗作家。同學都不知道，朱利安卻背出了這幾位作者的許多篇章。他被成功沖昏了頭腦，忘了自己身在何處，在考官的一再要求下，他滿懷激情地背誦了好幾首賀拉斯的頌歌。朱利安上當了，二十分鐘之後，主考官突然變臉，他嚴厲地指責朱利安在這些瀆神的作品上浪費時間，滿腦子都是沒用的或者有罪的思想。

「我很蠢，先生，你說得有理。」朱利安恭敬地說，他明白這是個陰謀，他中計了。

即使是在神學院裡，這種詭計也被認為很卑鄙，但這並不妨礙福利萊先生利用他的權勢在朱利安的名字旁邊寫下第一百九十八名。福利萊先生是個聰明人，他在貝桑松精心組織了一個聖公會的網路，他發往巴黎的報告令法官、省長，甚至駐軍長官心驚肉跳。他這樣羞辱了他的對手楊森派信徒彼拉神父，感到很欣慰。

十年來，他的頭等大事，就是剝奪彼拉神父神學院院長的職務。這位神父忠實、虔誠，不搞陰謀，恪盡職守，他為朱利安定下的行為準則，自己也嚴格遵循。但是上天在憤怒中給予他一副暴躁敏感的性情，對侮辱和仇恨反應強烈。對於這顆熾熱的靈魂，任何侮辱都不能忘懷。天主把他安置在這個崗位上，認為他對這個崗位有用，否則他早就辭職了。「我阻擋了耶穌會和偶像崇拜的發展。」他對自己說。

考試期間，大概有兩個月，彼拉神父沒有跟朱利安說過一句話。當他接到宣布考試成績的公函時，看到他視為全院光榮的學生名列第一百九十八名，他病了一個星期。對於這個性情嚴格的人來說，唯一的安慰是，他在朱利安身上的所有監控結果，並沒有發現憤怒、報復和消沉。

幾個星期之後，朱利安接到一封信，不禁渾身一震。信上有巴黎的郵戳。他心想，「瑞納夫人終於想起了她的諾言。」一個署名保爾·索萊爾的人，自稱是他的親戚，給他寄來一張五百法郎的

---

2 另一個人，指的是拿破崙。

支票。信上還附言說，如果朱利安繼續研究優秀的拉丁作家，並且成績優秀，每年會寄給他一筆相同數額的錢。

「是她，這是她的好意！」朱利安深深地感受到了，對自己說，「她在安慰我，但為什麼沒有一句示好的話？」

他搞錯了。瑞納夫人在好友德爾維爾夫人的勸說下，已完全陷入深深的悔恨中。她常常身不由己地想到這個不尋常的人，他攪亂了她的生活，但她告誡自己絕不能給他寫信。

若用神學院的語言來說，我們得承認五百法郎的匯款是個奇蹟，可以說上天是借用福利萊先生，給朱利安送上這份禮物。

十二年前，福利萊神父拎著那個不能再小的旅行箱，來到貝桑松。據說，裡面裝著他的全部家當。如今他是本省最富的地主之一。在他發跡的過程中，他買下一塊地產的一半，另一半透過繼承落入拉莫爾侯爵手中。於是，這兩個人打起官司來。

拉莫爾侯爵在巴黎的地位顯赫，並且在宮廷中擔任要職，但還是覺得在貝桑松，與一位可以決定省長職位的代理主教打官司有風險。他本來能以某個名義，在預算允許的範圍內申請一筆五萬法郎的賞賜，不用跟福利萊神父打這場小官司。但他很惱火，他認為自己有理，並且很有信心。

唉！請允許我說一句：有哪個法官沒有兒子或親戚需要幫忙提攜一下呢？

為了讓最愚昧的人看個明白，在接到第一次判決一個禮拜之後，福利萊神父乘坐主教大人的四輪馬車，親自把一枚榮譽勳章送給他的律師。對對方的這一行動，拉莫爾先生感到有些吃驚，並且感到他的律師軟弱無能，就向謝朗神父請教。謝朗神父把彼拉先生介紹給他。

到我們的故事發生的時候，他們的來往已有數年。彼拉神父將他那火爆的性情帶到這樁官司中。他接連不斷地會見侯爵的律師，探討案情，確定侯爵有理之後，就公開支持拉莫爾侯爵，反對權力通天的代理主教。這種冒犯竟然出自一位小小的楊森派教徒，代理主教惱羞成怒！

「我們倒要看看這個自以為是的宮廷貴族，究竟有多大本事！」福利萊神父對他的眾親信說，「拉莫爾先生對他在貝桑松的代理人，甚至連一枚勛章都拿不出來，還要讓他丟掉職位。但是，有人寫信給我，說這位貴族議員每個星期都要身披藍色綬帶，到掌璽大臣的沙龍去炫耀一番，不管這位大臣是什麼樣的人！」

儘管彼拉神父竭盡全力，但拉莫爾先生與司法大臣，尤其與其下屬關係密切，辛辛苦苦折騰六年之後，最終也不過是沒徹底輸掉這場官司。

在兩人都積極投入的官司中，侯爵與彼拉神父不停地通信，最終對神父的才智產生好感。雖然他們的地位懸殊，慢慢地，他們的通信有了朋友的親切口吻。彼拉神父告訴侯爵，有人採取卑劣手段強迫他辭職。針對朱利安的陰謀令他感到憤怒，於是他向侯爵說起朱利安的事。

這位顯赫的貴族雖然很有錢，卻毫不吝嗇。他沒能讓彼拉神父接受他的饋贈，包括為打官司花去的郵費。他便抓住這個機會，給他心愛的學生寄去了五百法郎。

拉莫爾先生還親自為匯款寫了封信。這使他想到了神父本人。

某天，神父接到一封短信，說有急事，請他務必到貝桑松郊區一家旅館去。在那裡，他見到了拉莫爾侯爵的管家。

「侯爵先生命我乘他的馬車來，」那人說，「他希望你看到此信後，在四、五天之內到巴黎去。請告訴我時間，我抽空到侯爵先生在法蘭琪－康堤的領地跑一趟。然後，在你方便的時間，我們出發去巴黎。」

這封信很簡短：

親愛的先生，請拋開外省的各種煩惱，到巴黎來呼吸一下寧靜的空氣。我派我的馬車去接你，在四天之內等候你的決定。我本人在星期二之前在巴黎等你。我希望你同意，接受巴黎附近最好的教區教職。未來教區中最富有的一位教民雖然從未見過你，但他對你的忠誠超出你的想像，他就是拉莫爾侯爵。

嚴格的彼拉神父沒有想到，他竟然愛上了這座遍布仇敵的神學院，十五年來，他為它耗盡了心血。拉莫爾侯爵的信，像一個外科醫生，為了一次痛苦而必需的手術，出現在他面前。他的去職已成定局，他與管家約好三日後見。

四十八小時中，他猶豫不決，焦慮不安。最後，他決定給拉莫爾侯爵寫一封信，又給主教大人寫了一封，這封信堪稱教會文體的傑作，不過內容稍長。要想找到更完美精確、表達更真誠的措辭，也許非常困難。這封信會讓福利萊先生在上司面前忍受一個小時的煎熬，信中列舉了那些令人不滿的原因，甚至提到一些卑劣的瑣事，這些事迫使彼拉神父最終離開教區。比如，有人偷他的木柴，毒死他的狗，等等。

寫完信後，他派人去叫醒朱利安。朱利安和其他學生一樣，晚上八點就睡了。

「你知道主教住的地方嗎？」他用漂亮的拉丁文對他說，「把這封信送給主教大人。我不瞞你說，這是讓你到狼群中去。你要小心看，注意聽。你的回答不能有一句謊話，但你要想到，盤問你的人，也許因為能加害你，而得到真正的快樂。我的孩子，在離開你之前能告訴你這些經驗，我很欣慰，因為我不想瞞你，你送去的這封信是我的辭呈。」

朱利安呆住了，他心裡是愛彼拉神父的。他小心無奈地對自己說：

「這個正派的人離開後，聖心派會壓制我，也許會把我趕走。」

他不能只考慮自己。令他感到為難的是，他想說句恰當的話，卻一時語塞。

「怎麼！我的朋友，你不想去？」

「我聽說，先生，」朱利安羞怯地說，「你在神學院負責這麼久，卻毫無積蓄，我手裡有六百法郎。」

眼淚讓他說不下去了。

「這筆錢要記下來，」卸任的院長冷冷地說，「去主教官邸吧，太晚了。」

這天晚上，福利萊神父正好在主教官邸的客廳裡值班，主教大人去省府赴宴了。於是，朱利安把信交給了福利萊神父本人，朱利安並不認識他。

朱利安感到驚訝的是，這個神父竟然拆了寫給主教的信。代理主教漂亮的臉上立刻露出驚喜的表情，接著又變得嚴肅起來。這張臉很有風度，朱利安印象很深，趁他看信的時候，朱利安仔細地端詳起來。如果不是某些線條露出的極度精明，這張臉會更加莊重些；這張漂亮的面孔稍不留神，就會暴露出一種狡詐。不過，鼻子太突出，形成一條筆直的線，使原來很高貴的側影酷似狐狸。此外，這位看起來很關心彼拉先生辭職的神父，其穿戴非常高雅，朱利安從未見過別的教士穿著如此講究。

後來，朱利安才知道福利萊神父的特殊才能。他知道如何討主教歡心。主教是一位可愛的老人，本來應該住在巴黎，他把貝桑松當作流放地。他的視力很差，又喜歡吃魚，每次福利萊神父都幫他先把魚刺挑乾淨。

朱利安默默地端詳著反覆看著辭呈的神父，門突然被打開了。一位衣著華麗的傭人匆匆走過來。朱利安來不及轉身，就看見一個小老頭，胸前掛著主教十字架。他趕緊跪下，主教慈祥地一笑，走過去了。那位漂亮的神父尾隨其後，朱利安獨自留下，慢慢地欣賞起屋裡豪華的陳設。貝桑松的主教十分風趣，他飽受流亡之苦，但並未屈從；他已經七十五歲了，對十年後發生的事漠不關心。

「我剛才經過時，見到一個目光犀利的學生，他是誰？」主教問道，「按照我的規定，他們此刻不是睡了嗎？」

「我敢說，這是一個清醒的人。而且他帶來一個重要消息：你的教區唯一的楊森派教徒辭職了。這個可怕的彼拉神父終於明白了弦外之音。」

「好吧！」主教笑著說，「但我不信你能找到比得上他的人。為了讓你明白這人的價值，我明天請他來吃晚飯。」

代理主教想趁機談談繼任者的事，但主教不想談公事，對他說：

「在新的到來之前，我們先瞭解一下這位為何離開。把那個學生叫來，孩子往往會說出真話。」

朱利安被喊過去了。「我要面對兩個審問者。」他心想。他覺得自己從未這麼勇敢。

他進去時，兩個比瓦勒諾先生穿得還講究的男僕，正在給主教大人更衣。這位主教覺得應該先問問朱利安的學習情況，然後再談到彼拉先生。他問了教義，感到驚訝。很快又轉到人文科學，談到了維吉爾、賀拉斯、西塞羅。「這些名字，」朱利安想，「讓我得到了第一百九十八名。我沒什麼可擔心的了，索性出一次風頭吧。」他成功了，主教很滿意。主教本人就是個傑出的人文學者。

在省府的宴會上，一位有名的年輕女孩朗誦了一首詩〈瑪德萊娜〉[3]。主教興奮地談到文學，很快把彼拉神父的事忘了，和這位神學院學生討論起賀拉斯的貧富問題。主教背誦了好幾首頌歌，不過他的記憶力有點跟不上，朱利安馬上謙恭地把整首詩背出來。令主教感到驚訝的是，朱利安始終保持閒談的語氣，背誦了二三十首拉丁文詩，就像閒聊神學院裡的事一樣。他們談了好久的維吉爾和西塞羅。最後，主教不得不誇獎這個年輕的神學院學生。

「不可能比你學得更好了。」

「主教大人，」朱利安說道，「你的神學院有一百九十七個學生，更配得上你的稱讚。」

「怎麼回事？」這個數字讓主教很疑惑。

「官方的證據可以支持我在大人面前所說的話。在神學院今年的考試中，我回答的正是此刻獲得大人稱讚的題目，但我只得到第一百九十八名。」

「啊！原來你是彼拉神父的寵兒！」主教笑著叫出聲來，並且望了望福利萊先生，「我們早該料到，這是正大光明的交鋒，我的朋友，」他又問朱利安，「你是被人叫醒，到這裡來的吧？」

「是的，主教大人。我只出過神學院一次，就是在聖體遊行那天，為了幫忙夏斯－貝爾納神父裝飾大教堂。」

「好極了，」[4]主教說，「怎麼，你那麼勇敢，把羽毛花球放在華蓋上的，就是你？這些羽毛

---

3 法國女詩人德爾菲娜・蓋伊（Delphine Gay，一八〇四－一八五五）的作品，一八三一年，她嫁給出版商埃米爾・德・吉拉丁（Emile de Girardin）。

花球讓我每年提心吊膽，我總擔心會有人送命。我的朋友，你前途無量。不過，我不想讓你餓死在這裡，斷送了你的遠大前程。」

主教吩咐手下，端來餅乾和馬拉加紅酒，朱利安大吃了一頓，福利萊神父也不示弱，因為他知道主教喜歡看別人吃得盡興。

這位主教今晚的興致未盡，他談了一陣子教會史。他發現朱利安並不理解，便談起了君士坦丁時代羅馬帝國的道德風尚。異教的終結伴隨著不安與疑惑，這種狀態又困擾著十九世紀憂鬱和倦怠的民眾。主教大人注意到，朱利安竟然不知道塔西陀的名字。

面對主教的詫異，朱利安坦白地說，神學院的圖書館沒有這位作者的書。

「我今天很高興，」主教快樂地說，「你幫我解決了一個難題。十分鐘以來我一直想感謝你，讓我度過一個愉快的夜晚，這是意料之外的。我沒想到神學院學生當中，會有這樣博學的人。我想送你一套《塔西陀文集》，儘管這不大合乎教規。」

主教派人取來八冊裝幀精美的書，並在第一本的扉頁上方，用拉丁文給朱利安．索萊爾題字。主教一向以寫拉丁文為傲。最後，他用截然不同的口吻對朱利安說：

「年輕人，如果你聰明謹慎，將來你會得到我教區裡最好的職位，而且離我的主教官邸不超過百里，但你必須聰明謹慎。」

朱利安捧著八本書走出主教官邸，深感驚奇，這時，午夜的鐘聲響了。

主教大人並沒有提及彼拉神父。朱利安感到驚訝的是，主教平易近人。他想不到如此文雅能夠與一種自然的莊重結合在一起。朱利安看到彼拉神父臉色陰沉地等著他，這種對比給他留下的印象極為深刻。

「他們說了些什麼？」[5]神父一見到他，就高聲問道。

朱利安把主教的話翻譯成拉丁文，翻得一塌糊塗。

「說法語吧，說主教大人的原話，不要增刪。」卸任院長說，語氣粗暴，態度很差。

「主教送給神學院的年輕學生一份奇特的禮物！」他翻著精美的《塔西陀文集》說，燙金的切口令他感到厭惡。

他聽完詳細報告，已經兩點了，他讓心愛的學生回去睡了。

「把你的《塔西陀文集》第一卷留給我，上面有主教大人的題字，」他對朱利安說，「我走之後，這行拉丁文將會是你在這所學校裡的避雷針。

「因為對你來說，我的孩子，我的繼任者將會是一頭可以吞食獵物的狂暴獅子。」[6]

第二天早上，朱利安發現同學和他說話時，有些不同尋常。於是他更加謹慎了。「瞧，」他心想，「這就是彼拉神父辭職的後果。整個神學院都知道了，我被視為他的寵兒。在這種態度中，肯定有侮辱的成分。」但是，他看不出來。相反，他在走廊上遇到他們，他們的眼神中並無仇恨。「這是怎麼回事？這一定是圈套。我可要當心。」最後，那個維利葉來的小修士笑著對他說：「《塔西陀文集》[7]。」

---

4 此處為拉丁文：Optime。

5 此處為拉丁文：Quid tibi dixerunt。

6 此處為拉丁文：Erit tibi, fili mi, successor meus tanquam leo quoerens quem devoret。

7 此處為拉丁文：Cornelii Taciti opera omnia。

他們聽見這句話，紛紛向朱利安道賀，不只是因為他得到主教的這份禮物，也因為他有幸與主教暢談了兩個小時之久。他們連談話的細節都知道了。從此以後，他們對朱利安不再嫉妒，只有恭維和獻媚。卡斯塔奈德神父昨天還對他無禮，現在也來拉著他的手，還請他吃飯。

朱利安性格中有天生的缺陷，這些粗俗的人的傲慢給他帶來許多痛苦，他們的阿諛奉承又引起他的憎惡，根本沒有快樂可言。

快到中午的時候，彼拉神父向學生道別，做了一番嚴肅的訓話：「你們想獲得人世間的榮耀，社會上所有的利益，發號施令、藐視法律、毫無顧忌、傲慢無禮的快樂，還是靈魂永恆的救贖？在你們當中，即使是最沒學識的，只要睜開眼睛，也能分清這兩條路。」

他剛一離開，耶穌聖心會的教徒就到小教堂去唱「感恩讚美詩」[8]了。沒有人把卸任院長的訓話當回事。「他對自己被免職感到不滿。」大家到處議論。神學院中沒有一個學生相信，有人會自己辭去一個與大老闆關係密切的職位。

彼拉神父搬到貝桑松一家最豪華的旅館，藉口有事情要處理，想在這裡停留兩天。

主教請他吃晚飯，為了戲耍一下福利萊，盡可能讓他展現自己的才華。上飯後甜點時，從巴黎傳來一個奇怪的消息，彼拉神父被任命為有名的N教區的本堂神父，那裡距離首都僅有四法里遠。善良的主教真誠地向他祝賀。主教把這件事看作是一場巧妙的遊戲，因此興致很高，他盛讚了彼拉神父的才能。他用拉丁文寫了一份證書，並且不許有異議的福利萊神父講話。

當晚，主教在呂邦普萊侯爵夫人家裡讚美彼拉神父，成為貝桑松上流社會中的一大新聞。大家紛紛揣測，對這破格的恩寵實在弄不明白。有人似乎看到彼拉神父當上主教。那些精明的人認為，拉莫爾先生已經升為大臣。這天，他們竟敢嘲笑福利萊神父飛揚跋扈的神態。

第二天上午，彼拉神父為了侯爵的案子去見法官，大家紛紛在街上跟隨著他，商人也站在店鋪門口看著他。他第一次受到公眾的如此禮遇。這位嚴格的楊森派教徒，對這一切非常憤怒。在跟為侯爵挑選的律師仔細商議之後，他就啟程去巴黎了。有兩三個中學時代的朋友送他，他們對馬車上的徽章讚歎不已。神父一時失言，告訴他們，他在神學院負責十五年了，臨別時身上只有五百二十法郎。朋友與他灑淚道別，他們私下議論道：「善良的神父本不該編出這個謊話，太可笑了。」

被金錢蒙住眼睛的俗人，絕不會理解彼拉神父是如何從真誠中汲取必需的力量，才能孤軍奮戰六年，去對抗瑪加利大[9]、耶穌聖心會、耶穌會和他的主教。

---

8 此處為拉丁文：Te Deum。

9 瑪加利大（Marguerite-Marie Alacoque，一六四七－一六九〇），法國天主教修女，「聖心崇拜」的開創者。

第三十章 野心家

只有公爵才算貴族，侯爵很可笑，
大家聽到公爵兩字，便會扭過頭去看。
——《愛丁堡評論》

拉莫爾侯爵接待彼拉神父的時候，絲毫沒有大人物屈尊時的故作姿態。這種做派表面上是客套有禮，但明白人知道，其實還是傲慢無禮。這等於浪費時間，而侯爵這時已經重任在肩，根本沒時間浪費。

半年以來，他一直暗中斡旋，組成一個國王和國民都能接受的內閣。出於感激，該內閣會封他為公爵。

多年來，侯爵一直要求他在貝桑松的律師，就法蘭琪－康堤的官司提交一份簡明的報告，但未能實現。那位有名的律師自己都弄不明白，又怎麼能向他解釋呢？

彼拉神父給他帶來一張紙片，一切都弄清楚了。

「親愛的神父，」侯爵用了不到五分鐘，就說完了所有的客套話，並且問了個人的情況，對他說，「親愛的神父，在我的事業表面上的繁榮中，有兩件看似不大卻很重要的事，無暇顧及：我的家庭和私人事務。我關注家族的發展，它有很大的前景；我注重個人的享樂，在我看來這最重要。」他補充說，發現了彼拉神父眼神裡的驚奇。雖然神父生性豁達，但看到一個老人如此坦率地談到自己的享樂，仍然感到驚奇。

「巴黎無疑有許多工作賣力的人，」這位大人物繼續說，「但是他們原來都住在六層樓[1]上，我找到一個人做事，他立刻就在三層租了房子，妻子也要找時間接待客人，結果他不再努力工作，一心要成為上等人。他們有了麵包之後，這是唯一要做的事。

「確切地說，關於我的案子，每一件都會讓律師累得要死，前天，有一位死於肺病。對於我的事務，總之，先生，不知你信不信？三年來，我竟然找不到一個人，他在為我寫東西的時候，認真地思考自己在幹什麼。不過，這些話只是開場白。

「我尊敬你，我敢說，雖然初次見面，但我喜歡你。不知你願意做我的祕書嗎，薪水八千法郎或者可以加倍？我向你保證，即便如此，我還是賺了。如果將來有一天我們不再適合，我會為你保留最好的教區職位。」

彼拉神父拒絕了。談話快結束的時候，他見侯爵有些為難，就心生一計。

「我在神學院留下一個可憐的年輕人，如果我沒有判斷錯的話，他將會受到粗暴的迫害。如果他只是普通的教士，也許早就關禁閉[2]了。

「眼下，這個年輕人只懂拉丁文和《聖經》。但有一天，他將會展現他偉大的才華，要麼宣講布道，要麼引導靈魂。我不知道他將來要做什麼，但是他有崇高的熱情，前程遠大。我本來打算把

1 巴黎的六層樓以上，稱為「閣樓」，多為傭人居住地方。

2 此處為拉丁文：in pace。

他薦給我們的主教，他如果像你這樣待人處事就好了。」

「這個年輕人的出身如何？」侯爵問道。

「據說他是山區一個木匠的兒子，但我認為他是某個有錢人的私生子。我見他接到過一封匿名或化名的信，裡面有一張五百法郎的匯票。」

「啊！是朱利安．索萊爾呀！」侯爵說。

「你怎麼知道他的名字？」神父驚訝地問，但覺得問得不妥，臉紅了。

「我不能說。」侯爵答道。

「好吧！」神父說，「你可以試試，讓他做你的祕書，他有毅力，人又機靈，總之，值得一試。」

「為什麼不呢？」侯爵說，「不過，他會不會被警察或其他人收買，派到我家當密探呢？這是我要反對的理由。」

在神父加以擔保後，侯爵拿出一張一千法郎的支票：

「把這個寄給朱利安．索萊爾作路費，讓他到我這裡來。」

「一看就知道你是常住巴黎的人。」彼拉神父說，「你不知道我們這些可憐的外省人，受到怎樣殘酷的壓迫，尤其是那些耶穌會之外的教士。他們不會放朱利安．索萊爾走，他們會找出各種藉口，他們會說他病了、郵局把信弄丟了，等等。」

「我這幾天，請大臣給主教寫一封信。」侯爵說。

「我忘了提醒你一件事，」神父說，「這個年輕人雖然出身貧寒，但心高氣盛，如果傷了他的自尊心，他就一事無成，變得愚蠢了。」

「我喜歡這種性情，」侯爵說，「我讓他跟我的兒子做伴，這樣行嗎？」

幾天之後，朱利安收到一封信，字跡陌生，上面蓋有沙隆的郵戳，內有一張到貝桑松商行取款的匯票，還有一份立即出發去巴黎的通知。信上寫的是假名，但是朱利安拆開時，身上打了冷戰：一片葉子落在腳邊，這是他與彼拉神父事先約定的暗號。

不到一個小時，朱利安被叫到主教官邸，並且受到慈父般的接待。主教大人背誦賀拉斯的詩句，祝願他在巴黎有個美好的前程。這些恭維話說得很巧妙，朱利安要表示感謝，就得有一番說辭。但他什麼都說不出，因為他一無所知，主教大人對他很器重。主教官邸的一個小教士已經稟報市長，市長急忙送來一份簽好的通行證，人名空著沒填。

午夜之前，朱利安來到富凱家。富凱是個聰明人，他對好友的前景，可說是驚訝多於喜悅。

「對於你，」這個自由黨選舉人說，「最後能謀到一個政府的職位，你必須做出一些會受到報紙上的攻擊的行為。我將藉由對你羞辱的話，得到你的消息。請你記住，從經濟上來說，寧可自己做主，從正當的木材生意中賺到一百路易，也比從政府那裡領取四千法郎好得多，哪怕是所羅門王的宮廷。」

朱利安把這些話當作是一個鄉村中產階級的短見。他終於要到幹大事業的舞臺上露臉了。他想像中的巴黎，到處是陰謀詭計、爾虞我詐的人，但他們像貝桑松的主教和阿格德的主教那樣溫文爾雅。去巴黎的快樂，遮蔽了眼前的一切。他謙虛地向朋友表示，是彼拉神父的信奪走了他的自由意志。

第二天，臨近中午時，他到了維利葉。他感到自己是世上最幸福的人，他準備去看望瑞納夫人。他首先拜訪的，是他的第一位保護人——善良的謝朗神父。他受到了嚴肅的接待。

「你要報答我嗎？」謝朗先生說，沒有回應他的問候，「你跟我一起吃飯，這中間我派人給你租一匹馬，然後你離開維利葉，不要見任何人。」

「聽見就是服從。」朱利安以神學院學生的姿態答道。之後他們只談及神學和優秀的拉丁文作品。

朱利安騎上馬，走了一里路，看見一片樹林，見四周無人，就鑽了進去。黃昏時分，他請人把馬送回。稍後，他走進一戶農家，向農民買了一架梯子，並且扛著梯子跟他來到一片樹林，這裡可以俯瞰維利葉的效忠路。

「我是可憐的逃兵……或者是走私犯，」那個農民告別時對他說，「但這有什麼！反正梯子賣了個好價錢，再說我這輩子也不是沒經歷過這種事。」

夜色深了。大約凌晨一點，朱利安扛著梯子進入維利葉城。他盡快走到一條激流中，這條河穿過瑞納家的美麗花園，有十尺深，兩邊是高高的圍牆。朱利安借助梯子，很容易就爬上去了。「看門的狗會怎麼對待我呢？」朱利安想，「問題就在這裡。」狗叫起來了，朝他衝過去。但他輕輕吹了一聲口哨，這些狗就向他搖頭擺尾了。

他翻過一個又一個平臺，雖然所有的鐵柵欄門都關著，他還是很輕易地到了瑞納夫人臥室的窗下。朝著花園的窗戶，離地只有八、九尺高。

百葉窗上有一個心形的小孔，朱利安非常熟悉。但是裡面沒有守夜燈的亮光，這使他大失所望。

「天哪！」他對自己說，「今晚瑞納夫人沒住在這裡！她會睡在哪裡呢？既然這些狗在，全家都應該在維利葉。但在這間沒有燈的房子裡，可能撞上瑞納先生或者別人，那可就麻煩了！」

最穩妥的辦法是離開，但是這讓朱利安感到不甘。「如果是遇到陌生人，我就丟下梯子逃走。如果真是她，等待我的是什麼？她正陷於悔恨和虔誠中，這我不懷疑。但她畢竟還念著我，還給我寫過信。」想到這裡，他拿定了主意。

他膽戰心驚的，但他決心不見到她就去死。他朝百葉窗扔了幾塊石子，沒有任何回應。他把梯子放在窗戶旁邊，用手去敲百葉窗，一開始很輕，後來越敲越重。「不管天有多黑，他們照樣會朝我開槍。」朱利安想。於是，他的瘋狂行動就變成了有沒有膽量的問題。

「今晚這個房間沒人住，」他想，「否則，不管誰睡在裡面，現在也該醒了。不必想太多了，只是注意別讓其他屋子裡的人聽見。」

他先下來，把梯子對著一扇窗子，又爬上去，從心形小孔伸進手去，很快摸到了百葉窗小鉤上的鐵絲。他拉一下鐵絲，覺得百葉窗動了，不覺一陣驚喜，一用力就打開了百葉窗。「要慢慢打開，讓她認出是我的聲音。」開到可以把頭伸進去，他低聲說道：「是朋友。」

他仔細聽著，確實沒有任何聲音打破屋裡的寧靜。但是壁爐上確實沒有守夜燈，連一點燈光也沒有，這是不好的跡象。

「當心中槍！」他遲疑了片刻，然後用手指敲窗戶。沒有回應，他用力敲。「就算把玻璃敲碎，也要幹到底！」他敲得很用力，在極度的黑暗中，他影影綽綽看見一個白色的影子閃過。最後，確信無疑，他看見一個影子慢慢地往前移動。突然，一張臉貼在他緊緊盯著的玻璃上。

他吃了一驚，稍稍後退。但夜色很深，即使離得這麼近，他也辨認不出是不是瑞納夫人。他害怕她喊出聲來，他聽見狗圍著梯子，低聲叫著。「是我，」他大聲地反覆道，「你的朋友。」沒有回應，白色的幽靈不見了。「請打開窗戶，我要跟你談談，我太痛苦了！」他用力敲著，玻璃快要破了。

一個清脆的聲音傳來，窗戶的插銷打開了。他推開窗戶，輕輕地跳進屋子。白色的幽靈躲開了，他一把抓住它的手臂，這是個女人。他所有勇敢的念頭頓時消退。「如果真是她，她會說什麼呢？」當他聽到一聲輕輕的叫喊，知道這正是瑞納夫人時，他多麼激動啊！

他把她抱在懷裡，她渾身發抖，幾乎無力把他推開。

「下流的傢伙！你來幹什麼？」

她的聲音變了，勉強說出這句話。朱利安感覺到，她真的生氣了。

「經歷了一年兩個月的殘酷分別，我來看看你。」

「出去，馬上離開我。啊！為什麼謝朗先生阻止我給他寫信？我本可以避免這種可怕的局面。」她把他推開，力氣大得驚人。「我對我的罪孽懺悔，上天垂憐，為我指明道路。」她時斷時續地說，「出去！快走！」

「一年兩個月的苦，我不跟你談談，我絕不會走。我想知道你做了些什麼。啊！我愛你那麼深，我應當聽你說心裡話……我要知道一切。」

不管瑞納夫人願不願意，這種強硬的口氣使她無法抗拒。

朱利安激動地緊緊摟住她，不讓她掙脫，後來稍微鬆開了手。這使得瑞納夫人稍稍放下心來。

「我去把梯子拉上來，」他說，「要是有傭人被聲音驚醒，起來查看，會惹麻煩的。」

「啊！管他呢，出去，出去。」她對他說，真的發火了。「傭人跟我有什麼關係？天主看見了你跟我吵得這麼厲害，會懲罰我。你真無恥，想利用我對你曾經有過的感情，這種感情已經不存在了。聽見了嗎？朱利安先生？」

他慢慢地把梯子拉上來，盡量不弄出聲音。

「你的丈夫在城裡嗎？」他這麼問，並非要冒犯她，而是出於過去的習慣。

「別這樣跟我說話，求求您，不然我要叫我的丈夫來。我沒有立刻把您趕走，已經犯了大罪。我真是可憐您。」她又說，故意刺痛他的自尊，她知道他有多麼敏感。

她拒絕以「你」相稱，想要斬斷他還期待的這種溫柔的關係，反而促使朱利安愛的激情達到瘋狂的程度。

「什麼！怎麼可能呢，你不愛我了？」他說，那發自肺腑的聲音，讓人聽了難以平靜。

她沒有回答，他卻傷心地哭了。

確實，他連說話的力氣都沒了。

「這麼說，唯一愛過我的人，把我徹底忘了！那活著還有什麼意思？」這時，他不再害怕遇見什麼人的危險了，他的勇氣完全離去了，除了愛，一切都從他的心中消失。

他默默地哭了很久。他握著她的手，她想抽回去，但經過幾次抽動，還是讓他抓住了。屋裡很黑，他們並排坐在床上。

「這跟一年兩個月前相比，多麼不同啊！」朱利安想著，眼淚流得更多了。「看來，離別注定會摧毀人類的一切情感！」

「請說說你的事吧。」最後，朱利安用痛苦得幾乎要窒息的聲音說。

「毫無疑問，」瑞納夫人冷漠地說，語氣中帶有某種責備的味道，「你離開的時候，我失足的事，全城的人都知道了。你的行為太草率了！後來，我徹底絕望時，謝朗神父來看我。他花了很長時間，想讓我坦白，但沒有用。有一天，他帶我去第戎教堂、我初領聖體的地方。在那裡，他主動談起……」瑞納夫人說到這裡，被淚水打斷了。「多麼羞愧啊！我都坦白了。這個人真善良啊，他沒有對我發洩憤怒，反而跟我一起分擔痛苦。這段時間，我每天給你寫信，卻不敢寄出。我把信藏起來，當我痛苦得無法自拔的時候，就關在屋裡，重讀那些信。後來，謝朗先生讓我把那些信交給他……有幾封，寫得比較嚴謹的，寄給你了，但你一封都沒回。」

「我發誓，我在神學院，從沒收到你的信。」

「天哪，是誰把這些信截留了？」

「想想我有多痛苦吧，在大教堂裡見到你之前，我甚至不知道你是否還活著。」

「天主憐憫我，讓我明白我對主、對孩子、對丈夫犯了多大的罪，」瑞納夫人繼續說，「我以為丈夫從沒像你那樣愛過我……」

朱利安撲到她的懷裡，確實沒有計畫，是情不自禁的。但瑞納夫人推開他，非常堅決地繼續說：

「尊敬的朋友謝朗先生讓我明白，我和瑞納先生結婚，就是做出承諾，要把我全部的感情交給他，甚至包括我不知道的、在一次致命的關係之前，從未體驗過的感情……自從我把那些寶貴的信交給他後，我的生活過得雖然不算幸福，但至少很平靜。請別再打擾我了，做個朋友吧……我最好的朋友。」朱利安不斷地吻她的手，她感覺到他還在哭。「別哭了，這會讓我難過……該說說你的事了。」朱利安說不出話。「我想知道你在神學院的生活，」她又說，「說完，你就走吧。」

朱利安不知道自己在說什麼，他先說了最初遇到的陰謀和嫉妒，又說到成為輔導教師後比較平靜的生活。

「就在那時，」他接著說，「長久的沉默之後，毫無疑問，沉默讓我明白你不再愛我了，我對你不重要了……」瑞納夫人握緊了他的手。「就在那時，你給我寄來五百法郎。」

「我從未寄過。」瑞納夫人說。

「信封蓋的是巴黎的郵戳，署名是保爾·索萊爾，是為了掩人耳目。」

他們之間圍繞那封信引起一陣爭論。談話的氣氛也隨之改變。不知不覺地，瑞納夫人和朱利安已不再使用嚴肅的腔調，又恢復了溫柔的語氣。他們在黑暗中，彼此看不見對方，但說話的口氣已經說明一切。朱利安伸出手，摟住情人的腰，這個舉動很危險。她嘗試掙脫，但他巧妙地描述一個有趣的情節，轉移她的注意力。他的手臂似乎被遺忘了，留在原來的地方。

對那封有五百法郎的信做出各種推測之後，朱利安繼續往下說。講到過去的生活，他變得更能控制自己了，跟此刻發生的事相比，過去已經不值一提。他的心思全集中到這次會面將如何結束。「快走吧。」她總是不斷地這樣說，語氣很冷漠。

「要是我被她趕走，該是多麼大的羞辱啊！那將是摧毀我一生的悔恨，」他心想，「她再也不會給我寫信了。誰知道我何時還能再回到這裡！」從這一刻起，他心中所有美妙的東西都消失了。在這個他曾經感到那麼幸福的房間裡，坐在他心愛的女人身邊，幾乎把她抱在懷裡，在濃重的黑暗中，可以清楚地知道她一直在流淚，從她胸脯的起伏感覺到她在抽泣，朱利安不幸成了冷漠的政客，簡直像在神學院受到一個比他強大的同學取笑一樣，精於算計，冷酷無情。朱利安繼續講述，又談到他離開維利葉以後的遭遇。「如此說來，」瑞納夫人想，「離開一年，幾乎沒有任何可以懷念的東西，他卻還想著在維爾吉度過的幸福時光，而我卻把他忘了。」她抽泣得更厲害了。朱利安看到他的話發揮作用了。他知道自己該用最後一招了，他突然話鋒一轉，說起他剛收到從巴黎寄來的信。

「我已向主教大人告辭了。」

「什麼！你不回來貝桑松了！你要永遠離開我們了？」

「是的，」朱利安肯定地說，「是的，我要離開這個地方，這個我一生最愛的女人都把我忘了的地方，我要離開，永不回來。我要去巴黎……」

「你要去巴黎！」瑞納夫人大聲叫道。

她的聲音哽咽，心亂如麻。朱利安需要這樣的鼓勵。他要嘗試一個可能對他很不利的舉動；在她驚叫之前，他完全看不到任何結果。此刻，他不再猶豫，對後果的擔心，反而使他完全控制了自我。他站起來，冷冷地說：

「是的，夫人，我要永遠離開了，祝你幸福，永別了。」

他朝窗戶走了幾步，他已經打開窗戶。瑞納夫人衝過去，撲到他懷裡。

就這樣，經過三個小時的談話，朱利安得到了前兩個小時中他渴望得到的東西。重溫舊情，瑞納夫人的悔恨消退了，如果來得早一些，那將是一種至高無上的幸福，現在藉由這些手段得到，只是一種快樂。朱利安不顧情人的阻擋，堅持要點亮那盞守夜燈。

「這次會面，你不願給我留下一點回憶嗎？」他對她說，「難道這雙迷人眼眸中的愛，對我來說永遠消失了？這雙美麗白皙的手難道我再也看不見了？想想看，我此去可能會分別很久！」

想到這一點，瑞納夫人淚如雨下，什麼都不能拒絕了。這時，黎明已清晰地勾勒出維利葉東部山間松林的輪廓。朱利安還沉浸在歡樂中，不肯離去，他懇求瑞納夫人讓他在屋子裡躲藏[3]一天，第二天夜裡再走。

「為什麼不呢？」她答道。「這命中注定的再度墮落，已讓我看不起自己，這將造成我永遠的不幸。」她緊緊地摟著他。「我丈夫跟過去不同了，他開始懷疑，他認為這件事上我耍了他，經常對我發脾氣。他如果聽見一點動靜，我就完了，他會把我當作不知羞恥的女人趕走。」

「看看！這是謝朗先生的話，」朱利安說，「在去神學院的殘酷離別之前，你不會說出這樣的話，那時你愛我！」

朱利安的言語冷靜，果然有了回報，他看見他的情人很快忘了丈夫出現會帶來的危險，一心想著朱利安懷疑她的愛，這更大的危險。天轉眼間亮了，房間裡光線充足，朱利安又看見這個迷人的女人躺在他的懷裡，甚至趴在他的腳邊，他體會到了自尊心得到滿足的快樂。這個他唯一愛過的女人，幾個小時前還沉湎於對天主的恐懼和家庭責任感中。一年的努力堅定了她的決心，卻未能抵擋住朱利安的勇氣。

很快，他們聽到房子裡的聲響。瑞納夫人忘了一件事，她驚慌起來。

「可惡的埃麗莎要到這個房間來，這架梯子怎麼處理？」她對情人說，「把它藏在哪裡？把它搬到頂樓去吧。」她快活得叫起來。

「但必須經過傭人的房間。」朱利安驚訝地說。

「我把梯子放在過道上，再把傭人支開。」

「你得想好理由，萬一傭人經過時看見梯子呢？」

---

3 在另一段個人回憶中，斯湯達爾的遺囑執行人、法國作家羅曼·科倫布（Romain Colomb）寫道，「貝爾（斯湯達爾）曾經連續三天躲藏在X夫人鄉間別墅的地下室裡，在那裡，她提供了食物和他可能需要的一切……要進入這個地下室，必須把梯子搬來，然後再放回去。」

「是的，我的天使，」瑞納夫人說著吻了他一下。「你呢，如果我出去時，埃麗莎進來，你就趕快躲到床底下。」

朱利安對這種突然降臨的快樂，感到驚訝。他心想，「危險來臨時，她不僅不慌張，反而快活起來，因為她忘了悔恨！真是個了不起的女人！啊！能贏取這樣的芳心，太驕傲了。」朱利安高興極了。

瑞納夫人去拿梯子，但是它太重了。朱利安正要去幫忙，看著這優雅的身材，似乎那麼柔弱無力。她沒人幫忙，突然一把抓起梯子，像拎起一把椅子一樣。她很快將梯子搬到四樓的過道上，靠牆放下。她叫來傭人，趁他換衣服的時候，自己爬上鴿樓。五分鐘後，她回到過道時，發現梯子沒了。到哪裡去了？如果朱利安已離開這裡，這種危險不必放在心上。但是，如果這時她丈夫看見梯子，事情就麻煩了。瑞納夫人到處都找遍了，最後發現梯子在屋頂下，是傭人拿上去藏起來的。這件事很詭異，若是從前，她就手足無措了。

「二十四小時以後，」她想，「可能發生的事與我何干呢？那時，朱利安已經走了。對我來說不過是恐懼和悔恨。」

她隱隱約約地感覺到，自己該結束生命了，那又怎樣呢！上次，她以為是永別，可是他又回到她身邊，她又看見他了，而且他為了來見她所做的一切，包含了多少愛啊！

她把梯子的事告訴朱利安：

「如果傭人把梯子的事告訴我丈夫，我該如何回答呢？」她想了片刻，「至少需要二十四個小時，才能找到賣梯子給你的鄉下人，」說著，她撲到朱利安懷裡，顫抖著摟住他：「啊！那就死吧，就這麼死！」她一邊親他，一邊喊道。「但是不該把你餓死。」她笑著說。

「來吧，我先把你藏在德爾維爾夫人的房間裡，這裡一直鎖著。」她走到走道那頭把風，朱利安飛奔過去。「如果有人敲門，你千萬別開，」她把他鎖在屋裡，囑咐他說，「無論如何，這只是孩子玩的遊戲。」

「你叫他們到花園去，到窗戶下面，」朱利安說，「讓我能看見他們，高興一下，讓他們說說話。」

「好，好的。」瑞納夫人答應著，走開了。

她馬上就回來了，拿來一些橘子、餅乾和一瓶馬拉加葡萄酒，但沒偷到麵包。

「你丈夫在忙什麼？」朱利安問。

「他在起草與鄉下人做生意的計畫。」

八點鐘過了，房子裡的聲音很嘈雜。如果大家看不到瑞納夫人，就會四處找她。她不得不離開。很快，她又回來了，大膽地端來一杯咖啡，她怕他餓壞了。早飯以後，她把孩子帶到德爾維爾夫人房間的窗戶底下。朱利安發現他們長大了，不過樣子很平庸，也許是他的看法變了。

瑞納夫人跟他們談到朱利安。大孩子的回答，還流露出對從前教師的感情和懷念，兩個小的已經差不多把他忘了。

瑞納先生這天上午沒出去，他在房子裡跑上跑下，忙著和鄉下人做生意，賣給他們馬鈴薯。直到吃晚飯的時候，瑞納夫人也沒時間陪她囚禁的人。晚飯的鐘聲響了，飯菜上齊了，她想偷一盤熱湯給他。她小心地端著湯，悄悄走向他的房間，突然撞上早上藏梯子的那個傭人。這時，他也悄悄地在過道裡走著，似乎在聽什麼。也許朱利安走動時發出了聲音。傭人走遠了，有些尷尬。瑞納夫人鎮定地走進房間，朱利安見她進來，渾身抖動了一下。

「你害怕了，」她對他說，「我什麼都不怕，眉頭都不皺一下。我只怕一件事，你走後我將孤身一人。」她說完就跑了。

「啊！」朱利安激動地對自己說，「悔恨是這顆崇高的靈魂唯一所怕的。」

黃昏終於來臨。瑞納先生到娛樂場去了。瑞納夫人說頭痛得厲害，回到自己房間，她很快把埃麗莎打發走，又起來去給朱利安開門。

朱利安確實餓壞了。瑞納夫人去廚房找麵包。朱利安聽見一聲尖叫。瑞納夫人回來了，告訴朱利安說，她摸黑進入廚房，走到放麵包的櫥子前，伸手去拿，卻碰到一個女人的手，是埃麗莎，朱利安聽見的尖叫聲就是她發出的。

「她在那裡幹什麼？」

「偷吃點心或者監視我們，」瑞納夫人滿不在乎地說，「還不錯，我找到一塊餡餅和一個大麵包。」

「裡面是什麼？」朱利安指著她圍裙的口袋說。

瑞納夫人幾乎忘了，吃晚飯時，口袋裡已經裝滿了麵包。

朱利安充滿激情地把她摟在懷裡，感覺她從沒這麼美麗過。「在巴黎，」他愧疚地想，「我也不會遇見更偉大的女性。」她是一個笨得不會照顧別人的女人，同時又是一個勇敢得幾乎無所畏懼的人。

朱利安吃得胃口大開，瑞納夫人笑談飯菜的簡陋，她不喜歡一本正經地說話。這時，突然有人用力推門，是瑞納先生。

「你為什麼把自己關在屋裡？」他對她喊道。

朱利安急忙躲到沙發底下。

「怎麼！你還穿得整整齊齊的？」瑞納先生說著走進來，「你吃晚飯，還把門關上！」如果是平時，這種夫妻間冷漠提出的問題，會使瑞納夫人驚慌失措，但這時她覺得丈夫只要稍微彎一下腰，就能看見朱利安。因為瑞納先生一進來，就坐在朱利安坐過的那把椅子上，正對著沙發。

她把這一切都推說是因為頭痛。她的丈夫向她詳細地講述自己在娛樂場玩撞球贏了全部賭注，「賭注十九個法郎啊，真的！」他補充說。她發現朱利安的帽子，就放在他們面前三步遠的一把椅子上。她更冷靜了，開始更衣，過了一會兒，她迅速走到丈夫身後，隨手把一件連衣裙扔在放帽子的椅子上。

最後，瑞納先生走了。她讓朱利安接著講在神學院的生活，「昨天我沒聽進去，你說話的時候，我只想著如何把你打發走。」

她真是放鬆到了極點。他們說話的聲音很大，大約凌晨兩點鐘，突然一陣劇烈的敲門聲，打斷了他們的談話。還是瑞納先生。

「快開門，家裡鬧賊了！」他說，「今天早上，聖尚發現一架梯子。」

「這下全完了，」瑞納夫人喊道，撲到朱利安懷裡，「他要把我們殺死，他不會相信有賊。我要死在你懷裡，這樣死比活著還要幸福。」她不理會怒氣沖沖的丈夫，熱情地吻著朱利安。

「拯救斯坦尼斯拉斯的母親，」他命令似的看著她說，「我從洗手間的窗戶跳到院子裡，然後從花園逃走，幸好狗還認得我。把我的衣服打成包，馬上扔進花園。讓他們把門打破。什麼也不要承認，不許你承認，讓他懷疑總比讓他有證據要好。」

「跳下去會摔死的！」這是她唯一的回答，也是唯一的擔心。

他們來到洗手間的窗前，然後她藏好他的衣服。最後才給她憤怒的丈夫開門。他在房間裡查看一番，又到洗手間看看，一句話沒說就走了。朱利安抓住扔下去的衣服，飛快地向杜河邊的花園低處跑去。

他奔跑著，聽到一顆子彈呼嘯而過，隨即是一聲槍響。

「這不是瑞納先生，」他想，「他的槍法太差，沒這麼準。」幾條狗在他身邊奔跑，又是一槍，似乎打中了一條狗的腿，牠哀號起來。朱利安跳過一塊平臺的圍牆，在牆根底下跑了五十來步，然後朝另一個方向逃去。他聽見人吆喝的聲音，清楚地看見那個傭人、他的敵人，開了一槍。花園的另一頭，一個佃戶開始射擊，但朱利安已到杜河岸邊，他穿好衣服。

一個小時後，他已離開維利葉一法里遠了，在去日內瓦的路上走著。「如果有人懷疑，」朱利安想，「他們會到去巴黎的路上找我。」

第二部

她不美麗，也不塗口紅。

——聖伯夫[1]

1 聖伯夫（Charles-Augustin Sainte-Beuve，一八〇四－一八六九），法國作家、文藝批評家。

第一章
鄉間的快樂

鄉間啊，我何時才能見到你！

——維吉爾

「先生是在等去巴黎的驛車吧？」朱利安在一家旅店停下吃早餐，店主人問。

「今天或明天的車，都可以。」朱利安說。

就在他裝作心不在焉的時候，驛車到了。車上有兩個空位。

「怎麼！是你，可憐的法爾科。」一個從日內瓦來的旅客，對跟朱利安一起上車的人說。

「我還以為你在里昂附近定居了，住在隆河畔美麗的山谷裡呢？」

「定居下來！我在逃亡呢。」

「怎麼！在逃亡？你，聖吉羅！一副老實的樣子，難道你犯罪了？」法爾科笑著說。

「說實話，差不多。我逃避的是外省那種可惡的生活。我喜歡樹林的清新空氣和田野的幽靜。你過去常說我異想天開。我從來不想再聽人談論政治，可是政治卻把我趕出來了。」

「你是什麼黨派的？」

「不屬於任何黨派，所以我才不走運。我的政治面貌是：喜歡音樂[1]、繪畫，一本好書對我來說是一件大事，我快要四十四歲了。還能活多久？十五年、二十年，頂多三十年？我相信三十年後，部長都會更加明智，和今天的諸位部長一樣正派。英國的歷史，不失為一面未來的鏡子。總會有國王想擴大他的權力。當議員的野心、像米拉波[2]想賺幾十萬法郎一樣，會讓外省的有錢人睡不著覺。他們把這叫作自由主義和愛人民。成為議員或宮廷侍從的欲望，使那些極端的保皇黨人四處奔走。在國家這條大船上，人人都想掌舵，因為報酬很豐厚。難道普通乘客就沒有希望得到一席之地嗎？」

「當然，當然，你這樣性情溫和的人，都這麼說是很可笑的。是不是最近的選舉，把你趕出了外省？」

「我的不幸說來話長。四年前，我才四十歲，已經有五十萬法郎。如今，我老了四歲，卻少了五萬法郎。我賣掉位於隆河畔、環境優雅的蒙夫勒里城堡，就會損失這麼多。

「在巴黎，我厭倦了所謂的十九世紀文明使大家上演的沒完沒了的喜劇。我渴望一種溫暖而樸實的生活。我在靠近隆河的山區買了一塊地，世界上沒有比這裡更美的地方了。

「半年來，村裡的本堂神父和附近的鄉紳不斷向我討好，我請他們吃飯，對他們說，我離開巴黎，是為了一輩子不再談政治，也不聽別人談。你知道，我什麼報紙都不訂，給我送的信越少，我越開心。

「代理神父卻不滿意，我很快成了當地各種無禮要求、糾纏等等的目標。我每年本想給窮人捐

---

1 參見斯湯達爾的《亨利．布拉德的一生》：「從那時（加沃的歌劇《不存在的契約》的一次演出）起，我愛上了音樂，這也許是我最強烈的、付出最多的激情。」

2 米拉波（Honoré de Mirabeau，一七四九－一七九一），法國大革命時期的政治家和演說家。

兩三百法郎，但他們要我捐給宗教團體，如聖約瑟會、聖母會等等，我拒絕了，結果他們就對我百般羞辱。我真傻，竟然發火了。我早上去享受山間美景，總會遇到各種麻煩破壞我的心情，讓我生氣地想起那些惡人惡事。比如，祈禱會遊行的歌，我很喜歡，大概是希臘曲子，但他們不再為我的田地祝福，因為代理神父說，這些田地的主人不信神。一個虔誠的老農婦的牛死了，說是因為附近有個魚塘，屬於我這個不信神的人、一個從巴黎來的哲學家。一個星期之後，我發現所有的魚都肚皮朝天，被人用石灰毒死了。各種各樣的麻煩困擾著我。治安法官是個正直的人，但怕丟了飯碗，總是判我不對。對我來說，安靜的田園變成了地獄。他們看到聖公會領導人、代理神父拋棄了我，自由黨的領導人退休上尉也不支持我，就一起朝我撲過來，包括我養了他一年的泥瓦匠，甚至為我修農具的工匠也想敲詐我。

「為了找個靠山，打贏幾場官司，我加入了自由黨。但是，正如你說的，見鬼的選舉來了，他們要我去投票……」

「選一個你不認識的人？」

「絕對不是，這個人我太熟了。我拒絕了，這麼做很不明智！從那時起，自由黨也糾纏我，我的處境更加難受了。我相信，如果代理神父控告我殺了女傭，兩個黨派中肯定會有二十個證人站出來作證，發誓說親眼見到我犯罪。」

「你想住在鄉下，卻又不想滿足鄉鄰的願望，甚至不聽他們的閒聊。這是多大的過失……」

「最後，這個過失得到彌補。我要賣掉蒙夫勒里城堡，如果需要，我寧可損失五萬法郎。不過我很高興，我可以離開這個虛偽和煩惱的地獄。我要尋找安靜和鄉間的平和，在法國，只有在巴黎香榭麗舍大街[3]的五層樓上可以找到。而且我正在考慮，是否要藉由給教區送聖餐麵包，在魯爾區重新開始我的政治生涯。」

「如果在拿破崙時代，你就不會遇到這些事。」法爾科說，眼裡閃爍著憤怒和惋惜。

「那當然好，但是你的波拿巴為什麼沒有保住自己的地位？我今天的所有痛苦，都是他造成的。」

聽到這裡，朱利安更加留心了。從第一句話中，他就明白了，波拿巴派法爾科是瑞納先生兒時的朋友，一八一六年與市長絕交。而哲學家聖吉羅應該是某省官員的兄弟，這個官員很會經營，他知道如何透過拍賣將公房低價據為己有。

「所有這一切都是你的波拿巴造成的，」聖吉羅接著說，「一個正派的人，安分守己，年過四十，擁有五十萬法郎卻不能在外省安居，是那些教士和鄉紳把他趕走的。」

「啊！不要說他的壞話，」法爾科叫道，「他在位的十三年中，法國從未受到各國人民如此尊敬。那時候，大家所做的一切都很偉大。」

「啊！讓你的皇帝見鬼去吧，」四十四歲的人又說，「他只有在戰場上，在一八〇二年整頓財政的時候，才是偉大的。以後，他所做的一切又如何呢？他的那些宮廷侍從、大肆炫耀和杜樂麗宮的召見儀式，不過是君主政體愚蠢行為的翻版。這個版本經過修改，也許還能用一兩個世紀。貴族和教士想倒回到舊版，但他們缺少推銷給公眾的鐵腕人物。」

「這真是一個老印刷廠老闆的調調！」

---

3 大革命時期，皇家大院取名為「香榭麗舍」。一八二八年，巴黎成為香榭麗舍大街的主人。這裡有馬戲團、咖啡館、餐館、劇院等，還有私人旅館。

「是誰把我從自己的土地上趕走的？」印刷廠老闆憤怒地說。「是那些教士，拿破崙與教皇簽署協定[4]，把他們請回來，對待他們跟對待醫生、律師、天文學家不同，不只是把他們當作公民，還管他們用什麼辦法謀生。如果拿破崙沒有封什麼男爵和伯爵，今天會有那些傲慢無禮的貴族嗎？當然不會，時過境遷了。除了教士，最令我厭惡的就是那些強迫我加入自由黨的鄉村小貴族。」

談話沒有盡頭，在法國這個話題可以談半個世紀。聖吉羅總是說無法在外省安心生活，朱利安就怯懦地舉出瑞納先生的例子。

「不錯，年輕人，你說得對！」法爾科叫起來，「他不想做鐵砧，才做了錘子，而且還是可怕的錘子。不過，我看瓦勒諾的風頭已經蓋過了他。你認識這個壞蛋嗎？這是個真的壞蛋。如果有一天，你的瑞納先生看到自己被免職，並被瓦勒諾取代，他會說什麼呢？」

「他將面對自己的罪行，」聖吉羅說。「這麼說來，年輕人，你很瞭解維利葉？好吧！波拿巴，讓他和他的君主制的把戲見鬼去吧，是他讓瑞納和謝朗得勢的，而這又導致了瓦勒諾和馬斯隆的統治。」

這次關於黑暗政治的談話，使朱利安感到驚訝，把他從甜蜜的夢想中拉出來。

他遠遠望見了巴黎，但沒什麼感覺。剛剛在維利葉度過的二十四小時仍記憶猶新，正與他為未來命運構築的空中樓閣互相抗爭。他發誓永不捨棄情人的孩子，如果蠻橫的教士建立共和國，並且迫害貴族的話，他會不惜一切保護他們。

他到維利葉的那天晚上，當他把梯子放在瑞納夫人的臥室窗戶邊上時，如果房間裡是一個陌生人或是瑞納先生本人，那又會發生什麼事呢？

最初的兩個小時，他的情人一心想把他趕走，而他在黑暗中在她身邊為自己辯白時，是多麼快樂啊！對朱利安這樣的心靈，這種回憶會伴隨他一生。這次相聚的其他細節，已經和一年兩個月前他們戀愛之初的情景融為一體了。

馬車停了，朱利安從沉醉的夢想中醒來，車子剛駛入位於盧梭路的驛站。一輛雙輪輕馬車開過來，他對車夫說：「我要去馬爾梅松[5]。」

「先生，你這時候去做什麼？」

「這跟你有什麼關係？走吧。」

所有真正的激情都是圍繞著自我。這就是為什麼我認為在巴黎激情很可笑，在那裡，你的鄰居總是以為別人在想著他。朱利安在馬爾梅松的激動心情，我就不多說了。總之，他流下了眼淚。怎麼！今年修築的那些可惡的白牆，把花園割成一塊塊的，他沒看見嗎？是的，先生，對朱利安和後人來說，拿破崙曾占領的阿爾科萊、他被流放的聖赫勒拿島和馬爾梅松之間並無差別。

當天晚上，朱利安猶豫了很久，才進入劇院，他對這個讓人墮落的地方，有些特殊的想法。一種深切的疑慮使他無法去欣賞鮮活的巴黎，只有他的英雄留下的那些遺跡才會讓他感動。

「我現在到了陰謀和虛偽的中心！統治這裡的是福利萊神父的保護人。」

第三天晚上，好奇心占據了上風，他放棄了在見彼拉神父之前到處看看的計畫。神父用冷淡的

---

4 指教務專約（Régime concordataire français），是拿破崙執政後於一八〇一年七月與教會達成的和約。旨在發展教育，緩和教育領域中政府與教會之間的衝突。

5 馬爾梅松（Malmaison），距離巴黎十三公里，是十八世紀的城堡。這裡曾是拿破崙皇后約瑟芬的行宮，拿破崙流放前曾在此停留。

語氣，向他解釋了在拉莫爾先生家中，他將會遇到怎樣的生活。

「幾個月後，如果你還沒有發揮作用，就回到神學院，當然是名正言順地進去。你會住在侯爵家裡，他是法國最大的貴族之一。你要穿著黑衣，但不像教士，而是像服喪的人。我介紹你去神學院上神學課，每個星期去三次。每天中午，你坐在圖書室裡，侯爵要讓你起草一些訴訟和其他事務的信件。侯爵在他收到的每封信的空白處，批注幾句話，提醒回覆的要點。我說過，不出三個月，你就能寫回信了。在呈交侯爵簽字的信中，十封中有八、九封可以簽字。晚上八點，你收拾好他的辦公桌。到十點鐘，你就自由了。」

「有可能，」彼拉神父繼續說，「某位老婦人或某位溫和的先生，想看看侯爵收到的信件，他們暗示你能得到很多好處，或者直接給你錢……」

「啊，先生！」朱利安叫起來，臉都紅了。

「真奇怪，」神父苦笑著說，「你這麼窮，還在神學院待了一年，竟然還這麼憤世嫉俗。你真是有眼無珠啊！」

「難道是天性如此。」神父像是在自言自語。「我感到奇怪的是，」他看著朱利安，繼續說，「侯爵認識你……我不知道是怎麼認識的。他剛開始給你的薪水是一百金路易，他做事很隨興，這是他的缺點；他像孩子似的跟你發脾氣。如果他高興的話，你的薪水會漲到八千法郎。」

「不過，你要明白，」神父又尖酸地說，「他給你這麼多錢，不是因為你的漂亮眼睛。關鍵是要發揮作用。如果是我，我會盡量少說話，尤其對我不知道的事情，絕口不談。」

「對了，」神父說，「我給你打聽到一些情況，我剛才忘了說拉莫爾先生的家庭了。他有兩個孩子，一個女兒和一個兒子。兒子十九歲，風流高雅，放蕩不羈，是那種到了中午還不知道下午兩點要幹什麼的人。他智謀雙全，參加過西班牙戰爭[6]。我不知道為什麼，侯爵要你跟年輕的諾貝爾伯爵做朋友。我說過你精通拉丁文，也許他想讓你教他兒子學幾句西塞羅和維吉爾的格言警句。

「如果是我，我絕不讓這個年輕人跟我開玩笑。他可能會有禮貌地接近你，但稍帶嘲諷，我會讓他重複多次，才能接受。

「我不妨直言，一開始這位年輕的伯爵會鄙視你，因為你不過是一個平民百姓。他的祖先曾在宮廷任職，並且於一五七四年四月二十六日，因捲入政治陰謀在格列夫廣場遭到斬首。而你不過是維利葉一個木匠的兒子，而且你是他父親花錢雇的人。你衡量一下這些差別，到莫雷里[7]的著作中瞭解這個家庭的歷史。所有去他們家赴宴的攀附者，都會不時地提及這些掌故，做些巧妙的暗示。

「你要注意如何應對諾貝爾．拉莫爾伯爵的取笑，他是輕騎兵上尉、未來法國貴族院的議員，不要在事後來向我訴苦。」

「我認為，」朱利安說，臉脹紅了，「我不必理睬一個看不起我的人。」

「這種鄙視你想像不到，表面上是過度誇張的恭維。如果你傻，就會上當；但如果你想發跡，就得上當。」

「有一天，這一切我不能適應了，」朱利安說，「如果我回到神學院一〇三室，我會被認為是忘恩負義嗎？」

「這是毫無疑問的，」神父答道，「所有對這個家庭獻殷勤的人，都會詆毀你。不過，我會出

6 一八二三年的戰役，法國軍隊恢復了斐迪南七世的地位，一八二〇年他被軍事政變趕下臺。

7 莫雷里神父（一六四三－一六八〇），法國歷史學家。一六七四年，出版了他的著作《歷史大辭典》。

面講話，我會說這是我的決定[8]。」

朱利安注意到，彼拉神父的語氣嚴厲，甚至刻薄，他感到很難過。這種語氣完全毀掉了他最後那句話的好意。

實際上，神父因為對朱利安的愛而感到不安，他如此直接地干預他人的命運，會有一種宗教敬畏感。

「你還會見到，」他又沒好氣地補充說，像是完成一項重大使命，「你還會見到拉莫爾侯爵夫人。這是一個高大的金髮女人，她虔誠、高傲，很有禮貌，但毫無可取之處。她的父親是肖納老公爵，因其貴族偏見而得名。這位貴婦人是那個階層婦女性格的一個典型縮影。她並不隱瞞祖先參加過十字軍東征的歷史，這是她唯一尊崇的榮耀。至於金錢，她還不以為意。你覺得奇怪嗎？我們已經不在外省了，我的朋友。

「你在她的客廳裡，會遇見好幾位大人物，他們用一種輕率的口吻談論我們的親王。至於拉莫爾侯爵夫人，每當她提到一位親王，特別是一位公主的時候，總是出於敬意而壓低聲音。我勸你在她面前，不要對菲利普二世或亨利八世妄加評論。他們做過國王，他們永遠享有受人尊敬的權利，尤其是你我這種出身卑微的人，更應該尊敬。不過，」彼拉神父又說，「由於我們是教士，她會把我們當作靈魂得到救贖所不可缺少的僕從。」

「先生，」朱利安說，「看來我在巴黎待不久。」

「那好，不過你要明白，我們這種穿黑袍的人想要高升，就得依靠這些大人物。你的性格中有些難以形容的東西，如果你不出人頭地，就受到迫害，沒有折中的選擇。別心存幻想。別人跟你說話，你不高興，會被人家看出來。在這種注重社交的社會，你如果得不到尊敬，就注定要吃苦頭。

「如果不是拉莫爾侯爵一時興起，你會在貝桑松幹什麼呢？總有一天，你會明白，他為你做的事情是多麼不一般，如果你不是忘恩負義的人，你就會對他和他的家庭心存感激。有多少可憐的神父，他們比你博學，在巴黎生活多年，卻靠做彌撒賺十五個蘇和在索邦神學院講道賺十個蘇過日子！……去年冬天，我跟你講過那個壞蛋，紅衣主教杜布瓦的早年經歷。你不會驕傲得認為自己比他有才吧？

「拿我來說，我是個喜歡安靜、碌碌無為的人。我原打算死在神學院裡，我太幼稚了，竟然捨不得離開。可是，當我提出辭呈的時候，也快被撤職了。你知道我當時有多少財產嗎？總共五百二十法郎，不多也不少。我一個朋友也沒有，只有兩三個熟人。拉莫爾先生跟我並不認識，但他幫我脫離了困境。他一句話，人家就給我一個教區。那裡的居民都是富人，毫無粗俗的惡習。我為我的報酬感到慚愧，它與我的工作不相符。我跟你說了半天，是為了讓你頭腦清醒，小心行事。

「再說一句：我不幸天生脾氣暴躁，我們將來很可能形同路人。

「如果侯爵夫人的高傲，或者她兒子的取笑，使這座房子變得讓你感到窒息，我建議你到距離巴黎三十法里外的那座神學院完成你的學業，最好往北去，因為北方文明多、不公少。還有，」他又壓低聲音說，「我必須承認，離巴黎的報紙越近，那些公子哥就越不敢輕舉妄動。如果侯爵家對你不合適，並且你還願意見到我，我會把我代理神父的職位給你，我跟你平分這個教區的收入。這是我應該給你的，我欠你的不止這些，」他打斷朱利安的感謝，又說，「在貝桑松時，你給我那麼不尋常的饋贈。那時我幸虧有五百二十法郎，如果我身無分文，你就是我的救命恩人了。」

8 此處為拉丁文：Adsum qui feci。

神父的語氣不那麼嚴厲了。朱利安感到十分羞愧，他竟然流淚了。他真想投入他朋友的懷抱，他盡量裝出堅強的樣子，對他說：「我自幼就受到父親的憎惡，這是我最大的不幸。但我不再抱怨自己的命運，先生，我在你身上重新找到了父親。」

「好，好的，」神父不好意思地說，接著想到一句神學院院長該說的話，「任何時候都不要說命運，我的孩子，應該永遠說天意。」

馬車停了，車夫走到一扇門前，掀起一個巨大的銅環敲門，這就是拉莫爾府邸。為了不讓路人弄錯，門上方的黑色大理石上，刻著幾個醒目的字。

這種虛張聲勢，讓朱利安感到不快。「他們這麼害怕雅各賓派！在每道籬笆後面，他們都會看見羅伯斯庇爾和他押送死囚的車子。他們驚恐的樣子，滑稽可笑。他們又這麼張揚自己的房子，以便讓暴徒在動亂時認出來，上門打劫。」他把這種想法告訴彼拉神父。

「唉！可憐的孩子，你很快就會成為我的副手了。怎麼會有這麼可怕的想法！」

「我覺得這太簡單了。」朱利安說。

看門人嚴肅的儀表，尤其是庭院的整潔，使朱利安讚歎不已。這是個陽光明媚的日子。

「多麼華麗的建築啊！」他對他的朋友說。

這是聖日爾曼區的府邸之一，建造於伏爾泰逝世前後，它的正面平凡單調。流行與美麗之間，相距如此之遠。

第二章
初入上流社會

回憶可笑而動人：我十八歲那年，初次進入沙龍，形單影隻！
女人的一瞥足以令我退縮。越想表現，越是笨拙。
對一切事物的看法，都是錯的。
要麼毫無理由的輕信，要麼與人為敵，只因他目光嚴峻。
但羞怯帶來的各種痛苦中，美好的日子終歸美好！

——康德

朱利安站在院子當中，一臉惶惑。

「你要保持冷靜，」彼拉神父說，「你有些可怕的念頭，但你還是個孩子！賀拉斯說的『絕不衝動』[1]忘記了？想想這些傭人看見你來，會怎麼取笑你，他們把你視為同類，你卻高於他們，這並不公平。他們表面熱情，幫你做這做那，實際上巴不得你當眾出醜。」

「讓他們來較量吧。」朱利安咬著嘴唇說，又是一副不屑的樣子。

兩位先生走進侯爵的辦公室之前，先穿過二樓的幾個客廳。啊，我的讀者，你會覺得這些房間

1 此處為拉丁文：nil mirari。

既豪華又沉悶。如果原封不動送給你，你肯定不會住的。那是打哈欠和發無聊議論的地方，卻讓朱利安心馳神往。「住在這麼奢華的地方，怎麼會不快樂呢？」他心想。

最後，兩位先生來到這座豪宅中最簡陋的一間。裡面光線微弱，有一個瘦小的人，兩眼炯炯放光，戴著金色假髮。神父轉過身來，為朱利安引見，這就是侯爵。朱利安幾乎認不出他，只覺得他看起來很有禮貌，已不再是博萊－勒奧修道院那個傲慢的大人物。朱利安覺得他的假髮太濃密了。有了這種感覺，他竟然無所畏懼了。侯爵的祖先，是亨利三世的朋友，朱利安起初覺得這個後人相貌平平。他長得很瘦，特別好動。但朱利安很快發現，侯爵的禮貌超過了貝桑松的主教，更令人感到愉快。會見不到三分鐘。神父出來時，對朱利安說：

「你看侯爵，就像看一幅畫一樣。對於這些所謂的禮節，我不太瞭解，你很快就會知道得比我多。但你的目光很放肆，有些失禮。」

他們又乘上馬車，車夫把車子停在林蔭大道旁。神父領著朱利安進入幾間大廳。朱利安注意到裡面沒有家具。朱利安望著一座華麗的鍍金座鐘，在他看來，題材很不雅。這時，一位風度翩翩的先生笑著走過來。朱利安點頭致意。

這位先生微微一笑，把手放在他的肩膀上。朱利安一驚，急忙後退。他氣得臉通紅。彼拉神父板著面孔，忍不住笑了。這位先生原來是個裁縫。

「我給你兩天時間自由活動，」神父出門時，對他說，「然後你才能去見拉莫爾夫人。換了別人，在你初到這個新巴比倫[2]的日子裡，會把你當年輕女孩一樣看管起來。如果你非要墮落，就立刻去墮落吧，我也免得為你操心了。裁縫後天早上會送來兩套衣服，你要給試衣服的夥計五個法郎。另外，不要讓這些巴黎人聽出你的口音。你一張嘴，他們就找到取笑你的把柄。這就是他們的本事。後天中午，你到我那裡去……去墮落吧……我忘了告訴你，到這些地方去定做靴子、襯衫和帽子。」

朱利安認真看了這些地址的字跡。

「這是侯爵本人寫的，」神父說，「他是個實幹家，凡事都親自下手而不是指使別人。他把你留在身邊，是為了省去這些麻煩。這個急躁的人用三言兩語交代給你的事，你有足夠的機智辨好嗎？這個以後便會知道：你要小心行事！」

朱利安按照提供的地址走進那些店鋪，他默不作聲。他注意到他受到恭敬的接待，而且鞋匠在登記簿上登記姓名時，把他的名字寫成：朱利安．德．索萊爾先生。

在拉雪茲神父公墓裡，有位先生十分熱情，說話更像個自由黨人，主動把奈伊元帥[3]的墓指給朱利安看，由於政治原因，他的墓沒有墓誌銘。朱利安和這個自由黨人告別時，他幾乎含淚把他摟在懷裡，但朱利安的懷錶不見了。這讓他學到教訓，到第三天中午，他去見彼拉神父，神父打量了他很久。

「你也許要變成花花公子了，」神父對他說，神情嚴肅。朱利安一身黑衣，看起來像個戴孝的年輕人，他確實很英俊，但善良的神父自己太土了，看不出朱利安肩膀的動作很講究，在外省，這是高雅而精神的風範。侯爵對朱利安的看法與神父截然不同，他一見面就問神父：

---

2 這裡指的是巴黎。

3 米歇爾．奈伊（Michel Ney，一七六九－一八一五），法國軍人，法國大革命和拿破崙戰爭期間的軍事指揮官，拿破崙手下十八名法國元帥之一。

「如果索萊爾先生去學跳舞，你不會反對吧？」

神父愣住了。

「不，」最後，他答道，「朱利安不是教士。」

侯爵兩步併作一步，爬上一道狹窄的暗梯，把我們的英雄安排在一間漂亮閣樓裡，正對著府邸的大花園。他問朱利安在裁縫店裡買了幾件襯衫。

「兩件。」朱利安答道。對於這位大人物過問這種小事，他感到不安。

「很好，」侯爵嚴肅地說，帶著命令式的強硬口氣，這讓朱利安感到迷惑，「很好！再去買二十二件。這是你第一個季度的薪水。」

侯爵從閣樓下來，叫來一個老傭人，對他說：「阿西納，以後由你伺候索萊爾先生。」幾分鐘之後，朱利安獨自待在一間豪華的圖書室裡，這簡直太美妙了。他很激動，為了不讓別人看見，他躲在一個陰暗的角落裡。在那裡，他欣喜若狂地觀賞著金光燦燦的書脊。他心想：「所有這些書，我可以隨便看。在這裡，我怎麼會不高興呢？拉莫爾侯爵為我所做的一切，瑞納先生連百分之一都做不到，這會讓他永遠抬不起頭來。」

「但是，還是先看看要抄寫的東西。」工作做完之後，朱利安才敢走近那些書。他發現一套伏爾泰全集[4]，簡直樂壞了。他跑去把圖書室的門打開，免得有人突然開門進來嚇他一跳。然後，他開始興致勃勃地逐一翻閱那八十卷書。書的裝幀很漂亮，是倫敦最好的裝訂匠人的傑作。其實用不著這麼精緻，就足以讓朱利安歎為觀止。

一小時以後，侯爵來了，他看了抄寫的文件，驚訝地發現朱利安寫 cela 時，多寫了一個 l，寫成了 cella。「神父說他很博學，難道都是謊言嗎！」侯爵很失望，和氣地對他說：

「你對拼寫不是很有把握吧？」

「確實如此。」朱利安回答，根本沒有想到這對他多麼有害。他對侯爵的寬容很感動，不禁回想起瑞納先生傲慢的態度。

「這個法蘭琪－康堤的小神父所做的，真是浪費時間，」侯爵想，「可是我多麼需要一個可靠的幫手啊！」

「Cela 只有一個 l，」侯爵對他說，「你抄完以後，沒把握的話可以查查詞典。」

六點鐘的時候，侯爵打發人來叫他，他看見朱利安的靴子，面露不悅之色：「這是我的錯，我沒有告訴你，每天五點半，要穿上整齊的禮服。」

朱利安看著他，沒有弄明白他的意思。

「我的意思是要穿上長襪。阿西納會提醒你的，今天我替你道歉吧。」

說完，拉莫爾先生把朱利安領到一間金碧輝煌的大廳。類似的場合，瑞納先生總要加快腳步，搶先進入大廳。老東家的虛榮心，讓朱利安踩到了侯爵的腳上，由於他患有痛風病，他感到疼痛難忍。「啊！沒想到他這傢伙這麼笨拙！」侯爵心想。他把他引見給一個高大而嚴肅的女人，這就是

---

4 斯湯達爾的個人回憶（參見《亨利．布拉德的一生》）：「我找到一個辦法，從我附近在克雷爾的莊園的書架上偷來幾卷伏爾泰文集，這套書有四十卷，裝幀很精美……我想有四十卷，字排得很密，我從中拿了兩卷，把其他的書都挪動了一下，似乎看不出來。」於是，這也成了拉莫爾小姐的習慣（見本書第二部第三章）。斯湯達爾讓朱利安犯下的拼寫錯誤，也是他自己所犯過的：「達魯先生把我安排在辦公室裡，讓我抄一封信。他發現我在寫『cela』時，用了兩個 l，寫成了『cella』……」

侯爵夫人。朱利安覺得她態度傲慢，有點像參加聖查理節晚宴的維利葉專區區長莫吉隆夫人。客廳極度奢華，朱利安有些恐慌，沒有聽見拉莫爾先生說些什麼。侯爵夫人勉強瞧了他一眼。客廳裡有幾個男人，朱利安從中認出了年輕的阿格德主教，心裡有說不出的高興。幾個月前，在博萊－勒奧修道院的宗教儀式上，阿格德主教曾經屈尊跟他說過幾句話。朱利安用羞怯而溫柔的目光盯著這位年輕的主教，讓他有些不知所措，他根本不想認這個外省人。

朱利安感到，在客廳裡的這些人有點沉悶、有點拘束。巴黎人說話聲音很小，而且不虛張聲勢。

將近六點半的時候，一個英俊的年輕人進來了，他留著小鬍子，臉色蒼白，身材修長，腦袋非常小。

「你總是讓人家等。」侯爵夫人說。他吻了夫人的手。

朱利安知道，這就是拉莫爾伯爵。他一見伯爵就喜歡上他。

他心想，「怎麼可能呢，他會用損人的玩笑把我從這個家裡趕出去？」

朱利安仔細打量著諾貝爾伯爵，發現他穿著靴子，還有馬刺，「而我就應該穿普通鞋子，看起來像個傭人。」大家開始就餐了。朱利安聽見侯爵夫人大聲說了一句嚴厲的話。與此同時，他看見一個女孩，頭髮金黃色的，身材窈窕，走過來坐在他的對面。他根本不喜歡她，不過仔細一看，他發現，他從沒見過如此美麗的眼睛，然而這雙眼睛顯露出一顆冷酷的心。然後，朱利安發現那雙眼時刻在觀察別人，又不忘保持威嚴，顯示出厭倦的表情。「瑪蒂爾德小姐的眼睛也很美，人人稱讚，」他心想，「但兩人的眼睛毫無共同之處。」朱利安見識不多，他分辨不出在瑪蒂爾德小姐(他聽見別人這樣稱呼她)眼睛中閃爍的，是機智的光芒。而瑞納夫人的眼中閃動的，是熱情的火焰，或者是對惡事產生的義憤。晚餐快結束時，朱利安才想出一個恰當的詞來形容拉莫爾小姐的眼睛之美。「那雙眼睛顧盼生輝。」他心裡說。此外，她的相貌很像她的母親，但朱利安越來越不喜歡她的母親，也不再看她。相反，他覺得諾貝爾伯爵無論哪方面都令人讚賞。朱利安被吸引住了，甚至不去想他比自己更富有、更高貴，也不會去嫉妒和憎恨他。

朱利安發現侯爵有些鬱悶。

上第二道菜時，侯爵對兒子說：

「諾貝爾，我請你關照一下朱利安．索萊爾先生，我剛請他為我做事，而且我想重點培養他，假如 cela(這)是可能的話。」

「這是我的祕書，」他對坐在旁邊的人說，「他寫 cela 時，用了兩個 l。」所有的人都看著朱利安，他朝諾貝爾點頭致意，動作稍微大了些。不過，他的眼神並不讓人討厭。

侯爵也許提到過朱利安所受的教育，有位客人就拿賀拉斯來考他。「正是因為談到賀拉斯，我才在貝桑松主教面前露臉的，」朱利安心想，「看來，他們只知道這位作家。」從這以後，他就能掌控自己了。

對付男人並不難，因為在他眼中，拉莫爾小姐根本不像女人。自從進了神學院，他就對男人做了最壞的打算，很難被他們嚇倒。如果餐廳不那麼奢華，他會更加泰然自若。但是，還有兩面八尺高的鏡子令他感到不適應，他談到賀拉斯時，會從裡面看到辯駁的人。對外省人來說，他的句子不算長。他的眼睛很漂亮，那種畏縮不前或者對答如流的快樂，使這雙眼睛更加有神。他是討人喜歡的。這場考試給嚴肅的晚餐增添了樂趣。侯爵示意朱利安的辯駁者繼續加碼。「難道他真的有點學識嗎?」侯爵想。

朱利安一邊回答,一邊思考。他已不再羞怯,可以炫耀一下,當然不是賣弄才智,賣弄才智對不能掌握巴黎人說話方式的人來說是不可能的。他有新奇的想法,雖然表達還不夠優雅得當,但大家看得出,他精通拉丁文。

朱利安的對手是一位銘文學院的院士,碰巧懂拉丁文。他發現朱利安是個不錯的人文學者,也就不怕讓他難堪,想方設法給他出難題。朱利安在激烈的辯論中,終於忘了餐廳裡豪華的陳設,針對拉丁詩人發表見解,這是對手在任何地方都沒見過的。對手是個正派人,他誇獎這位年輕的祕書。這時幸虧有人發起一場爭論,涉及賀拉斯的貧富問題,他是像莫里哀和拉封丹的朋友夏佩爾[5]那樣,是個溫柔可愛、貪圖享樂、無憂無慮、寫詩是為了消遣的人,還是像拜倫勛爵的誹謗者騷塞那樣,是個出入宮廷、為國王寫祝壽頌歌的窮桂冠詩人。他們談到奧古斯都統治下和喬治四世[6]統治下的社會狀況。這兩個時代,貴族的權力都很大。但在羅馬,貴族的權力被一個普通騎士梅塞納奪走;而在英國,貴族讓喬治四世幾乎降低到威尼斯大公的地位。這場爭論似乎讓侯爵從晚飯開始後的無聊狀態中解放出來。

朱利安對那些現代人物,像是騷塞、拜倫[7]、喬治四世等等根本不瞭解,是頭一回聽到。但是,一旦涉及羅馬歷史,可從賀拉斯、馬夏爾、塔西陀等人的著作中獲知的,朱利安就有絕對的優勢,這一點大家都公認。朱利安把和貝桑松主教辯論中所學到的東西,全都據為己有,這些觀點很受歡迎。

當大家談論詩人談累了時,侯爵夫人這才屈尊,看了朱利安一眼,凡是讓她丈夫開心的事,她都會表示讚賞。「在這個年輕神父的笨拙外表下,隱藏著一個有學問的人。」坐在侯爵夫人旁邊的院士對她說。朱利安大概也聽到了。這種說法非常迎合女主人的趣味，她同意這句關於朱利安的評語，暗自慶幸多虧邀請院士來吃晚飯。「他讓拉莫爾先生開心了。」她心想。

5 真名克勞德·路利爾（一六二六－一六八六），拉封丹和莫里哀的朋友。一六五六年，他出版了一本非常暢銷的遊記：《夏佩爾和巴紹蒙特之旅》。

6 喬治四世（一七六二－一八三〇），一八二〇年登上王位。自一八一〇年之後任攝政王，奉行反動政策，直到一八二二年退位，組建一個自由主義的內閣。

7 一八一六年，斯湯達爾在米蘭結識了拜倫，立刻對他產生欽佩。十月二十四日斯湯達爾寫道，「他是當今在世最偉大的詩人」，但拜倫死後，斯湯達爾對其進行更深入的研究之後，對他的欽佩之情有強烈的保留。

第三章

邁出第一步

在這個巨大的山谷中，陽光燦爛、人頭攢動，令我眼花撩亂。
無人認識我，人人都在我之上，我迷失了方向。

——雷納律師的詩[1]

第二天早上，朱利安正在圖書室抄寫信件，瑪蒂爾德小姐從一個用書脊掩藏得很好的小門進來了。朱利安對這個巧妙的設計讚不絕口，瑪蒂爾德小姐卻因為遇到他，大吃一驚，很不高興。她頭上戴著捲髮的紙捲，朱利安覺得她面部僵硬，態度高傲，幾乎有點男人氣。拉莫爾小姐有個祕密，趁她父親不在時到圖書室來偷書。因為朱利安在場，她今天早上白來一趟，更令她惱火的是，她來找伏爾泰的《巴比倫公主》第二卷，這是宮廷和宗教教育的補充讀物，是聖心派的傑作[2]！這位可憐的姑娘，才十九歲，已經只為尋求精神的刺激，才會對一本小說感興趣。

將近三點，諾貝爾伯爵才來到圖書室。他要查閱一份報紙，準備晚上談論政治。他見到朱利安很高興，實際上他早就把他忘了。他對朱利安很好，請他一起騎馬。

「父親放了我們的假，直到晚飯前。」

朱利安明白「我們」的含義，覺得這兩個字很親切。

「天哪，伯爵先生，」朱利安說，「如果要砍一棵八十尺高的樹，把它劈開，鋸成板子，我可以做得很好。但是騎馬，我這輩子只騎過六次。」

「那好，這是第七次。」諾貝爾說。

其實，朱利安認為自己的騎術很好，他回憶起國王駕臨維利葉的情景。不過，從布洛涅森林回來時，為了避讓經過巴克街正中央的一輛輕便馬車，他從馬上摔下來，弄得滿身是泥。幸虧他有兩套禮服。晚飯時，侯爵想跟他說話，問問他騎馬出行的情況，諾貝爾急忙含糊地說了幾句。

「伯爵先生對我的關照很周到，」朱利安繼續說，「我非常感謝他，也很珍惜，他把一匹最溫順最漂亮的馬給我，但畢竟不能把我拴在馬上，由於這一缺失，我在靠近橋邊的那條長街當中摔下來了。」

瑪蒂爾德小姐忍不住笑了，接著她冒失地仔細盤問。朱利安簡單陳述了一番。他是很有風度的，只是自己沒察覺到。

「這個小教士將來一定有前途，」侯爵對院士說，「一個外省人，在這種狀況下居然能有如此表現！過去從未見過，以後也不會有。而且他還在女士面前講述自己的不幸！」

朱利安講述他的厄運，讓聽眾很愉快，到晚餐結束時，大家的話題也變了。瑪蒂爾德小姐還向哥哥詢問這件倒楣事的細節。她連續地問，朱利安幾次碰到她的目光，雖然未被問及，他也敢直接回答，最後三個人笑成一堆，就像樹林深處的三個年輕人。

第二天，朱利安去聽了兩堂神學課，回來又抄了二十多封信件。他在圖書室裡，發現一個年輕

---

1 雷納（Francesco Reina，一七七二—一八二六），本書作者在義大利米蘭遇到的一位博學的律師。

2 耶穌聖心修女會，成立於十九世紀初，旨在為年輕女孩提供教育。

人坐在他身邊，穿戴講究，但相貌猥瑣，帶著嫉妒的表情。

這時，侯爵進來了。

「你在這裡幹什麼，唐博先生？」他用嚴厲的口吻對新來的人說。

「我以為……」年輕人奉承地笑笑。

「不，先生，你不要以為。這只是一次試用，但結果很糟。」年輕的唐博站起來，氣呼呼地走了。他是院士——拉莫爾夫人的朋友——的侄子，想要成為作家。院士已經請侯爵同意讓他做祕書。他原來在一個偏遠的房間裡辦公，他知道朱利安受到重用後，就想過來碰碰運氣，早上就把他的文具搬到圖書室來。

下午四點鐘，朱利安猶豫了一下，大膽地來到諾貝爾伯爵的住處。伯爵正要出去騎馬，他感到為難，因為他很講究禮節。

「我想，」他對朱利安說，「你馬上要到跑馬場去學習，幾個星期之後，我會很高興地與你一起去騎馬。」

「我很榮幸，感謝你對我的關照。請相信，先生，」朱利安說，表情很嚴肅，「我會報答你的。如果你的馬沒有因為我昨天的失誤而受傷，而且牠現在閒著，我今天還想騎一下。」

「那好，親愛的索萊爾，一切風險由你自己負責。你要明白，為了謹慎起見，各種反對理由我都向你提出過。現在已經四點了，我們沒時間耽擱了。」

朱利安一騎上馬，就問年輕的伯爵：

「怎麼做才能不摔下來呢？」

「要注意的事很多，」諾貝爾大笑，回答說，「比如，身體要向後仰。」

朱利安策馬前行，他們來到路易十六廣場。

「啊！冒失的傢伙，」諾貝爾說，「這裡車子太多，而且趕車的都是些冒失的傢伙！一旦摔下來，他們的馬車會從你身上碾過去，他們不會突然勒住馬，以防把馬嘴勒壞。」

諾貝爾看見朱利安大概有二十次快要從馬上摔下來，不過這次出遊，最後還是平安返回了。回家以後，年輕的伯爵對他妹妹說：

「我向你介紹一位勇敢的冒險家。」

晚餐時，他坐在桌子這頭跟對面的父親說話，對朱利安的騎術做了公正的評價，稱讚他勇敢。早晨，刷馬的傭人談論起朱利安墜馬的事，年輕的伯爵聽到他們在嘲笑他。

雖然有伯爵的照顧，朱利安還是很快感覺到他在這個家中很孤獨。在他看來，所有的習慣都很奇怪，而且他總是出錯。他的失誤讓全家的傭人樂不可支。

彼拉神父已經到他的教區上任了。他心想：「如果朱利安是一株弱不禁風的蘆葦，那就讓他枯去。如果他是個英勇無畏的人，那就讓他獨自闖出一片天地。」

第四章 拉莫爾府

他在這裡幹什麼？他喜歡這裡麼？他想人家會喜歡他嗎？

——龍沙[1]

如果說拉莫爾府高貴客廳裡的一切，都讓朱利安感到奇怪，那麼，他這個臉色蒼白、一身黑衣的年輕人，也讓那些願意降低身分注意他的人覺得很怪。拉莫爾夫人建議她的丈夫，有大人物來吃飯時，就打發朱利安出去辦事。

「我想把這個試驗做到底，」侯爵答道，「彼拉神父認為，傷害我們身邊人的自尊，是不對的。我們只能依靠那些有抵抗力的人。這個人除了他的陌生面孔之外，沒什麼不合適的。反正他幾乎跟聾啞人一樣，不多說話。」

「為了盡快熟悉這裡的情況，」朱利安對自己說，「我要把在客廳裡見到的人都記下來，並對他們的性格加以評注。」

他首先記下來的，是府裡的五、六位常客。他們以為他是任性的侯爵的寵兒，於是就討好他，碰碰運氣。這是一些窮人，多少有些低俗無聊。不過應該說句好話，今天在貴族人家客廳裡還能見到的這些人，他們並非在所有人面前都沒有骨氣。他們當中有的人可以忍受侯爵的羞辱，但拉莫爾夫人說一句難聽的話，他們就會發火。

在這家主人的性格中，有太多的驕傲和鬱悶。他們為了解悶，習慣於侮辱別人，因此他們找不到真正的朋友。不過，除了下雨天和特別無聊的日子，他們總是彬彬有禮的。

那五、六個奉迎者對朱利安表現出父輩般的情誼，如果他們不到拉莫爾府，侯爵夫人就會面臨長久的孤獨。對這種地位的女人來說，孤獨十分可怕，這是失寵的標誌。

侯爵對妻子關懷備至，他要時刻留意讓她的客廳裡有足夠的客人，他們不是貴族院的議員，他認為這些新同僚，作為朋友不夠高貴，作為下屬又不夠有趣。

很久以後，朱利安才瞭解這些內幕。當權者的政策，是中產階級家庭的話題，而在侯爵這個階層的家庭中，只有在形勢危急時，才會談及。

娛樂的需要，即使在這個沉悶的世紀，仍然十分迫切。即使在有宴會的日子，只要侯爵一離開客廳，大家就全部溜走。大家可以自由地談論一切，只要不拿天主、教士、國王、掌權者、宮廷藝術家和一切既成事實開玩笑，只要不說貝朗瑞、伏爾泰、盧梭、反對派報紙和所有仗義執言者的好話，尤其是不談政治，那就行了。

即使十萬年金的收入和藍色綬帶，也不能逾越這種客廳的法則。只要有一點活潑的思想，就被認為粗俗。雖然風度優雅，禮貌有加，想討人喜歡，但還是掩飾不住每個人臉上的厭倦。年輕人來表示敬意，怕說出被人懷疑為有思想的東西，或者害怕表露出看過什麼禁書，於是說了幾句關於羅西尼的歌劇和當日天氣的客套話，然後就不出聲了。

朱利安觀察到，通常維持客廳談話的活躍氣氛的，是侯爵的兩個子爵和五個男爵，他們是侯爵

---

1 龍沙（Pierre de Ronsard，一五二四—一五八五），法國近代抒情詩人，出身於貴族家庭。

流亡國外時結識的。他們每年都有七、八千法郎的收入，其中四位支持《每日新聞》，另三位支持《法蘭西公報》[2]。那位每天要講一個宮廷故事的人，「棒極了」之類的話，是他從不離口的。朱利安注意到，他有五枚十字勛章，別人一般只有三枚。

另外，前廳有十名身穿制服的傭人。整個晚上，每隔一刻鐘就送一次冰水或熱茶，夜裡還有一頓帶香檳酒的宵夜。

朱利安有時候留到最後，就是為了這個。儘管如此，他還是不明白，他們怎麼能在這華麗的客廳裡一本正經地聽這種平庸的談話呢。有時候，他望著那些說話的人，看他們自己是不是也覺得自己無聊。「邁斯特爾先生的著作，我能背出來，他說得比他們要好一百倍，」他心想，「但我還是覺得乏味。」

感到這種精神上的窒息的，不止朱利安一個人。為了自我放鬆，有人喝下大量的冰水，還有人則在晚宴後的時間裡大談：「我從拉莫爾府來，聽說俄國最近……」等等。

朱利安從一位奉迎者嘴裡得知，五、六個月前，拉莫爾夫人讓布吉尼翁男爵當上了省長，作為對他二十多年來一直陪伴[3]的答謝，此人自王朝復辟以來一直擔任副省長。

這件大事重新激發了這些先生的熱情，從前他們為一點小事就動怒，如今一點脾氣都沒了。他們對客人的無禮很少直接表現出來，但是朱利安在飯桌上無意中有兩三次聽見侯爵夫婦之間的簡短交談，這些話對坐在他們身邊的人很不公平。這些大人物並不掩飾對所有那些沒坐過國王馬車的人的後代懷有的發自心底的輕蔑。朱利安注意到，只有提到十字軍東征，他們臉上才會露出一種帶有恭敬的嚴肅表情。通常表現出的敬意，總是有討好的意思。

在華麗和煩悶的氛圍中，除了拉莫爾侯爵，朱利安對別的都不感興趣。一天，朱利安高興地聽侯爵講述關於可憐的布吉尼翁晉升的事，他本人根本沒有出力。原來這話是說給侯爵夫人聽的，朱利安從彼拉神父那裡知道了事情的經過。

一天早上，神父和朱利安在侯爵的圖書室裡，一起研究永無休止的福利萊的案子。

「先生，」朱利安突然說，「每天和侯爵夫人一起就餐，是我應盡的義務，還是對我的恩惠呢？」

「是莫大的榮幸！」神父氣憤地說，「那位N院士十五年來一直討好侯爵夫人，還沒能替他的侄子唐博先生爭取到這種榮譽。」

「對我來說，先生，這是我的職務中最艱難的事。我在神學院都沒有這麼無聊。有幾次我看見拉莫爾小姐在打哈欠，她應該早就對這些習以為常了。我真擔心自己會睡著。求你替我說說，讓我到某個小飯館吃四十個蘇一頓的晚飯吧。」

神父是真正的暴發戶，對能和大人物共進晚餐非常看重，認為是很榮幸的事。正當他竭力勸導朱利安時，一個輕微的響聲傳來，他們轉過頭去。朱利安看見拉莫爾小姐在旁邊聽他們講話，他臉紅了。她是來找書的，什麼都聽到了。她對朱利安有了幾分敬意。「這個人不是天生就卑賤的，」

2《每日新聞》，一七九二年九月二十二日創辦，一份擁護君主政體的報紙。一八四七年，與《法蘭西報》、《法國回聲報》合併。《公報》是一六三一年由路易十三的醫生勒諾多創辦的，一七六二年改名為《法蘭西公報》。在復辟時期，這是主要的保皇派報紙之一。

3 斯湯達爾熟悉的想法：「經過十年的堅持，如果你從你的社會階層中選擇了這些沙龍，它們會把你帶到任何地方。重要的是堅持，每週二做個忠實的人，這是我永遠懷念的。」（斯湯達爾，《亨利·布拉德的一生》）

她心想，「不像那個老神父。天哪！他可真醜啊。」

晚餐時，朱利安甚至不敢看拉莫爾小姐，她卻主動跟他說話。這天客人很多，她要朱利安留下來。巴黎的女孩不大喜歡那些上年紀的男人，尤其是穿著隨意的人。朱利安用不著仔細觀察，就看出留在客廳裡的布吉尼翁的那些同事，成了拉莫爾小姐取笑的目標。這天晚上，不管她是不是有意的，反正她對那些討厭的人十分刻薄。

拉莫爾小姐是一個小團體的核心人物，這個小團體幾乎每天晚上都聚集在侯爵夫人那把靠背椅後面。其中有克魯瓦澤努瓦侯爵、凱呂斯伯爵、呂茲子爵和兩三位年輕的軍官，有的是諾貝爾的朋友，或者是他妹妹的朋友。這些人坐在一張藍色的長沙發上，在沙發的這頭，朱利安默默地坐在一把矮小的草墊椅上，坐在沙發另一頭的，是光彩照人的瑪蒂爾德。這個不起眼的位置，卻受到所有奉迎者的羨慕，諾貝爾讓父親的年輕祕書坐在這裡，他們或者聊幾句，或者在晚會上提到一兩次他的名字，這樣合乎禮儀。這天晚上，拉莫爾小姐問他，貝桑松城堡地處的那座山有多高。朱利安實在說不出這座山是不是比蒙馬特高地還高。這小團體裡的人說的話，常常令他忍不住大笑，他覺得無法想出類似的話。就像一門外語，他雖聽得懂，卻說不出。

這天，瑪蒂爾德的朋友一直和來到這個華麗客廳的人較勁。這個家的常客首先被選作目標，因為這些人他們更瞭解。可以想像朱利安是多麼專注，他對一切都感興趣，無論是取笑的內容，還是取笑的方式。

「啊！德庫力先生來了，」瑪蒂爾德說，「他的假髮沒了，難道他想靠真才實學當省長嗎？為了炫耀他那光禿禿的腦袋，他說裡面充滿了光輝的思想。」

「此人無所不知，」克魯瓦澤努瓦侯爵說，「他也常到我叔叔紅衣主教那裡。他能連續好幾年在每個朋友面前編造謊言，他的朋友多達兩三百個。他善於建立友情，這是他的本事。像你們看到的一樣，冬天早上七點，他已滿身泥濘地站在朋友家門口了。

「他經常跟別人吵架，然後還寫七、八封信。之後，他跟別人和好，為了表達友情，又寫七、八封信。但他最大的優點是，心懷坦白，毫不掩飾地傾訴隱私。當他有求於人時，就會用上這種花招。我叔叔的那些代理主教中，有一位把德庫力先生王朝復辟以來的經歷講得精彩極了。以後我把他帶來。」

「呸！我不相信這種話，這是小人之間的相互妒忌。」凱呂斯伯爵說。

「德庫力先生的名字會載入史冊，」侯爵又說，「他跟普拉特神父[4]，以及塔列蘭先生、波佐．迪．博爾戈先生，一起參與了復辟。」

「這個人掌管過好幾百萬法郎，」諾貝爾說，「我不知道他為什麼來這裡忍受我父親的冷嘲熱諷。有一天，我父親朝桌子另一頭喊道：『親愛的德庫力先生，出賣朋友的事，你幹過多少次？』」

「他真的出賣過朋友嗎？」拉莫爾小姐問，「但是，誰沒有出賣過呢？」

「怎麼！」凱呂斯伯爵對諾貝爾說，「森克萊這位著名的自由黨人，今天也到府上來了。真是見鬼了，他來這裡幹什麼？我得過去跟他談談，聽他說話，據說他很聰明。」

「但是，你母親會怎麼接待他呢？」克魯瓦澤努瓦侯爵說，「他的想法那麼離譜，那麼大膽，不同凡響……」

---

4 普拉特神父（一七五九－一八三七），馬林的大主教，曾為拿破崙服務，後幫助塔列朗恢復君主制。他被路易十八任命為榮譽軍團的總管。夏布多里昂對他一連串的政治投機行為感到厭惡，說他是帶著主教冠冕的街頭藝人。

「看看，」拉莫爾小姐說，「這個不同凡響的人正在向德庫力先生鞠躬，都快貼到地了，還抓住人家的手，我覺得他要把這手舉到嘴上去吻。」

「肯定是德庫力跟當權者的關係比我們想像的還好。」克魯瓦澤努瓦先生說。

「森克萊到這裡來是為了進法蘭西學院，」諾貝爾說，「看他怎麼向L男爵致敬……」

「即使下跪也不會這麼低三下四的。」呂茲先生說。

「親愛的索萊爾，」諾貝爾說，「你是聰明人，雖然你是從山裡來的，你也千萬別像這個大詩人那樣行禮，哪怕是面對天主。」

「啊！這位是絕頂聰明的巴東男爵先生。」拉莫爾小姐說，有些模仿傭人通報的腔調。

「我想就是你家的傭人也會嘲笑他。什麼怪名字啊！」凱呂斯先生說。

「名字算什麼？有一天，他對我們說，」瑪蒂爾德又說，「你們想想，第一次通報布庸公爵的名字，會是怎樣的情形。我的名字，只是大家還不習慣罷了……」

朱利安離開了沙發周圍的這群人。他對輕鬆的嘲諷的妙處還不大理解，他認為笑話必須合乎情理，才能引人發笑。他從這些年輕人的話中，發現一種損毀一切的語氣，感覺刺耳。他那種外省人或者英國人的呆板，甚至讓他從中看出嫉妒來，當然是他弄錯了。

「諾貝爾伯爵，」他心裡想，「他給他的上校寫信，只有二十行，竟然改了三次，他這輩子如果能寫出一頁像森克萊那樣的文字，一定會高興死了。」

朱利安的地位卑微，無人關注，他連續走近好幾夥人，遠遠地跟著巴東男爵，想聽聽他說什麼。朱利安發現，這個絕頂聰明的人神色慌張，在說出三、四句妙語之後，才恢復常態。朱利安覺得這種聰明才智，需要適當的發揮空間。

巴東男爵無法一語中的。他至少要說四句，每句有六行，才能展現其才華。

「這人不是在說話，而是在咬文嚼字。」有人在朱利安背後這樣說。他轉過身去，聽見有人在喊沙爾維伯爵的名字，他興奮得臉都紅了。他是當代最聰明的人。在《聖赫勒拿島回憶錄》和拿破崙口述的史料裡，朱利安經常見到他的名字。沙爾維伯爵說話簡單明瞭，像閃電一樣，準確、生動，並且深刻。他談論事情，立刻切入主題。他還列舉事實，讓人聽得饒有趣味。此外，在政治上，他是厚顏無恥的犬儒主義者。

「我的思想是獨立的，」他對一位佩戴三枚勛章的先生說。很顯然是在嘲弄對方，「為什麼我今天的看法要和一個半月以前一樣呢？如果這樣，我的意見就成為我的主宰了。」

四個神情嚴肅的年輕人圍著他，這些人不喜歡這種玩笑。伯爵覺得他說得太過了。幸虧這時他看見正派的巴朗先生，其實這是個假裝正經的偽君子。伯爵和他聊起來，大家聚攏過來，知道可憐的巴朗先生要倒楣了。巴朗先生雖然奇醜無比，但是憑藉道德和品行，在經歷了難以描述的艱苦奮鬥之後，娶了個有錢的老婆，後來老婆死了，又娶了第二個有錢的女人，不過大家從未在社交場合見過。他很謙卑地享用著六萬法郎的年金，身邊也有不少奉迎者。沙爾維伯爵毫不留情地跟他談起這些，很快身邊就圍過來三十多個人。所有的人都面帶笑容，甚至那幾個神情嚴肅的年輕人也笑了，他們可是本世紀的希望。

「他在拉莫爾先生家裡，成了被人取笑的對象，為什麼還要來呢？」朱利安心想。他走近彼拉神父，想問問他。

巴朗先生已經溜走了。

「好！」諾貝爾說，「監視我父親的密探走了，只剩下小瘸子納皮埃了。」

「難道這就是謎底嗎？」朱利安想，「但是，如果是這樣，侯爵為什麼還要接待巴朗先生呢？」

神情嚴肅的彼拉神父，坐在客廳一個角落裡，聽見傭人通報客人的名字。

「這裡簡直是一個巢穴，」他像巴齊勒[5]那樣說道，「來的都是些聲名狼藉的人。」

事實上，這位嚴厲的神父並不瞭解上流社會的本質。但是，透過那些楊森派的朋友，他對這些客廳裡的人有了明確的看法。他們之所以能來，靠的是為各政黨效勞或者是他們的不義之財。這天晚上，他衝動地回答朱利安提出的一連串問題，幾分鐘後又突然打住，為說別人的壞話而深感後悔，把這當成自己的罪過。他性格急躁，篤信楊森派教義，並且相信基督徒應以仁慈為己任，他活在世上就是一場戰鬥。

「這個彼拉神父有一張怎樣的臉啊！」朱利安走近沙發時，拉莫爾小姐說道。

朱利安感到自己被冒犯了，但是她說得也有道理。彼拉神父無疑是客廳裡最正派的人，但他那張有酒糟鼻子的臉，因良心的譴責顯得異常醜陋。「以後，難道還能以貌取人嗎，」朱利安想，「彼拉神父心地善良，為了一點小錯而自責，他的相貌讓人覺得可怕，而那個無人不知的密探納皮埃，臉上卻是寧靜平和的表情。」不過，彼拉神父已經向他的教派做出重大讓步，他雇了一個傭人，而且穿得很整潔。

朱利安發現客廳裡出了一件怪事：所有的目光都轉向門口，說話聲也驟然減弱。傭人通報說，著名的托利男爵到了，最近的選舉事件，讓所有人的目光都集中到他身上。朱利安走過去，想看個究竟。這位男爵負責一個選區，他想出一個點子，把投給某黨派的選票偷出來，再把同樣數量的其他選票放進去，上面寫上他中意的人名字。這個致命的招數被幾個選民看穿了，他們紛紛向托利男爵表示祝賀。這個事件發生後，他的臉色至今還是慘白的。有些不懷好意的人，甚至說應該判他「服苦役」。拉莫爾先生冷淡地接待了他。可憐的男爵很快就走了。

「他這麼快就走，肯定是去孔德先生家了。」沙爾維伯爵說，大家都笑了。

這天晚上，接連不斷地來到拉莫爾先生的客廳的，有幾位沉默寡言的大人物和陰謀家，大部分是聲名狼藉的，但都非常聰明。小唐博在這群人中初露鋒芒，雖然他還沒有精闢的見解，但是他措辭激烈，足以彌補這一缺憾。

「為什麼不判他十年監禁呢？」當朱利安走近他那夥人的時候，聽見他說，「是毒蛇就應該關入地牢，讓牠在黑暗中死去，否則牠的毒液會散發出更大危險。罰他一千個埃居有什麼用？如果他窮，那更好辦，他的黨派會替他支付。應該罰他五百法郎，並囚禁地牢十年。」

「天哪！他們說的這個怪物是誰？」朱利安心想，他很欣賞這位同事激進的語氣和誇張的手勢。院士寶貝侄子的瘦臉，這時顯得非常醜陋。朱利安很快就知道，他們所說的是當今最偉大的詩人。

「啊，該死的！」朱利安幾乎喊出聲來，憤慨的淚水浸溼了眼睛。「啊，小無賴！」他心裡說，「我要讓你為這句話付出代價。

「這些人不過是以侯爵為首的那個黨派的打手！他詆毀的這位名人，如果他肯出賣自己，不說出賣給平庸的奈瓦爾先生的內閣，而是出賣給接連不斷上任的還算正派的大臣，他會得到多少勛章、多少高位啊？」

---

5 巴齊勒（Basile），包馬歇的歌劇《費加洛的婚禮》中的人物。

彼拉神父遠遠地向朱利安招手。拉莫爾先生剛才跟他說了幾句話。朱利安正垂目低眉地聽一位主教抱怨，當他終於得以脫身，走到他的朋友跟前時，發現他被小唐博纏上了。這小無賴恨死了神父，認為他是朱利安受寵的根源，於是過來討好他。

「死神何時才能讓我們擺脫這個老朽呢？」小文人引用《聖經》中這樣的措辭，談論可敬的霍蘭德勛爵。他的特長是熟記名人的生平，他剛剛簡要地評論了英國新國王統治下，那些渴望得到權勢的人物。

彼拉神父到相鄰的一間客廳去了，朱利安跟隨著他。

「我要提醒你注意，侯爵不喜歡卑劣的文人。這是他唯一憎惡的人。如果你精通拉丁文，如果可能，還要懂希臘文，瞭解埃及史、波斯史等等，他就會尊敬你，像對待學者那樣保護你。但千萬別用法文寫東西，哪怕一頁也不行，尤其不要妄議超出你社會地位的重大問題。否則他會認為你是卑劣的文人，那你就會一輩子倒楣。你住在一個大人物的府邸，怎麼能不知道卡斯翠公爵評論達朗貝爾和盧梭的名言呢？他說：『這種人什麼都要議論一番，卻連一千埃居的年金都沒有！』」

「這裡跟神學院一樣，」朱利安想，「什麼都藏不住！」他寫過一篇八、九頁的讚美老軍醫的誇張頌詞，說是他把自己培養成人的。「這個小冊子，」朱利安心想，「一直都是鎖起來的。」他上樓回到自己房間，燒掉了手稿，再返回客廳。那些傑出的無賴已經走了，只剩下那些戴勛章的人。

傭人剛剛搬來的餐桌上，擺滿了食物，四周坐著七、八個貴婦人，她們的年紀在三十到三十五歲之間，非常虔誠和做作。光豔照人的費瓦克元帥夫人進來了，她為自己姍姍來遲表示抱歉。這時午夜已過，她坐在侯爵夫人身邊。朱利安十分激動，因為她的眼神與瑞納夫人的幾乎一樣。

拉莫爾小姐的那夥人還沒離去。她和朋友正在嘲笑可憐的泰萊伯爵。他是獨生子，父親是有錢的猶太人，專門靠借錢給國王鎮壓人民來撈取錢財。他剛剛去世，留給兒子每月十萬埃居的收入和一個有名的姓氏。這種特殊地位的人，需要有單純的性格，或者有堅強的意志。

不幸的是，伯爵只是個老好人，他的各種欲望都是奉迎者不斷鼓動的。

凱呂斯先生說，有人鼓動他下決心向拉莫爾小姐求婚。（克魯瓦澤努瓦侯爵也在追求她，他將會成為有十萬法郎年金的公爵。）

「啊，不要責怪他有這種想法。」諾貝爾心懷憐憫地說。

可憐的泰萊伯爵，也許最缺少的就是意志力。僅憑他性格的這一點，他就有資格當國王。他不斷地徵求大家的意見，但沒有勇氣採納任何一種建議。

拉莫爾小姐說：「單憑他的長相，就足以使他有無窮的快樂。這是一種惶惑和沮喪的奇妙混合，特別是當他長得不錯，並且年齡不到三十六歲的時候，有時我們可以清楚地看到一種驕傲自大和法國最富有的人所應有的專橫。」「他既傲慢又膽怯。」克魯瓦澤努瓦先生說。凱呂斯伯爵、諾貝爾伯爵，還有兩三個留小鬍子的年輕人，都拿他開玩笑，但他卻沒有感覺。最後，一點的鐘聲響過，他們就打發他走了。

「這種天氣下，你那匹阿拉伯名馬會在門口等你嗎？」諾貝爾問他。

「不，這是一對新買來的馬，價錢便宜很多，」泰萊伯爵答道，「左邊那匹我花了五千法郎，右邊那匹只花了一百路易。但是請你相信，這匹馬只有在夜裡才套上車。牠跑起來跟另一匹一樣快。」

諾貝爾的看法使伯爵考慮到，像他這樣身分的人喜歡馬，是合乎情理的。他不該讓他的馬在雨裡淋著。他起身走了，過了一會兒，這些先生也走了，他們一邊走一邊取笑他。

朱利安聽見他們在樓梯上發出的笑聲，他想，「我終於看到我的處境的另一個極端！我每年的收入不足二十路易，卻跟每小時有二十路易收入的人站在一起，而且大家還在嘲笑他……這樣的場景足以療癒人的欲念。」

第五章

敏感與虔誠的貴婦

大家聽慣了平庸的話，
一聽到稍微新穎的想法，就會覺得粗俗。
語出驚人的，就會倒楣。

——福布拉斯[1]

試用幾個月之後，朱利安站穩了腳跟，管家給他送來了第三季度的薪水。拉莫爾先生讓他管理布列塔尼和諾曼第的兩處地產。因此朱利安經常出去辦事。他還負責和福利萊神父的那樁有名官司的往來郵件。關於這件案子，彼拉神父已經交代過他。

侯爵在他收到的各種文件的空白處草草批注一下，朱利安根據批語寫好信，這些信差不多每封侯爵都會簽字。

神學院的老師都埋怨朱利安不用功，但他們仍把他當作最出色的學生。朱利安懷著飽受壓抑的

1 福布拉斯（Faublas），法國作家盧韋（Jean-Baptiste Louvet de Couvrai，一七六〇－一七九七）的小說《福布拉斯騎士的愛情》的主角。

熱情做各種工作，很快便失去了從外省帶來的滿面紅光。他的蒼白臉色在那些年輕的神學院同學眼中，反而成為一種美德。他覺得巴黎的同學不像貝桑松的同學那麼壞，也不像他們那樣拜倒在一枚金幣面前。他們以為他得了肺病。侯爵贈給他一匹馬。

朱利安擔心在外面騎馬被人撞見，就對他們說，是醫生叮囑他進行這項活動的。彼拉神父帶他去過好幾個楊森派的教堂。朱利安感到驚訝，原來在他的心裡，宗教概念是和偽善的、一心想發財的觀念有緊密聯繫的。他欽佩這些既虔誠又嚴肅的人，他們不為錢所動。好幾位楊森派教徒對他很友善，常給他提供意見。一個嶄新的世界展現在他面前。他從楊森派教徒中認識了阿爾塔米拉伯爵[2]，此人身高六尺左右，是在自己國家裡被判處死刑的自由黨人，而且篤信宗教。篤信宗教和熱愛自由，這種奇異的對比使朱利安深有感觸。

朱利安與年輕的伯爵疏遠了。諾貝爾覺得朱利安對他幾個朋友的玩笑，反應過於激烈。朱利安經過一兩次失態之後，決定不再跟瑪蒂爾德小姐說話。拉莫爾府的人，對他一直是禮貌有加的，但是他覺得自己不再受重視了。他以外省人的觀念，用一句俗話解釋這種變化：凡是新的都是好的。

也許他比初來乍到時，看得更清楚了，或者是巴黎的風情所產生的幻覺已經消失了。

他只要工作一停，就感到極度無聊。這是上流社會的特殊禮節所造成的情感疲乏，這種禮節令人讚賞，但它根據地位劃分等級，且等級森嚴。稍微敏感的人，就會看出它的矯揉造作。

當然，大家可以責備外省人平庸粗俗，或禮數不周，但是，他們在回答別人時，還有一點熱情。在拉莫爾府中，朱利安的自尊心從未受到過傷害，然而他在一天終了之際，總是想大哭一場。在外省，你走進咖啡館時，如果發生意外，店裡的員工會關心你。如果這意外傷害到了你的自尊，他會一邊安慰，一邊反覆嘮叨讓你難受的話。在巴黎，大家會注意偷偷地笑你，不過你永遠是個異鄉人。

有太多讓朱利安顯得滑稽可笑的事，在這裡略去不談，因為朱利安算不上可笑的人。過度的敏感讓他幹出許多蠢事。他把所有的消遣都用於防範：每天都去練習射擊，他是多位擊劍名師的得意門生。他不像從前那樣，一有空就去讀書，而是跑去騎馬，並且是最不好騎的烈馬。他跟馬術師一起出去遛馬，幾乎每次都從馬上摔下來。

由於他努力工作，不多說話，聰明伶俐，侯爵覺得很滿意，漸漸地把所有最難辦的事都交給他。侯爵在政務閒暇時，就專心打理生意。他消息靈通，投資股票非常成功。他購置房產、森林，但是容易急躁。他白給人家幾百個金幣，卻為了幾百法郎打官司。有錢人心高氣傲，他們做生意追求的是樂趣，而不是結果。侯爵需要一位參謀，能夠幫他把帳目處理得清清楚楚，一目了然。

拉莫爾夫人雖然小心謹慎，有時也會笑話朱利安。由於過分敏感而導致的意外狀況，是貴婦人最害怕的，因為這會有失體統。侯爵有兩三次為朱利安說情：「他在你的客廳裡滑稽可笑，但他在辦公室卻很出色。」朱利安認為已經掌握了侯爵夫人的祕密。只要傭人一來通報拉茹馬特男爵到了，她就突然有精神了。這位男爵性情冷漠、面無表情。他又矮又瘦，相貌醜陋，但穿得很講究，整天出入宮廷，他通常不對任何事發言。這是他的生活方式。拉莫爾夫人如果能讓他做女婿，將會大大滿足。

---

2 毫無疑問，斯湯達爾想到了他的朋友迪費奧里，「一個又高又帥的男人，他於一七九九或一八〇〇年在那不勒斯被判處死刑」，並且成為「他最親密的朋友」。（斯湯達爾，《自戀回憶錄》）

第六章 說話的腔調

他們最大的任務，是對民眾日常生活的小事做出冷靜的判斷。

他們的智慧，在於防止因小失大，

以及因為名人的誤導而激起怒火。

——格勞修斯[1]

朱利安初來乍到，他心高氣傲，凡事不喜歡問人，也沒幹出什麼蠢事。一天，他為了避雨，走進聖奧諾雷街一家咖啡館。一個身材高大、穿海狸皮禮服的人，對朱利安陰沉的目光感到驚奇，就回頭看了他一眼，這跟從前在貝桑松遇到的艾曼達小姐的情人如出一轍。

朱利安常常責備自己，不該輕易放過上次的侮辱，所以他這次不能容忍。他走過去，要求對方解釋。穿禮服的人立刻罵了他一頓。咖啡館的人都圍過來，路邊行人也在門口停下了。出於外省人的謹慎，朱利安總是隨身帶著手槍。他的手伸進口袋裡握著槍，有些發抖。不過他很清醒，不斷地對那人重複道：「先生，你住哪裡？我鄙視你。」

他不斷重複這幾個字，讓圍觀的人感到驚訝。

「嗨！別一直念了，把住址給人家！」穿禮服的人聽見大家這麼說，就扔給朱利安五、六張名片。幸好沒有一張打在他的臉上，他發過誓，只要身體不受到侵犯，就不會動槍。那個人走了，不時回頭，揮著拳頭威脅他，嘴裡謾罵著。

朱利安全身是汗。「這個卑鄙的傢伙都快把我氣死了！」他氣憤地對自己說，「怎麼才能擺脫這種屈辱呢？」

他想馬上找他決鬥，到哪裡去找證人呢？在巴黎，他沒一個朋友。他認識幾個人，但他們都在和他來往了一個半月之後離去了。「我不好相處，這下我受到懲罰了。」他心想。最後，他想到了一個九十六團的中尉，名叫利凡，常跟他一起練習射擊。朱利安把事情經過告訴他。

「我願意做你的證人，」利凡說，「有個條件，如果沒打傷那個人，你要馬上再跟我決鬥。」

「好，就這麼說定了。」朱利安高興地說。他們按名片上的地址，到聖日爾曼區的中心去找博瓦西先生。

這天早晨七點鐘，傭人去通報時，朱利安想到這個人很可能是瑞納夫人的年輕親戚，從前在羅馬或那不勒斯的使館工作，曾經給歌唱家西羅尼莫寫過介紹信。

朱利安把前一天那人扔給他的名片，連同他自己的，一起交給一個高個子的傭人。

他和證人足足等了四十五分鐘，才被領進一個極為講究的房間。他們看見一個身材高大的年輕人，穿著一件三色的禮服，像個玩偶一樣。他的相貌體現了希臘美男子的完美與空洞。他的腦袋瘦長，一頭美麗的金髮梳成金字塔的形狀。頭髮燙得很細，沒有一根翹起來。「為了把頭髮燙成這

1 格勞修斯（Hugo Grotius，一五八三－一六四五），基督教護教學者，也是近代西方資產階級思想先驅，國際法和海洋法的鼻祖。

樣，」九十六團的中尉想，「這個該死的傢伙讓我們等那麼久。」花花綠綠的睡衣、晨褲和繡花拖鞋，一切都是合乎情理的，簡直無可挑剔。他的容貌高貴而空虛，顯示出正統而又貧乏的思想。這是和藹可親的典範，厭惡意外和說笑，非常莊重。

九十六團的中尉對朱利安說，朝他臉上扔名片，又讓他等了這麼久，是對他的又一次侮辱。朱利安隨即衝到博瓦西先生的房間，他想顯出傲慢的樣子，同時也讓人覺得他很有教養。

博瓦西先生舉止文雅，神情矜持，他高傲又自滿的態度，還有周圍陳設的優雅，令朱利安大為驚訝，故作蠻橫的念頭頃刻間全拋到腦後。這不是昨天見到的那個人。他遇見的不是咖啡館裡的那個狂徒，而是一位如此高貴的紳士，他驚訝得說不出話。他把昨天那人扔給他的名片遞過去。

「這是我的名字。」那個穿戴時髦的人說。早晨七點以後，朱利安穿的黑禮服並沒有引起人家的注意，「不過說老實話，我不太明白……」

最後一句話的語氣，又激起了朱利安的怒火。

「我是來和你決鬥的，先生。」接著，他一口氣把事情說清楚了。

經過一番審視，夏爾．德．博瓦西先生對朱利安衣服的剪裁非常滿意。「很顯然，這是斯托布的手藝。」他邊聽邊想，「背心的款式不錯，靴子也可以。但是，一清早就穿這件黑禮服……是為了躲避子彈吧。」博瓦西騎士心想。

他這麼想著，馬上恢復了禮貌的態度，幾乎平等地對待朱利安。談話的時間很久，事情很複雜，但是朱利安最終不得不承認，面前這位出身高貴的年輕人和昨天侮辱他的狂野之徒毫不相干。

朱利安不甘心就這樣離去，他一再解釋。他注意到博瓦西騎士的自負，他稱呼自己騎士，而對朱利安稱呼他先生，感到很驚訝。

朱利安欣賞他時刻保持的嚴肅，其中摻雜著某種謙恭的自負。他說話時舌頭轉動的方式讓朱利安感到驚奇……但不管怎麼說，找不出任何理由跟他吵架。

年輕的外交家有風度地提出決鬥，但九十六團的中尉兩腿叉開，手肘朝外，雙手放在腿上，坐了整整一個小時。他認定他的朋友索萊爾先生，不會因為被人盜走的名片而無理取鬧。

朱利安心情沮喪地走了。博瓦西騎士的馬車停在院子的臺階前，朱利安偶然抬眼一看，認出了車夫就是昨天那個人。

朱利安一見到他，就抓住他的短大衣，把他從座位上拉下來，用鞭子猛抽，這是一瞬間的事情。兩個傭人想保護同伴，於是朱利安挨了幾拳，與此同時，朱利安掏出手槍，朝他們射擊，他們逃走了。這一切，是在一分鐘之內發生的。

博瓦西騎士走下臺階，態度嚴肅得有點可笑，他用大人物的腔調不停地問：「怎麼啦？怎麼啦？」他很好奇，但外交官的身分不允許他表現出太多興趣。當他知道事情的經過後，仍然保持高傲的表情和那種外交官永恆的略帶微笑的冷靜。

九十六團的中尉發現，博瓦西先生想要決鬥，他也想像外交官那樣，為他的朋友保留決鬥的優先權。「這下有決鬥的理由了！」他喊道。「我也這麼認為。」外交家也說。

「我要趕走這個無賴，」他對傭人說，「換個人趕車。」車門打開了，騎士堅持要朱利安和他的證人上自己的車。他們去找博瓦西先生的一個朋友，這位朋友說有一個僻靜的地方可以去。一路上他們有說有笑。唯一讓人感到特別的是，外交官還穿著睡衣。

「雖然這幾位先生出身高貴，」朱利安心想，「但並不讓人感到乏味，不像來拉莫爾府上吃飯的那些人。我現在明白了，他們不恪守禮節。」他們談論昨晚演出中出彩的芭蕾舞女演員。兩人含糊地說到一些刺激的故事，朱利安和他的證人對這些一無所知。朱利安還沒有蠢到不懂裝懂的地步，他謙虛地承認自己孤陋寡聞。騎士的朋友喜歡這種坦率，他把這些故事向朱利安娓娓道來，說得饒有興致。

有一件事讓朱利安很吃驚。馬路中央正在搭建迎聖體的祭壇，馬車在這裡停了片刻。兩位先生趁機開起了玩笑，他們說本堂神父是大主教的兒子。在拉莫爾侯爵府上，沒人敢說這種話，因為侯爵還想晉升公爵呢。

決鬥很快就宣告結束了，朱利安手臂上中了一槍，他們用浸過酒的手帕為他包紮起來。博瓦西騎士禮貌地請求朱利安乘坐原來那輛車送他回去。當朱利安說出拉莫爾府的時候，年輕的外交官和他的朋友互看了一眼。朱利安租的馬車還在那裡，但他覺得這兩位先生的談話比起善良的九十六團的中尉來，有趣多了。

「天哪！一場決鬥，就是這樣？」朱利安想，「幸運的是，找到了那個車夫！如果我還要忍受在咖啡館受到的羞辱，那將是多麼不幸啊！」他們有趣的談話，幾乎從未間斷。朱利安現在明白了，外交官的虛張聲勢還是有用的。

「看來，出身高貴之人說的話語，未必乏味！」他心想，「他們拿迎聖體開玩笑，敢說一些猥褻的趣聞，而且說得那麼生動。他們缺乏的只是對政治的理解，但是他們語氣的優雅和表達之準確，足以彌補這些缺憾。」朱利安感到一種由衷的欽佩，「如果能經常見到他們，那該多麼幸福啊！」

他們一分手，博瓦西騎士就到處打聽消息，但情況並不理想。

他很想知道對手的身分，可否體面地去拜訪他？但他得到的一點訊息令人失望。

「這太難堪了！」他對證人說，「我不可能承認和拉莫爾先生的一個普通祕書決鬥，而且還是因為車夫偷了我的名片。

「這件事肯定會讓人恥笑的。」

當天晚上，博瓦西騎士和他的朋友到處去說，索萊爾先生是很完美的年輕人，他其實是拉莫爾侯爵的一位密友的私生子。這件事很容易就傳開了。當大家相信這一傳言時，年輕的外交官和他的朋友就去看望朱利安，朱利安在家裡養傷的半個月中，他們去了幾次。朱利安向他們承認，他這輩子只去過歌劇院一次。

「這太不可思議了，」他們對他說，「這是大家唯一可去的地方，等你恢復後第一次出門，應該去看《奧利伯爵》[2]。」

在歌劇院，博瓦西騎士把朱利安介紹給當時最著名的歌唱家西羅尼莫。

朱利安幾乎要崇拜騎士了，他的自尊、神祕的優越感和年輕人的自負融為一體，讓朱利安為之癡迷。例如，騎士有點結巴，因為他經常有幸見到的一位大人物也這樣。朱利安從未見過一個人身上既有風趣幽默，又有優雅的風度，這是可憐的外省人應該模仿的。

人家經常看見他和博瓦西騎士在一起，出入歌劇院，這讓他的名字經常被人提起。

「很好！」一天，拉莫爾先生對他說，「你真是我的密友，一位法蘭琪－康堤的富豪的私生子？」

朱利安想說明他從未推動過這種流言：「博瓦西先生不想說，他跟一個木匠的兒子決鬥。」侯

2《奧利伯爵》，羅西尼的歌劇，一八二八年在法國巴黎上演。

爵打斷了他的話。

「我知道，我知道，」拉莫爾先生說，「這正合我意，現在由我來把這個傳言坐實。不過，你要答應我一件事，只占用你半小時的時間。每逢歌劇院有演出的日子，十一點半鐘，等上流社會的人出來的時候，你到劇院前廳去看看。我看你有時還有外省人的舉止，應當改掉。再說，認識一些大人物，也沒壞處，以後我可以讓你找他們辦事。到劇院票房去轉轉，讓他們認識你一下，入場券已經送來了。」

第七章

痛風發作

我獲得升遷，不是因為我的業績，
而是因為我的主人得了痛風。

——貝托洛蒂[1]

侯爵這種隨和且近乎友善的口氣，或許會讓讀者感到驚訝。我們忘了說明，一個半月以來，侯爵的痛風發作了，一直待在家裡。

拉莫爾小姐和她的母親到耶爾探望外祖母去了。諾貝爾伯爵偶爾來看看父親，父子之間感情很好，見面卻無話可說。拉莫爾先生只好跟朱利安做伴，他發現朱利安頗有想法，感到有些意外。他讓朱利安給他讀報。年輕的祕書很快就知道，哪些是他感興趣的內容。有一份新報紙，侯爵非常厭惡，發誓再也不看了，卻每天都會提及。朱利安笑了。侯爵對當前這個時代憤憤不平，就讓朱利安給他讀李維的作品。朱利安把拉丁文即時翻譯過來，侯爵聽了很高興。

一天，侯爵用客套到朱利安難以忍受的口氣說：

「親愛的索萊爾，請允許我送你一件藍色的禮服。哪天你高興了穿上來看我，在我的眼裡，你

---

1 貝托洛蒂（Davide Bertolotti，一七八四－一八六〇），義大利作家、歷史學家、地理學家。

就是肖納伯爵的弟弟，也就是我的朋友肖納公爵的兒子。」

朱利安不明白其中的含義，當晚，他穿著藍色的禮服去見侯爵，果然侯爵對他平等相待。朱利安的內心能感受到真正的禮貌，但是細微的差別，就分不出來了。在侯爵的這種奇思妙想之前，他可以發誓說，侯爵對他不可能更好了。「這是何等的天才啊！」朱利安心裡對自己說。他起身告辭的時候，侯爵表示抱歉，他因痛風發作，不能遠送。

朱利安心裡產生一個奇怪的想法：「他是不是在嘲諷我？」想到這裡，他就去請教彼拉神父。神父可不像侯爵那麼有禮貌，只是吹了一聲口哨，就把話題岔開了。第二天早上，朱利安穿著黑袍，拿著資料夾和待簽發的信件去見侯爵，他受到的接待跟過去一樣。晚上，他換上藍色禮服，接待他的口氣又變了，跟前天晚上一樣禮貌有加。

「既然你誠心誠意，不厭其煩地看望一個生病的老人，」侯爵對他說，「你就應該跟他無話不談，即使是生活中的瑣事，不要有什麼顧忌，只要講清楚、講得有趣就行了。因為人要活得開心，」侯爵繼續說，「只有快樂才是真的。不可能每天有人在戰爭中救我的命，或者每天送我一百萬；如果作家里瓦羅[2]在這裡、在我的長椅旁邊，他會每天為我解除一小時的疼痛和鬱悶。我在流亡漢堡期間，跟他經常見面。」

接著，侯爵給朱利安講述里瓦羅在漢堡的趣聞，四個漢堡人加起來，才能理解他的一句妙語。

現在，拉莫爾先生不得不與這小神父為伴，他想刺激一下朱利安，喚起他的自尊心。既然要讓他說真話，朱利安就決定全都說出來，只有兩件事情不說。一、他對一個人的狂熱崇拜，侯爵聽到這個人的名字會發火的；二、他毫無信仰，這對一個未來的本堂神父很不合適。這時說到他和博瓦西騎士的小糾紛，恰逢其時。侯爵聽到在聖奧諾雷街的咖啡館裡，車夫用髒話罵他的場景，幾乎笑出了眼淚，這正是主人和被保護人親密無間的時候。

拉莫爾先生對這個有獨特性格的人，產生了興趣。起初，他喜歡朱利安的可笑之處，為了開心解悶。不久，他覺得糾正這年輕人的錯誤看法，更有意義。「其他的外省人來到巴黎，覺得什麼都好，」侯爵心想，「而這個外省人什麼都看不慣。他們過於做作，而他卻遠遠不夠，傻瓜都把他當成笨蛋。」

冬天寒冷，痛風一發作，就會持續幾個月。

「有人喜歡漂亮的西班牙獵犬，」侯爵心想，「我喜歡這個小神父又有何不可呢？他很有個性。我把他當作兒子一樣，這又能怎樣！有何不妥？這個想法如果延續下去，我在遺囑中支出一顆價值五百路易的鑽石就行了。」

侯爵知道了他的被保護人好強的個性，每天就派他去處理一些新的事務。

朱利安發現，這位大人物有時對同一件事會做出矛盾的指示，為此他很害怕。

這可能會讓他受到連累。此後，朱利安工作的時候，總是隨身帶一個記事本，把侯爵的決定寫下來，並且請他簽字。朱利安還請了一個祕書，把每件事的處理意見抄在一個特殊的本子上，同時還抄錄了所有的來往信件。

一開始時，這個辦法好像很荒謬，非常麻煩。但不到兩個月，侯爵就感覺到它的好處。朱利安建議他再雇一個在銀行工作過的職員，把朱利安負責管理的地產收入和支出情況記成複式帳。這些措施，讓侯爵對自己的財務一目了然，甚至還能有興致做兩三筆投機生意，而不必借助外

---

2 里瓦羅（Antoine de Rivarol，一七五三—一八〇一），法國保皇派記者、政論作家，大革命期間流亡德國。

人幫忙，以免他人從中漁利。

「你自己可以支取三千法郎。」一天，他對年輕的助手說。

「先生，這樣我的品行會受到誹謗。」

「那你說該怎麼辦？」侯爵生氣地問。

「請你做個決定，給我三千法郎，親手寫在記事本上。這都是彼拉神父的主意。」侯爵寫下這個決定，他面露難色，就像蒙卡德侯爵聽管家普瓦松先生報帳時一樣。

晚上，當朱利安身穿藍色禮服出現時，他們不談公事。我們的英雄永遠痛苦的自尊心，在侯爵的關懷下得到撫慰，不久他就不由自主地對這位可愛的老人產生依戀。這並不等於，朱利安像巴黎人所說的那樣，是個重感情的人。自從老軍醫死後，沒有人如此親切地跟他談話。他很吃驚，侯爵很有禮貌地顧及他的自尊，而這是他在老軍醫那裡從沒感受到的。他終於明白，老軍醫對於十字勛章要比侯爵對他的藍色綬帶更感到驕傲。侯爵的父親是一位大貴族。

一天早晨，朱利安穿著黑衣來見侯爵。事情談完時，侯爵很高興，讓他多留了兩個小時，一定要把經紀人剛從交易所送來的鈔票送給他幾張。

「侯爵先生，請允許我說句話，希望不會損害我對你的深深敬意。」

「說吧，我的朋友。」

「望侯爵先生允許我拒絕這份美意。它不適合給穿黑禮服的人，又會完全損害你對穿藍禮服的人的寬容態度。」他很恭敬地行個禮，然後扭頭就走了。

這個舉動讓侯爵很開心。當晚，他就告訴了彼拉神父。

「親愛的神父，有件事我必須向你承認。我已經知道朱利安的身世，你不必為此保守祕密。」

「他今天早上的表現很高貴的，」侯爵對自己說，「我要讓他成為貴族。」

很快，侯爵終於可以出門了。

「去倫敦待上兩個月吧，」他對朱利安說，「特別信使和其他信使，會把我收到的信連同我的批示給你送去。你寫好回信，連同原信再送回來。我算了一下，往返也不過耽誤五天。」

行駛在去加萊的路上，朱利安覺得奇怪，讓他去辦的都是些無關緊要的事。

朱利安踏上英國的土地時，心懷多少憎恨和厭惡，我們就不必多說了。我們都知道他對波拿巴非常崇拜。他把每個軍官都當成哈德遜．洛爵士，他把每個貴族都看成巴瑟斯特勛爵[3]——聖赫勒拿島上的卑鄙勾當就出自他們——並因此當了十年的內閣大臣。

在倫敦，他終於知道了上流社會的狂妄自大。他結識了幾位年輕的俄國貴族，他們為他指點迷津。

「親愛的索萊爾，你天生就不平凡，」他們對他說，「你對現實的超然態度，我們怎麼努力也學不到。」

「你不瞭解你生活的時代，」柯拉索夫親王對他說，「別人要你做的，你偏要反過來做。我敢說，這才是當代唯一的信條。不要衝動和做作，因為人家正等著你這麼做，那這一規則你就無法履行了。」

有一天，菲茨－福爾克公爵邀請朱利安和柯拉索夫親王共赴晚宴，他在客廳中廣受讚譽。宴會

3 巴瑟斯特勛爵（一七六二－一八三四）是皮特的朋友，法國和拿破崙的死敵。哈德遜．洛爵士（一七六九－一八四四）以狹隘的思想和卑鄙的行為，將拿破崙關押到聖赫勒拿島上，這解釋了朱利安．索萊爾的恐懼。

之前，大家等了一個小時。在二十位客人當中，朱利安的表現至今還讓倫敦大使館的幾位年輕祕書難以忘懷，他神采飛揚，這是金錢換不來的。

他不顧那幫紈絝子弟的反對，堅持去看望自洛克之後英國唯一的哲學家菲利普．范恩。他去的時候，這位學者剛剛結束七年的監禁。「這個國家的貴族是不開玩笑的，」朱利安對自己說，「而且，范恩已經聲名掃地，受盡侮辱……」

朱利安發現他精神不錯，貴族的暴怒解除了他的苦悶。朱利安走出監獄時，對自己說：「這是我在英國見到的唯一樂觀的人。」

「對暴君來說，最有用的觀念便是天主的觀念。」范恩對他說。

其他玩世不恭的言論，我們就略去不談了。

他回到法國後，拉莫爾先生問：「你從英國帶回來什麼有趣的思想？……」他沒有回答。「你帶回來什麼思想，有沒有意思都行？」侯爵急迫地問。

「首先，」朱利安說，「即使最明智的英國人，每天也會有一小時狂躁。自殺，是這個國家的魔鬼。

「第二，到英國後，人的才智會損失百分之二十五。

「第三，世界上沒有什麼像英國的風景[4]那麼美麗、那麼令人讚賞。」

「現在，該我說了。」侯爵說。

「第一，你為什麼要在俄國使館的舞會上說，法國有三十萬個二十五歲的年輕人想打仗？你認為國王愛聽這種話嗎？」

「跟那些外交家說話，真不知說什麼好，」朱利安說，「他們總是很嚴肅地討論。如果說些報紙上的論調，就會被當成傻瓜。如果大膽地說些真實而新鮮的東西，他們會聽得目瞪口呆，不知如何應對。第二天早上七點，他們會派使館的一等祕書來說，你有失禮儀。」

「不錯，」侯爵笑著說。「不過，我敢打賭，思想高深的先生，你沒有猜到為什麼派你去英國。」

「請原諒，」朱利安說，「我每個星期去大使館參加一次晚宴，大使很有禮貌。」

「你去是為了得到這枚勳章，你看，就在這裡，」侯爵說，「我不想讓你脫掉這身黑衣服，但我已經習慣於和穿藍衣服的人說話，那會更有趣。請你記住，在沒有新的命令之前，當我見到這枚勳章時，你是我的朋友肖納公爵的小兒子，他已經受雇在外交界工作六個月了，但他本人並不知道。請你注意，」侯爵神色很嚴肅，阻止了朱利安要表達的感謝，「我並不想改變你的身分。對保護人和被保護人來說，這會是錯誤與不幸。什麼時候你厭煩了我的官司，或者你不再適用了，我會為你謀求一個好的教區，像我們的朋友彼拉神父的教區一樣，不過只有這些。」侯爵用冷漠的語氣補充說。

這枚勳章讓朱利安的自尊心獲得了滿足，話也多起來。他覺得不像以前那樣，經常受到一些可能引起紛爭的話的侮辱，或者成為談話的對象。而在熱烈的交談中，這些話是人人都會脫口而出的。

這枚勳章給他帶來一位新的訪客，這就是瓦勒諾男爵先生，他到巴黎來是為了感謝內閣授予他

---

4 在這幾頁中，斯湯達爾表達了他對英國的深切反感：「我認為英國人是世界上最遲鈍、最野蠻的民族。」但同時也能感受到他對英國風景的讚美。（斯湯達爾，《自戀回憶錄》）

男爵的封號，並藉機疏通關係。他很快就會取代瑞納先生，被任命為維利葉的市長。

瓦勒諾先生告訴他，瑞納先生剛被發現是雅各賓派的人，朱利安覺得非常可笑。事實上，在即將舉行的選舉中，這位新男爵是內閣提名的候選人，而在由極端保皇派實際控制的省內選區裡，自由黨人推薦了瑞納先生。

朱利安想打聽瑞納夫人的消息，但沒有成功。看來男爵對他們的老情敵仍無法釋懷，閉口不談。最後，他請朱利安讓他父親在選舉中投給他一票，朱利安答應給父親寫信。

「騎士先生，你應該把我介紹給拉莫爾侯爵先生。」

「當然，我應該這樣做，」朱利安心想，「但他是個無賴！……」

「說實話，」他回答說，「我在拉莫爾府只是個小人物，沒資格引見。」

朱利安什麼事情都跟侯爵說，當晚他就把瓦勒諾的願望以及他一八一四年以來的全部作為，都告訴了侯爵。

「明天不僅要把這位新男爵介紹給我，」侯爵嚴肅地說，「而且後天我還要請他吃晚飯。他將成為我們任命的一位新省長。」

「如果這樣，」朱利安冷冷地說，「我要為我的父親謀取乞丐收容所所長的位子。」

「很好，」侯爵說，表情又變得高興了，「我同意。我正等著你討論一番呢。你變得成熟了。」

瓦勒諾先生告訴朱利安，維利葉的彩票行行長剛剛去世，朱利安覺得把這個位子給肖蘭先生很有趣，他曾在拉莫爾先生房間裡拾到過這個老傢伙的求職信。朱利安背誦了求職信中的幾句，逗得侯爵哈哈大笑，於是就在給財政部的申請書上簽了字。

肖蘭先生剛被任命不久，朱利安就得知省議會曾為著名的幾何學家格羅先生申請這個職位。這個高尚的人僅有一千四百法郎的年金，卻拿出六百法郎借給剛去世的彩票行行長，為了幫助他養家糊口。

朱利安對自己的行為感到震驚。「這不算什麼，」他對自己說，「如果我想做大事，還要幹很多不公正的事，而且還要懂得用漂亮動人的話加以掩飾：可憐的格羅先生！其實，他才配得上這枚勳章，而我卻得到了，我必須遵循頒給我勳章的政府的宗旨辦事。」

第八章

與眾不同的勛章

「你的水不能止渴。」乾渴的精靈說。

「但這是整個迪亞－尼克最清涼的井了。」

——佩利科[1]

一天，朱利安從塞納河畔的維勒基耶莊園回來。那裡景色迷人，拉莫爾先生對這塊土地很在意，因為在他所有的地產中，只有這裡曾屬於聲名顯赫的博尼法斯．拉莫爾家族。朱利安回到府上，見到了從耶爾返回的侯爵夫人和她的女兒。

現在朱利安已經成了穿著時髦的人，他精通巴黎的生活藝術。他對拉莫爾小姐的態度很冷淡，似乎已經忘卻了她曾經興奮地問他是如何從馬上掉下來的。

拉莫爾小姐發現朱利安的個子高了，臉也蒼白了。他的身材和舉止，完全不像外省人了，但談吐卻不同，感覺過於嚴肅，很現實。儘管這些可以理解，但是他的自尊，使他的言行沒有下人的樣子，大家認為他把太多事看得過重。不過，大家知道他說話算話。

「他缺少的不是機智，而是輕鬆，」拉莫爾小姐對父親說，並且拿他給朱利安的勛章開玩笑，「我哥哥向你要這個，等了一年半，他可是拉莫爾家族的人！」

「沒錯，但朱利安有意想不到的才智，這是你說的拉莫爾家族的人所沒有的。」

這時，傭人通報說雷斯公爵到了。

瑪蒂爾德忍不住打了個呵欠，她彷彿又看見父親客廳裡的鍍金骨董和昔日的常客。她想到在巴黎又要開始無聊的生活了。不過，她在耶爾時又想著巴黎。

「我十九歲了！」她想，「所有鍍金的精裝書上都說，這是幸福的年華。」她望著在普羅旺斯旅行途中買的新詩集，大概有八、九本，放在客廳的桌上。不幸的是，她比克魯瓦澤努瓦、凱呂斯、呂茲等其他朋友更聰明。當他們談及普羅旺斯美麗的天空、詩歌及南方等等，她想像得出他們會說什麼。

在這雙美麗的眼中，流露出深沉的鬱悶，更糟的是，尋找不到快樂的絕望。最終目光落到了朱利安身上。「至少，他是與眾不同的。」

「索萊爾先生，」她的語氣快捷、短促，這是一種上流社會年輕女子的慣用腔調，沒有女性的嬌媚，「索萊爾先生，你今晚去參加雷斯先生的舞會嗎？」

「小姐，我還沒有被引薦給公爵的榮幸呢。」（可以說，這句話和這個頭銜對於驕傲的外省人來說，是難以啟齒的。）

「他讓我的哥哥領你到他家去，如果你去，還可以跟我說說維勒基耶領地的情況，也許我們春天會去。我想知道那裡的城堡能不能住人，四周的景色是不是像傳說的那麼迷人。虛假誇大的事太多了！」

朱利安沒有回答。

---

1 佩利科（Silvio Pellico，一七八九－一八五四），積極參與義大利統一事業的義大利作家、詩人。

「和我哥哥一起去參加舞會吧。」她強硬地又說了一句。

朱利安恭敬地點點頭。「這麼說，即使是在舞會上，我也要向這個家的每個成員通報。我這不是花錢雇用的辦事員嗎？」他很生氣，又想，「誰知道我跟女兒說的話，會不會影響父親、哥哥和母親的計畫呢！這真是一個專制王朝！在這裡，人人都得百無一用，又不讓任何人抱怨。」

「這個大小姐真不討人喜歡！」他心想，一邊看著她離開，她的母親叫她去見她的幾個女友。「她太時尚了，整個肩膀從衣服裡露出來……她比旅行之前還要蒼白……金黃的頭髮都沒有顏色了！好像陽光都能穿透一樣。看她行禮的方式、看人的目光，多麼高傲！真有女王的風範！」

拉莫爾小姐在她哥哥要離開客廳時，叫住了他。

諾貝爾伯爵朝朱利安走過來，對他說：

「親愛的索萊爾，我今夜到哪裡去接你，一起去參加雷斯先生的舞會？他特意讓我把你帶去。」

「我知道託了誰的福，才受到如此厚愛。」朱利安答道，深深地鞠了一躬。

諾貝爾講話禮貌而親切，簡直無可挑剔，朱利安的壞情緒只能發洩到客氣的回答中。他感覺其中有種卑賤的味道。

晚上，他來到舞會時，雷斯府邸的豪華讓他感到震驚。門前的院子裡，覆蓋著綴滿金星的深紅色斜紋布的帳篷，沒有比這更雅致的了。帳篷下面，院子裡是一片開滿花的橘樹和夾竹桃。花盆在地下埋得很深，沒有痕跡，這些樹就像從地裡長出來的一樣。車子經過的路都鋪上一層細沙。所有這一切在我們外省人眼中，都是別具一格的。他想不到竟會有這般的豪華，頃刻間，他的想像力飛升，把壞心情都拋到千里之外了。諾貝爾在來舞會的路上，滿心歡喜，而他眼前一片漆黑。一進院子，兩人的角色就徹底扭轉了。

諾貝爾在這種盛大的排場中，只注意到幾個被忽略的細節。他評估著每件東西的價值，達到一個可觀的總數時，朱利安發現他滿臉妒意，心情也變壞了。

至於朱利安，剛進入第一個跳舞的客廳，就被迷住了，驚歎不已，激動得幾乎有些膽怯。大家擠在第二個客廳門口，根本進不去。第二間客廳的布置簡直就像一座阿爾罕布拉宮。

「必須承認，她就是舞會的王后。」一個留著小鬍子的年輕人說，他的肩膀正好頂在朱利安的胸口上。

「富爾蒙小姐整個冬天都是最美的，」他旁邊的人答道，「現在發現自己退居次席了，瞧她那表情多怪啊。」

「確實，她是竭盡全力想討人喜歡。你看她在四組舞中一個獨舞時的微笑，多麼優雅。我敢說，這真是千金難買呀。」

「拉莫爾小姐知道自己贏了，她在克制著勝利的喜悅，好像害怕跟她說話的人喜歡她似的。」

「很好！這才是誘惑的藝術。」

朱利安想看看這個迷人的女人，但費了很多力氣也沒看到，七、八個比他高的男人擋住了他的視線。

「這種高貴的矜持確有迷人之處。」留小鬍子的年輕人說。

「這雙藍色的大眼睛，欲說還休，」旁邊的人又說，「真的，沒有比這更妙的了。」

「你看，美麗的富爾蒙在她身邊，顯得多俗氣啊。」第三個人說。

「這種矜持的表情似乎在說，你如果是配得上我的男人，我會對你多溫柔啊！」

「誰能配得上高貴的瑪蒂爾德呢？」第一個人說，「也許是一位才貌雙全、身材勻稱的王子，一位有戰功的英雄，年紀不超過二十歲。」

「俄國皇帝的私生子……為了這門婚事，會登上王位；或者乾脆就是泰萊伯爵，一副精心打扮的農夫模樣……」

門口的人鬆散了，朱利安能夠進去了。

「在這些玩偶眼中，既然她這麼出色，那就值得我研究一下，」他想，「這樣，我可以明白這些人所說的完美是什麼。」

他在用眼睛搜尋她時，瑪蒂爾德正好看到他。「我的責任在呼喚我。」朱利安對自己說，但他的表情還有怒色。在好奇心的驅使下，他走上前去，瑪蒂爾德露出肩膀的衣衫讓他心跳加快起來，說實話，對他的自尊心來說，這有點難堪。「她的美散發著青春的活力。」他想。有五、六個年輕人，站在他們之間，朱利安認出了剛才說話的人。

「先生，你整個冬季都在這裡，今晚的舞會是冬季最精彩的，不是嗎？」瑪蒂爾德對他說。

他沒有回答。

「庫隆[2]的這套四組舞真不錯，夫人也都跳得很出色。」年輕人都轉過頭去，看看究竟誰是那個幸運兒，令她非要他回答不可。但是回答令人沮喪。

「小姐，我可不是高明的裁判，我是靠抄東西過日子的，這麼盛大的舞會我第一次見到。」留小鬍子的年輕人感到很憤怒。

「你是才子，索萊爾先生，」她接著說，興趣更加濃厚，「你像哲學家、像盧梭一樣看待這些舞會、這些熱鬧場景。這些瘋狂場面讓你感到驚奇，卻誘惑不了你。」

這句話撲滅了朱利安的想像，把他心中的一切幻想驅散了。他的嘴角流露出一絲輕蔑，也許有點誇張。

「盧梭，」他回答道，「當他妄議上流社會時，在我看來他不過是個傻瓜，他不瞭解上流社會，是用發跡的傭人的心去評論的。」

「但他寫了《社會契約論》。」瑪蒂爾德用尊敬的口吻說。

「這位新貴雖然鼓吹共和、反對君主專制，卻因為一位公爵飯後散步時改變方向，陪著一個朋友[3]走走，就會高興得忘乎所以。」

「啊！是的，在蒙特朗西，盧森堡公爵曾經陪著庫安德先生朝著巴黎的方向走過……」拉莫爾小姐說，初次嘗到了賣弄學問的快樂。她為自己的學識陶醉，就像那位發現費雷特里烏斯國王的存在的院士一樣。朱利安的目光仍然尖銳而嚴厲。瑪蒂爾德的興奮維持了片刻，對手的冷漠使她非常掃興。讓她感到驚訝的是，平時是她習慣於在別人身上造成這種結果，這次卻反過來了。

這時，克魯瓦澤努瓦侯爵匆忙地向拉莫爾小姐走來。在離她三步遠的地方，由於人多，擠不過

---

2 庫隆（Coulon），法蘭西第一帝國和王朝復辟時期的著名舞蹈家。

3 指盧梭在《懺悔錄》第十卷講述的冒險故事。斯湯達爾欽佩作家盧梭，他的藏書中有《懺悔錄》。他承認「閱讀《新愛洛綺絲》時，聖．佩魯的顧慮使他成為非常誠實的人」。但有時他對人的批判很嚴厲：「地位的影響總是透過一個暴發戶的天才來感受的。看看盧梭愛上了他遇到的所有女人，並且感動得流淚，因為L公爵、一個當時最平庸的奉承者，為了陪伴盧梭的朋友庫安德先生，他在散步時不惜屈尊向右走，而不是向左走。」（斯湯達爾，《亨利．布拉德的一生》）

來。他隔著人群，對她笑笑。年輕的魯弗萊侯爵夫人在他身邊，她是瑪蒂爾德的表妹。她挽著才結婚半個月的丈夫的手臂。魯弗萊侯爵也很年輕，心懷一種癡心的愛，這讓他可以接受由公證人操辦的門當戶對的婚事，還覺得新娘美麗動人。只等年邁的伯父故去，他就可以成為公爵。

克魯瓦澤努瓦侯爵無法穿越人群，只好滿臉微笑地看著瑪蒂爾德。與此同時，她那雙藍色的大眼睛也望著他和他身邊的人。「世上還有比他們更平庸的人嗎！」她心想，「這位克魯瓦澤努瓦侯爵還想娶我，他跟魯弗萊先生一樣彬彬有禮、舉止文雅。這些先生如果不令人討厭的話，還挺可愛的，他將來也會帶著平庸和滿足的表情跟著我參加舞會。結婚一年之後，我的車馬、我的衣服、我在巴黎郊外的別墅，這一切都會完美無缺，這些足以讓一個像魯瓦維爾伯爵夫人那樣想要發跡的人嫉妒得要死，但之後會如何呢？⋯⋯」

瑪蒂爾德已經對希望感到厭倦。當克魯瓦澤努瓦侯爵最後走到她旁邊，跟她講話時，她還在做夢，根本沒聽見。對她來說，他的話語和舞會的嘈雜聲混為一體。她的目光機械地追隨著朱利安，他已經離開了，帶著雖說恭敬卻驕傲又不滿的表情。瑪蒂爾德在遠離人群的一個角落裡，看見了阿爾塔米拉伯爵，讀者也許知道，他在自己的國家被判處死刑。在路易十四時期，他的親戚嫁給了孔蒂親王，這段歷史多少保護了他，使他免受聖公會密探的迫害。

「我看只有死刑才能使一個人與眾不同，[4]」瑪蒂爾德想，「這是唯一不能用錢買到的東西。」

「啊！我剛才說的那句話很精闢！很遺憾，它來得不是時候，沒有為我增光添彩！」瑪蒂爾德十分苛刻，不願在談話中引用事先想好的警句，但是她太愛慕虛榮，不能克制自我炫耀。於是在她的臉上，幸福的神情取代了厭煩的表情。克魯瓦澤努瓦侯爵一直在說話，他以為成功在望，就更加滔滔不絕了。

「有哪個壞蛋會質疑我精闢的話？」瑪蒂爾德心想，「我可以這樣回答批評者：一個男爵或子爵的頭銜，花錢可以買到；一枚勳章，可以贈送，我的哥哥剛剛得到一枚，他有什麼成就呢？一個軍銜，可以獲取。駐防十年的軍人，或者有個當陸軍部長的親戚，就能像諾貝爾一樣當上騎兵上尉。一筆巨大的財富！……這當然是最難的，所以價值最大。真奇怪，書上說的正好相反……好吧，如果想發財的話，可以娶羅斯柴爾德先生[5]的女兒。

「我的話確實很深奧。死刑是唯一無人渴求的東西。」

「你認識阿爾塔米拉伯爵嗎？」她問克魯瓦澤努瓦先生。

她好像剛從天邊歸來一樣，這個問題與可憐的侯爵跟她講了五分鐘的話毫無關聯，善良平和的侯爵也感到很尷尬。不過，他是個聰明人，而且以聰明聞名。

「瑪蒂爾德的性情古怪，」他想，「這是缺憾，但她能給丈夫帶來很高的社會地位！不知道拉莫爾侯爵是如何跟各黨派搞好關係的，此人永遠不會倒。還有，瑪蒂爾德的性情古怪可被視為天才。有了高貴的出身和大筆財產，天才就會與眾不同了，不會被人恥笑！而且只要她願意的話，她就能做到集才華、個性和智慧於一身，讓她變得無比可愛……」由於一心不可二用，侯爵在回答瑪蒂爾德時，已經分心了，像背功課一樣：

「有誰不認識這位可憐的阿爾塔米拉呢？」接著他向她講述了荒唐可笑的未遂陰謀。

「太荒謬了！」瑪蒂爾德似乎在自言自語，「但他有行動。我想見識一下這個男子漢，請把他

---

4 斯湯達爾於一八二九年完成的一部小說《瓦妮娜．瓦尼尼》，也表達了類似的觀點。

5 即詹姆斯．羅斯柴爾德（一七九二－一八六八），他在巴黎成立了一家銀行，並且支持復辟的政府。

領過來。」她對侯爵說。侯爵很驚訝。

阿爾塔米拉伯爵是公開讚美拉莫爾小姐的高傲、近乎無禮態度的人之一，在他眼中，她是巴黎最美的女人。

「假如她坐上王位，該有多美！」他對克魯瓦澤努瓦先生說，接著就跟他走了。

世上有不少人想證明，沒有比玩弄陰謀更令人不齒的了，有一種雅各賓黨人的味道。還有什麼比失敗的雅各賓黨人更加醜陋的呢？

瑪蒂爾德的眼神和克魯瓦澤努瓦先生一樣，都在嘲諷阿爾塔米拉的自由主義，但她聽得津津有味。

「舞會上有個陰謀家，這是有趣的對比。」她想。這個人留著小鬍子，她覺得他像一頭睡獅，但她很快就發現他腦子裡只有一個念頭：功利，功利的崇拜。

年輕的伯爵認為，除了在他的國家建立兩院制政府之外，沒什麼值得他關注的。他快樂地離開了瑪蒂爾德、這位舞會上最迷人的女孩，因為他看到一位祕魯將軍進來了。

可憐的阿爾塔米拉對歐洲已經感到絕望，只好這麼想，等南美各國強大以後，可以把米拉波帶去的自由再還給歐洲。

一群留小鬍子的年輕人旋風般地走近瑪蒂爾德。她清楚地發現，阿爾塔米拉沒有被她迷住，對他的離去她很不快。她看見他跟那位祕魯將軍說話時，黑色的眼睛閃閃發光。拉莫爾小姐用一種任何對手都無法模仿的嚴肅而深邃的目光，望著這些法國年輕人。「在他們當中，」她想，「即便有再好的機會，誰會願意被判處死刑呢？」

這種奇怪的目光讓不太聰明的人感到高興，卻讓其他人惶恐不安。他們害怕她會說出什麼尖刻的話來，讓他們難以回應。

「高貴的出身給人帶來很多優點，如果沒有這些優點我就感到不快，朱利安的例子就是這樣，」瑪蒂爾德心想，「但是高貴的出身，也會讓人慢慢失去可能被判處死刑的無畏精神。」

這時，有人在她身邊說：「這位阿爾塔米拉伯爵是聖納札羅－皮芒泰爾親王的次子，他的先人一二六八年營救過被斬首的康拉丹。這是那不勒斯最高貴的家族之一。」

「看看，」瑪蒂爾德心裡說，「這恰好驗證了我的格言：高貴的出身讓人失去個性的力量[6]，沒有個性的力量，就不會被判處死刑！看來，今晚我注定要胡言亂語了。既然我只是一個跟其他人一樣的女人，那就去跳舞吧。」她接受了克魯瓦澤努瓦侯爵的請求，他一小時以來，不斷地邀請她跳一支加洛普舞。為了拋開探求哲理的煩惱，她讓自己變得嫵媚動人，克魯瓦澤努瓦先生欣喜若狂。

但不管是跳舞，還是取悅宮廷最漂亮的男人，都無法解除瑪蒂爾德的煩惱。不可能有更大的成就了。她知道自己是舞會的王后，然而她並不開心。

一個小時以後，他把她送回座位上，她對自己說，「我要跟像克魯瓦澤努瓦這樣的人在一起，生活會多麼乏味啊！」她對自己說，「我半年沒在巴黎，如果在巴黎所有的女人都渴望參加的舞會上還找不到快樂，那我該去哪裡尋找呢？而且，舞會上這群人這麼敬重我，我想不出還有比他們

---

6 斯湯達爾所喜歡的想法（參見《自戀回憶錄》）：「法國上流社會的禮節，大概是英國式的，禁止各種的活力及其運用，如果它偶然存在的話。」「在我看來，」他在別處寫道（參見《亨利・布拉德的一生》），「在我看來，活力甚至只存在於那些為真正需求而抗爭的階層中。」

更好的人。這裡除了幾個貴族院議員和一兩個朱利安這樣的人之外，沒有一個平民。但是，」她越來越難過了，「還有什麼長處，命運沒有賦予我呢？名譽、財產、青春！唉！什麼都有了，只缺幸福。

「在我的長處當中，最可疑的是他們整個晚上向我談到的那些。我相信我有智慧，顯然我讓他們感到恐懼。如果他們提出一個嚴肅的主題，五分鐘之後，他們就會緊張得喘不過氣來，好像在我一小時以來不斷重複的事情上，有了重大發現一樣。我很美，這是我的長處，為此，斯塔爾夫人[7]願意犧牲一切。但我厭煩得要死，這也是事實。有什麼理由認為，我把我的姓改成克魯瓦澤努瓦侯爵的姓以後，就會不這麼厭煩呢？」

「可是，天哪！」她接著說，幾乎快要哭出來了，「他難道不完美嗎？他是本世紀教育的傑作。你只要看他一眼，他就會找到中聽的話，甚至風趣的話對你說，他很勇敢……但是，這個索萊爾真奇怪，」她對自己說，眼神裡的憂鬱轉成了惱火，「我跟他說過，我有話要說，他竟然不肯露面了！」

7 斯塔爾夫人（Mme de Staël，一七六六—一八一七），法國評論家和小說家，法國浪漫主義文學先驅。

第九章
舞會

華麗的服裝，閃耀的蠟燭，迷人的芳香，
這麼多玉臂、美肩！花束叢叢！
令人激動的羅西尼的樂曲和西塞里的繪畫！
我已魂飛天外。

——《于澤里遊記》

「你心情不好，」拉莫爾侯爵夫人對她說，「我提醒你，在舞會上這樣不禮貌。」

「我只是頭痛，」瑪蒂爾德執拗地回答，「這裡太熱了。」

這時，好像是為了證實拉莫爾小姐的話，年邁的托利男爵突然暈倒了，不得不把他抬出去。有人說他中風了，這真掃興。

瑪蒂爾德根本不在乎。她早就打定主意，絕不理會那些老人和喜歡說喪氣話的人。

為了避開關於中風的話題，她去跳舞了。但男爵並沒有中風，因為隔了一天，他又露面了。

「索萊爾先生怎麼還沒來？」跳完舞後，她又想。她幾乎用眼四處尋覓，最後發現他在另一間客廳裡。奇怪的是，他好像沒有了與生俱來的冷漠，不再有英國人的氣質。

「原來他在跟我的死刑犯阿爾塔米拉伯爵說話！」瑪蒂爾德心想，「他眼睛裡閃爍著陰沉的光芒。他的樣子像一個喬裝打扮的王子，他的目光顯得更加驕傲了。」

朱利安與阿爾塔米拉說個沒完，漸漸地靠近了她。她目不轉睛地看著他，揣摩著他的容貌，想從中找到能使一個人被判處死刑的高貴特徵。

從她身邊經過的時候，他對阿爾塔米拉伯爵說：

「不錯，丹東是個男子漢！」

「天哪！他會成為一個丹東嗎？」瑪蒂爾德對自己說，「但是他的面容這麼高貴，而丹東卻醜得嚇人，簡直就是屠夫。」朱利安還沒走遠，她毫不猶豫地叫住他，她故意驕傲地提出了一個問題，這對一個女孩來說很奇怪。

「丹東不是屠夫嗎？」她對他說。

「沒錯，在某些人看來是的，」朱利安回答說，帶著無法掩飾的輕蔑，眼睛裡還有與阿爾塔米拉談話時的火花，「但不幸的是，對於出身高貴的人來說，他只是塞納河畔梅里地區的律師，也就是說，小姐，」他帶著惡意補充說，「一開始，他跟我在這裡看見的好幾位貴族院議員一樣。確實在美人眼中，丹東有一個大的缺點：長相奇醜無比。」

最後幾句話，他說得很快，語氣特別，當然很不禮貌。

朱利安等了一下，上身稍微前傾，謙遜中帶著傲慢。好像在說：「我拿了薪水必須回答你，我是靠薪水過日子的。」他甚至都不抬眼看瑪蒂爾德。而她卻睜著一雙美麗的大眼睛，緊盯著他，就像是他的奴隸。接著，由於沉默在延續，他望著她，像傭人等待著主人的吩咐。瑪蒂爾德一直用奇特的目光盯著他，最後，雖然他們的目光交會，他卻匆忙地走開了。

「他的確長得很好看，」她終於清醒過來，對自己說，「卻對醜陋大加讚美！他話一出口，絕不反悔！不像凱呂斯或克魯瓦澤努瓦那樣。索萊爾的神情，有點像我父親在舞會上模仿的拿破崙。」她把丹東全都忘了。「今天晚上，我真是很無聊。」她抓住她哥哥的手，不管他是否願意，強迫他陪著在舞會上轉了一圈。她想去聽聽朱利安跟死刑犯說些什麼。

人多極了。但她還是追上了他們，距離兩步之遙，阿爾塔米拉正走近托盤去拿冰水。他半側著身子跟朱利安說話，看見一隻穿著繡花衣服的手正在拿旁邊的冰水。繡花衣服似乎引起他的注意，他完全轉過身去，想看看這究竟是誰的手。剎那間，他那雙高貴而天真的眼睛中，流露出一絲輕蔑的表情。

「看那個人，」他低聲對朱利安說，「那是阿拉塞利親王，我們國家的大使。今天早上，他向貴國外交部長奈瓦爾先生提出引渡我的要求。看，他在那裡打牌呢。奈瓦爾先生也想把我交出去，因為一八一六年我國曾交給法國兩三個反叛分子。如果他們把我交給國王，我將在二十四小時內被處決。而且就是這些英俊的留小鬍子的先生中的一位把我抓起來。」

「卑鄙無恥的傢伙！」朱利安聲音頗高地說。

瑪蒂爾德一字不漏地聽著，煩惱頓時消失了。

「這還不算什麼，」阿爾塔米拉伯爵繼續說，「我跟你談到我的事，是為了讓你有個深刻的印象。你看那位阿拉塞利親王，他每隔五分鐘，就會看一眼他的金羊毛勳章。他看到這個不值錢的裝飾品掛在胸前，就開心極了。這個可憐人不過是個落伍的傢伙。一百年前，金羊毛勳章是至高無上的榮譽，但那時他這種人並無緣獲得。今天，在出身高貴的人當中，只有阿拉塞利這樣的人才對它癡迷。為了得到它，他不惜把全城的人都絞死。」

「他要花這麼大代價才能得到嗎？」朱利安焦急地問。

「不全是這樣，」阿爾塔米拉冷漠地答道，「他也許會把他的國家裡三十個左右被認為是自由黨人的富人扔進河裡。」

「多麼殘忍的人啊！」朱利安說。

拉莫爾小姐懷著濃厚的興趣側耳傾聽，由於靠得太近，她美麗的頭髮幾乎要碰到他的肩膀了。

「你太年輕了！」阿爾塔米拉說，「我跟你說過，我有個姊姊嫁到普羅旺斯去了。她還很漂亮、善良、溫柔，是個很好的家庭主婦，她盡職盡責，虔誠而不做作。」

「他想要說什麼？」拉莫爾小姐心想。

「她現在很幸福，」阿爾塔米拉伯爵繼續說，「一八一五年，她也過得不錯。當時我藏在她家裡，在昂蒂布附近的領地上。可是，當她聽說奈伊元帥被處決時，竟然高興得跳起舞來！」

「會這樣嗎？」朱利安驚呆了。

「這就是政黨精神，」阿爾塔米拉繼續說，「十九世紀不再有真正的激情，因此大家在法國才這麼無聊。大家做了最殘忍的事，卻感覺不到殘忍。」

「可惜！」朱利安說，「至少，大家犯罪時要有犯罪的樂趣，犯罪也只有這點好處，我們甚至可以因此為其稍加辯護。」

拉莫爾小姐完全忘了自己的身分，她幾乎完全處於阿爾塔米拉和朱利安之間。她的哥哥習慣於服從她，讓她挽著手，望著客廳裡其他的地方，為了掩飾尷尬而假裝被人群擋住了。

「你說得對，」阿爾塔米拉說，「大家做什麼都覺得無動於衷，做了也記不住，甚至犯罪也是如此。在這個舞會上，我也許能指出十個人來，他們以後可能因為被判殺人罪，而遭處死刑。但他們早已忘了自己做過什麼，別人也忘了。

「有很多人看到自己的狗受傷，就會傷心得流淚。在拉雪茲神父公墓，當有人把鮮花拋向他們的墳墓時，就像你們巴黎人說得那麼好笑，人家就會告訴你，他們身上集中了騎士的所有美德，還會說到他們在亨利四世時代的祖先的豐功偉績。如果阿拉塞利親王絞盡腦汁，仍然未能將我絞死，那麼我將享用在巴黎的財產，我願意請你跟八、九個受人尊重、毫不悔改的殺人犯一起吃飯。

「在這個飯桌上，只有你和我的手上沒沾過血。但是，我會被當作嗜血成性的雅各賓派魔鬼受到鄙視，甚至仇恨，而你也會被人瞧不起，因為你出身於平民之家，卻混入了上流社會。」

「說得太對了。」拉莫爾小姐說。

阿爾塔米拉吃驚地望著她，朱利安卻不屑看她。

「看看我領導的那次革命，」阿爾塔米拉伯爵繼續說，「它沒有成功，只是因為我不願意砍三個人的腦袋，並且把七、八百萬現金給同黨的人，那時我拿著金庫的鑰匙。今天，我的國王想要絞死我，而在暴動之前，他跟我關係密切，以你我相稱。如果我把三個人的腦袋砍了，把金庫裡的錢分掉，他會頒給我一枚大勛章，因為我至少成功了一半，而我的國家也許會有一部像樣的憲法……世間的事如同一盤棋。」

「那麼，」朱利安的眼中冒火，「當時你還不會下棋，現在呢……」

「你的意思是說，我會砍一些人的腦袋，就像你那天說的那樣，不會成為一個吉倫特派[1]？……我想這樣回答你，」阿爾塔米拉悲淒地說，「即使在決鬥中殺人，也沒有讓劊子手殺人那麼醜

---

1 吉倫特派（Girondin），或吉倫特黨人，是指在法國大革命從一七九一年到一七九五年期間，源於吉倫特省的一個政治派別。

惡。」

「當然！」朱利安說，「要達到目的，可以不擇手段，如果我不是這麼弱小、手裡有點權力的話，我會為了救四個人的命，而不惜絞死三個人。」

他的眼睛裡放射出良知的火焰和對世俗偏見的輕蔑。他的眼睛和靠近他的拉莫爾小姐的眼睛相遇，但這輕蔑並沒有變成溫柔優雅，反而更加強烈了。

她深受這種眼神的刺激，但已經無法忘記朱利安，她懊惱地拉著哥哥走了。

「我應該去喝點潘趣酒，好好跳個舞，」她心裡說，「我要挑一個最好的舞伴，無論如何要出盡風頭。好吧，出名的放縱之徒費瓦克伯爵來了。」她接受他的邀請，一起跳舞。「我們來看看誰最放縱，」她想，「不過，為了讓他丟臉，必須讓他開口說話。」很快，其他參加跳四組舞的人只是表面應付一下，誰也不想漏掉一句瑪蒂爾德尖刻的應答。費瓦克伯爵神色慌張，找不出一句有意思的話，只好用一些無聊的好話應付，露出一臉的尷尬。瑪蒂爾德心中有氣，對他很不客氣，簡直視如仇敵。她一直跳到天亮，離開時已非常疲憊。在回去的車上，殘存的一點力氣還讓她感到愁悶和不幸。她受到朱利安的蔑視，卻無法對他表示輕蔑。

朱利安高興到了極點。他不知不覺地陶醉於音樂、鮮花、美女和優雅的氛圍，尤其沉醉於他的想像，他夢想著自己的榮耀以及所有人的自由。

「多棒的舞會啊！」他對伯爵說，「完美無缺。」

「只是缺少思想。」阿爾塔米拉回答。

他面露不屑，出於禮貌需要掩飾一下，反而顯得更加突出。

「你說得對，伯爵先生。是不是謀反的思想？」

「我在這裡，是因為我的姓氏。在你們的客廳裡，大家厭惡思想。它不能超出諷刺歌詞的水準，這樣它才會獲得讚賞。但有思想的人，如果話語中有力量和新意，就被你們說是憤世嫉俗。你們的法官不就是給庫里埃[2]這個罪名嗎？你們把他和貝朗瑞一起關進監獄。在你們國家，凡是稍有才智的人，聖公會就會將其送上輕罪法庭，上流社會就鼓掌喝彩。

「這是因為你們這個腐朽的社會最看重的是禮儀……你們永遠無法超越勇武之威，你們可以產生繆拉，但不會產生華盛頓。我在法國只看到了虛榮。一個說話有獨立見解的人，只要說出一兩句不恰當的話，就會讓主人覺得蒙受羞辱。」

說到這裡，伯爵的馬車載著朱利安，已經停在拉莫爾府門前。朱利安喜歡這個陰謀家。阿爾塔米拉對他說過一句恭維話，顯然是出於深入的瞭解：「你沒有一般法國人的淺薄，而且懂得實效的原則。」前天，朱利安剛好讀過卡齊米爾·德拉維涅[3]的悲劇《瑪利諾·法利埃羅》。

「伊斯拉埃爾·貝爾蒂西奧[4]不是比所有的威尼斯貴族更有個性嗎？」我們這位反叛的平民[5]對自己說，「然而這些貴族的淵源可以追溯到西元七百年，比查理曼大帝還要早一個世紀。而今晚

---

2 庫里埃（Paul Louis Courier，一七七二－一八二五），法國政論作家，主張自由君主制，一八二五年被謀殺。

3 卡齊米爾·德拉維涅（Jean-François Casimir Delavigne，一七九三－一八四三），法國詩人，劇作家。他的悲劇《瑪利諾·法利埃羅》於一八二九年在巴黎上演。

4 伊斯拉埃爾·貝爾蒂西奧（Israël Bertuccio），《瑪利諾·法利埃羅》中的人物，因參與謀反被處死。

5 這正是朱利安對陪審團說的（見本書第二部第四十一章）：「各位先生，我沒有任何屬於你們那個階層的榮幸，你們在我身上看到的，只是一個反抗其卑賤命運的農民。」

雷斯公爵家舞會上的貴族，也只能追溯到十三世紀，甚至都很勉強。雖然威尼斯的貴族出身名門，但大家記住的卻是伊斯拉埃爾・貝爾蒂西奧。

「一次政變可以撤消所有那些由社會任意給予的頭銜。在政變過程中，一個人可以憑藉他對死亡的態度，一下子獲得他的地位。才智也會失去作用……

「在瓦勒諾和瑞納這些人的時代，如果丹東在世，他會怎樣呢？恐怕連國王的代理檢察官都當不上……

「我在說什麼？他會賣身投靠聖公會，他會當大臣，因為偉大的丹東，幹過偷竊的勾當。米拉波也出賣過自己。拿破崙在義大利搶過幾百萬，否則他會像皮舍格呂一樣窮困潦倒。只有拉法葉沒有偷竊的劣跡。是應該偷竊呢？還是應該出賣自己？」朱利安心想。這個問題把他給難住了。他只好去讀法國大革命的歷史，來打發後半夜的時間。

第二天，他在圖書室寫信的時候，還想著阿爾塔米拉伯爵的話。

「事實上，」沉思良久之後，他對自己說，「如果西班牙自由黨人讓人民捲入到一些罪行中，就不會這麼輕易地被清洗掉。這不過是些又驕傲又喜歡吹牛的孩子……跟我一樣！」朱利安想到這裡，突然如夢方醒，喊出聲來。

「我做過什麼艱辛的事，有什麼權利去評論這些可憐的傢伙？他們一生中畢竟有過一次轟轟烈烈的行動。我就像是一個人，酒足飯飽時大聲說：『明天我不吃飯了，但這不影響我像今天這樣健康、快活。』誰知道在幹大事的過程中會有什麼感覺？……」這時，拉莫爾小姐突然走進圖書室，打斷了這些高深的想法。丹東、米拉波、卡爾諾這些不能被征服的人的偉大品格，令朱利安欽佩不已，他雖然眼睛看著拉莫爾小姐，卻毫不在意，沒有向她打招呼，甚至沒看見她。當他睜大眼睛，終於發現她的時候，眼中的火花頓時消隱了。拉莫爾小姐看到了，心裡一陣難過。

她向他要一本韋利的《法國史》，但沒拿到，因為書放在最上面一層。朱利安只好搬來一架最高的梯子，把書取下，交給了她，還是沒有注意到她。他心不在焉，拿走梯子時，不小心手臂碰到書櫃的一塊玻璃，嘩啦一聲掉到地上，他這才驚醒過來。他趕緊向拉莫爾小姐道歉，他想盡量表現得禮貌些，也只能這樣了。瑪蒂爾德明白自己打擾了他，他不願意跟她說話，寧願接著去想之前想的事。她看了他好一會兒，然後慢慢地走開了。朱利安看著她離去。對於她眼前的樸素打扮和昨晚的華麗盛裝所形成的鮮明對比，朱利安感觸很多。兩種面貌的差異，同樣給人留下深刻的印象。這個女孩在雷斯公爵家的舞會上那麼高傲，此刻眼神裡卻充滿了祈求。「確實，」朱利安對自己說，「這件黑色的連衣裙更凸顯了她的身材之美，她有王后的儀表，但為什麼要穿喪服呢？」

「如果我去問別人，她為什麼穿喪服，也許我又幹了件蠢事。」這時，朱利安從極度亢奮中完全醒過來了，「我要再看看早上寫的信，誰知道會發現多少錯誤。」當他正盡可能集中精力看第一封信時，卻聽見旁邊響起一陣絲綢的窸窣聲。他急忙轉身，看見拉莫爾小姐站在距離桌子兩步遠的地方，正對著他笑。這第二次打擾，讓朱利安生氣了。

至於瑪蒂爾德，她明確意識到這個年輕人對她毫不在乎，她的笑容只是為了掩飾她的尷尬，這一次她成功了。

「索萊爾先生，你顯然是在想一件很有趣的事。是不是關於政變的什麼奇聞？正是這件事把阿爾塔米拉伯爵送到了巴黎。告訴我是什麼，我很想知道。我會保守祕密，我向你發誓！」她說出這樣的話，自己也吃了一驚。她怎麼會祈求一個下人呢！她更加不安，於是用輕鬆的口吻補充說：

「你一向冷漠，是什麼讓你變成一個充滿靈性的人、一個像米開朗基羅那樣的先知？」

這種尖銳而突兀的問話，深深刺激了朱利安，使他重新變得瘋狂起來。

「丹東的偷竊行為難道是正確的嗎？」他突然對她說，口氣變得越來越凶。「皮埃蒙特的革命黨人、西班牙的革命黨人，他們應該讓人民捲入到一些罪行中嗎？他們應該把軍隊裡所有的職位、勛章送給那些毫無功績的人嗎？難道那些戴勛章的人不怕國王回來嗎？難道都靈的金庫應該遭到洗劫嗎？總之，小姐，」他走近她，樣子很凶，「一個想掃除愚昧和罪惡的人，就應該像暴風雨一樣橫掃一切、為所欲為嗎？」

瑪蒂爾德害怕了，她受不了他的眼神，往後退了兩步。她看了他一眼，對自己的害怕感到羞恥，趕緊走出圖書室。

第十章

瑪格麗特王后

愛情啊！無論你多麼瘋狂，我們也會從中得到快樂。

——《葡萄牙修女書簡》[1]

朱利安把他寫的信又看了一遍。晚餐的鈴聲響了，他心想：「我在這個巴黎小姐的眼中，一定非常可笑！我把心裡所想的都如實告訴她，簡直是瘋了！不過，也許沒那麼瘋。在這種情況下，我應該說實話。但是，為什麼要問我一些私事？她這麼問很冒昧，有違常理。對於丹東的看法，並不屬於我為她父親工作的範圍。」

朱利安走進餐廳，看見拉莫爾小姐穿著喪服，他的怒氣就消了，尤其是全家沒有別人穿黑衣服，這更令他感到驚奇。

晚餐後，他從一整天的興奮中解脫出來。正好那個懂拉丁文的院士也在。「向他打聽拉莫爾小姐為何穿著喪服，即使很蠢，」朱利安心想，「這個人也不會笑得太誇張。」

瑪蒂爾德看著他，表情很奇怪。「這就是瑞納夫人跟我說過的，當地女人的賣弄風情。」朱利安心想，「今天早上，我對她很不客氣，她想跟我聊天，我沒有理會。在她的眼裡，我的身價抬高

1《葡萄牙修女書簡》，十七世紀一位葡萄牙修女寫給法國軍官的五封書信。一六六九年在法國出版。

了。當然，魔鬼是不會吃虧的。很快，她那瞧不起人的傲慢就會報復我。隨她去吧。這跟我失去的女人多麼不同啊！那個女人那麼可愛！那麼天真！她的想法還沒說，我就知道了，我看著它們如何產生。在她心裡，我唯一的敵人，就是她害怕孩子死去。這是一種合乎情理的自然情感，對於感同身受的我來說，甚至是很可愛的，即使我為此痛苦。那時我真傻，對巴黎的各種幻想使我不能正視這個高尚的女人。

「多麼不同啊，天哪！我在這裡發現了什麼？冷酷而傲慢的虛榮心、各種各樣的自尊心，別的再沒有什麼了。」

大家離開餐桌。「不要讓人把我的院士拉走。」朱利安心想。大家往花園走的時候，他走近院士，用一副溫和恭敬的表情，支持他對《歐那尼》的成功[2]所表示的憤慨。

「如果我們活在國王密令[3]的時代多好！……」他說。

「那他就不敢了。」院士大聲說，並且做了一個塔爾瑪[4]式的手勢。

談到一朵花時，朱利安引用了維吉爾《農事詩》[5]中的幾句，並且認為沒有什麼能跟德利爾神父的詩相媲美的。總之，他竭力恭維院士。然後他用最冷淡的語氣說：

「我猜拉莫爾小姐繼承了某位伯父的遺產，所以才穿喪服。」

「怎麼！你住在這個家裡，」院士突然停下，對他說，「竟然不知道她的怪癖？其實，奇怪的是她的母親竟然允許她這麼做，我們私下議論，這個家裡的人不是都意志堅強。瑪蒂爾德小姐的個性不同，因此可以支配他們。今天是四月三十日！」院士說到這裡停住了，神情狡黠地望著朱利安。朱利安微笑著，盡可能表現出心領神會。

「她支配著全家，穿黑色衣服和四月三十日之間有什麼關係呢？」他心想，「我真的是比想像的還要蠢。」

「我應該向你坦白……」他對院士說，眼神裡充滿了疑問。

「我們到花園裡走走，」院士說，看到有機會講述一個漫長而動人的故事，心裡很高興。「怎麼！你真的不知道一五七四年四月三十日發生的事？」

「在哪裡發生的？」朱利安吃驚地問。

「在格列夫廣場。」

朱利安很驚訝，他沒有弄明白這句話的含義。他的好奇心很強，想要聽到一個與他的性格密切相關的悲情故事，這讓他的眼睛放射出光芒，這是講故事的人最喜歡見到的。院士很高興能遇到一個沒聽過這個故事的人，於是原原本本地講給朱利安聽一五七四年四月三十日，當時最英俊的男人博尼法斯．拉莫爾和他的朋友——皮埃蒙特的紳士阿尼巴爾．德．柯柯納索，在格列夫廣場被處死。「拉莫爾是瑪格麗特．德．納瓦爾王后心愛的情人，」院士說，「請注意，拉莫爾小姐的名字是瑪蒂爾德－瑪格麗特。拉莫爾還是阿朗松公爵的寵臣，也是納瓦爾國王的密友。納瓦爾國王就是後來的亨利四世，瑪格麗特的丈夫。一五七四年四旬齋前的最後一天，大家在聖日爾曼的王宮裡，

2《歐那尼》是雨果的一部戲劇，一八三〇年二月二十一日在法蘭西劇院首演，演出幾次之後獲得成功。

3 國王密令（lettre de cachet），法國大革命前，國王不透過法律程序就發出的祕密逮捕令。

4 塔爾瑪（Talma，一七六三－一八二六），法國悲劇演員。

5 一七六九年，《農事詩》詩體譯文的出現，使德利爾神父（一七三八－一八一三）出名。作為一個好的譯者，他用巧妙而冷靜的修辭來掩蓋流行的思想。他特別擅長婉轉的措辭。

可憐的查理九世國王快死了。王后凱薩琳·德·麥地奇把兩位親王囚禁在宮中，他們的朋友拉莫爾想營救他們。他率領兩百名騎兵攻到聖日爾曼宮的圍牆下，阿朗松公爵膽怯了，於是將拉莫爾交給了劊子手。

「不過，真正讓瑪蒂爾德小姐感動的，是她在七、八年前親口對我說的，當時她才十二歲。她說，因為是一個人頭，一個人頭！……」說到這裡，院士抬眼望著天空，「在這場政治事變中最感動她的，是瑪格麗特王后藏在格列夫廣場的一間房子裡，竟然派人向劊子手要她情人的頭顱。當晚的午夜時分，她捧著這顆人頭坐上馬車，將它埋葬在蒙馬特山丘下面的小教堂裡。」

「會有這種事嗎？」朱利安聽了深受感動，叫出聲來。

「瑪蒂爾德小姐看不起她的哥哥，因為他不關注這段古老的歷史，正如你所看到的，每年四月三十日，他也不服喪。自從這次死刑之後，為了紀念拉莫爾對柯柯納索的生死之交，——柯柯納索是義大利人，名叫阿尼巴爾，所以，這個家族的所有男人都叫這個名字。而且，」院士壓低聲音說，「據查理九世本人說，這個柯柯納索是一五七二年八月二十四日的大屠殺中，最殘忍的凶手之一。但是，親愛的索萊爾，你和這個家的人經常一起吃飯，怎麼可能不知道這些事呢？」

「原來如此，怪不得有兩次，拉莫爾小姐在餐桌上叫她的哥哥阿尼巴爾。我還以為聽錯了呢。」

「這是一種譴責。奇怪的是侯爵夫人竟然容忍這種瘋狂的行為……將來這位大小姐的丈夫會有好戲看的！」

緊接著又說了五、六句諷刺的話。院士眼中閃爍著快樂和親密的光芒，讓朱利安感到不快。

「我們這兩個傭人在說主人的壞話，」他心想，「但是這個院士的嘴裡，說什麼都不會讓我感到奇怪。」

一天，朱利安偶然看見他跪在拉莫爾侯爵夫人面前，他在為外省的侄子尋求一個菸草收稅人的職位。拉莫爾小姐的一個侍女，像從前埃麗莎那樣追求朱利安，晚上她告訴朱利安，她的女主人服喪並不是為了引人注意，這種古怪的行為在其性格當中已經根深柢固了。她真正愛上了拉莫爾，他是那個時代最有才智的王后的心上人，他為了讓朋友獲得自由而死去。而且這些是什麼朋友呢！一位是王子殿下，另一位是亨利四世。

朱利安習慣了瑞納夫人舉止中流露出的純樸自然，而他在巴黎所有女人身上只看到矯揉造作。只要他情緒稍有低落，就對她們無話可說。只有拉莫爾小姐例外。

他開始不再把舉止高雅的美看作是內心的枯竭。他和拉莫爾小姐有過幾次長談。晚飯後，她和他一起在花園裡，沿著客廳打開的窗戶散步。一天，她告訴他說，她讀過多比涅的歷史著作和布蘭多姆的作品。「她讀的書真奇怪，」朱利安心想，「但侯爵夫人連史考特的小說都不讓她看！」一天，她向他講述亨利三世時代一個年輕女人的故事：她發現丈夫不忠，就用匕首將他刺死。這是她剛從艾圖瓦爾的《回憶錄》[6]中看到的。她的眼睛裡閃動著喜悅的光芒，證明她的讚譽是真誠的。

朱利安的自尊心得到了滿足。用院士的話說，一個受人尊敬的、支配著全家人的女人，竟然用一種近乎友善的態度跟他說話。

「我弄錯了，」朱利安馬上又想，「這算不上親密，我不過是古典悲劇中主角的一個親信，這

---

6 該書出版於一六二一年，但並不完整。完整版於一八七五至一八七六年問世。

是出於傾訴的需要。我在這個家裡被認為是博學之人。我要去看看布蘭多姆、多比涅和艾圖瓦爾的書。這樣，拉莫爾小姐談到那些典故，我就可以提出不同的看法。我必須從這種被動的親信角色中解脫出來。」

漸漸地，他跟這個外表如此威嚴而隨和的女孩之間的談話，變得更加有趣了。他忘記了自己反叛平民的悲情角色，他發現她很有學識，甚至通情達理。她在花園裡的看法和她在客廳裡的言論截然不同。有時候，她對他熱情而坦率，與她平時的高傲和冷漠的態度形成鮮明對比。

「神聖聯盟戰爭[7]，是法國歷史上的英雄時代。」一天，她眼睛裡閃爍著智慧和熱情的光芒，對朱利安說，「那時候，每個人為了所追求的目標，為了他的黨派獲得勝利而戰鬥，而不像你那位皇帝的時代，只是為了獲得一枚十字勳章。你應該承認，那時候的人沒有這麼自私和狹隘。我愛那個時代。」

「博尼法斯·拉莫爾正是那個時代的英雄。」他對她說。

「至少他有人愛，而被人愛也許是甜蜜的。今天有哪個女子敢去碰情人被砍下的頭顱呢？」

這時，拉莫爾夫人叫她的女兒過去。虛偽要想發揮作用，必須深藏不露。正如我們所看到的，朱利安已經把他對拿破崙的崇拜，隱約地向拉莫爾小姐吐露出來。

「這就是他們比我有優勢的地方，」他獨自待在花園裡，對自己說，「他們祖先的歷史，使他們能夠超凡脫俗，他們衣食無憂！這多麼可悲啊！」他感到難過，「我沒資格談天說地，我的人生只能由一連串的虛偽構成，因為我沒有一千法郎的年金賴以謀生。」

「先生，你在這裡想什麼呢？」瑪蒂爾德跑回來，問他。

朱利安已經對自己的怨天尤人感到厭倦。出於驕傲，他坦率地說出自己的想法。對一個如此富有的千金小姐談及自己的貧窮，他感到羞愧。他竭力用驕傲的語氣，表明自己別無所求。瑪蒂爾德覺得他從沒這麼英俊過，她發現他臉上有一種敏感和坦誠，這是他平時沒有的。

不到一個月之後，朱利安在拉莫爾府的花園裡散步。他心事重重，但臉上已不再有長期的自卑所帶來的哲學家的冷酷與傲慢。他剛剛把拉莫爾小姐送到客廳門口，她說自己跟哥哥一起跑步時扭傷了腳。

「她靠在我的手上，樣子有些奇怪！」朱利安心裡說，「我是不是自作多情，還是她真的對我有意？她聽我說話時的表情那麼溫柔，甚至當我承認因為驕傲給我帶來很多痛苦時，也一樣！她平時對任何人都是那麼驕傲，如果有人在客廳裡看到她這樣，一定會感到驚訝。她對別人肯定不會這麼溫和。」

朱利安盡量不去誇大這種特殊的友情，而將其看作一種軍事談判。每天見面時，他們在延續前一天近乎親密的口吻之前，幾乎都要捫心自問：「今天是朋友，還是敵人呢？」朱利安明白，如果平白無故地讓這個如此高傲的女孩羞辱一次，一切就算完了。「如果要跟她反目，不如一開始就維護我的自尊所享有的權利，如果我對個人尊嚴稍有讓步，立刻會遭到蔑視，那時再反抗不是很被動嗎？」

心情不好的時候，有好幾次，瑪蒂爾德想用貴婦人的口氣對他說話，雖然這種嘗試很巧妙，但都被朱利安強硬地頂了回去。

一天，他突然打斷她的談話，問她，拉莫爾小姐對她父親的祕書有什麼指示？他對她說，他會

---

7 神聖聯盟戰爭（guerres de la Ligue），十六世紀的法國宗教戰爭。

聽從她的命令，並且認真地照辦，除此之外，他沒什麼要說的。他是受雇來工作的，不是來跟她談論思想的。

朱利安的這種態度和稀奇古怪的疑慮，驅除了在豪華的客廳裡經常感受到的煩悶，在那裡，一切都令人恐懼，開不得任何玩笑。

「如果她愛我，倒是很有趣！無論她愛不愛我，」朱利安繼續想，「我會有一個才女作為知己。在她面前，全家人都感到害怕，尤其是克魯瓦澤努瓦侯爵。這個年輕人如此文雅，如此勇敢，出身和財富都很有優勢，而我只要有其中的一項，就心滿意足了！他瘋狂地愛著她，應該娶她為妻。為了這樁婚事，拉莫爾先生讓我給兩位公證人寫過多少封信！而我這個手裡握著筆的人，地位如此低下。兩個小時以後，我卻在這裡的花園裡，戰勝了這個可愛的年輕人，因為她的傾向是很明顯的，直截了當。也許她恨他，是因為將其視為未來的丈夫。她很高傲，會做出這樣的事。而她對我的親切，是將我當成一個地位低下的親信。

「不對，我沒有瘋，是她在追求我，我對她越是冷淡、越是恭敬，她越是與我親近。這可能是事先決定的，假戲真做。但當我突然出現時，我看見她的眼睛頓時一亮。難道巴黎的女子這麼善於偽裝嗎？這有什麼！表面上看起來對我好，我就享受這表面的快樂。天哪，她多麼美麗啊！她那雙藍色的大眼睛，當它們望著我的時候，從近處看，多討人喜歡啊！今年春天和去年春天多麼不同！那時候，我生活在三百個可惡而骯髒的偽君子當中，過著悲慘的生活，完全靠性格的力量支撐著。其實，我幾乎跟他們一樣可惡。」

在疑惑的日子裡，朱利安想道：「這女孩在取笑我。她和她的哥哥聯合起來騙我。不過，她好像鄙視她的哥哥沒有魄力！『他除了勇敢，別無長處，』她對我說，『他沒有敢於反叛傳統的思想，總是由我來為他辯護。』她只是一個十九歲的女孩！在這個年紀，一個人能每天時時刻刻都在偽裝自己嗎？

「另外，當拉莫爾小姐那雙藍色的大眼睛，用異樣的目光注視著我的時候，諾貝爾伯爵就會轉身離去，這引起了我的懷疑。他妹妹如此看重家裡的一個傭人，他不該感到氣憤嗎？我聽到肖納公爵這樣說過我。」想起這些，憤怒就會取代所有別的感情，「難道是這位古怪的老公爵喜歡說陳詞濫調嗎？」

「無論如何，她長得很漂亮！」朱利安繼續想著，目光凶悍如虎，「我一定要得到她，然後離開，誰想要阻攔我逃跑，誰就會倒楣！」

這個想法成了朱利安的頭等大事，他無法再想別的。日子過得飛快，一整天就像一小時。

他每次想要幹點正事，但總是迷失在苦思冥想中，一刻鐘以後又清醒過來，心裡怦怦直跳，腦子裡亂糟糟的，只有一個念頭：「她愛我嗎？」

第十一章 一個姑娘的王國

我愛慕她的美麗，但害怕她的頭腦。

——梅里美

如果朱利安把時間用於觀察客廳裡發生了什麼，而不是過分地去誇大瑪蒂爾德的美麗，以及對這家人與生俱來的傲慢有過激的反應，他就會知道為何她能夠支配周圍的一切。其實對他來說，她早已忘了這種傲慢。如果有人讓拉莫爾小姐不高興，她就會用一句玩笑懲罰他，她的玩笑很有分寸，選擇合適，表面上十分得體，而且恰逢其時，讓人越想越感到痛苦，慢慢地，它會讓受傷的自尊心無法承受。對於家裡其他人渴求的東西，她都不屑一顧，因此在他們眼裡，她總是顯得冷若冰霜。從貴族之家的客廳出來，可以議論一番，這是令人愉快的，但也不過如此。禮貌僅僅在剛開始的時候，才有意義。在最初的迷醉和驚訝之後，朱利安體會到了這一點。「禮貌，」朱利安對自己說，「不過是對不雅的言行不發脾氣罷了。」瑪蒂爾德常常感到無聊，也許她在任何地方都會如此。於是，挖空心思地去諷刺別人，就成為她的一種消遣、一件真正的樂事。

或許，為了找到比長輩、院士和五、六個獻媚的人更有趣的犧牲品，她才把希望留給克魯瓦澤努瓦侯爵、凱呂斯伯爵和其他兩三位富家子弟。其實，他們只是新的挖苦對象。

因為我們喜歡瑪蒂爾德，所以不得不遺憾地承認，她接到他們當中幾位的來信，有時也寫過幾封回信。我們要趕緊補充說明一下，她是一個超出時代風尚之外的人。一般來說，對於高貴的聖心修道院的學生，我們不會指責他們行為不當。

一天，克魯瓦澤努瓦侯爵交給瑪蒂爾德一封信，是她前一天寫給他的，信的內容如果洩露，可能會有損她的名譽。他以為這種嚴謹的表現，會促進他的婚事。但是，瑪蒂爾德寫信時喜歡的就是隨意。她喜歡拿自己的命運作賭注。因此，之後的一個半月，她都沒理他。

這些年輕人的來信可以供她消遣取樂。不過，在她看來，這些信大同小異，都充滿了最深沉、最憂鬱的激情。

「他們都完美無缺，準備去巴勒斯坦朝聖，」她對一個表妹說，「你見過比這更乏味的事嗎？我這輩子收到的信，幾乎都是這樣的。這種信大概每隔二十年，由於時過境遷，才會改變一次。在帝國時代一定不會這麼索然無味。那時，上流社會的年輕人都見過或者經歷過一些轟轟烈烈的大事。我的伯父N公爵就參加過瓦格拉姆[1]戰役。」

「揮動戰刀需要什麼智慧呢？他們經歷過，就翻來覆去地說！」瑪蒂爾德的表妹聖埃雷迪特小姐說。

「嗯！我喜歡聽這種故事。參加一次真正的戰爭，像拿破崙那樣的戰役，有上萬名士兵陣亡，才能證明一個人勇敢。經歷危險可以提升靈魂，才能從無聊中解脫出來，我那些仰慕者似乎都身陷其中，這種無聊具有傳染力。他們當中有誰想幹一番不平凡的事業呢？他們都渴望跟我結婚，多美的事！我很富有，我父親會提拔他的女婿。啊！但願他能找到一個有趣的女婿！」

1 瓦格拉姆（Wagram），奧地利維也納附近的村莊，一八〇九年七月六日，拿破崙的軍隊在這裡擊敗奧軍。

如同我們所看到的，瑪蒂爾德對待生活的方式激進、純粹而獨特，也給她的言語帶來損害。在她那些如此高雅的朋友眼中，她的一句話就會成為汙點。如果她不是有點時尚，他們也許都會承認，她說的一些話口味太重了，缺乏女性的溫柔細膩。

而她本人，對於聚集在布洛涅森林的英俊騎士有失公正。她面對未來並不感到恐懼——這是一種強烈的情感——而是感到厭惡，對她這個年齡的人，這很少見。

她還想得到什麼？按照世人的說法，無非是財富、身世、才智、美貌。她自己也認為，命運之手已經把這一切都彙集到她的身上了。

這位聖日爾曼區最令人羨慕的女繼承人，跟朱利安一起散步開始感到快樂時的想法就是這些。他的驕傲令她驚訝，她欣賞這位小平民的機智。「他將來會像莫里神父一樣成為主教。」她對自己說。

沒過多久，我們的英雄對於她的許多想法那種真誠而沒有偽裝的反抗，吸引了她。她一直在盤算，她把他們談話的細節講給女友聽，卻發現無論怎樣也說不全面。

一天，她突然省悟過來：「我感受到了愛的幸福，」她對自己說，一種不可思議的快樂讓她興奮起來，「我戀愛了，我戀愛了，這很明白！在這個年紀，一個美麗又聰明的女孩，如果不能在愛情中，還能從哪裡找到這種感覺呢？我努力了，但我永遠不會愛上克魯瓦澤努瓦、凱呂斯和所有這些人。他們完美無缺，也許過於完美了，反而讓我感到厭煩。」

她把在《瑪儂情史》[2]、《新愛洛綺絲》、《葡萄牙修女書簡》等書中讀到的所有關於愛情的描寫又重溫了一下。當然，這些都是偉大的愛情，輕浮的愛與她這個年紀、這種出身的女孩並不相稱。只有在亨利三世和巴松皮埃時代的法國那種英雄的情感，才能被稱為愛情。這種愛情絕不會在困難面前退縮，而且不僅如此，它還能促使我們完成一些偉業。「我很遺憾，現在沒有凱薩琳・德・麥地奇或路易十三那樣真正的宮廷了。否則，我覺得我能幹出最勇敢、最偉大的事情。如果有一位像路易十三那樣的國王拜倒在我腳下，有什麼壯舉我不能讓他做出來呢！我會把他引領到旺代，像托利男爵說的那樣，在那裡他會奪回他的王國，到時候就不會有憲章了……而且朱利安可以幫我。他缺少什麼呢？貴族頭銜和財富。他會得到一個貴族頭銜，也會獲得財富。

「克魯瓦澤努瓦什麼都有，他這輩子只能是半個保皇黨、半個自由黨的公爵，一個總是猶豫不決、遠離是非的人，所以無論在哪裡都位居次席。

「哪次偉大的行動，一開始不是走極端呢？只有在功成之後，普通人才認為它是可能的。沒錯，愛情和它的一切奇蹟在我心中占有重要地位，我感到它的火焰在燃燒。上天應該給我這個恩賜，它不會徒勞地把所有長處集中在一人身上。我應該享有我的幸福。我未來每天的生活，不會只是重複過去的一天。敢去愛一個社會地位與我相差如此懸殊的人，這已經是偉大而勇敢的舉動。讓我們拭目以待，他能否一直值得我去愛呢？一旦發現他的弱點，我就會立刻拋棄他。一個有像我這樣的出身，又有大家所說的騎士性格(我父親的話)的女孩，不應該像個傻瓜一樣行事。

「如果我愛上克魯瓦澤努瓦侯爵，不就是充當了這樣的角色嗎？我會成為我徹底鄙視的那些表姊妹的翻版。我早就知道那位可憐的侯爵要對我說什麼，以及我會回答他什麼。一份讓人打瞌睡的愛情有什麼意義？還不如去做虔誠的修女呢。我會像我最小的表妹那樣，簽署一份婚約，我的長輩因此深受感動，只要他們不會因為對方的公證人前一天在婚約裡最後添加一項條款而感到不快。」

2《瑪儂情史》，十八世紀法國作家普萊沃的愛情小說。

第十二章
他會是丹東嗎？

「需要焦慮」，這是我美麗的瑪格麗特．德．瓦羅亞姑姑的特徵，她後來嫁給了納瓦爾親王，也就是亨利四世。喜歡賭博，是這位可愛公主性格的全部祕密。正因為如此，她從十六歲起，就經常跟她的哥哥吵架，爾後又和好。一個年輕女孩拿什麼去賭呢？她的名聲，這是她一生最看重的。

——查理九世的私生子安古蘭公爵，《回憶錄》

「朱利安和我不需要簽署婚約，也不需要公證人來舉行儀式，一切都是英雄式的，一切都是偶然的。除了他所缺少的貴族身分之外，這完全是瑪格麗特．德．瓦羅亞對當時的傑出人物、年輕的拉莫爾的愛情。難道我錯了嗎？今天宮廷裡的年輕人如此因循守舊，一想到稍有冒險的舉動就嚇得臉色發白。對他們來說，到希臘或非洲去旅行已經是膽大妄為了，而且還必須結伴出行。一旦發現自己獨自一人，他們就感到害怕，不是懼怕貝都因人[1]的長矛，而是怕別人恥笑，這種恐懼簡直令他們瘋狂。

「我的小朱利安卻正好相反，他就喜歡單獨行動。這個天分很高的人，從來不會想從別人那裡獲得支持和幫助！他看不起別人，所以我才不小看他。

「如果朱利安是個落魄的貴族，我的愛情不過是俗氣的蠢事、一段平庸而不般配的婚姻罷了。我可不要這樣的愛情，絲毫沒有偉大愛情的特徵，沒有需要克服的艱辛和無法預料的未來。」

拉莫爾小姐過於投入這些美妙的推論，到了第二天，竟然當著克魯瓦澤努瓦侯爵和她哥哥的面稱讚朱利安。她說得過於誇張，引起他們的反感。

「小心這個精力旺盛的年輕人，」她的哥哥叫出聲來，「如果再發生革命，他會把我們全都絞死的。」

她躲避回答，隨即就害怕「精力旺盛」的話題，取笑她的哥哥和克魯瓦澤努瓦侯爵。實際上，這只是害怕遇到意外，害怕發生意外時不知所措……

「兩位先生，你們總是害怕成為笑料，而這個怪物已經於一八一六年不幸死亡。」

「一個國家有兩個黨派，」拉莫爾先生說過，「就不會再鬧出笑話了。」

他的女兒明白這句話的含義。

「因此，兩位先生，」她對朱利安的對手說，「你們這輩子有很多恐懼，以後別人會告訴你們：

這不是狼，這只是狼的影子。[2]」

---

1 貝都因人（Bédouin），是以氏族部落為基本單位在沙漠曠野過遊牧生活的阿拉伯人。

2 引自拉封丹的寓言詩〈牧羊人和羊群〉。

瑪蒂爾德接著就離開了。她哥哥的話令她反感，讓她感到不安。但是第二天，她又將它看作是最好的讚美。

在這個衰敗的世紀裡，他的精力旺盛讓他們害怕。我要將我哥哥的話告訴他，看他如何回答。但是我要選一個他眼睛明亮的時候，這樣他就不會對我說謊了。

「他會是一個丹東！」她迷迷糊糊地想了半天，又補充說，「那好吧！如果再發生革命，克魯瓦澤努瓦和我的哥哥會扮演什麼角色呢？這是早就注定的：絕對的服從。他們將是英勇的綿羊，默默地聽任宰割。他們死到臨頭了，唯一害怕的還是不夠體面。我的小朱利安正好相反，如果雅各賓黨人來抓他，只要有一絲逃脫的機會，他就會用槍打碎他們的腦袋。他才不管舉止是否得體呢。」

最後這句話勾起了她痛苦的回憶，讓她陷入沉思，打消了她的全部勇氣。這句話讓她想起凱呂斯、克魯瓦澤努瓦、呂茲、她的哥哥的說笑。他們都覺得朱利安有一種謙卑而虛偽的教士腔調。

「但是，」她突然又想，眼裡閃著快樂的光芒，「他們不斷加以尖酸刻薄的嘲諷，反而證明了他是今年冬天我們所見到最出色的人。他有缺點和可笑的地方，這有什麼關係？他有不凡之處，這使他們不滿，雖然他們平時那麼寬厚善良。沒錯，他是很窮，他去讀書是為了當教士。他們是輕騎兵上尉，用不著讀書，當然更容易了。

「這個可憐的孩子，他為了免於飢餓，不得不穿上黑衣，裝扮成教士的樣子。雖然這給他帶來很多不利，但他的優點仍然讓他們害怕，這再清楚不過了。而這種教士的面孔，只要我們與他單獨相處，馬上就消失殆盡了。當這些先生說出一句自以為絕妙的驚人之語時，他們難道不會立刻去看朱利安嗎？這一點我早就注意到了。他們也很清楚，除非問到他，他是不會主動跟他們說話的。

他只跟我一個人說話，他認為我的靈魂高尚。他如果有不同看法，才會回答他們，出於禮貌只是點到為止，然後又表現出特別謙卑的樣子。他可以跟我談上幾個小時，只要我稍微表示反對，他就不再堅持己見了。總之，整個冬天我們沒有大動干戈，只是用言語引起對方的注意。而且，我父親十分傑出，讓我們家運興隆，他很器重朱利安。其他人都恨他，除了我母親的那些教友，沒人敢小看他。」

凱呂斯伯爵喜歡養馬，或者假裝喜歡。他大部分時間都待在馬廄裡，經常在那裡吃午飯。這種癡迷，加上從不說笑的性格，使他受到朋友的敬重，成為這個小圈子裡的鷹隼。

第二天，他們在拉莫爾夫人的安樂椅後面聚集，趁朱利安不在的時候，在克魯瓦澤努瓦和諾貝爾的支持下，凱呂斯激烈地抨擊瑪蒂爾德對朱利安的好評，讓人摸不著頭腦，幾乎是一見到拉莫爾小姐就開始發難。她立刻明白了其中的陰謀，感到非常興奮。

「瞧，他們串聯起來了，」她心想，「為了對付一個天才，他連十個路易的年金都沒有，他只有被問到了才能回答。他穿著黑衣，就讓他們害怕。如果他佩戴肩章，又會怎樣呢？」

她的口才，從沒這麼出色過。攻擊一開始，她就用有趣的譏諷壓制住了凱呂斯及其盟友。當這些傑出軍官的嘲諷攻勢被殲滅之後，她對凱呂斯說：

「如果明天法蘭琪－康堤山區的某位鄉紳發現朱利安是他的私生子，給他一個貴族身分和幾千法郎，一個半月以後，他就會像你們一樣留著小鬍子，六個月之後，他就會像你們一樣當上騎兵軍官了。那時候，他的偉大性格就不會成為笑柄了。未來的公爵先生，我看你只會搬出這些陳腐而荒唐的理由：說什麼宮廷的貴族高於外省的貴族。如果我想為難你一下，如果我硬說朱利安的父親是某位西班牙的公爵、拿破崙時代被俘關在貝桑松、臨終時良心發現承認朱利安是他的兒子，那你還說什麼呢?」

關於這種私生子出身的假設,凱呂斯和克魯瓦澤努瓦覺得有失體統。他們在瑪蒂爾德的論述中只能找到這些。

雖然諾貝爾非常順從,但她妹妹的話太露骨了,他不能不顯出一副嚴肅的表情,應該承認,這與他微笑和善的面容不太相稱,他大膽地說了幾句話。

「你是不是生病了,我的哥哥?」瑪蒂爾德板著面孔答道,「你大概病得不輕,要不怎麼用道德說教回應我的玩笑呢。」

「道德說教!你想謀個省長的位子嗎?」

凱呂斯的惱怒、諾貝爾的鬱悶,以及克魯瓦澤努瓦的絕望,瑪蒂爾德很快都忘了。她想到了一件要命的事,她必須立刻做出決斷。

「朱利安對我以誠相待,」她對自己說,「在他這個年紀,地位卑微卻有遠大的抱負,自然會感到痛苦,他需要一個女朋友。也許這個女友就是我,但我看不出他有愛的表示,他的性格那麼大膽,早該向我示愛了。」

這種疑惑和自我嘮叨,從此讓瑪蒂爾德一刻不得安寧。朱利安每次與她談話,她都會從中找出新的理由。於是,她心中的煩悶全都被驅散了。

拉莫爾小姐的父親非常精明,他有可能當上部長並且把林產還給教會,因此她在聖心修道院讀書時受到大家的阿諛奉承。這是無法彌補的不幸。大家讓她相信,由於身世、財產等等優勢,她應該比別人更幸福。這也是王公貴族的煩惱以及各種瘋狂行為的根源。

這種想法的不良影響,瑪蒂爾德也無法倖免。一個人不管多麼有才智,也不可能在十歲的時候就抵制整個修道院的奉承，更何況表面上合情合理。

從確認自己愛上朱利安那一刻起，她就不再鬱悶了，她每天都慶幸自己決心投入到偉大的愛情中。「這種東西太危險了，」她想，「這更好！好極了！」

「我從十六歲到二十歲這段人生最好的日子裡，沒有偉大的愛情，無聊得要死。我已經虛度了最美好的時光。僅有的快樂，就是聽我母親的那些女友胡說八道，據說她們一七九二年在科布倫茨[3]流亡時，講話並不像現在這麼一本正經。」

在瑪蒂爾德被這些疑問困擾的時候，朱利安卻對她長久停留的目光感到不解。他感到諾貝爾伯爵的態度日漸冷淡，凱呂斯、呂茲和克魯瓦澤努瓦的態度也變得更加傲慢了。不過，他已經習慣了。如果前一天晚會上他顯露出超出他身分的才華，他就有可能受到冷遇。晚飯後，如果不是拉莫爾小姐對他特別對待、這個小圈子引起他的好奇，他才不會跟著這些留著小鬍子的年輕人，陪同拉莫爾小姐去花園散步呢。

「是的，我不能再裝作看不見了，」朱利安對自己說，「拉莫爾小姐看我的目光很奇怪。但是，當她那雙美麗的藍色大眼睛毫不掩飾地望著我的時候，我總是從中看出一種惡意的探查。這難道是愛情嗎？這與瑞納夫人的眼神多麼不同啊！」

一天晚飯後，朱利安跟著拉莫爾先生去他的書房，然後又很快回到花園。他無意中走到瑪蒂爾德那一夥人旁邊，偶然聽到了幾句話，說話的聲音很大。瑪蒂爾德正在訓斥她的哥哥。朱利安聽見他的名字被提到過兩次。他剛一露面，他們就不吭聲了，無論大家怎麼努力，都無法打破這種尷

---

3 科布倫茨（Coblentz），德國萊茵河畔的城市，法國大革命後，很多法國貴族流亡至此。

尬。拉莫爾小姐和她的哥哥過於激動，一時無話可說。凱呂斯、克魯瓦澤努瓦、呂茲，還有他們的朋友都對朱利安冷冰冰的。於是，他走開了。

第十三章

一個陰謀

隻言片語、不期而遇，
對有想像力的人來說，都是明顯的印記，
假如他有激情。

——席勒

第二天，他又撞見了諾貝爾和他的妹妹，他們正在談論他。他剛一出現，像昨天一樣，又是一片死寂，他的疑惑就無限延伸了。「這些可愛的年輕人是在刻意捉弄我嗎？應該承認，與拉莫爾小姐對一個窮祕書的愛情相比，這種可能性更大、更合乎情理。首先，這些人會有真愛嗎？欺騙是他們的長處。他們嫉妒我可憐的口才。善於嫉妒是他們另一個弱點。他們這套都可以說得通。拉莫爾小姐想讓我相信她愛上了我，只是為了讓我在她的未婚夫面前出醜。」

這種殘忍的懷疑，徹底改變了朱利安的心理狀態。愛情的萌芽剛剛出現，這種想法就輕易地將它扼殺了。這種愛，只是基於瑪蒂爾德少有的美貌，或者她那王后般的風度和令人讚歎的裝扮上。這說明朱利安不過是個暴發戶。可以確信，一個有才智的鄉下人進入上流階層，最讓他感到驚訝的，就是上流社會的漂亮女人。這些日子，讓朱利安想入非非的，絕不是瑪蒂爾德的性格。他非常清楚，自己並不瞭解這種性格。他所看到的也許只是外表。

比如，瑪蒂爾德無論怎樣都不會錯過禮拜天的彌撒，她幾乎每天都要陪母親去教堂。在拉莫爾家的客廳裡，如果有人過於魯莽，忘了自己身在何處，敢於嘲諷王室或者教會或真或假的利益，瑪蒂爾德會立刻板起臉來。她那咄咄逼人的眼神，就像她家裡一幅古老的畫像一樣，流露出一種高傲而冷酷的表情。

但是朱利安知道，她的房間裡總是放著一兩本伏爾泰的哲學著作。這是一套裝幀精美的書，他也常常偷幾本回去看。他把旁邊的書挪動一下，這樣別人就看不出來了。但很快他就發現，還有一個人在讀伏爾泰的書。他用神學院學來的伎倆，把幾根馬的鬃毛放在他認為拉莫爾小姐可能感興趣的幾本書上。結果，這幾本書失蹤了好幾個星期。

拉莫爾先生對他的書商很不耐煩，因為書商給他送來的全是偽造的回憶錄，於是讓朱利安把所有內容刺激的上市新書都買來。但是，為了避免有害的東西在家裡傳播，祕書按照指示把這些書放在侯爵房間的一個小書櫥裡。朱利安之後發現，只要這些書與王室或教會的利益相抵觸，很快就會不翼而飛。可以肯定的是，不是諾貝爾拿去看的。

朱利安過於相信自己的實驗，他以為拉莫爾小姐是馬基維利式的偽君子。在他看來，這種所謂的卑鄙很有魅力，幾乎成為她精神上唯一的魅力。對虛偽和說教的厭惡，使他走向另一個極端。可以說，他激發了自己的想像力，而不是受到愛情的吸引。

朱利安是在對拉莫爾小姐的身材秀美、衣著考究、手指白皙、手臂迷人，以及她的舉止從容[1]陷入幻想之後，才愛上她的。為了使這種魅力更加完美，他把她想像成了凱薩琳·德·麥地奇。他把她的性格想像得過於高深，而且過於陰險。這也是他年輕時仰慕的馬斯隆、福利萊、卡斯塔奈德之流的理想典範，總之，他認為這就是他理想中的巴黎人。

認為巴黎人的性格高深和卑鄙陰險，還有比這更有趣的嗎？

「這三個人[2]有可能在取笑我。」朱利安心想。如果沒有看到他面對瑪蒂爾德的眼神所露出的冷漠和陰鬱的表情，那就對他的性格缺乏深入瞭解。拉莫爾小姐感到驚訝，她有兩三次大膽地向他示好，卻被尖刻的諷刺拒絕。

這位年輕女孩的心，天生冷漠、煩躁，對於機智特別敏感，受到這種突如其來的怪脾氣的刺激，一下子變得熱情高漲了，恢復了她的本性。但是，瑪蒂爾德的性情中也有高傲的一面，她一想到自己的幸福要託付給他人，心情就變得憂鬱起來。

朱利安到巴黎之後，已有很多經驗，他可以看出這種憂鬱不是無聊導致的。她不像以前那樣癡迷於晚會、演出和其他各種娛樂，而是逃避這一切。

法國人演唱的歌曲讓瑪蒂爾德厭煩得要死，但是，朱利安卻必須在歌劇院散場時來走一下。他發現，只要她有時間就會讓人陪她來歌劇院。他認為自己看出了她有些失態，沒有了那種行為舉止上的光彩照人的分寸感。有幾次她回答朋友時，開的玩笑過於尖刻，甚至帶有侮辱性。他覺得她對克魯瓦澤努瓦侯爵非常厭惡。「這個年輕人一定是想錢想瘋了，否則無論她多麼有錢，也會把她甩掉！」朱利安心想。而他，對這種侮辱男性尊嚴的行為感到憤怒，對她更加冷淡。他常常在回答她時很不客氣。

朱利安下決心不被瑪蒂爾德的示好所矇騙，但有些時候這種示好太明顯了，他開始睜開眼睛，

1 此處為義大利文：disinvoltura。

2 此處為義大利文：trio。

發現她那麼美麗，有時令他不知所措。

「這些上流社會的年輕人，他們的機靈和耐力最終會戰勝我這個缺乏經驗的人，」他對自己說，「我必須離開，了結這一切。」侯爵在下朗格多克有很多土地和產業，剛剛交給他管理。需要去看一下，拉莫爾先生只好同意他去。除了那些要緊的事務之外，朱利安已經成了侯爵的替身。

「到頭來，他們沒能讓我上當。」朱利安收拾行裝時，心想，「不管拉莫爾小姐與這些先生開的玩笑是不是真的，或者只是為了取得我的信任，反正我就當成是笑話。

「如果沒有針對我這個木匠兒子的詭計，那拉莫爾小姐就讓人無法理解了。不過，不光是我無法理解，對克魯瓦澤努瓦侯爵也一樣。比如昨天，她心情很糟，我很高興她為了照顧我，竟然強迫一個高貴而富有的年輕人去做他不想做的事，而我只是個貧寒卑微之人。這是我最大的一次勝利，它可以讓我快樂地坐在馬車上，在朗格多克平原上奔馳。」

朱利安對這次出門保守祕密，但瑪蒂爾德比他還要清楚。他第二天就要離開巴黎，而且要離開很久。她藉口說頭痛得厲害，客廳裡太悶了，更加重了頭痛。她在花園裡散步很久，跟諾貝爾、克魯瓦澤努瓦侯爵、凱呂斯、呂茲和其他幾個在拉莫爾府吃飯的年輕人不停地說笑，用一番挖苦和諷刺把他們逼走了。她用一種特殊的眼神望著朱利安。

「這眼神也許是在演戲，」朱利安想，「可是這局促的呼吸，以及這慌張的表情呢！唉，算了吧，」他對自己說，「我算什麼人，哪有資格去評判這些？這可是巴黎最高貴、最聰明的女人啊。這局促的呼吸幾乎碰到我了，大概是從她喜歡的女演員萊昂蒂娜·費伊那裡學來的。」

花園裡只剩下他們兩個了，談話明顯不夠熱烈。「不！朱利安對我沒有一絲感覺。」她對自己說，覺得自己真的很不幸。

他向她告別的時候，她用力抓住了他的手。

「今晚你會收到我的信。」她說話的聲音都變了，幾乎聽不出來了。

這種情形立刻感動了朱利安。

「我的父親，」她接著說，「對你的工作有很高的評價。明天務必不要走，去找個理由吧。」說完，她就跑開了。

她的身材很迷人。她的腳也美得無人能比，跑起來姿態優雅，讓朱利安心醉。但是，當她的身影消失之後，有誰知道朱利安又想些什麼呢？她說出「務必」時的命令口吻，冒犯了他。路易十五臨死時，也對他的醫生用「務必」這個字眼感到不快，而路易十五不是一個暴發戶。

一個小時以後，傭人交給朱利安一封信，這其實是一封表白愛情的信。

「文筆並不太做作。」朱利安心想，他想用對文字的評述控制內心的喜悅，但他的臉緊繃著，忍不住笑起來。

「終於，」他突然大叫起來，情緒激動得難以自制，「我、這個可憐的鄉下人，竟然得到一位貴族小姐的愛情表白！」

「至於我，做得不錯，」他竭力克制著自己的喜悅，又說，「我懂得保護我的人格尊嚴。我從來沒說過我愛她。」他開始研究她的字體，拉莫爾小姐能寫一手漂亮的英國字。他需要做些什麼，以便從發狂的快樂中解脫出來。

你要走了，我必須說出來……不能見到你，我無法忍受……

這時，一個念頭突然湧上朱利安的心頭，似乎是一個發現，打斷了他對瑪蒂爾德來信的研究，令他倍感快樂。「我戰勝了克魯瓦澤努瓦侯爵，」他叫起來，「我只會說一些嚴肅的事！而他那麼英俊！留著小鬍子，穿著漂亮的軍裝，他能夠把握時機，說出聰明又機智的話。」

朱利安經歷了美妙的時刻，他在花園裡隨意走動，幸福得發狂了。

很快，他上樓走進自己的辦公室，讓人傳話給拉莫爾侯爵，說要求見他。幸好他沒有出去。他讓侯爵看了幾份諾曼第送來的文件，毫不費力地說明諾曼第的官司需要處理，他不得不延後去朗格多克的時間。

「你不走，我很高興，」侯爵說完事以後對他說，「我喜歡見到你。」朱利安告退出來，這句話使他很不舒服。

「而我，要去勾引他的女兒！而且可能把她和克魯瓦澤努瓦侯爵的婚事搞砸，這是一件他未來最大的好事，如果他當不了公爵，他的女兒至少會在宮中有個位子。」儘管有瑪蒂爾德的信、他也向侯爵解釋過，朱利安仍想動身去朗格多克。但是，這一束道德的閃光，轉眼就不見了。

「我太善良了，」他對自己說，「我這個平民，怎麼憐憫起這種貴族之家了！我被肖納公爵稱為傭人！侯爵是怎麼累積財富的？他在宮裡得知第二天可能會有政變，立刻就把公債拋售了。而我呢，被殘酷的老天爺拋到了社會最底層，給了我一顆高貴的心，卻沒有給我一千法郎的年金，也就是說沒給我麵包，確切地說，沒有麵包吃。而我卻把快樂拒之門外！我如此艱辛地穿越一片乏味的酷熱沙漠，卻要拒絕可以解除乾渴的甘泉！當然，我沒這麼傻。在這片稱為人生的利己主義的沙漠中，人人都為自己打算。」

這時，他想起了拉莫爾夫人，特別是她的那些貴婦女友，她們向他投來輕蔑的目光。

戰勝克魯瓦澤努瓦侯爵的快樂，讓這種道德的記憶徹底消失了。

「我多希望他發脾氣啊！」朱利安說，「我現在確信會給他一劍。」他做了個二次轉移進攻的姿勢，「在此之前，我只是個書生，一點點勇氣都濫用了。有了這封信之後，我跟他扯平了。」

「是的，」他懷著無比暢快的心情，慢吞吞地對自己說，「侯爵和我已經分出高低了，汝拉山區的窮木匠占據了優勢。」

「好！」他大聲叫道，「我回信時就這樣署名。拉莫爾小姐，你不要認為我忘了自己的身分。我要讓你明白並且感覺到，為了一個木匠的兒子，你背叛了著名的居伊·德·克魯瓦澤努瓦的後代，他曾經跟隨聖·路易參加過十字軍東征。」

朱利安無法抑制內心的喜悅。他必須下樓到花園去。把自己關在那間屋子裡，他覺得太狹窄了，幾乎喘不過氣。

「我只是汝拉山區的貧苦鄉下人，」他不斷重複著對自己說，「我注定永遠穿著這身倒楣的黑衣服！唉，如果我早活二十年，我會像他們一樣穿上軍裝。那時候，像我這樣的人，如果沒有死在戰場上，就可能三十六歲當上將軍。」他手裡緊握著的這封信，使他呈現出一個英雄的身板和姿態。「確實如此，現在穿著這身衣服，到了四十歲，就可以像博韋大主教那樣有十萬法郎的年薪和藍色綬帶。」

「好吧！」他像梅菲斯特[3]一樣笑著對自己說，「我比他們更聰明，我知道該如何選擇這個時

---

3 梅菲斯特（Méphistophélès），最初出現在浮士德傳說中作為邪靈的名字，此後在其他作品成為代表惡魔的特定角色。

代的制服。」他感到自己雄心勃勃，對教士服裝的迷戀更深了，「曾經有多少出身比我還低下的紅衣主教，後來都掌握了大權！比如說，我的同鄉格蘭維爾[4]。」

朱利安的激動心情漸漸平靜下來，謹慎的念頭又浮現出來。他像他的導師達爾杜弗[5]一樣，自己默念著下面的臺詞，他對這個角色再熟悉不過了：

我相信這也許是誠實的詭計，
……
我絕不會相信這些甜言蜜語，
除非給一點我所期盼的恩惠，
我才會相信你對我說的一切。

——《偽君子》第四幕第五場

「達爾杜弗也毀在一個女人手裡，他並不比別的人壞……我的回信可能會洩露……為此我們找到這個辦法，」他用一種克制的殘忍口氣，又慢慢地說，「我們要在信的開頭引用高貴的瑪蒂爾德來信中最熱情的句子。

「是的，不過克魯瓦澤努瓦先生的四個傭人會向我撲來，把她的原信奪走。

「他們不會得逞的，因為我隨身帶著武器，大家都知道我有向傭人開槍的習慣。

「好吧！他們當中會有一個膽大的，向我撲來。因為有人答應賞給他一百個金幣。我把他打死或者打傷，好極了，這是他們自找的。這樣，我就依法被關進監獄，我會在輕罪法庭受審，法官秉公判決，把我押送到普瓦西監獄[6]，跟方丹和馬加隆先生做伴。在那裡，我跟四百個要飯的雜亂地睡在一起……但我會憐憫這些人的，」他猛地站起來，大聲叫道，「當他們抓到第三等級的人時，他們會有同情心嗎？」這句話終結了他對拉莫爾先生的感恩之情，儘管在此之前，他一直備受煎熬。

「慢著，諸位貴族先生，我明白你們這種馬基維利式的小把戲。馬斯隆神父或者神學院的卡斯塔奈德先生不會做得更好。你們把這封煽情的信搶走，我就會成為第二個科爾馬的卡隆上校[7]。「稍等，諸位先生，我要把這封至關重要的信裝起來，交給彼拉神父保管。他是個正派的人、楊森派教徒，他不會受到金錢的誘惑。不過他喜歡拆別人的信……還是送到富凱那裡吧。」

必須承認，朱利安的眼神凶殘，表情可怕，顯露出十足的罪惡。這是一個與整個社會作戰的不

4 格蘭維爾（Antoine Perrenot de Granvelle，一五一七—一五八六），法國人，曾任樞機主教（紅衣大主教），出身勃根地政治世家，哈布斯堡家族查理五世的重要大臣。

5 達爾杜弗（Tartufe），法國劇作家莫里哀的喜劇《偽君子》中的主角。

6 中央監獄，在塞納—瓦茲省，距離凡爾賽宮二十公里。那裡關著法國文人L．M．方丹（一八〇一—一八三九），一八二九年，他發表一篇反對查理十世的文章〈憤怒的羊〉，被判五年監禁，七月革命後被釋放。

7 卡隆上校（一七七四—一八二二），涉及一八二〇年一起帝國主義者的陰謀，被判無罪。他隱居在科爾馬，但與城裡的士官密謀釋放他的一些戰友。一八二二年一月，這些人要在貝爾福謀反，舉起三色旗。陰謀敗露了，好幾個被帶到科爾馬法庭的密謀者被處死。卡隆上校本人在斯特拉斯堡被判處死刑，並遭到槍決。

幸之人。

「拿起武器！」朱利安大喊一聲。他從府邸前的臺階上跳下來。他走進街角一個代書人的店鋪，把代書人嚇了一跳。他把拉莫爾小姐的信遞給他，說道：「請抄一份。」

代書人抄寫時，他自己給富凱寫信，請他保存好這件珍貴的東西。「但是，」他突然停下筆，對自己說，「郵局的檢查人員會拆開我的信，把你們要找的那封信交給你們……不行，諸位先生。」他跑到一家新教徒開的書店，買來一本很厚的《聖經》，把瑪蒂爾德的信藏在封套裡，然後包起來，讓驛車送給富凱的一個工人，巴黎沒人知道他的名字。

事情辦完後，他愉快地回到拉莫爾府。「現在，就看我們的了！」他喊道，同時把自己鎖在房間裡，把衣服扔到旁邊。

「怎麼！小姐，」他寫信給瑪蒂爾德，「是拉莫爾小姐透過她父親的傭人阿爾塞納，把一封十分煽情的信交給了汝拉山區的一個可憐木匠，這無疑是拿他的單純開玩笑……」然後，他抄錄了那封信中最直白的句子。

他的這封信，真可以和博瓦西騎士先生的外交辭令媲美了。這時剛剛十點鐘，朱利安沉醉在幸福中，以及對自己力量的感覺之中，這種感覺對一個窮小子來說是那麼新奇。他走進義大利歌劇院，聆聽他的朋友西羅尼莫的歌唱。音樂從來沒有讓他如此興奮過。他簡直成了神明。

第十四章

年輕女孩的心思

多少困惑！多少個不眠之夜！天哪，我會變得如此可鄙嗎？
連他本人也會看不起我，但是他走了，離開了。

——繆塞

瑪蒂爾德寫信時，不是沒有經過內心的掙扎。不管她對朱利安的感情開始是怎樣的，很快這種感情就戰勝了她的驕傲，從她記事以來，這種驕傲一直壟斷著她的內心。這顆高傲而冷漠的心靈，第一次被熱烈的感情征服。但是，這種激情雖然戰勝了驕傲，卻仍然服從於驕傲的習慣。兩個月的內心掙扎和新奇的感覺，可以說徹底改變了她的精神面貌。

瑪蒂爾德認為自己看到了幸福。這種前景，對於一個既有勇氣又有智慧的人來說，是有了不可抗拒的力量，但還需要跟個人的尊嚴和世俗的責任感做長期的抗爭。一天早上，剛過七點，她走進母親的房間，請求允許她到維爾吉去住些日子。侯爵夫人甚至不想理她，勸她回去睡覺。這是她最後一次努力去做到循規蹈矩。

害怕出錯，害怕違背凱呂斯、呂茲、克魯瓦澤努瓦這些人視為神聖的觀念，這對她的內心沒多少壓力。她認為他們這些人不會理解她。要是購買馬車或土地，她會去徵求他們的意見。她真正害怕的是朱利安不喜歡她。

「也許他也不過是有一種出眾的外表吧？」

她討厭沒有個性的人，這是她對周圍這些漂亮的年輕人唯一不滿的地方。他們越是優雅地嘲笑那些不符合時尚或者跟不上時尚的事，她就越看不起他們。

「他們都很勇敢，不過如此。再說，怎麼算是勇敢呢？」她對自己說，「在決鬥中表現勇敢。但是，決鬥已經成為一種儀式。事先都已知道，甚至倒下時說什麼都知道了。躺在草地上，手按在胸口上，必須寬容地原諒對手，還要給一位佳人留一句話，這位佳人往往是想像的，或者她害怕引起別人懷疑，在你死去的那天仍然去參加舞會。

「他們可以率領一隊騎兵，去面對危險，但是孤身一人遇到意想不到的，而且極為可怕的危險時，又會怎樣呢？」

「唉！」瑪蒂爾德對自己說，「只有在亨利三世的宮廷裡，才可以遇到因出身高貴、個性鮮明而偉大的人！啊！如果朱利安曾在雅爾納克或蒙孔圖爾服役，我就不會再有懷疑了。在那些兵強馬壯的時代，法國人可不是傀儡。在戰鬥的歲月裡幾乎很少有困惑。」

「他們的生活不像埃及的木乃伊一樣，被包裹在完全雷同、一成不變的套子裡。是的，」她又說，「那時晚上十一點，獨自從凱薩琳．德．麥地奇居住的蘇瓦松宮裡出來，比今天去阿爾及爾更需要有真正的勇氣。人的一生就是一連串的歷險。現在，文明驅逐了歷險，也不再有意外發生了。如果思想出軌，就會引起沒完沒了的譏諷；如果行為出軌，就會因為害怕而什麼卑鄙勾當都幹得出來。無論因為害怕做出什麼瘋狂舉動，都可以得到原諒。這是一個墮落而令人厭惡的世紀！博尼法斯．拉莫爾如果從墳墓裡伸出被砍掉的腦袋，看到一七九三年他的十七個後人像綿羊一樣被人捉住，兩天以後就被送上斷頭臺，他會作何感想呢？死是必然的，但如果加以自衛，至少打死一兩個雅各賓黨人，卻又是行為失當了。啊！如果在法國的英雄時代、在博尼法斯．拉莫爾的世紀，朱利安會成為騎兵上尉，我的哥哥應該是個品行端正的年輕教士，眼中閃著智慧的光芒，嘴裡振振有詞。」

幾個月之前，瑪蒂爾德想要遇到一位超凡脫俗的人。她大膽地給幾個上流社會的年輕人寫信，從中得到一點快樂。一個年輕女孩如此不合禮儀、不夠謹慎的大膽舉動，對克魯瓦澤努瓦先生、她的外祖父肖納公爵及全家人來說，可能是有失體面的。他們看到婚約被取消了，肯定想知道其中的原因。那段日子裡，每次遇到寫這種信時，瑪蒂爾德就會失眠。但是，這些只是給別人的回信。

現在，她大膽地表白愛情。她主動(多可怕的詞)寫信給一個地位低下的人。

這件事如果被發現，必將成為永久的恥辱。到她母親這裡來的女性當中，有誰敢替她說話呢？有什麼話可以讓她們傳出去，來減少客廳裡可怕的流言蜚語呢？

嘴裡說出來已經很可怕了，更何況用筆寫下來呢！當拿破崙得知拜蘭[1]合約簽署時，大聲說道：「有些事不能寫在紙上！」這句話是朱利安告訴她的，好像事先給了她一個忠告。

但這一切都還不算什麼，瑪蒂爾德的焦慮另有原因。她不顧及給上流社會造成的惡劣影響，使其蒙受永遠無法消除且充滿蔑視的汙點，因為她背離了自己的社會等級，寫信給一個與克魯瓦澤努瓦、呂茲、凱呂斯之流身分完全不同的人。

朱利安的性格深不可測，即便跟他只有普通往來，也會令人膽怯。更何況她要讓他做情人，也許做她的主人！

1 拜蘭（Baylen），西班牙小城。一八〇八年，拿破崙的軍隊在此與西班牙軍隊作戰，戰敗投降。

「如果有朝一日，我被他完全控制，誰知道他會有什麼企圖呢？好吧！我會像美狄亞一樣對自己說：『任憑有多少艱險，我依然是我。』」

她認為，朱利安對高貴的血統毫無敬意。甚至對她沒有一絲愛情。

在充滿疑慮的可怕時刻，最後，女性的驕傲出現了。「像我這樣的女孩，應該有不同尋常的命運！」瑪蒂爾德不耐煩地高聲喊道。於是，她從小受到激勵的驕傲與道德展開了搏鬥。這時，朱利安的動身讓一切急速推進。

（幸虧這種性格十分少見。）

夜色已深，朱利安狡猾地把一個很重的箱子送到樓下門房那裡，他叫來一個傭人幫他把箱子搬走，這人正在追求拉莫爾小姐的貼身女傭。「這一招可能不會有什麼效果，」朱利安心想，「但如果成功的話，她會認為我已經走了。」他開了這個玩笑之後，便得意地睡著了。瑪蒂爾德卻一夜未眠。

第二天一早，朱利安趁人不注意，溜出了府邸。但在八點之前，他又回來了。

他剛走進圖書室，便看見拉莫爾小姐站在門口。他把回信交給她。他覺得應該跟她說句話，而且沒有比這裡更方便的地方了，但拉莫爾小姐不想聽，她扭頭走了。朱利安很高興，因為他也不知道該跟她說什麼。

「如果這一切不是她和諾貝爾伯爵串通好的把戲，那很明顯，是我冷漠的眼神點燃了這位貴族小姐對我產生的怪異的愛。如果我真的對這個金髮娃娃發生興趣，那就未免太傻了。」想到這裡，他變得比以前更冷酷，更有心計了。

「在這場還在醞釀的戰役中，」他又想，「驕傲的出身像一座高山，在她和我之間形成一塊陣地。必須在上面調兵遣將。我留在巴黎是重大失誤，如果這只是一個玩笑，那麼把行程延後會讓我自貶身價、身處險境。如果出發會有什麼危險呢？如果他們在嘲弄我，我也可以嘲弄他們。如果她對我真的有情，那我一離開，這種感情就會增加百倍。」

拉莫爾小姐的來信讓朱利安的虛榮心得到極大滿足，他對發生的一切感到高興，竟然忘了考慮離開的好處。

對自己的失誤極度敏感，這是他性格中致命的缺點。這個失誤使他大為惱火，幾乎忘了這次小小的挫折之前取得的令人難以置信的勝利。大約九點鐘，拉莫爾小姐來到圖書室門口，丟給他一封信，轉身走了。

「看來這會成為一本書信體的小說，」他拾起那封信，對自己說，「敵人佯裝進攻，我將以冷漠和道德應對。」

信上要求他給出明確的答覆，語氣的高傲更增添了他內心的快樂。他興匆匆地寫了兩頁紙，嘲弄那些想取笑他的人，並在信的末尾又開了個玩笑，說他已決定第二天早上動身。

信寫好後，他想道：「花園是交信的地方。」於是，他走到花園。他望著拉莫爾小姐的臥室窗戶。

臥室在二樓，緊鄰她母親的房間，不過一樓和二樓之間，還有一個夾層。

二樓很高，朱利安拿著信在椴樹下的小路上徘徊，從拉莫爾小姐的窗戶裡看不見他。椴樹修剪得很好，形成一個穹頂，擋住了上面的視線。「怎麼回事！」朱利安生氣地對自己說，「我又冒失了！如果他們想要取笑我，讓人家看到我手裡拿著信，這可對我的敵人有利。」

諾貝爾的房間就在他妹妹的上面，如果朱利安走出由修剪過的椴樹組成的穹頂，伯爵和他的朋友都可以看到他的一舉一動。

拉莫爾小姐出現在玻璃窗後面，他舉起手裡的信，她點了點頭。朱利安立刻跑回自己的房間，正好在樓梯上撞見了美麗的瑪蒂爾德，她眼裡含著微笑，從容地把信拿走。

「可憐的瑞納夫人，」朱利安心想，「和我在一起六個月之後，她才敢接受我的一封信，當時她眼裡含著多少激情啊！我相信，她從來沒有這樣笑著看過我。」

他回信的其餘部分沒有表達得那麼直白，難道他對無聊的動機感到羞愧嗎？「但是，」他又想，「她們早晨的裝束、優雅的風度，是多麼不同啊！一個有眼光的人，在三十步之外看見拉莫爾小姐，就能猜出她的社會地位。這就是人家所說的典型的優勢吧。」

朱利安開玩笑時，沒有把全部的思想表露出來。瑞納夫人不需要為他犧牲一個克魯瓦澤努瓦侯爵，他的情敵只有卑鄙的專區區長夏爾科先生，他自稱姓莫吉隆，因為這個家族的人已經絕後。

五點鐘，朱利安收到第三封信，信是從圖書室的門口扔進來的。拉莫爾小姐照舊跑開了。「真的寫上癮了！」他笑著對自己說，「其實見面說話很方便！很顯然，對手想要我的信，而且是要好幾封！」他不急於拆開信，「又是優雅的句子。」他想。但他看下去時，臉色變白了。信上只有八行：

我要跟你談談，今晚必須談。夜裡一點鐘，你到花園來。園丁的長梯子就放在井邊，你把它搬到我的窗下，爬到我房間來。今晚月光很亮，不過沒關係。

第十五章

這是圈套嗎？

啊！一項偉大的計畫從醞釀到執行，中間的過程多麼殘忍啊！
多少虛驚，多少遲疑！
它關乎生命，還有更重要的，就是榮譽！

——席勒

「這下事情變得嚴重了，」朱利安心想，「而且太明顯了。」他想了一下又說，「這位美麗的小姐完全可以跟我在圖書室裡談，感謝天主，在這裡，我們有絕對的自由。侯爵怕我讓他看帳本，絕不會到圖書室來。怎麼！拉莫爾先生和諾貝爾伯爵，這兩個唯一能來這裡的人，幾乎整天都不在家；他們什麼時候回來，我很容易就知道。高貴的瑪蒂爾德，即使一位君王向她求婚也不算什麼，她卻讓我去幹這麼膽大妄為的事情！

「很顯然，他們是想毀掉我，至少是想嘲弄我。一開始，他們想利用我的信來毀掉我，幸虧我的信寫得謹慎。好吧！他們現在要讓我幹一件大家都能看見的事。這些年輕漂亮的先生以為我很蠢，或者太自以為是了。見鬼去吧！讓我在明亮的月光下，用梯子爬上二十五尺高的二樓！他們有機會能看到我，即使附近宅邸裡的人也能看見。我爬到梯子上，那太好看了！」朱利安上樓回到自己的房間，他吹著口哨，收拾行李。他決定離開，也不回信了。

但這個明智的決定，並沒有讓他的內心恢復平靜。「假如，」他闔上箱子，突然想到，「瑪蒂爾德是真的愛我，那我在她的眼中就成了十足的膽小鬼了。我沒有高貴的出身，我必須有偉大的特質，這是要兌現的，不是嘴上說得好就行，要用實際行動證明……」

他考慮了一刻鐘。「否認有什麼用？」他終於說道，「我在她的眼裡，會是個懦夫。我不僅會失去上流社會一位最出色的女人，就像在雷斯公爵的舞會上大家說的那樣，也會失去看到克魯瓦澤努瓦侯爵因為我而被犧牲的樂事。他是公爵的兒子，自己也會成為公爵。這個可愛的年輕人，具有我所缺少的一切長處：聰明才智、高貴的出身、財富等等。

「這種懊悔將令我終身遺憾，不是因為她，情婦到處都有！而是正如老唐．狄哀格[1]所說的：

……但名譽只有一個！

「現在很明白，我遇到第一個危險，就退卻了。上次跟博瓦西先生的決鬥，只是一個玩笑。這次卻截然不同。我可能會被一個傭人開槍打中，但這還是最小的危險，我會聲名掃地。

「這下事情嚴重了，我的孩子，」他學著西南部那裡的加斯科涅人口音快樂地說，「這關係到聲譽。一個像我這樣被命運打入社會底層的可憐蟲，不可能再有這樣的機會。我以後會有好運，但不會更好……」

他考慮了很久，匆匆地走來走去，有時會突然停下。他的房間裡放著一尊紅衣主教黎希留的大理石胸像，不知不覺吸引了他的注意。這尊胸像似乎嚴厲地看著他，責怪他缺乏法國人性格中與生俱來的勇敢。「偉人啊，如果活在你的時代，我還會猶豫嗎？」

「往最壞處打算，」他最後想道，「假如這是陷阱，那對年輕女孩來說，也是非常陰暗、有損聲譽的。他們知道我可不會守口如瓶。所以必須把我殺死。在一五七四年，在博尼法斯．拉莫爾的時代，這是個好辦法，但現在沒人敢了。如今這些人跟從前不同了。拉莫爾小姐受到那麼多人的羨慕！明天，她的醜聞會在四百個貴族的客廳裡傳開來，而且是何等的津津樂道！

「傭人之間也議論紛紛，說我如何受到偏愛，這些我都知道，我聽他們說過……

「另外，就是她的信！……他們以為我會把信帶在身上。如果在她的房間裡把我抓住，一定會把信搶走。我可能要對付兩三個，或者四個人，誰知道呢？但是他們到哪裡去找這些人呢？在巴黎到哪裡去找守口如瓶的人呢？他們害怕司法……當然！凱呂斯、克魯瓦澤努瓦、呂茲這些人也會害怕。這時候，我在他們之中露出的醜態，會對他們有吸引力。當心阿貝拉爾[2]的遭遇再次上演，祕書先生！

「好吧！各位先生，走著瞧吧，我會讓你們留下我的印記，我會像凱撒的軍隊在法薩勒一樣，往臉上打……至於信，我會放在安全的地方。」

朱利安把最後兩封信各抄了一份，藏在圖書室裡精美的伏爾泰全集的其中一卷裡，然後親自將原信送到郵局。

他回來之後，又驚又怕地對自己說：「我將投入到怎樣的瘋狂中啊！」他有一刻鐘時間無法面

---

1 唐．狄哀格（don Diègue），法國劇作家高乃依的名劇《熙德》中的人物。

2 阿貝拉爾（Pierre Abélard，一〇七九－一一四二），法國中世紀神學家。因與女弟子愛洛綺絲相戀而被閹割，兩人死後被合葬於巴黎拉雪茲神父公墓。

對當天夜裡他將要採取的行動。

「但是，如果我拒絕，以後我會看不起自己！這件事將會成為我一生中令人疑惑的大問題，對我來說，這種懷疑是最痛苦的煩惱。我在艾曼達的情夫身上，不是體驗過了嗎！如果是明顯的罪行，我會比較容易原諒自己。一旦承認有罪，我就不會去想了。

「怎麼！我要跟一個具有全法國最高貴姓氏的人競爭，而我自己很願意甘拜下風！實際上，不去就是膽怯。這個詞決定一切。」朱利安站起來，大聲說，「而且，她很漂亮！」

「如果這不是背叛，那她為我表現得多麼瘋狂啊！……如果這是嘲弄，當然，各位先生，是否嚴肅對待這種玩笑，這完全取決於我，而我會這樣做的。

「但是，如果我一進入房間，他們就把我的手綁起來呢，他們可能已經設置了某種巧妙的機關！」

「這像是一場決鬥，」他笑著對自己說，「我的劍術教師說過，但仁慈的天主希望事情了結，就讓兩個人當中的一個出現失誤。再說，我有武器對付他們。」他從口袋裡掏出兩把手槍，雖然火藥沒問題，他還是換上新的。

還要等好幾個小時，為了找點事做，朱利安寫信給富凱：「我的朋友，只有到了發生意外時，你聽說我遇到什麼事，才可以拆開內附的信。那時，你把我寄給你的手稿上的名字劃掉，另外抄寫八份寄到馬賽、波爾多、里昂、布魯塞爾等地的報社。十天以後，請把這份手稿印出來，將第一份寄給拉莫爾侯爵先生，半個月後，將剩餘的乘著夜色撒在維利葉的街頭。」

這份用來申辯的簡短備忘錄，是用故事的形式編寫的，富凱只有到了發生意外時才可拆開，朱利安盡可能少連累拉莫爾小姐，不過最後他還是非常精確地描繪了自己的處境。

子第一格上，把梯子放下去。我的房間裡放著繩子。」

「這是一個戀愛中的女人！」朱利安想，「她敢於說出她在戀愛。她在這些措施中表現得如此冷靜、如此機智，足以說明我並不像我想像的那樣，戰勝了克魯瓦澤努瓦先生。我真傻，我只是取代他而已。其實，這有什麼呢！難道我愛她嗎？侯爵知道有一個取代者而感到很生氣，加之這個取代者是我，就讓他更生氣。在某種意義上，我是戰勝了侯爵。昨天晚上，他在托多尼咖啡館[2]看我的時候，顯得那麼傲慢，竟然裝作不認識我！後來他實在繞不過去，跟我打招呼的時候，表情多麼惡毒啊！」

朱利安把繩子拴在梯子第一格，慢慢地放下去。身子探到陽臺外面，免得讓梯子碰到玻璃。「如果有人藏在瑪蒂爾德的房間裡，這是殺死我的好機會。」他心想。但四周仍然是一片寂靜。

梯子碰到地面後，朱利安把它放倒在牆邊的花壇裡，裡面種著奇花異草。

「母親看到美麗的花草被壓壞了，」瑪蒂爾德說，「她會說什麼呢！……要把繩子扔掉，」她冷靜地又說，「如果有人看見繩子繫在陽臺上，那可就麻煩了。」

「我怎麼出去呢？」朱利安學著克里奧爾語的腔調，半開玩笑地說。（這家有個女傭出生於聖多明哥。）

「你從房門出去。」瑪蒂爾德說，她對這個想法感到滿意。

「啊！這個人真值得我愛！」她心想。

2 十九世紀初，義大利人維洛尼開了一家「托多尼咖啡館」，常有政治家和文人光顧，位於義大利大道和泰特布特街交匯處，後於一八八七年前後停止營業。

話，她恨不得把自己和朱利安一起毀掉。當她的意志力把悔恨暫時壓制下去時，羞怯感和痛苦的羞恥心，又使她深感不幸。她絕不會料到自己會陷入這種可怕的境地。

「不過，我必須跟他說話，」最後，她對自己說，「與情人說話，是合乎情理的。」於是，為了履行義務，她滿懷柔情地向他講述了近幾天為他所做的決定，這種柔情更多地體現在她的言語中，而不是在說話的語氣裡。

她下過決心，如果他能夠按照她所說的那樣，借用園丁的梯子爬進她的房間，她就完全委身於他。但是，從來沒有人把如此溫柔的事，用這麼冷靜而客氣的口吻說出來。到目前為止，這次約會的氣氛始終是冰冷的。這簡直就是把戀愛當成了怨恨。對於一個輕率的女孩來說，這是多麼嚴重的教訓啊！為了這樣短暫的一刻，值得把自己的未來斷送掉嗎？

經過長久的猶疑，瑪蒂爾德最終成了他可愛的情婦。膚淺的旁觀者可能會認為，這也許是最明確的怨恨的結果，但是一個有自尊心的女人，即使在堅強的意志面前，也很難做出讓步。

說實話，這種激情有點做作。激情的愛與其說是一種現實，倒不如說是一種效仿的榜樣。拉莫爾小姐認為，她是在對自己和情人履行義務。「可憐的孩子，」她對自己說，「他表現出完美的勇氣，他應該得到幸福，否則就是我缺乏個性。」但是，她願意以永恆的不幸為代價，來換取目前殘酷的現實。

儘管她內心承受了可怕的暴力，還是完全控制著她的言語。

沒有悔恨，也沒有譴責來打擾這個夜晚，對朱利安來說，這一夜是幸福的，更可以說是奇特的。天哪！這跟他在維利葉度過的最後二十四小時相比，多麼不同啊！「巴黎的這種高雅舉止能夠破壞一切，甚至愛情。」他極不公正地對自己說。

他站在一個桃花心木的大衣櫃裡，腦子裡思考著這一切。當他聽見隔壁拉莫爾夫人的房間裡發出響聲時，瑪蒂爾德讓他鑽進櫃子裡。瑪蒂爾德跟母親望彌撒去了，女傭不久也離開了房間。朱利安在她們回來工作之前，很輕易地溜走了。

他騎上馬，在巴黎附近的樹林裡找到一個最僻靜的地方。他感到無比的幸福，更多的是驚奇。幸福不時地湧上他的心頭，像一個年輕的少尉做出了驚人之舉，一下子被提拔為上校一樣，他覺得自己身居高位了。前一天還在他上面的，如今與他齊平了，甚至在他之下。他越走越遠，幸福感也越積越多。

如果說她心中沒有絲毫的溫柔，那是因為她對他的舉止，只是在履行義務，儘管這話聽起來非常奇怪。對她來說，那天夜裡發生的一切都不出所料，除了不幸和羞恥之外，她並沒有找到小說中描寫的完美的幸福。

「難道我錯了？我對他沒有愛嗎？」她對自己說。

第十七章

一把古劍

現在，我要嚴肅起來——
時候到了，因為當下，笑被認為太過嚴肅。
道德對邪惡的嘲笑，被稱為罪過。

——《唐璜》第十三章

晚飯的時候她沒來。晚上，她到客廳待了一會兒，但沒有看朱利安一眼。他覺得這種情況很怪。「不過，」他想，「我不瞭解他們的習慣，其中的緣由以後她會向我解釋的。」可是，在強烈的好奇心驅使下，他開始觀察瑪蒂爾德臉上的表情。他必須承認，她的表情冷漠，甚至面露狠色。顯然，這已經不是昨天那個女人了，昨晚她表現出欣喜若狂的樣子，也許是假裝的，由於過分誇張，不像是真的。

第二天、第三天，同樣冷漠。她不看他，就好像他不存在一樣。朱利安感到非常不安，第一天讓他感到興奮的勝利感，如今已經蕩然無存了。「難道她反悔了，」他對自己說，「又開始循規蹈矩了？」不過，對高傲的瑪蒂爾德來說，這句話太俗不可耐了。

「她平時不大相信宗教，」朱利安想，「她喜歡它，只是因為它對她的那個階層有用罷了。」

「然而，她是否僅僅因為內心脆弱，而強烈責備自己犯下的錯誤呢？」朱利安相信自己是她的第一個情人。

「但是，」他有時又想，「應該承認，她的舉止當中沒有一點天真、單純和溫柔，我從未見過她如此高傲。她是在鄙視我嗎？只是由於我出身卑賤，她就會責備自己為我所做的事。」

朱利安的頭腦中都是從書本以及在維利葉生活的回憶中得來的偏見，幻想著有一位溫柔賢慧的情婦，她一旦委身於情人，使其得到幸福，就會忘記自身的存在。而這時，瑪蒂爾德的虛榮心卻讓他惱羞成怒。

兩個月以來，她不再感到無聊，也不再為此困擾。因此，朱利安完全沒有覺察到，他已經失去了最大的優勢。

「我為自己找了個主人！」拉莫爾小姐心想，她陷入極度的憂鬱中。「他太看重名譽了，這很好。但如果我傷害了他的虛榮心，他就會報復，把我們的關係全部公開。」瑪蒂爾德以前從沒有過情人，在這種人生狀況下，即使最枯竭的心靈也會萌生出溫柔的幻想，而她卻為最苦澀的思慮所困擾。

「他對我擁有無限的權威，因為他藉由恐怖支配我，如果我把他逼上絕路，他會對我施予嚴厲的懲罰。」一想到這些，就會讓拉莫爾小姐羞辱他一番。勇敢是她性格中最大的優點。除了拿自己的生命去賭之外，沒有任何東西能夠刺激她，能夠治好她不斷復發的發自內心的無聊。

第三天，拉莫爾小姐還是堅持不看他，晚飯後，朱利安不管她怎麼去想，跟著她進了撞球室。「好吧，先生，你是不是以為已經擁有支配我的權力了？」她強壓住怒火，對他說，「既然你不顧我的明確態度，非要跟我說話，……你知道嗎？世界上還從未有人如此大膽呢。」

情人之間的談話，沒有像這樣有趣的。他們不知不覺地激動起來，彼此懷著強烈的仇恨。雙方都沒有耐性，卻都養成了上流社會的習慣，所以很快就宣布，從此永不往來。

「我向你發誓，永遠保守祕密。」朱利安說，「我甚至還可以發誓，永遠不跟你說話，只要你的名聲不會因為這種突出的變化而受到損害。」說完，他恭敬地行了個禮，離開了。

他沒費太大力氣，就完成了他自認為是義務的事。他根本不會想到，自己會深深地愛上拉莫爾小姐。三天前，當他被藏在桃花心木的大衣櫃裡時，他肯定沒有愛上她。但是，當他意識到與她徹底斷絕來往時，從那一刻起，在他的心中，一切都立刻改變了。

他殘酷的記憶力，使他回想起那天晚上發生的枝微末節，實際上，他始終很冷漠。

在宣布絕交的第二天晚上，朱利安就幾乎要瘋狂了，他必須承認，他愛上了拉莫爾小姐。伴隨著這一發現而來的是可怕的掙扎，他的心裡全都被攪亂了。

兩天以後，他面對克魯瓦澤努瓦先生時，不僅驕傲不起來，反而想與他抱頭痛哭一場。他習慣了痛苦之後，很快恢復了理智，他決定去朗格多克，於是收拾好行李，到驛站去。

來到驛車售票處，他簡直要昏過去了。正好第二天開到土魯斯的車上有一個位子，他定了座位，回到拉莫爾府，向侯爵通報一下。

拉莫爾先生出去了。朱利安昏昏沉沉地來到圖書室，等著侯爵回來。他發現拉莫爾小姐正在那裡，他該怎麼辦呢？

看到他來了，她露出一副惡狠狠的表情，這他並沒有看錯。

痛苦使他無法自制，驚訝又讓他感到迷惑，他變得軟弱起來，用發自內心的最溫柔的語氣對她說：「那麼，你不再愛我了？」

「我痛恨自己不該委身於一個偶然遇到的人。」瑪蒂爾德說著，流下了懊惱的眼淚。

「偶然遇到的人！」朱利安叫道，他向一把收藏在圖書室裡的中世紀的古劍衝去。

他的痛苦，在跟拉莫爾小姐說話時已達到極點，當他看到她流下羞恥的眼淚時，他的痛苦頓時增加了百倍。如果能殺了她，他會成為世上最幸福的人。

當他花費不少力氣，將劍從古老的劍鞘裡拔出來時，瑪蒂爾德因為一種新奇的感覺高興起來，她勇敢地向他走去，眼淚不流了。

朱利安突然想起了他的恩人拉莫爾侯爵。「我要殺了他的女兒！」他對自己說，「這太可怕了！」他做了一個扔掉古劍的動作。「看到這戲劇性的動作，」他想，「她一定會放聲大笑。」想到這些，他恢復了平靜。他好奇地看著古劍的鋒刃，好像在尋找鏽跡一樣，然後把古劍插入鞘中，十分鎮定地將它掛回鍍金的青銅釘子上。

整個動作進行得非常緩慢，前後有一分多鐘。拉莫爾小姐驚訝地看著他。「我差一點被我的情人殺死！」她心想。

這種想法，把她帶回查理九世和亨利三世的那個最美好的時代。

她呆呆地站在剛把古劍掛回去的朱利安面前，望著他，眼神裡不再有怨恨。應該承認，這時的她十分迷人，肯定不是那種像巴黎洋娃娃的女人——這個稱呼，是朱利安對當地的女人最嚴厲的抨擊。

「我又要對他示弱了，」瑪蒂爾德心想，「我剛才對他講話如此強硬，之後再次軟化，他會更認為可以做我的主人了。」於是，她逃走了。

「天哪！她真美！」朱利安見她跑了，說道，「不到一個星期之前，她曾經那麼瘋狂地投入我的懷抱……這樣的日子永遠不會再有了！而且這是我的錯！在一個如此難得、如此重要的時刻，我竟然毫無感覺！……應該承認，我天生就有這種平庸又倒楣的性格。」

侯爵回來了，朱利安忙向他通報要出發的事。

「你要去哪裡？」拉莫爾先生問。

「去朗格多克。」

「不行，對不起，你有更重要的事情，要走，也是到北方去……用軍事術語來說，我命令你原地待命，不得外出。如果你要出去，不能超過兩三個小時，我隨時會需要你。」

朱利安行了個禮，一聲不吭地走了，讓侯爵感到很驚訝。他說不出話來，他把自己關在房間裡。在那裡，他可以任意地誇大自身命運的殘酷。

「那麼，」他心想，「我甚至不能離開！天知道，侯爵要讓我在巴黎待多久。天哪！我該怎麼辦呢？沒一個朋友可以商量，彼拉神父不會有耐心讓我說完一句話，阿爾塔米拉伯爵會建議我參加某個陰謀活動。

「可是我快要瘋了，我感覺到了，我快要瘋了！

「誰能指點我一下？我會變成什麼樣呢？」

第十八章
殘酷時刻

她向我承認了！她詳細地訴說所有的細節。
她美麗的眼睛盯著我，顯示出她對一個人的愛！

——席勒

瑪蒂爾德高興得發狂，她只想著差一點就被扼殺的幸福。她甚至對自己說：「他值得做我的主人，因為他差點把我殺死。多少上流社會的帥哥彙聚在一起，才能出現這種充滿激情的舉動呢？

「應該承認，他最帥的時候，是他爬上椅子，把劍準確地放回裝飾匠人為它安排的美妙的位置上之時！總之，我從來沒有如此瘋狂地愛過他。」

這時候，如果有什麼不失顏面的辦法可以重新和好，她會欣然抓住的。可是朱利安把自己關在房間裡，房門上了兩道鎖，正承受著最可怕的絕望的折磨。在瘋狂的思緒中，他真恨不得去跪倒在她腳下。如果他不是躲藏在偏僻的角落，而是到花園裡或者府邸中走走，抱著碰碰運氣的心態，有可能在瞬息之間把可怕的不幸轉變成最令人激動的幸福。

我們可以責備他不夠靈活，但是如果他夠機靈，就不會有拔劍的舉動，正是這一壯舉使他在拉莫爾小姐眼中變得如此引人注目。這種對朱利安很有利的情緒波動，持續了整整一天。瑪蒂爾德把她對朱利安的愛的瞬間編織成一個迷人的影像，並深深地為之眷戀。

「事實上，」她對自己說，「我對這個可憐年輕人的激情，是從午夜一點以後，我看見他口袋裡揣著槍從梯子爬上來的時候開始的，一直延續到早晨八點。一刻鐘後，在聖瓦萊爾教堂聽到彌撒的鐘聲時，我才想到，他已經自認為是我的主人，他有可能用恐嚇的手段迫使我服從。」

晚飯後，拉莫爾小姐並沒有躲著朱利安，反而主動找他說話，幾乎是邀請他跟她到花園去，他接受了。他缺少這種考驗。瑪蒂爾德讓步了，不知不覺地又對他舊情復燃。她覺得跟他一起散步特別快樂，她好奇地看著那雙手，早晨它曾想握住古劍殺死她。

在這樣的舉動和所有這一切發生之後，他們之間不可能再有像過去那樣的談話了。

漸漸地，瑪蒂爾德開始跟他談起內心的情感軌跡。她從這種談話中發現了一種特殊的快感，她甚至跟他講述了她曾經對克魯瓦澤努瓦、凱呂斯有過的感情衝動……

「怎麼！還有凱呂斯先生！」朱利安叫出聲來，一個被拋棄的情人所有的苦澀的嫉妒，在這句話裡暴露出來。瑪蒂爾德雖然這麼認為，但並沒有生氣。

她繼續折磨著朱利安，詳細地講述她過去的感情，講得非常生動、情真意切，盡是推心置腹的由衷之言。他看到，她所描繪的事情好像就發生在眼前。他痛苦地注意到，她一邊講述，一邊在自己的心中有了新的發現。

由嫉妒引發的痛苦，已經不可能再多了。

懷疑情敵曾被自己的戀人愛過，這已經夠殘酷的了。而聆聽自己所愛的女人詳細地袒露情敵所喚起的愛情，無疑是痛苦到極點了。

這時，朱利安原來對凱呂斯、克魯瓦澤努瓦他們的驕傲感，受到何等的懲罰啊！當他誇大他們那些微小的優勢時，內心是多麼痛苦！他懷著何等熾熱的真誠去蔑視自己！

在他看來，瑪蒂爾德非常值得崇拜，任何言語都無法表達他對她的由衷讚賞。他與她並肩漫步，偷偷地看著她的手、手臂和女王般的風範。他已被愛情和不幸搞得筋疲力盡，幾乎要跪倒在她的腳下，呼喊道：「可憐我吧！」

「這個如此美麗、如此高貴的女人，曾經愛過我，但她很快就會愛上凱呂斯先生！」

朱利安無法懷疑拉莫爾小姐的真誠，她所說的這一切言語的真切性再明顯不過了。為了讓他的不幸達到極致，有時她過於專注於她曾經對凱呂斯先生有過的情感，說起來就像現在還愛著他似的。在她的語氣中確實有愛，朱利安對此看得很清楚。

即使在他的胸膛裡灌滿熔化的鉛水，他也不會這樣痛苦。這個可憐的年輕人已經痛苦到了極點，他怎麼能想到，拉莫爾小姐正是因為跟他說話，才津津樂道地回想起她對凱呂斯或者呂茲先生有過的點滴之情呢？

任何言語都不能表達朱利安的苦惱。不久以前，他還在這條長滿椴樹的小路上，等著一點的鐘聲敲過，就爬進她的房間，而現在，在同一條路上，他聽著她詳細地講述對別人的愛情。一個人無法承受比這更深的不幸了。

這種殘酷的親密關係維持了一個多星期。瑪蒂爾德似乎時而刻意尋找，時而並不逃避與他說話的機會。談話的題目，對他們來說似乎有一種殘酷的快感，總是敘述她對別人有過的感情。她向他講述她寫過的信，甚至向他提到信裡的話，一句一句地背給他聽。最後幾天，她似乎帶著不懷好意的喜悅注視著朱利安。他的痛苦對她來說是極大的樂趣。

我們可以看出，朱利安沒有任何生活經驗，他甚至沒有讀過小說。假如他不是那麼笨，如果他能稍微冷靜地對他如此崇拜、又如此奇怪地向他傾吐真心話的女孩說：「必須承認，我雖然比不上那些先生，可是你愛的是我……」也許她會因為被猜到心思而感到高興，至少朱利安成功與否，取決於他表達的方式和選擇的時機。不管怎樣，他可以擺脫這種在瑪蒂爾德眼中變得單調乏味的不利局面。

「你不再愛我了，我卻崇拜你！」一天，朱利安被愛情和不幸沖昏了頭，對她說。這幾乎是他所能犯的最大錯誤。

這句話，剎那間摧毀了拉莫爾小姐對他傾訴心曲所得到的全部快樂。她開始感到驚訝，在發生了這一切之後，他竟然沒有被她的敘述激怒，到他說出這句蠢話時，她甚至以為他也許不再愛她了。「自尊無疑會熄滅他的愛情，」她對自己說，「雖然他承認凱呂斯、呂茲、克魯瓦澤努瓦這些人比自己地位高，但他不是那種甘願認輸、不加報復的人。不，我不會再看到他拜倒在我的腳下！」

前些日子，朱利安在其不幸的天真中，經常在她面前由衷地稱讚這些先生的傑出才能，甚至過於誇大。這種微妙的變化沒能逃過拉莫爾小姐的眼睛，她感到驚訝，但是猜不出其中的原因。朱利安瘋狂的心靈，在讚美一位他認為被她所愛的情敵時，卻能分享他的幸福。

他的話如此坦率，卻如此愚蠢，剎那間改變了一切。瑪蒂爾德確認自己被愛後，就十分鄙視他了。

她和他一起散步時，一聽到他這些蠢話，她就立刻離去，而且臨走的眼神中流露出最可怕的蔑視。回到客廳後，她整個晚上都不看他一眼。第二天，這種鄙視仍然籠罩在她的心頭。過去的八天裡，她把朱利安當成最親密的朋友，從中得到的快樂衝動，如今也蕩然無存了。她一看見他，就感到不快。瑪蒂爾德的感覺，甚至到了噁心的地步。她見到他時所感到的極度鄙視，簡直無法用言語形容。

朱利安對瑪蒂爾德過去八天以來心中的變化一無所知，但他能識別出鄙視。他很知趣，盡可能少出現在她面前，而且絕不看她。

他放棄了跟她見面的機會，這其實是一種致命的痛苦，而且這種痛苦還在不斷加深。「一個人心中的勇氣再多，也不可能支撐更久了。」他對自己說。他在府邸頂樓的一個小窗戶後面打發時間，把百葉窗關得緊緊的。遇到拉莫爾小姐到花園來的時候，他至少可以從那裡看見她。晚飯後，當他看見她和凱呂斯、呂茲或者某位她承認愛過的先生一起散步時，他心裡會怎麼想呢？

朱利安沒想到痛苦會如此強烈，他幾乎要喊出聲來了。這顆如此堅強的心，最後被徹底攪亂了。

所有與拉莫爾小姐無關的想法，他都感到厭煩。他甚至連最簡單的信都不會寫了。

「你瘋了。」侯爵對他說。

朱利安害怕被人猜到原因，就說自己病了，別人竟然相信了。幸運的是，吃晚飯的時候，侯爵跟他開玩笑，說到他即將出門旅行。瑪蒂爾德知道這次旅行可能會很久。朱利安躲著她已經有好多天了，那些如此出色的富家子弟，雖然擁有她曾經愛過的這個如此蒼白、如此憂鬱的年輕人所缺少的一切，但她已經無法從思念中擺脫出來了。

「一個平凡的女孩，」她對自己說，「會在客廳裡這些引人注目的先生當中，挑選自己的意中人。但是，天才的特點之一，就是他的思想不隨波逐流、因循前人的老路。

「朱利安缺少的財富，我卻擁有。如果與他這樣的人為伴，我會繼續引人注目，我的生活不會默默無聞。我不像我的那些表姊妹，總是害怕發生革命，由於她們害怕人民，甚至不敢訓斥為她們趕車的馬車夫。我注定會扮演一個角色、一個偉大的角色，因為我選擇的人有堅強的個性、遠大的抱負。他缺少什麼？朋友還是金錢？我可以給他。」但是，她心裡或多或少還是把朱利安當成下等人，只要她願意，讓他怎麼愛都行。

第十九章
滑稽歌劇

啊！愛情的春天
像四月變幻無常的天光，
太陽剛剛還在普照大地，
頃刻間就蒙上一片烏雲！

——莎士比亞，《維洛那二紳士》

瑪蒂爾德只想著未來和她希望扮演的獨特角色，很快就懷念起她經常跟朱利安進行的那些枯燥而抽象的討論。有時候，她對如此高深的思想感到疲倦，也懷念在他身邊度過的幸福時光。這些回憶不是沒有悔意的，某些時候令她難以忍受。

「但是，人都有弱點，」她對自己說，「像我這樣的女孩，如果為了一個有才華的男人，忘了自己的本分，這也值得。人家絕不會說，吸引我的是他漂亮的小鬍子和騎馬的風度，而會說我喜歡他對法國未來的深刻見解，還有我們這裡將要發生的事與一六八八年英國革命有相似之處的看法。我被吸引了，」她對自己的悔恨，這樣回答，「我是弱女子，但是我至少不會像玩偶一樣，被外表的優勢所迷惑。

「如果爆發革命，朱利安為什麼不能扮演羅蘭的角色呢？我為何不能扮演羅蘭夫人[1]的角色呢？與文學評論家斯塔爾夫人相比，我更喜歡羅蘭夫人，因為行為的不檢點，在我們這個時代會是障礙。我絕不會再失足，讓人家指責我，否則我會羞愧而死。」

應該承認，瑪蒂爾德的幻想，並不都像我們剛才寫下的這些那麼嚴重。

她望著朱利安，從他細微的動作裡發現了迷人的優雅。

「毫無疑問，」她對自己說，「我已經完全摧毀了他心中所有他認為自己有權利的想法。」

「一個星期之前，這個可憐的年輕人跟我說那句情話時，他那充滿了不幸和激情的表情，足以證明他很真誠。應該說，我這樣的人太奇怪了，竟然因為一句飽含尊重和熱情的話發起火來。難道我不是他的女人嗎？他這句話很正常，應該承認，他很可愛。在那些無休止的談話之後，朱利安仍然愛我，而這些話我只跟他說過，而且說得非常殘忍。我必須承認，我跟他談到我的無聊生活，使我對那些他很嫉妒的上流社會的富家子弟產生一點曖昧之情。啊！希望他知道，他們對他毫無威脅！跟他相比，他們多麼缺乏活力啊，簡直都是一個模子刻出來的。」

瑪蒂爾德這樣想著，隨手在她的畫本上用鉛筆亂畫起來。她剛完成的一個側面像，讓她感到吃驚和欣喜，這幅畫像和朱利安驚人地相似。「這是天意！是愛情的奇蹟！」她興奮地叫起來，「我在無意中，畫出了他的肖像。」

她跑回自己的房間，把門關起來，一心一意想為朱利安畫一幅肖像，但是沒有畫成。偶然畫出來的那幅卻最逼真。瑪蒂爾德非常高興，把它看成是一樁偉大激情的有力佐證。

直到很晚了，當侯爵夫人讓人叫她去義大利歌劇院的時候，她才放下手裡的畫本。她心裡只有一個念頭，用眼睛四處搜尋朱利安，想讓她的母親邀他一起去。

他並沒有露面，在包廂裡陪伴她們的都是些平庸之輩。在第一幕的演出過程中，瑪蒂爾德想像著她滿懷激情地愛著的人。但到了第二幕，一句歌唱愛情的格言穿透了她的心，應該承認，它的旋律不愧是奇馬羅薩[2]的作品。歌劇的女主角唱道：「懲罰我吧，我對他過於崇拜，我愛得太深！」從她聽到這動人的旋律開始，世上的一切對瑪蒂爾德來說都化為烏有。有人跟她說話，她不回答。母親責備她，她勉強抬頭看看。她癡迷到了一種狂熱的狀態，只有朱利安幾天以來對她的熾熱感情才能相比。這段充滿了神的恩典的旋律，其唱詞似乎與她的心境相符，占據了她無法直接想到朱利安的所有時刻。由於她酷愛音樂，這天晚上她變得和平時思念朱利安的瑞納夫人一樣了。精神上的愛，無疑比現實中的愛更有理智，但它只有短暫的激情，因為它太瞭解自我，不斷地批評自己。它不會讓思想迷失，因為它是由思想建立的。

回家以後，不管拉莫爾夫人說什麼，瑪蒂爾德都推說自己發燒了，她反覆用鋼琴彈奏這段旋律，度過了大半個夜晚。她詠唱著這段令她著迷的名曲的歌詞。

懲罰我吧，懲罰我吧，

我愛得太深……[3]

1 羅蘭夫人（Mme Roland，一七五三－一七九三），與她丈夫羅蘭，同為法國大革命時期的政治家。吉倫特派領導人之一。她被指控為保皇派的同情者並被判處死刑。

2 奇馬羅薩（Domenico Cimarosa，一七四九－一八〇一），義大利作曲家。

3 此處為義大利文：Devo punirmi, devo punirmi, Se troppo amai……

這個瘋狂之夜的結果，她認為自己已經戰勝了愛情。

（這頁文字會給不幸的作者帶來更多的損害。心靈冷漠的人會指責他下流。他不會侮辱那些巴黎客廳中引人注目的年輕女性，即使他認為她們當中有一位可能會做出有損於瑪蒂爾德名譽的瘋狂舉動。這個人物完全是想像出來的，甚至這個想像超出了社會習俗之外，這些社會習俗將會確保十九世紀的文明在所有的時代中占有如此卓越的地位。

那些為冬季舞會增光添彩的女孩，她們缺少的不是行為謹慎。

我也不認為，大家可以指責她們過於輕視耀眼的財富、車馬、良田，以及所有可以保證在社會上擁有美好地位的東西。她們在這些優勢中遠遠不止看到了無聊，這些通常正好是世人最執著追求的目標，如果她們心中有熱情的話，就是為它們而生的。

能為朱利安這樣有才華的年輕人提供機會的，並不是愛情。他們緊密地依附於一個小團體，如果這個團體運氣好，社會上所有的好事就降臨到他們頭上。那些不屬任何團體的學究就倒楣了，即使是無法確定的小小成功也會受到世人的指責，而道貌岸然的人卻欺世盜名。哎，先生，一部小說是大路上一面移動的鏡子。它映射到你眼中的，有時是藍色的天空，有時是泥坑裡的爛泥。而背簍裡放著鏡子的人，卻被你們指責為不道德的人！他的鏡子裡顯示出爛泥，你們卻要指責鏡子！你最好去指責有泥坑的大路吧，或者去指責道路檢察員，是他們讓積水變成了泥坑。

現在大家已經承認，瑪蒂爾德的個性在我們這個既謹慎又高尚的時代不可能存在，我繼續講述這個可愛女孩的瘋狂故事，幾乎不用擔心會引起公憤了。）

第二天一整天，她都在等待機會確認她那瘋狂的激情的勝利。她的最大目標是在所有地方讓朱利安感到不快，但她的任何舉動都沒能逃過他的眼睛。

朱利安太可憐了，尤其是心裡太不安了，無法揣測如此複雜的愛情手段，更看不出其中那些對他有利的東西。他成了她的心計的犧牲品，也許他的不幸從未如此嚴重過。他的行為很少受到理智的支配，如果有悲傷的哲學家對他說：「趕快去利用對你有利的形勢吧，這種在巴黎可以見到的精神上的戀愛，同樣的狀態不會維持兩天以上。」他對此無法理解。無論多麼狂熱，朱利安都會有榮譽感。他的首要責任是謹慎，他明白這一點。向偶然遇到的人徵求意見，訴說自己的痛苦，這可能是一種幸福，就好像一個不幸的人穿過炎熱的沙漠，突然獲得從天上掉下的一滴冰水一樣。他知道其中的危險，害怕在某人的貿然追問下，他會以淚作答。於是，他把自己關在房間裡。

他看見瑪蒂爾德在花園裡漫步許久。等她離開之後，他從樓上下來。他走到一株玫瑰前面，她剛在那裡摘了一朵花。

夜色昏暗，他可以完全置身於不幸當中，不怕被人看見。他認為很顯然，拉莫爾小姐愛上了這些年輕軍官中的一位，她剛才還跟他們談得很開心呢。她愛過他，但她知道他沒什麼優勢。

「確實，我的優勢太少了！」朱利安對自己說，語氣非常肯定，「總之，我是一個平凡人，非常平庸，讓人討厭，連我自己都無法忍受。」他對自己的所有優點、對所有他曾經熱烈地喜歡過的東西，都厭惡至極。在這種倒錯的想像當中，他用他的想像來評判人生。這是一個聰明人犯的錯誤。

有好幾次，他想到了自殺。這種畫面充滿了誘惑，像是一次美妙的休息，就像是一杯送給沙漠裡將要渴死熱死的可憐人的冰水。

「我的死會加深她對我的蔑視！」他叫道，「我會留下什麼樣的回憶！」

一個人掉進這最後的不幸深淵裡，唯一的辦法就是找到勇氣。朱利安沒有足夠的才華對自己說：「必須勇敢。」但是，他望著瑪蒂爾德房間的窗戶，透過百葉窗，他看見她熄滅了燈，他想像著這個迷人的房間，唉！他這輩子只看過一次，他的想像無法延續下去了。

一點的鐘聲響了，聽到鐘聲，他對自己說：「我要用梯子爬上去，哪怕只待一會兒。」

這是天才的閃光，各種好的理由一起湧來，「我還能比這更不幸嗎！」他對自己說。他跑去拿梯子，園丁把梯子拴住了。朱利安砸壞一把小手槍的扳機，這時他激發了一股超人的力量，擰斷了鎖鏈的一個鏈環。不一會兒，他就拿走了梯子，靠在瑪蒂爾德的窗戶上。

「她會發脾氣，對我更加鄙視，這有什麼關係？我會吻她一下，最後一個吻，然後我回到房間自殺……在我死之前，我的嘴唇會碰到她的臉！」

他飛一樣爬上了梯子，敲了下百葉窗；過了一會兒，瑪蒂爾德聽到了，想要打開窗子，但被梯子頂住了。朱利安緊緊抓住百葉窗的鐵鉤，冒著隨時摔下去的危險，猛推了一下梯子，讓它挪開一點。瑪蒂爾德可以打開窗戶了。

他跳進房間時，已經有氣無力了。

「真的是你！」她說著，撲到他的懷裡……[4]

……

誰能描繪朱利安無盡的幸福呢？瑪蒂爾德的幸福也如出一轍。

她向他埋怨自己，檢視自己。

「懲罰我殘酷的驕傲吧，」她對他說，緊緊地擁抱著他，他幾乎喘不過氣了。「你是我的主人，我是你的奴隸，我要跪下求你寬恕，我竟然想反抗你。」她離開他的懷抱，跪在他的面前。「是的，你是我的主人，」她對他說，仍然沉醉於幸福和愛情中，「永遠主宰我吧，如果你的奴隸要反抗，你就嚴厲懲罰她。」

過了一會兒，她又掙脫他的懷抱，點了一支蠟燭，要剪下一邊的頭髮給他，朱利安費了好大力氣才攔住她。

「我要讓自己記住，」她對他說，「我是你的傭人，如果可惡的驕傲讓我沖昏了頭，你就把這一縷頭髮拿出來，對我說：『這已不是愛的問題，不管你此刻心裡有什麼感受，你發過誓要服從，那就用名譽保證吧。』」

放縱和快樂達到了極點，最好還是略去這樣的描述。

朱利安的德行和他的幸福是同步的。「我要從梯子下去了，」當他看見曙光出現在花園東面遠方的煙囪上時，就對瑪蒂爾德說，「我必須做出犧牲，才配得上你，我必須放棄幾個小時的幸福，這是一個人所能體驗到的最令人震撼的幸福。這種犧牲是為了你的名聲，如果你瞭解我的心，就會明白我多麼勉強自己。你會永遠這樣對我嗎？不過，你用名譽保證過，這就夠了。你知道，自從我們第一次見面後，所有的懷疑就不針對小偷了。拉莫爾先生在花園裡設立了一個守衛，克魯瓦澤努瓦先生周圍布滿了密探，他每天晚上幹什麼，別人都知道……」

---

4 在斯湯達爾寄給他的朋友薩拉瓦格諾利的一篇關於《紅與黑》的文章草稿中，他這樣描述瑪蒂爾德的性格：「作者大膽地描繪了一個巴黎女子的性格，她對情人的愛，使她每天早晨都覺得會失去他……這位巴黎的年輕女孩在無愛的情況下被劫持，只是為了讓自己快樂，相信自己有一份偉大的愛情……這幅巴黎人的愛情畫卷絕對是全新的，世人似乎在任何書裡都未曾見過。像這樣對戀人的愛，以至於對其人頭的癡情，與瑞納夫人的看不到自我的、單純而真實的愛形成鮮明的對比……」

聽到這些，瑪蒂爾德忍不住哈哈大笑，她的母親和一個女傭被吵醒了，突然，她們隔著門跟她說話。朱利安看著她，她臉色發白，大聲訓斥那個女傭，沒理會她的母親。

「假如她們想打開窗戶，就會看見梯子！」朱利安對她說。

他又把她摟在懷裡，然後縱身跳上梯子，他沒有走下去，而是往下滑，轉眼之間就落到地上。三秒鐘後，梯子已經放在椴樹叢的小路上，瑪蒂爾德的名聲保住了。朱利安定下神來，發現自己渾身是血，幾乎一絲不掛。原來他往下滑的時候，不小心受傷了。

極度的幸福讓他完全恢復了個性的活力，如果這時出現二十個大漢，他孤身一人抵擋他們，不過是又增添一份樂趣罷了。幸好他的軍人風範不須經受考驗，他把梯子藏在原來的地方，重新用鏈條鎖上。他沒有忘記在瑪蒂爾德窗戶下面種著花草的花壇裡，還留有梯子的痕跡，他回去清理掉了。

朱利安在黑暗中，用手在鬆軟的土地上來回抹動著，確保所有的痕跡都弄乾淨了。他覺得有什麼東西掉在手上，原來是瑪蒂爾德半邊的一縷頭髮，是她剪下來扔給他的。

這時，她就在她的窗口。

「這是你的女傭送給你的，」她對他說，聲音很大，「這是永遠服從的象徵。我放棄理智了，做我的主人吧。」

朱利安被征服了，他差一點就要再拿來梯子，爬進她的房間。最終，還是理智占了上風。

從花園回到府邸，可不容易。他順利把一個地窖的門撞開，進到府邸裡，他又盡可能輕手輕腳地撬開自己的房門。他匆忙離開那間小屋時，慌亂中把衣服口袋裡的鑰匙留在那裡了。「但願她想到要把這些要命的東西都藏起來！」

最後，疲憊戰勝了幸福，等太陽升起時，他已陷入酣睡中。

午飯的鐘聲好不容易把他喚醒，他出現在飯廳裡。不久，瑪蒂爾德也進來了。看到這個如此美麗、被眾人圍繞的女人眼中閃爍著愛的光芒，朱利安的驕傲得到片刻的滿足。但很快，他的謹慎讓他感到了不安。

瑪蒂爾德藉口時間不夠，無法打理好頭髮，她把頭髮搞得讓朱利安一眼便看到她昨夜剪掉的頭髮，看到她為他做出了多大的犧牲。如果說一張如此美麗的臉能被什麼損害的話，瑪蒂爾德辦到了。她那帶有灰色的金髮幾乎半邊都被剪掉了，只在頭皮上留下半寸多長。

吃午飯時，瑪蒂爾德的舉止與這頭等的魯莽相對應。她似乎在努力告訴所有人，她對朱利安的瘋狂戀情。幸好，拉莫爾先生和夫人這天在忙於即將舉行的頒發藍綬帶的儀式，授勛名單裡沒有肖納先生。快吃完飯的時候，瑪蒂爾德在和朱利安交談時，稱他為「我的主人」。他羞得連白眼珠都紅了。

也許是巧合，或者是拉莫爾夫人刻意的安排，瑪蒂爾德這天沒有片刻機會獨自一人待著。晚上，在從餐廳到客廳的時候，她終於找到一點時間，對朱利安說：

「你認為這是我的藉口嗎？媽媽剛剛決定今晚讓她的一個女傭睡在我的房間裡。」

這一天過得像閃電一樣快。朱利安幸福到了極點。第二天早上七點，他已經坐在圖書室裡。他希望拉莫爾小姐光臨，他給她寫了一封悠長的信。

過了幾個小時，吃午飯的時候，他才見到她。這天，她非常仔細地梳了頭，巧妙地遮住了剪掉頭髮的地方。她看了朱利安一兩眼，眼神文雅而平靜，也不再稱呼「我的主人」了。

朱利安驚訝得喘不過氣了……瑪蒂爾德幾乎總是責怪自己為他所做的一切。

經過反覆思考，她斷定他即使不是一個平凡人，也不夠超凡脫俗，不值得她勇敢地為他做出那些奇特的瘋狂舉動。總之，她不再幻想愛情了。這天，她對愛情厭倦了。

朱利安的心理狀態像個十六歲的孩子。在這頓似乎永遠吃不完的午飯當中，可怕的疑惑、震驚、絕望，接連不斷地困擾著他。

當他能夠體面地離開飯桌時，便趕緊衝向馬廄，自己動手裝上馬鞍，策馬飛奔而去，他害怕因為軟弱而蒙受恥辱。「我必須用身體的疲憊來讓我的心死去，」他在默東森林裡狂奔的時候，對自己說，「我做了些什麼、我說了什麼，該遭受這種不幸呢？」

「今天必須什麼都不做，什麼都不說，」當他返回府邸時，他心想，「應該像我精神上死去一樣，讓肉體也死掉。」朱利安已經不再活著，仍然活動著的是他的軀殼。

第二十章
日本花瓶

他心裡最初不明白這不幸有多嚴重，慌亂多於激動。隨著理性的回歸，才感受到深切的痛苦。生活的所有樂趣都不存在了，只感到絕望的刀鋒撕碎了他。身體的痛苦還用說嗎？身體的傷痛怎麼能相提並論呢？

——讓．保羅[1]

晚飯的鐘聲響了，朱利安只能匆匆穿好衣服；他在客廳裡見到了瑪蒂爾德，她正在懇求她的哥哥和克魯瓦澤努瓦先生，叫他們別去敘雷納參加費瓦克元帥夫人的晚會。

在他們面前，她不可能更加迷人和可愛了。晚飯後，呂茲、凱呂斯先生以及幾位朋友都來了。可以說，拉莫爾小姐重新恢復了對手足之情的崇拜和對最嚴格的禮節的尊重。儘管這天晚上天氣很好，她仍然堅持不去花園，她希望大家不要離開拉莫爾夫人所坐的安樂椅。像冬天一樣，藍色的長沙發又成為這群人聚集的中心。

她對花園產生反感，至少她覺得這個地方令人討厭，因為它讓她聯想到了朱利安。

1 讓．保羅（Jean Paul，一七六三－一八二五），德國作家，德國浪漫主義文學的先驅。

倒楣可以降低人的才智。我們的英雄太笨了，在那把草墊椅旁邊停下了，它曾經是往日輝煌勝利的見證。現在沒人跟他說話，他的出現好像無人關注，甚至情況更糟。拉莫爾小姐的幾個朋友，坐在他旁邊的長沙發上故意背對著他，至少他是這樣認為的。

「這簡直是宮廷裡的失寵。」他想。他想要研究一下這些試圖用鄙視羞辱他的人。

呂茲先生的叔叔在國王身邊擔任要職，因此，這位漂亮軍官每次與新來的客人交談時，總是要加上這種特殊的開場白：他的叔叔七點出發去聖克勞德[2]了，晚上會在那裡過夜。這個細節似乎是在不經意之間說出來的，但總是不會遺忘。

朱利安用失意者的嚴峻目光觀察克魯瓦澤努瓦先生，他注意到這個可愛而善良的年輕人認為神祕因素具有巨大的影響力。如果他看到一件稍微重要的事，被認為是簡單而自然的原因造成的，他就會傷心、發脾氣。「這簡直是發瘋了，」他心想。「這種性格跟柯拉索夫親王向我描述的亞歷山大皇帝的性格有驚人的相似。」可憐的朱利安才剛走出神學院，這是到巴黎的第一年，他對這些可愛的年輕人的風度感到新奇，只能羨慕一下。不過，他們真正的性格才開始展現在他的眼前。

「我待在這裡不大合適。」他突然想道。重要的是離開草墊椅時，不能顯得太笨拙。他想找個辦法，他向被其他事情填滿的想像力尋求點新的思路。需要借助於記憶，但是應該承認，在他的記憶當中，這方面的辦法並不豐富。可憐的年輕人還很缺乏社會經驗，所以他站起來離開客廳時，顯得十分笨拙，大家都注意到了。他整個舉止中，倒楣的樣子太突出了。四十五分鐘以來，他一直扮演著令人討厭的下人角色，他們甚至不屑於掩飾對他的看法。

不過，他剛才對眾情敵所做的批評性觀察，使他對自己的不幸不至於太悲觀。他對前兩天發生的事情的回憶，支撐著他的自尊心。「不管他們較我而言有什麼樣的優勢，」他獨自走進花園時，心想，「瑪蒂爾德曾經兩次對我以身相許，但對他們誰都沒有過。」

他的智慧沒有延伸得更遠。這個奇特的女人，命運剛剛讓她成為他全部幸福的絕對支配者，而他卻根本不理解她的個性。

第二天，他騎了一天馬，決意要累死自己和馬。晚上，他不想再靠近藍色長沙發了，瑪蒂爾德總是坐在那裡。他注意到諾貝爾伯爵在房子裡遇到他時，甚至都不看他。「他一定是特別刻意地勉強自己，」他想，「他原來那麼有禮貌。」

對朱利安來說，睡眠即是幸福。雖然身體疲憊，但記憶更加誘人，開始侵占他的全部想像力。他沒有天賦看出這一點，他在巴黎附近的森林中策馬奔馳了很久，只有對他自己產生作用，對瑪蒂爾德的心靈或才智毫無影響，他把自己的命運交給老天安排。

他認為有一件事可以給他的痛苦帶來無限的寬慰，那就是跟瑪蒂爾德談談。但是他敢對她說什麼呢？

一天早上，七點鐘，當他正在浮想聯翩時，突然看見她走進圖書室了。

「先生，我知道，你想跟我說話。」

「天哪！誰告訴你的？」

「這跟你有什麼關係？我知道就是了。如果你缺乏信譽，你可以毀了我，或者至少可以嘗試一下。但我不相信這種危險會是真的，它不會阻止我說實話。我不再愛你了，先生，我的瘋狂想像欺

---

2 聖克勞德（Saint-Cloud），位於巴黎近郊，聖克勞德城堡建於一五七二年，法國大革命之前，該城堡曾是數位法國統治者的行宮，一八七〇年十月普法戰爭期間，被普魯士人燒毀。

騙了我……」

受到這可怕的一擊，朱利安被愛情和痛苦搞得發狂了，他試圖為自己辯解。沒有比這更荒謬的了。難道可以為令人討厭加以辯解嗎？但理智已經不能再支配他的行動了。一種盲目的本能驅使他延遲對命運的決定。他覺得只要他還能說話，一切就沒有結束。瑪蒂爾德不想聽他說話，他的聲音激怒了她，她沒想到他竟敢打斷她的話。

道德的自責和驕傲的自責，讓她這天早上感到不快。想到自己竟然把一些支配權交給一個小神父、一個農民的兒子，這種可怕的想法令她十分沮喪。她在誇大自己的不幸時，對自己說：「這就像是我責備自己委身於一個傭人。」

對於性格大膽而驕傲的人來說，對自己生氣和對別人發怒，距離只有一步之遙。在這種情況下，暴怒只是一種強烈的快樂。

剎那間，拉莫爾小姐對朱利安施加了最極端的羞辱。她有無窮的智慧，而這種才智運用在傷害他人自尊，使其感受到殘酷創痛方面，更勝一籌。

朱利安今生第一次，在一個對他充滿最強烈怨恨的才智過人的對手面前屈服了。這時，他不但沒有為自己做任何辯護，反而看不起自己了。這些鄙視的話如此殘酷，並且經過如此精心的算計，摧毀了他可能對自己持有的一切好看法，他聽了之後，覺得瑪蒂爾德說得有道理，而且還說得不夠。

對她來說，為了幾天前她曾經有過的崇拜，她這樣懲罰自己，也懲罰他，她從中感受到一種令人愉快的驕傲的樂趣。

她第一次不假思索地想到這些殘忍的話，並且對他說出來，為此她頗為得意。她不過是在重複一個多星期以來那些在她心裡的駁斥愛情的話。

每個字都讓朱利安可怕的不幸增加百倍。他想逃走，但拉莫爾小姐氣勢洶洶地抓住了他的手臂。

「請你注意，」他對她說，「你的聲音太大，隔壁房間的人會聽到。」

「這有什麼！」拉莫爾小姐傲慢地說，「誰敢說聽見我說話了？我要徹底清除你那可憐的自尊可能對我產生的想法。」

等朱利安能夠離開圖書室的時候，他感到很驚訝，他覺得不幸沒那麼強烈了。「好吧！她不再愛我了，」他反覆地大聲對自己說，像是把自己的處境告訴自己，「看來她愛了我八、九天，而我卻會愛她一生。」

「這可能嗎？幾天以前，她還什麼都不是！在我心裡，她無足輕重！」

驕傲的快樂充滿著瑪蒂爾德的心。那麼，她可以跟他永遠決裂了！如此徹底地戰勝如此強烈的愛慕，令她感到十分幸福。「這樣，這位年輕男士就會明白，無論現在還是將來，他對我永遠不會有任何支配權。」她太高興了，她此刻真的不再有愛了。

經過如此殘忍、如此羞辱的一幕之後，即使對一個不像朱利安這麼有激情的人來說，愛情也變得不可能了。拉莫爾小姐一刻都沒忘記自己的本分，她對他說的那些令人反感的話，經過如此細心的掂量，過後冷靜回想一下，仍然像是真心話。

朱利安最初從這驚人的一幕中得出的結論是，瑪蒂爾德的驕傲是無限的。他確信他們之間的一切永遠結束了。但是第二天吃午飯時，他在她面前顯得笨拙而羞怯。在此之前，他不會有這種缺點讓人指責。無論大小事，他都明確地知道自己該做什麼、想要什麼，並且付諸行動。

這天，午飯過後，拉莫爾夫人讓他去拿一本極為罕見的小冊子，這本有反叛內容的小冊子，是她的本堂神父早上偷偷帶給她的。朱利安從架子上取下時，碰倒了一個古老的藍色瓷瓶，瓷瓶的樣子很難看。

拉莫爾夫人傷心地叫了一聲，她站起來，走過去察看她那可愛的花瓶的碎片。「這是日本骨董，」她說，「是我的姑姑、謝勒修道院院長給我的，這是荷蘭人送給攝政王奧爾良公爵的禮物，他又送給他的女兒……」

瑪蒂爾德尾隨著母親，看到這個她覺得醜陋的藍瓶子被打碎了，感到很高興。朱利安默不作聲，沒太慌張。他看見拉莫爾小姐就在他的旁邊。

「這個花瓶，」他對她說，「永遠損毀了，曾經主宰我心靈的那份情感也是這樣。我請求你的原諒，原諒它讓我做出的所有瘋狂事。」說完，他就走了。

「真的可以這樣說，」他離開後，拉莫爾夫人說，「這位索萊爾先生對他剛才所做的事感到驕傲和得意。」

這句話直接說到瑪蒂爾德的心裡。「確實如此，」她對自己說，「我的母親猜對了，這正是觸動他的感情。」這時，昨晚他上演的一幕給她帶來的快樂才消失。「好吧，一切都結束了，」她對自己說，外表很平靜，「這對我是一個大大的教訓。這個錯誤很可怕，令人羞恥！它會讓我在以後的生活中變得聰明起來。」

「難道我說的不是真話嗎？」朱利安心想，「為什麼我對這個瘋女人的愛還折磨著我呢？」

這份愛並沒有像他希望的那樣熄滅，反而加倍增長。「她瘋了，這是真的，」他對自己說，「難道她不可愛了嗎？還有比她更漂亮的女人嗎？最優雅的文明所展現出的最強烈快樂的東西，不都爭相聚集在拉莫爾小姐身上嗎？」這種對往日幸福的回憶攫取了朱利安，迅速地摧毀了所有理性的工事。

理性徒勞地和這種回憶爭鬥著，它的嚴峻考驗只能增加回憶的魅力。

在打碎日本古瓶二十四小時之後，朱利安確實成了天下最不幸的男人。

第二十一章 祕密紀錄[1]

我所說的，都是我親眼所見。即便我看錯了，但我跟你說的時候，肯定沒有騙你。

——給作者的信

侯爵派人來叫他。拉莫爾先生似乎變年輕了，眼裡閃著光芒。

「我們來談談你的記憶力吧，」他對朱利安說，「據說很神奇！你能把四頁文字過目不忘，到倫敦背出來嗎？但一個字不能錯……」

侯爵生氣地揉著當天的《每日新聞》，白費力氣地去掩飾他非常嚴肅的表情。朱利安從沒見過侯爵這樣，即使在談及福利萊的案子時也沒見過。

朱利安已經有豐富的經驗，他感到應該裝出完全被輕鬆的口氣矇騙的樣子。

「這份《每日新聞》也許沒什麼意思，如果侯爵先生願意的話，明天早上我將榮幸地全都背下來。」

「什麼！連同廣告嗎？」

「是的，一個字不少。」

「你說到做到？」侯爵說，突然變得嚴肅起來。

「是的，先生，只有擔心做不到，才會影響我的記憶力。」

「我昨天忘了這個問題，我不要求你保證絕不把你聽到的東西說出去。我很瞭解你，不想讓你受到這種侮辱。我為你做了擔保，我要帶你去一個客廳，那裡有十二個人，你要把每個人的話都記下來。

「你不必擔心，那不是雜亂無章的談話，大家輪流發言，當然沒有什麼順序，」侯爵恢復了平時機智而輕鬆的語氣，又說，「我們說話時，你記下二十多頁；然後回到這裡，再把它壓縮成四頁。明天早上你要向我背出這四頁來，而不是那份《每日新聞》。然後你立刻出發，要像年輕人出去玩一樣。目的是掩人耳目。你要去見一個大人物。到那裡，你要更機靈了。要騙過他身邊的人，因為他的祕書、傭人當中有人被收買了，他們會窺探我們派去的人並加以堵截。

「你會帶著一封無關緊要的介紹信。

「大人物看你的時候，你就把我這支錶拿出來，就是我借給你路上用的。你把它帶在身上，現在把你的錶給我。

「你把記住的那四頁說出來，公爵會親自記下。

「這之後，請你注意，如果公爵問你，你就把要參加的會議情況告訴他，但不要提前說。

1 在這幾頁中，斯湯達爾以自己的方式描述了「陰謀」，或者更確切地說，激進分子在一八一七至一八一八年的祕密交易。頑固的阿圖瓦伯爵（未來的查理十世）宣稱，所有的自由主義者都應該去服苦役，而且他不接受憲政體制。他與英國和歐洲的外國法院密謀逼迫路易十八驅逐自由主義的部長。斯湯達爾似乎很瞭解陰謀者的心態和目的，但他根據小說的需要對事件加以改編。

「在你從巴黎到大臣府邸的旅途中，一想到有人要對索萊爾神父開槍，就不會感到無聊了。那樣，你的使命就結束了，我會等你很久。因為，親愛的，我們怎麼會知道你死了呢？你再厲害，也無法把你的死訊通知我們。

「你馬上去買一套衣服，」侯爵嚴肅地說，「按照兩年前的款式打扮一下。今天晚上你不能穿得太好。但在路上，你要像平時一樣。這讓你感到奇怪嗎？你猜到什麼了？是的，我的朋友，你聽到發言的那些大人物當中，很可能有一位會把情報送走。他們會根據這些情報，在你吃晚飯的旅店裡給你加點鴉片。」

「最好多走三十里路，不要走直達的路，」朱利安說，「我猜，是去羅馬[2]……」

侯爵露出驕傲和不快的表情，自博萊－勒奧的儀式以來，朱利安從未見過他這樣。

「我認為恰當的時候會告訴你的，先生，你會知道的，我不喜歡別人多問。」

「這不是提問，」朱利安忍不住說，「先生，我發誓，我只是隨口一說，我想找一條最可靠的路。」

「是的，看來你想太遠了。不要忘記一個使者，尤其像你這種年紀的，不應該有勉強可信的樣子。」

朱利安感到很委屈，他錯了。他要為自尊找個藉口，但沒有找到。

「所以你要明白，」拉莫爾先生又說，「一個人做了蠢事時，總是會訴諸內心。」

一個小時後，朱利安來到侯爵的會客室，一副下人的模樣，穿著過時的衣服，白領帶不乾淨，整個外表露出幾分寒酸相。

侯爵見到他，忍不住大笑，直到這時，朱利安才得到完全信任。

「如果這個年輕人出賣我，」拉莫爾先生心想，「那還能相信誰呢？不過，要行動的時候，總要有可信的人。我的兒子和他那些好朋友，他們的勇敢、忠誠，可抵得上一支大軍。如果要打仗，他們會戰死在王宮的臺階上，他們無所不知……除了眼下要幹的事。如果他們當中誰能記住四頁文字，走一百里路不被發現，那就見鬼了。諾貝爾可以像他的先輩一樣戰死沙場，這也是一個新兵的用處……」

侯爵陷入了深思。「說到戰死沙場，」他歎了口氣說，「也許這個索萊爾做得不比他差……」

「上車吧。」侯爵說，似乎要驅散一個令人厭煩的想法。

「先生，」朱利安說，「在他們為我準備這身衣服的時候，我把今天《每日新聞》的頭版記下來了。」

侯爵拿起報紙，朱利安一字不漏地背出來。「好，」侯爵說，今晚他像個外交家，「現在，這個年輕人不會留意我們經過的街道。」

他們走進一個外表陰暗的大廳，部分牆壁裝了護壁板，部分裝飾著綠色天鵝絨。大廳中央，一個傭人皺著眉頭，將一張大餐桌布置好，又鋪上一塊綠色的臺布，把它變成會議桌。綠色臺布上墨跡斑斑，不知是從哪裡弄來的。

屋主是個身材高大的人，名字沒聽人說過。從相貌和口才看，是個有想法的人。

2 一八二九年二月，利奧十二世去世後留下的教皇寶座空缺，成為對陰謀好奇者的話題：按照科倫布的說法，查理十世的政府要求貝爾（斯湯達爾）提供紅衣主教候選人的訊息。神學院學生朱利安的反應十分合理，他必然相信，如果人家召喚他，那是宗教使命，而非政治使命。

按照侯爵的示意，朱利安坐在桌子的末端。為了保持鎮定，他開始削羽毛筆。他用眼角掃了一下，有七個人發言，但他只能看見他們的後背。有兩個人說話的口氣，跟拉莫爾先生是平等的，其他的人多少有些恭敬。

這時又來一個人，無人通報。「這很奇怪，」朱利安想，「進入這個客廳裡沒人通報。難道這是為了防備我嗎？」這時，眾人起立歡迎新來的人。他佩戴著和客廳裡三個人相同的高級勛章。他們說話的聲音很低。朱利安只能根據相貌和儀表判斷新來的人。他長得矮胖，滿面紅光，目光有神，除了野豬般的凶悍，沒有別的表情。

朱利安的注意力，被後面一個完全不同的人吸引住了。這個人又高又瘦，穿著三、四件背心。他目光溫和，舉止高雅。

「這簡直就像是貝桑松的老主教。」朱利安想。這顯然是教會的人，看起來不超過五十五歲，沒有人比他更慈祥了。

年輕的阿格德主教來了。他環顧到場的人，目光停留在朱利安身上，非常吃驚。博萊－勒奧的瞻仰儀式之後，他還沒跟朱利安說過話。他驚訝的眼神讓朱利安尷尬，很不自在。「怎麼！」朱利安心想，「認識一個人會讓我倒楣嗎？我從未見過這些大人物，但絲毫不膽怯，這位年輕主教的目光卻讓我很不安！應該承認，我是奇怪又不幸的人。」

不久，一個頭髮烏黑的小個子進來了，一進門就不停地說話。他面色發黃，瘋瘋癲癲的。這個話匣子一到，在場的人就三五成群聚在一起，不想聽他嘮叨個沒完。

他們離開壁爐，靠近朱利安坐的桌子末端。朱利安越來越緊張，因為無論他多麼努力，也不會聽不見他們說話，而且無論他多麼缺乏經驗，也知道他們大肆談論的事有多重要。他眼前的這些大人物，多麼希望這些事能祕而不宣啊！

朱利安盡可能慢地削羽毛筆，已經削了二十來支，這個辦法快不靈了。他從拉莫爾先生的目光中尋找指示，但沒有用，侯爵早就把他忘了。

「我做的事真可笑，」朱利安削著羽毛筆，心想，「但是這些相貌平庸的人，他們受人之託，或自己承擔重任，都是一些多疑之人。我倒楣的目光帶著疑問和不恭敬，肯定會讓他們不爽。而如果我總是低著頭，又像是在偷聽他們談話。」

他不安到了極點，他聽到一些奇怪的事情。

第二十二章 討論

今天，在共和國，如果有一個人願意為公眾犧牲一切，
就有成千上萬的人貪圖享樂和虛榮。
在巴黎，一個人受到尊重，是因為他的馬車，
而不是因為他的德行。

——拿破崙，《聖赫勒拿島回憶錄》

傭人急匆匆地進來說：「某某公爵先生到了。」

「閉嘴，你這個傻瓜。」公爵進來時說。他這句話說得太棒了，太有威嚴了，朱利安自然地想到，知道如何對傭人發火，是這位大人物的全部才能。朱利安抬眼望去，接著又垂下。他準確地猜到新來的人的重要地位，擔心自己的眼神會冒犯他。

這位公爵五十歲左右，穿得像個花花公子，走起來像裝了彈簧一樣。他的腦袋瘦長，鼻子很大，面部像鉤子一樣，向前突出。很難見到長相比他更高貴、更無謂的人了。他一到，會議就開始了。

朱利安正在觀察他的相貌，突然被拉莫爾先生的聲音打斷了。「我向各位介紹一下索萊爾神父先生，」侯爵說，「他的記憶力過人，一個小時之前，我跟他談到他可能會光榮承擔的使命。為了

證明自己的記憶力，他把《每日新聞》的頭版背下來了。」

「啊！那位可憐的N先生的境外新聞。」屋主說。他趕快拿起報紙，樣子滑稽地看著朱利安，想顯示自己的重要地位，「說吧，先生。」他對朱利安說。

一片沉寂，所有的眼睛都注視著朱利安。他背得很好，背到二十行時，公爵說「夠了」。那個眼神像野豬一樣的小個子坐下了。他是主席，因為他剛坐下，就指著一張玩牌的桌子，讓朱利安把它搬到他身邊來。朱利安在桌邊坐下，把文具放好。他數了一下，共有十二個人坐在綠色臺布的周圍。

「索萊爾先生，」公爵說，「請你到隔壁的房間去，等會兒會叫你過來。」

屋主的表情很不安。「百葉窗沒關上，」他低聲對旁邊的人說，又傻乎乎地對朱利安叫道，「不用從窗戶往裡看。」朱利安想：「我至少被捲入到一個陰謀中。幸好不是那種被帶到格列夫廣場去的。如果有危險，我也應該去，為了侯爵更該去。有朝一日，能彌補我的瘋狂給他帶來的煩惱，也是幸事！」

他一邊想著他的所有瘋狂與不幸，一邊看著現場的情況，以便能夠過目不忘。他這才想起，他沒有聽到侯爵把街道的名字告訴傭人，而且侯爵叫了一輛出租馬車，他以前從沒這樣做過。

朱利安任由自己思考了很久。朱利安身處一間貼著紅色天鵝絨，上有寬大金色飾帶的客廳裡。靠牆的小桌上放著一個很大的象牙雕刻的十字架，壁爐上擺著邁斯特爾的《論教皇》，鍍金的切口，裝幀精美。朱利安打開書，佯裝沒有偷聽的樣子。不時地有人在隔壁房間裡高聲說話。最後，門打開了，有人過來喊他。

「各位先生，請注意，」主席說，「從現在開始，我們就當是在某某公爵面前說話，」他指了一下朱利安說，「這位先生是年輕的教士，忠於我們的神聖事業，他有驚人的記憶力，很容易就把我們的發言全都複述出來。」

「現在請先生發言。」他指著那個面目慈祥、穿著三、四件背心的人說。朱利安覺得稱呼他「背心先生」更加自然。他拿出紙來，奮筆疾書。

(作者原打算在這裡省略一頁內容，但出版人說：「這樣太不文雅了，對一本如此膚淺的書來說，這幾乎等同死亡。」

「政治，」作者回答說，「是一塊掛在文學脖子上的石頭，不出六個月，就會將文學淹沒。政治在想像的趣味中，就像是音樂會中一聲槍響。聲音刺耳，卻很無力。它和任何樂器的聲音都不協調。這種政治肯定會激怒一半讀者，並且使另一半感到厭煩，他們已經在早報上讀到了更專業、更生動的內容……」

「如果你的人物不談政治，」出版者又說，「他們就不再是一八三〇年的法國人，你的書也不像你想的那樣是一面鏡子……」)

朱利安的紀錄有二十六頁，下面是一份大為縮水的摘要，因為照例要刪去可笑之處，太多了會讓人討厭或者不真實(參見《法庭公報》)。

那位穿幾件背心的、面目慈祥的人(有可能是一位主教)經常面帶微笑，他那浮腫的眼皮下的眼睛發出奇異的光芒，表情不像平時那麼猶豫不決。這個被要求在公爵(「什麼公爵？」朱利安想)面前第一個發言的人，看來是要他陳述各種觀點，發揮總檢察長的職能。朱利安認為他搖擺不定，結論模糊，大家經常這樣指責法官。在討論過程中，公爵甚至也這樣指責他。

經過一番道德與寬容哲學的說教之後，背心先生說：

「在一個不朽偉人皮特[1]的領導下，高貴的英國為了阻擋法國的革命，花費了四百億法郎。如果這次會議允許的話，我想坦率地發表一種令人悲觀的看法，英國不太明白如何對付波拿巴這樣的人，特別是大家只憑藉美好願望對抗他的時候，只有靠著個人手段才能最終解決……」

「唉！還在讚美謀殺！」屋主不安地說。

「請別對我們進行感情說教了，」主席生氣地叫道，他那野豬般的眼睛發出凶狠的光芒。「接著說。」他對背心先生說。主席的臉頰和額頭氣得紅了。

「高貴的英國，」做報告的人繼續說，「現在被拖垮了[2]，因為每個英國人在付麵包的錢之前，必須先支付那筆用來對付雅各賓黨人的四百億法郎的利息。它不再有皮特了……」

「它有威靈頓公爵。」一個看來很重要的軍人說。

「諸位先生，請你們安靜點，」主席叫道，「如果我們繼續爭論的話，讓索萊爾先生進來，就沒有意義了。」

「我們知道先生有很多點子。」公爵生氣地看著插嘴的人說，此人曾是拿破崙手下的將軍。朱利安看出這句話影射某些個人隱私，很有攻擊性。大家都面帶微笑，變節的將軍似乎氣急敗壞。

「各位先生，不會再有皮特了，」做報告的人又說，一副氣餒的樣子，就像一個對說服聽眾已經灰心的人。「即便英國有一個新的皮特，也不能再用同樣的手段欺騙國民了……」

「所以，一個像波拿巴這樣的常勝將軍，不會再出現在法國了。」插嘴的軍人叫道。

---

1 小威廉．皮特（William Pitt，一七五九－一八〇六），十八世紀末、十九世紀初的英國政治家。

2 確實，英國負債累累（二六〇億英鎊），還必須解決嚴重的國內政治和經濟問題。皮特是反對法國大革命的各種組織的靈魂，他於一八〇六年去世。

這次，主席和公爵都不敢發火，雖然朱利安認為從他們的眼睛裡看出，他們很想發火。他們都垂下眼睛，公爵只是歎了一口氣，聲音大得所有的人都能聽見。

但是做報告的人生氣了。

「有人急著讓我講完，」他生氣地說，把這種微笑的禮貌和朱利安認為能體現他個性的有分寸的言語全都拋到腦後。「有人急著讓我講完，根本不顧及我為了不刺激任何人的耳朵付出多少努力，不管這些話有多長。好吧，各位先生，我會簡單些。

「我用最通俗的話對你們說，英國再也沒有一個銅板會來支持正義的事業了。即使是皮特本人回來，用盡全部才能，也無法再矇騙英國的小金主了，因為他們知道，短暫的滑鐵盧戰役就花掉了他們十億法郎。既然有人要我把話說清楚，」做報告的人越說越氣，「我就告訴你們，靠你們自己吧！因為英國沒有錢給你們了。如果英國不出錢，而奧地利、俄羅斯、普魯士只有勇氣，沒有錢，他們只能跟法國打一兩次仗。

「你們可以期望，雅各賓黨人招募的年輕士兵在第一次或者第二次戰役中就被打敗；但第三次戰役呢，即便我在你們有偏見的眼中是一個革命家，我還是要說，在第三次戰役中，你們要面對的是一七九四年的士兵，而不再是一七九二年徵召的農民。」

說到這裡，有三、四個人同時打斷他的話。

「先生，」主席對朱利安說，「請到隔壁的房間裡把紀錄的開頭部分整理一下。」朱利安滿懷遺憾地出去了。做報告的人剛剛說到的可能性，正是他經常思考的內容。

「他們擔心我嘲笑他們。」他想。當人家再叫他回去時，拉莫爾先生正在發言，他那種嚴肅的表情，對熟悉他的朱利安來說，顯得很可笑。

「……是的，諸位先生，尤其是這個不幸的民族，我們會說：

它會成為神呢，還是桌子或臉盆呢？[3]

「『它會成為神！』寓言家叫道。諸位先生，這句如此高貴如此深刻的話，似乎應該屬於你們。你們自己行動吧，高貴的法國將會重新出現，幾乎如同我們祖先創造的那樣，就像路易十六去世之前我們見到的那樣。

「英國，至少它的高貴爵爺，跟我們一樣憎恨卑鄙的雅各賓主義。沒有英國的黃金，奧地利、俄羅斯、普魯士只能打兩三次仗。這能夠帶來一次成功的軍事占領嗎，像黎希留先生[4]在一八一七年如此愚蠢地錯過的那樣？我不這麼認為。」

這時有人插嘴，但被大家的「噓」聲淹沒了。還是那位帝國時代的將軍，他期望得到藍色綬帶，想在祕密紀錄的編輯者當中留下印記。

「我不這麼認為，」在一陣喧嘩之後，拉莫爾先生又說。他強調這個「我」字，這種傲慢讓朱利安著迷。「太棒了，」他對自己說，同時揮動著羽毛筆，幾乎跟侯爵說得一樣快。「拉莫爾先生的一句妙語，擊退了這位變節者的二十場戰役。」

3 引自拉封丹的寓言詩〈雕刻家與朱比特像〉。

4 這裡指的是：第五代黎希留公爵（Armand-Emmanuel du Plessis de Richelieu，一七六六－一八二二），波旁王朝復辟時期的法國外交部長和法國首相。

「不能把一次新的軍事占領，」侯爵用最謹慎的語調繼續說，「全都寄託在外國人身上。這些在《環球報》上寫煽動性文章的年輕人，可以為你們提供三、四千名年輕軍官，他們當中可能會有一位像是克萊貝爾、奧什、儒爾丹、皮舍格呂這樣的將領，不過更缺乏真誠。」

「我們不懂得給他們榮譽，」主席說，「應該讓他們永垂青史。」

「總之，法國應該有兩個政黨，」拉莫爾先生又說，「不只是名義上的，而是兩個真實，而且不同的政黨。我們必須知道該打倒誰。一邊是記者、選民、輿論，總之，是青年及所有欣賞他們的人。當他們被空話沖昏頭腦的時候，我們就有花費預算的某些便利。」

這時，又有人插嘴了。

「先生，」拉莫爾先生用令人羨慕的高傲和從容的語氣對插嘴的人說，「你沒有花費，也許你覺得這個詞刺耳，但是你侵吞了國家預算中的四萬法郎，還從王室經費裡得到八萬法郎。

「好吧，先生，既然你逼我講出來，我就大膽地以你為例。你高貴的祖先曾追隨聖路易參加十字軍東征，有了這十二萬法郎，你至少可以讓我們看到一個團、一個連，哪怕只有半個連，只有五十個人，只要他們隨時準備戰鬥，效忠於我們的事業，能夠出生入死就行。但你只有一些傭人，如果發生叛亂，連你自己都感到害怕。

「諸位先生，如果你們沒有在每個省都建立一支有五百人的效忠力量，那麼王位、教會、貴族明天就可能滅亡。而我說的效忠，不僅要有法國人的勇敢，還要有西班牙人的忠誠。

「這支軍隊的一半人，應該由我們的孩子、我們的子侄，總之由真正的貴族子弟組成。他們的身邊，不應該是誇誇其談的小資產階級(如果一八一五年再來，他們會立刻戴上三色帽徽)，而是像卡特利諾那樣單純而樸實的農民。我們的貴族子弟要教導他，如果可能，就像親兄弟一樣相處。讓我們每個人拿出收入的五分之一，在每個省都建立一支有五百人的效忠隊伍。這樣，你們就可以指望外國的軍事占領了。如果不能在每個省都找到五百人的友軍，外國軍隊絕不會打到第戎。

「當你們告訴外國的國王，已經有兩萬個貴族準備拿起武器打開法國的大門，他們才會相信你們。你們會說，這個任務太艱巨了。但是諸位先生，我們的腦袋值得付出這個代價。在新聞自由和我們貴族的生存之間，是一場生死決鬥。去做工人和農民吧，不然就拿起槍來。如果願意，你們可以膽怯，但不要愚蠢。睜開眼睛看看吧。

「把你們的隊伍組織起來，我要用雅各賓黨人的歌詞對你們說。到時候，會出現一個高貴的居斯塔夫—阿道爾夫，看到君主制面臨的迫切危機，衝到他的國家三百法里以外的地方，為新教諸親王而戰。你們願意繼續空談，而不採取行動嗎？五十年後，歐洲只有共和國的總統而沒有國王。隨著國王這個詞的消失，教士和貴族也會消失。我只看到一些候選人向垃圾的『大多數』討好。

「你們說，目前法國沒有一位令人尊敬、眾人熟悉和愛戴的將軍，組織軍隊是為了保護王室和教會的利益，老兵都被打發走了，而普魯士和奧地利的每個軍團裡都有五十個打過仗的下級軍官。

「有二十萬個屬於資產階級的年輕人喜歡打仗……」

「別再說這些令人不快的事了。」一個嚴肅的人帶著自負的口氣說，他似乎在教會中地位顯赫。因為拉莫爾先生沒有生氣，反而露出愉快的笑容，這對朱利安來說是重要的暗示。

「總之，各位先生，別再說這些令人不快的事了。讓我們總結一下，一個小腿長了壞疽將要鋸掉的人，不可能對外科醫生說：『這條壞腿沒問題。』請允許我套用這個說法，高貴的某某公爵，正是我們的外科醫生……」

「最重要的話終於說出來了，」朱利安想。「今晚我要騎馬趕往……」

第二十三章
教士、樹林、自由

萬物的第一法則，是保存自己，活下去。
你們播種的是毒芹，卻要收穫麥穗！
——馬基維利

那個表情嚴肅的人繼續說下去，看來他很有見識。他用一種溫和而平穩的口才講述這些重大事件，讓朱利安非常欣賞。

「第一，英國沒有一點錢可以幫我們了。他們目前提倡節約和荷蘭哲學家休謨的觀念。即使那些聖徒也不會給我們錢，布魯漢姆先生會嘲笑我們的。

「第二，沒有英國的資金，歐洲的國王不會幫我們打兩場仗了，而且兩場仗不足以對抗小資產階級。

「第三，必須在法國建立一個武裝的政黨，沒有歐洲的君主制，連這兩場戰役也打不了。

「第四，是我要明確向你們提出的：

「沒有教士，不可能在法國建立一個武裝的政黨。我敢對你們說，因為我會向你們證明，各位先生，應該把一切都交給教士。

「首先，因為他們日夜操勞，並且得到一些高人的指點，這些人遠離風暴，在距離邊境三百法里之外的地方……」

「啊！羅馬，羅馬！」屋主叫起來……

「是的，先生，羅馬！」紅衣主教驕傲地又說道，「無論你們年輕的時候，流行過什麼機智的笑話，我要大聲說，在一八三〇年，只有在羅馬的指引下，教士才能說服小人物。

「五萬名教士在領導人指定的日子重複同樣的話，而平民百姓，總之是士兵的源頭，他們更容易被教士的聲音所打動，這比世界上任何詩句都有力……（這種人身攻擊引起一陣議論。）

「教士的才能超過了你們，」紅衣主教提高嗓門又說，「為了在法國組建一個武裝的政黨，針對這一主要目標，你們所進行的步驟，我們都已經完成了。」這裡他列出了一些事實，「是誰把八萬把槍送到旺代的」等等。

「當教士失去森林[1]時，他們便一無所有。戰爭打起來時，財政部長給他的下屬寫信，通知他除了給本堂神父的錢之外，沒有別的錢了。其實，法國沒有信仰，只是喜歡打仗。誰讓他們打仗，誰就更受歡迎，用白話說就是，因為打仗會餓死耶穌會士，打仗會讓法國人這驕傲的怪物，從外國干預的威脅中擺脫出來。」

紅衣主教的話深受歡迎……「奈瓦爾先生應該離開內閣，」他說，「他的名字讓民眾受到無謂的刺激。」

聽到這句話，所有的人都站起來，同時開口說話。「他們又要打發我走了。」朱利安心想。但是聰明的主席自己都忘了朱利安還在現場。

---

1 法國大革命期間，教會所擁有的森林被充公。王朝復辟後，教會要求將其歸還。

朱利安意識到，所有的眼睛都在尋找一個人，這就是首相奈瓦爾先生，朱利安在雷斯公爵的舞會上見過他。

現場混亂到了極點，就像報紙提到議會時所說的那樣。過了足有一刻鐘，才稍微恢復了平靜。

這時，奈瓦爾先生站起來，用一種使徒的腔調說：

「我不能向你們保證，」他聲音怪異地說，「說我不留在內閣裡。

「事實證明，各位先生，我的名字讓雅各賓黨人的力量倍增，導致很多溫和派反對我們。所以，我甘願引退，但天主的道路只有少數人能看見，」他的眼睛盯著紅衣主教，又補充說，「我有一個使命，上天對我說，你要麼把你的頭帶到斷頭臺，要麼在法國恢復君主制，將議會削弱到路易十五的議會水準。各位先生，我會做到。」

他不說了，又坐下來，現場一片沉寂。

「這真是一個出色的演員。」朱利安想。他錯了，像往常一樣，他總是把人想得過於聰明。經過一個晚上熱情和真誠的討論，此刻，奈瓦爾先生非常興奮，他相信自己肩負使命。這個人很有勇氣，但沒有見識。

在這句豪言壯語「我會做到」之後的寂靜中，午夜的鐘聲響了。朱利安發現鐘擺的聲音中有一種威嚴而悲哀的東西。他被觸動了。

討論很快又恢復了，熱情更加高漲，尤其充滿了令人難以置信的天真。「這些人會用毒藥殺死我，」朱利安有時想到，「怎麼能在一個平民面前講這些話呢？」

兩點的鐘聲響了，大家還在討論。屋主早已經睡著了。拉莫爾先生不得不搖鈴，讓人更換了蠟燭。首相奈瓦爾先生一點四十五分時離開了，在此之前，他不時地從身邊的鏡子裡觀察朱利安的表情。他的離去似乎讓大家都鬆了口氣。

更換蠟燭的時候，背心先生低聲對旁邊的人說：「天知道這個人會對國王說什麼！他可能說我們非常可笑，毀掉我們的未來。」

「應該承認，他在這裡的表現，真是少有的自負，甚至是厚顏無恥。他進入內閣之前，經常在這裡露面。但當上首相後全變了，湮沒了個人的興趣，他應該感覺到了。」

首相一離開，波拿巴的將軍就閉上了眼睛。這時他談到了健康、他負過的傷，然後看了看錶，走了。

「我打賭，」背心先生說，「將軍去追首相了，向他道歉說他不該來這裡，並且說他領導著我們。」

昏昏欲睡的傭人更換了蠟燭。

「各位先生，我們最後商議一下，」主席說，「我們別再試圖說服對方了。想想紀錄的內容，四十八小時以後會送到外面的朋友面前。剛才我們談到了大臣。現在，奈瓦爾先生已經離開我們了，我們可以這樣說，那些大臣與我們有什麼關係？我們可以控制他們。」

紅衣主教最後微笑著表示贊同。

「在我看來，總結一下我們的處境再容易不過了，」年輕的阿格德主教，帶著一種對最狂熱的激情有所抑制的情緒說。直到這時，他一直保持沉默。朱利安注意到，他的目光剛開始是溫柔而平靜的，經過一個小時的討論之後，變得充滿熱情了。現在，他的內心像維蘇威火山的岩漿一樣沸騰了。

「從一八〇六年到一八一四年間，英國只犯了一個錯誤，」他說，「那就是沒有直接或個人地對拿破崙加以干預。自從這個人加官進爵，恢復王位之後，上天賦予他的使命就結束了。他除了被當作犧牲品之外，沒有任何用處了。《聖經》中不止一處教給我們用什麼方式剷除暴君。（這裡引用了好幾段拉丁文。）

「各位先生，今天要除掉的不只是一個人，還有巴黎。整個法國都在效仿巴黎。你們在每個省把五百個人武裝起來，這有什麼用呢？這樣做很冒險，而且沒有止境。為什麼要把法國捲入到巴黎自身的事情[2]中去呢？只有巴黎在用它的報紙和沙龍製造麻煩，讓這個新的巴比倫滅亡吧。

「教會和巴黎之間的衝突，應該結束了。這場災難也涉及王室的世俗利益。為什麼巴黎在波拿巴的統治下不敢出聲呢？去問問聖洛克的大炮吧……」

……

直到凌晨三點，朱利安才和拉莫爾先生一起離開。

侯爵感到了羞恥和疲憊。他跟朱利安講話的時候，語氣中第一次出現了懇求的味道。他要求朱利安承諾，永遠不要洩露剛才偶然看到的過於狂熱的場面（他的原話）。「不要對國外的朋友說，除非他真要知道我們這些年輕瘋子的事。國家被顛覆與他們有什麼關係？他們會成為紅衣主教，逃到羅馬去。至於我們，我們會困在城堡裡，被農民殺死。」

侯爵根據朱利安所寫的長達二十六頁的紀錄，整理成一份祕密紀錄，直到四點四十五分才完成。

「我累得要死，」侯爵說，「這份紀錄的末尾部分不夠清楚，人家會從中明顯地看出這一點。我一生中所做過的事，沒有比這件更令我不滿的了。好吧，我的朋友，」他補充說，「去休息幾個小時，我擔心有人會劫持你，我把你鎖在你的房間裡。」

第二天，侯爵把朱利安帶到一座遠離巴黎的城堡，那邊非常偏僻。那裡的主人很古怪，朱利安認為他們是教士。他們交給他一本護照，上面有一個假名，但最後注明了旅行的真正目的地，他一直佯裝不知。他隻身一人坐上一輛四輪馬車。

侯爵絲毫不擔心他的記憶力，關於祕密紀錄的內容，朱利安已經為他背過好幾次了，不過他擔心的是朱利安路上被人攔截。

「尤其是要裝扮成一個只是靠旅遊打發時間的狂妄自大者，」朱利安離開客廳時，他親切地說，「在我們昨晚的會議中，也許不止有一個冒名的夥伴。」

旅行短暫而淒涼。朱利安剛離開侯爵，就忘了祕密紀錄和自己的使命，心裡只想著瑪蒂爾德對他的鄙視。

在梅斯城外幾法里遠的一個村子裡，驛站站長來告訴他沒有馬匹了。這時，已經是晚上十點了，朱利安很生氣，他叫人準備晚飯。他在門前散步，不知不覺地，慢慢溜進馬廄所在的院子，他確實沒看到馬匹。

「不過這個人的表情很怪，」朱利安對自己說，「他那下流的眼睛在盯著我看。」

正如我們所看到的，他已經開始不太相信他們對他說的話了，他考慮晚飯後逃走，為了瞭解一下當地的情況，他離開房間，到廚房去烤火。沒想到在那裡遇見了著名的歌唱家西羅尼莫先生，他

---

2 對於激進分子來說，巴黎仍然是革命的靈魂和象徵，他們不信任首都的反應。一八二七年四月，國民衛隊不是在查理十世面前喊「打倒部長！打倒維萊爾」麼？斯湯達爾高興地說：「人民相信他們已經死了，已經辭職，沒有了生命的跡象。」

簡直太高興了！

這位那不勒斯人讓人把扶手椅搬到爐火邊，他坐在那裡，高聲歎息著，說了很多，他一個人所說的話，比驚訝地圍繞著他的二十個德國農民說的還要多。

「這些人把我毀了，」他對朱利安叫道，「我答應人家明天去美因茲演唱。有七位親王趕來聽我唱歌。我們出去呼吸點新鮮空氣吧。」他別有意味地補充說。

他們在大路上走了一百多步，走到講話不可能被人聽見的地方。

「你知道怎麼回事嗎？」他對朱利安說，「這個驛站長是個無賴，我散步的時候給了一個流浪的孩子二十個蘇，他把一切都跟我說了。在村子盡頭的馬廄裡至少有十二匹馬。他們想阻攔一個送信的人。」

「真有這種事？」朱利安一臉天真地說。

揭穿騙局還不夠，必須離開這裡。西羅尼莫和他的朋友沒有辦法。「等天亮再說吧，」歌唱家最後說，「他們懷疑我們了。他們要找的也許是你，或者是我。明天早晨我們訂一份豐盛的早餐，等他們準備早餐的時候，我們出去散步，然後伺機逃走。我們再租用馬匹，趕往下一個驛站。」

「那你的行李怎麼辦？」朱利安說，他想到也許西羅尼莫就是被派來攔截他的人。該去吃晚飯和睡覺了。朱利安剛剛睡著，突然被兩個人說話的聲音吵醒了，他們在他的房間裡有些肆無忌憚。

朱利安認出這是驛站長，他手裡提著一盞昏暗的燈。燈光照著馬車的行李箱，這是朱利安叫人搬到房間裡來的。驛站長的身邊有一個人，正平靜地搜尋著打開的箱子。朱利安只能看到這人衣服的袖子，是黑色和緊身的。

「這是一件教士的長袍。」他心想，輕輕地摸出了他放在枕頭下面的小手槍。

「別擔心，他不會醒的，神父先生，」驛站長說，「給他們喝的酒，是你親手準備的。」

「我什麼文件都沒找到，」神父回答，「裡面不少內衣、精油、髮蠟及雜物。這是一個貪圖享樂的世俗青年。密使可能是另一個人，他說話帶著假裝的義大利口音。」

這兩個人靠近朱利安，在他衣服的口袋裡搜尋著，他真想將他們當成竊賊打死。不會有任何危險的後果。他真想這麼做……「那樣我就只是傻瓜，」他對自己說，「這會誤了我的正事。」搜查了他的衣服，神父說：「這不是外交官。」他離開了，幸虧他走了。

「如果他在床上碰了我，他會倒楣的！」朱利安心想，「他可能會用匕首來刺我，我怎麼能容忍呢？」

神父轉過頭來，朱利安瞇著眼睛，他簡直太驚訝了！這是卡斯塔奈德神父！其實，雖然兩個人說話刻意壓低了聲音，一開始他就聽出其中一人的聲音。朱利安感覺到一種強烈的渴望，想把這個最無恥的壞蛋，從人世間清除掉……

「那麼，我的正事呢！」他心想。

神父和他的同夥出去了。一刻鐘以後，朱利安假裝醒了。他呼喊著，把房子裡的人都叫醒了。

「我中毒了，」他叫起來，「我很難受！」他想找個藉口，去救西羅尼莫。他發現西羅尼莫被放進酒裡的鴉片酊迷倒了，幾乎要窒息了。

朱利安擔心會出現這種情況，他晚飯時只吃了從巴黎帶來的巧克力。他沒有能讓西羅尼莫徹底醒過來，讓他決定離開。

「就算有人把整個那不勒斯王國送給我，」歌唱家說，「我也不會放棄此刻睡覺的快樂。」

「但是那七位親王怎麼辦呢？」

「讓他們等著去吧。」

朱利安自己走了，平安無事地抵達了那位大人物的府邸。他浪費一個上午，也沒能見到人。幸運的是，將近四點鐘時，公爵想呼吸點新鮮空氣。朱利安一見到他走出來，就毫不猶豫地走過去，請他幫忙。在距離大人物兩步遠的地方，他掏出拉莫爾侯爵的錶，故意讓他看到。「在遠處跟著我。」公爵對他說，沒有看他。

走了大約一法里路，公爵突然走進一家小咖啡館。在一間下等旅店的房間裡，朱利安榮幸地向公爵背誦了四頁紀錄的內容。背完之後，公爵對他說：「再背一次，慢一點。」

公爵用筆記下來。「走到附近的驛站去。把你的行李和馬車丟下，想辦法到斯特拉斯堡去，本月二十二日(今天是十日)中午十二點半，再到這個咖啡館來。我先走，你半小時以後再走。別說話！」

朱利安聽到的就這麼多，這足以讓他感到無比欽佩了。「辦大事就是這樣，」他心想，「如果這位大人物三天前聽到那些多嘴之人的妄言，會怎麼想呢？」

朱利安用了兩天時間來到斯特拉斯堡，他覺得無事可做，就轉了一圈。「如果卡斯塔奈德這個魔鬼神父認出我來，他不會輕易放過我，會一直跟蹤我……如果能讓我的任務挫敗，能夠取笑我一下，他該多麼高興啊！」

幸好卡斯塔奈德神父、這位聖公會在整個北部邊界的警察頭子沒有認出他來。而且斯特拉斯堡的耶穌會士雖然都很虔誠，但根本沒想到去監視朱利安。朱利安戴著十字勳章，身穿藍色禮服，儼然一副衣冠楚楚的年輕軍官的模樣。

第二十四章

斯特拉斯堡

誘惑！你有愛的全部能量，體驗痛苦的所有能力。
只有它迷人的快樂、甜蜜的享受，在你的許可權之外。
看著她熟睡時，我不能說：
她完全屬於我，包括她天使般的美麗，和溫柔的脆弱！
現在她臣服於我的權威，就像上天在仁慈中創造了她，
為了誘惑一個男人的心。

——席勒，《頌歌》

朱利安被迫在斯特拉斯堡度過一個星期，只好透過建功立業、效忠祖國的想法，來打發時間。他還在戀愛中嗎？他對此一無所知。只是發覺在他痛苦的心裡，瑪蒂爾德完全支配著他的幸福，如同支配著他的想像一樣。他需要性格的全部力量，才能支撐著不陷入絕望的境地。凡是與拉莫爾小姐無關的事情，他都不能去想。從前，瑞納夫人激發的感情，可以用野心、虛榮心的滿足去分散。瑪蒂爾德吸引了一切，他展望未來，到處都有她的影子。

從各方面看，朱利安未來都缺乏成功的可能。這個大家在維利葉見過的如此自負、如此驕傲的人，如今卻淪落到可笑的過於謙卑中了。

三天以前，他會痛快地殺死卡斯塔奈德神父。如今在斯特拉斯堡，即使一個孩子跟他爭吵，他也會認為人家有理。他回想此生遇到的對手和敵人，總覺得自己有錯。

現在，這種強大的想像力成為他不可抗拒的敵人，而在過去，它總是不斷地為他描繪出未來各種輝煌的成就。

旅途生活是絕對孤獨的，擴大了這憂鬱想像的威力。「什麼樣的寶藏能比得上一個朋友呢！」但是，朱利安對自己說，「會有一顆心在為我跳動嗎？就算我有朋友時，榮譽不會使我永遠保持沉默嗎？」

他憂心忡忡地在凱爾郊外騎馬漫步，這是萊茵河畔的一個小鎮，由於德塞[1]和古維翁．聖西爾[2]而出名。一個德國農民把那些小溪、道路和萊茵河中的小島指給他看，這些地方都因這兩位將軍的勇敢而得名。朱利安左手牽著馬，右手攤開聖西爾元帥《回憶錄》中的精美地圖。一陣快樂的歡呼聲，讓他抬起頭來。

這是他在倫敦認識的柯拉索夫親王。幾個月前，親王曾經向他披露了高調自信的基本規則。柯拉索夫精通這門偉大的藝術，他昨晚到達斯特拉斯堡，一個小時前剛到凱爾，他從沒看過任何關於一七九六年圍城戰役的歷史，這時卻全面地對朱利安講述這次戰役。德國農民吃驚地看著他，他所懂的法文足以判斷出親王犯了極為荒謬的錯誤。朱利安與這個農民的想法截然不同，他驚訝地望著這個英俊的年輕人，欣賞著他騎馬的風度。

「多麼幸福啊！」他在心裡對自己說，「他的褲子那麼合適，頭髮那麼高雅！唉！如果我也這樣，也許她就不會愛了我三天後，就討厭我了。」

親王講完了凱爾圍城的戰役，對朱利安說：「你的臉色像個苦修會修士，你誇大了我在倫敦告訴你的嚴肅規則。憂鬱的表情不算好的風度，必須表現出無聊的樣子。如果你悲傷，這說明你缺少某些東西，某些東西你沒有做好。

「這會讓你居於下風。反過來，你如果表現出無聊，就說明處於下風的，是想要贏得你歡心的人。所以你要明白，親愛的，誤解的後果多麼嚴重啊。」

朱利安扔了一枚金幣，給那個聽得目瞪口呆的農民。

「好，」親王說，「很有風度，一種高貴的輕蔑，好極了！」接著，他上馬飛馳而去。朱利安緊隨其後，心中充滿了笨拙的仰慕。

「唉！如果我也這樣，她就不會討厭我，而更喜歡克魯瓦澤努瓦了！」他的理智越是受到親王那些荒謬言論的刺激，他就越鄙視自己欣賞不了那些話，因為自己無知而感到不幸。他對自己厭惡到了極點。

親王發現他確實很悲傷。「哎，親愛的，」返回斯特拉斯堡時，親王對他說，「你把錢都丟了嗎，還是愛上了一個小演員呢？」

俄國人效仿法國人的風尚，不過總是落後五十年。現在他們正處於路易十五的時代。

這些關於愛情的玩笑，讓朱利安的眼裡湧出了淚水。「我為何不向這個可愛的人請教一下呢？」他突然想道。

「沒錯，親愛的，」他對親王說，「你都看到了，我在斯特拉斯堡墜入了情網，並且失戀。一

---

1 德塞（Louis Charles Antoine Desaix，一七六八－一八〇〇），法國大革命期間的將軍和軍事領袖。

2 古維翁・聖西爾（Gouvion Saint-Cyr，一七六四－一八三〇），法國大革命和拿破崙戰爭期間的法國元帥。

個附近城裡可愛的女人，跟我熱戀了三天後，就把我拋棄了。這種改變讓我活不下去。」

他用虛構的名字向親王描述了瑪蒂爾德的舉止和個性。

「你別說了，」柯拉索夫說，「為了讓你更信賴你的醫生，我來把你的心裡話講完。這個年輕女人的丈夫擁有一筆巨大的財產，或者她可能屬於當地最高貴的家族。她應該有些值得自豪的東西。」

朱利安點點頭，他沒有勇氣再說下去了。

「很好，」親王說道，「這裡有三種很苦的藥，你必須立刻服下：第一，每天去見這位夫人……你怎麼稱呼她？」

「杜布瓦夫人。」

「好怪的名字！」親王放聲大笑，說道，「對不起，它對你來說很高貴。重要的是每天見到杜布瓦夫人。特別注意，不要在她面前表現出冷漠和不高興。記住你們這個時代的偉大原則：要與別人對你的期待正相反。你恰恰要表現出一個星期前蒙受寵愛時的樣子。」

「啊！我那時很平靜，」朱利安失望地叫起來，「我以為我是在可憐她……」

「這是飛蛾撲火，」親王說，「一個天荒地老的比喻。第一，你每天去見她。第二，你要去討好圈子裡的某個女人，但不要表現出熱情，明白嗎？我並不隱瞞，你的角色很困難；你在演戲，但假如別人看出你在演戲，你就輸定了。」

「她那麼機智，我這麼差！我沒希望了。」朱利安傷心地說。

「不，你只是愛得比我想像的更深。杜布瓦夫人太注重自我了，像所有得到上天恩寵的、有太多尊貴或者太多財富的女人一樣。她只看到自己，而不是你，所以她不瞭解你。在兩三次愛的衝動中，她對你的愛賦予了太多想像。她把你看作是夢中的英雄，而不是真實的你……

「但是，見鬼了，這些都是基本常識，親愛的索萊爾，難道你還是個小學生嗎？

「算了！我們進這家店吧。這條迷人的黑領帶，真可以說是伯林頓街的約翰．安德森的產品；請你買下來，把你脖子上那條難看的黑繩子扔掉吧。」

「哎，」親王從斯特拉斯堡最好的服飾店出來，繼續說，「杜布瓦夫人的圈子裡是些什麼人，天哪，多怪的名字啊！你別生氣，親愛的索萊爾，我實在忍不住了……你想去追求誰呀？」

「一個非常規矩的女人，很有錢的製襪老闆的女兒。她有世界上最美麗的眼睛，讓我非常喜歡。她無疑是當地最高階層的，但在一切尊貴環繞中，只要有人談起買賣和商店，她就會滿臉通紅，窘迫不安。不幸的是，她的父親曾是斯特拉斯堡最有名的商人之一。」

「這樣的話，如果有人談到工業，」親王笑著說，「你就可以肯定，你的美人想到的是她自己，而不是你。這個可笑的地方是神賜予的，而且很有用，它可以防止你在她美麗的眼睛面前有些許的瘋狂。注定會成功。」

朱利安想到的，是經常到拉莫爾府的費瓦克元帥夫人。這是一位外國的美人，嫁給元帥一年之後，對方死了。她一生似乎只有一個目標，就是讓人忘記她是實業家的女兒，為了成為巴黎的名流，她帶頭維護道德。

朱利安由衷佩服親王，為了聽到這些可笑的趣事，他有什麼不能付出呢！兩個朋友的話沒完沒了。柯拉索夫十分高興，從來沒有一個法國人能聽他說這麼久的話。「那麼，」親王開心地對自己說，「我終於能夠讓我的老師聽我講課了！」

「我們的看法完全一致，」他反覆對朱利安說了十次，「當你在杜布瓦夫人面前，與斯特拉斯堡製襪老闆的年輕美麗的女兒說話時，不要露出一絲熱情。相反地，寫信時要熱情似火。讀一封寫得好的情書，對規矩的女人來說是極大的快樂，這是放鬆的時間。她沒有演戲，敢於傾聽她的內心。所以，每天要寫兩封情書。」

「絕不！絕不！」朱利安沮喪地說，「我寧肯被碾成粉末，也不想編出三句話來。我已經是一具殭屍，親愛的，別對我抱任何希望了。讓我死在路邊吧。」

「誰說讓你自己編了？我的箱子裡有六本手抄的情書。有寫給各種性格女人的，我還有寫給最有德行的女人的。卡利斯基不是在距離倫敦三里遠的里奇蒙平原，追求過全英國最漂亮的貴格會女教徒嗎？」

當朱利安早晨兩點鐘離開他的朋友時，心裡沒那麼難過了。

第二天，親王叫來一位抄書匠，兩天後，朱利安拿到了五十三封編號的情書，是專門寫給最高尚、最憂鬱的有德行的女人的。

「沒有五十四封，」親王說，「因為卡利斯基被拒絕了。但是，你只要想著對杜布瓦夫人施加影響，受到製襪老闆女兒的冷眼相對又有什麼關係呢？」

他們天天一起騎馬，親王喜歡上了朱利安。他不知道如何向他表示這突然萌發的友情，最後提出把他的一個表妹、莫斯科富有的繼承人許配給他。「如果你結了婚，」他補充說，「我的影響和你的十字勛章，可以讓你兩年之內當上上校。」

「但是這枚勛章不是拿破崙給的，這差遠了。」

「有什麼關係呢，」親王說，「這不是他發明的嗎？它目前還是歐洲最高等級的勛章。」

朱利安幾乎要接受了，但他的責任要求他回到大人物身邊。離開柯拉索夫時，他答應會寫信給他。他收到了關於他送來的祕密紀錄的回覆，就趕往巴黎了。不過，他剛剛獨自待了兩天，就感到離開法國和瑪蒂爾德，是比死亡還要嚴重的折磨。「我不會和柯拉索夫為我提供的幾百萬財產結婚，」他對自己說，「但我會遵循他的建議。」

「畢竟，誘惑的藝術是他的本行，他思考這件事超過十五年了，因為他今年三十歲。不能說他缺乏才智，他細緻、狡猾，熱情和詩意在這種性格中不可能存在。他像是檢察官，這更能證明他不會犯錯。

「必須這樣，我要去追求費瓦克夫人。

「她也許會讓我感到厭倦，但我會望著她如此美麗的眼睛，那眼睛多麼像這世上最愛我的那雙眼睛啊。

「她是外國人，這是一個需要觀察的陌生性格。

「我發瘋了，我要沉淪了，我應該聽從某位朋友的建議，不要太過自信。」

第二十五章

道德的操守

但是，如果我那麼小心翼翼地追求快樂，
這對我就不算是快樂了。

——洛佩·德·維加[1]

我們的英雄剛回到巴黎，就去拜見拉莫爾侯爵，侯爵對他帶來的消息感到困惑。朱利安從他的辦公室出來，立刻跑到阿爾塔米拉伯爵家裡去了。這個漂亮的外國人，因為被判死刑而出名，又有莊重的外表和篤信宗教的福氣。這兩個優勢，加上更重要的高貴出身，深得費瓦克夫人的青睞，所以經常與他見面。

朱利安嚴肅地向他承認，他深深地愛上了她。

「她是一個道德最純粹、最高尚的女人，」阿爾塔米拉回應說，「只是有點偽善和誇張。有時候，她用的每個詞我都明白，但搞不懂整句話在說什麼。她讓我常常感覺到，我的法語其實不像別人認為的那麼好。認識她，會讓你名聲大噪，會增加你在社交圈的影響。不過，我們還是到布斯托斯家去吧，」阿爾塔米拉伯爵說，他的頭腦很清楚，「他追求過元帥夫人。」

唐·迪亞戈·布斯托斯，像一位坐在自己事務所裡的律師，一聲不吭地聽他們把事情娓娓道來。他長著一張修士的大臉，留著黑鬍鬚，樣子格外嚴肅。除此之外，他還是出色的燒炭黨人[2]。

「我明白了，」最後他對朱利安說，「費瓦克夫人有過情人嗎？還是不曾有過？然後，你有成功的希望嗎？這是問題的核心。對我來說，我要對你說，我失敗了。現在我不再煩惱了，我這樣說服自己：她常常發脾氣，還喜歡報復別人——這點我馬上就會告訴你詳情。

「我不認為她是那種易怒的性格，這是天才的性格，會給所有的行為塗上激情的色彩。相反地，她罕見的美麗和如此鮮嫩的膚色，得益於荷蘭人的冷漠和沉靜的風度。」

西班牙人的緩慢和不可撼動的冷漠，讓朱利安感到不耐煩，他時不時地從嘴裡蹦出幾個字來。

「你願意聽我講下去嗎？」唐．迪亞戈．布斯托斯嚴肅地對他說。

「請原諒法國人的急性子[3]，我在認真地聽呢。」朱利安說。

「所以，費瓦克元帥夫人喜歡記仇，她殘忍地加害那些她未曾謀面的人，比如律師、可憐的無聊文人，像科萊那樣寫歌詞的人，知道嗎？

我有一個癖好

喜歡馬妻特……」

---

1 洛佩．德．維加（Lope de Vega，一五六二—一六三五），西班牙劇作家、詩人。

2 燒炭黨人（carbonaro），十九世紀二〇年代存在於法國的祕密團體成員。法國的燒炭黨人包括各種政治派別的代表人物，他們的目的是推翻波旁王朝。

3 此處為西班牙文：furia francese。

朱利安必須忍耐著聽完這整首歌。西班牙人非常愜意地用法語唱著。

這首神奇的歌從未被人這麼不耐煩地聽過。唱完之後，唐·迪亞戈·布斯托斯說：「元帥夫人讓人把這首歌的作者開除了：

一天，情人出現在小酒館裡……」

朱利安真怕他想唱下去。幸好他只是分析一下。這首歌明顯是褻瀆宗教的，有點齷齪。

「元帥夫人對這首歌發火的時候，」唐·迪亞戈說，「我提醒她，她這種身分的女人不應該看這種無聊的出版物。不管虔誠和嚴肅的風尚如何發展，在法國總會有一種小酒館的文學。當費瓦克夫人讓人把作者、一個領半薪的窮鬼的年薪一千八百法郎的職位開除時，我對她說：『當心，你用你的武器攻擊了這個蹩腳的詩人，他會用他的詩來反擊你。他會寫一首關於道德的歌。金光燦燦的客廳會支持你的，但喜歡笑話的人卻會把他的諷刺詩到處傳播。』先生，你知道元帥夫人怎麼回答我嗎？『為了天主的利益，整個巴黎會看到我走上殉道之路，這將是法國一道新的景觀。人民將學會尊重優良的品德。這將會是我人生最美好的日子。』她的眼睛從來沒有這麼美過。」

「她的眼睛美極了。」朱利安大聲說。

「我看得出你愛上她了……所以，」唐·迪亞戈·布斯托斯又嚴肅地說，「她沒有那種讓她心懷報復的易怒天性。如果說她喜歡傷人，是因為她的不幸，我懷疑這是內心的不幸，這難道不是一個對自己的職責感到厭倦的假正經的女人嗎？」

西班牙人默默地看著他，足足有一分鐘。

「問題都在這裡了，」他又嚴肅地說，「你可以從這裡找到一些希望。在我充當她最謙卑的傭人的兩年當中，有很多反思。墜入情網的先生，你的全部未來都取決於這個大哉問：她是不是一個對自己的職責感到厭倦，因為自身的不幸而變得惡毒的假正經的女人呢？」

「或者，」阿爾塔米拉最後打破了沉默，開口說，「我不是跟你說過不下二十次了嗎，全都是出於法國人的愛慕虛榮。是對她父親、那個著名的呢絨商的回憶，造成了這個天生性格憂鬱乏味的女人的不幸。她只有一種幸福，就是住在托雷多，受到一位聽懺悔的神父的折磨，他每天都向她展示開啟的地獄。」

朱利安離開的時候，唐·迪亞戈·布斯托斯對他說，神色更加嚴肅了：「阿爾塔米拉告訴我，你是我們的人。有一天，你會幫我們重獲自由，所以我願意在這小遊戲中幫幫你。認識一下元帥夫人的文風對你有好處，這是她親筆寫的四封信。」

「我抄下來，」朱利安大聲說，「然後還給你。」

「我們所說的話，你不會向別人透露一個字吧？」

「絕對不會，」朱利安高聲叫道，「我用名譽保證！」

「願天主幫助你！」西班牙人補充說，他默默地把阿爾塔米拉和朱利安一直送到樓梯口。

眼前的這一幕，讓我們的英雄稍微高興起來，幾乎要露出微笑了。「瞧這個虔誠的阿爾塔米拉，」他對自己說，「他在幫我幹這種通姦的事！」

在與唐·迪亞戈·布斯托斯嚴肅地談話的時候，朱利安一直在注意聽著阿利格爾府邸報時的鐘聲。

晚飯時間要到了，他又會見到瑪蒂爾德了！他要回去仔細打扮一番。

「第一件蠢事，」他下樓時對自己說，「必須嚴格遵照親王的囑咐。」

他又回到自己的房間，換上一身再簡單不過的旅行服裝。

「現在，」他想，「要注意眼神了。」這時才五點半，六點鐘吃晚飯。他想下樓到客廳去，那裡沒有人。一見到藍色的長沙發，他激動得流出了眼淚，很快臉變得發燙，「必須甩掉這種愚蠢的敏感，」他憤怒地對自己說，「它會讓我暴露的。」他沉著地拿起一份報紙，從客廳到花園來回走了三、四趟。

他只能渾身顫抖著，躲藏在一棵大橡樹後面，大膽地抬眼去看拉莫爾小姐的窗戶。窗戶關得緊緊的，他幾乎要倒下了，長久地倚靠在橡樹上。之後，他搖搖晃晃地去看園丁的梯子。之前被他擰斷的鏈環還沒有修好，唉，情況完全不同了！一陣瘋狂的情緒，讓他無法自制，把它緊緊地貼在嘴唇上。

從客廳到花園來回踱步了很久，朱利安感到非常疲憊。他深切感受到，這是成功的第一步。「我的目光變得無神，就不會讓我暴露了！」客人陸續進入客廳，每一次門被打開，都會在朱利安的心中引起一陣致命的恐慌。

大家在桌邊坐下。最後，拉莫爾小姐出現了，她總是保持著讓人等候的習慣。她見到朱利安時，臉紅得很厲害。沒人告訴她朱利安回來了。按照柯拉索夫親王的叮囑，他看著她的手，手在顫抖著。這一發現讓他心慌得無法形容，他感到高興，但只露出了一臉倦容。

拉莫爾先生稱讚了他一番。過了一會兒，侯爵夫人跟他說話，對他那副疲倦的樣子安撫了幾句話。朱利安無時無刻不對自己說：「我不應該太常看拉莫爾小姐，但我的目光也不該躲著她。必須表現出我的不幸發生一個星期之前的樣子……」他有理由對自己的成功感到滿意，並且繼續留在客廳裡。他第一次向房子的女主人獻殷勤，竭盡全力讓她圈子裡的男人開口說話，並且讓談話氣氛保持活絡。

他的禮節得到了報償。接近八點時，傭人通報說費瓦克元帥夫人到了。朱利安溜走了，很快又重新出現，精心地打扮了一番。拉莫爾夫人對他這種尊重的表示很感動，她想要表達她的滿意，於是對費瓦克夫人談起他的旅行。朱利安坐在元帥夫人身邊，正好讓瑪蒂爾德看不到他的眼睛。這種安排，完全遵循了藝術的規則，費瓦克夫人成為最令他驚訝的愛慕對象。柯拉索夫親王作為禮物送給他的五十三封信中的第一封，一開始就是對這種情感的大段獨白。

元帥夫人說她要到喜歌劇院去。朱利安也去了。他在那裡遇到了博瓦西騎士，騎士把他帶到貴族侍從的包廂，正好緊鄰費瓦克夫人的包廂。朱利安不斷地看她。「我必須寫圍城日記，」他回去後對自己說，「不然我會忘了進攻。」他強迫自己就這個令人厭煩的主題寫了兩三頁內容，奇妙的事出現了！他幾乎不再去想拉莫爾小姐了。

在他旅行的日子裡，瑪蒂爾德幾乎把他忘了。「畢竟，他只是個普通人，」她想，「他的名字總是讓我想起我人生中的一大汙點。應該真誠地回到智慧和榮譽的傳統觀念，一個女人忘了這些，就會失去一切。」她表示最終可以與克魯瓦澤努瓦侯爵簽訂婚約，這件事已經籌備很久了。他高興得發狂，如果有人告訴他，在瑪蒂爾德的態度中有聽天由命的因素，他一定感到很吃驚，因為他為之感到驕傲。

拉莫爾小姐一見到朱利安，她的所有想法就都改變了。「確實，這才是我的丈夫，」她對自己說，「如果我真誠地回歸理智的思維，我要嫁的人當然是他。」

她料到朱利安會顯示出痛苦的樣子，跟她糾纏不休。她準備好了她的回答，因為吃完晚飯，他會想要跟她說幾句話。正好相反，他堅持留在客廳裡，甚至都不朝花園看一眼，天知道這麼做有多痛苦！「最好馬上去解釋一下，」拉莫爾小姐想。她自己去了花園，朱利安沒有露面。瑪蒂爾德在客廳的落地窗旁邊來回走動，看到他正忙於向費瓦克夫人描述萊茵河畔山丘上的古堡廢墟，為當地的景色增添了光彩。被一些客廳譽為才情的那種感傷而華麗的句子，他已經駕馭自如了。

柯拉索夫親王如果在巴黎，肯定會感到驕傲，這個夜晚確實如同他所預言的那樣。

朱利安接下來幾天裡的表現，他也一定表示讚許。

祕密政府的成員正在籌畫頒發一些藍色綬帶。費瓦克元帥夫人要為她的叔祖父爭取一條。拉莫爾侯爵也為岳父提出同樣的要求。於是，他們共同努力，費瓦克夫人幾乎每天都到拉莫爾府來。朱利安從她那裡得知侯爵快要當大臣了。侯爵向王黨[4]獻出一條妙計，可以在三年之內取消憲章而不引起動盪。

如果拉莫爾先生當上大臣，朱利安有希望得到一個主教的位子。但在他的眼中，這些重大利益彷彿蒙上了一層面紗，他的想像只能隱約地看到，可以說只能遠遠地看到。可怕的痛苦讓他變得瘋狂了，人生的各種利益都體現在他與拉莫爾小姐的關係當中。他估計經過五、六年的努力，他將會再次為她所愛。

正如我們看到的，這個冷靜的頭腦已經陷入完全混亂的狀態。過去使他出眾的各種才能，如今只剩下一點韌性。事實上他一直遵照柯拉索夫親王制訂的計畫，每天晚上都坐在費瓦克夫人的扶手椅旁邊，但他找不到可說的話。

他竭力迫使自己，在瑪蒂爾德眼中表現出已經痊癒的樣子，這讓他耗盡了所有的精力。他坐在元帥夫人身旁，似乎還有一口氣。他的眼睛也失去了光彩，好像處於極度的痛苦之中。

天。

拉莫爾夫人的態度，向來都是她丈夫看法的翻版。幾天以來，她把朱利安的才能簡直捧上了

4 查理十世周圍的激進分子，他們渴望廢除憲章。

第二十六章 道德的愛

當然在愛德琳娜的談吐中也有沉穩的貴族式優雅，
她從未逾越自然流露的界線；
她表現得正如清朝官吏對什麼都不滿，
至少，他的態度讓人猜不到有什麼東西會讓他高興。

——《唐璜》第十三章第八十四節

「這家人看問題的方式有點瘋狂，」元帥夫人想，「他們都迷上了這個年輕的神父，他只會聽人說話，不過，他的眼睛確實很美。」

而朱利安這邊，從元帥夫人的舉止中找到了「貴族式沉穩」的近乎完美的榜樣，它表現為一種嚴謹的優雅，以及不可能產生任何感情的衝動。出乎意料的舉動、自我控制力的缺乏，讓費瓦克夫人產生反感，就像面對下人失去威嚴一樣。在她的眼中，即使最微小的感情流露，都是一種應該讓人臉紅的「道德迷失」，會嚴重損害一位上層人士的自我操守。她的最大幸福，就是談論國王最近一次的狩獵。她最喜歡的書，是聖西蒙公爵的《回憶錄》，特別是家族譜系的部分。

根據光線的布局，朱利安知道什麼地方更適合展現費瓦克夫人的美貌。他先找到這個地方，但很小心地轉動椅子，以免看見瑪蒂爾德。這種刻意的躲避，讓她感到驚訝。一天，她離開藍色的長沙發，到元帥夫人的扶手椅旁邊的一張小桌上做事。朱利安從費瓦克夫人的帽子底下可以看見她。這雙眼睛左右著他的命運，最初讓他感到害怕，之後突然將他從習慣的冷漠中解放出來。他開口說話了，而且說得有條有理。

他跟元帥夫人說話，然而他的唯一目的是影響瑪蒂爾德的心靈。他說得慷慨激昂，一直說到費瓦克夫人再也聽不懂他在講什麼。

這是最初的成就。如果朱利安想要加以完善，再加上幾句關於德國神祕主義、極度虔誠的和耶穌會教義的話，元帥夫人就會把他當作被召來改造時代的超人。

「既然他的品位如此低劣，」拉莫爾小姐對自己說，「還跟費瓦克夫人說了這麼久，說得這麼起勁，我再也不聽他說話了。」這天晚上直到最後，她都堅守諾言，雖然心裡很難受。

夜裡，當她端著燭臺，送母親回房間的時候，拉莫爾夫人在樓梯上站住了，大肆誇獎了朱利安。瑪蒂爾德終於發火了，她無法入睡，一個念頭，讓她平靜下來：「我蔑視的人，卻能成為元帥夫人眼中的才子。」

至於朱利安，他已經開始行動，感覺沒那麼痛苦了。他的目光偶然落到那個俄國皮包上，裡面裝著柯拉索夫親王送給他的五十三封情書。朱利安看見第一封信下面有個批注：

初次見面八天之後寄出第一封信。

「我已經遲了！」朱利安叫道，「因為我已經見到費瓦克夫人很久了。」他立刻謄抄了第一封情書，這是一封充斥著道德說教的言辭，無聊得要死的信。朱利安才抄到第二頁，就幸運地睡著了。

幾小時之後，刺眼的陽光把趴在桌子的朱利安驚醒了。他一生中最痛苦的時刻之一，就是每天早晨醒來時，感受到自己的不幸。這天，他幾乎笑著抄完了信。「這有可能嗎？」他對自己說，「一個年輕人會這樣寫信嗎？」他數了一下，有很多句子長達九行。在原信下方，他看到有一個用鉛筆寫的注解：

這封信應該親自送去：騎馬，繫黑色領帶，穿藍色禮服。帶著懊悔的表情將信交給門房。目光中有深切的憂鬱。如果遇到女傭，要悄悄地擦眼淚，跟女傭說話。

所有這些都嚴格地執行了。

「我這麼做，膽子太大了，」朱利安從費瓦克府邸出來時，心想，「柯拉索夫活該倒楣。竟然大膽地給這麼出名的有德行的女人寫信！我會徹徹底底被鄙視，沒有什麼比這更讓我開心的了。事實上，這是唯一讓我有感覺的喜劇。是的，這個稱為『我』的如此卑鄙的人，他受到嘲笑，會讓我感到高興。如果我自以為是，為了自我消遣，我是會去犯罪的。」

一個月以來，朱利安生活中最美好的時刻，是他把馬牽回馬廄去的時候。柯拉索夫嚴禁他以任何藉口去看拋棄他的情人。但是，她熟悉這匹馬的馬蹄聲，熟悉朱利安用馬鞭敲打馬廄的門叫人的舉動，這有時會把瑪蒂爾德吸引到窗簾後面。細紗的窗簾很薄，朱利安可以透過窗簾看到裡面。從帽簷底下想個辦法，他可以看到她的身材而不遇到她的眼神。「所以，」他對自己說，「她看不見我的眼睛，就不算是我看她。」

晚上，費瓦克夫人對他的表現，就好像根本沒有收到他早上滿懷傷感地交給門房的那篇帶有哲理和神祕主義的宗教論述。前一天晚上，朱利安偶然發現了能言善辯的訣竅，於是他選好自己的位置，能夠看見瑪蒂爾德的眼睛。而她在元帥夫人到達後，旋即離開了藍色的長沙發。她拋棄了自己習慣的圈子。克魯瓦澤努瓦對這種新的任性感到沮喪。他顯而易見的痛苦，讓朱利安的不幸變得不那麼殘忍了。

他生活中的這一變故，讓他說起話來像天使一樣。即使是那些充當最莊嚴的道德殿堂的心靈，自尊心也能夠乘虛而入，所以，當元帥夫人登上馬車時，她心想：「拉莫爾夫人說得有道理，這個年輕的教士確實與眾不同。前幾天，可能是我的出現把他嚇壞了。事實上，在這個家裡遇到的人都很膚淺。我只看到一些人因為衰老才有德行，更需要人生的冷靜。這個年輕人應該能夠看出差別，他的信寫得很好，但我很擔心，他在信中提出讓我指點他的要求，實際上只是一種連他自己都不瞭解的感情。

「儘管如此，轉變就是這樣開始的！我對這個人之所以看好，是因為他的文風和其他年輕人不同，我曾有機會讀他們的信。在這個年輕教士的信中，不得不承認有宗教的虔誠、深邃的嚴肅和堅定的信念，他將來會有馬西榮主教那樣溫和的美德。」

第二十七章 教會最好的職位

敬業！才華！功勞！
唉！不如去拉黨結派。

——《特雷馬克》[1]

於是，主教的職位在這個女人的頭腦中第一次與朱利安連在一起了，而法國教會中最好的職位早晚要由這個女人支配。這種利益不大會打動朱利安。這時，他的思想不可能上升到那些跟他當下的不幸毫無關聯的事情，一切都在加劇不幸。比如，一看到自己的房間，就會讓他感到難以忍受。晚上，當他手持蠟燭回來時，每件家具、每件飾品，似乎都在發出刺耳的聲音，向他宣布某些不幸的新細節。

「今天，我還有一件苦差事，」他回來時，帶著一種久違的活力對自己說，「希望第二封信像第一封那樣乏味。」

果然，比第一封信更加乏味。他抄的東西讓他覺得如此荒謬，只好一行一行往下抄，根本不去想裡面的內容。

「這封信，」他對自己說，「與我在倫敦的外交老師讓我抄寫的『明斯特和約』[2]的行文相比，還要誇張。」

他這時才想起有幾封費瓦克夫人寫的信，他忘了把原件還給那位嚴肅的西班牙人唐·迪亞戈·布斯托斯。他去找出來，發現它們和那個年輕的俄國親王的信幾乎同樣晦澀，完全是空洞的，想要表達一切，卻什麼都沒說。「這種文風簡直就像風豎琴，」朱利安想，「在這種描寫虛無、死亡，和無限的高貴思想當中，我只是真切地看到了擔心被人笑話的可怕恐懼。」

我們剛剛略去的這段獨白，在接下來的半個月裡，他不斷地重複著。在抄錄這種相當於《啟示錄》注釋的東西時，他睡著了，第二天愁容滿面地把信送走，牽馬回到馬廄時，他渴望能瞥見瑪蒂爾德的裙子，接著工作，晚上如果費瓦克夫人不到拉莫爾府來，他就到歌劇院去，這就是朱利安生活中的乏味瑣事。遇到費瓦克夫人到侯爵夫人家時，他的生活就更有趣了。他可以從元帥夫人的帽簷下面，偷窺瑪蒂爾德的眼睛，話也多了。他那些生動而感傷的句子也表達得更動人、更優雅了。

他清楚地意識到，他說的話在瑪蒂爾德眼裡十分愚蠢，但他想用優美的措辭來打動她。「我所說的越假，越能討她喜歡。」朱利安想。於是，他毫無底線地誇大天性的某些方面。他很快發覺，為了在元帥夫人眼中顯得不太俗氣，應該避免簡單而有理性的思想。他要麼繼續這樣說下去，要麼減少他的誇誇其談，這要看他在兩位必須討好的貴婦人眼中，見到的是歡迎還是冷漠。

總之，當他白天在無所事事中度過時，日子不那麼無聊了。

---

1 特雷馬克（Télémaque），古希臘神話人物之一。這裡指法國神學家、詩人和作家費訥隆（François Fénelon，一六五一－一七一五）於一六九九年出版的小說《特雷馬克歷險記》（*Les Aventures de Télémaque*）。

2 一六四八年，三十年戰爭（由神聖羅馬帝國的內戰演變成的一場大規模戰爭）以會議和「威斯特伐利亞和約」終結。該和約又稱為「明斯特和約」，根據和約，法國收回了很多土地，其中包括阿爾薩斯。

「但是，」一天晚上，他對自己說，「我現在已抄到第十五封了，前面十四封都如實地交給了元帥夫人的門房。我很榮幸要把她書桌的抽屜塞滿了。然而，她對我的態度就像我完全沒寫過信一樣！這一切將會如何收場呢？我的堅持會讓她跟我一樣感到厭煩嗎？應該承認，柯拉索夫的朋友、那個愛上里奇蒙的貴格會美麗女教徒的俄國人，當年一定是個可怕的傢伙，沒有人比他更令人厭煩了。」

正如所有平庸的人遇到一位將軍指揮攻防時一樣，朱利安根本不明白俄國青年對英國美女發動的心理攻勢。前四十封信只是為過於冒昧請求原諒。應該讓這個也許感到很無聊的溫柔女子，養成經常接到信的習慣，這些信也許比她的日常生活有趣一點。

一天早上，朱利安收到一封信。他認出來上面有費瓦克夫人的徽章，趕緊撕開封口，幾天以前他是不會如此激動的。裡面只是一張晚宴的請柬。

朱利安趕快去看柯拉索夫親王的指南。可惜的是，在本來需要簡單明確的地方，俄國青年卻像詩人朵拉那樣輕描淡寫。朱利安猜不出他應該在元帥夫人的晚宴上採取何種道德立場。

客廳簡直太華麗了，金碧輝煌，如同杜樂麗宮的戴安娜畫廊一樣，護牆板上掛著油畫。畫上有明顯的痕跡。朱利安後來才知道，女主人覺得這些畫的主題不太得體，於是讓人加以修改。「真是一個道德的時代啊！」他心想。

他發現客廳裡有三個人參加過祕密會議。其中一位是某某主教大人、元帥夫人的叔叔，他掌握著教會的財務，據說對這個侄女有求必應。「我前進了多大一步啊，」朱利安心想，苦笑了一下，「這對我來說多麼不重要！我竟然跟有名的某某主教一起吃飯。」

晚宴平淡無奇，談話也讓人感到厭煩。「這是一本糟糕的書目，」朱利安想，「人類思想的所有重大問題都被提到了。只聽了三分鐘，你就會自問，說話的人究竟是誇張呢，還是可怕的無知？」

讀者想必已經忘了那個名叫唐博的小文人、院士的侄子、未來的教授，他似乎專門用卑鄙的言語來破壞拉莫爾府客廳的氛圍。

從這個小人身上，朱利安第一次想到，費瓦克夫人沒有回他的信，但對他寫信的情感可能是寬容的。一想到朱利安的成功，唐博先生黑暗的靈魂被撕碎了。「但另一方面，一個有才華的人跟一個傻瓜一樣，都不可能同時出現在兩個地方，如果索萊爾成為高貴的元帥夫人的情夫，」未來的教授心想，「她會給他在教會裡安排個好位子，這樣我就在拉莫爾府裡把他甩掉了。」

彼拉神父也對朱利安在費瓦克府上所獲得的成功，嘮叨了很久。在嚴肅的楊森派教徒和元帥夫人的客廳裡主張社會改革及維護君權的耶穌會人士之間，有一種派別之爭。

第二十八章 瑪儂情史

他一旦確認修道院院長的愚昧無知，
就可以順利地顛倒黑白了。

——利希滕貝格[1]

俄國人的指南中規定，絕對不能言辭激烈地反駁寫信的對象。不能以任何藉口背離所扮演的最癡迷的愛慕者角色。情書往往是以這種假設為出發點的。

一天晚上，在歌劇院、在費瓦克夫人的包廂裡，朱利安對芭蕾舞劇《瑪儂情史》大加讚賞。他這麼說的唯一理由，是他覺得這個舞劇毫無價值。

元帥夫人說，這部舞劇遠不及普萊沃神父的小說。

「怎麼！」朱利安想，他感到驚訝和欣喜，「一位很講德行的女人竟然讚美一本小說！」費瓦克夫人每星期會有兩三次對小說家表示輕蔑，說他們想用無聊的作品腐蝕年輕人，唉！這些年輕人太容易在欲望方面犯錯了。

「在這類不道德的危險作品中，」元帥夫人繼續說，「《瑪儂情史》可以說是第一流的。一顆負罪之心的脆弱和它應當感受到的焦慮，據說寫得很生動，而且很有深度。但是，這並不妨礙你的波拿巴在聖赫勒拿島說，這是一本給傭人看的小說。」

這句話讓朱利安的心裡緊張起來了。「有人想在元帥夫人面前敗壞我，有人告訴她我對拿破崙的崇拜。這件事刺激了她，所以她才有意讓我知道。」這一發現讓他整個晚上很高興，人變得風趣了。他在歌劇院門口向元帥夫人告別時，她對他說：「先生，請你記住，如果一個人愛我，就不應該去愛波拿巴。我們只能把他當作老天強加給我們的。而且，這個人的心太硬，不懂得欣賞藝術。」

「如果一個人愛我！」朱利安心裡重複著，「這句話要麼無足輕重，要麼意味深長。我們這種可憐的鄉下人對這種語言的奧妙不瞭解。」當他抄寫著一封給元帥夫人的長信時，心裡卻很想念瑞納夫人。

「怎麼回事？」第二天，她用一種假裝的冷淡對他說，朱利安一眼就看出來了，「你昨晚離開歌劇院後寫的信裡，跟我談到了倫敦和里奇蒙？」

朱利安十分尷尬。他大段地抄寫，沒有注意到寫的是什麼，看來忘了將原信中的倫敦和里奇蒙，換成巴黎和聖克勞德。他說了兩三句，但難以自圓其說，他覺得幾乎要狂笑起來。他絞盡腦汁，終於想出一個解釋：「由於事關人類靈魂的最崇高及最重大利益的話題，我太激動了，在給你寫信的時候，我分心了。」

「我給她留下了印象，」他對自己說，「晚會的後半段，我就可以免去麻煩了。」他從費瓦克府裡跑出來。晚上，他重讀昨天夜裡抄寫的原信，很快找到了那個要命的地方。朱利安驚訝地發現，這封信寫得含情脈脈。

1 利希滕貝格（Georg Christoph Lichtenberg，一七四二－一七九九），德國物理學家、諷刺作家。

他的言語好像很輕浮，但他的信卻有崇高到近乎《啟示錄》般的深刻，這種反差使他與眾不同。元帥夫人特別喜歡那些長句。「這不是伏爾泰那種不道德的人所提倡的跳躍文風！」儘管我們的英雄盡力把合乎常理的東西從談話中剔除掉，他的談話仍有一種反對君權、蔑視宗教的色彩，這一點沒能逃過費瓦克夫人的眼睛。她的周圍都是很有德行的人，但他們整個晚上談不出任何想法，所以，凡是看似有新意的東西都會給她留下深刻的印象。但同時她覺得自己應該對這些感到氣憤。她把這種缺點稱為「保留了時代的輕浮印記」……

但是，像這樣的客廳，除非一個人別有所求，否則是不屑一顧的。朱利安在這種乏味的生活中所感到的無聊，讀者當然也有同感。這就是我們旅途中的荒野。

在朱利安生活中被費瓦克夫人占去的這段時間裡，拉莫爾小姐需要強迫自己才能不去想他。她的內心激烈地掙扎，有時候，她慶幸自己能夠蔑視這位如此感傷的年輕人。但是，她又會被他的談話所吸引。特別使她感到驚奇的，是他完美的欺騙。他對元帥夫人說的每句話都是謊言，至少是他思想的可恥偽裝。他對各種問題的看法，瑪蒂爾德都非常清楚。這種不擇手段令她感到震驚。「多麼深刻啊！」她對自己說，「與唐博先生那樣誇張的傻瓜或者平庸的騙子相比，雖然說的話一樣，卻又多麼不同啊！」

但是，朱利安的某些日子很可怕。為了完成最艱巨的任務，他每天都出現在元帥夫人的客廳裡。為了扮演一個角色所做出的努力，使他耗盡了心力。他晚上穿過費瓦克府的大院子時，往往得靠著性格和理智的力量，才不會陷入絕望的境地。

「我在神學院裡戰勝過絕望，」他對自己說，「當時我面對的是多麼可怕的前景啊！不管成功與否，我都必須和天下最卑鄙、最討厭的人一起，共度一生。第二年春天，只過了短暫的十一個月，我就成了我的同齡人中最幸福的年輕人。」

但是，這種美妙的推理遇到可怕的現實，往往不發揮任何作用。他每天在午飯和晚飯的時候都會見到瑪蒂爾德。從拉莫爾先生口授的信中，他得知她就要跟克魯瓦澤努瓦先生結婚了。這個可愛的年輕人每天到拉莫爾府來兩次。一個被拋棄的情人的嫉妒雙眼，自然不會錯過他的任何舉動。

當朱利安看到拉莫爾小姐善待她的未婚夫時，回到自己的房間，他就忍不住深情地望著他的手槍。

「啊！如果我更聰明一些，」他對自己說，「就該把襯衫的標幟去掉，跑到巴黎二十法里之外某個僻靜的森林裡，結束我這悲慘的一生！那裡沒有人認識我，我死後半個月也不會有人知道，之後誰還會想到我呢！」

這個想法很不錯。但是第二天，瞥見瑪蒂爾德露在衣袖和手套之間的手臂，就足以讓我們的年輕哲學家沉浸到殘酷的回憶中了，又使他對人生心懷眷戀。「好吧！」於是他對自己說，「我要按照俄國人的戰略繼續下去，結果會怎樣呢？」

「關於元帥夫人，我抄完這五十三封信之後，就不會再寫了。至於瑪蒂爾德，經過一個半月的艱難表演之後，也許她的憤怒絲毫沒有改變，或是我得到暫時的和解。天哪！我會高興死的！」他不能再往下想了。

幻想很久之後，他又恢復了理智，他對自己說：「好吧，我得到一天的幸福，然後她的冷酷又重新開始，唉！因為我不能讓她開心，沒有任何辦法，我不行了，徹底完了⋯⋯

「她這樣的性格，能給我什麼保證呢？唉！都怪我太無能了。我的舉止不夠優雅，我的談吐笨拙而乏味。天哪！為什麼我會是這樣呢？」

第二十九章

厭倦

為了愛情而犧牲，還算可以；
但無謂的犧牲就不值得了！
啊！可悲的十九世紀！

——吉羅岱 1

費瓦克夫人剛開始讀到朱利安的那些長信時，並不感興趣，後來則被吸引了。但有一件事情令她不快：「遺憾的是，索萊爾先生不是真正的教士！不然，就可以有更親密的來往。他戴著這枚十字勳章，穿著類似市民的衣服，會引來很多殘酷的質疑，該怎麼回答呢？」她沒法往下想了，「某個不懷好意的女友人會猜想，甚至到處說這是一個出身卑微的表弟、是我父親家的親戚、是得過國民自衛隊勳章的商人。」

見到朱利安之前，費瓦克夫人的最大樂趣是在她的名字旁邊，寫上「元帥夫人」這幾個字。之後，是一種達到病態的虛榮心，對任何事都會發火，與剛開始的興趣發生衝突。

「在巴黎附近的教區給他找個代理主教的位子，」元帥夫人對自己說，「對我來說太容易了！但是索萊爾先生一無所有，還是拉莫爾先生的小祕書！太可惜了。」

生平第一次，這顆對一切都感到懼怕的心，被一種與她的地位和上流社會的追求無關的利益感動了。她的老門房注意到，當他把那位神情憂鬱的英俊年輕人的信送進去時，元帥夫人臉上的漫不經心和不快瞬間消失了，而這是她平常見到傭人時總會掛在臉上的。

她對渴望對公眾產生影響的生活方式感到厭倦，即使成功，內心也不會感到真正的快樂，自從她開始想念朱利安以來，這種感覺變得難以忍受了。只要前一天晚上她與這個獨特的年輕人待上一個鐘頭，第二天女傭一整天就都不會挨罵了。他剛剛建立的信任已經能夠抵擋一些寫得很好的匿名信了。小唐博徒勞地向呂茲、克魯瓦澤努瓦、凱呂斯先生提供了兩三件很巧妙的誹謗材料，這些先生不管這些材料是真是假，都很願意到處散播。元帥夫人的頭腦無法抵擋這種粗俗的手段，她把這些疑慮告訴瑪蒂爾德，而且常常得到安慰。

一天，費瓦克夫人問了三次有沒有信來，之後突然決定給朱利安寫回信。這是厭倦的一次勝利。寫到第二封信時，她幾乎要罷手了。元帥夫人親筆寫下：致拉莫爾府，索萊爾先生收。這地址如此平凡，她的舉止太不得體了。

晚上，她很冷淡地對他說，「你應該給我帶幾個信封來，上面寫好你的姓名地址。」

「我現在身兼情人和傭人兩個身分了。」朱利安想，他高興地鞠個躬，裝成拉莫爾先生的老傭人阿爾塞納的樣子。

當天晚上，他送去幾個信封。第二天一大早，他收到了第三封信。他看了開頭的五、六行和結尾的兩三行。這封信有四頁紙，上面是密密麻麻的小字。

---

1 吉羅岱（Anne-Louis Girodet，一七六七－一八二四），法國古典主義和浪漫主義畫派之間承前啟後的畫家。

漸漸地，她養成了幾乎每天寫信的愜意習慣。朱利安的回信忠實地抄寫俄國人的原信，文筆誇大的好處出現了，費瓦克夫人對回信與她所寫的內容幾乎沒什麼關聯，並不覺得奇怪。

小唐博自願充當密探，去監視朱利安的行動，如果他告訴費瓦克夫人，這些信都沒有拆開，被隨手扔進朱利安的抽屜裡，她的自尊會受到多大打擊啊！

一天早上，門房將一封元帥夫人的信送到圖書室，剛好瑪蒂爾德撞上了，她看到了信和朱利安寫的地址。門房出來後，她進去了。信還放在桌上，朱利安正忙著寫東西，沒把信放進抽屜裡。

「我簡直無法忍受，」瑪蒂爾德一把抓起那封信，叫道，「你把我全都忘了，我是你的妻子！先生，你的行為太噁心了！」

說到這裡，她的驕傲被自己可怕的不當舉止驚呆了，氣得說不出話來。她淚流滿面，朱利安很快覺得她快要窒息了。

朱利安驚慌失措，竟然沒看出這一幕對他來說，是多麼美妙、多麼幸運。他扶著瑪蒂爾德坐下，她幾乎要倒在他懷裡。

在第一時間，他看到這一舉動高興極了，但緊接著，他想到了柯拉索夫：「我會因為一句話而失去一切。」

他的手臂僵硬了，在策略的驅動下他的努力太痛苦了。「我甚至不能將這個柔軟而動人的身體擁在懷中，那樣她就會蔑視我、折磨我。多麼可怕的性格！」

他抱怨著瑪蒂爾德的性格，同時又加倍地愛她，似乎擁在懷裡的是一位王后。

朱利安面無表情的冷漠，加劇了拉莫爾小姐的痛苦，她因自尊心受到傷害而心碎。她無法冷靜下來，不能從他的眼神中去揣摩此刻他對她的感情。她沒有勇氣看他，她擔心看到他輕蔑的表情。

她坐在圖書室的長沙發上，一動不動，轉過頭去背對著朱利安，承受著人的自尊和愛情所能感受到的最痛苦的折磨。她剛才的行為多麼可怕啊！

「我多麼不幸啊！我只能看著自己毫無顏面地乞憐卻被拒絕？被誰拒絕呢？」她的自尊心痛苦得發瘋了，「竟然被我父親的一個傭人拒絕！」

「我簡直無法忍受！」她大聲叫起來。

她憤怒地站起來，往前兩步是朱利安的書桌，她打開抽屜，看見有八、九封沒有拆開的信，和門房剛剛送來的完全一樣，她驚呆了。她認出信封的地址都是朱利安的字跡，多少有點改動。

「這麼說來，」她怒不可遏地叫道，「你不只是跟她好，還蔑視她。你這個一文不名的傢伙，竟然蔑視費瓦克元帥夫人！」

「啊！請原諒，我的朋友，」她跪下來，又說，「如果你願意，可以蔑視我，但請你愛我，沒有你的愛，我活不下去。」她完全昏過去了。

「這個驕傲的女人，終於跪倒在我的腳下！」朱利安對自己說。

第三十章 歌劇院包廂

最黑暗的天空，預示著最強烈的暴風雨。

——《唐璜》第一章第七十三節

在這場巨大的感情騷動中，朱利安感受到的更多是驚訝，而不是幸福。瑪蒂爾德的辱罵向他證明了俄國人的策略多麼高明。「謹言慎行，這是我得救的唯一方法。」

他把瑪蒂爾德扶起來，默不作聲地將她安置在沙發上。她的眼淚慢慢地湧出來。

為了故作鎮定，她手裡拿著費瓦克夫人的信，慢慢地拆開。當她認出元帥夫人的字跡時，身體明顯地抖動了一下。她一頁頁翻閱著，沒有看內容，大部分信有六頁。

「至少，你要回答我，」瑪蒂爾德最後用懇求的語氣說，但沒敢去看朱利安，「你知道，我很驕傲。這是我的地位和性格所帶來的不幸，我承認。這麼說來，費瓦克夫人從我這裡奪走了你的心……這命定的愛讓我為你做出的所有犧牲，她也為你做了？」

朱利安的全部回答，是一陣憂鬱的沉默。「她有什麼權利，」他想，「去要求一個正派的人隨便洩露隱私呢？」

瑪蒂爾德想去看那些信，但她的眼裡都是淚水，根本看不下去。

一個月以來，她一直很難過，但這顆驕傲的心不會承認自己的感情。導致這場爆發的原因完全出於偶然。片刻之間，嫉妒和愛情戰勝了自尊。她坐在沙發上，離他很近。他望著她的頭髮和光亮潔白的脖子，一瞬間，他忘了自己該做什麼，伸出手摟住了她的腰，幾乎把她抱在懷裡。

她慢慢轉過頭來。他很驚訝，她的眼裡顯出極度的痛苦，根本看不出平時的模樣。

朱利安感覺力氣耗盡了，強迫自己採取的勇敢行動實在太難了。

「如果我讓自己陷入愛的幸福中，」朱利安對自己說，「她的眼中很快就會顯示出最冷酷的蔑視。」然而，這時她的聲音微弱，幾乎說不出話來，她為自己過於驕傲所做出的那些舉動，一再地表示懊悔。

「我也很驕傲。」朱利安對她說，聲音勉強能聽見，他的表情顯示出他已經筋疲力竭。

瑪蒂爾德迅速地轉過身來。她聽到了他的聲音，對這種幸福感，她原本已經不抱希望。這時，她只是因為自責，才會想起她的傲慢，她想要找到一些不尋常且不可思議的辦法，來向他證明她對他的崇拜和對自己的憎惡，已經達到了何種程度。

「也許是因為這種驕傲，」朱利安繼續說道，「你曾經對我有過好感，當然是因為這種男人應有的勇敢的堅毅，你此刻才會器重我。我可能愛上了元帥夫人……」

瑪蒂爾德顫抖了一下，她的眼裡有種異樣的表情。她在聽取對她的判決，這個舉動沒能逃過朱利安的眼睛，他感到自己的勇氣在衰退。

「唉！」他聽著這些空洞的話語，彷彿這些聲音不是從他的嘴裡發出的，他對自己說，「如果我能在這張如此蒼白的臉上蓋滿了吻，而你卻感覺不到，那該多好啊！」

「我可能愛上了元帥夫人……」他接著說，聲音越來越小，「當然，我沒有確切的證據，說她對我有意……」

瑪蒂爾德注視著他，他經受住了這目光的考驗，至少他希望他的表情不會出賣他。他覺得愛情已經滲透到他的內心深處了。他從沒有愛她到這種程度，他幾乎跟瑪蒂爾德一樣瘋狂。如果她有足夠的鎮定和勇氣去施展魅力，他會放棄所有無謂的表演，拜倒在她的腳下。他還有些力氣能夠說下去。「啊！柯拉索夫，」他在心裡喊道，「你怎麼不在這裡！我多麼需要你為我指點迷津啊！」與此同時，他的聲音在說：

「即使沒有別的情感，只是感激也足以讓我依戀元帥夫人。她對我表現出了寬容，在別人蔑視我的時候，她來安慰我……對於某些表面上討人喜歡但可能不會長久的東西，我不會完全相信。」

「啊！天哪！」瑪蒂爾德叫起來。

「好吧！你能給我什麼保證呢？」朱利安又說，語氣強烈而堅定，似乎暫時放棄了外交上的謹慎態度，「什麼保證呢？有哪位神靈能向我保證，你此刻對我的態度能維持兩天以上呢？」

「我對你的無盡的愛，如果你不再愛我，那就是無盡的痛。」她說著，向他轉過身來，抓住了他的手。

她剛才的動作過猛，披肩稍稍動了一下。朱利安看到了她那迷人的肩膀。她那散亂的頭髮，喚起了他甜蜜的回憶……

他快要妥協了。「只要一句話不小心，」他對自己說，「我在絕望中熬過的日子又會捲土重來。瑞納夫人找理由去按照自己的心意行事，而這個上流社會的女孩，只有用充分的理由去證明她的心應該被感動時，她才會心動。」

他是在一瞬間悟出這個道理的，也在一瞬間找回了勇氣。

他抽回了被瑪蒂爾德緊握著的手，為了表示尊重，離她稍微遠一點。一個人的勇氣不能更多了。之後，他把散落在沙發上的費瓦克夫人的信都收集起來，表面上很有禮貌，這時他又很殘酷地補充說：

「請拉莫爾小姐允許我考慮一下。」他迅速離開，走出了圖書室。她聽見所有的門接連關閉的聲音。

「這個怪物不慌不忙的。」她對自己說。

「我說什麼呢，怪物！他聰明、謹慎、善良，而我犯了那麼多錯，令人無法想像。」這種看法一直延續著。這天瑪蒂爾德幾乎是幸福的，因為她全心全意投入戀愛中。世人可以說，這顆心從未受過驕傲的鼓動，這是怎樣的驕傲啊！

晚上在客廳裡，當傭人通報費瓦克夫人到來時，她嚇得渾身顫抖。她覺得傭人的聲音陰森森的。她受不了元帥夫人的目光，趕緊離開了。朱利安對這艱辛的勝利沒有特別感到驕傲，他害怕自己的眼神被人看出什麼，沒有在拉莫爾府吃晚飯。

他的愛情和幸福迅速增長，漸漸遠離了戰鬥的時刻。他已經開始責備自己，「我怎麼能拒絕她呢？」他對自己說，「如果她不再愛我了，該怎麼辦呢！只需一瞬間，就能改變這顆高傲的心。應該承認，我對她的態度實在太可怕了。」

晚上，他覺得必須在歌劇院費瓦克夫人的包廂裡露面。她特別邀請他光臨，瑪蒂爾德不會不知道，他是到場了還是無禮地缺席。雖然這個推論很明顯，他還是沒有力氣，在晚會開始時就進入社交圈。只要他一說話，就會失去一半的幸福。

十點的鐘聲響了，他不得不露面。

幸運的是，他發現元帥夫人的包廂裡坐滿了女人，他被打發到門邊的地方，完全被那些夫人的帽子遮住了。這個位置讓他避免成為笑料。卡洛琳娜在《祕婚記》[1]裡絕望的詠唱，讓他流下了淚水。費瓦克夫人看見了他的眼淚，這跟他平時的男子氣概構成鮮明的對比，這位貴婦人的心被觸動了，儘管它早已充斥了被那些新貴的傲慢所腐蝕的東西。她僅存的一點女人心讓她開口說話。這時，她很想欣賞一下自己的聲音。

「你看見拉莫爾家的女人了嗎？」她對他說，「她們在三樓。」朱利安立刻無禮地倚靠在包廂的邊上，向外探出身子。他看見瑪蒂爾德了，她的眼中閃著晶瑩的淚光。

「可是今天不是她們看歌劇的日子啊，」朱利安想，「這麼迫不及待！」

雖然一個奉迎者匆忙提供的包廂位置不夠高檔，瑪蒂爾德還是要求她的母親一起來了。她想看看朱利安是否跟元帥夫人共度這個夜晚。

1 此處為義大利文：Matrimonio segreto，是義大利作曲家奇馬羅薩的歌劇。

第三十一章

讓她害怕

這是你們文明的重大奇蹟！你們把愛情看得太平常了。

——巴爾納夫

朱利安跑到拉莫爾夫人的包廂，一眼撞見瑪蒂爾德那飽含淚水的雙眼。她的眼淚止不住地流下來，包廂裡只有一些地位卑微的人，是轉讓包廂的那個女友和她的幾個熟人。瑪蒂爾德把她的手放在朱利安的手裡，似乎忘了對母親的敬畏。她幾乎要因淚水窒息了，只對他說出這幾個字：「保證！」

「至少，我不能跟她說話，」朱利安對自己說，他很激動，勉強用手遮住眼睛，藉口說三樓包廂的燈光太刺眼了。「如果我說話，她就會不再懷疑我過於激動，因為我的聲音會讓自己露出馬腳，一切都可能再度失去。」

他的內心已經激動了許久，此時，他內心的掙扎比早晨還要劇烈。他害怕見到瑪蒂爾德，他的虛榮心再次發作起來。他沉醉於愛情和快樂中，努力克制著不和她說話。

在我看來，這是他的性格中最優秀的特徵之一。一個能如此自我克制的人，如果命運垂青的話[1]，一

1 此處為拉丁文：fata sinant。

定會有遠大的前程。

拉莫爾小姐堅持把朱利安帶回府去。所幸雨下得很大。侯爵夫人讓他坐在對面，不停地跟他說話，讓他無法跟她的女兒交談。別人會覺得侯爵夫人在關心朱利安的幸福，他不再擔心因自己過於激動而喪失一切，乾脆瘋狂地聽其自然了。

我敢說，朱利安一回到他的房間，就立刻跪在地上，不停地吻著柯拉索夫親王送給他的情書。

「啊！偉大的人！我怎麼能不感激你呢？」他瘋狂地叫道。

漸漸地，他恢復了平靜。他把自己比作一位剛剛打了半個勝仗的將軍。「優勢肯定是巨大的，」他對自己說，「但明天會怎樣呢？轉眼之間就會失去一切。」

他激動地打開拿破崙在聖赫勒拿島口授的《回憶錄》，在長達兩個小時裡，他強迫自己讀下去。雖然只是眼睛盯著，他還是強迫自己讀下去。在這種奇特的閱讀中，他的腦子和心靈上升到最高的境界，在不停地運轉著，自己感覺不到。「這顆心和瑞納夫人的截然不同。」他對自己說，但他沒有想得更遠。

「讓她害怕，」他突然叫起來，把書扔到一邊。「只有讓敵人害怕，他們才會服從我。這樣，他們就不敢蔑視我了。」

他在自己的小房間裡來回走動，沉醉在快樂中。實際上，這種幸福更多來自驕傲，而不是愛情。

「讓她害怕！」他傲慢地重複道，他有理由感到驕傲。「瑞納夫人即使在她最幸福的時刻，也總是懷疑我的愛情是否與她的一樣。現在我要征服的是一個惡魔，我必須征服。」

他知道，第二天早上八點，瑪蒂爾德一定會在圖書室。他雖然滿懷激情，也只能到九點鐘才露面，因為他的頭腦還支配著心靈。他也許無時無刻不對自己重複道：「要讓她總是心懷疑慮：『他愛我嗎？』她的顯赫地位，所有對她的奉迎，讓她有點過於放心了。」

他發現她面色蒼白，安靜地坐在長沙發上，但看起來一點也不想動。她向他伸出手來。

「朋友，確實我得罪了你。你可能生我的氣了……」

朱利安沒料到她的話語如此單純。他幾乎要袒露心扉了。

「你想要保證，我的朋友，」沉默了片刻，她希望能打破這種沉默，又說，「這是合理的。把我帶走吧，我們到倫敦去……我將永遠墮落，蒙受恥辱……」她鼓起勇氣，把手從朱利安那裡抽回來，捂住了眼睛。所有穩重和女性的操守又回到她的心中……「好吧！羞辱我吧！」她最後歎了口氣說，「這就是保證。」

「昨天我很幸福，因為我有勇氣嚴格對待自己，」朱利安想。沉默了片刻之後，他有足夠的把握控制自己的心情，用一種冷漠的語氣說：

「一旦走上去倫敦的路，用你的話說，一旦蒙受恥辱，誰能向我保證你還愛我呢？當我坐在驛車上，誰能保證我不令你感到討厭呢？我不是怪物，讓你名譽受損，只會增加我的不幸。造成障礙的不是你的社會地位，很遺憾，是你的性格。你能向自己保證，愛我一個星期嗎？」

（「啊！讓她愛我一個星期，只要一個星期就行，」朱利安低聲對自己說，「那樣，我就會幸福地死去。未來對我有什麼重要的？生命與我有何關係？只要我願意，這神賜的幸福馬上就能開始，這全都取決於我！」）

瑪蒂爾德看見他在思考。

「這麼說，我完全配不上你了。」她握著他的手說。

朱利安抱住了她，但這時，職責的鐵手卻抓住了他的心。「如果她看出我多麼喜歡她，我就會失去她。」於是，在鬆開她的手之前，他又找回了一個男人應有的尊嚴。

這天和接下來的幾天，他知道如何掩飾過度的幸福，甚至把擁抱她的快樂都放棄了。

但別的時間，幸福的迷狂戰勝了所有謹慎的勸告。

花園裡有一個隱藏梯子的花棚，他常常站在那裡眺望瑪蒂爾德的百葉窗，抱怨她的反覆無常。旁邊有一棵高大的橡樹，它的樹幹正好遮住他，不被那些好事者看到。

他和瑪蒂爾德經過這裡，讓他清楚地回想起他那過於傷心之處，過去的絕望和當下的幸福，這種對比如此強烈，讓他的性格無法承受。淚水吞噬了他的眼睛，他把女友的手放到唇邊，說道：「在這裡，我曾經思念著你活過；在這裡，我曾經望著這扇百葉窗，連續幾個小時等待著幸福的時刻，希望能見到這隻手打開它……」

他完全癱軟了。他用絕非杜撰的真實色彩向她描繪他當時的極度絕望。短暫的感歎詞證實了當下的幸福，已經終結了難以忍受的痛苦……

「天哪！我在幹什麼？」朱利安突然醒過來，對自己說，「我毀了自己。」

在過度的恐慌中，他相信已經從拉莫爾小姐的眼中看到愛情在減弱。這是一種幻覺，但朱利安的臉色突變，充滿了死者的蒼白。他的眼睛瞬間失去了光芒，一種懷有惡意的傲慢表情，很快取代了最真實、最自然的愛的表白。

「我的朋友，你怎麼了？」瑪蒂爾德溫柔而焦慮地對他說。

「我在說謊，」朱利安生氣地說，「我在跟你說謊。我責備自己，但上天知道我很尊重你，不該說謊。你愛我，你對我真誠，我不需要用虛假之辭討你歡心。」

「天哪！你剛剛對我所說的這些動人的話，全都是虛假之辭？」

「親愛的朋友，我深感自責。這些話是我過去為一個愛我又讓我討厭的女人編出來的……這是我性格的缺陷，我向你坦白，原諒我吧。」

痛苦的淚水吞沒了瑪蒂爾德的臉。

「只要遇到一點令我不快的事，我就會胡思亂想，」朱利安繼續說，「我可惡的記憶，此刻我要詛咒它，它為我提供一些資源，我卻濫用它。」

「我剛才無意中做了讓你感到不快的事嗎？」瑪蒂爾德帶著可愛的天真說。

「我記得，有一天，你走過花棚時摘了一朵花，呂茲先生從你手裡搶過去，你讓他拿走了。我就在兩步之外。」

「呂茲先生？這不可能，」瑪蒂爾德帶著本能的傲慢說，「我不會這樣。」

「我敢肯定。」朱利安強烈地反駁道。

「好吧！確實如此，我的朋友。」瑪蒂爾德憂傷地垂下了眼睛。她確切地知道，幾個月以來，她不會允許呂茲先生有這樣的舉動。

朱利安用一種無法言說的柔情望著她，「不，」他對自己說，「她對我的愛並未減少。」

晚上，她笑著指責他對費瓦克夫人的興趣：「一個小市民愛上一個新貴！也許只有這種人的心，我的朱利安不會使之發瘋。她會讓你變成一個真正的紈絝子弟。」她撫弄著他的頭髮說。

朱利安自認為受到瑪蒂爾德蔑視的那段時間裡，變成了巴黎穿著最講究的男人之一。不過，他相比這類人還有一個優勢，他一旦打扮好，就不再去想了。

有一件事讓瑪蒂爾德生氣，朱利安繼續抄寫俄國人的書信，並且派人給元帥夫人送去。

第三十二章
老虎

唉！為什麼是這些事，而不是其他的呢？

——包馬歇[1]

一位英國旅行家講述他跟老虎相處的故事，他飼養牠，撫摸牠，但桌子上總是放著一把裝好子彈的手槍。

朱利安只有在瑪蒂爾德無法從他的眼神中看出他內心的感受時，才會沉浸在極度的幸福中。他嚴格遵守親王的告誡，不時對她說幾句嚴厲的話。

他驚訝地觀察到，當瑪蒂爾德變得溫柔，她過分的忠誠幾乎要讓他對自己完全失控時，他就鼓起勇氣突然離去。

瑪蒂爾德生來，頭一次戀愛了。

生活對她來說，總是像烏龜一樣艱難地爬行，現在卻可以飛了。

但是，驕傲總是會以某種形式表露出來，她願意大膽地面對愛情可能讓她經受的各種危險。小心謹慎的卻是朱利安，只有面對危險時，她才不屈從他的意志。她跟他在一起時，總是很溫順，幾乎是謙卑的。但對於家裡親近的人，不管是父母還是傭人，她變得更加傲慢了。

晚上在客廳裡，即使在六十個人當中，她也會叫朱利安跟她單獨談話，而且會說很久。

一天，小唐博坐在他們旁邊，她請他去圖書室找一本斯摩萊特寫的關於一六八八年革命的書。他猶豫不決，「你對什麼都不著急。」她帶著羞辱的傲慢表情補充說，這對朱利安來說是一種安慰。

「你注意到這小壞蛋的眼神了嗎？」他對她說。

「要不是他的伯父在這個客廳裡服務了十一、二年，我就立刻把他趕出去。」

她對克魯瓦澤努瓦、呂茲等人的態度，表面上非常優雅，實際上卻很不客氣。她強烈地自責，不該向朱利安吐露所有的隱情，尤其是她不敢承認，她對這些先生的好感，幾乎可以說是無中生有，誇大其詞。

雖然她有很大的決心，但女性的驕傲仍然隨時阻止她對朱利安說：「因為是跟你說，我才在描述我的軟弱時，從中找到了快樂。當克魯瓦澤努瓦先生把手放在大理石桌子上，觸碰到我的手時，我沒有把手抽回來。」

今天，只要這些先生當中的一位跟她說一會兒話，她總是有問題要問朱利安，這是一個藉口，可以讓朱利安待在她身邊。

她發現自己懷孕了，高興地告訴朱利安。

「現在你還會懷疑我嗎？這不是保證嗎？我永遠是你的妻子。」

這個宣告讓朱利安深為震驚，他幾乎忘了自己的行為準則。「怎麼能對這個為我失去一切的可憐女孩刻意地冷漠和侮辱呢？」只要她有一點痛苦的表情，即使是在理智發出可怕聲音的日子裡，

---

1 包馬歇（Beaumarchais，一七三二－一七九九）法國繼莫里哀之後又一傑出的喜劇作家。

他也再無勇氣對她說出如此殘忍的話了，雖然根據他的經驗，這些話對他們愛情的延續必不可少。

「我要給我的父親寫信，」一天，瑪蒂爾德對他說，「對我來說，他不只是父親，還是朋友，我覺得要欺騙這樣的人，哪怕是一念間的想法，對你和我來說都是可恥的。」

「天哪！你要幹什麼？」朱利安驚慌地說。

「這是我該做的。」她回答說，眼裡閃著喜悅。

她覺得自己比她的情人更加高尚。

「但他會趕我走，讓我蒙羞！」

「這是他的權利，應該尊重他。我會讓你挽著我的手，大白天從大門出去。」

朱利安嚇壞了，請她延後一個星期。

「我不能，」她回答，「榮譽開口了，我看到了職責，應該馬上履行。」

「好吧！我命令你延後。」朱利安最後說，「你的名譽受到保護，我是你的丈夫。我們兩人的處境將會因為這個重要舉動而改變。我也有我的權利。今天是星期二，下星期二是呂茲公爵舉行宴會的日子。晚上拉莫爾先生回來時，門房將會給他一封決定命運的信……他只希望讓你成為公爵夫人，我很肯定，想想他會多難過！」

「你的意思是說，想想他會怎麼報復？」

「我可憐我的恩人，因為害了他而感到難過。但我不害怕，永遠不怕任何人。」

瑪蒂爾德屈服了。自從她把新消息通知朱利安以後，這是他第一次用蠻橫的口氣跟她說話。他從沒有這樣愛過她。他心中溫柔的部分使他高興地以瑪蒂爾德的狀態為藉口，避免對她說些殘忍的話。一想到要向拉莫爾先生承認，朱利安就心神不定。他要跟瑪蒂爾德分開嗎？她帶著些許的痛苦看著他離開了，一個月之後，她還會想他嗎？

他幾乎同樣害怕，侯爵會嚴厲地指責他。

晚上，他向瑪蒂爾德承認了第二個煩惱，之後，愛情讓他迷失了，把第一個煩惱說出來了。

她的臉色突然變了。

「說真的，」她對他說，「離開我半年，對你會是一種痛苦！」

「無比的痛苦，是人世間我唯一害怕見到的。」

瑪蒂爾德感到很幸福。朱利安非常認真地扮演他的角色，以至於讓她相信，她在兩個人當中擁有更多的愛。

命運攸關的星期二到了。侯爵半夜回家時看到一封信，上面注明必須在沒人的時候，由他本人拆閱。

我的父親：

我們之間所有的社會關係都已切斷，只剩下血緣關係了。除了我的丈夫，你是、並且將永遠是我最親近的人。我的眼中充滿了淚水，我想到了給你帶來的痛苦，但是，為了不讓我的恥辱公之於眾、為了讓你有時間加以考慮和行動，我不能再拖延更長時間，不向你坦白事實了。我知道你對我的感情特別深厚，如果你願意給我一筆小小的年金，我將會和我的丈夫到你希望我們去的地方定居，比如瑞士。他的姓氏如此卑微，沒有人會認出索萊爾夫人、一個維利葉木匠的兒媳婦是你的女兒。這個名字我很費力才寫出來。我真替朱利安感到害怕，怕你發怒，這憤怒看似很公正。父親，我做不了公爵夫人。我愛上他的時候就知道了，因為是我先愛上他的，是我勾引了他。我從你的身上繼承了一顆高尚的心靈，不會把注意力轉到世俗或者我認為世俗的事情上去。為了讓你高興，我曾考慮過克魯瓦澤努瓦先生，結果是徒勞的。為什麼你要把真正有才能的人放在我的眼前呢？我從耶爾回來之後，你親口對我說：「這位年輕的索萊爾，是唯一讓我滿意的人。」如果這封信可能給你帶來痛苦，這個可憐的年輕人會和我一樣難過。我無法阻攔你，作為父親對我生氣，但作為朋友，像以前那樣繼續愛我吧。

朱利安對我很尊重。有時候他跟我說話，只是出於對你深懷感激。因為他天性高傲，使他在公開場合之外，從不搭理那些地位比他高的人。他對社會地位的差別，具有一種天生的敏感。我羞愧地向我最好的朋友承認，這是我對其他任何人不會說的，是我，一天在花園裡抓住了他的手臂。

二十四小時以後，你為何還對他生氣呢？我的錯誤已經無法挽回。如果你需要的話，由我轉達他的深深敬意和讓你感到不快的歉意。你不會再見到他，但無論他去哪裡，我都會陪伴著他。這是他的權利，也是我的責任，因為他是我孩子的父親。如果你好心給我們六千法郎維持生活，我將心懷感激地收下。否則，朱利安打算到貝桑松去，在那裡教授拉丁文和文學。無論他的起點多低，我肯定他會好起來。跟他在一起，我不會默默無聞。如果發生革命，我肯定他會扮演重要角色。在那些向我求婚的人當中，你說有哪位會這樣呢？他們有大片的土地！僅憑這一點，我就看不出有什麼值得羨慕的。即使在目前的制度下，我的朱利安也會有很高的地位，如果他有百萬財產和我父親的庇護……

瑪蒂爾德知道侯爵容易衝動，於是寫了八頁的信。

「怎麼辦?」拉莫爾先生讀這封信的時候，朱利安對自己說，「首先，我的責任是什麼?其次，我的利益何在?我欠他太多了。沒有他，我只是個下等的混混，而且沒有壞到招人恨和被人迫害的程度。他把我培養成一個上等人。我必須要幹的壞事，首先，會更少;其次，不會那麼齷齪。這比他給我一百萬還要好。因為他，我才能得到這枚十字勛章和讓我嶄露頭角的外交事務的表現。如果他揮筆確定我將來要做什麼，他會怎麼寫呢?……」

拉莫爾先生的老傭人突然打斷了朱利安的沉思。

「侯爵要你立刻過去，無論你穿著什麼。」

傭人走到朱利安身邊，低聲補充說:「侯爵發火了，你要當心。」

第三十三章

脆弱的折磨

一個笨拙的玉器匠人打磨鑽石時，會磨去它最強烈的光芒。

在中世紀，我怎麼說呢？

即使在黎希留的時代，法國人仍然是有意志力的。

——米拉波

朱利安發現侯爵發怒了。這位貴人也許是生平第一次出言不遜。他對朱利安橫加辱罵，凡是能想到的，隨口就來。我們的英雄感到吃驚，無法忍受，但他的感激之情絲毫未減。「這個可憐人，長期以來心底埋藏著多少美妙的計畫，如今卻在頃刻之間看著它崩塌了！不過，我應該回答他，我的沉默會助長他的怒火。」他借用莫里哀筆下達爾杜弗這個角色的話回答說：

「我不是天使……我曾盡心為你效勞，你對我很慷慨……我心存感激，但我二十二歲了……在這個家裡，瞭解我的想法的只有你和這個可愛的女孩……」

「魔鬼！」侯爵叫起來，「可愛的！可愛的！你發現她可愛的那天，就該離開。」

「我試過，當時，我請求你讓我到朗格多克去。」

侯爵氣得來回踱步，他被痛苦征服了，一下子倒在扶手椅上。朱利安聽見他低聲對自己說：

「他這個人不算壞。」

「不，我對你並不壞。」朱利安叫道，屈膝跪下。但他感到這個動作非常羞恥，很快又站起來了。

侯爵真的氣瘋了。看見他跪下，又開始罵起來，罵得極為粗俗，跟車夫一樣。這種咒罵的新奇，也許是一種排解。

「什麼！我的女兒被稱呼為索萊爾夫人！什麼！我的女兒做不了公爵夫人！」當這兩個念頭清晰地呈現出來，拉莫爾先生就會痛苦，他的情緒也無法控制。朱利安害怕會挨打。

在頭腦清醒的時候，侯爵開始習慣了他的不幸，他對朱利安的指責相對理性了。

「你應該逃走，先生，」他對朱利安說，「你有責任離開……你這人太差勁了……」

朱利安走到桌子旁邊，用筆寫道：

很久以來，我就覺得生活無法忍受，我現在要結束了。我請求侯爵先生允許我表示無限的感激，原諒我因為死在府中所帶來的困擾。

「請侯爵先生屈尊看一下這張紙條……殺了我吧，」朱利安說，「或者叫你的傭人殺死我。現在是凌晨一點，我到花園裡散步，往後面的圍牆走。」

「見鬼去吧。」他離開的時候，侯爵叫道。

「我懂了，」朱利安心想，「看到我沒有死在他的傭人手裡，他也許不會懊惱……讓他殺死我，好吧，我可以讓他感到滿足……可是，當然，我熱愛生命……我應該為我的兒子活下去。」

在充滿危險意識的最初幾分鐘散步之後，這個念頭，第一次如此清晰地出現在他的腦海中，完全占據了他的心靈。

這種全新的利益，讓他成為謹慎的人。「我需要別人指點我一下，該如何對付這個暴怒狂人……他完全失去理性，什麼都做得出來。富凱離我太遠了，而且他也不理解侯爵這種人的心思。

「阿爾塔米拉伯爵……我能保證他永遠保守祕密嗎？我去求人幫忙，不該產生後遺症，使我的處境更加複雜。唉！只剩下陰鬱的彼拉神父……楊森派教義束縛了他，使他的心胸變得狹隘了……一個耶穌會的無賴更精通世故，對我更有用……但我只要坦白罪行，彼拉神父就會揍我一頓。」

達爾杜弗的天賦又來幫助朱利安了：「好吧，我去向他懺悔吧。」這最後的決定，是他在花園裡散步兩個小時之後才做出的。他不再去想子彈可能會突然飛來，因為睡意征服了他。

第二天一早，朱利安來到巴黎幾法里之外的地方，叩響了嚴厲的楊森派教徒的門。他驚訝地發現，神父對他吐露的隱情並不感到吃驚。

「我也許應該自責，」神父自言自語道，他的焦慮超過了惱怒。「我已猜到這段戀情了，可憐的孩子，對你的友情，阻止了我告訴她的父親……」

「他會怎樣呢？」朱利安急切地問他。

（這時，他很喜歡神父，如果發生一場口角，他肯定會很難受的。）

「我看有三種結果，」朱利安繼續說，「第一，拉莫爾先生讓人幹掉我，」接著，他講述了留給侯爵的那封絕命書，「第二，讓諾貝爾伯爵跟我決鬥，我來放空槍。」

「你會接受嗎？」神父很激動，站起來了。

「你沒有讓我說完。當然，我絕不會向恩人的兒子開槍。第三，他可能讓我離開。如果他對我說『去愛丁堡，或者去紐約』，我會聽從，他們可以隱瞞拉莫爾小姐的情況，但我絕不容忍他們傷害我的兒子。」

「這一點無須懷疑，這就是這個墮落的人最初的想法……」

在巴黎，瑪蒂爾德陷入絕望中。她在早晨七點見到了父親，他給她看了朱利安的絕命書，她害怕朱利安以為結束生命是高貴的行動：「怎麼不經過我的許可呢？」她帶著憤怒的痛苦，對自己說。

「如果他死了，我也不活了，」她對父親說，「他的死是你造成的……你也許會感到高興……但我要向他的亡靈發誓，首先我會服喪，然後公開我是索萊爾遺孀的身分，我會發訃告，等著瞧吧……我不會看到我的膽怯軟弱。」

她的愛已經到了瘋狂的程度。這次是拉莫爾先生驚呆了。

他開始稍微理性地對待這件事了。午飯的時候，瑪蒂爾德沒有露面。侯爵的巨大壓力解除了。尤其是他發現她什麼都沒對母親說時，感到很滿意。

朱利安從馬上下來，瑪蒂爾德讓人叫他過去，她幾乎當著女傭的面撲到他的懷裡。面對這種激情，朱利安不為所動。與彼拉神父長談之後，他變得很世故，精於算計。他的想像因為各種可能的估算而破滅了。瑪蒂爾德眼含著熱淚，告訴他已經看了他要自殺的信。

「我的父親會回心轉意的，為了我，立刻動身去維勒基耶吧。趕快上馬，在他們吃完飯之前離開府裡。」

朱利安一直沒有改變驚訝和冷漠的態度，她激動得流淚了。

「讓我來處理我們的事，」她激動地喊道，緊緊地摟著他。「你很清楚，我不願意離開你。給我寫信，寄給我的女傭，信封讓別人寫，我會給你寫很長的信。再見！快跑。」

最後一句傷到朱利安的痛處，但他還是聽從了。「這是命中注定的，」他想，「即使在最好的時候，這些人也知道如何傷到我。」

瑪蒂爾德堅決抵制她父親謹慎安排的計畫。協商只能建立在這個基礎上：她將會是索萊爾夫人，與她的丈夫在瑞士過清苦的日子，或者住在巴黎她的父親家裡。她絕不接受偷偷生下孩子的建議。

「那樣，別人可能會開始誹謗我和侮辱我。結婚兩個月之後，我和丈夫就出去旅行，這樣就很容易說我們的兒子是在某個適當的時間出生的。」

這種堅持一開始引起侯爵的憤怒，最後讓他變得猶豫不決。

他一度憐憫起來。

「你看！」他對女兒說，「這是一萬法郎年金的證明，把它交給你的朱利安，讓他快取，免得我反悔把它收回來。」

朱利安知道瑪蒂爾德喜歡指揮別人，為了表示服從，他白白走了四十法里路。他到維勒基耶，處理了佃農的帳目。侯爵的恩賜給了他回來的理由，他請求彼拉神父讓他暫時借宿，在他不在家的日子裡，神父成了瑪蒂爾德最親密的盟友。侯爵每次詢問他，他都表示除了公開結婚之外，其他的方式在天主眼裡都是犯罪。

「幸運的是，」神父補充說，「世俗的智慧在這裡與宗教是一致的。拉莫爾小姐的性格急躁，連她自己都不能守密，誰能保證不會因一時疏忽走漏消息呢？如果不接受公開地舉行婚禮，上流社會將在很長一段時間裡，關注這樁離奇的不般配婚姻。必須一次全部說清楚，外表和實際上都不能有一點祕密。」

「確實，」侯爵沉吟道，「照這樣處理，如果三天後還有人議論這門婚事，那就成了無腦人的無聊之舉了。應該利用政府反對雅各賓派的重大行動，悄悄地把事情辦了。」

拉莫爾先生的兩三位朋友，想法跟彼拉神父一樣，他們認為，最大的障礙是瑪蒂爾德果斷的性格。但聽到這麼多好的建議後，侯爵的心裡還是無法放棄讓女兒成為公爵夫人的希望。

他的記憶和想像中充滿了各種詭計和謊言，這些在他年輕時還是可能存在的。在他的眼中，不得不屈服於對法律的恐懼，對他這種地位的人來說，是荒謬和有損名譽的事。十年來他為這個可愛女兒的未來所做的幻想，如今付出了昂貴的代價。

「誰會料到這樣的結局呢？」他對自己說，「一個性情如此傲慢、天資如此聰穎，對自己家族的姓氏比我更自豪的女孩。那些提早來向我提親的，都來自法國最有名望的家族！

「所有的小心謹慎都應該拋棄。這個時代一敗塗地！我們正在走向混沌。」

第三十四章
精明人

省長騎馬巡行，心想：
「為什麼我不能當大臣、首相和公爵呢？
這就是我打仗的方法……我用它把改革派都關進監獄。」
——《環球報》

任何理由都不能摧毀十年夢想所構建的王國。侯爵不認為發火是理性之舉，但他下不了決心寬恕這件事。「如果朱利安能死於意外事故……」他有時心想……因此，這種悲傷的想像從追逐最荒謬的幻想中得到一些緩解。它使彼拉神父那些合理推論的影響完全失效。一個月過去了，談判沒有任何進展。

在這些家庭事務中，侯爵有些遠見卓識，就像對政治事件一樣，可以令他興奮三天。這時，一個建立於正確推論基礎上的行動計畫，不會令他滿意。只有支持他喜歡的計畫的推論，才會獲得他的青睞。三天當中，他滿懷一個詩人的全部熱情和興奮在工作，把事情推進到某種程度，之後就不再去想了。

起初，朱利安對侯爵的行動遲緩感到疑惑，過了幾個星期，他開始發現，拉莫爾先生在這件事情當中沒有任何既定的計畫。

拉莫爾夫人和府邸中的人，認為朱利安去外省處理地產業務了。他隱藏在彼拉神父的住宅中，幾乎天天見到瑪蒂爾德。她每天早晨去陪父親待一個小時，有時他們幾個星期當中完全不提及這件縈繞在他們心頭的事情。

「我不想知道這個人身在何處，」一天，侯爵對她說，「把這封信寄給他。」瑪蒂爾德念道：

> 朗格多克的土地，收入是兩萬零六百法郎。其中一萬零六百法郎給我的女兒，一萬法郎給朱利安·索萊爾先生。當然，土地本身也一併贈予。告訴公證人寫兩份贈予證書，明天給我帶來。之後，我們就沒有任何關係了。唉！先生，這一切我怎麼會料到呢？
>
> 拉莫爾侯爵

「非常謝謝你，」瑪蒂爾德高興地說，「我們會定居在阿讓和馬爾芒德之間的埃居翁城堡。聽說那裡的景色像義大利一樣美麗。」

這份贈予讓朱利安特別驚訝。他不再是我們所瞭解的那個嚴厲而冷漠的人了。兒子未來的命運已經占用了他的全部心思。對一個如此貧窮的人，這筆意外得來的財富是個不小的數目，讓他變得野心勃勃了。他看著妻子或者他自己，有了一筆三萬六千法郎的年金。對於瑪蒂爾德，她的全部感情都投入到對丈夫的崇拜中，由於傲慢，她一直把朱利安稱為丈夫。她唯一的最大願望就是讓自己的婚姻得到社會承認。她一生都在誇耀自己多麼精挑細選，將自己的命運和一個超凡脫俗的人綁在一起。在她的腦袋裡，個人的才能是一種時尚。

朱利安幾乎都不在家，事務過於繁忙，很少有時間談情說愛，這一切讓朱利安從前想出的縝密策略獲得了更好的效果。

瑪蒂爾德真的愛上了這個男人，卻很少能見到他，她終於失去耐心了。她一氣之下，寫信給她的父親，信的開頭像奧賽羅說的一樣：

我寧願選擇朱利安，而放棄上流社會為拉莫爾侯爵的女兒所提供的一切。我的選擇足以證明，那些因為被人矚目和小小的虛榮心而獲得的快樂，對我來說毫無意義。我和我的丈夫分別將近一個半月了。這充分證明我對你的尊重。下星期四之前，我將會離開家。你的恩惠已經讓我們變得富有。除了令人尊敬的彼拉神父，沒有人知道我的祕密。我要去他那裡，他將為我們主持婚禮，婚禮結束一個小時後，我們就啟程去朗格多克，如果沒有你的命令，我們永遠不會回到巴黎。但令我難過的是，這一切會被編成逸聞趣事，用來諷刺你和我。一個愚蠢公眾的諷刺話語，難道不會使正直的諾貝爾去找朱利安決鬥嗎？我瞭解他，在這種情況下，我沒有辦法阻止他。我們發現他骨子裡是一個反叛的平民。啊，父親，我跪下求你，下星期四到彼拉神父的教堂裡，來參加我的婚禮吧。那些惡意的流言將會淡化，你唯一的兒子和我的丈夫的性命才將得以保全……

這封信讓侯爵的心陷入極端的困惑中。好吧，必須最後做出決定。所有的行為規範、所有往常的朋友，都已經失去影響了。

在這種特殊的形勢下，年輕時所經歷的事件賦予他性格的重要特徵，又恢復了全部的力量。流亡的不幸使他成為有想像力的人。他在兩年之中擁有了巨大的財富和宮廷的華貴，一七九〇年的革命把他投入到可怕的流亡之苦中。這個殘酷的學校改變了一個二十二歲青年的心靈。實際上，他身處眼前的巨大財富中，卻不為所困。而這一想像力使他的靈魂免受金錢的腐蝕，卻使他飽受一種瘋狂貪欲的折磨，他想看到自己的女兒獲得貴族的封號。

在剛剛過去的一個半月當中，侯爵幾乎在任性的驅使下，想要讓朱利安富起來。他認為貧窮很可恥，對拉莫爾先生來說有損名譽，這不可能出現在他女兒的丈夫身上。他必須捨得把錢撒出去。第二天，他的想像又轉向了，他覺得朱利安會理解這種金錢施予所隱含的意義，會隱姓埋名，逃亡美洲，寫信給瑪蒂爾德說為她而死。拉莫爾先生假設這封信已經寫就，密切注視著它對女兒性格產生的影響……

瑪蒂爾德的真實的信把他從這些如此幼稚的幻想中拉回來，那天他思索了很久，怎麼去殺死朱利安或者讓他消失，又想到為他構建一個光輝的前程。他讓朱利安用他的一塊土地的名字作為姓氏，為什麼不能把他的貴族爵位傳給朱利安呢？他的岳父肖納公爵，自從他唯一的兒子在西班牙戰死後，跟他說過幾次，想把自己的爵位傳給諾貝爾……

「不可否認，朱利安有特殊的處事才幹，他很有膽識，也許甚至很出眾，」侯爵對自己說……「但在他的性格深處，我發現有某種可怕的東西。這是大家對他的印象，所以一定有些真實的東西。（這種東西越是難以捉摸，就越是讓想像力豐富的老侯爵感到恐懼。）

「有一天，我的女兒非常巧妙地對我說（在一封隱匿的信裡）：『朱利安沒有加入任何客廳，不屬於任何流派。』他沒有借助任何勢力來反對我，如果我拋棄他，他沒有任何對策……但這是對當前的社會狀況不瞭解嗎？……我跟他說過兩三次：『只有客廳的推薦才真實可靠……』

「不，他沒有那種不浪費一分鐘、一次機會的檢察官所具有的機智和狡詐的才能……絕不是路易十一那種性格。另一方面，我看見他引用的都是最不寬容的格言……我真糊塗了……他反覆說這些格言，難道是為了克制自己的情感嗎？

「至少有一點很明顯：他受不了別人蔑視，我在這一點上控制了他。

「確實，他對高貴的出身並不迷信，他不是本能地尊重我們……這是缺點。不過，一個神學院學生所無法忍受的應該是缺乏享樂和金錢。他卻很不一樣，他無論如何不能忍受別人蔑視。」

在女兒來信的催促下，拉莫爾先生必須做出決定了。「總之，最重要的問題是：朱利安勇敢地追求我的女兒，是因為他知道我愛女兒勝過一切，知道我每年有十萬埃居的收入嗎？

「瑪蒂爾德的看法正好相反……不，我的朱利安，對於這一點我不願有任何想像。

「難道真的有一見鍾情的愛嗎？或者是攀附權貴的世俗願望？瑪蒂爾德很有遠見，她預感到這種懷疑會在我這邊毀了他，所以才承認，是自己先愛上他的……

「一個性格如此傲慢的女孩，竟然忘記自己的身分，主動做出大膽的表示！……一天晚上，在花園裡緊緊抓住他的手，這多麼可怕啊！似乎她沒有多少更加得體的辦法，讓他知道她看上他一樣。

「自我辯解，等於自己招認。我對瑪蒂爾德的說法，表示懷疑……」這天，侯爵的推論比平時更令人信服了。但是，經驗仍占據上風，他決定拖延時間，於是給女兒寫信，因為府裡的人總是互相寫信的。拉莫爾先生不敢和瑪蒂爾德爭論，不敢反駁她。他害怕一旦讓步，事情就完了。

信函

小心別再幹蠢事了。這是一張給朱利安・索萊爾・德・拉韋爾內先生的騎兵中尉的委任狀。

你看到我為他所做的事。不要反對我，不要詢問我。讓他二十四小時之內出發，到他的部隊駐地斯特拉斯堡報到。這裡有一張我的銀行支票，按照我說的去做。

瑪蒂爾德感受到無窮的愛情和快樂，她想借助勝利的優勢，於是立刻回信：

如果拉韋爾內先生知道你為他屈尊所做的一切，肯定會感激萬分，跪倒在你的腳下。但是，在這種寬宏大量中，我的父親卻把我忘了。你女兒的名譽處於危險中，一不小心就會留下永遠的汙點，兩萬埃居的年金也無法彌補。如果你答應我，下個月我的婚禮在維勒基耶公開舉行，我就把委任狀交給拉韋爾內先生。求你不要超過這個期限，因為時間一過，你的女兒就只能以拉韋爾內夫人的名義公開露面了。親愛的爸爸，我多麼感激你，把我從索萊爾這個姓氏中挽救出來……

回信出乎意料。

聽我的話，否則我會收回所說的。顫抖吧，冒失的孩子。我還不瞭解你的朱利安是什麼人，而你自己瞭解得比我還少。讓他出發去斯特拉斯堡，記得走正道。我會在半個月之內把我的意見告訴你。

回信如此堅決，讓瑪蒂爾德感到震驚。「我不瞭解朱利安」，這句話讓她陷入沉思，很快就引起一些最迷人的聯想，她認為這些都是真實的。「我的朱利安頭腦中沒有套上客廳裡拙劣的小制服，我父親不相信他有過人之處，正是因為這一點才證明了他的出眾……

「但是，如果我不順從他性格上的突發奇想，就可能發生一場公開的爭吵，會降低我的社會地位，可能會讓我在朱利安眼中變得不那麼可愛了。鬧過之後……要過十年的窮日子。因為才能而選擇丈夫這種傻事，只有家財萬貫才能避免被人恥笑。如果我遠離父親過日子，他這麼大年紀，可能會忘了我……諾貝爾會娶一個討人喜歡的機智妻子，年邁的路易十四還曾被勃根地公爵夫人勾引過呢……」

她決定服從，但沒有把她父親的信轉給朱利安。他這種暴躁的性格，會讓他幹出一些蠢事來。

晚上，朱利安從瑪蒂爾德口中得知，他已經是騎兵中尉了，他感到無比喜悅。我們透過他一生的抱負和此刻他對兒子的愛，可以想像到這一點。改變姓氏讓他感到震驚。

「總之，」他想，「我的小說結束了，所有的功勞屬於我自己。我知道如何讓這個驕傲的怪物愛上我，」他望著瑪蒂爾德，又想道，「她的父親沒有她，活不下去，而她不能沒有我。」

第三十五章

暴風雨

主啊，賜給我平凡吧！

——米拉波

他若有所思，對瑪蒂爾德表示的熱烈情感，他只是勉強應承著。他保持沉默，神情陰鬱。在瑪蒂爾德的眼中，他從未表現得如此高大、如此令人愛慕。她害怕他的自尊過於敏感，會搞砸整個局面。

幾乎每天早上，她都能見到彼拉神父到府裡來。朱利安從他那裡，不會瞭解到她父親的某些打算嗎？侯爵本人不會因為一時衝動給他寫信嗎？獲得如此巨大的幸福之後，朱利安的表情怎麼還這麼嚴峻呢？她不敢問他。

她不敢問！她，瑪蒂爾德，從這時開始，在對朱利安的感情中，萌生了一些模糊不清、出乎意料，甚至恐懼的東西。這顆乾枯的心，感受到一種在巴黎欣賞的過度文明中成長的人所能具有的全部激情。

第二天一早，朱利安已經來到彼拉神父的住宅。幾匹馬拖著從附近驛站租來的一輛破車，駛進了院子。

「這樣的裝備已經不合時宜了，」嚴厲的神父對他說，面帶怒色，「這是拉莫爾先生送你的兩萬法郎，他要求你在一年內花掉，但盡量不要鬧出笑話來。」（把這麼多錢扔給一個年輕人，神父從中只看到有犯罪的機會。）

「侯爵補充說：『朱利安．德．拉韋爾內先生收下的這筆錢來自他的父親，其他的就不必多說了。拉韋爾內先生也許認為應該送一份禮物給維利葉的木匠索萊爾先生，因為他童年時受過索萊爾的照顧……』我可以處理這件事，」神父補充說，「我終於讓拉莫爾先生下決心與非常狡詐的福利萊神父達成和解。他的聲望對我們來說實在太大了。這個控制著貝桑松的人，由他來默認你的高貴出身，是這次和解的一個隱含條件。」

朱利安激動得難以自制，他擁抱了神父，他覺得自己被社會承認了。

「呸！」彼拉神父說，將他推開，「這種世俗的虛榮有什麼意義？……對於索萊爾和他的兩個兒子，我將以我的名義為他們提供五百法郎的年金，分別付給他們每個人，如果我對他們滿意的話。」

朱利安又變得冷漠和傲慢了。他表示感謝，但態度很模糊，不想受到任何約束。「我有沒有可能是可怕的拿破崙放逐到山區的某個貴族的私生子？」他對自己說。這種想法每時每刻都讓他覺得不是不可能的。「我對我父親的憎恨，就是一個證據……我不再是怪物了！」

這段內心獨白之後沒過幾天，騎兵第十五團，最出色的部隊之一，在斯特拉斯堡的練兵場上進行演練。拉韋爾內騎士先生騎在阿爾薩斯最漂亮的駿馬上，這匹馬讓他花了六千法郎。他被任命為中尉，除了在一本他沒聽說過的軍團的名冊裡，他從未當過少尉。

他那沉著的表情、他那嚴厲及近乎凶惡的眼神、他的蒼白臉色、他那始終不變的冷靜，從第一天起就讓他聲名大噪。不久，他那完美和很有分寸的優雅，不必裝模作樣就讓人知曉的對槍械的靈敏運用，讓人拋棄了大聲取笑他的念頭。經過五、六天的猶豫之後，軍團的輿論對他表示讚許。一些愛嘲弄人的老軍官說：「這個年輕人身上什麼都有，唯獨缺乏年輕。」

朱利安從斯特拉斯堡寫信給謝朗先生，這位維利葉的前本堂神父如今已到風燭殘年了：

你想必已經知道了我的家庭讓我富起來的事情，你一定會感到高興。這裡是五百法郎，請你不要聲張，也不用提及我的名字，把它分給那些不幸的窮人，他們現在跟我過去一樣。我肯定你會像從前幫助我那樣，幫助他們。

讓朱利安沉醉的是野心，而不是虛榮。不過他仍然很注重外表。他的馬匹、軍服，他的隨從的衣服都保持整潔，與嚴謹的英國貴族一樣。他在別人的加持下，剛當了兩天中尉，就已經盤算著三十歲當上司令官，為了最終像所有偉大的將軍那樣，那麼二十三歲就應該不止是個中尉。他滿腦子裡只想著榮譽和兒子。

正當他為這種最瘋狂的野心而激動的時候，拉莫爾府的一名年輕傭人突然來了，他是來送信的。瑪蒂爾德在信裡寫道：

全都完了，請你盡快回來，不惜犧牲一切，甚至可以逃跑。到了之後立刻坐上一輛出租馬車，在花園小門附近的某條街某個號碼等我。我有話跟你說，也許可以把你帶到花園裡。全都完了，恐怕無法挽回了。相信我，你會看到我在逆境中仍然忠誠而堅定。我愛你。

幾分鐘後，朱利安得到上校的批准，迅速離開斯特拉斯堡。可怕的焦慮吞噬著他，讓他過了梅斯就走不動了。他跳上一輛驛車，以不可思議的速度趕到指定地點，拉莫爾府花園的小門旁。門開了，瑪蒂爾德不顧一切，立刻投入他的懷抱。幸好當時才早上五點，街上還沒有人。

「全都完了。父親怕見到我流眼淚，星期四夜裡就走了。他到哪裡去了？沒人知道。這是他的信，你看看吧。」她跟朱利安上了馬車。

我什麼都能原諒，唯獨不能原諒他因為你有錢而誘惑你。可憐的孩子，這是可怕的事實。我發誓，我絕不同意你跟這個人的婚事。如果他願意遠走他鄉，離開法國，最好到美洲去，我可以給他一萬法郎的年金。你看看這封信，這是我打聽他的情況得到的回覆。這個無賴逼著我給瑞納夫人寫信。你如果寫信提到他，我一句都不會看。我對巴黎和你厭倦了。我請你對可能發生的事保密。徹底地與這個卑鄙的人斷絕來往，你將會重新找回一個父親。

「瑞納夫人的信[1]在哪裡？」朱利安冷漠地說。

「在這裡。我想等你做好心理準備時，再給你看。」

信函

先生，對於宗教和道德的神聖職責，讓我不得不艱難地給你寫信。一條不會有偏差的準則，此刻命令我去傷害一個熟人，為了避免更大的醜聞。我自己的痛苦應該由責任去克服。先生，確實，你向我打聽這個人的真實情況，他的行為似乎是無法解釋的，或者是正派的。世人可以認為隱瞞部分事實，並加以掩蓋是必要的，謹慎和宗教也希望我這樣。但是，你想瞭解的這個人的行為非常應該受到譴責，超過了我所能說的極限。這個人貧窮而貪婪，十足的虛偽，藉由誘惑一個軟弱而不幸的女人，試圖改變社會地位，最終出人頭地。我補充一句，這也是我痛苦的責任的一部分：我不得不相信，朱利安先生沒有宗教信仰。憑良心說，我不能不認為，他為了在一戶人家獲得成功，手段之一就是誘惑這個家裡最有影響力的女人。在一種無私的外表和小說語言的掩飾下，他最大的唯一目的，就是控制這個家的主人和財產。他留下的是不幸和無窮的悔恨……

這封信特別長，一半被淚水浸溼了，確實是瑞納夫人的筆跡，甚至比平時更細心。

「我不能責怪拉莫爾先生，」朱利安看完後說，「他很公正，而且謹慎。有哪位父親會把心愛的女兒嫁給這樣的人呢！再見吧！」

朱利安跳下馬車，向停在路邊的驛車奔去。瑪蒂爾德似乎被遺忘了，她緊跟著他，但跑到店鋪門口的商販都認得她，他們的目光迫使她急忙退到花園裡。

朱利安出發到維利葉去。在匆忙的旅途中，他本來想給瑪蒂爾德寫信，但不行，他在紙上寫下的字根本無法辨認。

---

1 斯湯達爾合理地解釋了朱利安的行為。正是「被拋棄情人的自尊心」和野心的破滅，決定了貝爾特（這位神學院學生的經歷促使了斯湯達爾創作《紅與黑》）的犯罪。事實上，貝爾特在付諸行動之前，生活在幻覺和固有的觀念中。朱利安的行動則有一種完全不同的傾向。

他到達維利葉時，是星期天的早晨。他走進當地的軍械商店，店主對他最近的好運說了很多恭維話。這是當地的新聞。

朱利安費了很多口舌，才讓他明白自己要買一對手槍。店主根據他的要求，為槍裝上子彈。

三連鐘敲響了。這是法國鄉村路人皆知的信號，在早晨各種鐘聲響過之後，彌撒就要開始了。

朱利安走進維利葉的新教堂。所有高大的窗戶都用深紅的帷幕遮住。朱利安站在瑞納夫人凳子後面幾步遠的地方。他看到她正在虔誠地禱告著。看到這個曾經如此深愛過他的女人，朱利安的手抖得厲害，無法執行他的計畫。「我做不到，」他對自己說，「我真下不了手。」

這時，輔助彌撒的年輕教士搖響了「高舉聖體」的鈴聲。瑞納夫人低下頭，剎那間，她的頭幾乎全被披肩遮住了。朱利安已經認不出她了。他朝她開了一槍，沒有打中。又開第二槍，她倒下了[2]。

---

2 一八二七年十二月，《法院公報》對這起犯罪描述如下：「七月二十二日早晨，貝爾特將兩支手槍裝上子彈，放在外套裡，然後離開。他來到神父家，神父給他做了一份湯。在教區做彌撒的時候，他去了教堂，坐在離米肖夫人的長凳三步遠的地方。他一動不動地等著……直到神父分發聖餐的那一刻……大家幾乎看到貝爾特和米肖夫人同時倒下……凶手的血和受害者的血混合在一起，流到教堂的臺階上。」與貝爾特有所不同的是，朱利安沒有企圖自殺，他已經為自己復仇了（這是他寫給瑪蒂爾德的信中說的話），他承擔了所有的責任，他不想因為怯懦而蒙受恥辱。

第三十六章

悲慘的細節

不要期待我會示弱。我報仇了，我應該死去，
我在這裡。為我的靈魂祈禱吧。

——席勒

朱利安一動不動，什麼也看不見。當他稍微清醒過來時，發現所有的信徒都逃離了教堂，教士也離開了祭壇。朱利安尾隨著幾個尖叫的女人，步履緩慢地向外走。一個女人想跑得比別人快些，猛地推了他一下，他摔倒了。他的腳被人群推倒的椅子困住了，當他再站起來時，感覺到脖子被勒住了，一個穿著制服的警察抓到了他。朱利安本能地想去摸手槍，但他的手臂被另一名警察抱住了。

他被送到監獄，關進牢房，戴上手銬，單獨囚禁起來，門上有兩道鎖。這一切進行得太快了，他什麼感覺都沒有。

「天哪，全都完了，」他清醒過來，大聲說道，「是的，半個月後上斷頭臺……或者在這之前自殺。」

他無法繼續往下想了。他覺得腦袋被強行禁錮住了。他想看看是否有人抓住他。沒過多久，他就昏昏欲睡了。

瑞納夫人所負的傷並不致命。第一顆子彈打穿了她的帽子。等她回過頭時，第二顆子彈射出來了。子彈射中了她的肩膀，奇怪的是，打碎骨頭後又被反彈回來，碰到一根哥德式的柱子上，落下一塊石頭碎片。

經過漫長而痛苦的包紮之後，一位表情嚴肅的外科醫生對瑞納夫人說：「我可以用我的生命擔保，你很安全。」她感到很痛苦。

長久以來，她一直真心地盼望死去。她寫給拉莫爾先生的信，是目前聽她懺悔的神父強迫她寫的，它給這個因為長期不幸而日漸衰弱的人以致命的一擊。這個不幸就是朱利安的離別，她把這稱作悔恨。她的精神導師，是一位正直而虔誠的年輕教士，他是最近剛從第戎來的，什麼都瞞不過他的眼睛。

「這樣死去，但不是死於我的手，就不算罪過了，」瑞納夫人心想，「對於死亡，我感到喜悅，天主也許會原諒我。」她沒敢加一句，「能死在朱利安手中，是莫大的幸福。」

她好不容易擺脫了外科醫生和成群趕來的朋友，讓人把貼身女傭埃麗莎叫來。

「監獄看守，」她滿臉通紅地對女傭說，「性情殘暴，一定會折磨他，認為這樣做我會高興……這種想法讓我無法忍受。你能不能把這個裝有金幣的小包送給監獄看守，就說是你自己要去的？你對他說教會不允許折磨別人……尤其讓他不要提及送錢的事。」

正是由於我們提到的這種情況，朱利安才受到維利葉監獄看守的善待，看守仍然是奴瓦魯先生、一位出色的司法人員，我們記得阿貝爾先生的出現曾經讓他多麼恐懼。

一位法官出現在監獄裡。

「我是預謀殺人，」朱利安說，「我在軍械商店買了裝好子彈的手槍。根據刑法第一三四二條規定，我應該被判處死刑，我等候宣判。」

法官對這種回答方式感到驚訝，於是提出很多問題，想讓被告在回答中自相矛盾。

「難道你沒有看出來，」朱利安微笑著對他說，「我已經像你希望的那樣認罪了？先生，走吧，你不會錯過你要追逐的獵物。你會從判決中得到快樂。請你別待在這裡了。」

「還有一件令人厭惡的義務要履行，」朱利安想，「應該給拉莫爾小姐寫封信。」他在信中對她說：

我已經報仇了。不幸的是，我的名字將會出現在報紙上，我不能隱姓埋名地逃離這個世界。我會在兩個月內死去。復仇是殘忍的，像與你分別一樣痛苦。從今以後，我禁止自己寫你的名字或者把它說出口。永遠不要提到我，即使對我的兒子也不要說，沉默是尊重我的唯一方式。對一般人來說，我是一個普通的殺人犯……最後，請允許我說句實話：你會忘記我的。這場災禍，我勸你永遠不要對任何人說起，需要好幾年才能去除你性格中浪漫和過於喜歡冒險的東西。你應該活在中世紀的英雄之中，表現出他們堅定的性格吧。希望應該發生的事悄悄地進行，不要牽連到你。你可以使用化名，但不要有知心朋友。如果需要朋友的幫助，我把彼拉神父留給你。

不要告訴任何人，尤其是你那個階層的人，例如呂茲、凱呂斯等等。

我死後一年，嫁給克魯瓦澤努瓦先生吧，我請求你，以丈夫的名義命令你。不要給我寫信，我不會回覆。我覺得我沒有伊阿古那麼惡毒，但我要像他那樣說：「從今以後，我再也不說話了。[1]」

沒有人會再看到我講話和寫字了。你現在收到的，是我最後的話和最後的愛。

于・索

這封信發出之後，朱利安稍微清醒了，他第一次感到非常不幸。那些由野心萌生的希望隨著「我將死去」這句關鍵的話，逐一從他的心中抹去了。在他眼中，死亡本身並不可怕。他的一生不過是為不幸所做的漫長準備，他絕不會忘記這個被認為是最大不幸的不幸。

「怎麼！」他對自己說，「假如兩個月後，我要和一個精通劍術的人決鬥，我會脆弱到念念不忘，並且心懷恐懼嗎？」

他花了一個多小時，試圖從這個方面反省自己。

當他看清自己的心靈時，真相就像監獄裡的柱子一樣清晰地出現在眼前，他心生悔意。

「為什麼我要悔恨呢？我受到殘忍的傷害，我殺了人，應該被判死刑，如此而已。我結清了人間的帳務後死去。我沒有留下任何未盡的義務，我不虧欠任何人。我唯一感到羞恥的是死在刑具之下。確實，僅僅是這一點就足以讓我在維利葉的市民面前感到羞恥。不過，在精神層面，還有比這更令人蔑視的嗎！我只有一個辦法讓他們更看重我，就是在去刑場的路上向大家拋撒金幣。他們想到我，就會聯想到金子，對他們來說就是光彩奪目了。」

經過一番思考，他覺得豁然開朗了：「我在人世間沒什麼要做的了。」他對自己說，然後昏昏沉沉地入睡了。

接近晚上九點鐘，看守送來晚飯，叫醒了他。

「維利葉的人在議論什麼？」

「朱利安先生，我就任那天，曾在法院對十字架發過誓，我必須保持沉默。」他一言不發，卻不肯走。看到這種世俗的虛偽，朱利安感到好笑。「他想用五個法郎出賣自己的良心，」他想，「我要讓他多等一會兒。」

看守見他吃完飯，還沒有收買的意圖，就用虛假的溫柔語氣對他說：

「朱利安先生，出於對你的友情，我必須說出來。雖然有人說這是違法的，但這可能有助於你為自己辯護……朱利安先生是個好心的年輕人，如果我告訴他瑞納夫人好多了，他肯定會感到高興的。」

「什麼！她沒有死？」朱利安失聲叫道。

「怎麼！你什麼都不知道！」看守對他說，驚訝的表情很快變成幸福的貪婪，「先生應該給外科醫生送點東西，根據法律和正義，他不會說出去。為了讓先生高興，我去過他那裡，他全都跟我說了……」

「總之，不是致命傷，」朱利安不耐煩地對他說，「你能用性命擔保嗎？」

看守是個六尺高的大個子，竟然嚇得退到門口。朱利安看到這樣下去無法釐清真相，於是又坐下來，扔給奴瓦魯先生一枚金幣。

這個人的敘述向朱利安證實了瑞納夫人的傷並不致命，朱利安感到眼淚要流出來了。

「滾出去！」他突然吼道。

看守服從了。門剛剛關上，朱利安就叫道，「天哪！她沒有死！」他跪下來，淚流滿面。

---

1 伊阿古是莎士比亞戲劇《奧賽羅》中的反面人物。這句話原文為英文，出自該劇第五幕第二場。

在最後時刻，他成了教徒。教士的虛偽又能怎樣？難道能損害天主觀念的真實與崇高嗎？只有這種時候，朱利安才開始對所犯的罪行感到懊悔。也只有這種時候，他從巴黎到維利葉路上的那種亢奮和半瘋狂的狀態才得以平息，這種巧合又使他免於絕望。

他的淚水有崇高的淵源，他對等待著他的判決深信不疑。

「這樣，她會活下去！」他對自己說，「她會為了饒恕我、愛我而活下去……」

第二天早上很遲了，看守才叫醒他：

「朱利安先生，你肯定心很大。我來了兩次，都不想叫醒你。這裡有兩瓶好酒，是我們的神父馬斯隆先生送給你的。」

「怎麼？這無賴還在這裡？」朱利安說。

「是的，先生，」看守低聲回答，「別這麼大聲說話，這會對你不利的。」

朱利安放聲大笑。

「我的朋友，我走到這步，只有你才會對我不利，如果你不再對我溫柔善良……你會得到好的酬勞。」朱利安不出聲了，又變得蠻橫起來。這種表情由一枚硬幣的賞賜證實了它的合理性。

奴瓦魯先生又詳細地講述了他所知道的關於瑞納夫人的情況，但沒有提及埃麗莎小姐的來訪。

這人低三下四到了極點。朱利安的腦子裡閃過一個念頭：「這個醜陋的大個子可以賺三、四百法郎，因為監獄裡的人不太多。我可以給他的有一萬法郎，如果他願意跟我逃到瑞士去……困難在於讓他相信我的誠意。」想到要跟一個這麼卑鄙的人長談，朱利安感到噁心，於是他又想別的事了。

晚上，時間來不及了。午夜時分，一輛驛車把朱利安拉走了。他對同行的警察，感到很滿意。

早上，當他們到達貝桑松的監獄時，他被妥善地安置在哥德式主塔樓的最頂層。他確信這是一座十四世紀初的建築。他欣賞它的優雅和精緻。一座很深的院子外面，透過兩堵牆之間的狹窄縫隙望過去，可以看到美麗的風景。

第二天有一次審訊。之後幾天沒有人打擾他。他的心很平靜。他覺得這個案件再簡單不過了：「我是故意殺人，應該被判死刑。」

他的思緒沒有停留在這個問題上。審判、令人厭煩的出庭、辯護，他覺得這些都是微不足道的麻煩、讓人討厭的儀式，到那天再想也來得及。連死亡的時刻，他也不太去想，「我等到宣判以後再去想吧。」生活對他來說並不無聊，他用新的視角看待所有的事情。他不再有野心了，他很少想到拉莫爾小姐。他的心中充滿了悔恨，他眼前總是出現瑞納夫人的影像，特別是夜深人靜的時候。在這高大的塔樓裡，只有白尾海鷗的叫聲讓他感到不安！

他感謝上天，她沒有受到致命傷。「真奇怪！」他心想，「我以為她那封寫給拉莫爾先生的信，會永遠地毀了我未來的幸福，但之後不到半個月，我就不再被這些東西困擾了……兩三千法郎的年金，可以安靜地生活在像維爾吉這樣的山區……我那時是幸福的……但我沒有意識到這種幸福！」

別的時候，他會突然從椅子上站起來。「如果我把瑞納夫人打死了，我會自殺……我必須確信這一點，不然我會對自己感到厭惡。」

「自殺！這是個重要的問題，」他對自己說，「這些法官太死板了，如此瘋狂地折磨可憐的被告，為了得到十字勳章，不惜把最好的公民絞死……我要擺脫他們的控制，避免他們用糟糕的法語侮辱我，外省的報紙卻稱這樣的言語為口才……」

「我大概還能活五到六個星期……自殺！天哪，我不會，」幾天以後，他對自己說，「拿破崙也活下來了……」

「再說，我活得還不錯。這裡很安靜，我一點也不悶。」他笑著又說，然後列了一個單子，讓人從巴黎送些書來。

第三十七章 塔樓

一位友人的墳墓。

——斯特恩[1]

他聽見走廊裡發出巨大的聲音，這不是有人會上來巡查的時間。白尾海鷗尖叫著飛走了。門打開了，令人尊敬的謝朗神父，渾身顫抖著，手裡拄著拐杖，撲到他的懷裡。

「啊！天哪，這怎麼可能呢，我的孩子……應該叫你魔鬼！」

這位好心的老人再也沒說一句話。朱利安怕他跌倒，不得不找把椅子讓他坐下來。時間之手緊緊壓在這個從前活力四射的人身上。朱利安覺得他不過是自己的影子罷了。

他喘了口氣說：「我前天才收到你從斯特拉斯堡寄來的信，還有你送給維利葉窮人的五百法郎，有人給我帶到了利弗呂的山村，在那裡，我隱居在我的侄子讓家裡。昨天，我聽說你闖了大禍……天哪！這怎麼可能呢！」老人沒有再流淚，好像沒有什麼想法，只是無意識地補充說，「你需要這五百法郎，我給你帶來了。」

「我需要見到你，我的神父！」朱利安感動地叫道，「我還有錢呢。」

1 勞倫斯．斯特恩（Laurence Sterne，一七一三—一七六八），十八世紀英國感傷主義小說家。

但他再也得不到理智的回答了，淚水不時沿著謝朗神父的臉頰默默地流下來。然後他望著朱利安，看見他渾渾噩噩地把自己的手放在嘴邊，這張過去如此活潑的臉，曾如此強烈地顯露出最高貴的情感，現在卻是無精打采的表情。很快，一個鄉下人來接老人。「他不能太累了，」他對朱利安說，朱利安知道他就是老人的侄子。這次見面讓朱利安陷入殘酷的不幸當中，眼淚也沒有了。他覺得一切都是淒慘的，無法得到任何安慰。他覺得他的心徹底涼了。

這是他犯罪以後所經受的最殘酷時刻。他見到了死亡，及其所有的醜惡。所有靈魂的偉大和寬宏大量的幻想，猶如遭遇暴風雨的一片雲，被驅散了。

這種可怕的情形持續了好幾個小時。精神中毒之後，需要治療的藥物和香檳酒。朱利安覺得借助它們是怯懦的表現。他一整天都在狹窄的塔樓裡漫步，到可怕的一天行將結束的時候，他突然叫道：「我簡直瘋了！當我像別人一樣死去時，看到可憐的老人處於這種狀態，才會陷入這種可怕的悲傷。但正逢花季就突然死去，恰好讓我避開了這種悲慘的衰老景象。」

無論朱利安怎麼說服自己，他還是感覺到悲天憫人，像一個內心脆弱的人，所以這次探訪令他難過。

在他身上再沒有一絲粗獷與崇高，也沒有羅馬人的德行了。他覺得死亡似乎更加高不可攀了，似乎不是那麼觸手可及的事。

「這將是我的體溫計，」他對自己說，「今晚，距離引領我上斷頭臺的勇氣還要低十度，而今天早上，我還有這種勇氣。不過，這有什麼關係呢！需要的時候能恢復就行了。」體溫計的想法使他開心，最終忘了煩惱。

第二天早上醒來時，他為過去的一天感到羞恥。「這關係到我的幸福，我的平靜。」他幾乎要給總檢察長先生寫信，要求不許任何人來看他。「那麼富凱怎麼辦呢？」他想道，「要是他想來貝桑松看我，見不到我，他會多難過啊！」

他大概有兩個月沒想到富凱了。「我在斯特拉斯堡時，真是個大傻瓜，那時我的思想沒有超出我的衣領之外。」他對富凱的追憶越多，就越感到傷感。他激動地來回走動。「我現在肯定在死亡水準之下二十度了……如果這種虛弱越來越多，我還是自殺算了。如果我像個學究一樣死去，那馬斯隆神父和瓦勒諾之類的人該多高興啊！」

富凱到了，這個樸實而善良的人痛苦得發瘋了。他唯一的想法、如果他有想法的話，就是賣掉他的財產去賄賂監獄看守，把朱利安救出來。他詳細地講述了拉瓦萊特[2]先生越獄的經過。

「你讓我感到痛苦，」朱利安對他說，「拉瓦萊特先生是無辜的，而我有罪。你雖然無心，卻讓我想到了其中的不同……」

「不過，是真的嗎！什麼？你想賣掉全部財產？」朱利安說道，突然之間又變成觀望者和多疑者了。

富凱見到他的朋友最終對他重大的想法有了反應，非常高興，就仔細地把他的每筆產業能換得的錢計算出來，出入不到一百法郎。

「對於一個鄉村產業主來說，這是多麼高尚的努力啊！」朱利安想，「我從前看到他那麼節儉、那麼吝嗇，都感到臉紅，如今他卻為我做出犧牲！我在拉莫爾府見到的那些喜歡讀《勒內》[3]

2 拉瓦萊特（M. de Lavalette，一七六九－一八三〇），為大革命和拿破崙效力，百日政變後被判處死刑，臨刑前一天（一八一五年十二月二十日），在妻子協助下逃出監獄。

的英俊年輕人，沒有一個會做出這種荒謬的舉動。除了那些還很年輕的，因為遺產而發財的，不知道金錢價值的人，這些漂亮的巴黎人當中，有誰會做出這種犧牲呢？」

富凱的所有法語的錯誤、粗俗的舉止，全都消失了，朱利安投入到他的懷抱中。與巴黎人相比，外省人從未受到過如此崇高的尊敬。富凱在朋友的眼中看到了興奮的瞬間，非常高興，以為他同意逃出去呢。

看到這種義舉，朱利安因為謝朗先生的出現而喪失的全部力量又恢復了。他還很年輕，在我眼裡，是一株美好的植物。他沒有像大多數人那樣，從溫柔變得狡猾，年齡讓他更容易心生憐憫，那種瘋狂的懷疑也會痊癒……但這些徒勞的預言有什麼用呢？

雖然朱利安做出各種努力，審訊卻變得更加頻繁了，所有的回答都使案情趨於簡化：「我殺了人，至少我是故意殺人，而且是有預謀的。」每天他都這樣重複。但法官首先是拘泥於形式的人。朱利安的聲明絲毫沒有縮短審訊，法官的自尊心卻受到傷害。朱利安不知道他們想把他轉入可怕的黑牢，多虧了富凱的奔走，他們才讓他留在一百八十級臺階上的漂亮房間裡。

福利萊神父也屬於由富凱供應木柴的重要人物之一。好心的商人竟然找到了這位權力很大的代理主教。令他興奮得難以言表的是，福利萊先生告訴他，朱利安的優秀人品和他過去在神學院提供的服務，讓他為之感動，他打算向法官為朱利安說情。富凱隱約見到拯救朋友的希望，出門的時候拜倒在地，懇求代理主教在彌撒時布施十個金幣，祈求宣布被告無罪。

富凱完全搞錯了。福利萊先生絕對不是瓦勒諾那種人。他拒絕了，甚至想法讓這位好心的農民明白，最好把他的錢留著。他看到不可能毫無閃失地說清楚，就勸他把這些錢施捨給可憐的囚犯，他們實際上一無所有。

「這個朱利安是個怪人，他的行為不可理解，」福利萊先生想，「對我來說，不該有任何不可解釋的事……也許有可能讓他成為殉道者……不管怎樣，我會知道事情的原委，也許能找機會讓瑞納夫人感到恐懼，她根本不尊重我們，實際上厭惡我……也許我還能在這當中找到辦法跟拉莫爾先生達成和解，他似乎對這個神學院的小修士有所偏愛。」

訴訟和解書已經在幾個星期之前簽署了。彼拉神父離開貝桑松的時候，曾經提到朱利安的神祕出身，同一天，這個不幸的人在維利葉的教堂裡開槍謀殺了瑞納夫人。

朱利安在死前只看到一件令人討厭的事情，這就是他父親的探視。他想寫信給總檢察長，要求免去一切探視，為此他徵詢了富凱的意見。在這種時刻，他不想與父親見面，令這位誠實而平凡的木材商人極為反感。

他認為自己明白了為什麼那麼多人對他的朋友深惡痛絕。出於對不幸的尊重，他隱藏了這種感受。

「不管怎樣，」他冷冷地回答，「這種密令不該針對你的父親。」

3《勒內》是法國作家夏多布里昂的小說，《勒內》裡的主角則成為「世紀病」憂鬱的代名詞。

第三十八章

有權勢的人

她的行動那麼神祕，身材那麼優雅！她究竟是誰呢？

——席勒

第二天一早，塔樓的門轟然打開，朱利安被驚醒了。

「啊！天哪，」他心想，「我的父親來了。這場面真掃興！」

與此同時，一個農民打扮的女人撲到他的懷裡，他幾乎認不出她，這是拉莫爾小姐。

「狠心的傢伙，我收到你的信，才知道你在何處。你所說的罪行，只是高貴的復仇，它讓我看到在這個胸膛裡跳動的心多麼高尚，我到維利葉後才知道……」

儘管朱利安對拉莫爾小姐心存偏見，且他自己也未明確承認，但還是覺得她很漂亮。在她的言行之中，他怎麼能看不到一種超越一顆平凡庸俗的心靈的高貴、無私的感情呢？他仍然相信自己愛著一位皇后，片刻之後，他用一種罕見的高貴言語和思想，對她說：

「未來非常清晰地浮現在我的眼前。我死後，我要你再嫁給克魯瓦澤努瓦先生，他將娶一個寡婦。這個迷人的寡婦，心靈是高貴的，但有點浪漫，她經過一件奇異又悲劇的大事件後，深感震驚，轉而去尊重世俗的嚴謹，開始瞭解年輕侯爵的真實價值。你聽任自己去享受普通人的幸福：尊重、財富和高貴的身分……但是，親愛的瑪蒂爾德，你到貝桑松來，如果讓人懷疑，對拉莫爾先生將是致命的打擊，我將永遠不會原諒自己。我已經給他造成太多痛苦！院士會說，他在懷裡將一條凍僵的蛇暖和過來。」

「我承認自己沒有料到有這麼多冰冷的理由、這麼多對未來的顧慮，」拉莫爾小姐有些怒氣地說，「我的女傭幾乎跟你一樣小心，她為自己弄了一份護照，我是以米什萊夫人的名義乘驛車來的。」

「米什萊夫人也可以這麼容易地到我這裡來嗎？」

「啊！你始終是超凡脫俗之人，是我選中的！起初我給了法官的祕書一百法郎，他本來說我不能進入塔樓，但這個正派的人收了錢之後，讓我等等，又提出各種反對理由，我以為他要騙我的錢……」她停下不說了。

「那後來呢？」朱利安問。

「別生氣，親愛的朱利安，」她擁抱著他說道，「我不得不把我的名字告訴這個祕書，他把我當成了巴黎的年輕女工，愛上了英俊的朱利安……其實，這是他說的話。我對他發誓說，我是你的妻子，並且獲准每天來看你。」

「她簡直瘋了，」朱利安心想，「我沒法阻止她。總之，拉莫爾先生是顯赫的大人物，輿論總會找到理由為年輕的上校娶了這位迷人的寡婦做出解釋。不久我的死會掩蓋一切。」於是，他快樂地享受著瑪蒂爾德的愛情。這是瘋狂，是心靈的崇高，是最奇特的事情。她嚴肅地對他說，要和他一起去死。

最初的激情之後，當她對跟朱利安見面的快樂感到滿足時，她的心突然被一種強烈的好奇心攫取了。她審視著她的情人，發現他比她想像中的好很多。博尼法斯·拉莫爾好像活過來了，不過更加英勇。

瑪蒂爾德會見了當地最出色的律師，她過於生硬地給他們送錢，讓他們感到不舒服。不過，他們最終還是收下了。

她很快就得出這種結論，在貝桑松，凡是可疑而影響重大的事情，都要依靠福利萊神父的力量。

她發現，用米什萊夫人這個卑微的名字，要見到聖公會中最有權勢的人，有難以逾越的困難。但是城裡已有傳聞說，一個漂亮的時裝店女老闆，瘋狂地愛上了年輕的神父朱利安·索萊爾，特地從巴黎到貝桑松來安慰他。

瑪蒂爾德獨自在貝桑松的街道上奔走，希望不要被人認出來。不管怎樣，她也不相信在民眾當中造成深刻的影響會對她的事情毫無用處。她甚至瘋狂得想到煽動民眾造反，在朱利安赴死的途中將他救出來。拉莫爾小姐認為自己穿著簡樸，似乎適合痛苦中的女人，實際上她的打扮更引人注目。

她在貝桑松成為眾人關注的對象。經過八天的請求之後，她得到了福利萊先生的召見。

不管她有多大勇氣，在她心目中，有影響力的聖公會成員和處心積慮的犯罪之間，有著密切的關聯。當主教府的門鈴響起時，她忍不住渾身顫抖。當她必須爬上樓梯，走進首席代理主教的房間時，她幾乎不能走路了。主教府邸的空曠孤寂，讓她感到渾身發涼。「我會坐在一把扶手椅上，椅子會抓住我的手，之後我消失了。我的女傭該去哪裡找人呢？憲兵隊長不會採取任何行動……我在這座大城市裡，是孤立無助的！」

從第一眼看到代理主教的房間時，拉莫爾小姐就放心了。首先，給她開門的是一個穿著優雅制服的隨從。等候召見的客廳，呈現出精緻細膩的奢華，與那種粗俗的富貴完全不同，在巴黎只有在最好的人家才能見到。她看到福利萊先生面色和善地向她走來，所有關於殘忍犯罪的想法頓時消失了。她甚至在這張漂亮面孔上找不到那種精力充沛、有些野蠻、令巴黎上流社會頗為反感的道德印記。這個在貝桑松掌控一切的教士臉上帶著微笑，顯示出他是一個上流社會的人、一位博學的主教和精明的官員。瑪蒂爾德認為自己彷彿就在巴黎。

只需片刻，福利萊先生就讓瑪蒂爾德承認，她是他的強勁對手拉莫爾侯爵的女兒。

「其實我不是米什萊夫人，」她說道，完全恢復了傲慢的表情，「承認這一點對我不算什麼，先生，我是來跟你協商一下，看是否可能讓拉韋爾內先生逃出去。首先，他是過失犯罪，他開槍打傷的女人現在沒事了。其次，為了收買下面的人，我立刻交出五萬法郎，而且可以加倍。最後，我和我的家庭為了報答救出拉韋爾內先生的人，沒有什麼做不到的事。」

福利萊先生對這個名字感到驚訝。瑪蒂爾德向他出示了幾封陸軍部長寫給朱利安．索萊爾．德．拉韋爾內先生的信。

「先生，你看我的父親負責他的前程。我已經祕密地嫁給他，我的父親希望在宣布這樁對拉莫爾家的女人有點奇怪的婚姻之前，讓他晉升為高級軍官。」

瑪蒂爾德注意到，隨著這些重要事情的發現，福利萊先生臉上的善良和快樂的表情迅速消失了，一種混雜著深刻虛偽的詭計顯露出來。

神父心存疑慮，又慢慢地把那些官方文件看了一遍。

「我能從這份奇特的心靈告白中得到什麼利益呢？」他心想，「我一下子和著名的費瓦克元帥夫人的一位朋友建立了密切關係。她是某某主教大人的權力無限的侄女，經由她，可以在法國當上主教。我本以為是遙遠的未來才會發生的事，卻突然出現在眼前。這可以讓我實現所有的願望。」

她跟這個如此有權勢的人單獨待在一所偏遠的房子裡，他面部表情的快速轉變，一開始讓她感到害怕，「什麼！」她很快對自己說，「對一個滿足於權力和享樂的教士的冷酷私心不能施加任何影響，那不是太倒楣了嗎？」

通往主教位子的這條意外捷徑，讓福利萊先生眼前一亮。對瑪蒂爾德的才華感到驚訝，一度使他放鬆了警惕。拉莫爾小姐眼見他幾乎要拜倒在她的腳下。他野心勃勃，甚至激動得渾身顫抖。

「一切都明白了，」她心想，「費瓦克夫人的女友在這裡沒有辦不到的事。」儘管嫉妒的心情仍然使她痛苦，她還是有勇氣解釋，朱利安是元帥夫人親密的朋友，幾乎每天都在她家裡遇到某某主教大人。

「三十六名陪審員的名單，是在本省名流中連續抽籤四、五次之後決定的，」代理主教的目光中帶著強烈的野心，逐字強調地說，「如果我在每份名單上找不到八、九個朋友，如果他們不是這群人中最聰明的，那我的運氣就太差了。我幾乎總是擁有多數，多於定罪所需的數字。小姐，你看，我可以很容易地赦免罪行……」

神父突然閉嘴了，似乎為自己的聲音感到震驚。他承認了一些不該對教外人士說的事。

但是，現在該輪到他讓瑪蒂爾德目瞪口呆了。當他告訴她，在朱利安的意外事件中最令貝桑松社交界感到好奇和關注的是，他過去曾經喚起過瑞納夫人的激情，而且兩人長期相戀。福利萊先生輕易地發現，他的敘述造成了她極度的煩惱。

「我已經報仇了！」他心想，「終於有辦法駕馭這個如此堅決的小女人了。我還擔心不能成功呢。」在他的眼中，氣質優雅和難以駕馭，更增添了這位罕見美人的魅力，他看到她幾乎要懇求他了。他重新恢復了鎮定，毫不猶豫地扭動著插入她心中的匕首。

「不管怎樣，」他語氣輕鬆地說，「當我們聽到索萊爾先生因為嫉妒而向他曾經深愛的女人開了兩槍時，我不會感到驚訝。她並非沒有吸引力，近來她經常會見從第戎來的馬基諾神父、一個沒有德行的楊森派教徒，他們全都一樣。」

福利萊先生偶然抓住了這個漂亮女孩的弱點，就不失快感地，任意地折磨她的心。

「為什麼，」他目光灼灼地盯著瑪蒂爾德說，「索萊爾先生會選擇教堂下手呢，如果不是因為他的情敵正在那裡做彌撒的話？大家都承認你所保護的這個幸運兒非常聰明，而且特別謹慎。如果藏在他很熟悉的瑞納先生的花園裡，不是更加簡單嗎？在那裡幾乎可以肯定，不會被人看見、不會被人抓住，也不會引起懷疑，他就可以把他嫉妒的女人殺死。」

這種推理看起來如此合理，終於讓瑪蒂爾德受到重擊，喪失了理智。這顆驕傲的靈魂充滿了枯燥的謹慎，上流社會認為這是人類心靈忠實的描繪，不能馬上理解嘲弄一切謹慎才是幸福。對一顆熾熱的靈魂來說，也許這幸福是很強烈的。在瑪蒂爾德所生活的巴黎的上流社會中，激情很少能夠拋棄謹慎，從窗戶跳下去的往往是住在六層樓以上的窮人。

最後，福利萊神父對他的控制權很有把握。他讓瑪蒂爾德明白（無疑他是在說謊）他可以任意支配對朱利安起訴的檢察院。

在抽籤確定三十六位陪審員之後，他至少可以向其中三十位進行直接和個人的干預。

若是在福利萊先生眼中，瑪蒂爾德不是如此漂亮，那麼不經過五、六次會面，他不會說得這麼明白。

第三十九章
密謀

一六七六年，加斯特爾。

在我隔壁的房子裡，有一個人殺死了他的妹妹；

這個人之前也殺過人。

他的父親祕密地送給審判官五百金幣，救了他的性命。

——洛克[1]，《法蘭西遊記》

走出主教府邸，瑪蒂爾德毫不猶豫地派人給費瓦克夫人送了一封信。雖然擔心會連累自己，但她一刻也沒有停留。她懇求她的情敵請某某主教大人寫一封親筆信給福利萊先生。她甚至懇請她本人趕到貝桑松來。對於一顆嫉妒而驕傲的心靈，這個行動非常英勇。

按照富凱的勸告，她出於謹慎，沒有把她的活動告訴朱利安。即使沒有這些行動，她的到來已經讓他感到不安了。臨近死亡之際，他比一生中任何時候都更加正直，他的內疚不只是針對拉莫爾先生的，還有對瑪蒂爾德的。

「怎麼回事！」他對自己說，「我跟她在一起時，有時覺得心不在焉，甚至感到厭倦。她為了我毀了自己，我卻這樣報答她！我會是惡人嗎？」這種問題，在他野心勃勃的時候很少會去想，那時候，不成功才是他眼中唯一的羞恥。

他在瑪蒂爾德身邊的道德焦慮，更加明顯了，因為他這時激發了她最離奇、最瘋狂的熱情。她所談及的只有為了救他而想要做出的各種怪異犧牲。

她受到一種她為之驕傲的、戰勝她全部自尊的感情的激勵，她不想荒廢生命中的任何瞬間，必須做出驚人的舉動。在她跟朱利安的長談中，全都是那些對她來說最奇特、最危險的計畫。監獄的看守都被打點好了，讓她在監獄裡發號施令。瑪蒂爾德並不滿足於犧牲自己的名譽，她並不在乎讓整個社會都知道她的身分。跪在國王奔馳的馬車前，引起國王的注意，冒著被車輪碾死的危險，請求赦免朱利安，這不過是她激情衝動的想像力所編織出來的幻想。透過她在國王身邊任職的朋友，她確信能夠進入聖克勞德花園的禁區。

朱利安覺得不值得做出如此的犧牲，老實說，他已經對英雄主義感到厭倦了。現在能打動他的是一種單純、天真，且近乎羞怯的溫情。然而，對於瑪蒂爾德高傲的心靈，卻正好相反，她總是需要公眾和別人的看法。

在對她情人的生命——她不想在他身後還活著——的所有焦慮和害怕當中，她有一種隱祕的需要，想透過她誇大的愛情和行動的崇高讓公眾為之震撼。

朱利安對這種英雄主義不為所動，他為此感到惱火。但是，如果他知道瑪蒂爾德用她所有瘋狂的念頭，去壓制善良的富凱忠實卻非常理性和狹隘的心靈，那又會怎樣呢？

對於瑪蒂爾德的忠誠，富凱沒什麼可指責的。因為他自己為了拯救朱利安，也可以犧牲全部的財產，拿著生命去冒險。他對瑪蒂爾德的大肆揮霍，感到震驚。最初幾天，花費數額如此巨大，令

1 約翰·洛克（John Locke，一六三二—一七〇四），英國哲學家。

富凱佩服。他跟所有的外省人一樣，對金錢非常崇拜。

最後，他發現拉莫爾小姐的計畫經常改變，讓他頗感安慰的是，他找到一個詞來指責這種令人感到疲倦的性格：反覆無常。從這個形容詞到外省最強烈的譴責「頭腦壞掉了」，兩者相距僅一步之遙。

「真奇怪，」一天，瑪蒂爾德離開監獄時，朱利安對自己說，「如此熱烈的感情，因我而起，我卻如此無動於衷！而兩個月前，我是那麼喜歡她！我在書裡看過，臨近死亡的人，對一切都失去興趣。但可怕的是自己感到忘恩負義，卻又無力改變。我是自私自利的人嗎？」於是，他對自己嚴加譴責。

他心中的抱負已經死去，另一種情感從灰燼中產生。他對謀殺瑞納夫人感到內疚。

事實上，他狂熱地愛著她。當他獨自一人並且不擔心被人打擾時，他可以完全沉湎於對從前在維利葉或維爾吉度過的幸福時光的回憶中，感受到一種特殊的幸福。這段時光中飛快逝去的細微瑣事，對他都有一種難以抗拒的新鮮和魅力。他從未想到他在巴黎獲得的成功，他已經感到厭倦了。

這種傾向迅速蔓延，瑪蒂爾德天生的嫉妒心已經猜到幾分。她很明確地意識到，她必須跟他對孤獨的熱愛競爭。有幾次，她心懷恐懼地說出了瑞納夫人的名字。她看見朱利安渾身發抖。此後，她的熱情變得沒有邊際，也不可估量了。

「如果他死了，我也隨他去死，」她真誠地對自己說，「巴黎的沙龍裡看到像我這樣身分的女子對一個將要死去的情人愛到這種程度，該怎麼說呢？要找到這樣的情感，必須回到英雄時代。在查理九世和亨利三世的時代，令人心動的正是這種愛情。」

當她處於最激動的心情中，緊緊地把朱利安的頭抱在懷裡，她恐懼地對自己說，「怎麼！這可愛的頭顱注定要落地嗎！好吧！」她滿懷著一種不無幸福感的英雄主義，又想到，「我的嘴唇緊貼著這美麗的頭髮，不出二十四小時，它就會變得冰涼。」

此刻，對英雄主義和可怕享樂的回憶，難以掙脫地綁縛著她。自殺的念頭，本身那麼誘人，在這之前還遠離這顆高傲的心，如今已經滲透進來，很快就占據了絕對的優勢。「不，我祖先的血傳到我身上，還沒有變涼呢。」瑪蒂爾德驕傲地對自己說。

「我懇求你一件事，」一天，她的情人對她說，「把你的孩子放在維利葉寄養，瑞納夫人會監督奶媽的。」

「你對我說的這些太無情了……」瑪蒂爾德的臉色發白。

「確實如此，我請你務必原諒。」朱利安從沉思中醒來，大聲叫道，把她摟在懷裡。

為她擦乾了眼淚之後，他又回到自己的思考中，不過更加機智了。他讓談話有一種令人傷感的哲學表達方式，他談到了將要為他關閉的未來。

「親愛的朋友，應該承認，激情是人生中的一種偶然，但這種偶然只存在於傑出的人心中……我兒子的死，其實對你驕傲的家族是一件樂事，這是傭人都猜得到的。被忽視將是這個不幸與恥辱的孩子的命運……我希望在一個我不能確定的時候，但我的勇氣隱約地預感到，你將遵守我最後的叮囑：嫁給克魯瓦澤努瓦侯爵。」

「什麼，我已經名聲掃地了！」

「你這樣的姓氏是不會名聲掃地的。你將會是一個寡婦、一個瘋子的寡婦，不過如此。我再說遠一點：我的犯罪動機不是為了錢，根本談不上可恥。也許這個時代，某位有哲學頭腦的立法者，會戰勝他同時代人的偏見，得以廢除死刑。那時候，會有友善的聲音把我當成範例說：『瞧，拉莫爾小姐的第一個丈夫是瘋子，但不是壞人，也不是惡棍。砍掉他的頭太荒唐了……』我死後的名聲絕不會是可恥的。至少過些時候……你的處境、你的財富，請允許我說，還有你的才華，會使成為你丈夫的克魯瓦澤努瓦先生，充當一個他自己無法企及的角色。他只有出身和勇敢，僅憑這些長處，在一七二九年可以造就一個完人，但在一個世紀後的今天，就不合時宜了，只能提出非分的要求。要想引領法國的青年，還需要其他的東西。

「你會用堅定和勇敢的性格，支持你的丈夫加入的政黨。你會成為投石黨[2]運動中的那些謝弗勒茲和隆格維爾夫人的繼承者……但是，那時候，親愛的朋友，此刻激勵你的聖火會稍微冷卻一些。」

「請允許我對你說，」他說了許多鋪墊的話之後，又補充道，「十五年後，你會把你曾經對我的愛，視為一種可以原諒的瘋狂，但畢竟是一種瘋狂……」

他突然停下了，沉思起來。他又產生了讓瑪蒂爾德特別反感的想法：「十五年後，瑞納夫人會喜歡我的兒子，而你早就忘了他。」

---

2 投石黨運動（la Fronde，一六四八－一六五三），西法戰爭（一六三五－一六五九）期間，發生在法國的反對專制王權的政治運動。

第四十章
平靜

正因為那時我瘋了，現在我才會聰明。
哲學家，啊！你只看到瞬息之間，
你的目光多麼短淺！你的眼睛不是用來追隨激情的隱祕活動的。
——歌德夫人

這次談話被一次審訊打斷了，接下來是與辯護律師的商談。在一段充滿漫不經心和溫柔幻想的生活中，這是唯一絕對令人不快的時刻。

「這是謀殺，而且是蓄意的謀殺，」朱利安對法官和律師的說法一樣，「各位先生，我很遺憾，」他微笑著補充說，「但是，這讓你們的工作變得無足輕重了。」

「總之，」當朱利安終於擺脫了這兩個人時，他對自己說，「我必須勇敢，看起來要比這兩個人更勇敢。他們把這場結局不幸的決鬥視為彌天大禍、恐怖之王，我要到那一天才會認真對待它。」

「這是因為我遇到過更大的不幸，」朱利安繼續跟自己進行哲理思辨，「我第一次去斯特拉斯堡旅行時，認為自己被瑪蒂爾德拋棄，那時我的痛苦比現在大多了……可以說，那時我滿懷激情地渴求理想的親密關係，今天卻讓我變得如此冷漠！……實際上，與這個如此美麗的女孩分享給我的孤獨相比，我獨自一人感覺更幸福……」

律師向來循規蹈，認為朱利安瘋了，和公眾一樣認為，是嫉妒才讓朱利安拿起手槍的。一天，他試圖讓朱利安明白，無論真假，這都是很好的辯護理由。但是被告轉眼之間又變得偏激和尖銳了。

「先生，請你用生命擔保，」朱利安憤怒地叫道，「請記住，不要再說這種可惡的謊言了。」謹慎的律師突然害怕自己會被殺掉。

律師在準備辯護詞，因為關鍵時刻快要到了。貝桑松和全省都在談論這件有名的案子，朱利安卻一無所知，他請求別人永遠不要跟他談及這些事。

這天，富凱和瑪蒂爾德想要告訴他外面的消息，因為他們認為，這些消息可以給他帶來希望，但他們剛一開口，就被朱利安制止了。

「讓我過理想的生活吧。你們這些煩惱的瑣事、你們這些現實生活的細節，或多或少讓我煩惱，會把我從天上拉下來。大家想怎麼死都行，我只想按照我的方式去死。別人跟我有什麼關係！我和別人的關係就要切斷了。求你們，別再跟我說這些人了，只要看見法官和律師，我就已經夠了。」

「關於這一點，」他對自己說，「看來我的命運是在夢中死去。一個像我這樣卑微的人，肯定不出半個月，就會被人忘記，應該承認，如果要去演戲，那就太傻了……

「然而，奇怪的是，直到我看到生命的終點如此迫近，我才懂得如何享受生活。」

在最後的日子裡，他在塔樓頂上的狹窄平臺上散步，抽著瑪蒂爾德派人從荷蘭買來的高級雪茄，根本沒有料到城裡所有的望遠鏡每天都等著他出現。他的心思在維爾吉。他從未跟富凱談起過瑞納夫人，但這位朋友對他說過兩三次，她的身體恢復得很快，這句話迴盪在他的心中。

當朱利安的心靈幾乎完全沉浸在思想的國度中時，瑪蒂爾德在忙於現實的東西，似乎這更適合於一個貴族操心。她已能把費瓦克夫人和福利萊先生之間的直接通信推動到如此親密的程度，「主教職位」這個關鍵字已經被提及。

負責聖職任免的令人尊敬的主教，在他侄女的信上加了一個批注：「這個可憐的索萊爾只是個冒失鬼，我希望把他交給我們。」

一看到這幾行字，福利萊先生就喜出望外，他不懷疑能救出朱利安。

「如果沒有雅各賓黨人的法律規定的一份人數龐大的陪審員名單——其真實目的無非是剝奪所有出身高貴的人的影響力——」在抽籤決定開庭的三十六名陪審員的前一天，他對瑪蒂爾德說，「我本來可以確保判決結果，N本堂神父就是我讓人宣判無罪的。」

第二天，在投票箱裡選出來的人名當中，福利萊先生高興地發現有五個貝桑松的聖公會成員，在非本城人士當中，有瓦勒諾、穆瓦羅、肖蘭這些人的名字。「我首先可以保證這八位陪審員，」他對瑪蒂爾德說，「前五個不過是機器。瓦勒諾是我的代理人，穆瓦羅全都依靠我，肖蘭是個膽怯的傻瓜。」

報紙在省內傳播了陪審員的名字。瑞納夫人想來貝桑松，她丈夫感到難以言表的恐懼。瑞納先生所能獲得的承諾，只有她絕不下床，以免被傳喚作證而心生煩惱。「你不瞭解我的處境，」維利葉的前市長說，「我現在是他們所說的，自由黨的變節者。毫無疑問，瓦勒諾這個壞蛋和福利萊先生很容易讓總檢察長和法官做出可能令我難堪的判決。」

瑞納夫人毫不費力地對丈夫的命令做出讓步。「如果我出現在刑事法庭上，」她對自己說，

「就像我要報復似的。」

儘管她慎重地承諾過懺悔神父和她的丈夫，然而她一到貝桑松，就給三十六位陪審員分別寫了一封親筆信：

先生，審判那天，我絕不會出現。因為我的出席會對索萊爾先生的案子造成不良影響。我在這世上熱切盼望的只有一件事，就是他能得救。毋庸置疑，一個無辜的人因為我而被判死刑，這可怕的想法會損害我的餘生，並且會縮短我的壽命。我還活著，你們怎麼能判他死刑呢？不，毫無疑問，社會根本沒有權利剝奪人的生命，尤其是一個像朱利安．索萊爾這樣的人。在維利葉，大家都知道他有精神失常的時候。這個可憐的年輕人有一些強大的敵人。但是，即使在他的敵人（他有多少敵人！）當中，有誰會懷疑他令人欽佩的才華和深厚的學問呢？先生，你要審判的不是一個平凡的人。在接近一年半裡，我們都知道他虔誠、聰明，又用功。不過，每年有兩三次，他的憂鬱症發作，會造成精神失常。維利葉全城的人、我們在美好季節度假的維爾吉的所有鄰居、我的全家人、專區區長先生本人，都可以為他作證，證明他是虔誠的榜樣。他可以背下整本《聖經》。一個不信神的人，能花費數年研讀《聖經》嗎？我的兒子將有幸向你呈交這封信，他們還是孩子。先生，請你不妨問問他們，他們會把這可憐年輕人的詳細情況告訴你，以便讓你相信判他有罪很野蠻，這些情況還是很有必要知道的。你不僅不能為我報仇，反而會要我的命。

他的敵人能用什麼否認這些事實呢？我的孩子見過他們的家庭教師發瘋的時候，我的傷就是這種時刻造成的結果，其危險如此之小，不到兩個月我就能乘坐驛車從維利葉到貝桑松來了。先生，如果我得知，你對讓一個罪行如此微不足道的人從法律的野蠻下逃脫出來還有絲毫的猶豫，我將會離開只有我丈夫的命令才能讓我留下的病床，跪在你的腳下。

先生，請你宣布，預謀殺人並不屬實，那麼你就不會因為讓無辜的人流血而自責了……

第四十一章
審判

這個有名的案子，會被當地人記很久。
對於被告的關注甚至引起騷動。
他的罪行令人震驚，但並不殘忍。
即使殘忍，但這個年輕人太漂亮了。
他的美好前程結束得太早，增加了大家的同情。
「他會被判死刑嗎？」女人問她們認識的男人。
她們在等待回答時，臉色變得蒼白。

——聖伯夫

讓瑞納夫人和瑪蒂爾德如此擔心的一天，終於到了。城市奇怪的氛圍，更增加了她們的恐懼，即使富凱堅強的心靈都不免為之所動。全省的人都趕到貝桑松來，觀看這樁浪漫案件的審判。

幾天以來，旅館的床位都沒了。法庭庭長受到索要入場券的人圍攻，城裡所有的女人都想聆聽審判，有人在街頭叫賣朱利安的畫像……

瑪蒂爾德為了這個重要時刻，保留著一封某某主教大人的親筆信。這位領導法國教會的主教，竟然屈尊要求宣判朱利安無罪。審判的前一天，瑪蒂爾德把這封信交給了權力很大的代理主教。

會見結束，她淚流滿面地離開時，福利萊先生對她說：「我可以擔保陪審團的判決，」他終於擺脫了他外交家的謹慎，幾乎感動了自己，「其中十二個人負責審查你的被保護人的罪行是否屬實，特別是是否有預謀，我估計有六個朋友，效忠於我們的事業。我已經告訴他們，我能不能晉升主教職位，全都取決於他們。瓦勒諾男爵，是我讓他當上維利葉市長的，他完全支配著他的兩個下屬、穆瓦羅和肖蘭先生。說實話，抽籤也為我們這件案子帶來兩個思想很糟糕的陪審員。不過，他們雖然是極端的自由黨人，但遇到重大場合，還是會忠實地執行我的指令，我已經請他們像瓦勒諾先生那樣投票。我聽說第六位陪審員是實業家，非常富有，是個健談的自由黨人，渴望私下與陸軍部建立供貨關係，毫無疑問，他不會讓我不高興。我已讓人告訴他，瓦勒諾先生知道我的最後決定。」

「這位瓦勒諾先生是誰？」瑪蒂爾德擔心地說。

「如果你瞭解他，你就不會對成功有疑慮了。這個人話多膽大，厚顏無恥，是個粗人，天生是傻瓜的指揮者。一八一四年將他從苦難中救出，我要讓他成為省長。如果其他陪審員不按照他的意思投票，他會揍他們的。」

瑪蒂爾德心裡有點踏實了。

晚上還有另一場討論等著她。朱利安不想延長令人不快的場景，因為他認為結局已經確定了，所以下定決心不說話。

「我的律師屆時會說話的，這就夠了，」他對瑪蒂爾德說，「我不願意一直出現在所有這些敵人面前。這些外省人會因為我依靠你迅速發跡而感到不快，請相信我，他們當中沒有一個人不想判我死刑的，也有可能在我被帶到刑場時，像傻瓜一樣痛哭。」

「他們希望看到你出醜，這一點不假，」瑪蒂爾德回答，「但我不相信他們殘酷無情。我出現在貝桑松，我痛苦的樣子，引起所有女人的關注，餘下的由你英俊的面孔完成。只要你在法官面前說一句話，所有的聽眾都會支持你……」

第二天九點，當朱利安從監獄裡出來，走到法院的大廳時，憲兵費了很大力氣，才把院子裡擁擠的人群驅散。朱利安睡得不錯，非常平靜，他對這些羨慕的人群，除了哲學家的悲憫之外，並無其他感覺，而他們也不殘忍，只是為他的死刑判決鼓掌喝彩。當他在人群中受困超過一刻鐘時，他感到很吃驚，他的出現在群眾當中引起一片溫柔的憐憫。他沒有聽見一句傷人的話。「這些外省人並不像我想的那麼壞。」他對自己說。

進入審判廳，他被建築的優雅震撼了。這是一座純粹的哥德式建築，有許多漂亮的圓柱，是用石頭精心雕刻出來的。他以為自己身在英國呢。

但很快，他所有的注意力被十四、五個漂亮的女人吸引了，她們正好面對著被告席，在法官和陪審員的上面，坐滿了三個包廂。他向觀眾轉過頭去，看見位於梯形大廳上方四周的看臺上也坐滿了女人，她們大部分都很年輕，他覺得非常漂亮。她們的眼睛發亮，並且充滿了關切。大廳裡的其他地方人群湧動。有人在門口爭吵起來，衛兵無法讓他們平靜下來。

當所有的眼睛尋覓朱利安，發現他到場了，看見他坐在留給被告的較高的位置上時，迎接他的是一片驚訝和溫柔關切的竊竊私語聲。

這天，大家會說他看起來還不到二十歲，他衣著很簡樸，但有一種完美的優雅[1]。他的頭髮和額頭很迷人。瑪蒂爾德想自己負責他的打扮。朱利安的臉色極度蒼白。他剛坐在被告席上，就聽見周圍的人說：「天哪！他多年輕啊！……這可是個孩子啊……他比畫像好看多了。」

「被告，」坐在他右邊的憲兵對他說，「你看見坐在這個包廂裡的六位夫人嗎？」憲兵指給他看陪審員所在的梯形大廳上方突出的小看臺。「這是省長夫人，」警察接著說，「旁邊是N侯爵夫人，她很喜歡你。我聽她跟預審法官聊過。再後面是德爾維爾夫人……」

「德爾維爾夫人！」朱利安叫出聲來，臉唰的一下紅了。「她從這裡出去，」他想，「會寫信給瑞納夫人的。」他不知道瑞納夫人已經到了貝桑松。

證人的發言，很快就聽完了。代理檢察長的起訴書，剛念了幾句，朱利安正對面小包廂裡的兩位夫人就淚如雨下。「德爾維爾夫人不會這麼激動。」朱利安想。但是，他注意到她的臉變得通紅。

代理檢察長用蹩腳的法語，極力渲染罪行如何殘忍。朱利安觀察到德爾維爾夫人鄰座的夫人表情都十分不滿。好幾位陪審員似乎認識這些夫人，與她們說話時，好像在打消她們的疑慮。「這可是好的預兆。」朱利安想。

直到這時，朱利安對出席審判的所有男人都充滿了十足的輕蔑。代理檢察長平凡的表述增加了這種厭惡感。但是，朱利安心靈的冷漠，在對他明確表達的關切面前漸漸消失了。

他對他的律師的堅定態度感到滿意。「不要誇誇其談。」律師要發言時，他對律師說。

---

1 參見《法院公報》：被告被帶進來，所有的目光都集中在他身上。你可以看到一個身材修長、面色嬌嫩的年輕人。此外，他的頭髮和髮型都很好。他的面部表情與大而黑的眼睛形成鮮明對比，眼中帶著疲倦和疾病的跡象……其中的恐慌特別引人注目。朱利安與他正相反，他依然保持鎮定。

「他們用來反對你的所有誇大之詞，都是從博須埃那裡抄來的，為你幫了忙。」律師說。確實，他剛說了五分鐘，幾乎所有的女人就都掏出了手帕。律師情緒高漲，對陪審員說了些很有分量的話。朱利安顫抖了，他感覺眼淚要流出來了，「天啊！我的對手會說什麼呢？」

他的心剛要向圍繞他的同情讓步，就在此時，他突然遇上瓦勒諾男爵傲慢的目光。

「這個自命不凡的傢伙眼裡冒火，」他對自己說，「這個心靈卑劣的傢伙，得到什麼樣的勝利啊！如果我的罪行只是造成這種結果，我應該詛咒它。天知道，他會向瑞納夫人怎麼說我！」

這種想法驅散了其他所有的念頭。不久，朱利安被聽眾贊同的表示喚醒了。律師剛剛做完他的辯護。朱利安想到，他應該去跟律師握手致意。時間過得太快了。

有人給律師和被告送來了飲料。這時，朱利安才被一種情形所打動：沒有一個女人離開庭審去吃晚飯。

「說實話，我快餓死了，」律師說，「你呢？」

「我也一樣。」朱利安回答。

「你看，省長夫人也收到了送來的晚餐，」律師指著小看臺對他說。「打起精神來，一切都很順利。」庭審又開始了。

庭長做總結時，午夜的鐘聲響了。庭長不得不宣布暫停。在一片焦慮的寂靜中，時鐘的鳴響在大廳裡迴盪著。

「我的最後一天開始了。」朱利安想。很快，他覺得被責任感激勵著。直到這時，他一直控制著情感，下決心絕不說話。但是，當刑事法庭的庭長問他是否有什麼要補充時，他站起來了。他看到了前面的德爾維爾夫人的眼睛，在燈光照耀下，似乎非常明亮。「難道她也哭了？」他心想。

「各位陪審員先生：

「我本以為在死亡臨近的時刻，能夠對我受到的輕蔑無所畏懼，但我仍然感到有話要說。各位先生，我沒有任何屬於你們那個階級的榮幸，你們在我身上看到的，只是一個反抗其卑賤命運的農民。

「我不求你們給我任何寬恕，」朱利安繼續說，同時加重了語氣，「我不抱任何幻想，等待我的是死亡，它是公正的。我竟然試圖殺害一位最令人尊敬、最令人讚美的女人。瑞納夫人對我曾經像母親一樣。我的罪行殘忍，而且是有預謀的。所以，各位陪審員先生，我應該被判死刑。但是，即使我的罪行不太嚴重，有些人也不會因為我年輕值得同情而就此甘休，他們想藉由懲罰我，永遠剝奪這個階級年輕人的勇氣，因為他們出身於社會底層，由於貧困而備受困擾，有幸受到良好的教育，敢於出入於富人引以為豪的上流社會當中。

「各位先生，這就是我的罪行，事實上，由於我沒有受到與我同階級的人審判，它的懲罰會更加嚴厲。我在陪審員的座席上看不到任何發跡的鄉下人，只有一些憤怒的中產階級……」

朱利安用這種語氣講了二十分鐘。他說出了所有的心裡話。代理檢察長渴望討得貴族的歡心，他氣得從座位上跳起來了。儘管朱利安辯論的方式有些抽象，所有的女人仍然都流下了眼淚。德爾維爾夫人也用手帕捂住眼睛。結束之前，朱利安又再次提到他預謀殺人、他的懊悔，以及過去最幸福的日子裡對瑞納夫人的尊敬、兒子般的無限熱愛……德爾維爾夫人叫了一聲，她昏倒了……

等陪審員回到他們房間的時候，一點的鐘聲響了。沒有一個女人離席而去，有好幾個男人眼裡含著淚水。談話剛開始很熱烈，但陪審團的裁決久等不來，漸漸地，大家都疲倦了，開始安靜下來。這種時刻是莊重的，燈光變暗了，朱利安很疲憊，他聽見旁邊有人在議論這種延遲是好或壞的預兆。他高興地看到所有人都為他祝福。陪審團根本沒有回來，但沒有一個女人離開大廳。

兩點的鐘聲剛剛敲響，傳來一陣大的騷動。陪審員房間的小門打開了。瓦勒諾男爵邁著莊嚴的步伐走出來，後面跟著其他的陪審員。他咳嗽了一聲，然後宣布，他憑著良心發布聲明，陪審團一致認為，朱利安·索萊爾犯了殺人罪，而且是預謀殺人。這個聲明直接導致了死刑，過了一會兒才會宣布。朱利安看了看手錶，想到拉瓦萊特先生，現在是兩點十五分，「今天是星期五。」他想。

「是的，這天對瓦勒諾這傢伙來說很幸運，他判了我死刑……我被看守得太嚴了，瑪蒂爾德無法像拉瓦萊特夫人那樣救我……這樣，三天以後，同一時刻，我將知道如何面對那個偉大的可能。」

就在這時，他聽見一聲尖叫，將他拉回現實當中。他周圍的女人都在哭泣，他看見所有的面孔都轉向哥德式壁柱頂飾上的一個小看臺。他後來才知道瑪蒂爾德隱藏在裡面。叫喊聲平息之後，大家又轉過頭看著朱利安，憲兵試圖帶著他穿過人群。

「我們盡可能不讓瓦勒諾這個騙子看笑話，」朱利安想，「他在宣布導致死刑的判決時，表情多麼內疚和虛偽啊！而這個可憐的刑事法庭庭長，雖然當了多年法官，在宣判我死刑時卻眼含淚水。對瓦勒諾來說，向在瑞納夫人身邊的老對手報復，他多麼高興啊！……我再也見不到她了！全都完了……我們之間最後的告別不可能了，我感覺到了……要是我能告訴她，我對我的罪行有多麼憎惡，那該多好啊！

「只有一句話，我覺得判決是公正的。」

第四十二章 死囚

朱利安被帶回監獄，被關進專門為死囚準備的牢房裡。平時他連最微小的細節都會注意，這次竟然沒有察覺到他們沒讓他回到塔樓去。他考慮該對瑞納夫人說什麼，如果他臨死之前有幸見到她的話。他想到她會打斷他，於是希望一開口就能對她描述他的所有悔恨。做出這種行為之後，怎麼讓她相信我愛的只有她一人呢？總之，我想殺了她，或者是出於野心，或者是出於對瑪蒂爾德的愛。

他躺在床上，發現床單是粗布做的。他的眼睛睜開了。「啊！我是作為死刑犯，被關在黑牢裡，」他對自己說，「這是公正的……

「阿爾塔米拉伯爵跟我講過，丹東在死前的晚上用他的粗嗓子說：『真奇怪，斬首這個動詞不能有各種時態變化。我們可以說：我將被斬首，你將被斬首，卻不能說：我已被斬首。』

「為什麼不能，」朱利安又想，「如果有別的世界的話？……說真的，如果我遇到基督徒的天主，那我就完蛋了，這是個暴君。所以，祂心裡充滿了報復的想法。祂的《聖經》，只說到殘酷的懲罰。我從未愛過祂，我甚至從不相信有人真心愛祂。祂沒有惻隱之心(他想起了《聖經》中的幾段文字)。祂會用可憎的方式懲罰我……

「但是，如果我遇到費訥隆的天主呢！祂也許會對我說：你會得到很多寬恕，因為你有很多愛

……

「我有很多愛嗎？啊！我愛過瑞納夫人，但我的行為殘忍。在這件事上，跟其他的事一樣，為了能夠出人頭地，我把樸實和謙虛的優點拋棄了……

「但這是什麼樣的前程呢！……如果有戰爭，就是輕騎兵上校；和平時期是公使館的祕書，之後是大使……因為我很快會熟悉業務……如果我只是個傻瓜，拉莫爾侯爵的女婿還怕有什麼對手嗎？我幹的所有蠢事都會被原諒，甚至會被當作優點。有能力的人，可以在維也納或倫敦享受更優渥的生活……

「先生，別得意了，三天後就要上斷頭臺了。」

朱利安對他這種機智的幽默，忍不住笑起來。「確實，每個人身上都有兩面，」他心想，「誰會想到這種鬼點子呢？」

「好吧！我的朋友，沒錯，三天後就上斷頭臺了，」他回答那個插嘴的人，「肖蘭先生將會租一個窗口觀看行刑，跟馬斯隆神父各出一半錢。那麼，關於這個窗口的租金，這兩個令人尊敬的人誰會賴帳呢？」

他猛然想起羅特魯的《溫塞拉斯》[1]中的這段話：

拉迪斯拉斯：

……我的心靈已經準備好了。

國王（拉迪斯拉斯之父）：

斷頭臺也準備好了，把你的頭伸過去吧。

「回答得漂亮！」他想，之後就睡著了。早上有人緊緊地抱著他，把他弄醒了。

「怎麼，時候到了！」朱利安睜開驚恐的眼睛。他以為自己在劊子手的手中。

這個人是瑪蒂爾德。「幸好，她不明白我想什麼。」這種念頭，讓他完全恢復了冷靜。他發現瑪蒂爾德全變了，像生了六個月的病一樣，真的認不出來了。

「這個卑鄙的福利萊出賣了我。」她搓著手對他說，憤怒遏制了她的哭泣。

「昨天我發言的時候，難道不漂亮嗎？」朱利安回答，「我即興發言，這是我生平第一次！說實話，這恐怕也是最後一次。」

此刻，朱利安駕馭著瑪蒂爾德的性格，像熟練的鋼琴家那樣，用他的全部冷靜去觸動鋼琴……「顯赫出身的優勢，我是沒有的，確實如此，」他補充說，「但是，瑪蒂爾德的高貴心靈把她的情人提升到她的高度。你認為博尼法斯．拉莫爾面對法官的表現會更好嗎？」

這天，瑪蒂爾德像一位住在六樓上的貧窮女孩那樣溫柔，沒有絲毫的做作。但她沒有從他那裡得到最直白的話。她過去經常讓他受到的折磨，他在無意識當中都還給了她。

「大家對尼羅河的源頭一無所知，」朱利安對自己說，「在普通的小溪流動中，人類的眼睛根本看不出河中之王，因此，任何人的眼睛都看不到虛弱的朱利安，首先是因為他並不弱。但我的心很容易被打動。即使最普通的一句話，只要用真誠的語氣說出來，就能讓我的聲音受到感染，甚至讓我流出眼淚。那些心靈冷漠的人多少次因為這個不足而鄙視我！他們認為我在請求寬恕，這肯定

1《溫塞拉斯》（*Venceslas*）是法國詩人和劇作家讓．羅特魯（Jean Rotrou）的悲劇。一六四七年上演。斯湯達爾很喜歡這部戲劇，他說：「《溫塞拉斯》是法國戲劇舞臺上的傑作。」

是我不能忍受的。

「有人說丹東走向斷頭臺時，想到妻子使他心煩意亂。但是丹東給了一個虛弱的民族力量，並且阻止敵人逼近巴黎……只有我，知道自己能做什麼……在別人看來，我不過是個可能有作為的人。

「如果在我黑牢裡的，不是瑪蒂爾德，而是瑞納夫人，我能夠控制自己嗎？我過度的絕望和悔恨，在瓦勒諾和當地所有的貴族眼中，會被當作對死亡可怕的恐懼。他們如此高傲，這些脆弱的心，他們的經濟地位使他們超越了誘惑！穆瓦羅先生和肖蘭先生剛剛判了我死刑，他們會說：『看看，這就是木匠生的兒子！他們可以變得有學問、聰明，但勇氣呢！……勇氣是學不來的。』即使跟可憐的瑪蒂爾德一起，她現在在哭，或者說她哭不出來了，」他看著她哭紅的眼睛……然後把她緊摟在懷裡。看到這種真正的痛苦，讓他忘了自己的推論……「她也許哭了整整一夜，」他對自己說，「但將來有一天，她想起這些，會感到多麼羞恥啊。她會認為自己在最年輕的時候，被一個平民的卑微想法所迷惑……克魯瓦澤努瓦很脆弱，所以會娶她，而且說真的，他做得很對。她會讓他扮演一個角色，

> 根據一個有堅定和遠大抱負的人
> 對凡人粗笨的頭腦所擁有的權利。[2]

「啊！這很有意思：自從我知道要死之後，我一生中所知道的全部詩句又回到記憶中。這是衰落的預兆……」

瑪蒂爾德用微弱的聲音對他說了幾次：「他就在隔壁房間裡。」最後，他才注意這句話，「她

的聲音微弱，」他想，「但她那蠻橫的性格，全都在她的語氣中。她壓低聲音是為了不發火。」

「誰在那裡？」他用溫和的語氣對她說。

「律師，要你在上訴書上簽字。」

「我不上訴了。」

「怎麼！你不上訴了，」她站起來說，眼裡閃著怒火，「為什麼？請說來聽聽。」

「因為此刻我覺得有死的勇氣，不大會讓人笑話。誰能告訴我，兩個月之後，在這個潮溼的黑牢裡關了很久，我的心情還會這麼好嗎？我猜想會跟教士、跟我的父親見面……世界上沒有比這更讓我厭惡的事了。讓我去死吧。」

這個意外的衝突，把瑪蒂爾德性格中所有的高傲喚醒了。在貝桑松監獄的黑牢開門之前，她沒能見到福利萊神父，就把怒氣發洩到朱利安身上。她愛慕他，但在這一刻鐘時間裡，她卻詛咒他的性格，後悔自己愛上了他。朱利安重新發現了從前在拉莫爾府的圖書室裡讓他受盡無法忍受的侮辱的那個高傲靈魂。

「為了你的家族的榮譽，上天應該讓你生為男人。」他對她說。

「至於我，」他想，「如果在這種令人噁心的地方過上兩個月，成為貴族之流所能編造的下流無恥的對象，而唯一的安慰就是這個瘋女人的咒罵，那才冤枉呢……好吧，後天早上，我就跟一個以冷靜和敏捷著稱的人決鬥……」「非常出眾，」他心中的梅菲斯特說，「他從不失手。」

「那麼，就這樣，好極了(瑪蒂爾德繼續展現她的口才)，不，」他對自己說，「我不會上訴。」

---

2 引自法國作家伏爾泰一七三六年創作的五幕悲劇《穆罕默德》(*Le fanatisme, ou Mahomet le Prophète*)。

決意已定，他陷入了沉思……六點鐘，郵差像往常一樣經過，把報紙送來。八點鐘，瑞納先生看完報之後，埃麗莎踮著腳尖，把報紙放在她的床邊。之後，她醒了。她看著報紙，突然心亂如麻。她那美麗的手顫抖起來。她一直看到這幾個字……「十點過五分，他咽氣了」。

「她會哭得熱淚盈眶，我知道她。我想殺了她，也沒有用，一切都會被忘記。我想奪取生命的那個人，也是唯一真心為我的死哭泣的人。」

「啊！這是個鮮明的對比！」他想，在瑪蒂爾德繼續跟他爭執的一刻鐘時間裡，他只想著瑞納夫人。雖然他不時地回應瑪蒂爾德對他說的話，他還是不能讓他的心從他對維利葉那間臥室的回憶中移開。他看見貝桑松的報紙放在橘黃色塔夫綢的被子上，他看見那隻如此白皙的手一瞬間痙攣地抓住它，他看見瑞納夫人在哭泣……他追蹤著每滴眼淚在那張迷人的臉上流過的路線。

拉莫爾小姐從朱利安那裡什麼都沒得到，就讓律師進來了。幸好這位律師過去在一七九六年義大利戰爭中是上尉，曾經是馬努埃爾[3]的戰友。

按照慣例，他反對犯人的決定。朱利安出於對他的尊重，向他陳述所有的理由。

「說實話，你可以這樣想，」菲力克斯．瓦諾先生(律師的名字)最後對他說，「你有三天時間可以上訴，每天來看你是我的義務。如果此後的兩個月內，監獄底下有火山爆發，你就得救了。你也可能死於疾病。」他看著朱利安說。

朱利安握住他的手。「我謝謝你，你是正派的人。我會考慮的。」

最後，當瑪蒂爾德和律師出去時，朱利安覺得自己對律師的友情比對她還要深厚。

3 馬努埃爾(Jacques-Antoine Manuel，一七七五－一八二七)，法國律師、政治家，參加過義大利戰役。

第四十三章
離別

一小時以後，他在沉睡中，感到有眼淚滴到手上，他醒了。「啊！這又是瑪蒂爾德，」他在睡意矇矓中想到，「她堅持她的觀點，用溫柔動搖我的決心。」他想到又會見到這種新的感人場面，不禁感到厭煩，懶得睜開眼睛。貝爾芬格[1]逃避妻子的詩句又湧上他的心頭。

他聽見一聲奇怪的歎息，睜開眼睛一看，是瑞納夫人。

「啊！我在死前再見到你，這是幻覺嗎？」他撲在她的腳下，大聲叫道。

「對不起，夫人，我在你的眼中只是一個凶手。」他清醒過來，馬上又說。

「先生，我來懇求你上訴，我知道你不願意這樣做……」她哭得喘不過氣來，沒法說下去了。

「請你饒恕我。」

「如果你想讓我原諒你，」她站起來，撲到他的懷裡，對他說，「就立刻對你的死刑判決提出上訴。」

朱利安不停地吻她。

「這兩個月，你每天都會來看我嗎？」

---

1 貝爾芬格（Belphégor）是幫助世人發現新事物從而誘導他們墮落的惡魔。這裡指一五一八年馬基維利的寓言小說《魔鬼貝爾芬格》。一六六八年出版的拉封丹寓言詩中的《貝爾芬格》（卷十二第二十七篇），受到了前者的啟發。

「我向你發誓。我每天都來，除非我丈夫不許我來。」

「我簽字！」朱利安叫道，「什麼！你原諒我了！這怎麼可能！」

他把她緊緊抱在懷裡，他瘋了。她輕輕地叫了一聲。

「沒什麼，」她對他說，「你把我弄痛了。」

「是你的肩膀？」朱利安叫道，眼淚流下來。他稍微離開一點，在她的手上留下了熱吻。「我最後一次在維利葉你的房間與你見面時，誰會想到這樣的事呢？」

「誰會料到我會給拉莫爾先生寫這封可恥的信呢？……」

「你知道，我一直愛著你，我只愛你一人。」

「這是真的嗎！」瑞納夫人叫道，這次輪到她高興了。她倚靠在朱利安身上，朱利安跪在她的膝下，他們默默地流淚，過了很久。

在朱利安的一生中，從未有過這樣的時刻。

過了很久，他們又能說話了。

「這位年輕的米什萊夫人，」瑞納夫人說，「或者說這位拉莫爾小姐，我開始真的相信這個奇特的故事了！」

「它看起來是真實的，」朱利安回答，「她是我的妻子，但不是我的情人……」

他們不時打斷對方，終於艱難地把互不知情的事講出來。那封寫給拉莫爾先生的信是由指導瑞納夫人靈修的年輕教士起草的，之後由她抄錄。

「宗教讓我幹了多麼可怕的事啊！」她對他說，「我還把這封信最可怕的段落改得溫和些呢……」

朱利安的激動和幸福向她證明了，他已經原諒她了。他從未愛得這麼瘋狂過。

「可是我自認虔誠，」瑞納夫人在接下來的談話中對他說，「我真誠地信奉天主、相信，並且我也在自己身上得到了證明，我犯下的罪很可怕，但自從我見到你之後，甚至在你朝我開了兩槍之後……」說到這裡，朱利安不顧她的反對，不斷地吻她。

「放開我，」她接著說，「我想跟你談談，怕以後忘了……自從我見到你之後，所有的義務都消失了，我只剩下對你的愛，或者說愛這個詞太脆弱了。我對你的感情，我只有對天主才能感覺到：一種尊重、愛情和服從的混合物……實際上，我不知道你讓我產生的情感是什麼。如果你對我說給監獄看守一刀，我還沒想就已經犯罪了。在我離開你之前，你把這些向我解釋清楚吧，我想看清楚我的內心。因為兩個月後，我們就要分別了……對了，我們會分開嗎？」她微笑著對他說。

「我收回我的話，」朱利安站起來，大聲說，「我不會對死刑判決提出上訴，如果你試圖用毒藥、刀子、手槍、木炭或其他任何方式結束或危害你的生命。」

瑞納夫人的臉色突然變了，最強烈的溫柔變成了深沉的夢想。

「如果我們馬上死去呢？」她終於對他說。

「誰知道我們會在另一個世界發現什麼？」朱利安回答，「也許是痛苦，也許一無所有。難道我們不能一起過兩個月快樂的生活嗎？兩個月，那可是很多天呀。我從來沒有這樣幸福過！」

「你從來沒有這樣幸福過！」

「從未有過，」朱利安高興地重複道，「我跟你說話，就像對我自己說話一樣。天主不許我誇大。」

「這是在命令我也這樣說。」她帶著羞怯和憂鬱的微笑說。

「好吧！你發誓，以你對我的愛發誓，不以任何直接或間接的方式危害你的生命……你想想吧，」他補充說，「你必須為了我的兒子活著，瑪蒂爾德一旦成為克魯瓦澤努瓦侯爵夫人，就會把他交給傭人。」

「我發誓，」她冷淡地答道，「但我要帶走你親筆簽署的上訴書。我會親自去見總檢察長先生。」

「小心，你會連累自己。」

「自從來監獄看了你之後，我就永遠成了貝桑松和整個法蘭琪－康堤地區的傳說中的女主角，」她帶著深切痛苦的表情說，「羞恥的嚴格界限已經超越……我是喪失了名譽的女人。確實是為了你……」

她的語氣如此悲傷，朱利安帶著一種全新的幸福擁抱著她。這不再是愛情的陶醉，而是極度的感激。他第一次意識到她為他做出的犧牲有多大。

無疑有某些好心人告訴瑞納先生，他的妻子去監獄探視朱利安，而且停留了很久。因為三天之後，他派了馬車來，讓她立刻返回維利葉。

這殘酷的離別讓朱利安一天都感覺不好。兩三個小時以後，有人告訴他，一個善於玩弄陰謀、但在貝桑松的耶穌會沒能混出名堂的教士，從早上開始就站在監獄門外的街道上。雨下得很大，這個傢伙試圖扮演殉道者。朱利安心情很糟，這種蠢事使他不勝其煩。

他早上已經拒絕了這個教士的探訪，但此人打定主意要聽朱利安懺悔，然後用他試圖獲得的所有隱情，在貝桑松的年輕女人當中混點名氣。

他大聲宣布，他要在監獄門外度過日日夜夜，「天主派我來感動這個叛教者的心……」底層的老百姓往往喜歡看熱鬧，他們開始聚集起來。

「是的，各位弟兄，」他對他們說，「我要在這裡度過白天和黑夜，以及此後所有的白天和黑夜。聖靈對我說過，我肩負著上天的使命。我應該拯救年輕的索萊爾的靈魂。請跟我一起祈禱吧……」

朱利安討厭被別人議論，討厭所有讓別人注意到他的事情。他想趁機逃離這個世界。他還希望再見到瑞納夫人。他瘋狂地愛著她。

監獄門位於最繁華的街道上。一想到這個滿身汙泥的教士當眾上演鬧劇，他的心靈就備受煎熬。「毫無疑問，他每時每刻都在重複我的名字！」這種時刻比死亡還要痛苦。

有一個監獄看守對朱利安很忠實，朱利安每隔一個小時叫他兩三次，讓他去看看教士是否還在監獄門口。

「先生，他雙膝跪在泥漿裡，」看守每次都這麼說，「他高聲祈禱，為你的靈魂念連禱文……」「無禮的傢伙！」朱利安想。這時候，他果然聽到一陣低沉的嗡嗡聲，那是別人回應連禱文的聲音。更讓他無法忍受的是，他看見看守也翕動著嘴唇念拉丁文。「有人開始說，」看守補充道，「你的心一定冷酷無情，才會拒絕這個聖徒的幫助。」

「我的祖國啊！你還是這麼媚俗！」朱利安憤怒地叫道。他繼續高聲議論著，不管這個看守是不是在場。

「這傢伙想在報上有一篇報導，他肯定會得到的。

「啊！該死的外省人！在巴黎，我可不會受這種欺負。那裡的人會騙得更有水準。」

「讓這個聖徒進來吧。」他最後對看守說，額頭上的汗水嘩嘩直流。看守畫了個十字，高興地出去了。

這個神聖的教士長相極為醜陋，他渾身都是泥。冰冷的雨水更突顯了黑牢的陰暗和潮溼。教士想去擁抱朱利安，他說話時，似乎深受感動。最低級的虛偽很容易識破。朱利安一生中從沒這麼憤怒過。

教士進來一刻鐘之後，朱利安就完全變得怯懦了。他第一次覺得死亡可怕。他想到行刑兩天之後，他的屍體腐爛的情形……

他正要流露出脆弱的跡象，或者向教士撲過去，用鎖鏈勒死他，這時，他突然心生一個念頭，請這個聖徒那天來為他做一次四十法郎的彌撒。

不過，時間將近正午，教士已溜走了。

第四十四章
孤獨的因由

教士剛走，朱利安便大哭起來，為死亡而哭泣。慢慢地，他在心裡對自己說，如果瑞納夫人還在貝桑松，他會向她承認他的脆弱……

當他因為這個愛慕的女人不在身邊而深感遺憾的時候，聽到了瑪蒂爾德的腳步聲。

「監獄裡最煩惱的事，」他想，「就是不能把門關起來。」瑪蒂爾德所說的話，只會激怒他。她對他說，審判的那天，瓦勒諾先生口袋裡裝著自己的省長任命書，所以他敢於嘲弄福利萊先生，並且為判處朱利安死刑而感到快樂。

「『你的朋友怎麼想的，』」福利萊先生剛才對我說，『竟然去刺激這些資產階級貴族的虛榮心，並加以攻擊！為什麼要談到社會等級呢？他告訴他們為了自己的政治利益，應該做什麼，這些傻瓜沒有這種念頭，並且準備好哭了。這種社會等級的利益遮蔽了他們的眼睛，使他們看不到死刑的恐怖。應該承認，索萊爾先生處理事情缺乏經驗。如果我們透過請求特赦還救不了他，那他的死就等於自殺……』」

瑪蒂爾德無法將她還沒想到的事情告訴朱利安：正是福利萊神父看到朱利安完了，便渴望成為朱利安的繼承者，認為這對他的野心有好處。

朱利安由於無奈而憤懣，加上心情不快，幾乎怒不可遏，他對瑪蒂爾德說：「去為我聽一次彌撒吧，讓我安靜一會兒。」瑪蒂爾德本來就很嫉妒瑞納夫人來訪，剛知道她已經離開，知道朱利安為什麼發火，不禁淚流滿面。

她的痛苦是真切的，朱利安看出來了，他更加惱火。他迫切需要孤獨，怎麼才能得到呢？

瑪蒂爾德試圖用各種道理來打動他，最後讓他獨自留下，但幾乎同時，富凱出現了。

「我需要獨自待著，」他對這位忠實的朋友說……他見到富凱在猶豫，就說，「為了請求得到寬恕，我在寫一篇回憶錄……另外……請你，別再跟我談死的事了，如果那天我需要什麼特別的幫助，我會先跟你說的。」

朱利安終於獲得清靜的時候，他感到比以前更難受、更怯懦了。這顆脆弱的心靈，只剩下一點力氣。為了向拉莫爾小姐和富凱掩飾他的狀態，力氣已經耗盡了。

將近傍晚，一個想法讓他得到安慰：

「今天早上，當死亡在我面前顯得那麼醜惡的時候，如果有人通知我執行死刑，公眾的眼睛會激起我的榮譽感。也許我的步伐會有些死板，像個膽怯的自命不凡者進入客廳那樣。如果在這些外省人中，有幾位眼光敏銳的，就能夠猜到我的軟弱……但沒人看出來。」

他覺得他的痛苦得到了部分緩解。「我此刻是懦夫，」他唱著反覆地說，「但沒人知道。」

第二天，還有一件更令人不快的事情在等著他。很久之前，他的父親就說要來看他。這天，在朱利安睡醒之前，滿頭白髮的老木匠出現在了他的黑牢裡。

朱利安感到很脆弱，預計到會有最嚴厲的責難。為了使他痛苦的感覺更加全面，這天早上，他因自己缺乏對父親的愛而深感內疚。

「緣分讓我們在人間彼此相鄰，」看守來清理牢房時，朱利安對自己說，「我們幾乎是不遺餘力地互相傷害。在我臨死的時候，他來給我最後的一擊。」

等周圍沒有別人的時候，老人的嚴厲斥責開始了。

朱利安無法抑制住他的眼淚。「多麼可悲的軟弱啊！」朱利安憤怒地對自己說，「他會到處誇大我缺少勇氣，對於瓦勒諾之流、對於在維利葉掌權的那些平庸的偽君子來說，這是多麼得意的事啊！他們在法國勢力龐大，聚斂了所有的社會利益。到目前為止，我至少可以對自己說：他們得到了金錢，確實，所有的榮譽都堆積在他們身上，而我卻有心靈的高貴。

「這裡有一個大家都相信的證人，他會向整個維利葉證實，並且加以誇大，說我在死亡面前軟弱！在這個大家都理解的考驗中，我會成為懦夫！」

朱利安幾乎陷入絕望中。他不知道如何打發自己的父親。此刻，要用隱瞞的方法，騙過這個如此敏銳的老人，他覺得完全超出了他的能力。

他在腦海中迅速地想盡了所有可能的辦法。

「我有些積蓄！」他突然叫出聲來。

這句天才之語，改變了老人的面容和朱利安的處境。

「我應該如何處理呢？」朱利安更加平靜地繼續說道，它所產生的效果讓他完全擺脫了自卑感。

老木匠心中燃起了渴望，不願把這筆錢漏掉。朱利安似乎想留一部分給他的哥哥。他充滿熱情地談了很久。朱利安可以嘲弄他了。

「好吧！關於我的遺囑，天主已經給我啟示了。我將給我的哥哥每人一千法郎，其餘的給你。」

「太好了，」老人說，「其餘的應該給我。既然天主降恩感動了你的心，如果你想要死得像個好基督徒，你還是還清你的債務為好。還有我預付給你的伙食費和教育費，你還沒有想到……」

「這就是父愛！」最後，當朱利安獨自一人的時候，他傷心地重複道。不久，看守出現了。

「先生，每當親屬來訪後，我總是要送上一瓶好的香檳酒，價錢有點貴，每瓶六法郎，不過它讓人開心。」

「拿三個杯子來，」朱利安像孩子一樣熱情地說，「我聽見走廊上有兩個囚犯來回走動著，讓他們進來吧。」

看守帶來兩個苦役犯，他們都是慣犯，正準備返回苦役犯監獄。這是兩個非常快活的歹徒，他們狡猾、勇敢、冷靜，確實引人注目。

「如果你給我二十法郎，」其中一個對朱利安說，「我就把我的人生經歷詳細地講給你聽。是最精彩的。」

「你要是對我說謊呢？」朱利安說。

「不會，」他回答，「我的朋友就在這裡，他嫉妒我的二十法郎。如果我說假話，他就會揭露我。」

他的故事令人厭惡。但它揭示出一顆勇敢的心，其中只有一種迷戀，就是對金錢的貪婪。

他們走後，朱利安不再是同一個人了。他對自己的所有怒氣全都消失了。令人難以忍受的痛苦，由於膽怯而惡化，自瑞納夫人離開後一直折磨著他，現在轉變成憂鬱了。

「隨著我越來越不為外部跡象所欺騙，」他對自己說，「我就越能看出來，巴黎的客廳裡充滿了像我父親這樣的老實人，或者是像苦役犯這樣的狡猾無賴。他們說得對，客廳裡的人早上起來絕不會有這樣讓人痛苦的想法：今天晚餐怎麼辦？他們卻炫耀自己的廉潔！他們被指定為陪審員，就驕傲地判一個因為餓得發暈而偷竊一套銀質餐具的人有罪。

「但如果有一個法庭，能審判我們客廳裡的老實人為了爭奪一個大臣的官位所犯下的罪行，就會發現，他們的罪行其實跟這兩個苦役犯為了能吃上飯所犯的罪如出一轍……

「根本沒有什麼自然權利[1]，這個詞只是一句古代的蠢話，它很適合那天對我窮追不捨的代理檢察長，他的祖父靠路易十四時代沒收的一筆財產發家。當有一條法律禁止做這樣的事，違者會受到懲罰的時候，才有權利可言。在有法律之前，只有獅子的力量、飢餓、寒冷的生命的需要才是自然，總之一句話，就是需要……不，世人尊敬的那些人，只是一些有幸在犯罪時未被當場逮到的人。社會派來指控我的人，是因為一件可恥的事才發跡的……我犯了謀殺罪，我被公正地判刑，但是，除了這一行動以外，判我有罪的瓦勒諾對社會的危害比我大一百倍。」

「好吧！」朱利安悲傷地補充說，但沒有生氣，「我的父親雖然貪婪，但他比所有這些人更好。他從沒愛過我。我用一種可恥的死讓他丟人，太過分了。這種缺錢的恐懼、這種被人稱為貪婪的人類惡意誇大的想法，使他在我之後留給他的一筆三、四百金路易的款項中，看到一種奇妙的安慰和安全的動機。某個星期天的晚飯後，他把他的金子給所有維利葉的羨慕他的人看。他的眼神似乎在對他們說：用這樣的代價，你們當中誰會不高興有個上斷頭臺的兒子呢？」

這種人生哲學可能是真實的，但它可以讓人想去死。漫長的五天，就這樣過去了。他對瑪蒂爾

1在朱利安的沉思中，我們很容易認出盧梭的十八世紀哲學思想的某些觀點：「社會秩序是一項神聖的權利，是所有其他權利的基礎。然而，這項權利並非來自自然，它是建立在協議的基礎上的。人類的第一法則是保護自己，人類的首要關懷，是對自己負責。」（盧梭，《社會契約論》第一、二章）

德文雅而溫和，他看到她被強烈的妒意激怒了。一天晚上，朱利安嚴肅地想到了自殺。瑞納夫人的離去讓他突然陷入極度的煩惱中，心裡煩躁不安。不管在現實生活中，還是在想像當中，任何事都不會再讓他高興起來。缺乏鍛鍊使他的健康開始變糟了，性格也變得像德國年輕學生那樣衝動而脆弱。這種一聲怒斥就可擊退不幸者頭腦中某些不恰當念頭的男子漢的傲氣，他已經失去了。

「我熱愛過的真理……它在哪裡？……到處都是虛偽，至少是招搖撞騙，甚至在最有德行的人、最偉大的人身上，也一樣。」他的嘴唇露出厭惡的表情……「不，人是不可信的。

「某某夫人為了可憐的孤兒募捐，對我說，這個親王剛捐了十個路易。謊話。但我說什麼呢？聖赫勒拿島上的拿破崙！……為羅馬王[2]所發表的聲明，純粹是欺騙。

「天哪！如果這樣一個人物，而且還是在災難應該使他嚴格盡義務的時候，竟然墮落到欺騙的地步，對其他人還能有什麼期待呢？……」

「真理在哪裡？在宗教中……沒錯，」他帶著極為輕蔑的苦笑補充說，「在馬斯隆、福利萊、卡斯塔奈德他們的嘴裡……也許在真正的基督教中？而今天，教士得到的酬勞並不比從前聖徒得到的多……但聖保羅卻從發號施令、演講及讓別人談論他的快樂中得到報償……

「啊！如果有一種真正的宗教……我真蠢！我看見一座哥德式的大教堂，令人仰慕的彩繪玻璃窗。我脆弱的心想像著彩繪玻璃上的教士……我的心靈理解他，我的心靈需要他……但我只找到一個頭髮骯髒、自命不凡的傢伙……除了裝扮不同之外，簡直就是一個博瓦西騎士。

「但一個真正的教士、一個馬西榮、一個費訥隆……馬西榮曾經為杜布瓦祝聖。《聖西蒙回憶錄》破壞了我心中費訥隆的形象。但他至少是一個真正的教士……溫柔的靈魂在世界上會有一個匯合點……我們將不再孤獨……這善良的教士會跟我們講述天主。但是什麼樣的天主呢？不是《聖經》裡的那個，殘忍，又一心渴望復仇的小暴君……而是伏爾泰的天主，公正、善良、博愛……」

他想起熟記於心的這部《聖經》的內容，就心潮澎湃……但是，自從成為三位一體，被我們的教士可怕地濫用之後，怎麼還能相信天主這個偉大的名字呢？

「孤獨地活著！……多麼痛苦啊！……

「我變得瘋狂和不公正了，」朱利安拍拍自己的腦袋，對自己說，「我在這個黑牢裡是孤獨的，但我在世上並不是孤獨地活著。我有強烈的責任感。我為自己規定的責任，不管對或錯……都彷彿一棵穩固的大樹樹幹，我在暴風雨中倚靠著它。我搖擺過，煩躁不安。畢竟，我只是一個人……但我沒有被風捲走。

「這黑牢裡潮溼的空氣，讓我想到了離群索居……

「為什麼在詛咒虛偽時，還要虛偽呢？不是死亡、不是黑牢，也不是潮溼的空氣，而是瑞納夫人的遠離，讓我難以忍受。如果在維利葉，為了見到她，我必須一連幾個星期完全躲藏在她家的地窖裡，難道我會有怨言嗎？

「我同時代人的影響占了優勢，」他帶著苦澀的笑容高聲說道，「我死到臨頭，還獨自跟自己說話，仍然虛偽……噢，十九世紀啊！

「……一個獵人在林子裡開了一槍，他的獵物掉下來，他衝過去抓住牠。他的靴子撞到一個兩尺高的蟻窩，毀掉了螞蟻的住所，將螞蟻和牠們的卵撒到遠處……螞蟻當中最有思想的，也永遠不

2 即拿破崙二世（Napoléon II，一八一一—一八三二）。一八一三年，拿破崙在萊比錫戰役中戰敗，次年反法聯軍進入巴黎，拿破崙宣布退位，在退位詔書中，他希望由「羅馬王」即位、路易莎皇后攝政。

能理解這個黑色又巨大的可怕東西：獵人的靴子。牠以難以置信的速度進入牠們的住所，伴隨著一束紅光……

「……因此，死亡、生命、永恆，對於器官足夠龐大、可以理解它們的人來說，是非常簡單的東西……

「夏天漫長的白晝，一隻生命短促的飛蟲早晨九點誕生，傍晚五點死去，牠怎麼能理解夜晚這個詞呢？

「讓牠再活五個小時，牠就能看見夜晚並且理解它是什麼了。

「我也是這樣，我將死於二十三歲。再給我五年的生命，讓我和瑞納夫人一起生活。」

他開始像梅菲斯特那樣笑了。「討論這些重大問題多麼荒唐啊！」

「第一，我很虛偽，就好像有什麼人在那裡聽我說話一樣。

「第二，我所剩下的日子如此之少，我卻忘了生活和愛……唉！瑞納夫人不在。也許她的丈夫不讓她再到貝桑松來，不讓她繼續丟人現眼了。

「這就是我感到孤獨的原因，而不是因為缺少一位公正、善良、全能、一點都不惡毒、且不渴望復仇的天主。

「啊！如果祂存在的話……唉！我會跪在祂的腳下。我會對祂說：我應該死去。但是，偉大的天主、仁慈的天主、寬容的天主啊，把我愛的人還給我吧！」

這時，夜已經很深了。在他安靜地睡了一兩個小時後，富凱來了。

朱利安感覺自己堅強而又果斷，就像一個看清自己靈魂的人一樣。

第四十五章

靈魂的休憩

「我不想捉弄可憐的夏斯－貝爾納神父，叫他到這裡來跑一趟，」他對富凱說，「他會三天不吃飯的。不過，盡量給我找一位楊森派教士，最好是彼拉神父的朋友，與陰謀詭計沒有瓜葛的。」

富凱正焦急地等待著這段開場白。朱利安體面地完成了大家在外省對輿論所承擔的所有義務。儘管懺悔神父選得不當，但多虧了福利萊神父的幫助，朱利安在黑牢裡還是受到聖公會的保護。如果安排得更恰當的話，他是可以逃出去的。然而黑牢惡劣的空氣造成這樣的結果：他的理智減弱了。只有在瑞納夫人回來時，他才會感到更幸福。

「我的首要任務是對你負責，」她擁抱著他，對他說，「我從維利葉逃出來了……」

朱利安在她面前沒有任何自尊，他向她講述自己所有的軟弱。她對他親切而又可愛。

晚上，她剛從監獄出來，就叫人把那位像獵物一樣將朱利安抓住不放的教士請到她姑姑家。由於他只想在貝桑松的上流社會的年輕女人中出名，瑞納夫人輕易地說服他前往博萊－勒奧修道院做一次九日祈禱。

朱利安對愛情的衝動與瘋狂，是任何語言都無法描述的。

她的姑姑，是出名的富有虔誠教徒。瑞納夫人憑藉金錢，利用她姑姑的影響力到了濫用的程度，獲得每天去探視他兩次的許可。

瑪蒂爾德聽到這個消息，醋意大發，到了精神錯亂的地步。福利萊先生向她承認，他的威望還沒有達到無視所有禮儀的程度，無法讓人允許她每天去探視她的朋友多於一次。瑪蒂爾德讓人跟蹤瑞納夫人，以便掌握她的任何動向。福利萊先生用盡了一個非常靈光的頭腦所能想出的所有辦法，向她證明朱利安配不上她。

在所有的痛苦當中，她反而更愛他了，幾乎每天都製造可怕的吵鬧場景。

對於這個他如此離奇地危害到的可憐女孩，朱利安想盡全力做個誠實的人，直到最後。但是，他對瑞納夫人瘋狂的愛時時刻刻都駕馭著他。他的理由很荒唐，無法說服瑪蒂爾德相信這位情敵的來訪是清白的。「之後，這齣戲很快就要收場了，」他對自己說，「如果我不知道如何掩飾得更好，這倒是一個理由。」

拉莫爾小姐聽說克魯瓦澤努瓦侯爵死了。泰勒先生、這個如此富有的人，竟敢對瑪蒂爾德的失蹤說了些令人討厭的話。克魯瓦澤努瓦先生要求他收回。泰勒先生拿出一些寄給他的匿名信給他看，裡面充滿了巧妙地組合起來的細節，可憐的侯爵從中不可能看不到真相。

泰勒先生大膽地開了幾句粗俗的玩笑。克魯瓦澤努瓦先生沉浸在憤怒和不幸當中，強烈地要求賠償。百萬富翁寧願來一場決鬥。最後，愚蠢獲勝了。巴黎最值得人愛的男人之一，還不到二十四歲，就這麼死了。

他的死，在朱利安衰弱的心靈中留下一種奇怪而病態的印象。

「可憐的克魯瓦澤努瓦，」他對瑪蒂爾德說，「他對我們確實很公正、很誠實。當你在你母親的客廳裡行為魯莽時，他本該恨我、來找我吵架，因為輕蔑之後的憎恨，通常是瘋狂的……」

克魯瓦澤努瓦先生的死，改變了朱利安對瑪蒂爾德未來的所有想法。他用了幾天時間向她說明，她應該接受呂茲先生的求婚。「這人很羞怯，但不算太虛偽，」他對她說，「他無疑會加入競爭者的行列。與可憐的克魯瓦澤努瓦相比，他的野心更曖昧、更持久，他的家族沒有公爵的封號，要娶朱利安．索萊爾的寡婦沒有任何困難。」

「而且是一個藐視偉大愛情的寡婦，」瑪蒂爾德冷冷地反駁說，「因為她已經活夠了，才過了六個月，就發現她的情人更喜歡另一個女人，而這個女人就是他們所有不幸的根源。」

「你的話沒道理。瑞納夫人的來訪，向巴黎為我請求特赦的律師提供了特殊的理由。他將會繪凶手榮幸地受到被害人的關懷。這會產生作用。也許有一天，你會看到我成為一齣戲的主角……」

一種瘋狂卻又無法報復的嫉妒、一種無望的厄運的延續(即使朱利安獲救，又怎麼能挽回他的心呢？)、比過去更愛這個不忠的情人所產生的恥辱和痛苦，讓拉莫爾小姐陷入憂鬱的沉默中，不管是福利萊先生的熱情照應，還是富凱的粗俗的坦誠，都不能讓她從中逃脫。

對朱利安來說，除了瑪蒂爾德在場的時候之外，他活在愛情當中，幾乎不用為明天做打算。當這種情感過於激烈且沒有任何偽裝的時候，就會有一種奇特的效果，瑞納夫人幾乎跟他一樣無憂無慮，充滿甜蜜的快樂。

「以前，」朱利安對她說，「當我們在維爾吉的森林裡漫步的時候，我本來可以如此幸福，一種狂熱的野心卻把我的心靈帶到想像的國度：不把這近在嘴邊的迷人的手臂摟在懷裡，而讓未來把我從你身邊奪走。為了構建巨大的財富，我進行了無數的戰鬥……不，如果你不到監獄來看我，我到死也不知道什麼是幸福。」

有兩件事打擾了這種平靜的生活。朱利安的懺悔神父雖然是楊森派教徒，卻沒能逃過耶穌會士的陰謀，不知不覺變成了他們的工具。

一天，他對朱利安說，如果他不想墜入可怕的自殺罪孽中，他應該盡一切可能爭取特赦。不過，教士在巴黎的司法部門有很大影響，一個簡單的辦法出現了：必須大力宣揚你悔悟了……

「大力宣揚！」朱利安重複道，「啊！我的神父，我可抓到你了，你也像傳教士一樣在演戲……」

「你的年紀、」楊森派教徒嚴肅地說，「你從上天獲得的動人面孔，甚至你無法解釋的犯罪動機、拉莫爾小姐為你做出的義舉，包括你的被害人對你表現出的非凡友情，總之，一切都有助於把你塑造成貝桑松的年輕女人心中的英雄。她們為了你忘了一切，甚至忘了政治……

「你的悔悟會在她們心中產生迴響，留下深刻的印象。你會對宗教有重大的作用，在這種情況下，難道要因為耶穌會士會採取同樣的做法這種淺薄的理由，我就停滯不前嗎！因此，在這個避免他們貪婪的特殊情況下，他們仍然會興風作浪的！但願他們不會這樣……你的悔悟讓人灑下的淚水會抵消伏爾泰十版褻瀆宗教的作品的腐蝕作用。」

「如果我蔑視自己，」朱利安冷冷地回答，「那我還有什麼呢？我曾經野心勃勃，我不想責備自己。那時，我是根據時代的規範行事。現在，我過一天算一天。但是，在當地人眼中，如果我放任自己的某些怯懦行為，我會變得非常悲慘的……」

另一件事也讓朱利安難受，是瑞納夫人的舉動。我不知哪位耍陰謀的女友把這顆天真而又如此羞怯的心靈說服了，說她有責任到聖克勞德去，去向查理十世[1]國王下跪求情。

她曾經為了和朱利安分開而犧牲，經過這樣一次努力之後，當眾出醜的煩惱，在她眼裡已經不算什麼了。若換做其他時候，她會覺得比死亡還要糟糕。

「我要去見國王，我要公開承認你是我的情人，因為一個人的生命、一個像朱利安這樣的人的生命，應該超越一切去考量。我會說你是因為嫉妒才謀殺我的。有很多可憐的年輕人在這種情況下，因為陪審團和國王的法外開恩而獲救……」

「我不要再和你會面了，我要叫人關上監獄的大門，不讓你進來，」朱利安叫道，「如果你不向我發誓，不做任何讓我們倆當眾出醜的事，明天我肯定會因為絕望而自殺。這個去巴黎的主意不是你想出來的。告訴我這個鼓勵你去的陰謀家的名字……

「在這短暫人生中為數不多的日子裡，讓我們快樂地活著。讓我們隱姓埋名吧，我的罪行太明顯了。拉莫爾小姐在巴黎的影響很大，相信她會盡力而為的。在外省，所有有錢有勢的人都反對我。你的奔走會更激怒這些有錢人，尤其是溫和派的。對他們來說，生活太容易了……不要讓馬斯隆、瓦勒諾之流以及數以千計比他們更有價值的人嘲笑我們。」

黑牢裡糟糕的空氣[2]，已經讓朱利安覺得無法忍受。幸好在人家通知他必須赴死的那天，燦爛的陽光使萬物充滿歡欣，朱利安的心中充滿了勇氣。在戶外行走，給他帶來一種美妙的感覺，就像在海上漂泊已久的航海人在大地上漫步一樣。「走吧，一切都很好，」他對自己說，「我完全不缺勇氣。」

這顆頭顱從來沒有像在行將落地之際這麼富有詩意。從前在維爾吉森林裡度過的最甜蜜的時

1 查理十世（Charles X，一七五七－一八三六），是波旁王朝復辟後的法國國王。他對天主教的強烈熱情和貴族政治的厭惡，引發一八三〇年七月革命，他被迫遜位，流亡英國。

2 一八二七年九月二十八日，年輕的貝爾特在給布爾昆預審法官的信中寫道：「不要讓我再呼吸腐敗的空氣了，請允許我偶爾在法庭上露面。」接著，九月三十日又寫道：「我能得到的最甜蜜的東西，就是死亡……但至少，先生，不要讓我每天在地獄般的小屋裡呼吸……」

光，又重新湧現在他的思緒中，並且特別有活力。

一切進行得簡單而又得體，從他這方面來說，沒有任何做作。

兩天之前，他曾經對富凱說：

「心情如何，我無法保證。這個黑牢如此惡劣、如此潮溼，讓我時不時地發燒，都認不出自己了。至於恐懼，不，人家絕不會看到我臉色發白的。」

他事先做了一些安排，最後那天早上，富凱把瑪蒂爾德和瑞納夫人都帶走了。

「讓她們乘坐同一輛車，」他對富凱說，「想辦法讓驛車的馬一路狂奔。她們會相互擁抱，或者彼此恨得要死。不管哪一種情況，這兩個可憐的女人都能因此轉移心中可怕的痛苦。」

朱利安要求瑞納夫人發誓，為了照顧瑪蒂爾德的孩子，她會活下去。

「誰知道呢？也許我們死後還會有感覺，」一天，他對富凱說，「既然『休息』是更合適的說法，那麼我更喜歡在俯瞰維利葉的大山上的那個小山洞裡休息。我跟你說過好幾次，夜晚隱藏在山洞裡，我的視野俯瞰到遠方法國最富饒的省分時，我的心中滿懷抱負，那就是我的激情……總之，這個山洞對我來說彌足珍貴，不得不承認，它的位置會讓一個哲學家的靈魂羨慕不已……好吧！這些貝桑松的聖公會成員什麼錢都要，如果你知道門路，他們會把我的屍體賣給你……」

富凱做成了這筆悲傷的交易。他獨自待在房間裡，在朋友的屍體旁邊過夜。當他看到瑪蒂爾德進來時，他大吃一驚。幾個鐘頭之前，他把她留在距貝桑松十法里遠的地方。她目光呆滯，神情恍惚。

「我想看看他。」她對他說。

富凱沒有心情說話，也沒有心情站起來。他指著地板上一件藍色的大衣，裡面包裹著朱利安的遺體。

她跪下了。毫無疑問，對博尼法斯．拉莫爾和瑪格麗特．德．納瓦爾的回憶，給她帶來非凡的勇氣。她雙手顫抖著，掀開大衣。富凱把眼睛轉過去。

他聽到瑪蒂爾德在房間裡急速地走動。她點燃了幾支蠟燭。當富凱有勇氣看她的時候，她已經把朱利安的頭顱放在面前，在一張大理石的桌子上，她親吻著他的前額……

瑪蒂爾德陪伴著她的情人，一直來到他自己選擇的墓地。一大群教士護送著棺材，沒有人知道她獨自坐在那輛蒙著黑紗的馬車上，膝蓋上放著她曾經如此深愛的人的頭顱。

就這樣，深更半夜，他們抵達汝拉山脈一座山峰的頂點。在那個小山洞裡，無數盞蠟燭燈火輝煌，二十個教士在為死者舉行儀式。沿途經過的小山村的全部居民，都被這奇特的宗教儀式吸引著，尾隨而來。

瑪蒂爾德穿著長長的喪服，出現在他們之中。儀式結束時，她讓人把好幾千枚五法郎的硬幣拋撒到人群當中。

她和富凱單獨留下來，她想親手掩埋情人的頭顱[3]。富凱痛苦得幾乎要發瘋了。

在瑪蒂爾德的關照下，這個荒蠻的山洞，被從義大利用重金買來的雕刻大理石裝點起來。

瑞納夫人信守自己的諾言。她沒有嘗試用任何方式自殺。但是，在朱利安死後三天，她擁抱著她的幾個孩子去世了。

3 這部小說以浪漫悲劇的視角終結。參見：《安東尼》（大仲馬）、《歐那尼》、《呂布拉斯》、《盧克萊絲．博爾吉亞》（雨果）、《查特頓》（阿爾弗雷．德．維尼）的結局。

作者附言

輿論的影響，除去能帶來自由之外，缺點是介入了與它無關的事。例如，人的私生活。美國和英國的麻煩，由此而來。為了避免涉及別人的隱私，作者虛構了一座小城維利葉。當需要主教、陪審團和刑事法庭時，他把這一切設定在他從未去過的地方——貝桑松。